A.M. MADDEN

ON STAGE

A.M. MADDEN

ON STAGE

Roman

In perfekter Harmonie

LAGO

Bibliografische Information der Deutschen Nationalbibliothek
Die Deutsche Nationalbibliothek verzeichnet diese Publikation in der Deutschen Nationalbibliografie. Detaillierte bibliografische Daten sind im Internet über http://dnb.d-nb.de abrufbar.

Für Fragen und Anregungen:
info@lago-verlag.de

1. Auflage 2018

Nymphenburger Straße 86
D-80636 München
Tel.: 089 651285-0
Fax: 089 652096

Die englische Originalausgabe erschien 2013 unter dem Titel *Back-up*.

Übersetzung: Marion Zerbst
Redaktion: Manuela Kahle
Umschlaggestaltung: Isabella Dorsch
Umschlagabbildung: Shutterstock.com/Zakharchuk, dwphotos, Maxim Getman
Satz: Carsten Klein, Torgau
Druck: CPI books GmbH, Leck
Printed in Germany

ISBN Print 978-3-95761-184-0
ISBN E-Book (PDF) 978-3-95762-105-4
ISBN E-Book (EPUB, Mobi) 978-3-95762-106-1

Kapitel 1
Leila

Beruhige dich, Leila …

Nervös klopfe ich mit dem Fuß auf den Boden und wiederhole in Gedanken immer wieder den gleichen Satz. Noch nie in meinem Leben war ich so aufgeregt. Ich kann immer noch nicht glauben, dass ich in einem Tonstudio sitze und darauf warte, bei einer richtigen Rockband vorzusingen: Devil's Lair – eine Band, von der ich schon seit Jahren ein großer Fan bin!

Jeder Mensch bekommt als Kind die rhetorische Frage zu hören: »Was willst du denn mal werden?« Ich hatte seit meiner Kindheit immer nur einen Berufswunsch: Rocksängerin.

Die meisten Kinder ändern ihre Meinung öfter und träumen immer wieder mal von einem anderen Beruf. Aber ich nicht. Ich gab auf diese Frage immer die gleiche Antwort: Ich will Rock 'n' Roll singen. Das war schon immer mein Traum, mein Ziel, meine Lebensaufgabe. Bei dieser Berufswahl haben zwei Faktoren eine wichtige Rolle gespielt: Erstens kann ich singen. Zweitens bin ich in einer Familie aufgewachsen, in der alle gerne klassische Rockmusik hörten. Ich glaube, ich kannte den Text von »Born to Run« schon, bevor ich »Alle meine Entchen« singen konnte. Rocksongs zu singen, wurde mir genauso in die Wiege gelegt wie meine italienische Abstammung.

Dieses Vorsingen ist für mich ungeheuer wichtig. Ich kann immer noch nicht fassen, dass sie mich überhaupt eingeladen haben. Irgendwie kommt mir das alles so unwirklich vor. Ich habe mich so sehr auf dieses Engagement versteift, dass ich gar nicht weiß, wie ich die Enttäuschung verkraften soll, wenn ich es nicht bekomme. Die Optimistin in mir versucht, die Pessimistin zu überzeugen, doch nicht immer so schwarz zu sehen. Natürlich wäre es mir am liebsten, diesen Job zu kriegen. Doch auch wenn ich ihn nicht bekommen sollte, ist das trotzdem immer noch eine sehr interessante Erfahrung für mich, die mir andere Türen und neue Chancen im Leben eröffnen kann. Ich glaube an Schicksal und daran, dass nichts ohne Grund passiert. Also gibt es auch einen Grund dafür, dass ich hier bin.

Eigentlich verdanke ich das Ganze einem heißen Tipp von ein paar Freunden. Es ist schwierig, in der Rockbranche Fuß zu fassen. Leider habe ich keinen reichen Musikproduzenten als Onkel und bin auch nicht der Typ, der bei Sendungen wie *The Voice* entdeckt wird. Und meine Heimatstadt Hoboken in New Jersey ist auch nicht unbedingt ein Geburtsort berühmter Rockstars. Ich suche in der Zeitung immer wieder nach Möglichkeiten zum Vorsingen. Ich habe schon an Gesangswettbewerben teilgenommen und sogar öfter gewonnen. Andere Möglichkeiten, dem Ziel meiner Träume näher zu kommen, sind mir bisher noch nicht eingefallen. In den letzten Jahren hat sich bei mir in dieser Hinsicht leider nicht viel getan, und das frustriert mich immer mehr.

Letztes Wochenende bin ich wieder in Hoboken in einer Bar namens *The Zone* aufgetreten. Dort singe ich mit vier Jungs, die ich fast schon mein Leben lang kenne. In der Pause kam ein zierliches Mädchen mit langem, blondem Haar und großen blauen Augen zu mir herübergeschlendert und streckte mir die Hand entgegen.

»Hi, ich bin Patti.« Als sie mich von Kopf bis Fuß musterte, ging ich sofort in die Defensive. Mir Männer vom Hals halten zu müssen bin ich gewöhnt; aber eine Frau hat mich bis jetzt noch nie angebaggert.

Skeptisch ergriff ich ihre Hand und stellte mich vor. »Leila.«

»Leila – na klar«, antwortete sie mit einem Grinsen. »Genau der richtige Name.«

Was soll *das* denn?, fragte ich mich, während ich mit einem höflichen Lächeln meine Hand aus ihrem Griff befreite. *In meinem Kopf schrillte die Spinner-Alarmglocke.*

»Entschuldige ... Ich muss auf die Toilette.«

Sie packte mich am Handgelenk. »Ich bin die Freundin von Scott Malone. Er spielt als Gitarrist in der Band Devil's Lair. Kennst du die?«

Bei dem Namen horchte ich sofort auf und schaute nicht mehr auf ihre Hand, sondern in ihr hübsches Gesicht.

»Ja, die hab ich letztes Jahr in New York gesehen. Sie sind fantastisch.« Ich hielt es für besser, ihr nicht zu verraten, wie verrückt ich nach dieser Band (vor allem nach dem Leadsänger) bin.

»Sie suchen nach einer Backgroundsängerin. Ich bin mit ein paar Freunden hier und hab dich singen gehört. Ich glaube, du wärst hervorragend für den Job geeignet. Für nächste Woche haben wir ein paar Vorsingtermine geplant. Hättest du Interesse?«

GROSSER GOTT!

Beinahe hätte ich vor diesem mir völlig fremden Mädchen angefangen zu hyperventilieren. Ich schickte ein stummes Stoßgebet zum Himmel und dankte den Kneipengöttern dafür, dass sie Patti heute Abend ins Zone geschickt hatten. Vielleicht meinte irgendein Schutzengel es besonders gut mit mir – oder war das womöglich Schicksal? Wie auch immer: Irgendeine höhere Macht musste dabei ihre Hand im Spiel haben.

Patti gab mir ihre Telefonnummer und bat mich, sie am Montag anzurufen. Deshalb sitze ich jetzt – drei Tage später – hier und werde gleich als Backgroundsängerin für Devil's Lair vorsingen.

Hoffentlich öffnet mir das ein paar Türen und gibt mir den Tritt in den Hintern, den ich brauche, um meine Träume zu verwirklichen.

Meinem Dad wäre es lieber, wenn ich nicht so hoch hinauswollte. Er glaubt, dass ich das Zeug zur Broadwaysängerin habe, und versucht, mich immer wieder in diese Richtung zu drängen. Dad tut alles, um mich zu unterstützen. Da ich seine einzige Tochter bin, ist er natürlich überfürsorglich und lässt keine Gelegenheit aus, mich zu beeinflussen, was ich unverzeihlich finde. Vor Kurzem hat er doch tatsächlich zu mir gesagt: »Du könntest ein schönes ruhiges Leben in New Jersey führen und in Manhattan in einer erfolgreichen Broadwayshow auftreten. Das wäre doch eine sehr solide Art, dir deinen Lebensunterhalt zu verdienen, Leila.«

Igitt!

Irgendwie kann ich es ihm nicht einmal übel nehmen. Ich habe schon als Kind im Schul- und Kirchenchor mitgesungen, habe einen großen Stimmumfang, und meine Stimme kann sich problemlos an jedes musikalische Genre anpassen – egal ob Rock 'n' Roll oder Broadway.

Irgendwann gestand Dad sich ein, dass er den Kampf um meine Broadwaykarriere verloren hatte. Und ich muss sagen, er trägt es mit Fassung. Abgesehen von meiner Entscheidung, nicht aufs College zu gehen, sondern Rocksängerin zu werden, habe ich ihn bisher nur selten enttäuscht. Er wollte unbedingt, dass ich einen College-Abschluss mache, um noch einen Plan B zu haben, falls es mit der Singerei nicht klappen sollte. Aber ich hätte es einfach nicht verantworten können, ihn sein ganzes Geld für sündhaft teure Studiengebühren ausgeben zu lassen. Denn auf dem College hätte ich sowieso nichts gelernt, was ich nicht schon wusste. Ich weiß, dass ich singen kann, und einen Plan B will ich nicht und brauche ich auch nicht. Auch wenn das ziemlich eingebildet klingt: Ich bin gut in meinem Job. Ob ich nun weiter als Backgroundsängerin in einer Kneipe auftrete oder eine berühmte Rocksängerin werde: Das ist genau das, was *ich* tun möchte.

Ach, übrigens: Die Option mit der berühmten Rocksängerin wäre mir bedeutend lieber.

Natürlich war Dad nicht sonderlich begeistert, als er von Pattis schicksalhaftem Besuch im Zone erfuhr. Ich habe ihm die Hiobsbotschaft bei unserem allwöchentlichen Sonntagsbrunch beigebracht. Ich weiß, dass Dad mich liebt und sich für mich freut; doch an dem Ausdruck in seinen Augen erkannte ich, wie bestürzt er war. Ich bin eine

Meisterin darin, den Gesichtsausdruck meines Vaters zu interpretieren. Nachdem ich ihm viel zu lange und ausführlich erklärt hatte, wer Devil's Lair ist, beschloss ich, ihm einen Videoclip zu zeigen, den ich vor ein paar Jahren von dieser Band aufgenommen hatte. Außerdem spielte ich ihm ein paar Songs von ihnen vor, die ich auf meinem iTunes-Account habe. Widerwillig gab er zu, dass die Jungs Talent haben.

Zufällig waren mein Freund Evan und ich mal bei einem Auftritt von Devil's Lair in einer Kneipe in Lower Manhattan. Allerdings saßen wir sehr weit weg von der Bühne, und es war dunkel. Doch selbst aus der Ferne sah der Leadsänger Jack Lair zum Anbeißen aus. Und seine Stimme brachte mich in Verzückung: Sie strotzte förmlich vor Sinnlichkeit. Wenn man mir damals prophezeit hätte, dass ich eines Tages bei dieser Band probesingen würde, hätte ich gesagt: »Was für ein Quatsch.«

Ich habe schon viele Bands live erlebt, aber keine hat mich so fasziniert wie Devil's Lair an jenem Abend. Seitdem bin ich fast ein bisschen besessen von diesen Jungs. Natürlich nicht so besessen, dass ich herauszufinden versuche, wo der Leadsänger wohnt, oder ihn womöglich stalken würde. Ich will einfach nur seine Stimme hören und mir dabei alles Mögliche vorstellen. Wie soll ich es ausdrücken? In letzter Zeit tut sich bei mir in puncto Sex nicht viel.

Schließlich schlendert Jack in die Eingangshalle und kommt auf mich zu.

Heilige Scheiße … Der sieht wirklich umwerfend aus!

Ich bin so nervös, dass es in meinem Bauch zu rumoren beginnt. Und während ich immer noch dastehe und dieses Prachtexemplar von einem Mann anstarre, spielt plötzlich auch meine Libido verrückt. Dieser Mann bringt nicht nur meinen Magen, sondern auch meine Genitalien in Aufruhr – keine gute Kombination!

Ihn auf der Bühne zu sehen war nichts im Vergleich dazu, seine Schönheit aus einem oder zwei Metern Entfernung zu bewundern. Aus der Nähe sieht er wirklich überwältigend aus.

»Bist du Leila?«

»Äh, ja … Ich bin Leila.« Meine Stimme klingt völlig außer Atem.

Oh Mann, sieht der gut aus!

Ich bin bisher noch nie hypnotisiert worden; aber wahrscheinlich fühlt sich das so ähnlich an, wie mir gerade zumute ist. Ich falle buchstäblich in Trance und starre Jack an, der mich ebenfalls mit durchdringendem Blick mustert. Ein paar Sekunden (oder vielleicht auch Minuten?) später nennt er mich noch ein zweites Mal beim Namen, weil ich ihn immer noch entgeistert anstarre.

»Sorry … Ja, ich bin Leila. Äh … Mein Dad liebt Eric Clapton, aber mein Name schreibt sich anders als der in seinem Song. Meine Mutter mochte die Schreibweise von Claptons *Layla* nicht …« Peinlich berührt verstumme ich. »Äh … Sorry. Ja, ich bin zum Vorsingen hier.«

Scheiße! Halt doch endlich den Mund, Leila! Eine brennende Röte breitet sich von meinen Zehen über meinen ganzen Körper aus.

»Ich auch«, grinst er.

»Wie bitte?«

»Ich mag Eric Clapton auch.«

»Äh … oh.«

Äh … oh? - Was für eine schlagfertige Antwort!

Ich höre mich an wie eine Vollidiotin.

Dieser Mann hat mich total durcheinandergebracht. Jack Lair als *hübsch* oder *gut aussehend* zu bezeichnen wird seiner Erscheinung nicht gerecht. Sein dunkelbraunes Haar – an den Seiten etwas kürzer geschnitten – fällt ihm in weichen, leicht zerzausten Locken über die Schultern, sieht ungeheuer sexy aus und schreit geradezu danach, berührt zu werden. Ich muss meine Hände hinter dem Rücken verschränken, um dieser Versuchung zu widerstehen. Seine Augen sind der absolute Wahnsinn: rauchgrau und von hypnotischer Intensität. Sein Dreitagesbart betont das Grübchen in dem eckigen, männlich wirkenden Kinn. Dieser Mann ist atemberaubend.

Ich verschlinge ihn weiter mit Blicken, und in meinem Kopf läuft ein sehr realistischer Sexfilm ab.

Jack ist muskulös und ziemlich groß. Ich schätze ihn auf etwa einen Meter neunzig. Seine Beine in den dunkelblauen Jeans scheinen endlos lang zu sein. Levi's … Oh Gott, ich liebe Levi's an Männern.

Unter den Ärmeln seines anthrazitfarbenen T-Shirts, das etwas dunkler ist als seine Augen, wölbt sich ein kräftiger Bizeps. Zufällig sitzt das T-Shirt so eng, dass sein betörender Oberkörper sich darunter abzeichnet. Unter dem linken Ärmel ist ein Stück von einem Tattoo zu erkennen. Ich würde nur zu gern wissen, was es darstellt.

Jack lächelt mich freundlich an. »Bist du so weit?«, fragt er. Da ich es mir nicht zutraue, seine Frage in normalem, ruhigem Tonfall zu beantworten, nicke ich nur.

Irgendwie gelingt es mir, mich auf den Beinen zu halten und Jack durch einen langen Korridor zu folgen, an dessen Wänden Poster berühmter Bands hängen. Die Band, bei der ich heute vorsingen soll, ist auf dem besten Weg dazu, berühmt zu werden. Sie hat gerade einen Vertrag für drei Alben unterschrieben und wird diesen Herbst in Nordamerika auf Tournee gehen, allerdings nur in kleinen bis mittelgroßen Konzerthallen. Mit ihrem Sound und Jack als Leadsänger steht den Jungs sicherlich eine große Karriere bevor. Das ist genau der richtige Augenblick für mich, um auf diesen fahrenden *Erfolgszug* aufzuspringen. Falls ich den Job überhaupt kriege – was ich ernsthaft bezweifle, nachdem ich den Leadsänger gerade mit Blicken ausgezogen habe.

Am Ende des Korridors liegt ein kleines Tonstudio, in dem drei junge Männer geduldig auf uns warten. Am Schlagzeug sitzt ein total süßer Junge mit hellbrauner Igelfrisur und mehreren Piercings in einem Ohr. Auch eine seiner Lippen ist gepierct, und er hat ein sehr nettes Lächeln. Ich glaube, der Drummer heißt Hunter.

Vorne links neben Hunter sitzt ein großer Junge, der wie ein Rocker aussieht. Er ist mit Tätowierungen übersät und ganz in Schwarz gekleidet. Sogar seine Sonnenbrille ist schwarz, und seine Bassgitarre auch. Das schwarze Haar hat er zu einem kurzen Pferdeschwanz zusammengebunden. An seinen Namen kann ich mich nicht erinnern – vielleicht, weil ich ihn damals bei dem Auftritt ziemlich furchteinflößend fand. Ich kann mir nicht vorstellen, dass das Pattis Freund ist – sonst wären die beiden tatsächlich so gegensätzlich wie Yin und Yang.

Rechts sitzt ein mittelgroßer junger Mann, der vom Aussehen her eher zu Patti passen würde. Ordentlich geschnittenes, rotblondes Haar, nettes Lächeln. Auch er hält eine Gitarre in der Hand. Wahrscheinlich ist das Scott. Komischerweise wirkt er gar nicht wie ein Rockertyp.

Jack schlendert zum Mikrofon, vor dem – durch eine Glasscheibe abgetrennt – die Tonkabine liegt. In der Kabine sitzen ein paar Jungs an einem großen Mischpult mit allen möglichen Knöpfen und Lämpchen. Leider sehen sie alle furchtbar gelangweilt aus, was mich nervös macht. Ich weiß nicht, die wievielte Vorsängerin ich schon bin. Hoffentlich geben sich die Bewerberinnen hier nicht schon seit Tagen die Klinke in die Hand!

Hinter den Männern steht eine fantastisch aussehende Blondine, die mich mit ihren durchdringenden blauen Augen kühl taxiert. Sie sieht aus wie ein Laufstegmodel und trägt einen eng sitzenden schwarzen Anzug ohne Bluse darunter. Ihre unter der Brust verschränkten Arme bringen ihr eindrucksvolles Dekolleté perfekt zur Geltung.

Neben Jack steht noch ein zweites Mikro. Das kann nur für mich sein. Vor lauter Panik stehe ich wie angewurzelt da. Meine Füße wollen mir einfach nicht gehorchen.

»Wie wär's, wenn du dich vor das Mikro stellst, Leila, damit wir dich singen hören können?« Bei diesen Worten fängt jemand leise an zu glucksen und bringt Jack damit ebenfalls zum Lachen. Mein Gesicht läuft tomatenrot an.

Jack dreht sich zu mir um und sagt: »Von unseren Songs hat keiner einen Backgroundchor, also müssen wir etwas anderes singen. Kennst du ›Come Undone‹ von My Darkest Days?«

Ich nicke. Zum Glück kenne ich diesen Song.

Jack gibt Hunter ein Zeichen, der seine Drumsticks daraufhin zweimal aneinanderschlägt und Scott damit den Einsatz für das kurze Gitarrenintro gibt, mit dem der Song beginnt. Dann fängt Jack an zu singen, und Hunter und der Bassist begleiten ihn. Ich bekomme eine Gänsehaut, als ich diese fantastischen Musiker nur anderthalb Meter von mir entfernt spielen höre. Fasziniert beobachte ich Jacks Spiegelbild in der Glasscheibe. Er hält das Mikro mit beiden Händen umfasst und singt mit geschlossenen Augen, als sei die Musik eine Geliebte, die er in den Armen hält.

Dann kommt das Solo für die Frauenstimme, und als die Musiker mir den Einsatz geben, fange ich an zu singen. Währenddessen beobachtet Jack mich gespannt in der Glasscheibe. Das macht mich ein bisschen nervös, und ich schaue immer wieder weg … Aber er nicht. Ich spüre, dass seine Augen während des ganzen Songs pausenlos auf mich gerichtet sind.

Zum Schluss singen Jack und ich gemeinsam, bis der letzte Ton verklungen ist. Dann wendet er sich mir zu, und allmählich breitet sich ein Grinsen auf seinem Gesicht aus, bei dem seine … GRÜBCHEN zum Vorschein kommen?

Grübchen? Ja, natürlich hat er Grübchen!

Sofort ziehen sich die Muskeln in meinem Unterleib sehnsüchtig zusammen.

Wie kann ein bloßes Lächeln so eine Wirkung auf mich haben?

Und wie kann es sein, dass mir seine Grübchen bisher noch nicht aufgefallen sind?

Normalerweise sehe ich so etwas immer sofort, denn Grübchen törnen mich total an.

»Das war gut, Leila, wirklich gut.« Er schaut mir weiterhin unverwandt in die Augen und lächelt, bis alles oberhalb meines Nabels taub wird und alles darunter in Flammen aufgeht.

Vage erinnere ich mich daran, dass Jack mir gerade ein Kompliment gemacht hat, und bringe ein klägliches »Danke« über die Lippen. Alle Blicke sind auf mich gerichtet, und ich komme mir vor, als hätte ich außer einer roten Nase und Clownschuhen nichts an.

»Kannst du auch noch etwas anderes singen, Leila? Einen Song, an dem wir deinen Stimmumfang erkennen können?«

Oh, Scheiße.

Scheiße … Scheiße … Scheiße!

Als ich mich in dem Studio umschaue, stelle ich fest, dass die Jungs mich unverhohlen taxieren. Ihre Blicke wandern an meinem Körper entlang, von oben bis unten. Ich beschließe, meine Strategie zu ändern und sie mir alle nackt vorzustellen. Das scheint tatsächlich ein bisschen zu helfen.

»Klar. Was wollt ihr hören?«, frage ich, um Zeit zu gewinnen.

»Was kannst du denn singen?«

Kein Problem … Es gibt einen Song, bei dem ich richtig hemmungslos losbrüllen kann. »Kennt ihr ›Dream On‹ von Aerosmith?«

Jack grinst. »›Dream On‹? *Das* kannst du singen?« Offensichtlich glaubt er mir nicht.

»Ja … Wenn das okay ist? Das ist einer meiner Lieblingssongs.« Es trifft mich, dass er an mir zweifelt. Am liebsten würde ich ihm sein dreckiges Grinsen aus dem Gesicht wischen.

»Ähm … Ja, natürlich.« Jack schüttelt den Kopf und setzt hinzu: »Also los.« Er umfasst den Mikrofonständer mit einer Hand und wirft Hunter einen auffordernden Blick zu. Hunter schlägt seine Drumsticks zweimal aneinander und gibt der Band damit den Einsatz. Diese Jungs sind wirklich perfekt aufeinander eingespielt. Ich hole schnell noch ein paarmal Luft, um meine Nerven zu beruhigen.

Dann schließe ich die Augen – vor allem, um den Blickkontakt mit Mr. Sexgott zu vermeiden, aber auch, um mich ganz auf meine musikalischen Fähigkeiten zu konzentrieren. Ich singe den Song meiner Wahl, als hänge mein Leben davon ab; und schon nach ein paar Sekunden habe ich mich aus einer dummen Kuh in die Rocksängerin verwandelt, die ich in Wirklichkeit bin. Das ist meine Chance, es ihnen zu zeigen.

Schließlich traue ich mich, die Augen aufzuschlagen und sie auf der Suche nach missbilligenden Blicken durchs Tonstudio schweifen zu lassen. Doch alle scheinen vor Ehrfurcht erstarrt zu sein. Bravo, denke ich. Denen habe ich es tatsächlich gezeigt. Das sehe ich an den Gesichtern in der Tonkabine: Alle sind begeistert (außer der sexy Blondine). Und ich erkenne es auch an Jacks Spiegelbild in der Glasscheibe und der Gänsehaut an meinem ganzen Körper. Ich scheine die Leute hier ganz schön zu beeindrucken. Hemmungslos schreie ich ins Mikrofon und lasse alle meine Gefühle raus.

Gegen Ende des Songs überrascht Jack mich damit, dass er mitzusingen beginnt. Wieder beobachtet mich sein Spiegelbild und zeigt dabei sein GU-Lächeln. (Die Abkürzung steht für »Grübchen zeigen – unteres Stockwerk durcheinanderbringen« und ist die treffendste Beschreibung für sein Lächeln, die mir einfällt.) Wenn er doch nur endlich wegschauen würde! Allmählich kriege ich die Krise.

Gefühlte Stunden später bricht Jack den Blickkontakt ab und wendet sich seiner Band zu, wobei er immer noch grinst wie ein Vollidiot.

»Oh Mann, das war der absolute Wahnsinn! Ich hab einen richtigen Ständer von diesem Song.« Weise Worte von Hunter. Die Jungs fangen an zu lachen, und mir fällt der Unterkiefer runter.

Jack wirft mir einen Blick zu und muss ebenfalls lachen, als er meinen Gesichtsausdruck sieht. »Das war eindeutig ein Kompliment, Leila. Hunter hat recht. Du warst wirklich beeindruckend. Ich bin ganz hin und weg.« Er wendet sich an seine Band. »Habt ihr genug gehört?«

Darüber sind sie sich alle einig, und Jack bittet mich, Sally an der Rezeption meine Kontaktdaten zu hinterlassen. »Wir melden uns.« Lächelnd streckt er mir seine Hand entgegen, und in mir regt sich ein Funke von Optimismus, als ich sie ergreife.

Unsere Berührung ist wie ein elektrischer Schlag, der meinen ganzen Körper durchströmt. Seine Hand ist warm und sein Griff fest, als er mit seinen langen Fingern meine Hand umschließt. *Scheiße* … Am liebsten würde ich diese Hand nie wieder loslassen.

Sein Händedruck erweckt in mir die Sehnsucht nach weiteren Berührungen. Wie kann ein völlig fremder Mann so eine Wirkung auf mich haben? Ich begreife nicht, warum ich mich so zu ihm hingezogen fühle. Das ist das Verrückteste, was ich bisher erlebt habe.

»Danke, dass ich bei euch vorsingen durfte«, murmle ich leise, als Jack meine Hand loslässt. Mein Körper fühlt sich an, als hätte ihn jemand mit Benzin übergossen und angezündet. Als ich mich umdrehe, um das Studio zu verlassen, bleibe ich mit dem Absatz an einem Stromkabel hängen, stolpere und drohe, nach hinten zu fallen.

Sofort streckt Jack die Arme aus und zieht mich – einen Ausdruck ehrlicher Besorgnis in den Augen – mit kräftigem Griff an sich.

»Vorsicht! Alles okay mit dir?«

Mir fehlen die Worte, also nicke ich nur kaum merklich und kaue an meiner Unterlippe. Unsere Gesichter sind nur ein paar Zentimeter voneinander entfernt, und es drängt mich unwiderstehlich dazu, diese Distanz zu überwinden, indem ich meine Lippen auf seinen Mund drücke. Das Kribbeln im Unterleib breitet sich auf meinen ganzen Körper aus, sodass mein Herz noch schneller klopft. Ein lautes Keuchen kommt über meine Lippen.

Ich trete einen Schritt zurück; doch er hält meine Arme immer noch fest umklammert. Dann lehnt er sich zu mir hinüber und flüstert: »Keine Panik. Du hast deine Sache wirklich großartig gemacht.«

Ich ringe mir ein schwaches Lächeln ab, entwinde mich seinem Griff und bedanke mich noch einmal, bevor ich hinausstürme. Wie ein verschrecktes Huhn renne ich den Korridor entlang und komme direkt vor Sally, dem unheimlich aussehenden Mädchen an der Rezeption, zum Stehen. Sie hat nachtschwarze Haare mit einer lila Strähne drin, ein Tattoo auf dem entblößten Dekolleté und trägt einen Nasenring. Sally liest in einer Zeitschrift, sieht ungeheuer gelangweilt aus und würdigt mich kaum eines Blicks.

»Hi, ich bin Leila. Ich soll Ihnen meine Kontaktdaten hinterlassen.« Wortlos schiebt sie mir einen Kugelschreiber und ein Blatt Papier hin, auf das ich meinen Namen und meine Handynummer kritzle. Mit angewidertem Blick nimmt sie den Zettel entgegen und wendet sich wieder ihrer Zeitschrift zu.

Dieses Mädchen kann einem wirklich Angst einjagen.

Nach einem gemurmelten Dankeschön verlasse ich das Tonstudio im Laufschritt und steige in mein Auto. Erschöpft lasse ich den Kopf aufs Lenkrad sinken, wobei ich versehentlich die Hupe betätige. Das Blöde daran ist, dass ich direkt vor dem Studio geparkt habe. Ich sehe, wie die unheimliche Sally den Kopf hebt und mich durch die gläserne Eingangstür beobachtet.

Ha … ha … ha … Kann es noch peinlicher werden?

Mit dem Gefühl, mich bis auf die Knochen blamiert zu haben, fahre ich wieder nach Hoboken zurück und versuche zu analysieren, was zum Teufel in diesem Studio gerade passiert ist. Ich habe fast schon ein bisschen Angst davor, auf diesen Job zu hoffen. Angenommen, sie engagieren mich tatsächlich – was dann? Wie soll ich es verkraften, jeden Tag in Jacks Nähe zu sein, wenn ich nicht mal einen zwanzigminütigen Vorsingtermin halbwegs souverän über die Bühne bringen konnte?

Was soll das? Natürlich will ich diesen Job. Außerdem kenne ich diesen Mann doch nicht einmal. Vielleicht ist er der allerletzte Trottel. Während ich mir das einzureden versuche, meldet sich eine leise Stimme in meinem umnebelten Gehirn und sagt: *»Hoffentlich …«*

***

Inzwischen ist schon Freitag, und ich warte seit drei Tagen auf »den Anruf«. Ich sitze an meinem kleinen Tischchen und tippe ungeduldig auf meinem Handy herum, als könnte ich es dadurch zum Klingeln bringen. Heute Abend haben wir wieder eine Show, und ich sitze jetzt schon wie lange hier herum? Vier, fünf oder acht Stunden? Keine Ahnung. Seit dem letzten Dienstag ist mir jedes Zeitgefühl abhandengekommen. Ich weiß, dass ich wieder zur Tagesordnung übergehen muss. Natürlich könnte ich die Jungs auch einfach anrufen; doch nach meinem peinlichen Auftritt in dem Tonstudio ist das das Allerletzte, was ich tun würde.

Ich bin schon wieder spät dran; also mache ich mich mechanisch für unsere Show fertig. Ich fühle mich wie ein Zombie – als hätte ich jeden Lebenswillen verloren. Das Vorsingen und die Warterei auf diesen Anruf haben mich völlig aus der Fassung gebracht. Noch nie war ich so in Gedanken versunken wie in den letzten drei Tagen. Ich bin so nervös, dass mir das Herz wie wild gegen die Rippen schlägt. Ich weiß, dass ich die Jungs beeindruckt habe; aber wahrscheinlich habe ich diese positive Wirkung mit meinem lächerlichen Benehmen sofort wieder zunichtegemacht.

Jetzt liegt mein Handy neben der Duschkabine, und ich schiebe den Vorhang immer wieder beiseite und starre es an. Immer noch kein Anruf und auch keine SMS.

Verdammt.

Allmählich muss ich meinen Arsch in Bewegung setzen. Wenigstens brauche ich kaum Zeit, um mich schön zu machen. Meine Haare sind lang, braun und wellig; normalerweise föne ich sie nur ein bisschen und lasse sie anschließend an der Luft trocknen. Dann schminke ich mich, was auch nicht länger als zwei Minuten dauert, weil ich nur Mascara und Lippenstift benutze. Meine Augen sind von einem gewöhnlichen Goldbraun, aber durch meine dichten schwarzen Wimpern kommen sie ganz gut zur Geltung. Da ich die italienische Hautfarbe von meinem Dad geerbt habe, brauche ich kein Make-up und auch kein Rouge. Das ist ein echter Vorteil, denn ich hasse dieses Zeug.

Wie benommen suche ich in meinem Schrank nach passenden Klamotten für die Show, wobei ich das Handy immer noch in der Hand halte. Schließlich entscheide ich mich für einen kurzen Rock, Schuhe mit hohen Absätzen und ein flippiges Top. Ich bin einen Meter achtundsechzig groß, doch in diesen Schuhen wirken meine Beine ziemlich lang und sind eigentlich mein größter Pluspunkt. Das hier ist meine typische Show-Uniform. Ich bezeichne es als Uniform, weil ich so etwas in meinem normalen Alltagsleben nie anziehen würde. Die normale Leila trägt Jeans, Turnschuhe und einen Pferdeschwanz.

Als ich die Wohnung verlasse und zu meinem Auto gehe, ist es schon weit nach neun. Wir treten jede Woche von mittwoch- bis samstagabends im *Zone* auf. Die Sonntage sind für Privatpartys reserviert, und montags und dienstags haben wir frei.

Seit dem Vorsingtermin bin ich so mit den Nerven am Ende, dass ich bei unseren Auftritten fast wie ein Roboter wirke. Zum Glück ist das außer meiner Band bis jetzt noch niemandem aufgefallen. Doch heute Abend ist die Kneipe – wie immer am Freitag- und Samstagabend – leider gerammelt voll. Ich muss mich wirklich ein bisschen zusammenreißen.

Das *Zone* liegt nur ein paar Minuten von meiner Wohnung entfernt. Wir fangen zwar erst um zehn Uhr an, aber meistens komme ich schon ein bisschen früher, um mich mit den Mädels zu unterhalten. Alisa und Lori, die an der Bar bedienen, gehören zu meinen besten Freundinnen. Doch da ich heute wieder mal spät dran bin, bleibt keine Zeit mehr für ein Schwätzchen.

Als ich mit meinem Wagen auf den Parkplatz fahre, steht der Kleintransporter unseres Leadsängers Matt Rizzo schon dort. Logans Jeep ist noch nicht da. Logan ist unser Gitarrist und Matts älterer Bruder. Normalerweise bringt er immer unseren Drummer und unseren Bassgitarristen – Joseph und Evan – mit.

Matt hat keine Lust, andere Leute in der Gegend herumzukutschieren. Logan hat mir zwar schon öfter angeboten, mich von zu Hause abzuholen, aber ich fahre lieber selbst. Während der Arbeit trinke ich keinen Alkohol und verschwinde nach der Show am liebsten so schnell möglich wieder.

Unsere Band besteht aus fünf Leuten: einem Sänger, einem Gitarristen, einem Bassisten, einem Drummer und mir als Backgroundsängerin. Wenn es notwendig ist, spiele ich auch Keyboards. Wir nennen uns die Cliffhangers, obwohl ich finde, dass das ein blöder Name ist.

Wir sind ziemlich gut. Am Wochenende ist das *Zone* meistens brechend voll, und wir reden uns ein, dass die vielen Gäste unseretwegen kommen. Die Bezahlung ist ganz ordentlich, normalerweise kann ich gut davon leben. Ich stelle keine großen Ansprüche. Sonntags spielen die Jungs manchmal auf Hochzeiten und Bar Mitzwas. Ich hasse es, auf Privatpartys zu singen. Für mich ist das eine Qual. So was mache ich nur, wenn ich das Gehalt, das ich für meine Auftritte im *Zone* bekomme, noch ein bisschen aufstocken möchte oder wenn besondere Ausgaben anstehen. Mein Dad bietet mir zwar immer an, mich finanziell zu unterstützen; doch er arbeitet sehr viel, und mir ist es lieber, wenn er sein Geld für sich selbst ausgibt. Aber das tut er natürlich nicht. Er investiert nur Geld in seine riesige CD-Sammlung und Karten, um sich Baseballspiele anzuschauen. Ansonsten legt er jeden Penny auf die hohe Kante.

Von meinem Gehalt kann ich mir ein hübsches Apartment in Hoboken leisten. Es ist zwar klein, aber echt cool, und ich liebe es. Es liegt in der Nähe meines Arbeitsplatzes und des Stadtzentrums, und bis zu Dads Haus in Cliffside Park – der Stadt, in der ich aufgewachsen bin – ist es auch nicht weit. Cliffside liegt direkt gegenüber New York City am anderen Ufer des Hudson. Dort habe ich die Mitglieder meiner Band kennengelernt: Die Cliffhangers haben sich nach diesem Städtchen benannt, in dem wir früher alle gewohnt haben. Ich sag's ja: ein blöder Name.

Außer Miete und Nebenkosten habe ich keine großen Ausgaben. Ich fahre einen alten Honda, der noch gut in Schuss ist und mich überall hinbringt, wo ich hinmuss. Meine Klamotten kaufe ich in der Jersey Mall; und für Lebensmittel gebe ich auch nicht viel aus, weil ich immer welche von meinem Dad schnorre.

Es war eine echte Leistung von Dad, mich ganz allein großzuziehen. Meine Mutter Marie starb bei einem Autounfall, als ich zehn Jahre alt war, und sie fehlt mir immer noch jeden Tag. Wir haben ein ganz normales, glückliches Familienleben geführt. Trotz ihres anstrengenden

Jobs als Krankenschwester hatte Mom immer Zeit für meine außerschulischen Aktivitäten: Sie hat nie einen Konzertabend oder Festumzug versäumt. Mom war mein größter Fan. Sie sagte immer, ich hätte eine Stimme wie ein Engel. Es tut mir heute noch weh, sie verloren zu haben; doch ich weiß, dass sie im Geist immer bei mir ist. Ich rede mir ein, dass sie der Schutzengel war, der Patti am letzten Wochenende in unsere Kneipe geschickt hat. Ich trage jeden Tag Moms Ehering, um mich auch nach all den Jahren immer noch mit ihr verbunden zu fühlen.

Ich sehe meiner Mom ziemlich ähnlich, doch den Charakter habe ich von meinem Dad Anthony Marino geerbt: ruhig, schüchtern, zurückhaltend und immer ein bisschen skeptisch. Mom war eher so etwas wie ein impulsiver Freigeist. Zu diesem Vorsingtermin am letzten Dienstag zu gehen war das Verrückteste, was ich in meinem bisherigen Leben getan habe.

Anthony ist der beste Vater, den ein Mädchen sich wünschen kann. Er arbeitet bei einer Zeitung in der Stadt – und das schon seit über zwanzig Jahren. Irgendwie habe ich das Gefühl, dass er meinetwegen nie irgendein Risiko eingehen wollte. Vielleicht liebt er seinen Job nicht unbedingt; aber er bietet ihm die nötige Sicherheit und die Möglichkeit, sich in der Baseballsaison alle paar Wochen ein Match mit den Yankees (seiner Lieblingsmannschaft) anzuschauen, seine Hypothek abzuzahlen und ein angenehmes Leben zu führen.

Früher war Dad ein heißer Feger. Auch heute mit seinen fünfzig Jahren sieht er immer noch gut aus; doch seit Moms Tod ist er ein bisschen gealtert. Ich bin immer auf der Suche nach einer netten Frau, mit der ich ihn verkuppeln könnte – jemandem, der ihn liebt und versorgt. So etwas hätte er wirklich verdient. Aber Dad sagt, dass er die große Liebe seines Lebens ja schon mal gefunden hat, und glaubt nicht, dass es so ein Glück noch ein zweites Mal gibt. Die hoffnungslos romantische Ader habe ich eindeutig von ihm geerbt.

Als ich den Parkplatz überquere, sitzt Ace, unser treuer Türsteher, wie üblich auf der Veranda. Ich mag Ace. Unter der Woche arbeitet er als Security-Mann, und freitag- und samstagabends spielt er für Sal den Rausschmeißer. Er spart auf die Gründung einer eigenen Security-Firma.

Ace sieht so einschüchternd aus, wie Türsteher nun mal aussehen; doch eigentlich ist er ein Softie. Er hat eine süße Frau namens Cindy, eine kleine Tochter, die ihn anbetet – und ein Sohn ist gerade unterwegs. An dem Tag, an dem Ace diese frohe Botschaft erfuhr, verteilte er Zigarren an uns alle. Wenn man ihn mit seiner Familie sieht, kann man sich kaum vorstellen, dass er jemandem die Fresse polieren könnte. Zum Glück habe ich Ace noch nie in Aktion erlebt, aber schon viel darüber gehört.

Als ich auf ihn zugehe, blickt er auf. »Da ist sie ja. Wie geht's dir, meine Schöne?«

»Hi, Ace. Mir geht's gut. Ich tue, was ich kann, um nicht den Verstand zu verlieren.« Ich umarme ihn kurz und sage dann entschuldigend, dass ich spät dran bin und daher keine Zeit mehr für ein Schwätzchen habe.

Ace schüttelt den Kopf und lacht mich aus. Er kennt meine Geschichte, und wie die meisten meiner Freunde glaubt er, dass ich keinen Grund habe, mir Sorgen zu machen. Ich wünschte, ich könnte das auch so optimistisch sehen. Aber ich habe bei diesem Vorsingtermin so vieles falsch gemacht. Bestimmt lachen die Jungs von Devil's Lair sich noch jahrelang über mich kaputt.

Das *Zone* ist so etwas wie mein zweites Zuhause. Sal, der Besitzer, ist der beste Freund meines Vaters und kennt mich schon seit meiner Kindheit. Ich habe schon viel Zeit in dieser Kneipe verbracht – auch früher, als ich noch nicht hier gesungen habe. Dad hat all seine Überredungskünste aufgeboten, um zu erreichen, dass Sal uns als Band engagierte, denn früher gab es dort keine Livemusik. Anfangs lachte Sal nur über diese Idee, doch dann fand er Gefallen daran und stürzte sich mit Feuereifer in das neue Projekt. Er hat eine Bühne errichten lassen und für die richtige Akustik gesorgt. Das war eine gute Idee, denn seitdem boomt sein Geschäft. Das bedeutet weniger Hochzeiten und Bar Mitzwas – Gott sei Dank.

Inzwischen ist das *Zone* schon ziemlich voll. Meine Freundinnen Alisa und Lori winken mir von der Theke her zu. Sie sind ein Team und arbeiten immer in derselben Schicht. Seit Sal mit der Livemusik in seiner Kneipe angefangen hat, macht er jede Menge Reklame für das *Zone*. Alisa und Lori sind hübsche Mädchen mit ziemlich prallen Brüsten, sodass der Name »THE ZONE«, der in weißen Großbuchstaben ihre schwarzen T-Shirts ziert, perfekt zur Geltung kommt. Gut platzierte Werbung ist eine von Sals besonderen Stärken. Deshalb steht »THE ZONE« nicht nur auf den T-Shirts seiner Mitarbeiterinnen (die fast alle attraktive, vollbusige Mädels sind), sondern auch auf sämtlichen Werbeflächen im Norden von Jersey.

Früher war das *Zone* einfach nur eine Spelunke. Jetzt ist es eine Spelunke mit Live-Rockmusik. Das sind Matts Worte – nicht meine. Da wir gerade von ihm reden: Matt, das selbst ernannte »Geschenk Gottes an die Frauen«, sitzt gerade an einem Tisch und flirtet mit Kelly, einer der Kellnerinnen.

An der Bar füllt Alisa einen Krug mit Bier. Sie ist brünett, hat große braune Augen, ein nettes Lächeln und einen sehr hübschen Busen. Alisa ist kleiner als ich und trägt lieber Converse Sneakers als Schuhe mit hohen Absätzen. Lori mixt gerade einen exotisch aussehenden Cocktail und beobachtet Matt. Mit ihren roten Haaren und smaragdgrünen Augen, den Sommersprossen auf der Nase und einer Oberweite, die noch verlockender ist als die von Alisa, sieht sie umwerfend aus. Obwohl Lori ziemlich groß ist, hat sie keine Probleme damit, Absätze zu tragen. Wenn die beiden zusammen an der Theke bedienen, ist Lori mindestens einen Kopf größer als ihre Kollegin.

Als ich näher komme, fangen die beiden gleichzeitig an zu reden. Alisa erzählt lang und breit davon, was für einen tollen Abend sie gestern mit ihrem Freund Logan erlebt hat. Die beiden sind wirklich ein Traumpaar. Logan ist verrückt nach ihr.

Lori schmollt, weil Matt sie nicht beachtet. Sie will ihn sich unbedingt angeln und kapiert einfach nicht, dass er kein Interesse an ihr hat. Ich wünschte, sie würde die Sache endlich vergessen, denn er ist es einfach nicht wert. Das weiß ich aus eigener Erfahrung.

Ich habe die beiden Mädchen in meinem ersten Jahr an der Highschool kennengelernt, und wir sind die besten Freundinnen geworden. Alisa ist nicht aufs College gegangen. Sie hasste die Schule und war froh, als sie sie hinter sich hatte. Also fing sie an, als Kellnerin bei Sal zu arbeiten – nur um bald darauf festzustellen, dass ihr dieser Job genauso verhasst war. Eines Tages beschloss sie, eine Ausbildung als Barkeeperin zu machen; und damit hatte sie ihre Berufung gefunden.

Lori dagegen hat am College Betriebswirtschaft studiert. Für sie ist das *Zone* nur eine Zwischenstation auf dem Weg zu ihrem Traumjob. Mit weniger gibt sie sich nicht zufrieden – egal, wie lange sie braucht, um diesen Job zu finden. Wir alle wissen, dass Lori keine Ahnung hat, wie ihr Traumberuf aussieht. Alisa hat Lori überredet, den gleichen Barkeeper-Kurs zu machen wie sie, weil es schließlich nicht schaden kann, wenigstens anständige Trinkgelder zu bekommen, während sie auf ihren endgültigen Job wartet. Und so sind Lori und Alisa hier an der Theke gelandet. Bisher sind beide mit diesem Arrangement zufrieden, und Sal hat auch nichts dagegen einzuwenden.

Ich höre zu, wir sie alle beide auf mich einreden, und kann sie kaum lange genug unterbrechen, um mich zu entschuldigen: »Tut mir leid, ich muss los, Mädels.« Das ist der erste Satz, zu dem ich während unseres zehnminütigen Gesprächs gekommen bin. Aber sie scheinen ihn gar nicht zu hören. Die beiden sind ein bisschen egozentrisch; aber wenn ich mal aus irgendeinem Grund ihre Hilfe bräuchte, wären sie sofort zur Stelle. Sie ignorieren meinen Stress, weil sie ihn beide für absurd halten: Sie sind überzeugt davon, dass ich diesen Job bekommen werde. Und alle anderen Leute, die ich kenne, scheinen das auch zu glauben – alle außer mir.

Lustlos steuere ich mit meiner Jacke und meiner Handtasche aufs Hinterzimmer zu. Dort hat Sal einen Tisch und Stühle reingestellt, damit wir uns in den Pausen ein bisschen ausruhen können. An der hinteren Wand hängen ein paar Schließfächer. Der Rest des Zimmers dient als Abstellkammer und ist mit allem möglichen Gerümpel vollgestellt.

Mein Handy steckt in der Hintertasche meines Rocks. Wütend ziehe ich es heraus. »Jetzt klingel doch endlich, verdammt noch mal!«, schimpfe ich.

»Hast du deine Beruhigungspillen heute vergessen, Leila?«, fragt Matt, als er reinkommt.

»Halt den Mund, Matt. Ich bin nicht in der Stimmung für deine blöden Witze«, sage ich stirnrunzelnd und werfe meinem unkooperativen Scheiß-Handy einen wütenden Blick zu. Matt grinst mich ohne jedes Mitgefühl an. Er kann so ein Vollidiot sein.

»Ja. Halt doch endlich die Klappe, Matt«, sagt Joseph, unser Drummer, der gerade reinkommt und mich sofort in eine herzliche Umarmung zieht. »Sie rufen schon noch an, Lei. Reg dich nicht auf … Ich weiß, dass sie sich bei dir melden werden.«

»Hör auf, sonst wird sie noch eingebildeter, als sie sowieso schon ist«, erwidert Matt verärgert. Er setzt sich an den Tisch und beobachtet uns. Der größenwahnsinnigste Mann, den ich kenne, besitzt die Frechheit, mich als eingebildet zu bezeichnen. Was für ein Witz! Ich verdrehe die Augen und wende mich dann wieder Joseph zu.

»Bleib einfach locker, Lei. Es wird schon klappen.« Joe küsst mich auf die Schläfe und wirft Matt einen vernichtenden Blick zu, bevor er das Zimmer verlässt.

Joseph Torrone ist der Knuddelbär unserer Band – ein echter Schatz. Dabei sieht er gar nicht so aus. Mit seinem Irokesenschnitt, seinen Tattoos und den dunkelbraunen Augen wirkt er eher ein bisschen unheimlich. Und er hat Schultern wie ein American-Football-Verteidiger. Wahrscheinlich hätte jedes Mädchen zuerst mal Angst davor, ihn zu seinen Eltern nach Hause zu bringen. Doch sobald die Mutter ihn richtig kennenlernt, würde sie vermutlich hoffen, dass er ihrer Tochter gleich beim Nachtisch einen Heiratsantrag macht (auch wenn der Vater vielleicht nicht so begeistert davon wäre).

Unser Leadsänger Matt und ich hatten mal was miteinander. Wir sind an der Highschool miteinander gegangen, bis mir klar wurde, dass er ein Blödmann ist. Das Einzige, was Matt Rizzo wollte, war Sex. Er war mein erster Freund, und ich glaubte, ihn zu lieben. Damals war er arbeitslos und benutzte das als Vorwand: Wir könnten uns sowieso nichts anderes leisten, als in seiner Kellerwohnung rumzuhängen und Sex zu haben. Mit der Zeit hing mir das zum Hals raus, und nach neun Monaten habe ich Schluss gemacht. Trotzdem fühlten wir uns immer noch zueinander hingezogen. Matt sieht gut aus und ist verdammt arrogant. Ein paar Jahre später gingen wir wieder miteinander, doch diesmal dauerte es nicht so lange wie beim ersten Mal. Sechs Monate später machte ich wieder Schluss, nachdem mir klar geworden war, dass er jetzt noch ein größerer Blödmann und außerdem ein Arschloch war. Denn auch beim zweiten Mal wollte Matt Rizzo nur Sex von mir – und außerdem auch noch von ein paar anderen Mädchen.

Um ehrlich zu sein: Er hat mir wehgetan. Also sind wir jetzt nur noch Freude – vermute ich jedenfalls. Ganz so sicher bin ich mir dabei nicht, denn er behandelt mich ziemlich ekelhaft. Er hänselt mich oft, und manchmal grenzen seine Sticheleien an Bosheit. Evan glaubt, dass er immer noch nicht so richtig über mich hinweg ist. Aber das finde ich lächerlich, denn schließlich sind wir schon seit Jahren getrennt. Außerdem ist *er* derjenige, der mich betrogen und mir das Herz gebrochen hat.

Ihm sollte auch mal jemand das Herz brechen. Vielleicht wäre er dann nicht mehr so ein Arschloch. Ich würde mir sofort eine Eintrittskarte kaufen, um das mit ansehen zu können, und sogar noch eine Tüte Popcorn mitbringen.

Wenn er mich ärgert, helfen Logan, Joseph und Evan mir immer. Wir alle ertragen Matt nur deshalb, weil er eine fantastische Stimme hat. Niemand, den ich kenne, kann so einen wilden Rockschrei rauslassen wie er. Deshalb – und weil er so gut aussieht – haben wir jede Menge weibliche Fans. Aber es kommen auch viele männliche Fans jede Woche ins *Zone*, um *mich* zu sehen. Einige haben schon versucht, meine Telefonnummer zu ergattern oder sich an mich ranzumachen. Aber momentan habe ich kein Interesse daran. Obwohl mir der Sex natürlich fehlt, bin ich lieber allein erfolgreich als zu zweit unglücklich. Beziehungen passen anscheinend nicht zu mir.

Ich war bisher nur mit zwei Männern zusammen. Mein zweiter Freund war perfekt – dachte ich zumindest. Gutes Aussehen, guter Beruf, gute Familie. Ich liebte ihn und war ein bisschen blind für sein extrem dominantes, kontrollsüchtiges Verhalten – er benahm sich wie ein Höhlenmann. Eines Abends kam er in unsere Show und machte mir eine Szene, weil ich zu offenherzig gekleidet war. Um es kurz zu machen: Dieser Mann war das zweite Juwel in meiner erbärmlichen Beziehungskrone – und beide Juwelen waren in Wirklichkeit nur billige Imitationen. Ich frage mich oft, warum ich eigentlich kein Glück mit Männern habe. Dabei scheint es doch eigentlich ganz einfach zu sein. Wenn ich Logan und Alisa beobachte, hoffe ich, dass mir so ein Glück auch eines Tages begegnet. Die beiden sind total verrückt nacheinander und respektieren sich dabei doch gegenseitig. Sie sind nicht nur ein Liebespaar, sondern auch gute Freunde. Alisa hat wirklich Glück, einen Mann wie Logan gefunden zu haben.

Logan, unser Gitarrist, ist sozusagen auch der Manager unserer kleinen Band. Er ist der Älteste und sorgt dafür, dass sein Bruder Matt und die anderen Bandmitglieder keinen Quatsch machen. Denn auch wenn die beiden Brüder sind und die gleiche Figur, das gleiche Lächeln und das gleiche braune Haar haben, unterscheiden sie sich ansonsten voneinander wie Tag und Nacht.

Matt hat schöne haselnussbraune Augen, Logans Augen sind von einem warmen Braun. Matt ist ein Blödmann, Arschloch und Herzensbrecher, während Logan lieb und einfühlsam ist. Wie eine Frau zwei so verschiedene Kinder in die Welt setzen konnte, ist mir ein Rätsel.

Aber trotz allem hat Matt etwas Unwiderstehliches an sich. Immerhin bin ich seinem Charme schon zweimal erlegen und versuche jetzt, Lori vor der Matt-Rizzo-Erfahrung zu bewahren. Seit ich das zweite Mal mit ihm Schluss gemacht habe, will sie unbedingt etwas mit ihm anfangen – natürlich erst, nachdem sie sich vergewissert hatte, dass es mich nicht stört. Sie kennt unsere Geschichte. Ich habe versucht, ihr klarzumachen, dass er es nicht wert ist, aber sie hört nicht auf mich. Sie glaubt tatsächlich, ihm seinen schäbigen Charakter austreiben zu können.

Aber eigentlich ist das egal, denn Matt hat sowieso kein Interesse an ihr. Nicht, dass Lori nicht sexy wäre. Sie ist sehr hübsch und hat eine tolle Figur. Evan behauptet, dass Matt einfach keine Lust mehr hat, mit Mädchen zu gehen, die zu seinem Freundeskreis gehören – ein Glück für Lori, wenn ihr mich fragt.

Evan Miller, unser Bassist, ist mein bester Freund. Mit seinen schönen grünen Augen und dem zerzausten goldbraunen Haar sieht er absolut hinreißend aus. Und was noch wichtiger ist: Er ist ein ruhiger, lieber, herzensguter Kerl. Als Bassgitarrist ist er phänomenal. Die Cliffhangers können froh sein, ihn zu haben. Natürlich sind alle Jungs in unserer Band begabt, aber Evan ist etwas Besonderes.

Ich liebe ihn von ganzem Herzen, aber meine Gefühle haben nichts mit Romantik zu tun. Er ist für mich der Bruder, den ich nie hatte; und irgendwie habe ich das Gefühl, dass auch Dad in ihm den Sohn sieht, den er nie hatte. Evan verbringt viel Zeit mit uns zusammen, vor allem seit der Scheidung seiner Eltern. Genau wie ich ist er ein Einzelkind und hat viel mit Dad gemeinsam.

Evan ist ein Jahr älter als ich. In Cliffside wohnten wir nur ein paar Häuser voneinander entfernt. Trotzdem lernten wir uns erst kennen, als ich in die sechste Realschulklasse kam. Vorher hatte ich eine katholische Grundschule besucht und mich dort wie ein Fisch auf dem Trockenen gefühlt. Da ich gerade meine Mutter verloren hatte, war ich immer sehr still und introvertiert. Eines Tages sah ich Evan am anderen

Ende der Cafeteria sitzen, und irgendwie erinnerte er mich an jemanden. Ohne mir dessen bewusst zu sein, starrte ich ihn an. Irgendwann fiel ihm das auf, und er kam herüber und setzte sich an meinen Tisch.

Eigentlich hätte mir das peinlich sein sollen, aber das war es nicht. Ich sah ihm in die Augen und wusste sofort, dass wir gute Freunde sein würden. Von diesem Tag an hat Evan mich unter seine Fittiche genommen, und der Rest ist Geschichte. Er hat sich ein paarmal für mich geprügelt, meinetwegen mit ein paar Mädchen Schluss gemacht und ist mein größter Fan.

Als Matt und ich wieder in die Kneipe zurückwollen, kommt er hereingeplatzt.

»Kann ich kurz mit Leila sprechen, Matt?«

»Klar, Evan. Wie könnte ich dir einen Wunsch abschlagen?«, antwortet er, klimpert mit den Wimpern, dreht sich um und verlässt das Zimmer.

Evan verdreht die Augen. »Er kann so ein Arsch sein«, sagt er. Ich muss lachen. In Evans Mund hört sich das Wort »Arsch« irgendwie verkehrt an.

»Was für eine Nummer hast du Devil's Lair gegeben, Lei?«, fragt Evan und fasst nach meiner Hand.

»Äh, meine Handynummer… Warum?«

»Tja, anscheinend haben sie nicht die richtige Nummer. Sie versuchen schon den ganzen Tag, dich zu erreichen.«

Verdammter Mist …

»*Was* hast du gesagt? Willst du mich auf den Arm nehmen?« *Vielleicht war das diese unheimliche Sally von der Rezeption!* Ich erzähle ihm von meinem Verdacht.

»Vielleicht hat sie meine Nummer absichtlich verwechselt. Sie hat mich angeguckt wie ein lästiges Insekt.«

»Zum Teufel mit ihr. Jack Lair hat gerade bei Sal angerufen. Patti hatte ihm die Nummer von der Kneipe gegeben. Du sollst so schnell wie möglich zurückrufen.« Evan reicht mir eine Serviette mit einer draufgekritzelten Nummer.

»OH GOTT!« Vor lauter Aufregung drücke ich Evans Hand so fest, dass er zusammenzuckt.

»Geh zu deinem Auto und ruf sofort an.«

»Und was ist mit unserem Auftritt?«

»Geh ruhig. Wir warten auf dich, Lei.« Er küsst mich auf die Stirn und schiebt mich hinaus. Ich renne zu meinem Auto und wähle die New Yorker Nummer. Ich muss mich zwingen, normal zu atmen und nicht zu keuchen, als hätte ich gerade Telefonsex.

»Hallo?«, meldet sich eine sexy Männerstimme. Das ist eindeutig Jack.

»Äh, hi, hier spricht Leila… Leila Marino. Mir wurde gesagt, ich soll diese Nummer anrufen.«

»Hallo, Leila«, begrüßt er mich mit so schmachtender Stimme, dass mein unteres Stockwerk in Aufruhr gerät. »Hier ist Jack Lair. Ich versuche schon seit einiger Zeit, dich zu erreichen, um mit dir über deine Zukunft bei Devil's Lair zu reden, falls du Interesse daran hast.«

»Moment mal … *Wie* bitte?«

Er lacht leise und wiederholt seinen Satz noch einmal. Ich verstumme – so lange, bis er sich räuspert.

»Ah ja. Natürlich habe ich Interesse!« Ich falle von einem Extrem ins andere und schreie jetzt förmlich in den Telefonhörer hinein. Wieder lacht er vor sich hin, und es ist fast so, als könnte ich seinen Atem an meinem Ohr spüren. Jetzt bebt mein unteres Stockwerk nicht mehr nur, sondern zieht sich beinahe schmerzhaft zusammen.

Erregt mich jetzt etwa schon der bloße Klang seiner Stimme?

»Kannst du am Montag um elf zu uns ins Studio kommen?«, fragt er.

»Klar. Kein Problem.«

»Prima. Und noch was, Leila: Pass auf, das du dir bis dahin nichts brichst!«

Ich erröte und stoße mit kleinlauter Stimme hervor: »Ich tue, was ich kann.«

Wieder lacht er leise, hängt auf und lässt mich mit einer lebhaften Fantasie zurück: Bettlaken, Arme, Beine – alles ineinander verknäuelt – und Jack, der mir leise ins Ohr lacht. Ich sitze geschlagene zwanzig Minuten in meinem Auto, ohne mich zu rühren. Gut, dass ich dieses Engagement bekommen habe; denn meinen jetzigen Job werde ich vielleicht heute verlieren, weil ich zwanzig Minuten zu spät komme.

Devil's Lair … Verdammt noch mal! Danke, Universum!

Da ich sowieso schon spät dran bin, kann ich genauso gut auch schnell noch meinen Dad anrufen.

»Was ist denn los? Solltest du nicht schon längst auf der Bühne sein?« Kein Hallo, keine Begrüßung – typisch Dad.

»He, Dad. Nichts ist los. Ich wollte dir nur sagen, dass sie mich zurückgerufen haben.«

Seine Antwort kommt mit zwei Sekunden Verzögerung. Den meisten Leuten würde das nicht auffallen, aber ich registriere es.

»Das ist fantastisch, Lei. Ich freue mich so für dich.«

Aber?

Ich warte auf das *Aber* und frage ihn danach.

»Kein Aber. Ich freu mich wirklich. Ich mache mir nur Sorgen um dich, das weißt du ja.«

»Ich weiß, Dad. Ich muss jetzt gehen. Wollte dir nur Bescheid sagen.« Wir beschließen, am Sonntag beim Brunch ausführlicher darüber zu reden. Dann werde ich das *Aber* ganz bestimmt zu hören bekommen.

Devil's Lair … Ich fasse es nicht!

Kapitel 2
Jack

Die letzten Wochen waren wirklich der Wahnsinn. Unsere Band ist genau auf dem richtigen Weg. Und da das eigentlich schon immer mein einziges Ziel war, bin ich bestens darauf vorbereitet. Das hier ist meine Bestimmung, und ich habe eine Menge dafür riskiert. Ich heiße Jackson Henry Lair und bin der Leadsänger von Devil's Lair.

Ich weiß, dass es mir in die Wiege gelegt wurde, Rockstar zu sein, auch wenn meine Eltern anderer Meinung sind. Natürlich haben sie schon früh gemerkt, dass ich eine außergewöhnliche Stimme habe, gern Songs schrieb und ständig in der Stadt herumhing, um Bands spielen zu hören; aber in ihren Augen war das nur ein Hobby.

Vielleicht ein typischer Fall von Verdrängung?

Sie hörten mir nicht zu, wenn ich über die Schule oder die Uni schimpfte – was ich meistens tat. Ich hatte an der New York University ein paar Studiengänge zur Vorbereitung auf das Jurastudium belegt, doch mir war das alles unendlich verhasst. Die meisten Leute können sich kaum vorstellen, dass ich tatsächlich was im Kopf habe. Meine Eltern wissen das zwar, haben aber das Gefühl, dass ich meine Intelligenz vergeude. Mein Dad hat mich von Anfang an darauf getrimmt, in seine Fußstapfen zu treten und Anwalt zu werden.

Aber das konnte ich einfach nicht.

Obwohl ich eine Scheißangst davor hatte, musste ich meinen Eltern sagen, dass ich vorhatte, mein Studium abzubrechen. Ich konnte einfach nicht mehr weiter so tun, als sähe ich meine Zukunft in einer juristischen Karriere. In meinen düstersten Zukunftsvisionen sah ich mich – von meinen Eltern verstoßen – schon obdachlos und ohne einen Cent auf der Straße leben. Natürlich war das nur eine Ausgeburt meiner blühenden Fantasie, denn so zu denken war ich eigentlich nicht erzogen worden. Aber mir blieb nichts anderes übrig, als eine Bombe platzen zu lassen, die von unglaublicher Bedeutung für meine Eltern war und damit für mich. Auch wenn sie bisher immer sehr liebevoll für meine Schwester und mich gesorgt hatten, war die Vorstellung von mir als verstoßenem Sohn vielleicht gar nicht so weit hergeholt.

Mein Vater Peter Henry Lair ist Anwalt für Wirtschaftsrecht. Ein stinklangweiliges Fach – aber das ist typisch Dad: immer ruhig und ausgeglichen, besonnen, klug und vernünftig.

Er ist vielleicht ein bisschen größer als ich, aber ansonsten sehen wir uns sehr ähnlich. Wir haben das gleiche dunkelbraune Haar (oder besser gesagt: *hattens*, denn seines wird inzwischen an den Schläfen grau), die gleichen dunkelgrauen Augen und das gleiche Lächeln, Grübchen inklusive. Doch ansonsten haben wir keinerlei Gemeinsamkeiten. Ich bin weder ruhig und ausgeglichen noch besonnen und vernünftig.

Vom Charakter her gehe ich eindeutig mehr nach meiner Mutter, der Hausfrau und Exschönheitskönigin Renata Cornwell Lair. Als junge Frau sah Mom einfach überwältigend aus, und sie ist auch heute noch eine Schönheit. Sie ist groß und schlank, hat langes blondes Haar und grüne Augen. Mit Anfang fünfzig sah sie immer noch zwanzig Jahre jünger aus. Als Kind war es mir ein bisschen peinlich, eine Mutter zu haben, die so scharf aussah. Ich weiß noch, dass die Männer sie ständig anstarrten. Bei sportlichen und schulischen Veranstaltungen oder einfach nur im Supermarkt – überall wurde sie mit Blicken verschlungen. Besonders interessante Auswirkungen hatte dieser Renata-Lair-Effekt bei Elternabenden: Dieselben knallharten Lehrer, die mir tagtäglich die

Hölle heiß machten, verwandelten sich in stammelnde Idioten, sobald sie meine Mutter sahen. Übrigens reagierten meine Lehrerinnen ganz ähnlich auf meinen Vater. Er kann ziemlich charmant sein. Manchmal wirkte sich das positiv auf meine Noten aus.

Mom ist impulsiv, temperamentvoll, eigenwillig und hat viel Sinn für Humor. Ich habe eine Menge Geschichten über sie und ihre wilde Vergangenheit gehört. Meine Eltern lernten sich auf dem College kennen, verliebten sich unsterblich ineinander und heirateten ein Jahr später. Anfangs waren sie total gegensätzlich und verschmolzen dann allmählich zu einem einzigen Persönlichkeitstyp, indem sie sich veränderten wie Chamäleons: Meine Mutter wurde praktischer und umsichtiger, mein Vater mutierte vom Bücherwurm zum Partylöwen. Natürlich wurde er kein richtiger Partylöwe, aber zumindest sagte Mom, er sei in den einunddreißig Jahren ihrer Ehe »sehr viel lockerer« geworden.

Einunddreißig Jahre mit ein und demselben Partner zusammen zu sein ... Das kommt mir ziemlich lang vor. Ich glaube nicht an diese Geschichte mit den Seelengefährten, obwohl ich das eigentlich müsste, wenn ich mir meine Eltern so ansehe. Sie haben das Gefühl, füreinander bestimmt gewesen zu sein, und sind überzeugt davon, dass das Schicksal eine wichtige Rolle dabei gespielt hat, sie zusammenzubringen. Für mich ist das alles ein Buch mit sieben Siegeln: ewige Liebe, und sie lebten glücklich bis ans Ende ihrer Tage ... Gibt es wirklich *den einen* Menschen auf der Welt, der für einen bestimmt ist? Oder ist das alles nur reiner Zufall?

Gemeinsam schufen meine Eltern für mich und meine Schwester ein liebevolles, behütetes Obere-Mittelschicht-Zuhause. Wir erlebten eine recht normale Kindheit in einem schmucken Häuschen im Kolonialstil, mit Golden Retriever und Swimmingpool im Garten. Eigentlich ziemlich langweilig. Der Beruf, den ich mir ausgesucht habe, passt überhaupt nicht zu dieser *Vorstadtidylle*, in der wir aufgewachsen sind.

Ich habe eine jüngere Schwester, Elizabeth Ann Lair, kurz: Lizzy. Lizzy und Mom sehen wie Schwestern aus, außer dass Lizzy keine blonden, sondern hellbraune Haare hat. Sie benehmen sich auch wie

Schwestern und verstehen sich hervorragend miteinander. Genau wie Mom ist Lizzy sich ihrer Schönheit zwar bewusst, würde aber niemals versuchen, davon zu profitieren.

Meiner Mom bedeutet Schönheit gar nichts. Sie hat Lizzy nie dazu angespornt, Model zu werden und womöglich von dieser kalten, brutalen Branche zerstört zu werden. Genau wie ich sollte auch Lizzy aufs College gehen und einen Beruf erlernen. Sie gehorchte meinen Eltern widerspruchslos. Das ist der Unterschied zwischen meiner Schwester und mir: Sie ist immer der gleichen Meinung wie meine Eltern.

Lizzy machte einen Magisterabschluss in Psychiatrie an der Columbia University und schreibt gerade an ihrer Doktorarbeit. Meine Schwester hat drei wunderbare Eigenschaften: Sie ist attraktiv, intelligent und hat ein Herz aus Gold. Der Mann, der dieses Herz gewinnt, sollte schon etwas Besonderes sein, sonst bekommt er es mit mir zu tun, und mit meinem Temperament ist nicht zu spaßen.

Eine Psychiaterin in der Familie zu haben wird mir später bestimmt mal bei meinen vielen Problemen helfen. Als Teenager benahm ich mich wie ein Elefant im Porzellanladen, der zu viele Viagra-Tabletten geschluckt hatte. Seitdem bin ich ein bisschen ruhiger geworden, was allerdings nicht für meinen Sextrieb gilt. Eigentlich laufe ich seit meinem zwölften Lebensjahr dauernd mit einem Ständer herum. Aus irgendeinem unerfindlichen Grund bin ich an der Highschool bei einem Mädchen gelandet, das fast zwei Jahre lang meine Freundin war. Sie hieß Jessa Perez. Im Nachhinein muss ich sagen, dass es saublöd von mir war, mich mit ihr einzulassen. Versteht mich nicht falsch: Sie sah umwerfend aus, und wir hatten wirklich eine schöne Zeit miteinander – bis wir uns zerstritten. Im Vergleich zu ihr bin ich sanft wie ein Schoßhündchen.

Wir waren beide sehr unreif und mussten erst noch erwachsen werden. Wir stritten uns, versöhnten uns und stritten uns wieder. Im Grunde ist unsere Beziehung zwei Jahre lang so gelaufen. Doch damals glaubte ich, wir seien verliebt.

Leider lag ich damit völlig falsch.

Um ehrlich zu sein, bin ich in Beziehungen ein ziemlicher Versager. Ich bin dauernd am Flirten; und das ist nun mal keine so gute Idee, wenn man eine feste Freundin hat. Also revanchierte sich Jessa, indem sie fremdging. Das heißt, mir kamen Gerüchte davon zu Ohren, dass sie mich betrog; aber sie stritt alles ab. Ich hatte zwar keine Beweise dafür, aber mein Bauchgefühl sagte mir, dass es stimmte. Irgendwann hatte ich die ständige Streiterei und das Gerede meiner Mitschüler satt, und nach dem Abitur machte ich Schluss mit ihr.

Jessa fiel es nicht schwer, Ersatz für mich zu finden. Mit ihren langen schwarzen Haaren, ihren schokoladenbraunen Augen und ihrer männermordenden Figur kriegt sie jeden Mann rum. Und sie ist auch gefährlich: Sie könnte den Papst dazu überreden, nackt durch die Straßen von Rom zu laufen.

Ich war entschlossen, sie zu vergessen. Die Mädels waren das Einzige, was mir half, das Studium an der New York University zu überleben. Sie waren überall und machten diese Hölle für mich ein bisschen erträglicher. Das hat mich reichlich für meine zwei verkorksten Jahre mit Jessa entschädigt. Wahrscheinlich habe ich damals alles nachgeholt, was ich in diesen beiden Jahren an der Highschool versäumt hatte – und eigentlich tue ich das immer noch.

Seit meiner Schulzeit habe ich keine feste Beziehung mehr geführt und kann mir auch nicht vorstellen, das in nächster Zeit zu tun. Ich kann diese dramatischen Szenen einfach nicht ausstehen. Meine Beziehung mit Jessa war nichts anderes als ein ständiges Drama, in einen heißen Sex-Burrito eingewickelt.

Doch obwohl ich mit ihr Schluss gemacht hatte, wollte sie wieder mit mir zusammenkommen. Ich wehrte mich mit Händen und Füßen dagegen; aber sie behauptete, sie wolle keine Beziehung, sondern vermisse einfach nur unser Sexleben. Damit hatte sie gar nicht so unrecht: Sex war das Einzige, was wir gut miteinander konnten. Ein paarmal gab ich der Versuchung nach – zweimal, um genau zu sein. Unsere

Versöhnungen liefen immer nach dem gleichen Schema ab: Zuerst gab es heißen Sex, dann fingen wir an zu streiten, ich schrie sie an, sie warf etwas nach mir, und ich stürmte aus dem Zimmer. Eigentlich hat sich seit unserer Highschoolzeit nicht viel daran geändert. Niemand kann mich so auf die Palme bringen wie Jessa.

Vor ein paar Tagen waren wir zum letzten Mal zusammen. Wir waren uns »zufällig« in einem Klub über den Weg gelaufen, und irgendwann landete ich in ihrem Bett, weil ich betrunken und geil war. Leider bin ich ziemlich schwanzgesteuert. Gegen Morgen hatte sie ihre Meinung geändert und wollte plötzlich doch mehr als nur Sex. Ich weiß gar nicht mehr genau, warum sie so rumgekeift hat. Ich sei ein Scheißkerl und müsse endlich erwachsen werden. Sie sei felsenfest davon überzeugt, dass wir zusammengehören. Nachdem ich mir ihr Geschimpfe eine Weile angehört hatte, überkam mich das ungute Gefühl, dass unsere Begegnung kein Zufall gewesen war. Jessa ist psychisch ziemlich labil und leidet auch manchmal unter Wahnvorstellungen.

Diese Nacht war ein großer Fehler. Zu sagen, dass ich sie bereue, wäre die Untertreibung des Jahrhunderts. Hunter musste mich bei ihr abholen, weil ich stockbesoffen war. Er riet mir, mich künftig von ihr fernzuhalten. Genauer gesagt, bekam er einen Wutanfall und behandelte mich während der ganzen Heimfahrt wie ein kleines Kind. Auch Trey sagte, ich müsse endlich von ihr loskommen. Seine genauen Worte waren: »Halt verdammt noch mal die Klappe und hör mir zu. Musstest du unbedingt eine Frau ficken, die einfach bloß toll aussieht und sonst nichts in der Birne hat? Du kannst einem wirklich leidtun.«

So ein Schwachkopf.

Hunter hat's begriffen. Trey nicht.

Es war wirklich dumm von mir. Zumal ich Jessa nicht brauchte, um eine gut aussehende Frau zu vögeln, die nichts im Kopf hat. In dieser Hinsicht habe ich jede Menge Auswahl. Seitdem habe ich alles getan, um Jessa von mir fernzuhalten (außer dass ich kein Kontaktverbot für sie erwirkt habe). Aber sie läuft mir trotzdem immer wieder über den Weg.

Ich hätte auf Hunter hören sollen. Hunter Amatto ist unser Drummer und mein bester Freund. Außerdem hat er die Rolle unseres Bandmanagers übernommen und sorgt dafür, dass keiner von uns aus der Reihe tanzt. Wir haben uns vor etwa zehn Jahren in einer Bar in der Stadt kennengelernt, wo wir Livemusik hörten, und uns auf Anhieb gut miteinander verstanden. Ich schüttete ihm mein Herz darüber aus, dass ich mein Jurastudium an den Nagel hängen und eine Rockband gründen wollte. Schon nach fünf Minuten war Hunter hellauf begeistert von meinem Plan und wollte unbedingt mitmachen.

Ich habe ihm viel zu verdanken. Er hat mir über meine Liebe zum Tequila hinweggeholfen, dem ich zugetan war, nachdem ich meinen Eltern die Hiobsbotschaft von meinem abgebrochenen Studium beigebracht hatte. Ich danke Gott dafür, dass Hunter den Mut hatte, sich auf meinen Plan mit der Rockband einzulassen, denn mit seiner Begeisterung hat er mir Feuer unterm Hintern gemacht. Ohne ihn wären wir bestimmt nicht da, wo wir heute sind. Er war ein fantastischer Freund und ein noch besserer »Manager«. Sogar der Name unserer Band war seine Idee. Der Tag, an dem ich Hunter kennengelernt habe, war ein echter Glückstag.

Übrigens glaube ich ganz fest an GLÜCK. Damit will ich nicht sagen, dass wir keine gute Band sind; aber Glück hat definitiv auch eine ganze Menge zu unserem Erfolg beigetragen.

Kurz nachdem ich meinen Eltern die niederschmetternde Nachricht beigebracht hatte, zog Hunters Mitbewohner aus. Das war wirklich perfektes Timing. Ich zog sofort bei ihm ein. Meine Mom war zwar nicht glücklich darüber; aber ich musste einfach aus Long Island heraus- und von meinen Eltern wegkommen. Meinen Dad jeden Tag aus seiner Anwaltskanzlei heimkommen zu sehen war für mich eine ständige Erinnerung daran, was ich eigentlich hätte tun sollen und wie sehr ich meine Eltern enttäuscht hatte.

Außerdem empfand ich es als befreiend, aus der Vorstadt nach Brooklyn zu ziehen. Wir wohnen in Dumbo, einem der trendigsten

Viertel von New York. Unsere Miete ist zwar astronomisch hoch, aber in Manhattan würde eine Wohnung derselben Größe das Zehnfache kosten.

Unser Apartment ist nichts Besonderes. Wir haben ein nicht zu kleines Wohnzimmer mit einem viel zu großen Fernseher; aber so sind Jungs nun mal. Die Küche ist klein, und von der Diele führt eine Tür zu einem Klo mit Waschbecken. Unsere zwei winzigen Schlafzimmer haben je ein eigenes Bad – und das war's auch schon.

Das Beste an unserer Wohnung ist das Dach. Wir wohnen im Dachgeschoss eines sechsstöckigen Hauses und haben Zugang zur Dachterrasse. Aus irgendeinem Grund steigt keiner der anderen Mieter jemals da rauf. Wir haben ein paar Plastiktische und -stühle aufgestellt uns sogar ein billiges Plastiksofa gekauft und nach oben geschleppt, Lautsprecher und eine Weihnachtsbeleuchtung installiert – und schon hatten wir ein gemütliches Plätzchen zum Abhängen. Diese Dachterrasse ist wirklich ein schöner, ruhiger Ort zum Relaxen, wohin ich auch Gäste (sprich: Mädels) einlade. Hunter bringt nicht so oft Mädchen nach Hause wie ich, also habe ich die Terrasse meistens für mich allein. Ich bin unheimlich gern da oben.

Es ist nicht so, dass Hunter gar keine Mädels mitbringt. Nach dem Maßstab der meisten Frauen sieht er wahrscheinlich ziemlich gut aus. Er ist groß, hat eine Igelfrisur, ein paar Piercings im Ohr und eins an der Lippe. Ich habe ja noch nie so richtig verstanden, was an Piercings schön sein soll oder warum die Mädels da so drauf stehen. Mit seinem umwerfenden Lächeln und den blauen Augen sieht Hunter ziemlich scharf aus, nur leider ist er unheimlich schüchtern. Komischerweise ist er in jeder anderen Hinsicht selbstbewusst und manchmal sogar ziemlich von sich eingenommen – aber nicht, wenn es darum geht, Mädels abzuschleppen. Er wartet immer, bis sie die Initiative ergreifen. Was für eine Zeitverschwendung!

Wir haben eine Anzeige in die *Village Voice* gesetzt und nach einem Gitarristen und einem Bassisten gesucht. Den Gitarristen fanden wir zuerst. Scott Malone ist ein netter Junge irischer Abstammung, der auch aus Long Island kommt. Zuerst waren Hunter und ich ein bisschen skeptisch. Er sah einfach zu nett aus – gar nicht wie ein Rockstar. Seine adrette Erscheinung würde eher zu einer Haferflockenwerbung passen. Aber sein Talent hat uns wirklich die Schuhe ausgezogen. Nachdem wir ihn Gitarre spielen gehört hatten, engagierten wir ihn sofort.

Scott hat eine Freundin namens Patti Wells. Eigentlich sind die beiden schon so gut wie verheiratet. Sie ist eine zierliche Blondine und ganz nett, aber auch ein bisschen nervig – irgendwie zu übereifrig für meinen Geschmack. Zum Glück bin ich nicht derjenige, der sie vögelt; aber auch Scott kommt bei ihr so gut wie nie zu Wort.

Unseren Bassgitarristen zu finden war eine echte Geduldsprobe. Zuerst engagierten wir einen Jungen, den ich aus meiner Kindheit noch kenne und dessen Namen ich lieber nicht nennen möchte. Vor Jahren war er einmal psychisch krank gewesen – da hätten bei mir gleich die Alarmglocken klingeln sollen. Versteht mich nicht falsch: Wir alle möchten gern richtig böse Jungs sein, bis auf Scott – aber dieser Typ hat es echt auf die Spitze getrieben. Eines Nachts wären wir seinetwegen beinahe verhaftet worden, und ich hab wirklich keine Lust, mich für irgend so einen Typen im Knast nach der Seife zu bücken. Also haben wir ihn gefeuert und zum Glück kurz danach Trey gefunden.

Trey ist in New York City zur Welt gekommen und aufgewachsen und war gerade aus Kalifornien wieder hierher zurückgekehrt. Als wir ihn in einer Bar in SoHo spielen sahen, wussten wir sofort, dass er der richtige Mann für uns war. Er sah genauso aus, wie man sich einen Bassgitarristen vorstellt. Trey ist ein dunkler Typ: Tätowierungen am ganzen Körper, kinnlanges schwarzes Haar, schwarze Kleidung, schwarze Sonnenbrille und schwarze Gitarre – genau das Gegenteil von Scott, was ein Glück ist, denn wir brauchen ein Gegengewicht zu ihm, um nicht zu brav auszusehen.

Aber Trey hat nicht nur den richtigen Look, sondern ist auch ein fantastischer Bassist. Wenn wir ihn nicht entdeckt hätten, wäre er wahrscheinlich im Handumdrehen von einer anderen Band engagiert worden. Er lächelt fast nie; aber wenn er ab und zu doch mal die Zähne auseinanderbekommt, sind unsere weiblichen Fans immer ganz hingerissen.

Ja, wir haben alle unsere Fans. Die haben unsere Auftritte im Internet hochgeladen, und dadurch sind wir noch bekannter geworden. Aber wir kriegen immer noch jedes Mal einen Heidenschrecken, wenn uns jemand wiedererkennt.

Einige unserer Fans sind sehr aggressiv. Mit ein paar von den Mädels habe ich geschlafen; doch meistens verschwinden sie wieder, sobald sie merken, dass sie bei mir in einer Sackgasse gelandet sind. Wir sind ständig von tollen Frauen umgeben, die sich uns an den Hals werfen – vor allem mir, genauer gesagt. Ich behandle sie immer sehr respektvoll und benutze stets ein Kondom! Warum soll ich sie enttäuschen, wenn sie mir nachlaufen? Schließlich zwinge ich sie ja nicht dazu, mit mir ins Bett zu steigen – was sowieso meistens ziemlich spontan passiert. Es ist erstaunlich, wie viele Frauen zu einem One-Night-Stand mit einem wildfremden Mann bereit sind.

Ich weiß gar nicht mehr, mit wie vielen Frauen ich schon im Bett war, und eigentlich ist mir meine Promiskuität sogar ein bisschen peinlich. Aber das hält mich nicht davon ab, trotzdem so weiterzumachen. Ich bin gern mit Frauen zusammen – für eine Nacht oder zwei, höchstens eine Woche. Länger hält bei mir keine Beziehung – jedenfalls bis jetzt nicht. Ich habe keine Zeit, meine Energie und meine Gehirnzellen an Beziehungsdramen zu verschwenden. Es gibt wichtigere Dinge, über die ich mir Gedanken machen muss. Endlich kommt meine Karriere als Musiker so richtig in Schwung, und diese Glückssträhne will ich genießen. Nächstes Jahr werden wir unser erstes Album aufnehmen und dann auf Tournee gehen.

Oh Mann, ja!

Wir können es wirklich kaum noch erwarten. Ich bereue keine der schäbigen, schmuddeligen, anrüchigen Bars, in denen wir in den letzten Jahren gespielt haben. Diese Kneipen haben uns zu dem gemacht, was wir heute sind. Wir wissen, dass einem so was nicht in den Schoß fällt. Jeder von uns weiß diesen Erfolg zu schätzen, und wir genießen ihn in vollen Zügen.

Vor zwei Jahren haben wir bei einem Bandwettbewerb mitgemacht und gewonnen. Damals hat die superberühmte Band MACE uns entdeckt und sich noch ein paar Auftritte von uns angesehen. Sie wollten auf eine kleine Tournee gehen und baten uns, sie als Vorband zu begleiten.

Abgesehen davon, dass wir monatelang mit einer Schar übel riechender Jungs in einem Bus kampieren mussten, war diese Tournee mit MACE ein fantastisches Erlebnis. Dabei haben wir jede Menge Erfahrungen für unsere eigene Tournee gesammelt. Ich hatte viel Spaß dabei – nicht nur auf der Bühne, sondern auch in diversen Betten.

In L.A. kam eine hinreißende große Blondine mit eisblauen Augen auf uns zu und stellte sich als Jennifer Baxter vor. Ich mag zwar lieber Brünette, aber Jen ist eine Augenweide. Nach unserem Vorprogramm kam sie geradewegs auf mich zumarschiert und streckte mir die Hand entgegen. Sie sah aus, als wolle sie gleich über mich herfallen. Ich wollte sie schon anbaggern, als sie mir erklärte, sie sei Agentin und würde gern für uns arbeiten. So ist Jennifer: Sie redet nicht lange um den heißen Brei herum, sondern kommt sofort zur Sache. Da wir noch keine Agentin hatten und von ihrer Courage beeindruckt waren, sagten wir zu. Es konnte ja schließlich nicht schaden.

Wir hatten Vertrauen zu Jen, und das war die beste Entscheidung, die wir je getroffen haben. Letztes Jahr hat sie uns einen Vertrag beim selben Musiklabel verschafft wie MACE.

Jen ist zwar noch kein alter Hase im Musikgeschäft, aber dafür verdammt hartnäckig, und das hat uns sehr weitergeholfen. An dem Abend, als sie uns entdeckte, war sie gerade auf einer Geschäftsreise nach L.A. und kippte ein paar Drinks mit einer Freundin. Wir trauten ihr das zu, und sie hat sich richtig für uns ins Zeug gelegt.

Unsere Jungs ließen mich bei einem Stapel Bibeln, einer Packung Kondome und einer Kiste Bier schwören, ES NUR JA NICHT MIT JENNIFER ZU TREIBEN! Dabei hatte ich das sowieso nicht vor, aber sie hat es mir wirklich nicht leicht gemacht. Natürlich hat sie sich immer sehr professionell verhalten. Aber ich bin ein Meister darin, Blicke richtig zu deuten, und war überzeugt davon, dass sie Lust auf mich hatte.

Inzwischen ist Jen schon seit fast einem Jahr mit jemandem zusammen. Malcolm Reynolds ist auch Agent, und zwar genau das, was man sich unter einem Agenten vorstellt. Er ist genauso hartnäckig wie Jen, aber auf eine ziemlich schmierige Art. Doch er hat großen Erfolg in seinem Job, also liegt er mit dieser Tour anscheinend richtig.

Man sollte meinen, dass Jen jetzt, wo sie einen festen Freund hat, nicht mehr mit mir flirtet – aber von wegen. Ich hab ihn ein paarmal getroffen. Er guckt gern den Mädels hinterher, vielleicht will sie ihn ja auch nur eifersüchtig machen. Irgendwie passen die beiden wahrscheinlich ganz gut zusammen.

Jetzt haben wir einen Vertrag über drei Alben. Wir haben schon Songs für ungefähr zwei Alben zusammen, also wird es kein Problem sein, auch noch das dritte Album vollzukriegen. Ich schreibe ständig neue Songs, und Hunter und die Jungs komponieren immer die richtige Musik dazu. Sie wissen genau, was ich mit meinen Lyrics ausdrücken will. Außerdem haben wir uns vertraglich dazu verpflichtet, in den nächsten Monaten im Studio für die Aufnahme unseres ersten Albums zu proben; und im September gehen wir auf eine Tournee quer durch die USA, um das Album zu promoten. Die Tournee wird fünf Monate dauern – von der Ost- bis zur Westküste. Die meisten Konzerthallen, in denen wir auftreten werden, fassen nur ein paar Tausend Zuhörer. Jen hält es für besser, klein anzufangen und dafür in ausverkauften Sälen zu spielen. Ich denke, wir hätten die Sache ruhig ein paar Nummern größer aufziehen können, da wir inzwischen schon eine ziemlich große Fangemeinde haben; aber ich kann schon verstehen, dass sie lieber ein bisschen vorsichtig ist.

Als wir eines Abends wieder mal in einer Kneipe rumhingen, um uns eine Live-Band anzuhören, kam Hunter auf eine großartige Idee: Er schlug vor, eine Backgroundsängerin zu engagieren, um einen neuen Sound zu kreieren, durch den wir uns ein bisschen mehr von anderen Bands abheben. Rockbands gibt es wie Sand am Meer – da geht man leicht in der großen Masse unter. Außerdem hatte er das Gefühl, dass meine Stimme mit einer weiblichen Begleitung noch besser rüberkommen würde.

Hunter hatte recht. Das war wirklich eine glänzende Idee! Aber Jennifer hielt nichts davon. Das war das erste Mal, dass wir verschiedener Meinung waren. Sie war nicht begeistert von der Idee; doch nachdem wir die Sache mit den Leuten im Tonstudio besprochen und grünes Licht bekommen hatten, setzten wir uns einfach über ihre Einwände hinweg. Es gibt nicht viele Rockbands, bei denen weibliche Stimmen im Vordergrund stehen. Wir kreieren gerade einen Sound, den es in der Rockwelt bisher noch nicht gibt. Letzte Woche haben wir ein paar Mädels zum Vorsingen eingeladen, und eine der Sängerinnen hat uns wirklich umgehauen. Viele Frauen, die zum Vorsingen kamen, hatten genau die richtige Stimme. Andere hatten genau das richtige Aussehen. Dieses Mädchen hatte beides.

Leila Marino.

Sie hat eine sehr erotische Stimme und einen unglaublichen Stimmumfang.

Außerdem sieht sie *fantastisch* aus: männermordende Figur, hübsche Beine, lange, braune, gewellte Haare, die ihr bis zum Rücken hinunterreichen. Ihre Augen sind von einem überwältigenden Goldbraun und von dichten schwarzen Wimpern umrahmt. An ihren vollen Lippen würde man sich am liebsten stundenlang festsaugen. Sie hat mich die ganze Zeit angestarrt, deshalb konnte ich sie mir genau ansehen. Sie ist wirklich hinreißend. Zu ihrem Vorsingen hatte sie enge Jeans und schwarze Stiefel an, die ihr bis zu den Knien reichten. Dazu eine hauchdünne schwarze Bluse, die so eng saß, dass die hübschen Kurven darunter sich deutlich abzeichneten.

Als Leila reinkam, schien es ihr erst mal die Sprache verschlagen zu haben. »Was für ein Dummchen!«, dachte ich. Sie gaffte mich an wie ein Groupie, das seinen Star anhimmelt. Zuerst konnte ich sie gar nicht dazu bringen, sich zu konzentrieren. Sie hatte einen Blick wie ein verschrecktes Reh im Scheinwerferlicht. Wahrscheinlich war sie ziemlich nervös.

Doch als wir dann ins Studio gingen, hat sie uns wirklich vom Hocker gerissen. Sie sang die Hintergrundstimme in einem Song, und danach wollte ich unbedingt noch mehr von ihr hören. Der Song ihrer Wahl war ›Dream On‹ von Aerosmith. Wisst ihr, wie schwer das zu singen ist? Aber sie hat es spielend geschafft! Als sie die Rockschreie losließ, fing mein Schwanz an zu zucken. Das klang so verdammt sexy.

Sie hatte sich genau den richtigen Song ausgesucht. Gegen Ende fing ich an mitzusingen, und unsere beiden Stimmen haben sich perfekt ergänzt. Ihre Stimme ist das weibliche Gegenstück zu meiner.

Patti, Scotts Freundin, hat Leila zufällig bei einem Auftritt in einer Kneipe in Hoboken entdeckt. Anfangs war ich ein bisschen skeptisch, weil Patti meistens ziemlich übertreibt. Doch diesmal lag sie mit ihrer Einschätzung genau richtig. Ich verstehe nicht, warum dieses Mädchen nicht schon längst entdeckt worden ist. Natürlich muss man noch ein bisschen an ihr arbeiten. Sie hat überhaupt kein Zutrauen zu ihrem Talent, wenig Selbstbewusstsein, und außerdem ist sie ein Tollpatsch. Die Sache mit dem Glauben ans Talent und dem Selbstbewusstsein ist kein Problem. Damit kann ich ihr weiterhelfen, denn ich habe von beidem jede Menge. Ihre Ungeschicktheit könnte allerdings schon ein Nachteil sein. Aber das ist mir scheißegal. Notfalls ziehen wir ihr eben einen gepolsterten Anzug an, damit sie sich beim Hinfallen nicht wehtut.

Gestern konnten wir Leila endlich erreichen und wollen uns jetzt wieder mit ihr treffen. Hoffentlich nimmt sie unser Angebot an! Sie ist wirklich fantastisch.

Ein lautes »Ach, leck mich doch am Arsch« reißt mich aus meinem Tagtraum. Diese Band kann einem wirklich auf den Geist gehen. Sie streiten sich über jeden Mist. Plötzlich werde ich kribbelig und stehe auf, um mich zu strecken. Verdammt, es fühlt sich so an, als sei mein Arsch schon seit Tagen an diesem Stuhl festgeklebt.

»Lasst uns was zu essen holen und zu mir nach Hause fahren«, schlägt Scott vor. Ihm macht es nichts aus, nach unseren Auftritten noch mit uns abzuhängen und mit seiner Patti rumzuknutschen – und das alles an ein und demselben Abend.

»Nö. Ich fahr nach Hause.« Ich hebe den Kopf und blicke in drei Augenpaare, die mich entgeistert anstarren. »Was ist denn los?«, frage ich.

»Hey, heute ist Samstag. Was zum Teufel sollen wir da zu Hause?« Hunter geht am liebsten jeden Abend in eine andere Kneipe.

»So gerne ich einen romantischen Abend mit euch dreien verbringen würde – ich will jetzt trainieren, mir was zu essen holen und mich dann mit diesem Mädel vom letzten Wochenende treffen, wie heißt sie doch gleich – Ella? Oder Emma? Ich lade sie nach Hause ein, und wir relaxen ein bisschen.« Bei dem Wort »Relaxen« zeichne ich Anführungszeichen in die Luft.

»So, so, relaxen.« Hunter grinst. »Aber denk dran, deine Tür zuzumachen, und kommt mir bloß nicht ins Wohnzimmer. Ich will nicht wieder überall eure Klamotten rumliegen sehen, wenn ich nach Hause komme.«

Gestern Abend platzte Hunter ausgerechnet bei uns rein, als meine Freundin Heather und ich auf der Wohnzimmercouch miteinander schliefen. Heather schälte sich seelenruhig aus meiner Umarmung und schlenderte ohne mit der Wimper zu zucken in mein Zimmer, wobei sie Hunter liebenswürdig anlächelte. Da lag ich nun in meiner ganzen Pracht nackt auf der Couch. Hunter schnappte sich einen Topflappen und warf ihn mir zu, damit ich meine Blöße bedecken konnte. Hat er wirklich geglaubt, dass ein *Topflappen* dafür ausreicht? Ich ließ den Lappen auf dem Boden liegen und folgte Heather in mein Zimmer. Sein Gesichtsausdruck war unbezahlbar.

»Das war nicht meine Schuld. Heather ist eine Exhibitionistin. Sie macht es am liebsten jedes Mal in einem anderen Zimmer, und es ist ihr scheißegal, wer dabei zuschaut.« Ich schenke den Jungs mein strahlendstes Grübchenlächeln. Eigentlich wirkt das nur bei Mädchen; Männer hassen es, wenn ich sie so anlächle, also tue ich es so oft wie möglich. Ich kann schon ein ziemlicher Spielverderber sein.

***

Nach dem Training scrolle ich mich durch das Adressbuch auf meinem Handy bis zum Eintrag Ella/Emma und wähle die Nummer. Als sie abhebt, melde ich mich mit seidenweicher Stimme: »Hey, Babe, hier ist Jack. Wie geht's?«

»Hi, Jack. Was für eine schöne Überraschung. Jetzt, wo ich deine sexy Stimme höre, geht's mir gleich viel besser«, haucht sie verführerisch ins Telefon.

»Lust, zu mir rüberzukommen?«

»Klar. Bin gleich da.«

Anscheinend hat sie noch nichts vor, oder sie hat den Typen, mit dem sie gerade zusammen ist, meinetwegen abserviert. Ella oder Emma ist eine hinreißende langbeinige Brünette, die ich letztes Wochenende bei unserer Show kennengelernt habe. Sie lehnte an der Bühne und starrte mich die ganze Zeit an. Hinterher ging ich zu ihr rüber, und kurze Zeit später lag sie in meinem Bett. Wir haben nicht viel miteinander gesprochen, deshalb weiß ich ihren verdammten Namen nicht mehr. Aber der Sex mit ihr war irre. Außerdem habe ich das Gefühl, dass ich auf ihrer »Beziehungsskala« höchstens anderthalb Punkte bekommen habe. Das sind die einzigen zwei Gründe, warum ich sie heute Abend angerufen habe.

Erstens treffe ich mich normalerweise nie zum zweiten Mal mit einem One-Night-Stand. Ich habe ein ziemlich gutes Gespür für Frauen, die scharf auf eine Beziehung sind. Normalerweise weiß ich schon nach eine Viertelstunde, ob eine Frau einen festen Partner sucht oder nicht. Ich möchte niemandem etwas vormachen oder falsche Erwartungen wecken. Es gibt bestimmte Warnsignale, und ich bin ein absoluter Profi darin, sie zu erkennen. Mit anderthalb Punkten hat Ella/Emma diesen Test eindeutig bestanden.

Zweitens muss natürlich auch der Sex gut sein.

Ich habe gerade noch genügend Zeit, mir etwas zu essen aus der Küche zu holen, mich unter die Dusche zu stellen und mir ein Handtuch um die Hüften zu wickeln, als die Sprechanlage an der Wohnungstür summt.

Da ich möglichst schnell zur Sache kommen will, gehe ich nur mit dem Handtuch bekleidet zur Tür. Wozu soll ich mich anziehen, wenn ich in ein paar Minuten sowieso wieder nackt sein werde?

»Hallo Süße, wie geht's?« Ich lehne mich zu ihr hinüber und küsse sie auf die Wange. Sie trägt einen schwarzen Minirock, der kaum ihren hübschen Hintern bedeckt, ein schwarzes Trägerhemd, das ihre Reize hervorragend zur Geltung bringt, und schwarze, hochhackige Schuhe mit den spitzesten Absätzen, die ich je gesehen habe. Sie sehen aus wie Waffen, außerdem wirkt sie darin sehr groß.

Während ich sie von Kopf bis Fuß betrachte, tut sie das Gleiche und konzentriert sich dabei vor allem auf mein Handtuch.

»Danke, gut, Jack. Ich bin so froh, dass du angerufen hast. Der heutige Abend scheint viel besser zu werden, als ich erwartet hatte.« Sie schenkt mir ein Lächeln und entblößt dabei ihre strahlend weißen (wahrscheinlich gebleichten) Zähne. Auch ihr Busen ist eindeutig nicht echt. Eigentlich mag ich's lieber natürlich, aber es stört mich nicht im Geringsten, dass sie ein bisschen nachgeholfen hat, denn sie sieht verdammt scharf aus.

»Ich hoffe, ich hab' dich nicht bei was Wichtigem gestört.«

»Nö. Keine Sorge.«

Danach verschwenden wir keine Zeit mehr mit Nettigkeiten. Sie reibt sich an mir und küsst mich auf den Mund. Dann schiebt sie von oben einen Finger unter mein Handtuch, bewegt ihn hin und her und lenkt damit sofort meine ganze Aufmerksamkeit auf sich. Knapp zehn Minuten später liegen wir in meinem Bett, und Ella/Emma bläst mir einen. Das kann sie wirklich hervorragend.

Genau das habe ich heute Abend gebraucht. Ich genieße das herrliche Gefühl, wie ihre Lippen meinen Schwanz umschließen, lehne mich zurück, schließe die Augen und sehe … Leila.

LEILA??? WAS SOLL *DAS* DENN?!!

Ich wundere mich so sehr über dieses unerwartete Kopfkino mit Leila, dass ich sogar ihren Namen rufe.

Meine scharfe Tussi hebt den Kopf. »Leila? Wer zum Teufel ist Leila?«, fragt sie. »Ich heiße Emma.«

Oh Scheiße!

»Sorry, Baby, natürlich hab ich Emma gemeint«, beschwichtige ich sie. Gott sei Dank wendet sie sich wieder ihrer Aufgabe zu, während ich immer noch über meine Vision von vorhin staune. Wahrscheinlich liegt das daran, dass ich gestern mit ihr gesprochen habe. Außerdem hatte ich ja auch gerade daran gedacht, wie sie bei uns vorgesungen hat. Das ist die einzige logische Erklärung dafür, dass ich Leila vor mir sehe, während Emma mich gerade mit einem der besten Blowjobs der Welt verwöhnt!

Ich schließe die Augen und lehne mich wieder zurück, um Emma ihr Werk vollenden zu lassen. Wär ja auch schade darum. Und nachdem ich schon mal damit angefangen habe, kann ich mich ruhig auch weiter meiner Fantasie über Leila hingeben. Damit tue ich Emma ja schließlich nicht weh.

Kapitel 3
Leila

Mein Sonntagsbrunch mit Dad verläuft interessant, und das ist noch untertrieben. Wir reden beide bewusst um den heißen Brei herum. Ich habe ja auch noch keine neuen Informationen für ihn, weil ich mich erst morgen wieder mit den Jungs von Devil's Lair treffe. Mein Schweigen über meine neue Karriere als Rocksängerin ist die einzige Ermutigung, die Dad braucht, um stillschweigend zu hoffen, dass sich die Sache erledigt hat. Aber ich merke, dass er mit seinen Gedanken immer wieder abschweift. Sein Blick wandert nervös von seinem Teller zu seinem Kaffee und wieder zurück. Ich weiß genau, was für ein Sturm in ihm tobt. Mir kann er nichts vormachen.

»Sal hat gesagt, am Samstag waren so viele Leute da wie noch nie, Lei. Erstaunlich.« Langsam und bedächtig kaut er an einem Stück Speck, und seine Gedanken wandern schon wieder in weite Ferne.

Ja, der letzte Samstag war wirklich erstaunlich. Das *Zone* war so voll, dass es nur noch Stehplätze gab. Ich weiß nicht, ob es an meiner Hochstimmung lag, weil ich endlich Nachricht von Devil's Lair bekommen hatte, oder ob wir unser Publikum tatsächlich so mitgerissen haben – jedenfalls war das für mich einer unserer besten Showabende. Ausnahmsweise blieb ich hinterher sogar noch da und gönnte mir ein paar Drinks mit meinen Kumpels. Wir feierten meinen heiß ersehnten »Anruf« und unsere bisher bestbesuchte Show im *Zone*. Sal war so glücklich, dass er uns allen eine Runde Schnaps spendierte. Das war bisher noch *nie* vorgekommen. Ich beschließe, Dad nicht alles über unsere kleine Feier zu erzählen. Ich will ihn lieber noch eine Weile in seinem »Verdrängungsmodus« lassen.

»Ja, das war wirklich erstaunlich. Die Jungs haben sich sehr darüber gefreut, dass das *Zone* so gerammelt voll war. Hoffentlich glauben sie nach diesem Erfolg nicht, zu gut für Sals Kneipe zu sein.«

»Ach wo. Das sind anständige Jungs. Die werden schon nicht größenwahnsinnig.« Dad liebt die Jungs aus meiner Band, und sie erwidern diese Zuneigung. Er kennt sie schon seit Jahren und ist stolz darauf, was für Männer aus ihnen geworden sind – sogar aus Matt. Doch bei aller Fairness hätte Dad Matt wahrscheinlich schon längst umgebracht, wenn er genau über unsere Beziehung Bescheid wüsste.

Dad wäre es lieber gewesen, wenn die Jungs aufs College gegangen wären und irgendeinen Abschluss gemacht hätten. Andererseits ist er stolz darauf, dass sie keine Drogen nehmen und ihre Zeit nicht mit Nichtstun verplempern. Auch wenn sie in einer Rockband spielen – sie arbeiten hart an ihrer Karriere.

Dad richtet seinen Blick auf mich, und ich weiß genau, was jetzt kommt. Nun wird er endlich das heikle Thema ansprechen. Er räuspert sich dreimal und murmelt: »Äh … Diese Band, die sich für dich interessiert, geht ja bald auf Tournee. Da fährst du dann wahrscheinlich auch mit, oder?«

Oh je.

»Ach, Dad, lass uns doch erst mal abwarten, was sie mir morgen sagen. Ich will keine voreiligen Schlüsse ziehen.« Ich senke den Blick auf meine Schüssel mit Joghurt und Knuspermüsli, denn ich habe Angst davor, ihm in die Augen zu schauen – Angst vor dem Ausdruck, den ich darin sehen werde. Ich weiß, dass Dad sich mit diesem vorsichtigen Herantasten an das Thema schrittweise auf das Unvermeidliche vorbereitet; aber ich kann das jetzt einfach noch nicht mit ihm besprechen.

Wir beenden unsere Mahlzeit in peinlichem Schweigen. Das kommt bei uns selten vor, normalerweise können wir über alles reden. In solchen Augenblicken wünsche ich mir immer, Evan wäre hier. Er hat ein Talent dafür, immer dann die Aufmerksamkeit von mir abzulenken, wenn es am nötigsten ist.

Ich gebe Dad einen Abschiedskuss und lasse mich ein bisschen fester und länger von ihm umarmen als sonst. Dann springe ich ins Auto und fahre nach Hause. Irgendwie werde ich den Kloß, der mir im Hals sitzt, nicht los. Ohne mich wird Dad verloren sein. Andererseits ist es unrealistisch zu glauben, dass ich immer für ihn da sein kann und in meinem Leben nie über die engen Grenzen des Nordens von New Jersey hinauskommen werde. In solchen Situationen wünsche ich mir immer, er hätte noch mehr Kinder oder wenigstens eine Freundin, die ihn auf Trab hält. Ich mache mir Sorgen, dass er für den Rest seines Lebens in seinem Fernsehsessel hocken und sich die Yankees oder Food Network anschauen wird. Ich muss mich unbedingt mal mit ein paar von seinen Freunden unterhalten und sie bitten, ein Auge auf ihn zu haben.

Um mich von diesem Thema abzulenken, beginne ich, über meinen Besprechungstermin bei Devil's Lair nachzudenken, und sehe dabei sofort Jacks Gesicht, seine Arme und Beine, seine Brust und seinen wohlgeformten Hintern vor mir. Peinlich berührt erinnere ich mich daran, dass ich mich bei unserem letzten Treffen wie eine Schwachsinnige benommen habe, und überlege, wie ich es schaffen soll, mich normal zu verhalten, wenn ich ihm morgen wieder gegenübersitze.

Scheiße! Es ist fast schon peinlich, wie sehr dieser Mann mich antörnt. Seit meinem Vorsingtermin habe ich unzählige Male an ihn gedacht. Immer wieder ertappe ich mich bei dem Gedanken, was er wohl gerade macht. Leider muss ich meistens ausgerechnet nachts an ihn denken, wenn ich einschlafen will. Und da bei mir in puncto Beziehungen zurzeit totale Funkstille herrscht, steigere ich mich nur umso mehr in meine Schwärmerei für Jack Lair hinein. Ich bin so geil wie noch nie; aber trotz meines sexuellen Notstands gehöre ich nun mal nicht zu den Mädchen, die wahllos herumschlafen oder selbst Hand anlegen.

Statt meinen Sehnsüchten, Gelüsten und Begierden nachzugeben, beschließe ich, meine Wohnung zu putzen. Ich backe so viele Kekse, dass ich den Kuchenbasar einer ganzen Grundschule damit bestücken könnte, und schaue mir zum dreihundertsten Mal den Film *Wie ein einziger Tag* an. Ich starre die Wanduhr an, als sei sie schuld daran, dass ich schon ewig keinen Orgasmus mehr hatte, und knurre wütend vor mich hin, als ich sehe, dass es erst fünf Uhr ist. Ich beschließe, Evan anzurufen und zu fragen, ob er Lust hat, bei mir vorbeizukommen. Ohne Zögern sagt er zu. Er wohnt in Weehawken – nicht weit weg von mir –, und knapp fünfzehn Minuten später steht er schon bei mir auf der Matte.

Evan ist ganz Ohr, als ich ihm mein Frühstück mit Dad in allen Details schildere, während wir ungenießbares Essen vom Chinesen in uns hineinschaufeln. Er springt sofort für Dad in die Bresche und erinnert mich daran, wie schwer das alles für ihn ist. Gleichzeitig versucht er aber, auch meinen Standpunkt zu verstehen. Wenigstens ist er diplomatisch, auch wenn mir das nicht groß weiterhilft.

»Verdammt noch mal, Lei. Ich werde dich furchtbar vermissen. Wie soll ich diese vielen Monate nur ohne dich zurechtkommen?«

Evan allein zurückzulassen wird mir noch schwerer fallen als der Abschied von Dad. »Ich werde dich auch vermissen, Ev. Und außerdem habe ich furchtbare Angst. Ich krieg schon die Krise, wenn ich nur an diese Sache denke.«

Widerstrebend erzähle ich ihm von Mr. Sex auf zwei Beinen. Dabei macht Evan immer wieder ein Gesicht, als müsse er gleich kotzen.

Ich weiß genau, was er denkt. Wie zum Teufel können mein Dad und er mir erlauben, monatelang mit diesem Mann auf Tournee zu gehen, wenn er so eine überwältigende erotische Ausstrahlung hat?

Aber er sagt es nicht.

Denn Evan hat nicht nur ein Talent dafür, mich aufzubauen, wenn ich down bin, sondern versteht es auch, Dinge, die ich nicht unbedingt hören muss, für sich zu behalten.

***

Am Montagmorgen gehe ich unter die Dusche, rasiere sämtliche behaarten Stellen, zupfe mir anschließend auch noch die letzten Härchen raus und bringe jeden Zentimeter meines Körpers auf Hochglanz. Wie immer sehe ich mich in meinem Kleiderschrank um in der Hoffnung, dass dort auf wundersame Weise über Nacht neue, teure, trendige Klamotten aufgetaucht sind. Doch die Auswahl enttäuscht mich. Verzweifelt hole ich eine meiner besten Business-Kombinationen heraus. Ich habe nicht viele Sachen, denn meine Garderobe besteht hauptsächlich aus zwangsloser Freizeitkleidung und den Uniformen, die ich bei meinen Auftritten trage. Schließlich entscheide ich mich für einen schwarzen Bleistiftrock, der knapp oberhalb meiner Knie endet, eine taillierte weiße Baumwollbluse und meine schwarzen Lacklederstilettos, in denen ich mir vorkomme wie eine Lehrerin, die ihre Schüler verführen will. In meiner Aufregung hatte ich gar nicht darüber nachgedacht, was ich anziehen soll. Aber daran lässt sich jetzt auch nichts mehr ändern, denn ich habe keine Zeit, um vorher noch ins Einkaufszentrum zu fahren.

Also atme ich einmal tief durch, schnappe mir meine Handtasche und renne zu meinem Auto.

Die Fahrt in die Stadt kommt mir unendlich lang vor. Noch nie in meinem Leben habe ich so oft laut *Scheiße* geschrien. Zwar hatte ich eine Menge Zeit für den Verkehr eingerechnet, doch ausgerechnet heute scheine ich ständig im Stau zu stecken. Ich komme erst ein paar Minuten vor unserem Termin an.

Natürlich sind alle Parklücken in der Umgebung schon belegt. Da ich keine Zeit habe, ewig rumzusuchen, fahre ich auf einen Parkplatz, der möglichst nah beim Tonstudio liegt, und hoffe, dass er mich kein

Vermögen kosten wird. Nachdem der Parkwächter mir den Parkschein in die Hand gedrückt hat, begebe ich mich im Laufschritt zum Tonstudio, wobei ich darum bete, in meinen Stilettos nicht zu stolpern und hinzufallen. Natürlich rufen und pfeifen mir ein paar Männer hinterher, aber das ignoriere ich souverän. Einen halben Häuserblock vor dem Studio verlangsame ich meinen Schritt, betrachte in einem Schaufenster prüfend mein Gesicht und atme noch mal tief durch.

Gerade als ich nach der Türklinke greifen will, streckt sich eine zweite Hand danach aus und umschließt meine mit festem Griff. Überrascht drehe ich mich um, und mir stockt der Atem, als Jack direkt hinter mir steht. Wieder schießt ein elektrischer Strom durch meinen Körper: von der Hand durch den Arm bis in meinen Unterleib. Hastig entziehe ich ihm meine Hand, während er auf mich herablächelt.

Bestimmt ist mein Gesicht krebsrot vom Rennen und von seinem unerwarteten Anblick. Er schaut mir unverwandt in die Augen. »Schön, dich in einem Stück wiederzusehen«, sagt er mit einschmeichelnder Stimme. »Ich wundere mich, dass du in diesen Schuhen so schnell laufen kannst.« Er zwinkert mir zu und hält mir die Tür auf.

Oh Gott … Er hat mich tatsächlich rennen sehen!

Komisch: Ich hatte kein Problem damit, mit diesen hohen Absätzen im Laufschritt drei Häuserblöcke zurückzulegen; doch kaum sehe ich Mr. Augenweide, gerate ich sogar schon im Stehen aus dem Gleichgewicht. Vorsichtig betrete ich die Eingangshalle – erstaunlicherweise ohne mir dabei eine Verletzung zuzuziehen.

»Bereit für unsere Besprechung?«, flüstert er mir zu. Ich spüre seinen Atem in meinem Gesicht und bekomme am ganzen Körper eine Gänsehaut – und natürlich meldet sich auch mein unteres Stockwerk wieder zu Wort.

Er riecht so gut: sauber und männlich – einfach überwältigend. Schnell trete ich einen Schritt zurück, um wieder einen klaren Kopf zu bekommen. Schließlich kann ich nicht schon wieder wie in Trance durch dieses Tonstudio stolpern.

»Ja, ich bin bereit«, nicke ich und versuche, den Ansturm meiner Hormone zu ignorieren. Lächelnd begutachtet Jack meine Klamotten. Jetzt hat sich das Blatt gewendet, und *er* zieht *mich* mit Blicken aus, sodass ich mir nackt vorkomme. Ich muss mich sehr zusammennehmen, um die elektrischen Impulse zu ignorieren, die meinen Körper (vor allem meinen Unterleib) durchströmen. Ich zwinge meine Beine, sich in Bewegung zu setzen und ihm zu folgen.

Als wir an der bösen Hexe Sally vorbeikommen, begrüßt Jack sie, und natürlich schenkt sie ihm ein charmantes Lächeln. Ich würdige sie keines Blicks, was ihr aber wahrscheinlich sowieso nicht auffällt: Aus den Augenwinkeln sehe ich, dass ihre Augen förmlich an Jacks Hintern kleben.

Wieder führt Jack mich durch den Korridor, doch diesmal biegen wir rechts ab und betreten ein kleines Besprechungszimmer. Dort erwarten mich die inzwischen schon vertrauten Gesichter: Die Bandmitglieder sitzen an einer Seite des Tischs, die umwerfende Blondine thront am oberen Ende. An der zur Tür zeigenden Seite des Tischs gibt es noch drei freie Stühle. Jack dreht sich zu mir um und fordert mich mit einer Geste auf, Platz zu nehmen. Ich ziehe mir einen Stuhl in der Nähe der Blondine heran, und er setzt sich rechts neben mich.

Alle Blicke sind auf mich gerichtet, was mich natürlich nervös macht, sodass ich wieder in meine unangenehme Gewohnheit verfalle, mit dem Fuß auf den Boden zu klopfen.

»Hallo, Leila«, sagt die Blondine. »Mein Name ist Jennifer Baxter. Ich bin die Agentin von Devil's Lair. Dürfen wir Ihnen etwas zu trinken anbieten?«

Ja, ein Glas Wodka, bitte.

»Nein, danke. Ich hab keinen Durst.«

Verstohlen mustere ich Jennifer und komme mir neben ihr furchtbar unzulänglich vor. Sie ist wirklich eine auffallende Erscheinung. Ihr blondes Haar ist seidenweich. Bestimmt hat es sich an einem heißen Julitag noch nie so gekräuselt wie meines. Ihre rot geschminkten

Lippen ziehen sich an den Mundwinkeln zu einem amüsierten Lächeln nach oben. Ihre Nägel sind perfekt manikürt. Jedes ihrer Kleidungsstücke strahlt Macht aus. Ich richte mich gerade auf meinem Stuhl auf, in dem erbärmlichen Versuch, mich nicht so eingeschüchtert zu fühlen.

Jennifer weist mit dem Kopf nach links und sagt: »Das ist Hunter Amatto, unser Drummer.« Hunter ist eine faszinierende Erscheinung. Während meines Vorsingtermins konnte ich ihn mir nicht so genau anschauen. Mit seinem Piercing und seiner Irokesenfrisur sieht er tatsächlich wie ein Rocker aus, wirkt aber trotzdem nicht furchteinflößend.

»Hey, Leila. Schön, dich kennenzulernen.« Hunter schenkt mir ein herzliches Lächeln, und ich lächle zurück. Mein Bauchgefühl sagt mir, dass ich ihn mögen werde. Er erinnert mich ein bisschen an Evan.

»Und das ist Scott Malone, unser Gitarrist.«

Auch Scott winkt mir grinsend zu: »Hey, Leila.« Ich kann ihn mir gut zusammen mit Patti vorstellen, obwohl ich fürchte, dass er bei ihr ganz bestimmt nie zu Wort kommt.

»Und das ist Trey Taylor, unser Bassist.«

Aha. So heißt der also.

Trey nimmt seine Sonnenbrille nicht ab und lächelt auch nicht, sondern nickt einfach nur. Aus irgendeinem Grund bring mich das zum Erröten. Wie peinlich!

»Und das hier ist Jack Lair, unser Leadsänger.« Ich wende mich Mr. Sexgott zu, und er schenkt mir sein GU-Lächeln.

Scheiße …

Ich drücke meine Oberschenkel aneinander und rutsche unruhig auf meinem Stuhl hin und her. Welche Farbe kommt nach Hellrot? Dunkelviolett? Ich bin sicher, dass mein Gesicht gerade diese Tönung angenommen hat.

Seine Augen sind so schön, und sein Blick scheint mich zu hypnotisieren. Erst als Jennifer sich räuspert, wird mir bewusst, dass ich Jack immer noch wie gebannt in die Augen schaue.

»Wie Sie ja bereits wissen, ist die Band der Meinung, dass Sie sich am besten für diesen Posten als Backgroundsängerin eignen, Leila. Wir versuchen gerade, unseren Sound zu ändern, und haben das Gefühl, dass Ihre und Jacks Stimme hervorragend zusammenpassen. Heute wollen wir nur den Vertrag mit Ihnen durchsprechen. Falls Sie unser Angebot annehmen sollten, wird Mr. Crowse, der Anwalt unserer Band, alles Weitere regeln, damit der Vertrag unterschrieben werden kann.

Im September geht die Band auf Tournee. Bis dahin wird es noch viele anstrengende Proben geben. Wir werden fast jeden Tag proben, auch am Wochenende. Jack ist ein ziemliches Arbeitstier und erwartet von allen Bandmitgliedern, dass sie sich hundertprozentig für unsere Musik engagieren.« Sie schenkt Jack ein herzliches Lächeln.

Hmmm… Diese Frau kann also tatsächlich auch lieb und warmherzig sein?

»Devil's Lair ist auf dem besten Weg zum Superstar«, fährt sie fort. »Wenn Sie sich für diese Band engagieren, wird Ihr Leben sich sehr verändern. Darauf sollten Sie vorbereitet sein. In dem Vertrag steht genau, was für Verpflichtungen sich für Sie daraus ergeben. Obwohl Devil's Lair jetzt schon bekannter ist als im letzten Jahr und in vielen großen Städten in ganz Amerika auftreten wird, kann unser Studio es sich nicht leisten, drei Busse anzumieten. Während der Tournee werden Sie sich den Bus und die Hotelzimmer mit diesen vier Herren und ihren Fahrern teilen. Der zweite Bus befördert unseren Tourmanager, unseren Equipmentmanager und die anderen Bühnenmitarbeiter. Ich reise nicht mit, werde mich aber an den wichtigsten Tourneeorten mit der Band treffen.«

Ich atme erleichtert auf. Ein Glück, dass sie nicht mit dabei ist.

»Dieser Vertrag soll Sie und die Band auch vor unerwarteten Unglücksfällen schützen, zu denen es bei so einer Tournee kommen kann. Damit will ich Ihnen keine Angst einjagen, Leila. Es ist eine reine Vorsichtsmaßname zu Ihrer und unserer Sicherheit. Wir bitten um Verständnis dafür, dass Ihre persönlichen Interessen zweitrangig sind, wenn Sie diesen Vertrag unterschreiben: Der Erfolg der Band steht immer an erster Stelle. Falls Sie am Ende der Tournee beschließen sollten, Ihr Engagement nicht fortsetzen zu können, oder wir der Meinung sind, dass Sie nicht zu unserer Band passen, werden wir Ihren Vertrag kündigen und uns im besten Einvernehmen voneinander trennen. Falls Sie oder wir den Vertrag aus unvorhergesehenen Gründen bereits vor Ende der Tournee auflösen sollten, verlassen Sie unsere Band und brechen jede Beziehung zu Devil's Lair ab. Nach dem Zeitpunkt der Kündigung erhalten Sie Ihr Gehalt noch dreißig Tage lang.

Alle Informationen zu Gehalt, Sozialleistungen und Versicherungen finden Sie in dem Vertrag, ebenso die Tourneedaten und die Namen der Städte, in denen wir auftreten werden. Die Kosten für Ihre Garderobe und Ihre Körperpflege werden von der Band übernommen. Die Band ist dafür zuständig, Sie so einzukleiden, wie Sie Devil's Lair ihrer Meinung nach am besten repräsentieren.« Sie hält kurz inne, um sich zu vergewissern, ob ich auch alles mitbekommen habe.

Mir schwirrt schon der Kopf von all den vielen Informationen, und mein Herz klopft wie verrückt. Ich tue, was ich kann, um ruhig und gelassen zu bleiben; nur leider gelingt mir das nicht besonders gut. Ich habe die Beine übereinandergeschlagen und zapple unwillkürlich wieder mit dem Fuß herum, sodass mein Rock höher rutscht, als er eigentlich sollte.

Mit einem Seitenblick auf Jack stelle ich fest, dass er meine entblößten Oberschenkel anstarrt. Sein begehrlicher Blick bringt meine kühle, gelassene Fassade allmählich zum Einstürzen. Ich hoffe, dass wir bald mit dieser Besprechung fertig sind, denn lange halte ich das nicht mehr aus. Ich wende mich Jennifer zu und flehe sie innerlich an: *Bitte, bitte hör endlich auf zu reden … Hör' endlich auf.*

Dankbar atme ich auf, als sie mir den dicken Vertrag zuschiebt, und greife mit zitternden Fingern danach.

»Danke für diese Chance. Ich werde den Vertrag mit meinem Anwalt durchsprechen und mich so bald wie möglich bei Ihnen melden.«

Natürlich könnte ich ihn auch gleich jetzt und hier unterschreiben und auf diesen ganzen juristischen Hokuspokus verzichten. Im Grunde bin ich ja sowieso schon fest entschlossen, das Engagement anzunehmen. Aber ich darf meine Karten nicht so offen auf den Tisch legen, und außerdem will ich so schnell wie möglich hier raus.

»Möchtet ihr noch etwas dazu sagen?«, fragt sie und wirft Jack einen Blick zu.

»Nö. Für mich ist alles okay«, grinst Jack.

Er schaut seine Bandmitglieder an, und sie stimmen ihm der Reihe nach zu.

Jennifer setzt ihr falsches Lächeln auf und streckt mir ihre Hand entgegen. »Es war schön, Sie kennenzulernen. Bitte schicken Sie diesen Vertrag innerhalb von zweiundsiebzig Stunden unterzeichnet an uns zurück. Wenn Sie nicht an einer Zusammenarbeit mit uns interessiert sind, sollten Sie uns das natürlich innerhalb desselben Zeitraums wissen lassen, denn dann müssen wir weitersuchen.«

Ich erhebe mich so plötzlich, dass alle anderen Anwesenden (außer Trey) ebenfalls aufstehen. Hunter wirft ihm einen wütenden Blick zu, aber er zuckt nur gleichgültig die Achseln. Er sollte sich mit Sally zusammentun, die beiden würden perfekt zusammenpassen und ein äußerst unsympathisches Paar abgeben.

Ich bedanke mich nochmals bei ihnen, drehe mich um, um das Besprechungszimmer zu verlassen, und lasse in der Eile den Vertrag auf dem Tisch liegen. Jack greift danach. »Ich begleite dich noch nach draußen.«

Schweigend gehen wir nebeneinander her, bis wir wieder in der Empfangshalle sind. Dann streckt er mir den Vertrag entgegen, und als unsere Finger sich berühren, schießt wieder ein Stromstoß durch meinen Arm nach unten, direkt in meinen Unterleib.

»Meine Handynummer hast du ja schon, Leila. Ruf mich an, wenn du Fragen hast. Jennifer wirkt manchmal ein bisschen schroff, aber sie hat nur unsere Interessen im Auge. Falls du dich mal mit jemandem unterhalten willst, der nicht so einschüchternd wirkt, ruf mich einfach an.«

Nicht so einschüchternd? Soll das ein Witz sein?

Ich nicke und bedanke mich bei ihm, gebe ihm aber sicherheitshalber nicht die Hand, denn als ich das beim letzten Mal getan habe, hätte ich mich beinahe auf den Hintern gesetzt. Diesmal trage ich einen Rock, und dass Jack mein in Aufruhr geratenes unterstes Stockwerk aus allernächster Nähe zu sehen bekommt, muss wirklich nicht sein.

Mit einem schüchternen Lächeln verlasse ich das Studio, doch erst als ich den nächsten Häuserblock erreicht habe, wage ich es, mich vorzubeugen und heftig zu hyperventilieren.

Als ich wieder bei meinem Auto angelangt bin, geht es mir schon ein bisschen besser. Auf der Rückfahrt nach Hoboken analysiere ich unser Treffen. Zum Glück ist es mir gelungen, einigermaßen beherrscht und professionell zu bleiben. Natürlich haben alle gemerkt, dass ich ziemlich nervös war; aber im Vergleich zum letzten Mal habe ich mich schon deutlich besser geschlagen. Natürlich habe ich immer noch keine Ahnung, wie ich es schaffen soll, zusammen mit Mr. Sexgott in einem Tourneebus zu wohnen oder vierundzwanzig Stunden am Tag in seiner Nähe zu sein, ohne gefeuert zu werden. Bestimmt steht irgendwo in diesem dicken, fetten Vertrag, dass es ein sofortiger Kündigungsgrund ist, wenn ein Bandmitglied sich an Jack oder seinen reizenden Genitalien zu schaffen macht. Schließlich gibt es ja auch Supermodels, die ihre Beine oder ihren Busen versichern lassen. Also hat das Tonstudio bestimmt auch eine Versicherung über Jacks Penis abgeschlossen. Bei diesem Gedanken muss ich lachen. Wie viel sein bestes Stück wohl wert sein mag? Ich kann es kaum noch erwarten, nach Hause zu kommen und den Vertrag zu lesen.

Doch im Großen und Ganzen bin ich begeistert von meinem neuen Jobangebot. Das Leben ist so unvorhersehbar. Noch vor einer Woche hätte niemand es für möglich gehalten, dass ausgerechnet ich eines Tages ein Mitglied der Band Devil's Lair sein würde. Endlich werden meine Träume wahr.

Kapitel 4
Jack

Dieses Mädchen ist wirklich sehr attraktiv. Ich konnte mich gar nicht richtig auf unsere Besprechung konzentrieren. Auf dem Rückweg zum Besprechungszimmer sehe ich Leila immer noch genau vor mir. Sie sah so verdammt sexy aus: die Beine in dem kurzen Rock und den hochhackigen Schuhen, die enge Bluse, unter der sich ihre Kurven abzeichneten, und vor allem die Art, wie sie immer an ihrer Unterlippe kaut, wenn sie nervös ist, oder die Röte, die manchmal plötzlich ihr Gesicht überzieht – all das hat mich total verwirrt.

Doch im Großen und Ganzen habe ich das Gefühl, dass die Besprechung gut gelaufen ist. Jennifer wirkte schon ein bisschen einschüchternd, aber Leila hat sich durch sie nicht aus der Ruhe bringen lassen. Na ja, manchmal hat sie schon ein bisschen entsetzt geschaut. Ich hoffe, dass sie nicht das Handtuch wirft, wenn sie diesen Vertrag liest. Es kann schon sein, dass sie Megaschiss bekommt, wenn sie das alles schwarz auf weiß vor sich sieht.

Als ich den Besprechungsraum betrete, äußert Jennifer gerade genau die gleichen Bedenken. Aus irgendeinem Grund ärgert es mich, sie aus ihrem Mund zu hören. »Sie ist sehr unerfahren, und das merkt man ihr leider auch deutlich an.«

»Wir waren alle mal so unerfahren, Jen«, weise ich sie in die Schranken und setze mich wieder auf denselben Platz wie vorher. Meinen Unmut kann ich kaum verbergen.

Als sie meinen scharfen Ton hört, dreht sie sich zu mir um und kneift die Augen zusammen. »Ja, klar, aber sie hat keine Ahnung, worauf sie sich da einlässt. Ich fürchte, dass sie mit ihrer Unerfahrenheit und Unsicherheit auf der Tournee ein Hindernis für uns sein wird.«

»Ein Hindernis? Jetzt mach aber mal halblang, Jen. Du übertreibst.«

Die Jungs sitzen schweigend da und beobachten unsere kleine Auseinandersetzung. Ich weiß, dass Jennifer dieser ganzen Idee mit der Backgroundsängerin von vornherein ablehnend gegenüberstand; daher wundern ihre Bedenken mich nicht. Aber was ist mit meinen Bandmitgliedern? Sind die etwa auch skeptisch?

Ich frage sie nach ihrer Meinung.

Hunter wirft Jennifer einen Blick zu und schüttelt den Kopf. Er hat sich noch nie von ihr einschüchtern lassen und scheut sich nicht, ihr Paroli zu bieten. Außerdem war die Sache mit Leila schließlich seine Idee.

»Nö, ich finde sie perfekt. Hab ich doch schon gesagt. Sie ist lieb und schüchtern, sieht aber fantastisch aus und ist verdammt sexy. Die Fans werden sie lieben. Und von allen Frauen, die bei uns vorgesungen haben, hat sie die beste Stimme. Sie wird ihre Sache hervorragend machen.«

Moment mal … Hunter findet Leila verdammt sexy?

Ich wende mich den anderen beiden Bandmitgliedern zu. »Scott? Trey?«

Scott schaut zu Jennifer hinüber, und man sieht ihm an, wie schwer es ihm fällt, offen seine Meinung zu sagen: Sein Gesicht läuft plötzlich rosarot an.

»Ich verstehe Jennifers Bedenken. Schließlich wollen wir nicht, dass sie auf unserer Tournee nach zwei Wochen das Handtuch wirft, weil sie es nicht packt. Wir sollten schon sichergehen, dass sie sich über den Ernst der Sache im Klaren ist, bevor sie den Vertrag unterschreibt«, spielt Scott den Advocatus Diaboli.

Ich schaue zu Trey hinüber. Der zuckt die Achseln. »Was soll's. Sie kann singen, und sie hat das richtige Aussehen. Macht doch nicht so ein Drama draus«, sagt er in seiner typischen Trey-Manier: Ist mir scheißegal, lasst mich doch einfach bloß meine verdammte Gitarre spielen.

Hunter wirft ihm einen Blick zu und schüttelt den Kopf. »Jack wird sie anrufen«, sagt er dann zu Jennifer. »Er wird sich vergewissern, ob sie keine Fragen oder Bedenken hat, die sie in unserer Anwesenheit vielleicht nicht äußern wollte. Okay?«

Ich? Wieso soll ich sie anrufen?

Jen nickt. »Na schön. Anscheinend habt ihr das Gefühl, dass sie mit Jack offener reden kann als mit mir. Also soll Jack sie anrufen.«

Wird gemacht, Chefin!

Sie greift nach ihrer Kopie des Vertrags und steuert auf die Tür zu. Dabei wirft sie ihre Haare zurück und lächelt uns mit ihrem typischen Jennifer-Charme honigsüß an: »Also dann bis morgen früh um zehn. Es gibt viel zu tun.« Sie schlendert aus dem Konferenzraum und weiß ganz genau, dass wir alle auf ihren Hintern starren.

Ich stelle mich an der Tür in Positur und rede ein ernstes Wörtchen mit meiner Band. »Hat jemand von euch Bedenken, von denen ich noch nichts weiß?«

Keiner gibt einen Mucks von sich. »Jetzt oder nie. Hunter hat seine Meinung ja schon gesagt. Wie steht es mit euch beiden: Habt ihr das Gefühl, dass Leila die Richtige ist, oder sollen wir weitersuchen?« Immer noch nichts. Ich zeige auf die Tür, durch die Jen gerade gegangen ist, und sage: »Jennifer hat ihre Vorbehalte, und das verstehe ich auch. Aber wenn wir vier nicht einer Meinung sind, ist das Ganze nur eine Wahnsinnszeitverschwendung.«

Ich richte meinen Blick auf Scott, bis er endlich den Mund aufmacht. »Ich finde, Hunter hat recht. Ich habe einfach nur den Eindruck, dass sie ziemlich verängstigt wirkte, als wir den Vertrag mit ihr besprochen haben, und fürchte, dass sie vielleicht tatsächlich nicht lange bei uns bleiben wird.«

»Es gibt keine Garantien im Leben, Scott. Woher soll ich wissen, ob nicht auch einer von euch mich irgendwann verlässt?« Natürlich weiß ich ganz genau, dass das nicht passieren wird. Ich will damit einfach nur sagen, dass man sich seiner Sache nie hundertprozentig sicher sein kann.

Scott steht auf. »Keiner von uns wird dich im Stich lassen«, erwidert er. »Aber natürlich verstehe ich, dass es keine Garantien gibt. Ich denke, wir haben die richtige Wahl getroffen, und werde meine Meinung auch nicht ändern. Ich habe einfach nur das Gefühl, dass das Mädchen bei der Besprechung dieses Vertrags ziemlich in Panik geraten ist.« Er weist auf die Tür, um zu erklären, was er damit meint. »Diese Frau kann einem wirklich Angst einjagen. Irgendjemand sollte sich vergewissern, ob Leila jetzt nicht zitternd in einer Ecke sitzt wie ein Häufchen Elend. Das ist das Einzige, worauf ich hinauswollte.«

Damit hat er gar nicht so unrecht. Ich beschließe, Trey nicht noch mal zu fragen, denn ich bin sicher, dass aus dem nichts mehr rauszubekommen ist, nachdem er vorhin schon so ein klares Statement abgegeben hat.

Mit einem lauten Seufzer gebe ich nach. »Also gut. Ich werde sie anrufen, um sicherzugehen, dass alles in Ordnung ist. Ich weiß zwar nicht, ob sie bereit ist, offen mit mir zu reden, aber ich will es auf jeden Fall versuchen.« Allmählich habe ich genug von diesem Gespräch. »Und jetzt brauch ich erst mal was zu essen und ein paar Gläschen Bier. Wird Zeit, dass wir endlich hier rauskommen.«

Wir quetschen uns in Scotts Kleintransporter, und er fährt uns zu seinem Apartment in Midtown Manhattan. Auch wenn wir morgen in aller Frühe wieder zur Probe müssen, können wir den Rest dieses wunderschönen Tages nach Herzenslust faulenzen. Scott fährt seinen Wagen in die Tiefgarage, und wir schlendern zu dem Pub hinüber, der ein paar Häuserblöcke von seiner Wohnung entfernt ist und ziemlich leckere Gerichte auf der Speisekarte hat. Stundenlang sitzen wir zusammen, essen, trinken und lachen. Obwohl das, was mit unserer Band zurzeit passiert, großartig ist, waren die letzten Wochen doch ziemlich stressig. Es fühlt sich gut an, wieder mal einen Nachmittag lang ein ganz normales Leben zu führen. Sogar Trey scheint das zu genießen.

Als wir aus dem Pub herausschwanken, sind wir schon ein bisschen angesäuselt. Wir erregen ziemlich viel Aufsehen, als wir ziemlich laut grölend zu einer unserer Lieblings-Rockbars namens *Granite* marschieren. Dort gibt es eine Dachterrassenbar, die Musik ist toll, und das Personal kennt uns gut – vor allem zu einer bestimmten Kellnerin habe ich ein sehr intimes Verhältnis. Ich hab sie schon seit einer ganzen Weile nicht mehr gesehen.

Scott findet für uns einen Ecktisch direkt gegenüber der Bühne, und wir fläzen uns dorthin, als gehöre uns die Bar. Unsere Lieblingskellnerin Trini bahnt sich ihren Weg durch die Tische zu uns und setzt sich rittlings auf meinen Schoß. Sie ist ein zierliches kleines Ding mit widerspenstigen schwarzen Haaren, einem hübschen Gesicht und ein paar Tattoos und Piercings (zum Teil an ziemlich intimen Stellen, die außer mir niemand kennt).

Einmal hat Trini mir ein Foto von ihrer Abiturfeier gezeigt, und ich konnte gar nicht glauben, dass das ein und dieselbe Person war. Ihre echte Haarfarbe ist hellblond. Ihre Eltern waren nicht begeistert von dieser Veränderung, aber sie ließ sich nicht davon abbringen. Man muss sie eben so lieben, wie sie ist. Wir waren schon ein paarmal miteinander in der Kiste, und mehr erwartet sie nicht. Sie ist ein Freigeist und nimmt das Leben so, wie es kommt – also genau meine Kragenweite.

»Hey, Jungs, euch hab ich ja schon ewig nicht mehr gesehen. Wo habt ihr denn gesteckt?«

»Wir hatten ziemlich viel mit den Vorbereitungen für unsere Tournee zu tun, Trin.« Sie sitzt immer noch auf meinem Schoß, meine Hände liegen auf ihrem Hintern, und es törnt mich ungeheuer an, wie sie ihren Schritt gegen meinen Schwanz presst. Ich lehne mich zu ihr hinüber. »Ich hab dich furchtbar vermisst«, flüstere ich. »Hast du heute

Abend schon was vor?« Ich knabbere an ihrem Ohrläppchen, und sie reibt sich aufreizend an mir. Das macht mich total scharf.

Sie lehnt sich an mich und flüstert: »Nein. Und wenn du so weitermachst, schmeißen die mich hier raus. Ich habe um zehn Uhr frei. Ich war heute für die Tagesschicht eingeteilt.«

»Ich weiß nicht, ob ich es noch so lange aushalte.«

Langsam und verführerisch leckt sie mir über die Oberlippe und rutscht von meinem Schoß herunter. Mein Schwanz ist hammerhart.

Hunter beobachtet mich amüsiert. »Bei dir kann sie wohl nicht Nein sagen.«

»Nein, und ich habe auch noch nie Nein zu ihr gesagt«, lächle ich. »Das beruht auf Gegenseitigkeit, weißt du. Wenn's uns juckt, dann kratzen wir uns gegenseitig.«

Ich lache so laut, dass das Bier aus meinem Mund über den Tisch spritzt. Hunter wirft mir einen Bierdeckel an den Kopf.

Im Lauf des Abends kommen mehrere Mädels an unseren Tisch. Einige drücken mir einen Zettel mit ihrer Telefonnummer in die Hand. Sobald sie wieder weg sind, gebe ich die Nummern an Hunter weiter.

Beim vierten Mal zerknüllt er den Zettel und wirft ihn nach mir. »Ich brauch deine Reste nicht. Verpiss dich.«

Mühsam rapple ich mich auf, torkle zu Hunter hinüber und klopfe ihm auf die Schulter. »Ich versuche nur, einem Freund in Not zu helfen, und du, mein Freund, hast es dringend nötig, mal wieder flachgelegt zu werden.«

»Leck mich am Arsch.«

»Nein, danke. Du bist nicht mein Typ.« Ich lehne mich zu Hunter hinüber und drücke ihm einen feuchten, liebevollen Kuss auf die Wange, woraufhin er ausholt. Ich mache mir vor Lachen fast in die Hose und stolpere rückwärts, um seiner Faust auszuweichen. Inzwischen bin ich hackedicht und provoziere ihn gnadenlos weiter. »Hey, warum bist denn so angepisst?« Trini kommt gerade noch rechtzeitig an unseren Tisch. »Schaff ihn hier raus, bevor ich ihn umbringe, Trin.«

Trini fasst nach meiner Hand. »Okay, lass uns gehen, Romeo.«

Hunter und Scott bleiben noch. Trey ist schon vor einer Stunde verschwunden.

Ich drehe mich noch mal zu den beiden um. »Bis mañana, Jungs.«

»Aber komm nicht zu spät, Jack. Das meine ich ernst.«

Was soll das denn? Ist jemand gestorben, oder wie kommt es, dass Hunter hier plötzlich der Chef ist?

Mit einem breiten Grinsen werfe ich ihm eine Kusshand zu, und er zeigt mir den Stinkefinger. Trini zerrt mich aus der Bar. Unterwegs fangen wir ein paar Blicke von Mädchen auf, die mir ihre Nummern gegeben haben. Es ist witzig zu beobachten, wie sie auf Trini reagieren. Aber ihr ist das scheißegal. Das ist das Schöne an Trini: Sie lässt sich durch nichts aus der Ruhe bringen.

Trini hat eine Einzimmerwohnung am anderen Ende der Stadt. Kaum sitzen wir im Taxi, fallen wir auch schon übereinander her. Ich kann mich kaum noch daran erinnern, dass ich dem Taxifahrer das Geld zugeworfen habe oder wie ich die drei Stockwerke zu ihrem Apartment hochgekommen bin. Als wir vor ihrer Wohnungstür stehen, hat sie mir schon das Hemd vom Körper gerissen und macht sich an meinem Gürtel zu schaffen.

Auf dem Weg zu ihrem Bett machen wir weiter aneinander rum. Sie wirft mich mit einem kräftigen Schubs rücklings aufs Bett, und ich lache laut auf, als mein erregter Körper auf der Matratze auf und ab federt. Ich bin eindeutig betrunken – aber hoffentlich nicht so sehr, dass meine Leistung im Bett darunter leidet.

Als Trini für mich strippt, höre ich sehr schnell auf zu lachen. Sie hat einen scharfen kleinen Körper – keine große Oberweite, aber perfekte Proportionen. Sie in ihrem sexy roten BH und dem Stringtanga zu sehen erregt mich noch mehr, falls das überhaupt möglich ist.

»Hattest du heute Abend mit mir gerechnet?«, frage ich und verschlinge sie mit meinen Blicken.

»Nein, aber man wird ja wohl noch träumen dürfen. Jedenfalls habe ich dich vermisst, und ich habe eine Scheißwoche hinter mir.« Sie setzt sich rittlings auf meine Hüften und fängt an, an meinen Lippen zu saugen. Normalerweise knutsche ich nicht gerne rum; aber mit Trini zu knutschen, ist ungeheuer erotisch. Als sie sich von mir löst, sind wir beide völlig außer Atem. Sie zieht meine Jeans aus und fährt mit der Fingerspitze an meinem Penis entlang. Mein Schwanz zuckt unter ihrer Berührung.

»Nanu, du hast ja gar keine Unterhose an«, grinst sie. »Als ob du geahnt hättest …«

»Man wird ja wohl noch träumen dürfen.«

Als Trini anfängt, sich langsam an mir zu reiben, bin ich zu keinem klaren Gedanken mehr fähig.

»Oh Gott …« Als meine Lippen sich um ihre gepiercte Brustwarze schließen, fängt auch sie an zu stöhnen. Je fester ich sauge, umso stärker reibt sie sich an meinem Unterleib.

»Du machst mich wahnsinnig, Trin.«

Mit einem hinterhältigen Lächeln küsst sie mich schnell auf den Mund und dreht sich dann um, sodass sie rittlings auf meiner Brust sitzt, mir aber jetzt ihren Hintern zukehrt. Trini mag Oralsex fast noch lieber als gewöhnlichen Sex. Sich gegenseitig mit dem Mund zu verwöhnen, ist genau ihr Ding.

Das wird bestimmt ein Riesenspaß.

Sie beugt sich nach vorn, bis ihr Hintern nur noch ein paar Zentimeter von meinem Gesicht entfernt ist. Ich fahre die Umrisse ihres Arschgeweihs mit der Zunge nach, und sie umschließt meinen Schwanz mit den Lippen.

»Oh Scheiße …« Ich bin so scharf und so bereit, dass ich mir verdammt viel Mühe geben muss, um nicht sofort zu kommen.

Ich versuche, mich auf sie zu konzentrieren, schiebe ihren roten Stringtanga beiseite und stecke einen Finger in sie, wobei ich gleichzeitig eine ihrer Schamlippen in meinen Mund hineinsauge. Sie stöhnt so laut auf, dass ich die Vibrationen an meinem Schwanz spüre, den sie immer noch mit den Lippen umschlossen hält. Voller Begeisterung lecken wir uns gegenseitig … bis ich innehalte, weil ich plötzlich wieder Leilas Gesicht vor mir sehe.

Verdammt … nicht schon wieder!

Wegen des Sauerstoffmangels in meinem Gehirn und weil ich immer noch das Bild von Leila im Kopf habe, kann ich mich kaum darauf konzentrieren, Trini zu beglücken. Mein Schwanz in ihrem Mund, das viele Bier, die Tatsache, dass sie mich schon auf dem Weg zum Bett fast zum Wahnsinn getrieben hat, und Leilas Gesicht vor meinem inneren Auge – all das ist einfach viel für mich. Viel zu schnell verschafft mein Körper sich mit einem heftigen Orgasmus Erleichterung.

Ich werfe den Kopf zurück. »Ach, Scheiße«, knurre ich.

Trini hört erst auf, nachdem der letzte Schauer meinen Körper erschüttert hat. Ich spüre, wie sie lächelt, während ich wie tot daliege und versuche, wieder zu mir zu kommen.

Sie versucht, sich herumzudrehen, aber ich umfasse ihre Hüften so fest, dass sie sich nicht mehr rühren und ich mein Werk in Ruhe zu Ende bringen kann. Das spornt sie dazu an, mich weiterhin langsam und gemächlich mit den Lippen zu verwöhnen, sodass das Blut wieder in meinen schlaffen Penis zurückfließt.

Um mich für ihre Liebesdienste erkenntlich zu zeigen, halte ich die Augen offen, denn momentan möchte ich an niemand anderen denken als an Trini. Sie hat sich wirklich einen Orgasmus verdient; und vor allem verdient sie es, dass ich mich ganz auf sie konzentriere.

Ich sauge ihr zweites Schamlippenpiercing zwischen meine Lippen und spüre ihr Keuchen an meinem Schwanz. Ich bringe sie mit meinen Lippen, meiner Zunge und meinen Fingern zum Höhepunkt, und ihre Beine fangen an zu zittern, während ihr Körper von einem nicht enden wollenden Orgasmus erschüttert wird.

Keuchend bricht Trini über mir zusammen und ringt nach Atem. Dann liegen wir ziemlich lange regungslos da. Obwohl ich ihr gegenüber ein schlechtes Gewissen habe, bin ich dankbar für die kleine Pause, denn jetzt kann ich wenigstens in Ruhe darüber nachdenken, was zum Teufel gerade in meinem umnebelten Gehirn passiert. Plötzlich bin ich sehr erschöpft.

Trini reißt mich aus meinen Gedanken, indem sie sich herumdreht und sich gemächlich auf meinem Körper räkelt. »MMMMmmm… war das gut.«

Ich kann kaum noch die Augen offen halten und bringe nur ein vages Nicken zustande. Trini küsst mich mit aufreizender Sinnlichkeit, um meine Aufmerksamkeit wieder auf sich zu lenken. »Ich bin noch nicht fertig mit dir.«

Sie holt ein Kondom aus dem Nachttisch und rollt es über meinen Penis, während ich immer noch gegen meine Müdigkeit ankämpfe. Doch mein Schwanz scheint ein Eigenleben zu führen und versteift sich unter ihrer Berührung, obwohl ich immer noch total benommen und wirr im Kopf bin.

»Hoffentlich bin ich dazu überhaupt noch in der Lage«, murmle ich, und sie kichert.

Wieder setzt sie sich rittlings auf mich, wobei sie den Stringtanga immer noch anhat. »Keine Sorge. Ich trau dir einiges zu, Jack«, sagt sie.

Und sie schafft es tatsächlich: Schon nach ein paar Minuten bin ich hellwach und stehe kurz vor dem nächsten Orgasmus. Ich packe sie an den Hüften und drehe sie auf den Rücken. Sie wölbt mir ihre Hüften entgegen und bewegt sich im Rhythmus meiner harten, schnellen Stöße. Dann geht alles sehr schnell: Zuerst kommt sie zum Höhepunkt, dann ich.

»Das war sooo gut, Jack«, gurrt sie, als wir keuchend nebeneinanderliegen.

Ich nicke nur und richte meine Augen auf einen Fleck an der Decke ihres Apartments. Plötzlich möchte ich gehen. Das liegt nicht an Trini, sondern an mir. Mein Rausch lässt allmählich nach, und ich bin hundemüde und verwirrt.

»Willst du ein Bier?«

»Hast du auch Cola? Das wäre mir lieber.« Ich streife das Kondom ab und lasse es auf den Boden fallen.

»Klar.« Sie hüpft aus dem Bett, hebt das Kondom auf und verschwindet in der Küche.

»Ich hätte das schon noch weggeworfen, Trin.«

»Kein Problem«, ruft sie aus der Küche.

Während ich daliege und auf meine Cola warte, wandern meine Gedanken wieder zu Leila. Was sie wohl gerade macht? Mag sie ausgefallenen Sex, oder macht sie es nur in der Missionarsstellung? Warum denke ich überhaupt schon wieder an sie?

Trini kommt aus der Küche zurück und drückt mir eine Cola in die Hand. Ich starre immer noch Löcher in die Luft. »Hey, wo bist du denn mit deinen Gedanken?«

Ich schlinge meinen Arm um ihre Taille und ziehe sie an mich. »Tut mir leid. Mir geht gerade ziemlich viel im Kopf herum.« Sie dreht sich auf die Seite und schaut mir prüfend ins Gesicht.

»Spuck's schon aus, Lair. Ich kenne dich schon so lange. Der Jack, den ich kenne, würde mich jetzt von hinten nehmen, statt rumzuliegen und nachzudenken.«

Ich lege mich ebenfalls auf die Seite und schaue sie an.

Wie soll ich ihr etwas erklären, was ich selber nicht verstehe? Wie soll ich erklären, dass ich über ein Mädchen nachdenke, das ich kaum kenne? Wie soll ich Trini begreiflich machen, dass ich beim Sex mit zwei verschiedenen Frauen (und auch mit ihr) plötzlich Leilas Gesicht vor mir gesehen habe?

Ich weiß, dass ich Trini das ehrlich sagen kann, denn so ist unsere Beziehung nun mal: Sie hat mir schon oft von ihren Männerproblemen erzählt, nachdem wir uns vorher die Seele aus dem Leib gevögelt hatten. Zum Beispiel von diesem Idioten an der Bar, nach dem sie sich schon seit Monaten verzehrt und der einfach nicht anbeißt. Ich habe ihr gesagt, dass er wahrscheinlich schwul ist.

Aber was soll ich ihr denn schon erzählen? Ich hab doch selber keine Ahnung, was das alles bedeutet, verdammt noch mal.

»Na?«

Vielleicht kann ich es besser verstehen, wenn ich meine konfusen Gedanken in Worte fasse?

Ich hole einmal tief Luft, lege mich auf den Rücken und starre wieder den Fleck an der Decke an. »Wir waren auf der Suche nach einer neuen Backgroundsängerin. Das Mädchen, für das wir uns entschieden haben, ist fantastisch. Sie prüft gerade unseren Vertrag, und wir hoffen zu Gott, dass sie unser Angebot annimmt. Sie heißt Leila und ist wunderschön.« Ich drehe mich wieder auf die Seite und schaue meiner Freundin in die Augen. In ihrem Blick sehe ich keinerlei Werturteil, nur ehrliche Anteilnahme.

»Ich muss dauernd an sie denken, Trin. Und dabei kenn ich sie doch kaum. Aber sie hat irgendwas Besonderes an sich. Ich weiß auch nicht, was mit mir los ist.«

Sie schaut mich nachdenklich an. »Weiß sie, was du für sie empfindest?«

»Was ich für sie empfinde?«, schnaube ich. »Wir kennen uns doch kaum. Es gibt keine Empfindungen. Ich denke einfach nur ständig an sie.«

»Du fühlst dich eben zu ihr hingezogen … Na und?«

Ich fahre mir mit der Hand durchs Haar. Ich habe mich auch früher schon zu Frauen hingezogen gefühlt und trotzdem nicht mal 30 Sekunden lang an sie gedacht. Das mit Leila ist mehr als bloßes Sich-hingezogen-Fühlen. Keine Ahnung, was es ist.

»Na und? Wir müssen schließlich zusammenarbeiten.«

»Wenn sie dich zu sehr verwirrt oder scharf macht, kommst du einfach zu mir. Ich bring dich schon auf andere Gedanken«, sagt sie mit todernstem Gesicht. Doch ihr Scherz entlockt mir nur ein müdes Lächeln.

»Das kann dich auch nicht aufmuntern? Puh – jetzt mache ich mir wirklich Sorgen. Mach dir keinen Stress mehr deswegen«, setzt sie hinzu und schmiegt ihren Kopf in meine Armbeuge. »Wer weiß – wenn du sie ein bisschen näher kennenlernst, hasst du sie vielleicht.«

Ich nicke seufzend, denn ich bin ganz und gar nicht davon überzeugt, dass Trini mit ihren weisen Worten recht hat. In Wirklichkeit ist es eher umgekehrt: Je näher ich sie kennenlerne, umso mehr will ich sie.

Kapitel 5
Leila

Derselbe Vertrag, der mich gestern noch überglücklich gemacht hat, verursacht mir jetzt Schweißausbrüche unter den Titten. Es gibt sogar einen Passus, in dem es darum geht, ob die Bandmitglieder »Lebensabschnittspartner« in ihre Schlafkoje mitbringen dürfen oder nicht. Solange es die anderen Bandmitglieder nicht stört, dürfen sie mitreisen. Soll ich also damit einverstanden sein, wenn Trey in der Koje neben mir ein kleines Techtelmechtel hat? Ich glaube nicht. Lieber würde ich über glühende Kohlen laufen.

Andererseits hätten sie dann aber auch das Recht, *mir* so etwas zu verbieten. Für mich wäre das sicherlich kein Problem, weil ich nicht herumschlafe und das auch in Zukunft nicht vorhabe. Aber was ist, wenn mir tatsächlich »der Eine« über den Weg läuft? Wenn er sich bis über beide Ohren in mich verliebt und es keine Minute ohne mich aushält? Dürfen die Jungs ihn dann aus dem Bus werfen? Das fände ich echt Scheiße.

Während ich immer noch dasitze und den Stapel Papiere anstarre, als hoffte ich, sie dadurch besser zu verstehen, holt das Klingeln meines Handys mich wieder in die Gegenwart zurück. Mein Herz fängt an zu hämmern wie verrückt. Als ich Jacks Nummer auf meinem Handy speicherte, habe ich ihr »Tie me Down« – einen Song mit ziemlich eindeutigen sexuellen Anspielungen – zugeordnet. Ich fand, dass er genau zu Jack passt. Aber er darf diesen Klingelton *NIEMALS* hören oder davon erfahren!

»Hallo?«, melde ich mich und achte dabei genau auf meine Atmung.

»Hey, hier ist Jack. Wie geht es dir?« Seine Stimme klingt zu fröhlich.

»Hi, Jack. Mir geht's prima. Ich bin zwar immer noch ein bisschen überwältigt von all den vielen Neuigkeiten, aber ansonsten ist alles okay. Was gibt's denn?«

»Ich wollte mich nur mal melden, um mich zu vergewissern, ob du noch Fragen hast.« Dabei hatte er mir doch gesagt, dass *ich* ihn anrufen soll, wenn ich Fragen oder Bedenken habe. Dass er trotzdem zuerst anruft, zeigt, dass er an mich denkt. Dieser Gedanke zaubert ein seliges, allerdings etwas dümmliches Lächeln auf meine Lippen.

»Na ja, ich hab jede Menge Fragen, aber keine, die du beantworten kannst.« Ich lache, um ihm zu zeigen, dass das nur ein Witz sein soll. Wie kann ich ihm sagen, dass ich nicht weiß, wo ich in dem Bus meine Tampons aufbewahren soll?

»Bist du sicher? Ich helf dir gern weiter.«

Oh Mann … Der hat keine Ahnung, wie gern ich mir von ihm »weiterhelfen« lassen würde.

»Ich stelle gerade eine Liste von Fragen für meinen Anwalt zusammen. Sobald ich sie mit ihm besprochen habe, rufe ich dich an, falls es noch etwas gibt, was er nicht beantworten konnte, okay?«

»Klar, Leila. Wie du möchtest. Ich wollte dir nur sagen, dass ich es ernst gemeint habe mit meinem Hilfsangebot, falls du noch irgendwelche Fragen oder Bedenken haben solltest. Sicherlich ist das alles im Moment noch ein bisschen viel für dich. Aber denk daran: Du bist ungeheuer begabt! Das wird bestimmt eine wunderbare Zusammenarbeit für uns alle.« Nach diesen Worten hält er inne, und ich bin zu gerührt, um zu antworten.

Er lacht über mein Schweigen und sagt: »Also, dann wünsch ich dir noch einen schönen Tag. Ich hoffe, bald von dir zu hören.«

»Oh, danke. Tschüss, Jack«, sage ich schließlich mit zaghafter Stimme. Er hängt sofort ein, und ich brauche ein paar Minuten, um aus meinem Tagtraum zu erwachen.

Um mich abzulenken, beschließe ich, meinen Dad anzurufen und mit ihm zu besprechen, wann wir uns morgen zum Abendessen treffen sollen. Eigentlich wollte ich den Vertrag mitbringen, habe mich aber dann doch dagegen entschieden. Ich will ihn nicht unnötig beunruhigen, und ich weiß, dass schon allein die Details für ihn schwer zu verkraften sein werden. Morgen Abend habe ich schon mit meinem Anwalt gesprochen, und vielleicht habe ich dann ein paar allgemeinverständliche Informationen, die ich an ihn weitergeben kann. Obwohl das im Grunde gar keine Rolle spielt. Denn eigentlich gibt es nichts, was ihn beruhigen könnte – es sei denn, ich würde ihm sagen, dass ich mir die Sache doch noch anders überlegt habe.

Ich habe den Gesprächstermin mit einem Rechtsanwalt gemacht, den Evans Mutter Barb mir empfohlen hat. Als mir klar wurde, dass ich einen Anwalt brauche, habe ich Barb sofort angerufen. Wir treffen uns morgen früh in seiner Kanzlei in Fort Lee. Sein Name ist Mr. Morrow, und Barb hat mir versichert, dass er ein guter Anwalt ist und mir bei all meinen Fragen und Problemen weiterhelfen kann. Er hat heute eine Kopie des Vertrags bei mir abgeholt, damit er ihn vor unserem Treffen noch durchlesen kann.

Evans Vater Doug ist abgehauen, als er noch ein Baby war, und hat keinerlei Kontakt mehr zu seinem Sohn. Barb hat Evan allein großgezogen und wohnt immer noch in dem Haus, in dem er aufgewachsen ist – nur einen Häuserblock von meinem Dad entfernt.

Eine Zeit lang dachte ich, dass aus Dad und Barb vielleicht ein Paar werden könnte. Mit ihrem zu einem flotten Bob frisierten rotblonden Haar, den hübschen blauen Augen, dem netten Lachfältchenlächeln, bei dem ihr ganzes Gesicht aufleuchtet, und ihrem lieben, warmherzigen Wesen muss man sie sofort gern haben.

Dad und Barb sind beide in Cliffside aufgewachsen und schon lange miteinander befreundet. Auch Mom war eine Freundin von ihr, allerdings keine besonders enge. Das fand ich eigentlich ziemlich komisch. Denn da Barb so ein freundlicher, herzlicher Mensch ist, hätten Mom und sie eigentlich hervorragend miteinander auskommen müssen. Doch anscheinend mochte Dad Doug überhaupt nicht und wollte keinen näheren Kontakt mit ihm haben.

Einmal habe ich meinen Dad gefragt, warum ich Evan eigentlich erst in der Schule kennengelernt habe. Irgendwie scheint das Leben meiner und seiner Eltern doch ziemlich eng miteinander verflochten gewesen zu sein. Doch Dad hat mir erklärt, dass er und Mom Barb aus dem Weg gegangen sind, solange sie noch mit Doug zusammen war.

Er war kein netter Mann, obwohl er Barb oder Evan in keiner Weise misshandelt hat – er stand ihnen einfach nur gleichgültig gegenüber.

Als Baby wurde Evan sehr krank. Da Mom Krankenschwester war, hat sie Barb während dieser schweren Zeit sehr geholfen. Barb und Doug haben nur deshalb geheiratet, weil sie mit Evan schwanger war. Ihre Ehe war schon vor Evans Krankheit nicht besonders glücklich; und als es Evan dann so schlecht ging, hat Doug sich überhaupt nicht mehr um die beiden gekümmert. Zum Glück konnte Evan von seiner Infektion geheilt werden, trotzdem hat diese Krankheit die Ehe der beiden sehr belastet. Kurz danach hat Doug seine Sachen gepackt und ist verschwunden.

Barb hielt sich danach von meinen Eltern fern. Trotzdem haben Mom und Dad regelmäßig nach ihr geschaut, um sicherzugehen, dass es ihr und Evan gut ging. Evan und ich reden kaum über seinen Dad. Er möchte seine Gehirnzellen einfach nicht an ihn verschwenden.

Nach Moms Tod freundeten wir uns miteinander an, und mein Dad begann, sich hin und wieder mit Barb zu treffen. Aber über bloße Kameradschaft ging das nie hinaus. Sie trafen sich gelegentlich zum Mittagessen in einem Restaurant, fuhren zusammen ins Einkaufszentrum oder sahen sich ein Spiel von den Yankees an.

Dabei könnte alles so wunderschön sein: zwei gute Freunde, die beide alleinstehend sind, nur einen Häuserblock voneinander entfernt wohnen und deren Kinder eng miteinander befreundet sind. Vielleicht findet Dad Barb sexuell einfach nicht attraktiv? Natürlich lässt sexuelle Anziehung sich nicht erzwingen, ich empfinde Evan gegenüber schließlich auch nicht so. Aber komischerweise hat auch keiner von den beiden jemals versucht, jemand anderen kennenzulernen.

Ich denke schon seit einiger Zeit nicht mehr darüber nach. Früher hat Evan immer über meine Versuche gelacht, die beiden zusammenzubringen. Einige der Schachzüge, die ich mir dazu ausdachte, waren wirklich der Hammer! Immer wieder schwärmte ich Evan davon vor, wie wunderschön es doch wäre, wenn wir alle zusammenleben könnten – eine große glückliche Familie. Er – typisch Mann – kam gar nicht auf die Idee, seine Mutter mit meinem Dad oder irgendjemand anderem zu »verkuppeln«. Doch ich sah das anders und versuchte, ihn von meinem Standpunkt zu überzeugen. Außerdem warf ich ihm vor, egoistisch zu sein, und er hielt dagegen, ich sei eine hoffnungslose Romantikerin … Männer!

Nachdem ich mich endlich zusammengerissen und auf meinen Vertrag konzentriert habe, stelle ich eine Liste von Fragen und Bedenken auf, die ich mit meinem Anwalt besprechen möchte. Da ich von solchen Dingen keine Ahnung habe, wird es keine besonders lange Liste. In dieser Hinsicht bin ich voll und ganz auf Mr. Morrow angewiesen.

Nachdem ich stundenlang zu Hause gehockt habe, fühle ich mich wie ein Tier im Käfig. Ich muss unbedingt aus meiner Wohnung raus. Draußen ist es schön, und ein bisschen frische Luft wird mir guttun. Also trete ich mich in den Arsch, ziehe schnell meine Joggingklamotten an, binde meine Haare zu einem Pferdeschwanz zusammen und laufe los.

Wenn man in Hoboken wohnt, hat man einen herrlichen Blick auf New York. Nur ein paar Häuserblöcke von meiner Wohnung entfernt gibt es einen schönen Spazierweg, der am Hudson entlangführt. Ich mache mich dorthin auf den Weg, und schon geht es mir besser. Da mich die jüngsten Ereignisse immer noch sehr beschäftigen, hänge ich während des Gehens meinen Gedanken nach.

Mir geht so vieles durch den Kopf – genau die gleichen Grübeleien, die mich auch nachts wach halten. Das Problem ist nur, dass ich in Panik gerate, wenn ich mich diesem Gedankenkarussell hingebe.

Ich bin doch bloß ein ganz normales Mädchen aus Jersey. Bin ich wirklich bereit, mich auf so eine große Sache einzulassen? Wo wird mich das hinführen? Ich weiß zwar, welches Ziel ich vor Augen habe – ich wünsche mir eine eigene Band –, aber bin ich wirklich schon so weit? Andererseits habe ich bisher ein sehr behütetes Leben in Jersey geführt und muss mich endlich mal aus meiner Kuschelecke rauswagen.

Von diesem ständigen Hin und Her in meinem Gehirn bekomme ich noch ein Aneurysma.

Andererseits beschäftigen mich auch ganz banale Fragen, zum Beispiel, wie viele Sachen man auf eine sechsmonatige Tournee mitnehmen muss. Eigentlich war es gar kein Scherz, als ich mir überlegte, wo ich meine Tampons verstecken soll. Muss ich diese Sachen selber einkaufen, oder gibt es jemanden, der sie für mich besorgt? Ein Roadie?

Oh Gott.

Nachdem ich stundenlang spazieren gegangen bin, bringt mich der Gedanke, den ganzen Weg zurücklaufen zu müssen, auf die Idee, mein Handy rauszuholen und Evan anzurufen.

»Hey, kannst du herkommen und mich abholen?«, bitte ich ihn.

»Wo bist du denn?«

»Edgewater. Bei Starbucks.«

»Alles klar«, seufzt er. »Ich bin gleich da.« Er fragt mich nicht mal, warum ich bis nach Edgewater gelaufen bin. Evan weiß genau, wann es besser ist, den Mund zu halten.

Endlich kann ich mich entspannen. Für den Rest des Tages werde ich mir weder das Gehirn noch die Füße zermartern. Stattdessen hole ich mir einen Latte macchiato und setze mich an einen Tisch mit

Blick auf den Hudson. Jeder Schluck beruhigt mich und bringt wieder Klarheit in meine Gedanken. Genau so muss es sein: Ich muss endlich aufhören zu jammern und allen – auch mir selbst – zeigen, was in mir steckt.

***

Am nächsten Morgen ist mein neu entdecktes Selbstvertrauen leider schon wieder verflogen. Irgendwie muss es mir mitten in der Nacht abhandengekommen sein, obwohl ich immer noch nicht verstehe, warum. Nach meinem Aha-Erlebnis bei Starbucks und nachdem Evan mich wieder aufgebaut hatte, war ich eigentlich überzeugt davon, dass alles okay ist.

Verdammt!

Ich zwinge mich aufzustehen, um mich für meinen Termin mit Mr. Morrow fertig zu machen. Wieder durchsuche ich meinen Schrank nach einem für geschäftliche Zwecke angemessenen Kleidungsstück und entscheide mich für ein einfaches schwarzes Kleid, die Perlen meiner Mutter und schwarze Schuhe mit nicht zu hohen Absätzen – genau die richtige Garderobe für Termine mit Rechtsanwälten und/oder Beerdigungen.

Die Fahrt nach Fort Lee dauert nicht lange, und eine knappe halbe Stunde später sitze ich schon in Mr. Morrows Vorzimmer und bin gespannt auf die Begegnung mit meinem juristischen Schutzengel.

Und tatsächlich tritt kurze Zeit später ein Engel in Menschengestalt aus dem Büro, um mich zu begrüßen. Mr. Morrow ist ein sehr sympathisch aussehender Mann mit rosigen Wangen und einem stattlichen Bauch – eine Großvaterfigur, deren Gegenwart mich tröstet und beruhigt.

Nachdem er mir die Hand geschüttelt hat, führt er mich in sein Büro. »Freut mich sehr, Sie kennenzulernen, Miss Marino.« Lächelnd deutet er auf einen Ohrensessel, der vor seinem antiken hölzernen

Schreibtisch steht. »Na, wie sieht's aus? Sind Sie bereit, Ihre fantastische Zukunft auf ein gediegenes juristisches Fundament zu setzen?«

»Bitte nennen Sie mich Leila. Oh ja, ich bin bereit.«

»Tja, Leila, das ist wirklich eine wunderbare Chance für Sie. Bestimmt sind Sie schon sehr aufgeregt.«

»Ja, natürlich, aber ich bin auch nervös. Das ist eine große Veränderung für mich. Ich möchte ganz sichergehen, ob ich auch wirklich bereit dafür bin.«

Er schaut sich suchend nach seiner Lesebrille um, setzt sie auf und sagt: »Tja, deswegen sind Sie ja hier. Wir werden dafür sorgen, dass Sie alle Informationen und alle Erwartungen, die diese Band an Sie stellt, richtig verstehen und dass Sie nichts unterschreiben, womit Sie nicht hundertprozentig zufrieden sind. Fangen wir an.«

Nach zwei Stunden ist mir schon viel wohler zumute. Wir haben genau besprochen, womit ich einverstanden bin und womit nicht, und er hat sich notiert, auf welche Vertragsänderungen ich bestehen sollte. Außerdem hat er mir das ganze juristische Brimborium, auf das ich mir vorher keinen Reim machen konnte, in laienverständlichen Begriffen erklärt. Wir haben auch über mein Gehalt gesprochen und abgeklärt, ob ich mit dem Angebot von Devil's Lair zufrieden bin. Ja, an dem Angebot ist nichts auszusetzen: Mein neues Gehalt ist viel höher als das, was ich in Sals Kneipe verdiene – selbst in den Monaten, in denen ich meine Einnahmen noch mit Auftritten bei Hochzeiten und Bar Mitzwas aufgestockt habe. Der Vertrag umfasst nur das erste Album und die Tournee; mein zukünftiges Gehalt und meine Tantiemen müssen dann wieder neu ausgehandelt werden.

Mr. Morrow verspricht mir, dass seine Sekretärin die nötigen Vertragsänderungen zu Papier bringen und den überarbeiteten Vertrag heute noch an das Studio faxen wird. Außerdem soll ich um einen Besprechungstermin mit Devil's Lair bitten, um die Änderungen mit der Band zu durchzugehen. Falls wir uns einig werden, sollte ich den Vertrag unterschreiben – falls nicht, müssen wir eben noch mal neu verhandeln.

Alles klar. Das schaffe ich. Mit dem Gefühl, jemanden zu haben, der auf meiner Seite steht, bedanke ich mich bei Mr. Morrow und verlasse sein Büro. Ich nehme mir vor, Barb anzurufen und mich bei ihr zu bedanken, denn ich fand diesen Mr. Morrow sehr sympathisch und bin froh, dass sie ihn mir empfohlen hat.

Aber vorher muss ich noch einen anderen sehr wichtigen Anruf tätigen. Ich warte, bis ich in meiner Wohnung bin, und wähle dann Jacks Nummer.

»Hi, Leila.« Er antwortet gleich beim ersten Klingeln. Hat er meine Nummer etwa *gespeichert*?

ER HAT MEINE NUMMER GESPEICHERT!

»Hi, Jack. Wir können uns jetzt treffen, um den Vertrag zu besprechen.« Ich versuche, möglichst ruhig und selbstbewusst zu klingen. »Mein Anwalt hat noch ein paar kleine Änderungen vorgeschlagen. Er lässt euch bis spätestens heute Nachmittag die überarbeitete Version zukommen.«

»Prima. Wir wollen diese Angelegenheit so schnell wie möglich in trockene Tücher bringen. Komm doch morgen gegen Mittag bei uns vorbei, dann können wir den Vertrag zusammen mit Jennifer und unserem Anwalt durchsprechen.«

»Okay, ich komme.«

Siehst du, Leila? Das war doch eigentlich ganz einfach – nur dass meine Hände total nass geschwitzt sind.

Kapitel 6
Jack

Ein paar Minuten nach meinem seltsamen Geständnis an Trini bin ich schon tief und fest eingeschlafen. Am nächsten Morgen weckt mich himmlischer Kaffeeduft.

»Danke, dass ich bei dir pennen durfte – obwohl du ja eigentlich gar keine andere Wahl hattest. Wie spät ist es denn?«

»Kurz vor neun. Ich weiß, dass du heute ins Studio musst, deshalb habe ich den Wecker gestellt. Nachdem du gestern Abend bewusstlos in meinem Bett zusammengebrochen bist, hatte ich jede Menge Zeit zum Schlafen.« Ich strecke mich, und sie bringt mir eine Tasse heißen Kaffee ans Bett. Ihre Haare sind herrlich zerzaust, sie hat ihre Piercings abgenommen und sieht mit ihrem ungeschminkten Gesicht ungeheuer jung und süß aus. Trini ist wirklich ein hübsches Mädchen.

»Warum hab ich dir eigentlich noch keinen Heiratsantrag gemacht?«, frage ich sie, während ich ihr den Kaffee abnehme.

»Weil du mit mir total überfordert wärst, Lair«, erwidert sie, beugt sich zu mir herunter und küsst mich auf den Mund.

»Du bist fantastisch, Trin. Danke, dass du mir gestern Abend zugehört hast«, sage ich und schaue auf meinen Kaffee herab.

»Das war ich dir schuldig. Schließlich habe ich mich bei dir ja auch schon oft über irgend so einen Idioten ausgeheult«, sagt sie mit einem liebevollen Lächeln. »Kopf hoch, Jack. Das wird schon wieder.«

Ich blickte zu ihr hoch und lächle zurück. »Hoffentlich.«

Nach dem Kaffee fühle ich mich wie neugeboren. Nachdem ich mich in Rekordzeit geduscht und angezogen habe, bin ich auch schon unterwegs. Gegen halb zehn komme ich – Gott sei Dank als Erster – im Studio an. Unterwegs habe ich mir noch zwei Tassen Kaffee (meine Lieblingsdroge) geholt und freue mich darauf, sie in Ruhe trinken zu können, ehe es losgeht. Eigentlich muss ich Leila anrufen, aber dazu ist es noch zu früh. Das hat Zeit bis später.

Leider sind meine paar ruhigen Minuten viel zu schnell vorbei: Schon höre ich, wie Hunter und Scott den Korridor entlanggehen und sich dabei lautstark darüber streiten, wann ich wohl aufkreuzen werde. Sie haben um zwanzig Dollar gewettet: Scott glaubt, dass ich um halb elf da sein werde, Hunter ist überzeugt davon, dass ich es vor elf Uhr auf keinen Fall schaffe.

Diese Vollidioten.

Ich kann sehr pflichtbewusst sein, wenn ich will – oder wenn es sein muss.

Als die beiden sehen, dass ich schon da bin, bleiben sie wie angewurzelt stehen. »Hast du etwa hier geschlafen?«, fragt Hunter.

»Halt die Klappe, du Blödmann. Ich habe gehört, wie ihr auf mein Zuspätkommen gewettet habt. Ich bin schon seit einer halben Stunde hier.«

»Ach du Scheiße. Dann haben wir beide verloren«, sagt Hunter und setzt sein nerviges Lächeln auf.

»Verpiss dich«, fauche ich und zeige ihm den Stinkefinger.

»Hey, warum bist du denn so angepisst?«, wiederholt er meine Worte von gestern Abend.

»Wie war dein Abend, Jack?«, fragt Scott in dem Versuch, Frieden zu stiften.

»Fantastisch. Und wie ist dein Date mit Hunter gelaufen?« Jetzt zeigt Hunter *mir* den Stinkefinger.

Trey kommt rein und hat immer noch dieselben Klamotten an wie gestern. Ich übrigens auch. Wir werfen uns einen stummen Blick zu und wissen, dass wir heute Nacht beide eine Menge Spaß hatten.

Sobald Jennifer kommt, machen wir uns an die Arbeit. Wir müssen die Reihenfolge der Songs für unser Album festlegen und bis spätestens heute Abend an die Studioleitung schicken. Das wird sicher eine Qual, denn bei uns hat immer jeder seine eigene Meinung.

Drei qualvolle Stunden später legen wir eine kurze Pause ein, und Hunter erinnert mich an meine Hausaufgabe. »Hast du Leila angerufen?«

»Als ich hier ankam, war es noch zu früh. Ich mach es jetzt.« Ich muss diese Sache endlich hinter mich bringen. Jennifer schaut zu mir herüber, als ich das Studio verlasse, und will mir nachgehen.

Ich hebe die Hand. »Bleib, wo du bist.«

Sie bleibt abrupt stehen und wirft mir einen fragenden Blick zu.

»Nach unserem Telefonat möchte ich mit dir reden. Du darfst nicht so streng mit Leila umgehen. Wenn sie den Vertrag unterschreibt, ist sie eine deiner Klientinnen und verdient die gleiche Behandlung wie wir. Denk einfach mal darüber nach.« Ich wende mich ab, gehe aus dem Studio und lasse eine fassungslose Jen zurück. Plötzlich ist mein Bedürfnis, Leila vor Jennifer zu beschützen, noch stärker als vorher.

Ich verziehe mich ins Besprechungszimmer, schließe die Tür hinter mir und wähle ihre Nummer. Warum zum Teufel schlägt mein Herz plötzlich so heftig?

»Hallo?«

»Hey, Leila, wie geht es dir?« Ich versuche, möglichst normal zu klingen.

»Hi, Jack. Mir geht's prima. Ich bin zwar immer noch ein bisschen überwältigt von all den vielen Neuigkeiten, aber ansonsten ist alles okay. Was gibt's denn?« Sie klingt, als wundere sie sich über meinen Anruf.

»Ich wollte mich nur mal melden, um mich zu vergewissern, ob du noch Fragen hast.« Das ist doch wirklich ein berechtigter Grund, jemanden anzurufen, oder etwa nicht?

»Na ja, ich hab jede Menge Fragen, aber keine, die du beantworten kannst.« Sie lacht ins Telefon. Ihr Lachen ist unwiderstehlich. Oh Mann, diese Frau ist so süß.

»Bist du sicher? Ich helf dir gern weiter.« Ich würde ihr wirklich gern helfen – und zwar in jeder Hinsicht.

»Ich stelle gerade eine Liste von Fragen für meinen Anwalt zusammen. Sobald ich sie mit ihm besprochen habe, rufe ich dich an, falls es noch etwas gibt, was er nicht beantworten konnte, okay?«, fragt sie zögernd.

»Klar, Leila. Wie du möchtest. Ich wollte dir nur sagen, dass ich es ernst gemeint habe mit meinem Hilfsangebot, falls du noch irgendwelche Fragen oder Bedenken haben solltest. Sicherlich ist das alles im Moment noch ein bisschen viel für dich. Aber denk daran: Du bist ungeheuer begabt! Das wird bestimmt eine wunderbare Zusammenarbeit für uns alle.« Nach diesen Worten halte ich inne. Ich glaube, ich sollte jetzt lieber aufhören. »Also, dann wünsch ich dir noch einen schönen Tag. Ich hoffe, bald von dir zu hören.«

Ein paar Sekunden lang herrscht Stille am anderen Ende der Leitung. »Oh, danke. Tschüss, Jack«, sagt sie dann.

Sie klingt nicht so, als sei sie im Begriff, die Flucht zu ergreifen, und falls sie noch Bedenken haben sollte, wird ihr Anwalt sie schon beruhigen. Jennifer und Scott haben einfach nur überreagiert. Nach diesem Telefonat ist mir wohler zumute; außerdem war es wirklich schön, ihre Stimme zu hören.

Scheiße …

Kapitel 7
Leila

Das Abendessen mit meinem Dad dürfte interessant werden. Mal sehen, ob er weiterhin die Augen vor der Situation verschließt. Wir treffen uns in seinem Lieblingsrestaurant. Eigentlich ist es nur eine Pizzeria, aber die haben auch sehr leckeres Parmesanhähnchen. Kaum habe ich das Restaurant betreten, schreit mir schon die ganze Belegschaft in unterschiedlich ausgeprägtem italienischem Akzent entgegen: »LEILA!«

»Hallo Leute, wie geht's?«, rufe ich ihnen zu und steuere auf den Tisch zu, an dem mein Dad sitzt.

»Bellissima«, begrüßt Angelo, der Besitzer, mich lächelnd, als ich an ihm vorbeigehe.

»Hi, Dad. Hoffentlich wartest du noch nicht zu lange.« Ich beugte mich zu ihm hinunter und küsse ihn auf die Stirn.

»Nö, ich bin gerade erst gekommen. Wie geht es dir, meine Süße?« Er wirkt sehr aufgekratzt und kein bisschen besorgt. Das ist gut. Ich weiß, dass Evan und er inzwischen ein Gespräch von Mann zu Mann miteinander geführt haben. Ich habe meinem besten Kumpel also wieder mal eine Menge zu verdanken.

»Mir geht's prima. In den letzten Tagen hatte ich ziemlich viel zu tun. Du weißt schon, diese Sache mit der Rockband … Ich finde das alles wahnsinnig aufregend.«

»Okay, raus damit. Ich will alles genau erfahren, auch wenn es mir noch so wehtut.«

Ich informiere ihn in allen Details über meine Besprechung mit Devil's Lair und auch über meinen Vorsingtermin, weil ich ihm bei unserem Treffen letzte Woche eine Menge verschwiegen hatte. Dass ich monatelang mit Mr. Sex auf zwei Beinen in einem Bus kampieren werde, verschweige ich allerdings. Ich erzähle ihm von meinen Treffen mit Jennifer und der Band und von meinem Termin bei Mr. Morrow und dass ich mich morgen wieder mit den Jungs von Devil's Lair treffen werde, um die Sache mit dem Vertrag zu regeln.

Während wir essen, rede ich die ganze Zeit, und er unterbricht mich nur selten. Nachdem er fast alles erfahren hat, redet er Tacheles mit mir.

»Also willst du das wirklich machen, Schatz?«

»Ja, Dad. Unbedingt.«

Er schließt die Augen und nickt. Wahrscheinlich war das sein letzter Versuch, mich doch noch umzustimmen. »Okay, ich verstehe. Erst einmal möchte ich dir sagen, dass ich furchtbar stolz auf dich bin, Lei. Du bist die wunderbarste Tochter, die man sich wünschen kann. Ich weiß, dass deine Mom jetzt von oben auf dich herunterlächelt, und ich wünschte mir, sie könnte noch für dich da sein. Bestimmt war es für dich nicht einfach, nur von deinem Vater großgezogen zu werden. Sicher hat dir da manchmal etwas gefehlt.«

Ich will ihn unterbrechen, aber er bringt mich mit einer Handbewegung zum Schweigen. »Trotz allem – obwohl ich oft ziemlich unsicher war – habe ich es geschafft, ein wunderschönes junges Mädchen großzuziehen und dich zu einer noch schöneren jungen Frau heranwachsen sehen. Wenn ich dich heute ansehe, weiß ich, dass ich nicht alles falsch gemacht haben kann.«

Verdammt, mir kommen gleich die Tränen …

»Ich möchte dir sagen, dass ich dich von ganzem Herzen unterstütze. Wirklich. Aber diese Sache mit der Tournee jagt mir entsetzliche Angst ein. Ich erwarte, dass du mich alle paar Tage anrufst, und wenn auch nur für zehn Sekunden. Schick mir keine SMS – ich will deine Stimme hören. Und wenn irgendjemand dir auch nur ein Haar krümmt, finde ich diesen Tourneebus und bringe den Typen um. Ich kenne viele gute Verstecke für eine Leiche.«

Oh weh, das meint er sicher nur halb im Scherz.

»Ich möchte, dass du dieses großartige Erlebnis in vollen Zügen genießt. Die meisten Menschen würden für so eine Chance einen Mord begehen. Denk immer daran, was für ein Glück du hast! Pass gut auf dich auf – und vor allem: Bleib dir selbst treu. Das ist die einzige Bitte, die ich an dich habe.«

»War's das?« Vor lauter Erleichterung strahle ich von einem Ort zum anderen.

»Ja, das war's. Damit hast du die Gardinenpredigt deines Vaters hinter dir. Ich komme schon zurecht. Mach dir nur keine Sorgen um mich.« Bei diesen Worten werden seine Augen feucht, aber er hält seine Tränen zurück. Dieser Anblick zerreißt mir das Herz, und mir kommen ebenfalls die Tränen.

»Ich fahre ja erst in ein paar Monaten weg, Dad. Bitte bring mich bis dahin nicht jedes Mal zum Heulen, wenn wir uns sehen.«

»Das kann ich dir nicht versprechen, mein Schatz. Tut mir leid«, sagt er und drückt mir die Hand. Dann beugt er sich zu mir hinüber, wischt mir die Tränen aus dem Gesicht und küsst mich sanft auf die Stirn.

»Ich liebe dich so sehr, mein kleines Mädchen.«

»Ich weiß, Dad. Ich dich auch.«

Unser Gespräch hätte auch ganz anders laufen können. Bei diesem Mann weiß man nie genau, woran man ist. Wenn ich damit rechne, dass er ausflippt, tut er genau das Gegenteil. Und wenn ich damit rechne, dass er ruhig bleibt, flippt er aus.

Ich bin außer mir vor Erleichterung. Ich hatte furchtbare Angst vor dieser Unterredung mit Dad – mehr als vor allem anderen auf der Welt. Und ich freue mich auch nicht unbedingt darauf, das gleiche Gespräch jetzt auch noch mit meiner Band führen zu müssen. Wenn ich das alles hinter mir habe, ist mir bestimmt schon viel wohler ums Herz. Dann schaffe ich auch alles andere.

***

Als ich ankomme, sitzen Jack, Jennifer und ein älterer Herr schon im Besprechungszimmer.

»Freut mich, Sie wiederzusehen, Leila«, begrüßt Jennifer mich mit einem gezwungenen Lächeln. Sie ist wieder mal todschick angezogen. Nach dem, was ich bisher gesehen habe, gibt sie sehr viel Geld für Garderobe aus. Ich habe dasselbe Kleid an wie gestern bei meiner Besprechung mit Mr. Morrow, nur ohne Perlen, und statt der flachen Absätze trage ich diesmal hochhackige Schuhe. Trotzdem scheint mir dieses Kleid immer noch eher zu einer Beerdigung als zu einer geschäftlichen Besprechung zu passen.

»Mich auch.« Da wir in Zukunft öfters zusammen sein werden, ist es vielleicht besser, das Eis mit ein bisschen Freundlichkeit zu brechen.

Offensichtlich sieht sie das anders als ich, denn sie lächelt kaum zurück. Aber wenigstens sind ihre Augen nicht mehr so kalt wie bei unserem ersten Treffen. Als sie sich abwendet, kommt mir eine blitzartige Erkenntnis. Ich glaube, ich verstehe ihre Einstellung mir gegenüber: Bisher war sie bei Devil's Lair die Königin, und jetzt befürchtet sie, dass ich das Östrogen-Testosteron-Verhältnis in der Band durcheinanderbringe. Tja, das könnte interessant werden …

»Das ist Mr. Crowse, der Anwalt von Devil's Lair, Leila«, informiert sie mich und weist auf den Herrn, der neben mir steht.

Er streckt mir über den Tisch hinweg die Hand entgegen. »Schön, Sie kennenzulernen, Miss Marino.«

»Bitte nennen Sie mich doch Leila«, erwidere ich und schüttle ihm die Hand. Er scheint sehr nett zu sein und wirkt überhaupt nicht einschüchternd.

Jack lehnt sich zu mir herüber. »Schön, dich wiederzusehen«, flüstert er mir zu.

Drei Worte, an denen überhaupt nichts sexy, scharf oder verführerisch ist … WARUM ZUM TEUFEL FÄNGT ES IN MEINEM UNTEREN STOCKWERK DANN SCHON WIEDER AN ZU KRIBBELN?

Zum Glück ergreift Mr. Crowse jetzt das Wort. »Also gut, Leila«, unterbricht er uns, »wir haben uns den neuen Vertrag mit den Änderungsvorschlägen von Ihnen und Mr. Morrow angeschaut und finden sie allesamt akzeptabel.« Ich stoße einen leisen Seufzer der Erleichterung aus.

Eine dieser Änderungen besagt, dass ich auch nach Beginn meiner Proben mit Devil's Lair weiterhin zusammen mit den Cliffhangers auftreten darf. Das soll als zusätzliche Klausel in den Vertrag aufgenommen werden. Eigentlich dachte ich, dass sie dagegen Einspruch erheben würden; aber offensichtlich stört es sie nicht. Die Proben finden täglich von montags bis freitags statt. Solange ich beiden Verpflichtungen nachkommen kann, gibt es keinen Grund, warum ich an den Wochenenden nicht weiterhin mit den Cliffhangers auftreten sollte, bis unsere Tournee beginnt. Den versäumten Schlaf kann ich in den auftrittsfreien Nächten nachholen.

Das schaffe ich problemlos. Ich werde ja auch nur im *Zone* auftreten, was eindeutig ein Vorteil ist. Außerdem kann ich mich auf diese Weise langsam von meinen Jungs entwöhnen und sie sich von mir.

Als wir noch kurz über ein paar andere Details sprechen, schweifen meine Gedanken ab. Der Vertrag tritt am ersten Juni in Kraft, also beginnen die Proben erst in einem knappen Monat – kostbare Zeit, die ich mit Dad verbringen kann und in der die Cliffhangers nach einem Ersatz für mich suchen können. Darüber muss ich mich mit ihnen unterhalten, und ich freue mich nicht besonders auf dieses Gespräch.

»Haben Sie sonst noch Bedenken oder Fragen?«, reißt Mr. Crowses Stimme mich aus meinen Gedanken.

»Nein, Mr. Crowse, von meiner Seite aus ist alles in Ordnung. Ich freue mich sehr darauf, ein Mitglied von Devil's Lair zu werden. Von mir aus kann's losgehen.« Das ist die reine Wahrheit.

»Dürften wir Sie dann bitten, hier auf der gepunkteten Linie zu unterschreiben?«, lächelt er.

Der Vertrag wird herumgereicht, und wir setzen alle unsere Unterschrift darunter. Als ich meinen Namen hinschreibe, habe ich plötzlich das Gefühl, im wahrsten Sinn des Wortes dem Teufel meine Seele zu verschreiben. Ich schaue zu Jack hinüber und sehe, wie dieser Teufel mir unverwandt in die Augen schaut.

Grinsend beobachtet er mich, und ich kann einfach nicht anders, als zurückzulächeln. Wow! Jetzt gehöre ich zu Devil's Lair. Ich finde es fast ein bisschen enttäuschend, wie schnell und unzeremoniell das alles über die Bühne gegangen ist. Eigentlich müsste jetzt ein Engelschor erklingen oder ein Feuerwerk über Jennifers Kopf gezündet werden.

»Wir schicken Ihnen morgen per Fed-Ex eine Kopie des Vertrags nach Hause, Leila«, kündigt Mr. Crowse an. »Falls es noch irgendetwas zu besprechen geben sollte, können Sie mich gern anrufen. Es hat mich sehr gefreut, Sie kennenzulernen. Ich glaube, in Ihnen hat Devil's Lair eine schöne Ergänzung gefunden.«

»Danke, das ist sehr nett von Ihnen.« Ich verabschiede mich bei dem freundlichen Anwalt, der neben Jennifer steht, und auch bei Jennifer und Jack, greife nach meiner Tasche und wende mich zum Gehen. Da hält Jack mich am Ellbogen fest und fragt, ob ich mit ihm eine Tasse Kaffee trinken oder etwas essen gehen möchte.

Wieder fährt ein elektrischer Strom durch meinen Körper und setzt alle meine erogenen Zonen in Flammen.

Ich nicke nur; das ist die einzige Form der Kommunikation, zu der ich im Augenblick imstande bin.

Ich werfe einen verstohlenen Blick zu Jennifer hinüber, doch sie bespricht gerade leise etwas mit Mr. Crowse. Erleichtert darüber, dass sie Jacks Einladung nicht mitbekommen hat, folge ich ihm aus dem Besprechungszimmer. Schließlich möchte ich mich bei ihr nicht noch unbeliebter machen, als ich sowieso schon bin.

Jack führt mich aus dem Studio und die Straße entlang. Schweigend gehen wir nebeneinander her, und zwischen uns baut sich die innere Anspannung auf, die man in Gesellschaft eines völlig fremden Menschen empfindet. Je mehr ich mir das Gehirn nach einem Gesprächsthema zermartere, umso weniger fällt mir ein.

Jack scheint weder meine Unsicherheit noch die vielen Mädels zu bemerken, an denen wir vorbeikommen und die sein hübsches Gesicht mit offenem Mund anstarren. Schließlich wendet er sich zu einem kleinen Coffeeshop in der Mitte des Häuserblocks, legt seine Hand in mein Kreuz und führt mich zum Eingang.

»Da ist es.«

Die Wärme seiner Berührung durchdringt den Stoff meines Kleids und brennt sich durch meine Haut.

Unwillkürlich schnappe ich nach Luft, und er wirft mir einen besorgten Blick zu. »Ist dir das recht? Ich esse ziemlich oft hier. Sieht zwar aus wie ’ne ganz gewöhnliche Kneipe, aber das Essen schmeckt ganz ordentlich. Der Käsetoast ist wirklich Spitze.«

»Äh … Ja, das klingt wirklich gut. Ich liebe Käsetoast«, erwidere ich mit einem schwachen Lächeln, versuche, meine unregelmäßige Atmung unter Kontrolle zu bringen, und verfluche mich innerlich, weil ich mich wieder einmal überhaupt nicht im Griff habe.

Das Restaurant sieht aus wie im Film. Die Wände hinter der Theke sind mit Edelstahl verkleidet. In einer gläsernen runden Vitrine drehen sich die Kuchen und Desserts, die es heute zur Auswahl gibt. Dessertschüsseln, Plastikbecher, Kaffeetassen, Untertassen stapeln sich übereinander. Auch die uniformierte Kellnerin mit der typisch aufgebauschten Frisur, die laut ihren Kaugummi knallen lässt, fehlt nicht. Fast rechne ich damit, *Flo* auf ihrem Namensschild zu lesen.

Kaum haben wir uns hingesetzt, kommt sie auch schon mit einer Kaffeekaraffe zu uns herüber. Tassen und Untertassen stehen bereits auf dem Tisch. Sie fängt sofort an, uns einzuschenken, ohne zu fragen, ob wir nicht lieber koffeinfreien Kaffee oder Tee trinken wollen. *Flo* heißt in Wirklichkeit Doris (auf diesen Namen wäre ich als Zweites gekommen).

»Hallo, Schätzchen. Wie geht’s meinem hübschen Jungen denn heute?« Sie schaut Jack an, als wolle sie ihn am liebsten zum Mittagessen vernaschen. Das sieht schon ein bisschen komisch aus, denn sie ist mindestens sechzig Jahre alt.

»Hey Dee, mir geht's prima. Das hier ist Leila, unser neues Bandmitglied«, sagt er mit einem seltsamen Ausdruck in den Augen, den ich nicht richtig deuten kann. Stolz kann es nicht sein – schließlich kennt er mich ja kaum.

Doris begutachtet mich kurz. »Ganz bezaubernd, wirklich. Nett, Sie kennenzulernen, Leila. Behandeln Sie meine Jungs gut, sonst bekommen Sie es mit mir zu tun«, lächelt sie, aber ich sehe den drohenden Ausdruck in ihren Augen.

»Ich tue, was ich kann.« Eigentlich mache ich mir eher Sorgen darüber, wie *sie mich* behandeln werden.

Jack bestellt für uns beide, und so dumm es sich auch anhören mag – ich finde das sehr sexy. Obwohl wir nur in einem billigen Lokal sitzen und er mir einen Käsetoast mit Pommes bestellt, ist das irgendwie romantisch. Er fragt mich, ob ich außer dem Kaffee noch etwas trinken möchte, und ich bitte um Eiswasser. Er bestellt sich eine Cola. Doris notiert sich unsere Wünsche, zwinkert Jack zu und steuert auf die Küchentür zu.

»Erzähl mir etwas von dir«, schlägt er vor, nachdem er an seinem Kaffee genippt hat. Er trinkt ihn schwarz. So schmeckt er mir nicht, also gebe ich Milch und Zucker in meine Tasse.

»Was willst du denn wissen?«

»Wie alt bist du?«

»Warum?«

Er zuckt die Schultern. »Einfach nur so aus Neugier.«

»Fünfundzwanzig. Ist das okay?«

»Natürlich«, sagt er lachend. »Ich hatte dich nur für älter gehalten.«

»Danke. Das hört jede Frau gerne.«

»Nein, nein – das war als Kompliment gemeint. Du machst einen sehr reifen, verantwortungsbewussten Eindruck. Es hat mich beeindruckt, wie professionell du mit Mr. Crowse umgegangen bist.«

»Also muss ich mich jetzt bedanken?«

»Es ist ein Kompliment«, wiederholt er grinsend.

»Und wie alt bist du?«

»Achtundzwanzig.«

Ich nicke, nehme einen Schluck Kaffee, blicke auf und sehe, dass Jack die Stirn runzelt. »Was ist los?«

»Was, für mich gibt es kein Kompliment?«, neckt er mich.

»Oh … Äh, ja, du machst auf mich auch einen sehr reifen Eindruck«, antworte ich mit einem zaghaften Lächeln.

Wieder lacht er leise und schüttelt den Kopf. »Klingt sehr überzeugend«, sagt er. »Noch eine Frage: Wo siehst du dich in fünf Jahren?«

»Wow. Soll das etwa ein Bewerbungsgespräch sein? Ich dachte, ich hätte den Job schon in der Tasche.«

Er lacht. »Hast du auch. Aber ich bin trotzdem neugierig.«

»Fünf Jahre … Bis dahin dauert es ja gar nicht mehr so lange. Die Zeit vergeht wie im Flug. Es kommt mir so vor, als hätte ich gerade erst mein Abitur gemacht.« Ich halte kurz inne und zermartere mir das Gehirn nach einer akzeptablen Antwort. Wenn ich ehrlich sein soll, würde ich in fünf Jahren am liebsten als Leadsängerin mit einer eigenen Rockband durch die Lande ziehen. Eine Beziehung wäre auch schön. Letzteres verschweige ich, gebe aber zu: »Ähm … Ich sehe mich als Sängerin in meiner eigenen Rockband. Schmeißt du mich jetzt gleich wieder raus?«

»Ach wo, überhaupt nicht. Ich weiß deine Ehrlichkeit zu schätzen. Und ich kann dich auch sehr gut verstehen: Deine Stimme schreit förmlich nach einer erfolgreichen Solokarriere. Ich finde es schmeichelhaft, dass du dir Devil's Lair als Sprungbrett dafür ausgesucht hast.«

»Und ich fühle mich geschmeichelt, dass du mich als Sängerin für deine Band ausgesucht hast. Ich bin ein großer Fan von euch.«

»Was für Bands oder Künstler hörst du denn noch gerne?«

»Bei uns zu Hause lief fast ständig Musik. Ich mag Bruce Springsteen und …«

»Moment mal …«, fällt er mir ins Wort. »Ich wusste, dass du das sagen würdest. Anscheinend mag jedes Mädchen aus New Jersey Bruce Springsteen.«

»Das stimmt nicht. Ich habe viele Freunde, die lieber Bon Jovi hören.«

Als Antwort lässt Jack sein breitestes GU-Lächeln auf mich los.

Oh Gott …

»Was ist denn los?«, frage ich atemlos.

»Dass du *das* sagen würdest, wusste ich auch.«

»Warum magst du Bruce Springsteen nicht?«

»Er ist okay.«

»Er ist ein Dichter«, sage ich mit Überzeugung. »Hast du schon mal auf seine Songtexte geachtet?«

»Die sind auch okay«, gibt er gleichmütig zurück.

WAS?

Ungläubig schüttle ich den Kopf. »Hast du dir schon mal die Lyrics zu ›Jungleland‹ angehört? Die könnte man als moderne Version von Shakespeares *Othello* bezeichnen. Daran erkennt man Springsteens poetisches Genie.«

Wieder grinst er breit und schüttelt den Kopf. »Okay, für diesen literarischen Hinweis hast du eine Eins in Englisch verdient. Aber poetisches Genie? Du spinnst wohl.«

»Äh … okay, dann sind wir über Springsteen eben verschiedener Meinung. Das ist auch nicht so schlimm. Schließlich habe ich gerade einen Vertrag unterschrieben, der mich dazu zwingt, ein Jahr lang mit dir zusammen zu sein, und möchte nicht jetzt schon anfangen, dich zu hassen.«

»*Mich hassen?* Verdammt, das tut weh«, grinst er und legt die Hand auf sein Herz. Mir stockt schon wieder der Atem.

»Du hast ein sehr nettes Lächeln«, platze ich heraus. Anscheinend funktioniert der Filter in meinem Gehirn nicht richtig.

Er ist sichtlich erstaunt über diese Bemerkung. »Danke. Und du hast sehr schöne Augen.«

Verlegen senke ich den Blick und beiße mir auf die Lippen. Dann herrscht peinliches Schweigen zwischen uns. Jack spürt, wie unwohl mir zumute ist, und bringt das Gespräch wieder auf das Thema Musik.

»Okay, was für Sänger magst du noch?«

Zum Glück kreuzt Doris gerade noch rechtzeitig mit meinem Wasser auf. Ich nehme einen großen Schluck und sehe über den Rand des Glases, wie er mich erwartungsvoll anschaut. Er wartet geduldig auf meine Antwort. Wahrscheinlich weiß er ganz genau, dass die Sache mit dem Wassertrinken nur eine Verlegenheitsreaktion ist.

Ich räuspere mich und mache einen zweiten Versuch. »Ähm – okay, ich liebe Pat Benatar. Die hat wirklich einen tollen Stimmumfang. Und ich mag auch Fleetwood Mac, die Eagles, Boston, Foreigner, The Who, Journey, Zeppelin und …«

»Moment«, unterbricht er mich wieder.

»Was ist denn jetzt schon wieder?«, beschwere ich mich und verdrehe die Augen.

Da fängt er plötzlich an zu lachen – ein tiefes, verdammt erotisches Lachen.

Oh Gott.

Wenn er so weitermacht, werden wir nie mit diesem Gespräch fertig. Außerdem schmeißt er mich dann wahrscheinlich raus.

Ich greife nach meinem Glas und trinke noch einen Schluck Wasser, um mich abzukühlen.

Inzwischen hat Jack irgendetwas gesagt, aber ich habe es nicht mitbekommen. Also konzentriere ich mich wieder auf seine Worte und höre ihn sagen: »… haben wir sicher dem Einfluss unserer Väter zu verdanken. Und wie ist es mit modernen Bands? Magst du auch Musiker, die noch nicht über dreißig sind?«

In diesem Moment kommt unser Essen, und er stürzt sich sofort darauf. Ich beiße in meinen Toast und gebe ein genießerisches Stöhnen von mir. Er hat recht: Der ist wirklich köstlich.

Unsere Blicke treffen sich, und er schaut mir intensiv in die Augen. »Offensichtlich schmeckt es dir?«, fragt er mit heiserer Stimme.

Dieser glühende Blick wirkt wie hypnotisierend auf mich, versetzt mich in Trance und zerquetscht die wenigen Gehirnzellen, die ich noch habe, zu Brei. Ich nicke mechanisch mit dem Kopf. Er nickt ebenfalls, schaufelt noch mehr von seinem Toast in sich hinein und ruft nach Doris.

»Dee, bringst du bitte mir noch einen …«

»Ich hab ihn schon in den Ofen geschoben, Schätzchen.«

Anscheinend weiß sie genau, was er will.

»Möchtest du auch noch etwas?«, fragt er mit ketschupverschmiertem Gesicht.

Wieder schüttle ich nur kläglich den Kopf. Anscheinend hat es mir inzwischen völlig die Sprache verschlagen. Doris nickt und verschwindet.

Oh Gott, dieser Mann wirkt selbst dann noch attraktiv, wenn er Essen in sich hineinstopft. Jeder andere würde dabei wie der letzte Vollidiot aussehen. Seine Hände, die nach den Pommes, dem Toast und seiner Cola greifen, faszinieren mich total. Sie wirken so männlich. So etwas erlebe ich zum ersten Mal: Ich kann mich nicht daran erinnern, dass die Hände eines Mannes mich schon jemals angetörnt haben. Über seinen linken Handrücken zieht sich eine lange Narbe. Ich frage mich, was da wohl passiert ist. Eine Schlägerei? Ich muss ihn irgendwann mal danach fragen.

»Okay, sprich weiter. Was hörst du noch gern?«

»Wirst du mich wieder unterbrechen?«

Er kreuzt mit unschuldigem Blick die Hände vor seiner Brust. »Nein, ganz bestimmt nicht. Versprochen.«

»Na schön … Ich mag auch die Cliffhangers«, sage ich und schenke ihm ein honigsüßes Lächeln. Sein fragender Blick bringt mich zum Lachen. »Das ist die Band, mit der ich in Hoboken auftrete.«

»Oh, dann muss ich unbedingt mal nach Hoboken kommen, um sie mir anzuhören. Was noch?« Er schluckt den letzten Bissen von seinem Toast herunter und stürzt sich jetzt wieder auf seine Pommes.

Kokett klimpere ich mit den Wimpern. »Na, du weißt ja, wie begeistert ich von Devil's Lair bin. Die haben wirklich einen tollen Sound!«

Jack zwinkert ein paarmal verwirrt. »Du hast den Vertrag ja schon unterschrieben, Leila, also brauchst du mir keinen Honig ums Maul zu schmieren – es sei denn, du willst es«, grinst er mich an, und seine dunkelgrauen Augen setzen mein Innerstes in Brand.

Heilige Scheiße … Der Typ macht mich fix und fertig.

»Hallo? Hörst du mir noch zu?«, fragt er. Irgendwann während meines inneren Orgasmus hat Doris ihm den zweiten Käsetoast gebracht, und er hat schon ein Stück davon abgebissen.

»Ähm …« Ich überlege. »Ich mag auch Every Avenue. Die finde ich fantastisch. Ich habe mir die meisten Songs von ihnen runtergeladen. Außerdem höre ich gern My Darkest Days, Linkin Park und MACE.«

»Das klingt schon viel besser. MACE sind wirklich cool. Mit denen sind wir letztes Jahr auf Tournee gegangen, und das war fantastisch. My Darkest Days sind auch cool, auch wenn sie noch ziemlich unbekannt sind – genau wie wir. Every Avenue mag ich auch. Von denen gibt es einen tollen Song: ›Tie Me Down‹. Kennst du den?« Er senkt den Blick, und ein schalkhaftes Grinsen umspielt seine Lippen.

Das ist mein Klingelton für seine Nummer – ein Song, in dem es darum geht, gefesselt und gefickt zu werden. Plötzlich wird mir sehr, sehr warm.

Mein Erröten verrät ihm, dass ich diesen Song sehr gut kenne.

»Und was hörst du noch gern? Welche Bands haben Devil's Lair beeinflusst?«, versuche ich, das Gespräch wieder auf ungefährliches Terrain zu lenken. Die Sache mit diesem Song muss ich erst mal verdauen.

»Das Übliche. Die Stones und Led Zeppelin. Ich liebe die Doors. Morrison war ein verdammtes Genie. Außerdem höre ich gerne U2 und Aerosmith, wie du ja bereits weißt. Coldplay, Linkin Park und die Kings of Leon sind auch cool. Und natürlich Bob Marley.«

Diesmal kann *ich* es mir nicht verkneifen, ihn zu unterbrechen. »Ich hätte dich nicht für einen Reggae-Fan gehalten.«

»Der Beat ist fantastisch. Bob Marley ist eine Legende. Bei Reggae kann man so wunderbar relaxen. Dieser Musikstil hat mich nie sonderlich beeinflusst, also kann ich ihn einfach genießen, ohne Angst zu haben, dass er sich in mein künstlerisches Unterbewusstsein hineindrängt. Wenn man eigene Songs schreibt, sollte man nicht zu viel Musik von der Konkurrenz hören«, erklärte er, als er mein verwirrtes Stirnrunzeln sieht. »Andere Songs und Lyrics können einen sehr leicht beeinflussen. Wenn ich eine kreative Phase habe und Lyrics für einen Song schreibe, höre ich mir normalerweise keine anderen Rockbands an, um sicherzugehen, dass das, was mir da aus der Feder fließt, auch wirklich *meine* Musik ist.«

Obwohl ich vorher schon wusste, dass er ein begabter Musiker ist, beeindruckt mich diese Einstellung sehr, und ich will ihm das gerade sagen, als wir von einem jungen Mädchen unterbrochen werden, das ganz außer sich zu sein scheint. »Oh Gott!!!! Sie sind Jack Lair!«, ruft sie und hüpft aufgeregt vor unserem Tisch auf und ab.

»Hm, ja … bin ich. Hallo, wie geht's?«, begrüßt er sie offensichtlich peinlich berührt. Anscheinend hat Mr. Sex auf zwei Beinen sich doch noch nicht so richtig an den Ruhm gewöhnt.

Sie bittet um ein Foto mit ihm, rutscht, ohne seine Antwort abzuwarten, auf den Sitzplatz neben ihm und schiebt mir ihr Handy zu. »Könnten Sie bitte ein Bild von uns machen?«, fragt sie, ohne Jack auch nur eine Sekunde lang aus den Augen zu lassen.

»Hmmm … Ja, klar. Kein Problem.« Jack legt seiner Verehrerin den linken Arm um die Schulter, und sie strahlt ins Handy. Kaum habe ich das Foto gemacht, rutscht sie auch schon wieder aus der Sitzecke heraus und schickt es per SMS an irgendjemanden weiter.

»Danke!« ruft sie und hüpft förmlich davon. Wir schauen uns an und brechen in Gelächter aus.

»Ich sehe schon, du bist es noch nicht gewöhnt, dass man dich überall erkennt.«

Jack zuckt die Achseln. »Nö, bisher noch nicht. Das geht uns allen so. Es passiert zwar nicht sehr oft, aber wenn, kommt es uns immer noch ziemlich unwirklich vor.« Jack fummelt nervös mit seinem Besteck herum und scheint über irgendetwas nachzudenken. Ich staune über diese ganz andere Seite von Mr. Sex auf zwei Beinen. Er ist gar nicht der großspurige *Schaut-mich-an,-ich-bin-ein-heißer Rockstar*-Typ, für den ich ihn bisher gehalten hatte. Anscheinend ist er überhaupt nicht arrogant, sondern eher bescheiden.

Als er den Arm um seine Verehrerin legte, hat sich der Ärmel seines T-Shirts nach oben geschoben, sodass jetzt ein Teil seiner Tätowierung zu sehen ist. Da ich vor Neugier fast sterbe, beschließe ich, ihn danach zu fragen. »Was hast du denn da für ein Tattoo am Arm?«

Er schaut auf seinen linken Arm herab, verdreht seinen Körper und hebt den Ärmel so weit an, dass ich das ganze Tattoo sehen kann. Es ist das Logo seiner Band in wunderschönen leuchtenden Farben: Aus dem in geraden Blockbuchstaben geschriebenen Schriftzug »Devil's Lair« schießen bunte rote, goldene und orangefarbene Flammen hervor. Das sieht sehr schön aus, und ich sage es ihm.

»Danke. Kurz nachdem wir unseren Vertrag bekamen, haben wir zusammen mit den Leuten vom Tonstudio dieses Logo entwickelt. Die Sache mit den Flammen war die Idee der Grafikabteilung. Das war so ein prägender Augenblick für uns, dass ich das Gefühl hatte, diesem Logo meine Ehre erweisen zu müssen«, erklärt er mit einem schüchternen Lächeln.

»Haben die anderen Jungs das auch?«, frage ich. Womöglich ist das bei dieser Band so eine Art Initiationsritus …

»Nein, bloß ich. Trey würde an seinem Körper wahrscheinlich gar keinen Platz mehr dafür finden. Aber Hunter will sich irgendwann mal ein ähnliches Tattoo stechen lassen. Ich glaube, es soll sein Schlagzeug mit dem Logo auf der Basstrommel darstellen, aber er ist sich noch nicht sicher. Und Scott ist eigentlich nicht der Typ für Tätowierungen. Hast du auch irgendwelche Tattoos?«

»Nee. Eigentlich wollte ich so was nie haben. Vielleicht wird es eines Tages irgendetwas geben, was mir wichtig genug ist, um es mir auf die Haut tätowieren zu lassen.«

Oh je – habe ich das gerade eben wirklich laut gesagt?

Amüsiert öffnet er den Mund, um einen Kommentar dazu abzugeben, lässt es dann aber doch bleiben.

Stattdessen wirft er einen Blick auf meine ungegessenen Pommes.

»Möchtest du ein paar von meinen Pommes?«, necke ich ihn.

»Klar.« Er nimmt sich welche und tunkt sie in mein Ketschup.

»Ich habe eine Frage. Ist Jack Lair dein richtiger Name?« Ich muss das einfach wissen.

»Ja, warum?« Er wirkt belustigt.

»Ach, ich weiß auch nicht. Jack Lair … Das passt fast schon zu gut für einen Rockstar.« Ich sage genau das, was ich denke.

»So wie Leila für eine Rocksängerin?«

»Eins zu null für dich.«

»Welchen Film magst du am liebsten?«

»*Wie ein einziger Tag.*«

Er verdreht stöhnend die Augen.

»Was?«

»Ich hasse diesen Film.«

»Na schön. Bisher hasst du Bruce Springsteen und meinen Lieblingsfilm. Ich geb's auf.«

Er lacht leise und zuckt die Schultern. »Tut mir leid, aber das ist so ein typischer Mädchenfilm.«

»Okay, Mr. Macho. Und was ist *dein* Lieblingsfilm?«

»*Platoon.*« Jetzt bin ich diejenige, die stöhnend die Augen verdreht. Er zuckt die Schultern. »Ich bin halt ein richtiger MANN.«

Das ist er in der Tat.

»Wohnst du schon immer in Hoboken?« Er schiebt sich noch ein paar von meinen Pommes in den Mund.

»Nein, ich bin in Cliffside Park aufgewachsen. Das liegt ungefähr fünfundzwanzig Minuten von Hoboken entfernt, näher an der George Washington Bridge als am Lincoln Tunnel. Wo kommst du her?«

»Aus Long Island … Massapequa. Dort habe ich mein ganzes Leben verbracht, bis ich vor acht Jahren mit Hunter zusammengezogen bin.

Wir haben ein Apartment in Brooklyn. Was halten deine Eltern eigentlich von dieser Tournee?«, spielt er mir den Ball wieder zu.

Oh verdammt, warum muss er ausgerechnet dieses heikle Thema ansprechen …

»Ich habe nur noch meinen Dad. Meine Mom ist gestorben, als ich zehn Jahre alt war.«

»Das tut mir leid«, sagt er und schaut mir teilnahmsvoll in die Augen.

Untypischerweise breche ich unseren Blickkontakt diesmal zuerst ab. Ich zucke die Schultern und schaue weg. »Das ist schon lange her.«

»Und was hält dein Dad von dieser ganzen Sache?«

»Dad freut sich sehr darüber, dass ich glücklich bin, aber er ist nicht gerade begeistert von dem Beruf, den ich mir ausgesucht habe.«

Ich kann mein Unbehagen über dieses Kreuzverhör nicht verbergen, aber das scheint Jack nicht aufzufallen. »Was solltest du denn seiner Meinung nach tun?«

»Dass ich singe, ist ihm schon recht, bloß nicht in einer Rockband. Ihm wäre es lieber, wenn ich am Broadway auftreten oder Gesangslehrerin werden würde.«

Wir starren uns ein paar Sekunden lang unverwandt an, und ich spüre, wie mein Puls schneller schlägt. Jack setzt zu einer weiteren Frage an, aber ich schneide ihm das Wort ab. »Und was ist mit dir? Wie finden es deine Eltern, dass du Rockstar bist?«

»Oh, die sind total begeistert«, sagt er sarkastisch. Als er meinen verwirrten Gesichtsausdruck sieht, fährt er fort: »Eigentlich sollte ich in Dads Fußstapfen treten und Rechtsanwalt werden. Aber ich habe mein Studium an der New York University hingeschmissen.« Als ich ihn überrascht ansehe, hält er inne und lächelt.

Jack ein Rechtsanwalt?

Jack an der New York University?

Als Model oder Schauspieler und natürlich erst recht als Rockstar kann ich ihn mir gut vorstellen. Aber als Jurastudent an der New York University oder als Anwalt? Mr. Augenweide ist also auch intelligent?

Dieser Mann haut mich um.

»Ja. Ich habe an der New York University ein paar Studiengänge zur Vorbereitung auf das Jurastudium belegt, das aber dann aufgegeben. Meine Eltern waren nicht sehr glücklich darüber, doch inzwischen unterstützen sie mich schon sehr viel mehr in meiner Karriere als vor ein paar Jahren. Dank meiner Schwester haben sie inzwischen begriffen, dass das meine Bestimmung ist.«

»Wie alt ist sie?«

In diesem Moment kommt Doris mit einer Kaffeekanne an unseren Tisch und schenkt nach, ohne vorher zu fragen. Sie wirft einen Blick auf meinen Teller. »Hat es Ihnen nicht geschmeckt, Schätzchen?«, fragt sie.

»Danke, das war der beste Käsetoast, den ich je gegessen habe, aber ich bin satt.«

Als Doris meinen Teller abräumen will, wehrt Jack ab: »Lass den Toast da, Doris, ich bin noch nicht fertig. Aber du kannst mir trotzdem ruhig schon meinen Apfelkuchen bringen. Möchtest du auch einen, Leila?«

»Nein, danke.«

Doris zwinkert ihm wieder zu und geht zu der Vitrine mit den Desserts.

»Der Apfelkuchen hier ist aber sehr gut«, grinst er, und ich muss unwillkürlich zurücklächeln. Er sieht so süß aus – wie ein kleiner Junge, der auf seinen Eisbrecher wartet.

»Wie alt ist denn deine Schwester?«

»Fünfundzwanzig.«

»Und wie heißt sie?«

»Elizabeth, aber wir nennen sie Lizzy. Wie bist du eigentlich Sängerin geworden?« Er fängt schon wieder an, mich auszufragen. Das kann er wirklich gut.

»Ich habe schon gesungen, als ich noch ein kleines Mädchen war. Die Jungs in meiner Band kenne ich seit meiner Kindheit. Als sie anfingen, haben sie mich gleich gefragt, ob ich mitmachen will. Unser Leadsänger Matt und ich sind für den Gesang zuständig. Zuerst haben wir nur auf Hochzeiten und Bar Mitzwas gesungen, doch zum Glück bekamen wir dann vor ein paar Jahren das Engagement im *Zone*. Darüber war ich wirklich sehr froh, denn ich hasse es, auf Privatpartys zu singen.« Eigentlich wollte ich gar nicht so vom Hundertsten ins Tausendste kommen und ihm so viel von mir erzählen.

»Ach, ich weiß nicht. Privatpartys können sehr amüsant sein«, widerspricht er mit hochgezogenen Augenbrauen und anzüglichem Lächeln. Es ist unfair, wie viel Sexappeal dieser Mann ausstrahlt – vor allem auf heißblütige Frauen, die schon eine außergewöhnlich lange sexuelle Durststrecke hinter sich haben, ohne etwas dafür zu können, so wie ich.

Doris erscheint mit dem riesigsten Apfelkuchen, den ich je gesehen habe. Jack sieht meinen erstaunten Blick und sagt: »Normalerweise teile ich nicht, aber den musst du unbedingt probieren.«

»Danke, ich glaube es dir auch so.«

»Nee. Du musst ihn probieren. Vertrau mir.« Er schneidet mit der Gabel ein großes Stück von dem Kuchen ab und schiebt ihn sich in den Mund. »Mmm… Scheiße, ist der gut.« Dann schneidet er ein zweites großes Stück ab und hält es mir entgegen. »Versuch mal.«

Ich lehne mich in meinem Sitz zurück und schüttle den Kopf, doch er nickt.

»Na komm schon, ich habe keine ansteckende Krankheit. Probier doch mal.«

Meine Augen weiten sich beim Anblick des großen Stücks Apfelkuchen auf seiner Gabel. Jack beobachtet mich aufmerksam und leckt sich die Lippen.

Verdammt … Ich brauche wirklich dringend Sex.

Dieser Scheißkerl macht das absichtlich. Er lässt mich einfach nicht vom Haken.

Na warte, dieses Spielchen beherrsche ich auch.

»Na gut.« Ich beuge mich vor, mache den Mund weit auf, nehme das Stück Kuchen von der Gabel und fahre mit der Zunge über die Zinken, um sie sauber zu lecken. Instinktiv schließe ich die Augen, lecke mir die Lippen und stöhne aufreizend, während ich langsam kaue.

»Wow … Ist das gut.« Ich schlage die Augen wieder auf und sehe, wie Jack meinen Mund anstarrt, während die Gabel immer noch zwischen uns in der Luft schwebt. Um Gleiches mit Gleichem zu vergelten, verschlinge ich sein Kinn, seine Bartstoppeln und seine Lippen mit Blicken, bevor ich wieder hochschaue und ihm in die Augen schaue. Es ist wie eine Art Mutprobe. Ich weiß gar nicht, wo ich plötzlich dieses Selbstbewusstsein herhabe – wahrscheinlich verdanke ich es einem Voodoozauber von Jack Lair. Seit ich ihn kenne, habe ich mich in seiner Gegenwart noch nie so verhalten, wie es für mich normal ist.

Jack rutscht unruhig auf seinem Platz hin und her und schiebt sich noch ein Stück Kuchen in den Mund. Schließlich bricht er unseren Blickkontakt ab.

Dieser Punkt geht an mich.

Doch anderthalb Sekunden später hat er den Spieß schon wieder umgedreht: Als ich sehe, wie er langsam an seinem Kuchen herumkaut, fängt mein unteres Stockwerk so heftig an zu pulsieren, dass auch ich mich auf meinem Stuhl hin und her winde.

Jetzt sind wir wieder quitt.

Danach herrscht ein verlegenes Schweigen zwischen uns, das vor sexueller Spannung nur so knistert. Ich greife lässig nach meinem Wasserglas, während Jack stumm den Rest seines Apfelkuchens in sich hineinschlingt.

Endlich bricht er das Schweigen. »Wie viele Leute spielen eigentlich in deiner Band?«

»Vier Jungs und ich. Ich bin wirklich stolz auf sie. Die Cliffhangers haben es seit ihren Anfängen in Logans und Matts Kellerwohnung wirklich weit gebracht.«

»Matt ist ja euer zweiter Leadsänger. Und was macht Logan?«

»Er ist unser Gitarrist und Matts Bruder. Dann gibt es noch Joseph, den Drummer, und Evan. Das ist unser Bassist und mein bester Freund.«

Er blickt auf. »Bester Freund? Wie kommt es, dass ihr so eng miteinander befreundet seid?«

Ich halte kurz inne und versuche, seine Frage zu beantworten, ohne ihm gleich meine ganze Lebensgeschichte zu erzählen. »Wir haben uns schon in der Grundschule kennengelernt, und seitdem sind wir unzertrennlich. Evan ist ein Jahr älter als ich. Er hat auch eine sehr enge Beziehung zu meinem Dad.«

»Also gehört Evan bei euch praktisch zur Familie?«, fragt Jack, als wolle er etwas abklären. »Und was hält Evan von deiner neuen Karriere?« Er nimmt noch einen Schluck von seinem Kaffee und beobachtet mich gespannt.

»Er ist mein größter Fan – sogar noch mehr als Dad. Natürlich wird er mich vermissen, aber wir werden jeden Tag miteinander telefonieren, und zwischen uns wird sich nichts ändern. Wir lassen einfach nicht zu, dass das geschieht«, gestehe ich ihm ehrlich ein.

Wieder starrt er mich an, bis ich den Blick senke und ebenfalls einen Schluck Kaffee trinke.

»Gibt es außer Evan noch jemanden, der dich furchtbar vermissen wird, wenn wir auf Tournee gehen, Leila?«

Will er etwa wissen, ob ich einen Freund habe?

»Mein Dad.« Ich zucke die Achseln.

»Alles klar«, sagt Jack mit einem selbstzufriedenen Lächeln und nickt. »Ich bin froh, dass wir uns ein bisschen miteinander unterhalten haben. Jetzt habe ich das Gefühl, dich schon viel besser zu kennen.«

Ich werfe einen Blick auf mein Handy und stelle erschrocken fest, dass wir schon seit über zwei Stunden hier sitzen. Jack gibt Doris einen Wink, und sie kommt an unseren Tisch. »Fertig, mein Schatz?«

»Ja, wir wollen gehen. Vielen Dank, Dee.« Er zieht die Brieftasche aus seiner Gesäßtasche. Ich greife ebenfalls nach meiner Handtasche und öffne sie. »Kommt gar nicht infrage«, wehrt er ab. »Die Rechnung geht auf mich.«

»Danke.«

Er nickt, drückt Doris das Geld in die Hand und rutscht aus seiner Sitzbank heraus. Dann legt er den Arm um Doris und küsst sie auf die Wange. Sie lächelt so glücklich, als hätte er mit diesem Abschiedskuss ihren Tag gerettet.

Ich stehe ebenfalls auf und folge Jack. Doris tätschelt mir den Arm, als kenne sie mich schon mein ganzes Leben lang. »Machen Sie's gut, Leila. Und viel Glück mit dieser Band! Sie werden es brauchen.« Das war natürlich nur ein Scherz.

»Hey, Dee, was soll das?« Jack wirft die Arme hoch, und sie gibt ihm einen Klaps auf den Hintern. Anscheinend steht sie auf sehr vertrautem Fuß mit Mr. Sex auf zwei Beinen.

Als wir das Restaurant verlassen und wieder zum Studio zurückkehren, legt Jack mir die Hand ins Kreuz. Ich bin mir nicht einmal sicher, ob ihm das bewusst ist. Ich möchte gern glauben, dass er ein Gentleman ist und das einfach nur eine nette Angewohnheit von ihm ist und keine abgedroschene Geste. Das wirkt irgendwie galant und fürsorglich. Es gefällt mir.

»Wo steht dein Auto?« Er schaut sich um, als würde er es sofort erkennen.

»Ein paar Häuserblöcke weiter.« Ich zeige nach hinten.

»Soll ich dich …?«

»Danke, das ist nicht nötig«, schneide ich ihm das Wort ab. »Danke für das Mittagessen, Jack. Das hat mir wirklich sehr gefallen.«

»Mir auch, Leila. Ich melde mich in ein paar Tagen bei dir, damit wir alles Weitere besprechen können.« Er geht einen Schritt auf mich zu und umarmt mich.

Er riecht so gut. Und fühlt sich so gut an.

Jack lässt mich – für meinen Geschmack viel zu schnell – los, winkt mir noch einmal zu, dreht sich um und geht ins Studio zurück. Ich bleibe wie angewurzelt stehen und beobachte durch die Glastür, wie er zu Sally hinüberschlendert und sie ihn anlächelt. Wer hätte gedacht, dass diese Frau auch lächeln kann? Er sagt etwas zu ihr, und sie hält eine Zeitschrift hoch. Ob sie wohl nur eine gute Freundin ist, oder womöglich eine Exfreundin? Oh Gott, hoffentlich nicht.

Ich gehe zu meinem Parkplatz zurück und kann dabei an nichts anderes denken als an Jack und vor allem seine Umarmung.

***

Auf der Heimfahrt rufe ich Evan an.

»Na, wie ist es gelaufen? Ich will alles wissen.«

Ich werde ihn wirklich vermissen.

»Ich dachte, ich lade euch heute Abend alle zum Essen ein«, schlage ich vor. »Bewirte euch fürstlich, um den Schock abzumildern.«

»Willst du das wirklich? Hinterher hast du bestimmt eine Riesenschweinerei in deiner Wohnung.«

»Ja, unbedingt. Es gibt ein paar Dinge, die ich mit euch besprechen will, und das tue ich lieber in meinen eigenen vier Wänden. Kannst du die Jungs bitten, gegen sieben Uhr bei mir zu sein? Dann habe ich noch Zeit zum Einkaufen. Würde es dir etwas ausmachen, schon ein bisschen früher zu kommen?« Ich will ihn zwar nicht zu meinem Assistenten degradieren, weiß aber genau, dass Evan das nichts ausmacht.

»Wie wär's, wenn wir uns im Supermarkt treffen? Dann kann ich dir beim Einkaufen helfen.«

Wir verabreden, uns in einer Stunde dort zu treffen.

Ich komme schon ein paar Minuten vor Evan an und laufe durch die Gänge, um die Zutaten für mein Abendessen zu kaufen. Ich weiß schon, dass ich ein Pastagericht kochen werde, und fange an, alles, was ich dazu brauche, in meinen Einkaufswagen zu werfen. Als ich die letzten Sachen hineinlege, hält mir jemand von hinten die Augen zu … Evan. Das macht er schon seit unserer Schulzeit so.

Ich drehe mich zu ihm um, und er umarmt mich. »Hallo, Lei, ich hab dich vermisst.«

Ich lache. »Wir haben uns doch erst gestern gesehen, Ev.«

»Ich weiß. Ich mein ja nur.«

Er schiebt meinen Einkaufswagen, und wir gehen zusammen durch die Gänge. »Und, wie ist es gelaufen?«

»Gut. Der Vertrag ist unterschrieben, und wir fangen am ersten Juni mit den Proben an.«

»Da bleibt dir nicht mehr viel Zeit, hm?«

Beim Klang seiner Stimme habe ich plötzlich einen Kloß im Hals. »Das Gute daran ist, dass ich trotzdem noch mit euch auftreten werde, bis wir im September auf Tournee gehen. Ich habe mir extra ausbedungen, dass sie das in unseren Vertrag aufnehmen. Die Proben finden unter der Woche in SoHo statt. Also gibt es keinen Grund, warum ich am Wochenende nicht weiter im *Zone* auftreten sollte.«

Er bleibt stehen und schaut mich besorgt an. »Ist das nicht zu viel für dich, Lei? Zwischen zwei Bands auf einmal hin- und herzupendeln?«

»Nein, Evan. Das schaffe ich schon. Ich will es so«, sage ich abwehrend.

Evan seufzt, weil er weiß, dass er diesen Kampf verlieren wird. Natürlich könnte er sich noch weiter mit mir darüber streiten, aber er wechselt lieber das Thema.

»Na gut. Ich sterbe vor Hunger. Was kochst du uns denn heute Abend?« Das ist die *Evan-Miller*-Art, mit Stress umzugehen.

»Meine Spezialität – Penne mit Wodkasauce.«

»Dann lass uns keine Zeit mehr verlieren.« Er schiebt unseren Einkaufswagen weiter den Gang entlang und dreht sich dann plötzlich zu mir um. »Kannst du uns auch ein paar Schokokekse backen?«

»Jetzt nutzt du meine Gutmütigkeit aber aus.«

»Und ob.« Er leugnet es nicht einmal. »Mach am besten gleich eine doppelte Portion, damit ich auch noch welche mit nach Hause nehmen kann.« Im Weggehen grinst er – wahrscheinlich weil er weiß, dass ich ihm nichts abschlagen kann.

»Blödmann«, rufe ich ihm noch nach und höre ihn im nächsten Gang lachen.

Kapitel 8
Jack

Nach meinem Mittagessen mit Leila kehre ich ins Studio zurück und sehe, dass Sally mal wieder mit dem beschäftigt ist, was sie am besten kann – Nichtstun.

»Na, fleißig bei der Arbeit, Sal?«

Sie blickt auf und strahlt mich an. Sally kann schon manchmal ziemlich ungehobelt sein. Wenn ich nicht in diesem Geschäft wäre, hätte ich wahrscheinlich Angst vor ihr. In Wirklichkeit ist sie ein Schatz. Sie tut so, als sei sie knallhart; doch unter dieser rauen Schale liegt ein weicher Kern.

»Klar bin ich fleißig, du Klugscheißer. Ich recherchiere.« Ich lehne mich über die Empfangstheke, um ihre Recherchen genauer in Augenschein zu nehmen. Auf ihrem Schoß liegt ein *Playgirl*-Magazin, bei dem das Faltblatt in der Mitte aufgeschlagen ist.

»Und was sollen das für Recherchen sein?«, frage ich und schaue schnell wieder weg. Ich habe keine Lust auf ein Foto von einem nackten Schwanz.

»Mein nächstes Tattoo«, sagt sie, als liege das auf der Hand. »Schau mal – der da hat eine süße kleine Tätowierung an der Hüfte.« Sie hält die Zeitschrift hoch, um mir das Bild zu zeigen, und ich wende mich ab.

»Igitt, geh mir damit aus den Augen! Ich mach mich dann mal vom Acker.«

»Nicht weggehen. Schau mal auf Seite fünfundvierzig, da ist noch ein süßer Kerl mit einem Tattoo an seinem …«

Ich renne den Korridor entlang, und Sally lacht hinter mir her. Sie kann einen Mann schon das Fürchten lehren. Genau wie sie sitzen auch meine Jungs im Studio rum und ergeben sich dem süßen Nichtstun.

»Ihr seid wohl sehr beschäftigt?«

»Wo *warst* du denn? Ich habe dir zwei SMS geschickt.« Hunter sitzt am Schlagzeug und spielt mit seinen Sticks rum. Er ist eben der geborene Drummer. Egal, wo wir sind: Er entdeckt immer irgendwo ein Schlagzeug und fängt an, irgendeinen Beat zu schlagen.

»Echt?« Ich ziehe mein Handy raus, und tatsächlich: Es sind zwei Textnachrichten gekommen. »Ich war mit Leila weg.« Drei Augenpaare gaffen mich an.

»WAS?«

Ich weiß, was sie denken.

»Um Himmels willen, was tust du da, Jack?«

»*Ich muss doch sehr bitten,* Scott!«

Es nervt mich wirklich, dass diese Vollidioten immer gleich das Schlimmste vermuten, wenn ich mich mal mit einem Mädchen unterhalte. Sie haben zwar schon einiges mit mir erlebt, das gebe ich ja zu, und ich habe auch *tatsächlich* die ganze Zeit an Leila gedacht … Aber trotzdem.

»*Ich muss doch sehr bitten,* Jack!«

»Jetzt hört doch endlich mit dem Scheiß auf. Ich ficke nicht jedes Mädchen, das ich kennenlerne.« Doch sie starren mich weiterhin an, als hätte ich gerade angekündigt, dass ich eine Geschlechtsumwandlung plane. Trey lacht nur einmal laut auf.

»Na schön, ich geb's zu. Ich hab sie in einer finsteren Gasse gebumst.«

Scott zieht die Augenbrauen hoch. Er scheint mir tatsächlich zu glauben, dieser Schwachkopf. Mir brennen gleich die Sicherungen durch. »Verdammt noch mal. Ich bin mit ihr in Leo's Kneipe gegangen und hab sie zu einem Käsetoast eingeladen. Und jetzt haltet endlich die Luft an.«

»Beruhige dich«, kontert Scott. »Ich mein ja nur …«

Hunter ignoriert meine gereizte Stimmung. »Während du damit beschäftigt warst, Leila den Hof zu machen, haben wir beschlossen, dass wir unbedingt eine Party schmeißen müssen«, verkündet er.

»Und wo?«, knurre ich, weil ich mich immer noch über diese Idioten ärgere.

»Bei uns, du Schlaumeier. Bei Scott geht es nicht, weil seine Wohnung zu klein ist, und da, wo Trey wohnt, würde keiner freiwillig hingehen.« Daraufhin schauen wir alle zu Trey hinüber, der Hunter den Stinkefinger zeigt, ohne von seiner Gitarre hochzuschauen. Darüber muss ich laut lachen.

»Bei uns? Wirklich? Wie viele Leute willst du denn zu dieser Party einladen?« Ich gehe zwar gern auf Partys, veranstalte aber ungern selber welche. Außerdem möchte ich meine geliebte Dachterrasse mit niemandem teilen.

»Wir dachten, es wär doch cool, Leila einzuladen und sie zu fragen, ob sie ein paar Freunde mitbringen will.« Er zählt noch ein paar weitere Namen auf, aber ich höre nicht mehr zu.

Leila?

Ich weiß nicht so recht, wie ich das finden soll. Natürlich müssen wir allmählich anfangen, sie in unsere Aktivitäten einzubeziehen. Schließlich gehört sie zu unserer Band. Aber sollen wir sie wirklich zu einer Party in unserer Wohnung einladen? Nicht, dass ich mich an sie ranmachen würde, während sie als Gast in meiner Wohnung ist – aber würde es mir gefallen, wenn jemand anderes das tut?

NEIN!

Und was nun??!!

Ich seufze. « Wann denn?«, frage ich betont gleichgültig.

»Am Sonntag. Da hat Leila doch immer frei.«

»Na schön. Aber die Dachterrasse ist tabu. Da kommt mir niemand rauf. Verstanden?«

»Ja, Vati.«

Party, Alkohol und Leila? Scheiße!

Irgendwie habe ich das Gefühl, dass diese Idioten mir eine Falle stellen wollen. Natürlich weiß ich, dass das dumm ist. Ich werde in Zukunft viel mit Leila zusammen sein, also muss ich lernen, mit dieser Situation umzugehen. Es hat keinen Sinn, die Sache auf die lange Bank zu schieben.

Nachdem wir eine Stunde lang geprobt und nichts Rechtes zustande gebracht haben, beschließen wir, für heute Feierabend zu machen und in eines unserer Stammlokale zu gehen. Auf dem kurzen Weg zu der Kneipe beschleicht mich das Gefühl, dass diese Augenblicke völliger Normalität vielleicht bald sehr selten sein werden – falls es sie überhaupt noch geben wird. Wo können wir in Zukunft noch die Straße entlanggehen, ohne dass uns jemand erkennt? Irgendwie frage ich mich, wo wir wohl in einem Jahr stehen werden. Hoffentlich laufen wir dann vor Scharen kreischender Fans davon – oder noch besser: lassen uns in einem gigantischen Luxus-Geländewagen von Stadt zu Stadt fahren.

Unterwegs halten wir an, um schnell noch einen Happen zu essen. Als wir in unserer Stammkneipe ankommen, ist es noch ziemlich früh, und bald kommen mehrere Frauen in unsere Ecke und stören unsere Privatsphäre. Normalerweise würde es mir nichts ausmachen, wenn ein paar Mädels bei uns herumhängen, um ein bisschen Spaß zu haben; aber heute bin ich nicht in der richtigen Stimmung dazu. Ich bin müde und erschöpft. Außerdem bin ich immer noch geschockt von meinen feuchten Träumen, in denen ich immer wieder Leila vor mir sehe, und der Tatsache, dass ich dauernd an sie denken muss. Ganz abgesehen davon, dass ich ihr neulich in dem Restaurant am liebsten die Apfelkuchenreste von den Lippen gesaugt hätte.

Scheiße …

Scott schreckt die Mädchen schon mit seinem bloßen Gebaren davon ab, sich an ihn ranzumachen. Das ist wirklich komisch: Er sieht doch so nett und anständig aus; aber offenbar sendet er gewisse Signale aus, mit denen er den Mädels unmissverständlich klarmacht: »Haut ab, ich bin schon vergeben.« Kurz nach seinem zweiten Bier verschwindet er, um sich mit Patti zu treffen.

Trey ist auch schon weg. Wir haben keine Ahnung, wo er hingegangen ist; wahrscheinlich sehen wir ihn erst morgen wieder. Das ist typisch Trey: Verschwindet einfach, ohne auf Wiedersehen zu sagen. Ich wüsste nur zu gern, ob er dabei jedes Mal ein Mädchen abschleppt oder uns einfach nur so langweilig findet, dass er lieber nach Hause geht.

Also sind zum Schluss nur noch Hunter, zwei Mädels und ich da. Ich trinke schweigend mein Bier und beschließe, alle Menschen um mich herum zu ignorieren. Hunter unterhält sich mit einer Brünetten mit langem, lockigem Haar. Sie fällt mir jetzt erst auf, und ich bin wirklich beeindruckt: Stupsnase, volle Lippen und eine gute Figur. Sie ist süß und scheint sehr schüchtern zu sein, was bedeutet, das Hunter die Initiative ergreifen muss. Das kann ja nur schiefgehen.

Ihre Freundin ist eine kesse Blondine mit männermordender Figur. Sie scheint in jeder Hinsicht das genaue Gegenteil von der Brünetten zu sein. Die Blonde stößt dauernd mit dem Hintern gegen meine Hüfte, während sie sich mit Hunter und ihrer Freundin unterhält. Nach dem dritten Mal dreht sie sich zu mir um und entschuldigt sich.

»Tut mir leid.«

»Kein Problem.«

Sie lehnt sich so weit zu mir herüber, dass ich einen verführerischen Einblick in ihr eindrucksvolles Dekolleté gewinne. »Ihr spielt also in einer Band?«, fragt sie.

Oh Gott, jetzt kommt wieder *diese* alte Leier.

»Nein, ich bin Leichenbestatter.« Ich zwinkere ihr zu und nehme einen großen Schluck Bier. Sie braucht ein paar Sekunden, bis sie begriffen hat, dass das ein Witz sein soll; dann fängt sie an zu kichern und legt verstohlen ihre Hand auf mein Handgelenk.

Mein Humor lässt sie alle Hemmungen vergessen, und sie mutiert im Handumdrehen zu einer Comicfigur, wenn auch mit riesigen Brüsten: Sie fängt an, wie ein Wasserfall zu reden, mich zu berühren, sich zu mir herüberzulehnen, mir zuzuzwinkern und sich die Lippen zu lecken. Diese Frau zieht wirklich alle Register.

Während sie immer weiter auf mich einredet, peile ich in Gedanken blitzschnell die Lage. Ja, sie ist attraktiv, hat eindeutig eine scharfe Figur und flirtet nach allen Regeln der Kunst mit mir. Andererseits ist sie ziemlich nervig, und außerdem stellt sie zu viele Fragen. Das ist für mich immer ein Alarmsignal.

Ich beschließe, sie mit nach Hause zu nehmen, wenn Hunter seine Verehrerin auch abschleppen möchte, lege also gewissermaßen mein Schicksal in seine Hände – wohl wissend, dass er schon immer hundsmiserabel darin war, Mädels abzuschleppen.

Hunters Tussi heißt Amanda. Meine Blondine heißt Rachel. Wir spendieren den beiden eine Runde und dann noch eine. Je mehr Rachel trinkt, umso öfter berührt sie mich. Gefühlte Stunden später entschuldigen die beiden Mädchen sich, weil sie aufs Klo müssen.

Kaum sind sie verschwunden, frage ich Hunter: »Was ist? Nimmst du sie mit heim?«

»Ich weiß nicht. Was meinst du: Sollte ich?«

»Verdammt noch mal, Hunter. Tu's doch einfach! Sie steht offensichtlich auf dich. Sie sieht scharf aus. Wo ist das Problem?« Ich würde ihm am liebsten eine runterhauen. Ich weiß auch nicht, warum er so große Probleme damit hat, Mädchen abzuschleppen. Normalerweise ist er einer der selbstbewusstesten Jungs, die ich kenne, nur in dieser Hinsicht ist er eine absolute Flasche.

»Gefällt dir Rachel?«

»Nein. Sie ist nervig.«

Amanda wäre schon eher mein Typ, doch das behalte ich lieber für mich.

Hunter lacht. »Nervig? Das war bisher doch auch kein Hinderungsgrund für dich. Sie sieht toll aus. Was hast du für ein Problem? Bist du heute etwa nicht in Form?«

Mit dieser arroganten Bemerkung trifft er mich an einer empfindlichen Stelle.

»Nein, du Blödmann. Ich bin bloß nicht in Stimmung.«

»Nicht in Stimmung? *Du*?«

»Mach dir keine Gedanken um mich. Ich schleppe Rachel ab, wenn es dir dadurch leichter fällt, Amanda abzuschleppen.« Hunter dreht sich zu mir um und wirft mir einen vernichtenden Blick zu.

»Was ist?«

»Ich brauch keine Gefälligkeiten von dir, verdammt noch mal.«

»Doch, manchmal muss man dir einen kleinen Schubs geben. Ich will dir ja nur helfen.«

»Leck mich am Arsch.«

»Na schön, dann eben nicht. Du brauchst deshalb nicht gleich so giftig zu mir zu sein.«

Hunter straft mich mit Verachtung – aber nur so lange, bis die Mädels vom Klo zurückkommen. Er ist nicht nachtragend und benimmt sich schon nach kurzer Zeit wieder normal.

Zu sehen, wie gut Hunter und Amanda sich miteinander unterhalten, gibt den Ausschlag für mich. In meinem angesäuselten Zustand rede ich mir ein, Hunter nur helfen zu wollen, indem ich Rachel abschleppe. Egal, was er denkt – er braucht mich, um diese Sache durchzuziehen. Wenn ich jetzt abspringen würde, wäre Rachel im Nu verschwunden, und zwar mit Amanda im Schlepptau. Also muss ich mich wohl opfern. Nachdem wir noch ein paar Runden Bier und jeder einen Schnaps getrunken haben, beschließe ich, dass es für heute reicht.

»Lasst uns gehen.«

Normalerweise suche ich mir die Frauen, die ich abschleppe, sehr genau aus. Ich mag Mädchen, die genau das Gleiche wollen wie ich – die keine feste Beziehung suchen, sondern sich einfach nur amüsieren möchten und deren Gesellschaft ich genieße. Nervigen Frauen wie Rachel, die so viel reden, bis ich mir am liebsten die Pulsadern aufschneiden möchte, gehe ich normalerweise aus dem Weg.

Als wir zu Hause angekommen sind, bereue ich meine Entscheidung schon.

Irgendwie ist mein Radar durcheinandergeraten. Ich habe alle Alarmsignale ignoriert, die Rachel heute Abend ausgesendet hat, und befürchte allmählich, einen großen Fehler begangen zu haben. Hunter ist jetzt mit Amanda oben auf der Dachterrasse, und ich mache es mir mit Rachel auf der Couch bequem.

Sie stellt mir eine Frage nach der anderen über unsere Tournee, unser Album, den Rest der Band … Bla, bla, bla. Mir klingeln schon die Ohren.

Irgendwie muss ich ihr das Maul stopfen. Entgegen meinem Bauchgefühl rücke ich näher an sie heran und fange an, an ihrem Ohr zu knabbern. Das scheint genau der richtige Schachzug gewesen zu sein, denn jetzt hält sie endlich den Mund.

Doch leider habe ich damit etwas angefangen, was ich beim besten Willen nicht zu Ende führen will. Während sie anfängt, meinen Nacken zu küssen, spiele ich in Gedanken schnell zwei Szenarien durch: Entweder ich sage ihr jetzt, dass ich nicht in Stimmung bin, und bestelle ihr ein Taxi, oder ich ziehe die Sache einfach durch und hoffe, dass sie danach so schnell wie möglich verschwindet.

Während ich immer noch über diese beiden Alternativen nachdenke, macht Rachel mir unmissverständlich klar, warum sie heute Abend mit mir mitgekommen ist; und da mein Schwanz wie immer seinen eigenen Kopf hat und sowieso schon auf Hochmast steht, kann ich ihr ebenso gut die Freude machen.

Also gehe ich mit Rachel in mein Zimmer und gebe ihr damit grünes Licht. Im Nu hat sie mich so weit, dass wir loslegen können. Schnell streife ich mir ein Kondom über, um ihr das zu geben, was sie will.

Indem ich dabei die Augen schließe, schaffe ich es, mir doch noch ein sehr angenehmes Erlebnis zu verschaffen. Meine Vision, meine

Fantasie oder mein Traum – wie auch immer man es nennen will – steht mir sehr lebhaft und real vor Augen.

Leila.

Während ihr Gesicht mich bei den vorherigen Malen, als das passierte, in Panik und Verwirrung gestürzt hat, ist mir dieser Anblick heute sehr willkommen.

Ich schmecke ihre Lippen auf meinen.

Ich spüre meine Finger in ihrem seidenweichen Haar.

Ich spüre, wie ihre Brüste sich bei jedem Stoß gegen mich pressen.

Ich fahre mit Lippen und Zunge an ihrem Nacken entlang und schmecke ihre Haut.

Als Rachel etwas sagt, küsse ich sie schnell, damit sie meine Fantasievorstellung nicht zerstört.

Drei tiefe Stöße später erlebe ich einen sehr befriedigenden Orgasmus. Leila – ich meine Rachel – kommt kurz nach mir zum Höhepunkt.

Für ein paar lange Minuten liegen wir schweigend nebeneinander auf dem Rücken und ringen nach Atem.

»Wow. Das war fantastisch, Jack.«

Als Antwort nicke ich nur.

Sie hat keine Ahnung, dass ich ihren Körper nur dazu benutzt habe, meine Fantasie auszuleben. Mir wird übel, als mein Schamgefühl darüber sich langsam in meiner Magengrube ausbreitet. Es tut mir leid, dass ich Rachel benutzt habe. Doch leider ist es ihr nicht gelungen, meine Aufmerksamkeit zu fesseln.

Rachel, die von meinem inneren Aufruhr nichts ahnt, kuschelt sich an mich, und ich versteife mich unwillkürlich. Schmusen ist nicht mein Ding. Das tue ich nicht mal mit Mädchen, die ich mag.

»Bereit für die zweite Runde?«, fragt sie und knabbert an meinem Nacken.

Oh je … Nein.

»Rachel, ich bin fix und fertig. Du hast mich plattgemacht«, sage ich, obwohl das nicht die ganze Wahrheit ist.

Doch sie fasst meine Worte als Kompliment auf und macht da weiter, wo sie vorher aufgehört hatte: Sie fängt an zu reden wie ein Wasserfall, küsst mich zwischendurch und verstummt nur, um Luft zu holen. Ich tue so, als hörte ich ihr zu, bis ich es nicht mehr länger aushalte.

Ich könnte jetzt kurz verschwinden und Scott Bescheid geben, dass er mich wegen eines dringenden Notfalls anrufen soll.

Oder in der Küche irgendwas in Brand stecken.

Oder mich versehentlich erstechen.

Verdammte Scheiße … Ich muss hier raus!

Ich höre mir in Gedanken ungefähr ein Dutzend Songs an und komme dann zu dem Schluss, dass ich dem Anstand jetzt Genüge getan habe.

»Tut mir leid, Rachel. Ich muss morgen früh raus. Darf ich dir ein Taxi rufen?« Bei ihrem enttäuschten Gesichtsausdruck bekomme ich sofort wieder ein schlechtes Gewissen; also lüge ich sie an, um den Schock ein bisschen abzumildern. »Ich ruf dich an.«

Das ist genau der Grund, warum ich mich sonst immer auf meine Strategie mit der »Beziehungsskala« verlasse: Sie ist idiotensicher. Doch da ich dieses raffinierte System diesmal ignoriert habe, überkommen mich jetzt all die Scheißempfindungen, die ich so dringend zu vermeiden versuche: Schuld, Scham und Mitgefühl.

Verdammt … Ich habe gegen mindestens zehn meiner eigenen Spielregeln verstoßen. Die wichtigste dieser Regeln lautet: *»Versprich niemals einem Mädchen, dass du sie anrufst!«*

Dieser ganze Abend war ein Riesenfehler.

Als ich endlich die Tür hinter Rachel schließe, fühle ich mich so ausgelaugt, als hätte ich in den letzten Stunden auf ein Kind mit schwerem ADHS aufgepasst. Ihre Aufmerksamkeitsspanne ist nicht größer als eine Erbse. Sie wollte unbedingt auf die Dachterrasse, um Amanda Bescheid zu sagen, dass sie jetzt geht. Ich habe den größten Teil der letzten vierzig Minuten damit zugebracht, ihr das auszureden, damit sie Hunter nicht die Nacht ruiniert. Dann bezahle ich ihr das Taxi und verspreche ihr, Amanda persönlich auszurichten, dass sie nach Hause gefahren ist.

Ich ekle mich vor mir selber und setze das auf die Liste der Dinge, die heute Abend schiefgelaufen sind. Sobald sie verschwunden ist, verkrieche ich mich in meinem Zimmer und trainiere wie ein Verrückter mit meinen Hanteln. Dann gehe ich unter die Dusche und sinke erschöpft ins Bett.

Kapitel 9

Leila

Evan sitzt auf meiner Couch, trinkt ein Bier und schaut zu, wie ich mir in der Küche zu schaffen mache. Eigentlich wollte er mir helfen, aber ich habe ihn weggescheucht, als er anfing, meine ganzen Zutaten aufzuessen. Jetzt schmollt er.

Mein Apartment liegt im dritten Stock und besteht nur aus einem einzigen großen Rechteck. Von der Tür aus sieht man die ganze Wohnung. Neben der Küche, die an der linken Seite liegt, führt ein kleiner Korridor zu einem Schlafzimmer und einem Bad, die aneinander angrenzen. Rechts liegt das Wohnzimmer mit einer kleinen Esstheke, in der ein Tisch und vier Stühle stehen.

Das Beste von allem sind die Fenster. Das Wohnzimmer liegt an der Frontseite und hat Fenster, die vom Boden bis zur Decke reichen und den Blick auf die Straße freigeben. Von meinem Lieblingssessel in der vorderen Wohnzimmerecke aus hat man eine wunderschöne Aussicht über die Stadt.

Wenn ich die Jungs zu mir einlade, quetschen sie sich normalerweise nebeneinander auf die Couch und schauen fern, während ich auf dem Sessel gegenübersitze und die Aussicht genieße. Sie hängen gern bei mir rum, vor allem, wenn ich für sie koche.

Nicht ohne Grund habe ich beschlossen, ihnen heute Penne mit Wodkasauce vorzusetzen: Das ist nämlich eins ihrer Lieblingsgerichte.

Außerdem gibt es Knoblauchbrot und Salat, den sie aber bestimmt nicht anrühren werden. Und ich habe auch einen großen Schokoladenkuchen und eine Packung von den weichen Schokosplitterkeksen gekauft, die Joseph so sehr liebt – und natürlich meine Brownies und jede Menge Bier. Also genau das richtige Essen, um sie »einzuwickeln«.

Als ich mit den Vorbereitungen für das Essen fertig bin, ist es schon nach sechs, also bleibt mir noch ein bisschen Zeit allein mit Evan, bevor sie alle bei mir eintrudeln. Joe kommt normalerweise immer schon ein bisschen früher, um den besten Platz auf der Couch zu ergattern.

Ich kuschle mich mit einem Glas von meinem billigen Wein neben Evan aufs Sofa. »Glaubst du, dass es ein Fehler ist, was ich da mache, Ev?«

Er dreht sich um, sieht mir ins Gesicht und legt seinen Arm auf meinen.

»Nein. Du bist dafür geschaffen, auf der Bühne zu stehen und zu singen, Leila. Und du musst endlich aus Hoboken rauskommen. Aus dir wird bestimmt mal ein Star. Ich weiß, dass du dir Sorgen um deinen Dad und um uns machst. Aber wir kommen schon zurecht. Du musst das tun, und das weißt du auch.«

Ich hole tief Luft und lasse seine Worte auf mich wirken. Ich weiß, dass er recht hat: Ich muss das tatsächlich machen. Außerdem habe ich seit heute Mittag eigentlich auch gar keine andere Wahl mehr; doch seine Worte nehmen mir wenigstens etwas von meiner Unsicherheit.

Als die Sprechanlage an meiner Wohnungstür summt, springe ich auf. Evan lacht und geht zur Tür, um unsere Gäste reinzulassen.

»Ich bin da!«, schreit Joseph schon beim Hereinkommen. Bestimmt hört man ihn bis unten auf die Straße. Ich stehe auf, um meinen Teddybären zu umarmen. Als ich mich an seiner breiten Brust festklammere, lacht Joe leise in mein Haar: »Was ist denn los, Lei? Bist du heute mein ganz privates Begrüßungskomitee?«

»Ich muss euch heute einfach mal alle ganz fest drücken. Keinen Kommentar, bitte«, antworte ich und ziehe ihn noch fester an mich.

»Matt auch?«, fragt er.

»Nee, den ganz bestimmt nicht!«, antworte ich, befreie mich aus seinen Armen und gebe ihm einen liebevollen Puff in die Rippen. »Willst du ein Bier?«

»Lieber zwei.« Er lässt sich auf den besten Platz meiner Couch plumpsen: genau in der Mitte und direkt vor dem Fernseher.

Ich hole Joe ein Bier, und er klopft auf den Platz neben sich.

»Wie geht's dir, Leila? Du versuchst wohl, dich nicht zu sehr darauf zu freuen, dass du bald ein großer Rockstar sein und uns alle vergessen wirst? Sogar Evan?«, fragt er und zerzaust mir das Haar.

»Ich werde euch nicht vergessen – jedenfalls *noch* nicht«, kontere ich und fahre ihm mit der Hand ebenfalls durch seine wenigen Haare. Joe trägt immer einen Marinehaarschnitt.

Wieder summt meine Sprechanlage. Evan geht ran, und Logan und Matt kommen hereingeschlendert. Matt schaut wieder mal so überheblich drein, als gehöre ihm meine Wohnung. Logan kommt zu mir herüber und umarmt mich. Sie sind früh dran; also haben sie entweder einen Riesenhunger oder wollen die Sache so schnell wie möglich hinter sich bringen.

»Hallo, meine Süße, wie fühlst du dich?«, fragt Logan.

»Ich bin furchtbar nervös und aufgeregt. Außerdem habe ich ziemlich große Angst.« Ich hole noch zwei Flaschen Bier aus der Küche. Eine davon gebe ich Logan, der sich an meinen Tisch setzt, und das andere seinem Bruder, der bereits am hintersten Ende der Couch hockt. Matt zwinkert mir zu, als er mir die Flasche abnimmt, doch ich ignoriere ihn und setze mich Logan gegenüber.

»Wann gibt's Abendessen? Ich bin am Verhungern«, sagt Matt, als sei das der einzige Grund, aus dem er hergekommen ist. Dieser Mann ist so ein Arschloch. Ich stelle den Jungs eine Schale mit Chips und Salzbrezeln hin, auf die sie sich sofort stürzen, also weiß ich, dass sie Hunger haben; doch Matt ist der Einzige, der das so offen sagt.

»Bald«, fertige ich ihn ab. »Erst mal will ich euch alles über meinen Vertrag und die Tournee erzählen.« Ich hole tief Luft und fasse das Wichtigste zusammen. Ihnen das beizubringen wird vielleicht sogar noch ein bisschen schlimmer als bei meinem Vater, weil sie zu viert sind.

Sie hören zu und stellen hin und wieder ein paar Fragen. Außer Evan staunen alle darüber, dass Devil's Lair mich bis zu unserer Tournee weiter mit den Cliffhangers auftreten lässt. Anscheinend hatten sie damit gerechnet, dass ich gleich nach diesem Wochenende für immer aus ihrem Leben verschwinde. Erleichterung malt sich in ihren Gesichtern. Sogar Matt scheint froh über diese Neuigkeit zu sein.

»Außerdem will ich euch einen Vorschlag machen.« Ich mache eine kurze Pause, um die richtigen Worte zu finden. »Ich möchte, dass ihr einen Ersatz für mich sucht.«

»Nein«, blafft Evan mich an.

»Auf gar keinen Fall!«, stimmt Logan ihm zu.

»Kommt überhaupt nicht infrage«, bekräftigt auch Joseph.

»Aber ihr braucht doch jemanden, der die Keyboards spielt und mit Matt zusammen singt. Bitte versprecht mir, darüber nachzudenken. Irgendwie hab ich das Gefühl, euch im Stich zu lassen, und wenn ich weiß, dass ihr Ersatz habt, geht es mir gleich viel besser. Ihr seid eine fantastische Band, und früher oder später werdet ihr euch einen Namen machen. Wenn ihr eine neue Sängerin und Keyboarderin findet, braucht ihr nicht mehr auf Hochzeiten und Bar Mitzwas zu spielen. Dann könnt ihr eure freie Zeit für Bandfestivals und -wettbewerbe nutzen. Es wird Zeit, dass ihr etwas aus euch macht.« Nach diesen Worten hole ich tief Luft und bin heilfroh, diese Worte endlich losgeworden zu sein.

Evan spricht als Erster. »Sie hat recht.« Er schaut sich im Wohnzimmer um. »Wir müssen wirklich endlich mal einen Zahn zulegen.«

»Sobald ihr einen Ersatz für mich gefunden habt, höre ich auf, bei euch zu singen. Das führt mich zum letzten Punkt, den ich mit euch besprechen möchte. Ich weiß, dass ihr euch so etwas nicht leisten könnt; aber es wäre klug, wenn ihr euch einen Agenten suchen würdet. Die Agentin von Devil's Lair hat die Jungs dahin gebracht, wo sie heute stehen. Ihr braucht jemanden, der sich für euch einsetzt und euch aus Hoboken rausholt. Und wisst ihr was? Ich habe auch schon eine Idee, wie ihr das anstellen könntet.«

»Wo zum Teufel sollen wir jemanden finden, der Bier als Honorar akzeptiert? Und uns hilft, reich und berühmt zu werden?« Logan grinst über seinen eigenen Witz.

»Lori«, sage ich. Daraufhin schauen sie mich so entgeistert an, als sei mir plötzlich ein Geweih gewachsen.

»Was?«

»Lori?«, fragt Matt mit spöttischem Lächeln.

»Ja, Lori. Lori Manzini«, bestätige ich.

»Das soll wohl ein Witz sein.«

»Nein. Ich meine es ganz ernst. Lori kann es sich nicht leisten, mit ihrem Job als Barkeeper aufzuhören. Also kann sie bei euren Shows dabei sein, ohne dass ihr sie dafür bezahlen müsst. Sie kann sehr überzeugend sein. Die meisten Menschen mögen sie schon, nachdem sie sich nur ein paar Minuten mit ihr unterhalten haben. Lori ist professionell und liebt Musik – und sie ist ein wunderbarer Mensch, der überall gut ankommt. Sie würde alles für euch tun und am Anfang nicht viel dafür verlangen – und später, wenn ihr erfolgreich seid, könnt ihr sie ja dann richtig bezahlen. Glaubt mir.«

»Hast du schon mit ihr darüber geredet?«, fragt Logan.

»Nein, noch nicht. Ich wollte erst mal hören, was ihr davon haltet. Aber wenn ihr damit einverstanden seid, spreche ich sie gleich morgen früh darauf an. Lori fährt gerne nach New York, um Bands spielen zu hören. Sie kennt die besten Livemusik-Kneipen und kennt sich mit der Konkurrenz aus. Sie wäre gut für euch. Außerdem ist sie immer noch auf der Suche nach ihrem Traumjob. Irgendwie weiß ich ganz einfach, dass sie die Richtige für euch wäre.«

Diese Idee geht mir schon im Kopf herum, seit ich den Vertrag unterschrieben habe. Ich habe mich nur nicht getraut, jemandem davon zu erzählen (auch Evan nicht), weil ich Angst hatte, dass sie mich für verrückt halten würden. Doch je länger ich darüber nachdachte, umso sinnvoller erschien mir diese Idee. Lori hat auch die nötige soziale Kompetenz dazu. Sie ist clever genug, um zu wissen, dass man viele Connections braucht, um bekannt zu werden, und sie ist genau die Richtige dafür, so ein Netzwerk aufzubauen. Anfangs habe ich mir ein bisschen Sorgen wegen ihrer Gefühle für Matt gemacht. Aber damit bin ich schon bei Plan B angelangt: Ich glaube, sie und Hunter würden ein nettes Paar abgeben. Ich kann mir gut vorstellen, dass aus den beiden was werden könnte. Wenn ich sie miteinander bekannt mache, wird Matt bald in ihrer Erinnerung verblassen. Ich lächle zufrieden vor mich hin, als ich an meinen großartigen Plan denke.

Die Jungs sitzen immer noch da und lassen sich meinen Vorschlag durch den Kopf gehen. Jetzt ist genau der richtige Zeitpunkt, um sie mit ihren Gedanken allein zu lassen und meine Pasta zu kochen. Also mache ich mir in der Küche zu schaffen, während sie über das Für und Wider meiner Idee diskutieren. Matt führt alle möglichen Gründe an, warum das nicht funktionieren würde, aber die anderen ignorieren ihn mehr oder weniger. Das ist gut. Ich spüre, wie sie sich allmählich für diesen Gedanken erwärmen. Hoffentlich hält Lori mich nicht für schwachsinnig, wenn sie davon erfährt. Aber darüber kann ich mir morgen Gedanken machen.

Ich verkünde, dass das Essen fertig ist, und stelle Pasta, Brot, Salat und noch ein paar Flaschen Bier auf die Küchentheke. Alle kommen hereingestürmt und häufen sich Nudeln auf ihre Teller. Ich nehme mir auch eine Portion und setze mich zu ihnen an den Tisch. Matt beschließt, allein auf der Couch zu essen.

Ich kaue schweigend vor mich hin und höre mir ihre Diskussion über Lori an.

»Glaubst du, sie macht mit, Lei?«, fragt Joseph und schaut mich erwartungsvoll an.

»Hoffentlich«, sage ich. »Ich werde ihr klarmachen, wie hervorragend sie meiner Meinung nach für diesen Job geeignet wäre, und natürlich werde ich ihr auch ein bisschen Honig ums Maul schmieren. Ich glaube, ich kann sie schon davon überzeugen, dass das eine tolle Chance für sie wäre. Auch wenn sie als eure Agentin vorläufig noch nicht viel verdient; in Zukunft könnte dabei eine Menge für sie rausspringen.«

»Lasst uns abstimmen«, sagt Evan. »Ich bin dafür.« Er wirft Logan einen fragenden Blick zu.

»Was kann schon schiefgehen? Ich stimme auch dafür.«

»Joe?«

»Ich auch. Das könnte eine wunderbare Chance sein«, sagt Joseph und schaufelt noch mehr Pasta in sich hinein.

Dann wenden wir uns alle zum Sofa hin und werfen einen fragenden Blick auf Matt. Der tut so, als habe er keine Ahnung, worum es geht, obwohl ich genau weiß, dass er zugehört hat.

»Matt?«

»Was?«

»Jetzt tu doch nicht so«, blafft Logan ihn an. »Ja oder nein?«

Er spannt uns ein paar Sekunden lang auf die Folter. »Die Tussi will mir doch bloß an die Wäsche«, erklärt er dann arrogant. »Ich halte nichts von der Idee.«

IGITT! Er kann so ein Arschloch sein.

»Wir werden alle dafür sorgen, dass sie dir nicht an die Wäsche geht. Wenn das deine einzige Sorge ist, zählen wir deine Stimme als *Ja*.«

Ich strahle über meinen Sieg und darüber, das Matt ihn mir nicht verderben konnte. »Ich spreche morgen mit Lori und erzähle euch dann, was sie davon hält. Ich bin sicher, dass es klappen wird.«

Nachdem ich den Nachtisch aufgetragen habe, machen die Jungs es sich wieder auf meiner Couch bequem, als wollten sie die ganze Nacht dort verbringen.

Gefühlte Minuten später spüre ich, wie mich jemand auf die Wange küsst, schlage die Augen auf und sehe Evan über mich gebeugt neben meinem Sessel stehen. Ich muss wohl eingepennt sein. Schließlich habe ich eine anstrengende Woche hinter mir. Wahrscheinlich waren die vielen schlaflosen Nächte einfach zu viel für mich.

»Wie spät ist es denn?«, gähne ich und strecke mich.

»Halb eins.«

»Wie lange hab ich geschlafen?« Hoffentlich habe ich nicht gesabbert. Die Jungs haben mich zwar schon öfter in peinlichen Situationen erlebt, aber ich möchte trotzdem nicht, dass sie mich mit offenem Mund im Schlafkoma auf der Couch liegen sehen.

Er lacht, als wisse er genau, was ich denke. »Kaum hattest du deinen Hintern auf dem Sessel, bist du auch schon eingeschlafen. Wir haben uns das Spiel angeschaut. Logan und Matt sind vor etwa einer Stunde gegangen. Joseph ist noch dageblieben, um mir beim Aufräumen zu helfen.«

»Du hast aufgeräumt? Oh Gott, ich liebe dich.« Ich umarme ihn ganz fest.

»Du liebst mich doch bloß, weil ich aufgeräumt habe. Aber macht nichts. Ich liebe dich auch«, lächelt er. »Jetzt muss ich los.« Er beugt sich noch mal zu mir runter, küsst mich auf die Wange, greift nach seiner Jacke und will schon gehen, bleibt an der Tür aber noch einmal stehen. »Her mit den Brownies.«

Nachdem ich hinter Evan abgeschlossen habe, mache ich mich innerhalb von knapp fünf Minuten fertig zum Schlafengehen. Sobald mein Kopf auf das Kissen sinkt, falle ich in einen tiefen, erquickenden Schlaf.

***

Er sitzt mit nacktem Oberkörper da, spielt Gitarre und singt mir etwas vor. Wir sind allein in einem Zimmer, das ich nicht kenne. Als ich mich umschaue, sehe ich überall nur Fenster … Jede Menge Fenster. Er steht auf und kommt – immer noch singend – langsam auf mich zu.

Dann legt er seine Gitarre beiseite, nimmt mich in die Arme und reibt seine Nase an meiner. Nachdem er mich durchdringend angesehen hat, beugt er sich zu mir hinunter und küsst mich.

Heftig atmend setze ich mich in meinem Bett auf.

WAS ZUM TEUFEL WAR DAS *DENN?*

Ich bin immer noch ganz erregt, schwitze und ärgere mich darüber, dass ich schon so früh aufgewacht bin.

Als ich mich in meinem Schlafzimmer umschaue, sehe ich, dass es draußen bereits hell ist, und versuche verzweifelt, wieder ruhig und gleichmäßig zu atmen. Dann werfe ich einen Blick auf meinen Wecker: Zwanzig nach zehn. Scheiße! Ich kann gar nicht glauben, dass ich so lange geschlafen habe.

Jetzt brauche ich unbedingt erst mal einen Kaffee.

Um mich abzulenken, schalte ich den Fernseher ein und warte ungeduldig, bis mein Kaffee endlich fertig ist. Das Gute an der Sache ist, dass ich jetzt endlich meinen versäumten Schlaf nachgeholt habe. Das Schlechte ist, dass ich einfach nicht aufhören kann, an Jack zu denken. Dabei war dieser Traum doch völlig jugendfrei: Es war nur ein Kuss. Und doch fühlt es sich für mich an, als hätte ich eine wilde Sexnacht hinter mir. Dieser Traum hatte etwas sehr Erotisches. Er hat mich furchtbar angetörnt, und jetzt fühle ich mich dementsprechend unbefriedigt.

Allmählich gerät meine Libido außer Kontrolle. Ich muss wohl doch selbst Hand anlegen, sonst werde ich das ganze nächste Jahr todunglücklich sein. Eigentlich wollte ich heute so viel erledigen. Meine wichtigste Aufgabe ist, Lori anzurufen. Aber irgendwie schaffe ich es einfach nicht, meinen Körper aus dem Bett zu bewegen und meinen Geist dazu zu bringen, dass er endlich an etwas anderes denkt als an Jack mit seinem nackten Oberkörper, wie er mich küsst – und daran, was wohl passiert wäre, wenn ich nicht aufgewacht wäre.

Verdammt …

Verwirrt greife ich nach meinem Handy und wähle Loris Nummer.

»Hallo?«, krächzt sie ins Telefon.

»Hallo Lori, hier ist Leila. Habe ich dich aufgeweckt?«

Sie gähnt laut. »Wie spät ist es denn?«

»Schon fast elf, glaube ich. Ruf mich später zurück.«

Ich will schon einhängen, da ruft sie: »Nein, nein, keine Sorge, ich bin schon wach«, gähnt aber gleich darauf wieder, sodass ihre Behauptung nicht sonderlich überzeugend klingt. »Was ist denn los?«

»Eigentlich wollte ich mich mit dir zum Mittagessen treffen. Es gibt ein paar Sachen zu besprechen. Wie wär's im Riverside?« Lori liebt das Riverside Square Mall. Sie wohnt mehr oder weniger dort.

»Gute Idee. Um ein Uhr?«

»Wunderbar. Wir treffen uns in der ›Cheesecake Factory‹.« Lori liebt die Factory genauso wie das Einkaufszentrum. Ich ziehe bewusst alle Register.

»Kommt Lis auch?«

»Nein, nur wir beide.«

»Oh je … Hab ich irgendwas verbrochen?« Bei ihrem ängstlichen Tonfall muss ich lachen.

Dann hängen wir auf, und ich bin so aufgeregt, dass ich gar keinen klaren Gedanken mehr fassen kann. Ich sehe einer fantastischen Zukunft entgegen, und wenn alles klappt, habe ich außerdem einen großartigen Plan B für meine Jungs.

Das Warten auf Lori ist nervenaufreibend. Allmählich regt sich ein leiser Zweifel in mir, der allmählich immer größer wird. Und was ist, wenn sie meine Idee scheiße findet? Einen anderen Plan habe ich nicht. Entweder die Sache mit Lori klappt, oder ich lasse meine Jungs ohne Erfolgsstrategie zurück. Dann würde ich mir während unserer Tournee monatelang Sorgen um sie machen. Schon aus reinem Egoismus möchte ich mit dem beruhigenden Wissen auf Tour gehen, dass sie bestens versorgt sind. Auch wenn das vielleicht nur ein trügerisches Sicherheitsgefühl ist – ich brauche es trotzdem dringend.

Obwohl es erst Viertel nach eins ist, bin ich inzwischen schon ziemlich zappelig und starre dauernd zum Eingang rüber. Ein paar Minuten später taucht Loris Rotschopf endlich in der Tür auf. Als sie sich der Restauranttheke nähert, entdeckt sie mich, kommt an meinen Tisch und setzt sich mir gegenüber. »Jetzt schieß endlich los, Baby, was ist denn passiert?«, überfällt sie mich sofort. »Du hast mir richtig Angst gemacht.«

»Es gibt jede Menge zu besprechen. Aber mach dir keine Sorgen – es ist alles gut.« Am liebsten würde ich diesen Film vorspulen, um gleich zu der Stelle unseres Gesprächs zu kommen, an der sie »JA! EINVERSTANDEN!« sagt. Aber so schnell geht das leider nicht, ich muss ihr meine Idee erst mal auf die richtige Art schmackhaft machen. Zuerst müssen wir ein bisschen miteinander plaudern. Dann mache ich ihr ein paar Komplimente. Als Nächstes ist ein bisschen Klatsch und Tratsch über ein Mädchen dran, das wir von der Highschool her kennen. Erst wenn ich die Warterei absolut nicht mehr länger aushalte, will ich auf mein eigentliches Thema zu sprechen kommen.

Ich lasse es also ganz langsam angehen und erzähle ihr erst mal von meiner neuen Band. Dann sind die Proben und meine Tournee an der Reihe. Sie nickt immer wieder und stellt viele gute Fragen – geschäftliche Fragen, so, wie eine richtige Agentin sie stellen würde. Sie eignet sich wirklich hervorragend für diesen Job.

Als Nächstes berichte ich ihr, dass ich bis zu unserer Tournee weiterhin zusammen mit den Cliffhangers auftreten werde, und erzähle, wie ich die Jungs zum Abendessen eingeladen habe, um sie über alle Details meines Vertrags zu informieren. Und dann fange ich endlich an, Tacheles zu reden: Ich unterbreitete ihr meinen Vorschlag (bis auf den Teil, in dem es darum geht, sie mit Hunter zu verkuppeln). Sie sagt nicht viel dazu, sondern nimmt einfach nur alle Informationen in sich auf.

Dann kommt die Kellnerin, um unsere Bestellung aufzunehmen. Ohne ihre Augen von mir abzuwenden, sagt Lori schnell: »Wir sind noch nicht so weit.« Die Frau verschwindet wieder, ohne uns eines weiteren Blicks zu würdigen.

Lori sitzt regungslos da und starrt mich an.

»Was hast du denn?«

Endlich macht sie den Mund auf. »Bist du high?«

»Lori, du bist die ideale Frau für diesen Job. Und das weißt du auch. Du wärst eine hervorragende Agentin – du hast genau die richtige Art, mit Leuten umzugehen. So schwierig kann das doch nicht sein!« Allmählich mache ich mir Sorgen, dass sie vielleicht doch nicht so begeistert von meiner Idee sein wird.

»Aber ich habe doch gar keine Erfahrung mit so was. Nicht die geringste! Was kann ich denn für diese Jungs tun? Und außerdem gibt es da auch noch ein winzig kleines anderes Problem: Matt hasst mich!« Sie steigert sich immer mehr in ihre Aufregung hinein. Ich muss sie unbedingt wieder ins Boot holen, und zwar *schnell.*

»Jetzt hör mir mal zu, Lor. Erstens: Matt ist ein Trottel. Zweitens: Du musst den Jungs unbedingt Verträge für Bandwettbewerbe und -festivals in New York verschaffen, damit sie ein bisschen bekannter werden. Du gehst doch dauernd zu solchen Veranstaltungen und weißt, welche gut sind und welche nicht. Sobald du das geschafft hast, ergibt sich alles andere von selbst. Du weißt doch, wie fantastisch die Jungs sind. Sie müssen einfach nur ein bisschen bekannter werden, und keiner kriegt das besser hin als du.«

Sie wirft mir einen langen, prüfenden Blick zu, dem ich standhalte, ohne mit der Wimper zu zucken. Ich sehe ihr an, dass sie sich Gedanken über meinen Vorschlag macht, und kann ihren inneren Kampf sehr gut nachvollziehen: Sie weiß, dass sie das kann, und doch traut sie es sich irgendwie nicht zu. Geduldig sitze ich da und lasse meinen Vorschlag auf sie wirken. Dreimal hintereinander setzt sie zum Sprechen an, macht den Mund aber jedes Mal wieder zu.

»Du bist wohl nicht ganz dicht«, sagt sie schließlich.

Oh weh.

»Wieso denn? Du gehst doch überhaupt kein Risiko ein, wenn du dich darauf einlässt, Lori. Du arbeitest ja trotzdem weiter als Barkeeperin bei Sal und bekommst dein regelmäßiges Gehalt. Das Gute daran ist, dass du auf diese Weise auch weiterhin jeden Abend bei den Auftritten der Jungs dabei sein kannst, ohne dass sie dich dafür bezahlen müssen. Und in deiner Freizeit gehst du einfach auf die Suche nach Kneipen und Klubs und versuchst, dort Engagements für sie zu bekommen. Dann brauchen sie sonntags nicht mehr auf Hochzeiten oder Bar Mitzwas zu spielen. Sie haben eine CD aufgenommen, mit deren Hilfe du sie promoten kannst. Nebenbei fängst du an zu recherchieren, was für Bandwettbewerbe in diesem Sommer stattfinden. Du meldest sie dort an, trägst dich als ihre Agentin ein – und das war's auch schon. Und sobald es mit den Jungs aufwärtsgeht, kannst du dir immer noch überlegen, ob du weiter bei Sal an der Bar arbeiten willst oder nicht. Das wäre eine echte Win-win-Situation für alle Beteiligten.« Ich lehne mich zurück und warte ab.

»Hast du schon mit den Jungs darüber gesprochen?«

Ich nicke. »Sie waren alle dafür.«

»Alle?« Sie verschränkt die Arme vor der Brust und wartet darauf, dass ich meine Lüge eingestehe. Aber ich lüge ja gar nicht. Ich verrate ihr nur nicht, dass wir Matt mehr oder weniger zum Jasagen gezwungen haben.

»Ja, alle, auch Matt. Sie finden die Idee ganz hervorragend. Nimm doch Alisa mit. Die würde dir bestimmt gern bei der Suche nach Lokalen helfen, in denen die Jungs auftreten können. Auf diese Weise könnte sie mehr Zeit mit Logan verbringen und ihm gleichzeitig bei der Verwirklichung seines Traums helfen.«

Nach diesen Worten herrscht ein langes, quälendes Schweigen zwischen uns.

»Ich denk drüber nach«, sagt Laurie endlich.

Geschafft!

Kapitel 10
Jack

»Bitte, bitte … Oh ja … Ja, Jack … Ja …«

Sie liegt nackt auf meinem Bett und reckt mir die Hüften entgegen, während ich sie mit Fingern, Lippen und Zunge verwöhnen. Ihr langes, gewelltes Haar ist fächerförmig auf dem Kopfkissen ausgebreitet. Sie hat einen wunderschönen Körper. Bei jedem Atemzug hebt sich ihre Brust, während ihr Unterleib sich vor lauter Ekstase hin und her windet. Ich greife nach ihr, um sie zum Stillhalten zu zwingen. Die Haut an der Innenseite ihrer Schenkel fühlt sich seidenweich an.

»Bitte, Jack, nicht aufhören.«

Ich beuge mich wieder nach unten, um sie noch mal zu schmecken, wobei sie ein lautes Stöhnen von sich gibt. Ihr lustvolles Stöhnen macht mich wahnsinnig.

Da klingelt es plötzlich. Was zum Teufel ist das?

Ich richte mich jäh in meinem Bett auf. Dabei kollidieren meine Oberschenkel schmerzhaft mit meinem Ständer, sodass ich mich sofort auf die Seite fallen lasse. Als mir klar wird, dass das Klingeln von meinem Telefon kommt, greife ich mit einer Hand nach dem Hörer, während ich mit der anderen meinen Schwanz umklammert halte. Es ist erst sechs Uhr.

Oh Mann, ist das früh … Viel zu früh.

Den Idioten, der mich um die Zeit anruft, bringe ich um.

»Ach, hallo, Hunter. Was ist denn los? Warum rufst du an?«

»Ist Rachel bei dir? Amanda ist immer noch hier. Sie versucht, Rachel zu erreichen, aber die hebt nicht ab.«

Oh, Scheiße … Rachel.

»Äh … nein. Ich hab ihr gestern Abend ein Taxi gerufen. Eigentlich sollte ich Amanda Bescheid sagen. Tut mir leid.« Verdammt, das habe ich völlig vergessen.

»Ah ja. Okay. Ich sag's ihr.«

»Ach, übrigens, Hunt, kannst du mich anrufen, wenn Amanda weg ist?«

Ich brauche dringend einen Kaffee, will ihr aber nicht über den Weg laufen. Sobald sie verschwunden ist, werde ich mir gleich mehrere Liter Kaffee kochen.

Ich lege mich wieder hin und schließe die Augen, um den Traum, den ich gerade hatte, noch einmal vor meinem inneren Auge ablaufen zu lassen. Also hat Miss Leila Marino mir heute Nacht wieder mal einen Besuch abgestattet. Ich hatte schon viele erotische Träume, aber keiner kam mir so real vor wie dieser.

Und er hätte bestimmt ein sehr glückliches Ende gefunden, wenn man mich nicht so grob aus dem Schlaf gerissen hätte. Stattdessen habe ich jetzt eine Morgenlatte.

Da klopft es an meiner Tür, und Hunter kommt reingeschlendert.

»Verdammt! Was soll denn das, du Idiot? Und wenn ich nun gerade beim Wichsen gewesen wäre? Ich hab gesagt, du sollst *anrufen* – nicht hier reingeplatzt kommen.« Ich habe überhaupt kein verdammtes Privatleben.

Er zuckt die Achseln und ignoriert meine Vorwürfe. »Mandi ist weg.«

»Mandi? Gebt ihr euch schon Kosenamen? Dann ist es wohl ganz gut gelaufen zwischen euch?«

»Ja, richtig gut.« Er grinst. »Ich mag sie. Wir haben geredet und geredet.«

»Geredet und geredet? Und dann?«

»Geredet und geredet. Natürlich haben wir auch ein bisschen miteinander geknutscht und rumgefummelt. Aber hauptsächlich haben wir geredet.«

Ich starre ihn an, als sei ihm ein zweiter Kopf gewachsen. »Willst du mich verarschen? Du bringst endlich mal ein Mädchen auf die Dachterrasse – und dann *redet* ihr nur? Dann war es also ganz umsonst, dass ich Rachel gestern Abend ertragen und sie daran gehindert habe, euch zu stören?« Ich fasse es einfach nicht. Aber ich weiß, dass er nicht schwul ist. Entweder ist er ein hoffnungsloser Romantiker oder ein völliger Schwachkopf.

»Wir hatten wirklich einen schönen Abend. Sie ist nicht weiter gegangen und ich auch nicht. Das ist so eine Art Test. Man sollte nie ein Mädchen heiraten, das sich gleich beim ersten Date ficken lässt«, erklärt er in so bedeutungsschwangerem Ton, als hätte er mir gerade ein Branchengeheimnis verraten.

»Also heiratest du sie jetzt?« Ich werfe die Arme hoch und werfe ihm einen empörten Blick zu. »Hoffentlich werdet ihr glücklich miteinander.« Hunter verdreht die Augen und verlässt mein Zimmer. Das einzig Gute an unserem Gespräch ist, dass ich jetzt keinen Ständer mehr habe. Die Lust ist mir vergangen

Als ich in die Küche komme, knallt Hunter auf der Suche nach seinen verdammten Fruit Loops eine Schranktür nach der anderen zu.

»Oh Mann. Geht's nicht noch lauter?«

»Was ist dir denn über die Leber gelaufen?«

Aus irgendeinem Grund nervt es mich wahnsinnig zu sehen, wie er am Spülstein steht und diese kindischen bunten Getreideringe isst.

»Gar nichts ist mir über die Leber gelaufen. Ich bin bloß wütend, weil du mich geweckt hast.« An dem Blick, den er mir zuwirft, sehe ich, dass er mir diese Ausrede nicht abkauft.

Er hat recht. In letzter Zeit habe ich wirklich eine beschissene Laune. Ich vergesse Hunter und gebe mich wieder der Erinnerung an meinen Traum hin, der in mir eine unwiderstehliche Sehnsucht danach weckt,

Leila zu sehen. Vielleicht kann ich Hunter dazu überreden, mit mir nach Hoboken zu fahren und mir diese Band mal anzuhören? Wir müssen Leila ja sowieso zu unserer Party einladen, also würden wir gleich zwei Fliegen mit einer Klappe schlagen. Ich wollte sowieso mal einen Auftritt ihrer Band erleben. Das hätten wir dann auch gleich abgehakt.

Wir schweigen uns ein paar Minuten lang an: Er starrt in seine Schüssel und mampft geräuschvoll seine blöden Fruit Loops in sich hinein, während ich meinen Kaffee trinke und einen Plan schmiede, wie es mir gelingen könnte, Leila zu sehen.

Okay, wie wäre es damit? »Ich wollte heute eigentlich nach Hoboken fahren und mir Leilas Band anhören. Ich will mal sehen, wie sie auf der Bühne wirkt. Kommst du mit?«, frage ich betont lässig.

Er hört auf zu essen und schaut mich an. »Wann?«

»Heute Abend. Bei der Gelegenheit können wir ihr auch gleich von der Party erzählen. Wir haben doch sowieso nichts anderes vor. Betrachte es einfach als Recherche.« Das klingt wirklich nach einer erbärmlichen Ausrede.

»Ja, da hast du recht. Aber glaubst du nicht, dass ihre Band sich darüber ärgert, wenn wir plötzlich da aufkreuzen?«

»Na und? Ist doch wurscht. Wir sind da, um unsere neue Backgroundsängerin bei der Arbeit zu sehen. Scheiß auf die Band.« In Wirklichkeit mache ich mir mehr Sorgen darüber, wie *Leila* reagiert, wenn wir plötzlich in dieser Kneipe auftauchen.

»Na schön«, stimmt Hunter achselzuckend zu. »Aber nur, wenn du fährst. Denn wenn ich schon mal nach New Jersey komme, will ich mich wenigstens so richtig volllaufen lassen.«

Kein Problem. Zum ersten Mal seit Tagen sehe ich das Leben in rosigen Farben. »Ich geh noch mal ins Bett, also komm nicht in mein Zimmer.« Vielleicht gelingt es mir ja, an diesen wunderbaren Traum von vorhin anzuknüpfen.

»Träum was Schönes«, sagt er mit einem anzüglichen Lächeln.

Ich glaube, der Scheißkerl ahnt was.

Kapitel 11

Leila

»Sie hat gesagt, sie will mit uns reden.« Verärgert schaue ich mich im Hinterzimmer des *Zone* um. In den letzten zehn Minuten haben mich schon drei der Jungs gefragt, ob Lori wohl Ja oder Nein sagen wird – und jedes Mal habe ich ihnen geantwortet, dass ich keine Ahnung habe.

»Wenn sie nicht will, würde sie es euch doch bestimmt sagen und nicht so ein Theater darum machen, oder?«

Ich liebe meine Jungs, aber manchmal sind sie schon ziemlich begriffsstutzig.

Als ich zum vierten Mal gefragt werde – diesmal von Logan –, zucke ich zum vierten Mal die Schultern und schaue ihn genervt an, mit einem Blick, der förmlich schreit: *»Ich weiß es nicht!«* Inzwischen ist es schon ein paar Tage her, seit ich Lori und den Jungs von meinem großartigen Plan erzählt habe. Seitdem hat Lori kein Wort mehr über dieses Thema verloren und tut so, als hätte ich es nie erwähnt. Alisa, die Bescheid weiß, weil Logan sie immer über alles informiert, hält es für eine prima Idee und würde Lori gern dabei unterstützen. Sie ist ganz aufgeregt und findet, dass man ihr unbedingt noch mal ins Gewissen reden sollte; aber ich habe mir fest vorgenommen, Geduld zu haben und Lori nicht zu beeinflussen. Alisa hat mir – wenn auch widerstrebend – zugestimmt.

Auch die Jungs haben versprochen, die Sache Lori gegenüber mit keinem Wort zu erwähnen und sie nicht zu einer Entscheidung zu drängen. Leider betrachten sie das offenbar als grünes Licht, um mir damit in den Ohren zu liegen.

Je länger sie darüber nachdachten, umso besser fanden sie die Idee. Bei Matt bin ich da zwar nicht so überzeugt; doch Logan hat mir versichert, dass er auch hinter dem Plan steht. Evan meint, Logan habe zugegeben, dass er Matt *geholfen* hat, die Vorteile meiner Idee zu erkennen. Ich will mir gar nicht vorstellen, wie er das angestellt haben könnte. Vermutlich hat er ihm den Arsch aufgerissen.

Joseph steht auf und fängt an, im Zimmer auf und ab zu tigern. »Wo zum Teufel steckt sie denn?«, fragt er.

Du meine Güte.

Endlich geht die Tür auf, und Lori kommt hereingeschneit. Sie wirkt ganz locker und entspannt und sieht umwerfend aus. Ihre Haare, die sie offen trägt, glänzen, und ihre smaragdgrünen Augen funkeln. In den hautengen Jeans und den unanständig hohen Absätzen kommen ihre Kurven so gut zur Geltung, dass wirklich nichts der Fantasie überlassen bleibt. Das schwarze T-Shirt mit dem Aufdruck »The Zone« spannt sich so eng um ihre prallen Brüste, dass sie gleich morgen als Kellnerin bei Hooters anfangen könnte.

»Hallo, Jungs. Wie geht's?« Sie macht es sich auf dem Stuhl bequem, von dem Joseph gerade aufgestanden ist. Doch die vier starren sie einfach nur an wie einen Alien und sagen kein Wort. Ich glaube, ich muss die Situation endlich mal in die Hand nehmen, denn die Jungs machen mich mit ihrer ständigen Fragerei allmählich so wahnsinnig, dass ich für nichts mehr garantieren kann.

»Die machen mich noch verrückt! Bitte sag uns endlich, was Sache ist, Lori«, flehe ich sie an und fasse nach ihrem Arm.

Obwohl Logan ein paar Meter von mir entfernt steht, glaube ich, sein Herzklopfen zu hören. Lori steht auf, legt die Hände auf den Tisch und betrachtet die vier der Reihe nach mit selbstzufriedenem

Lächeln – ein oscarreifer Auftritt, für den ich sie am liebsten umbringen würde.

»Also«, sagt sie großspurig, »ich habe mir Leilas Plan durch den Kopf gehen lassen. Obwohl ich glaube, dass man noch ein bisschen daran herumfeilen muss, finde ich, dass sie ein sehr kluges Mädchen ist. Niemand auf der Welt wäre besser für diesen Job geeignet als ich.« Sie und Matt würden tatsächlich hervorragend zusammenpassen.

Logan springt auf und umarmt sie. »Da hast du ganz recht, Lori. Du bringst genau die Fähigkeiten mit, die wir bei einer Agentin brauchen: Du bist intelligent, hartnäckig und knallhart – und hast mehr Mumm als jedes andere Mädchen.«

Lori strahlt und schaut nach Bestätigung suchend zu mir herüber. Ich nicke ihr ermutigend zu und lächle ebenfalls. Joseph und Evan gehen um den Tisch herum, um Lori zu umarmen, und sie erwidert ihre liebevolle Geste voller Begeisterung.

Doch dann senkt sich peinliches Schweigen über den Raum wie eine nasse Decke. Matt hat sich immer noch nicht vom Fleck gerührt und auch kein Wort gesagt. Ein paar quälend lange Sekunden vergehen, dann wirft Lori ihm einen scharfen Blick zu. »Und nun wollen wir über das eine Problem reden, über das ihr euch sicher alle Gedanken macht. Ich möchte es offen aussprechen, damit es keine Unklarheiten gibt«, sagt sie, durchbohrt ihn mit ihren smaragdgrünen Augen und verschränkt trotzig die Arme vor der Brust. Niemand sagt ein Wort; wir starren Lori nur entsetzt an, weil sie es tatsächlich wagt, dieses Thema zur Sprache zu bringen.

»Matt, ich weiß, dass wir beide ein paar …« – sie macht eine Pause, schaut nachdenklich an die Decke und richtet ihren Blick dann wieder auf ihn – »… sagen wir, Differenzen hatten? Damit ist es jetzt vorbei. Nun, da ich beschlossen habe, eure Agentin zu sein, kommt es mir nur noch auf das Endergebnis an. Ich habe beschlossen, meinen Erfolg und den eurer Band nicht aufs Spiel zu setzen. Mir ist klar geworden, dass du das einfach nicht wert bist.« Doch ihr zaghaftes Schulterzucken spricht eine andere Sprache als die Gefühle, die sich in ihren Augen widerspiegeln.

Matt und Lori starren sich feindselig an. Die peinliche Stille von vorhin war nichts im Vergleich zu der angespannten Atmosphäre, die jetzt in diesem Zimmer herrscht. Unsere Blicke wandern zwischen Lori und Matt hin und her, als verfolgten wir ein Tennisspiel.

Matt steht auf und verschränkt in Nachahmung von Loris Geste ebenfalls die Arme vor der Brust. Irgendwas stimmt hier nicht. Er wirkt gar nicht erleichtert und sieht nicht mal so aus, als akzeptiere er Loris Ankündigung. Ganz im Gegenteil: Er scheint ziemlich sprachlos zu sein. Ich beobachte ihn genau und spüre das Gefühl der Verwirrung, das in seinem Kopf tobt wie ein Tornado. Ich kenne diesen Mann wahrscheinlich besser als jeder andere in diesem Raum – einschließlich seines eigenen Bruders.

Und dann fällt es mir plötzlich wie Schuppen von den Augen. Ich glaube, Matt hat es ganz gut gefallen, dass Lori ihm in den letzten Jahren so nachgelaufen ist. Sein großspuriges Gehabe – als sei er der Größte, ein Geschenk Gottes an die Frauen … Jetzt ergibt das alles plötzlich einen Sinn. Lori, die um ihn herumscharwenzelte, war genau die richtige Kulisse für ihn.

Matt hat den großen Rockstar gespielt.

Ich hab die Schnauze wirklich gestrichen voll von diesem Scheißkerl.

Ich richte mein Augenmerk wieder auf Lori, die wie gelähmt dasteht. Entweder sieht sie ihn jetzt endlich so, wie er wirklich ist, oder das Ganze ist einfach nur ein raffinierter Plan, den sie sich ausgedacht hat. Wie auch immer – die beiden lassen sich nicht in die Karten schauen. Sie bluffen nur. Mir können sie nichts vormachen.

Endlich kneift Matt die Augen zusammen und gibt sich geschlagen. »Willkommen bei den Cliffhangers, Chefin.« Lori streckt die Hand aus, und Matt schüttelt sie langsam. Sie schauen sich in die Augen, als wollten sie sich gegenseitig herausfordern: »Das Spiel kann beginnen.«

Natürlich haben die Jungs von diesem Schlagabtausch nichts mitbekommen. Typisch Männer!

Dann stürmen sie mit Vorschlägen zu Festivals und Wettbewerben, an denen sie gern teilnehmen würden, auf Lori ein, und sie steuert Ideen dazu bei, wie ihre Band bekannter werden und sich ein besseres Image verschaffen könnte. Innerhalb von drei Minuten herrscht ein ohrenbetäubendes Stimmengewirr, und mir wird klar, dass sie und die Jungs hervorragend zusammenpassen.

Es ist ein ganz besonderer Augenblick für mich, meine alte Band und ihre neue Agentin bei diesem Gespräch zu beobachten. Ich weiß, dass sie sich gut um meine Jungs kümmern wird. Logan hat recht: Wenn Lori vor einer Herausforderung steht, kann sie tatsächlich knallhart sein.

Anscheinend hat keiner von ihnen mitbekommen, dass wir eigentlich schon seit fünf Minuten auf der Bühne stehen sollten. Sal wird bestimmt gleich reinkommen und fragen, warum wir so spät dran sind.

»Ähm… Ich unterbreche euch ja nur ungern bei diesem Fest der Liebe, Jungs, aber eigentlich hat unsere Show schon angefangen«, erinnere ich sie.

»Scheiß auf die Show. Heute wollen wir feiern«, sagt Joe, schaut sich herausfordernd im Zimmer um und grinst wie ein kleiner Junge in einem Süßwarenladen.

»Ab an die Arbeit!«, befiehlt Lori und zeigt auf die Tür.

Joe salutiert wie beim Militär, lacht und umarmt Lori. »Alles klar, Chefin.«

Dann marschieren die Cliffhangers der Reihe nach aus dem Zimmer wie brave Soldaten. Matt wirft Lori noch einen letzten Blick zu, bevor er den Raum verlässt.

Lori grinst.

»Was ist denn?«, frage ich.

Sie zuckt nur unschuldig die Achseln. »Nichts.«

»Das kannst du mir nicht vormachen.«

Ein paar Sekunden später zwinkert sie mir zu und bestätigt mich damit in meinem Verdacht.

Ich schaue sie prüfend an, während sie ihr undurchdringlichstes Pokerface aufsetzt. Leider habe ich keine Zeit, das jetzt mit ihr zu besprechen.

»Ich muss los. Danke.«

»Wofür? Eigentlich müsste *ich* mich bei dir bedanken. Du hattest recht. Die Jungs brauchen mich.«

»Das stimmt. Übrigens, noch was: Seit unserem letzten Gespräch hatte ich keine Gelegenheit mehr, dich genau über alles zu informieren. Ich habe den Jungs gesagt, dass sie sich einen Ersatz für mich suchen sollten; aber sie haben mir nur die Hölle heiß gemacht. Sie halten das für unnötig. Jetzt ist es deine Aufgabe, sie davon zu überzeugen.«

»Klar«, sagt sie ohne zu zögern. »Ich liebe dich, Leila, und ich weiß, dass es ihnen schwerfallen wird, jemanden zu finden, der so hervorragend zu ihnen passt wie du; aber du hast recht. Keine Sorge: Das ist der erste Punkt auf meiner Erledigungsliste.« Sie lehnt sich zu mir herüber und umarmt mich liebevoll.

»Ich weiß, dass du dich um meine Jungs kümmern und sie dahin bringen wirst, wo sie hinmüssen. Ich liebe dich auch«, murmle ich an ihre Schulter gelehnt, und meine Stimme bricht vor lauter Rührung.

»Immer mit der Ruhe, Lei. Du ziehst schließlich nicht in den Krieg«, lacht Lori und umarmt mich noch fester.

Als Alisa sieht, wie wir Arm in Arm in die Kneipe kommen, grinst sie von einem Ohr zum anderen.

»Weiß sie etwa Bescheid?«, fragt Lori sofort in vorwurfsvollem Ton.

Ups! Hoppla!

Die Hände in die Hüften gestemmt, kommt Alisa auf uns zugestürmt. »Und ob ich davon weiß. Logan hat mir alles erzählt. Ich brenne schon seit Tagen darauf, mit euch darüber zu reden. Mensch, ich wollte dich schon mindestens hundertmal darauf ansprechen, aber diese Frau hier ließ mich bei einem Stapel Bibeln schwören, kein Wort darüber zu verlieren. Hast du eine Ahnung, wie schwer es mir in den letzten Tagen gefallen ist, so zu tun, als sei nichts? Das war eine echte Qual für mich. Auch Logan hat mir streng verboten, die Sache zu erwähnen, und Evan ist mir auf Schritt und Tritt aus dem Weg gegangen, weil er sich nicht dauernd mein Geschimpfe darüber anhören wollte, wie unfair das ist. Vor lauter Stress hätte ich beinahe ein Magengeschwür gekriegt. Dafür seid ihr mich wirklich was schuldig. Ein Wellnesstag mit allem Drum und Dran ist das Mindeste – und natürlich steht mir auch ein Anteil vom Profit zu, wenn diese Mistkerle irgendwann mal ganz groß rauskommen.«

Als sie endlich eine Pause macht, um Luft zu holen, unterbreche ich sie in ihrer Schimpftirade: »Ich liebe dich, Lis. Natürlich hast du bei uns was gut. Ich weiß, wie schwer das für dich war. Ich wünschte, ich könnte noch ein bisschen dableiben und mit dir darüber reden, aber leider muss ich jetzt an die Arbeit.« Ich küsse sie auf die Wange und flüchte auf die Bühne. Zaghaft werfe ich einen Blick zurück und sehe, wie Lori mich mit Blicken durchbohrt. Kein Wunder – schließlich habe ich gerade eine meiner besten Freundinnen im Stich gelassen, die nun vier Stunden lang von meiner anderen besten Freundin zusammengeschissen wird und nirgends hinflüchten kann. Bestimmt bringt sie mich hinterher dafür um.

Evan wartet an meinem Keyboard auf mich. »Das war wirklich eine großartige Idee. Du bist einfach spitze, Lei.«

»Ich weiß.«

»Und so bescheiden.« Er küsst mich auf die Wange, schlendert auf seine Seite der Bühne und greift nach seiner Bassgitarre.

Ich sehe, wie Sal, der an der Theke steht, auf seine Armbanduhr zeigt. Hastig wendet Matt sich ans Publikum.

»Hallo, Hoboken. Tut mir leid, dass wir zu spät kommen. Aber wir werden es wiedergutmachen, das versprech ich euch!« Ein paar Mädels rufen ihm ziemlich vulgäre Vorschläge zu, wie diese Wiedergutmachung aussehen könnte, und Matt lacht gönnerhaft. Er sollte wirklich öfter mal lachen. Das sieht sehr sexy aus. Matt wirkt so geheimnisvoll mit all den vielen verschiedenen Facetten seiner Persönlichkeit. Er kann alles Mögliche sein – vom Arschloch bis zum Traummann.

Jetzt dreht Matt sich zu uns um, gibt uns den Einsatz, und wir fangen endlich mit unserem ersten Song an. Sal gibt sich große Mühe, verärgert auszusehen, aber es gelingt ihm nicht so recht.

Heute sind ziemlich viele Leute da, sodass die Mädels an der Bar jede Menge zu tun haben. Ich hoffe, das hält Alisa davon ab, Lori weiter Vorhaltungen zu machen. Doch als ich zu den beiden hinüberschaue, redet Alisa immer noch auf sie ein, und Lori verdreht immer noch theatralisch die Augen. Wahrscheinlich haben Lori und Alisa sich nach diesem Stress alle beide einen Wellnesstag verdient.

Und dann werde ich auf einmal sehr melancholisch. Immerhin war das alles hier in den letzten Jahren mein Leben. Ich habe viele Abende pro Woche mit dieser wunderbaren Band zusammen auf der Bühne gestanden, und die Mädchen, die an der Theke bedienen, waren meine besten Freundinnen. Mir wird klar, wie sehr ich das alles vermissen werde. Angesichts der vielen bittersüßen Ereignisse, die zurzeit in meinem Leben stattfinden, bildet sich ein Kloß in meinem Hals. *Bitter* finde ich das Ganze, weil dieses Kapitel meines Lebens sehr bald zu Ende sein wird. Das Wörtchen »Traurigkeit« wird meinen Gefühlen kaum gerecht. Und das *Süße* daran ist, dass ich einen Job als Backgroundsängerin bei einer sehr begabten Rockband ergattert habe und schon in ein paar Wochen anfangen werde, mir endlich meinen Traum zu erfüllen.

Langsam lasse ich meine Blicke durch den Raum schweifen, um mir jedes Detail genau einzuprägen: die Jungs auf der Bühne, meine beiden fleißigen Mädels an der Bar und Matt, der mir den Rücken zukehrt und das Publikum mit seiner aufreizenden Stimme verführt. Die abgenutzten Holzböden und Wände, den Ausblick von der Bühne in die schummerig beleuchteten Ecken, die Gesichter unserer Stammgäste. Ich will das alles genau in Erinnerung behalten.

Plötzlich geht die Kneipentür auf, sodass die Straßenlaternen von draußen den Raum vorübergehend erhellen. Das passiert so oft, dass es einen schon von der Arbeit ablenken kann. Ich werfe einen kurzen Blick zur Tür, wie ich es immer tue, und erstarre vor Schreck. Diese Körperhaltung kenne ich doch.

OH GOTT … Das ist Jack.

Vorsichtig beobachte ich ihn, wie er sich in der Kneipe umsieht, während er ein paar Schritte näher kommt. Sein Gesicht kann ich zwar immer noch nicht erkennen, aber ich bin ganz sicher, dass er es ist.

Vor lauter Nervosität fange ich an zu zittern – oder vielleicht auch, weil ich plötzlich so verdammt geil bin. Vermutlich ist es beides.

Jack lehnt sich zu seinem Freund hinüber und spricht mit ihm. Das Gesicht des anderen Mannes kann ich zwar auch nicht sehen, doch die Irokesenfrisur verrät mir, dass es Hunter ist. Sie gehen zu einem leeren Tisch rechts neben der Bühne – genau da, wo ich stehe. Jack setzt sich auf den Platz direkt mir gegenüber, Hunter lässt sich neben ihm nieder. Dieser Tisch steht unter den in die Decke eingelassenen Lampen und bietet somit jedem weiblichen Wesen in der Bar einen ungehinderten Blick auf Jacks wunderschönes Gesicht – auch mir. Wenigstens ein Vorteil …

Kelly, eine unserer Kellnerinnen, plaudert gerade an einem anderen Tisch mit den Gästen und verspricht, dass sie gleich kommen wird, um ihre Bestellung aufzunehmen. Ein Blick auf Mr. Sexgott genügt, und schon fällt ihr die Kinnlade runter und bietet einen ziemlich unvorteilhaften Blick in ihren offenen Mund.

Lori und Alisa bedienen an entgegengesetzten Seiten des Lokals. Lori entdeckt Jack zuerst, dann fällt Alisas Blick auf ihn. Beide bleiben wie angewurzelt stehen und sind so fassungslos, dass es ihnen die Sprache verschlägt. Sie sehen ihn eindeutig zum ersten Mal.

Alle Frauen in der Kneipe starren ihn an, und er merkt es entweder nicht, oder es ist ihm scheißegal. Aber Matt scheint etwas zu spüren. Er dreht den Kopf zu Jack hinüber – wahrscheinlich, weil ihm auffällt, dass plötzlich nicht mehr die Blicke aller Frauen auf ihn gerichtet sind.

Ich spüre, wie Jack mich anstarrt, und komme mir vor wie unter Supermans Röntgenblick. Aber ich beschließe, meinen Kopf gesenkt zu halten, um nicht in diese faszinierenden Augen schauen zu müssen – denn wenn ich jetzt Blickkontakt mit ihm aufnehme, bin ich verloren. Ich spüre, wie er jede meiner Bewegungen mit seinen Blicken verfolgt. Das raubt mir den letzten Nerv. Ich habe schon ganz weiche Knie, meine Hände zittern, und ich bin mir ziemlich sicher, dass mir der Schweiß in Strömen den Rücken runterläuft – wirklich eine lächerliche Reaktion auf jemanden, den ich kaum kenne.

Obwohl mir bisher jedes Mal der Atem stockte, wenn ich ihn sah, reagiere ich heute Abend ganz anders. Meine jetzige Nervosität ist wohl darauf zurückzuführen, dass er hergekommen ist, um abzuchecken, wie ich auf der Bühne wirke. Was ist, wenn mein Auftritt ihm nicht gefällt?

Ich zittere und schwitze weiter, bis der letzte Song vor unserer Pause beginnt: ein Duett zwischen Matt und mir, bei dem wir beide in ein Mikrofon singen.

Dazu muss ich quer über die Bühne zu ihm rübergehen. Ich bete darum, dass ich dabei nicht hinfalle, mir in die Hosen mache oder kotzen muss. Eigentlich sollte ich jetzt schon neben Matt stehen, statt immer noch wie festgeklebt an meinen Keyboards zu hocken.

Zehn Sekunden nach Beginn des Songs wirft Evan mir einen *»Was zum Teufel soll denn das?«*-Blick zu.

Zwanzig Sekunden nach Beginn des Songs wirft Matt mir einen *»Komm doch endlich her, verdammte Scheiße!«*-Blick zu.

Ich schaue rasch zu Jack hinüber. Er lehnt sich – die Ellbogen auf die Knie aufgestützt – neugierig vor, als warte er auf die Aufklärung eines Kneipenkrimis. Kann es noch peinlicher werden?

Mein Gehirn fängt an, meinem Körper Befehle zuzubrüllen wie ein Offizier bei einer Drillübung. *SETZ'ENDLICH DEINEN ARSCH IN BEWEGUNG UND SING, SOLDAT!*

Ich hole einmal tief Luft, drehe mich um und mache mich so graziös, wie es unter den gegebenen Umständen möglich ist, auf meinen peinlichen, beschämenden Weg zu Matt hinüber, wobei ich seinen bösen Blick ignoriere. Beim Chor setze ich mit meiner Stimme ein und hoffe, alle Leute im Publikum glauben, das sei so geplant gewesen.

Wie von einer höheren Macht gesteuert, beginne ich, die Rolle der Rocksängerin jetzt ein bisschen überzeugender zu spielen. Mit verführerischer Reibeisenstimme singe ich die Lyrics und lege meine Hand dabei auf die von Matt, die den Mikrofonständer umklammert. Bei meiner Berührung weiten seine Augen sich ein bisschen, und allmählich breitet sich ein Lächeln auf seinem hübschen Gesicht aus.

Ich schiebe mich noch näher an Matt heran, sodass wir jetzt nur noch etwa zehn Zentimeter voneinander entfernt stehen, schließe die Augen und bilde mir ein, diesen Song zusammen mit Jack zu singen – eine atemberaubende Vorstellung. Jacks Gesicht ist so nah an meinem, dass ich seinen Atem spüren kann. Ich möchte seine Lippen auf meinem Mund spüren und lehne mich spontan zu Matt hinüber, während wir uns gegenseitig mit den Lyrics verführen.

Ich versinke völlig in diesem Tagtraum, der sich vor meinem inneren Auge entfaltet, bis der Applaus des Publikums mich jäh wieder in die Realität zurückholt. So einen tosenden Beifall habe ich noch nie erlebt. Die Pfiffe sind ohrenbetäubend!

Trotz der begeisterten Reaktion der Zuhörer habe ich das Gefühl – oder *weiß* eigentlich –, dass ich mich gerade eben total zum Narren gemacht habe. Evan, Joseph und Logan sind starr vor Schreck, während Matt vor sich hingrinst wie ein Idiot. Dann schüttelt er den Kopf und kündigt an, dass wir jetzt eine kurze Pause machen.

Mit dem sehnsüchtigen Wunsch, vom Bühnenboden verschluckt zu werden, gehe ich wieder zu meinen Keyboards rüber und traue mich nicht, meinen Jungs in die Augen zu schauen. Als Evan mir laut ins Ohr blafft: »Was zum Teufel sollte DAS denn?!«, zucke ich erschrocken zusammen.

Natürlich könnte ich mir jetzt irgendeine Lüge ausdenken, aber das hätte keinen Sinn. Dazu kennt Evan mich viel zu gut. »Er ist hier. Jack und Hunter – sie sind beide hier«, flüsterte ich verzweifelt. Evan will sich nach den beiden umwenden, doch ich fasse nach seinem Gesicht und zwinge ihn, geradeaus zu schauen. »Wenn du dich jetzt umdrehst, bring ich dich um!«

Er lacht. »Hast du diese kleine Show seinetwegen abgezogen?«

Ich kneife die Augen zusammen. »Keine Ahnung. Ich weiß auch nicht, was über mich gekommen ist.«

»Was regst du dich denn so auf? Er ist hergekommen, um dich auf der Bühne zu sehen – na und? Allmählich musst du dich an seine Gegenwart gewöhnen.«

»Ja, aber nicht heute Abend und *nicht* in meiner Kneipe!«

Evan wirft mir einen Blick zu. »Sei doch nicht so albern, Lei.«

»Er macht mich so nervös.«

»Das musst du überwinden. Wahrscheinlich siehst du ihn nicht als deinen Bandkollegen, sondern als eine Art Prominenten. Aber er ist doch bloß ein junger Mann, Leila, so wie ich.«

»Tja, das ist nun mal das Problem: Für mich ist er mein Chef. Und was ist, wenn mein Auftritt meinem CHEF nicht gefällt?«

»Das ist noch alberner.«

Ich seufze. »Na gut«, flüsterte ich durch meine zusammengebissenen Zähne. Dann packe ich mit festem Griff seine Hand und zerre ihn von der Bühne.

»Deine Hand ist ja ganz nass geschwitzt.«

»Halt die Klappe!«

Matt, Logan und Joseph steuern – wie immer in der Pause – sofort auf die Theke zu. »Wenn ihr euer Bier habt, kommt bitte zu mir rüber, Jungs. Ich will euch meine neuen Bandkollegen vorstellen.«

Joe dreht sich um, um zu sehen, von wem ich spreche. Schon nach einem Blick auf Jack kennt er den Grund für meinen ungewohnten Sexappeal auf der Bühne. Mit breitem Grinsen geht er rückwärts zur Theke und macht dabei obszöne Bewegungen mit den Hüften. Blödmann.

Auch Matt weiß inzwischen, was los ist, und scheint stinksauer zu sein.

Ich ignoriere ihn, gehe an Jacks Tisch und merke gar nicht, dass ich dabei immer noch Evans Hand umklammert halte wie mit einem Schraubstock. »Aua.«

»Hi. Was führt euch nach Hoboken?«

Hunter lächelt mich herzlich an. »Hey, Leila. Wir wollten euch mal auf der Bühne sehen. Du hast wirklich toll geklungen da oben. Vor allem der letzte Song hat mir gefallen.«

»Danke, Hunter.«

Dann wende ich mich Jack zu, verliere mich in seinen rauchgrauen Augen, und ein seltsames Rauschen breitet sich in meinem Kopf aus. Die Zeit scheint stillzustehen, als wir uns unverwandt ansehen.

Evan versucht, meine Aufmerksamkeit auf sich zu lenken, indem er meine Hand drückt; doch es gelingt ihm nicht. Ich bin wie in Trance. Zum Glück übernimmt er jetzt die Regie.

»Ich bin Evan Miller.« Er schüttelt zuerst Hunter und dann Jack die Hand. Jack wirft einen kurzen Blick auf unsere ineinander verschränkten Hände.

Dann senkt sich lähmendes Schweigen über diese drei großartigen Männer und mich. Jack spricht als Erster wieder und richtet das Wort an Evan. »Ihr habt einen tollen Sound.«

»Danke. Ich hab euch auch schon spielen hören. Herzlichen Glückwunsch zu eurem Erfolg – den habt ihr euch wirklich verdient!«

Bei Evans Kompliment huscht ein schnelles, schüchternes Lächeln über Jacks und Hunters Gesicht. Mir schwillt das Herz vor Stolz über Evan. Er ist wirklich Herr der Lage.

»Von deiner Stimme kann ich nie genug kriegen; aber jetzt habe ich auch eine Vorstellung davon, wie du auf der Bühne wirkst, Leila. Das war wirklich scharf. Du weißt, wie man ein Publikum mitreißt.«

Was???

Jetzt sind plötzlich alle Blicke auf mich gerichtet.

»Äh … danke?«

Jack lacht. »Das sollte ein Kompliment sein«, erklärt er.

Mein Auftritt hat ihm gefallen? Und nicht nur das – er fand ihn sogar scharf? Es gibt nichts Schärferes, als wenn Jack Lair einem erklärt, dass er etwas scharf findet.

Evan drückt meine Hand so fest, dass ich zusammenzucke und den Blickkontakt abbreche.

»Sie fühlt sich geehrt«, sagt er in meinem Namen. Meine Hand pocht unter Evans festem Griff. Ich starre ihn wütend an, und er zieht die Augenbrauen hoch. So führen wir eine hitzige Diskussion ohne Worte. *Er* ist der Meinung, dass ich mich wie eine Vollidiotin benehme, und *ich* habe das Gefühl, dass er alles dransetzt, mich zu blamieren.

»Ähm … Moment, ich stell euch auch noch die anderen Jungs aus meiner Band vor«, sage ich in dem erbärmlichen Versuch, die peinliche stumme Auseinandersetzung zwischen Evan und mir vor Jack zu verbergen. Ich reibe mir meine immer noch schmerzende Hand und winke meine Bandkollegen herüber. Gute Idee! Je mehr Leute ihn von meinem absurden Benehmen ablenken, umso besser.

Evan übernimmt die Vorstellung, da ich beim besten Willen zu nichts mehr zu gebrauchen bin. Joe und Logan ziehen sich Stühle von einem Nachbartisch heran. Keinem von ihnen fällt es schwer, mit Jack ins Gespräch zu kommen – außer Matt, der stumm dasitzt.

Jack wendet sich ihm zu. »Du hast eine tolle Stimme«, sagt er.

»Danke«, erwidert Matt.

Danach herrscht wieder Schweigen.

Matt sitzt da wie ein Klotz und beteiligt sich nicht an unserem Gespräch. Hin und wieder nippt er gelangweilt an seinem Bier. Der Traummann ist von der Bildfläche verschwunden, und das Arschloch ist wieder da. Doch trotz seines eifersüchtigen Vor-sich-hin-Brütens diskutieren die anderen lebhaft über ihre Musik und ihre Zukunftspläne.

Kelly kommt mit einem großen Krug Bier zu uns herüberstolziert und wirft Jack ein honigsüßes Lächeln zu. Ich habe sie noch nie zuvor so mit den Hüften wackeln sehen. »Das Bier geht auf uns Mädels. Ich bin Kelly.« Sie streckt erst Jack und dann Hunter ihre Hand entgegen und ist geschickt genug, den Jungs eine Runde Bier einzuschenken und ihre Blicke dabei gleichzeitig pausenlos auf Jack ruhen zu lassen. Eine beachtliche Leistung.

Jack wirkt verwirrt. »Welche Mädels?«

Ich zeige auf die Theke und beantworte seine Frage. »Alisa und Lori arbeiten an der Bar und sind gute Freunde von uns.«

Er dreht sich zu ihnen um, und wie durch einen Zaubertrick fällt beiden gleichzeitig die Kinnlade herunter. Sicherlich ziehen sich auch bei ihnen jetzt die Muskeln in ihrem Unterleib zusammen. Jack hebt sein Glas und nickt den beiden zu, um sich für das Bier zu bedanken. Logan zieht die Augenbrauen hoch, als er Alisas Reaktion bemerkt.

Als Jack sich wieder abgewendet hat, umklammert Lori mit den Händen die Theke und formt mit den Lippen stumm die Worte: »OH GOTT!« Wie widerwärtig.

Alisa zeigt mehr Format: Sie widmet sich wieder ihrer Aufgabe als Barkeeperin und wirft dabei hin und wieder einen nervösen Seitenblick auf Logan.

»Das ist wirklich sehr nett von Ihnen. Danke, Kelly«, sagt Hunter.

»Gern geschehen.« Kelly geht zum nächsten Tisch, und ich könnte schwören, dass sie beim Weggehen mit dem Hintern Jacks Arm gestreift hat.

Oh Mann.

Die Jungs trinken ihr Bier und plaudern so ungezwungen miteinander, als würden sie sich schon seit Jahren kennen. Während Jack sich mit Evan über seine Tournee unterhält, wandert sein Blick immer wieder zu mir herüber – und er ertappt mich jedes Mal dabei, wie ich ihn anstarre. Aber ich lasse mich nicht beirren und starre trotzdem weiter. Es ist faszinierend zu beobachten, wie er sich mit meinen besten Freunden unterhält und begeistert von seiner Musik erzählt.

Dann reißt Lori, die mir mit den Armen vor dem Gesicht herumwedelt wie ein Fluglotse, mich aus meiner Trance. »Ähm … Ich bin sicher, die Mädels wollen euch kennenlernen. Wenn ihr wollt, mach ich euch miteinander bekannt.«

Jack dreht sich um, und Lori winkt ihm zu. »Klingt gut.«

»Bis später, Jungs«, sagt Evan und steht auf. »Bleibt ihr nach der Show noch ein bisschen da?«

Hunter nickt. »Klar.«

»Cool.« Evan und Joe steuern auf das Hinterzimmer zu, während Logan und Matt noch ein paar Sekunden länger dableiben.

Matt erhebt sich halb von seinem Platz, um den beiden zu folgen, hält aber dann plötzlich inne, als sei ihm im letzten Moment noch etwas eingefallen. Er wirft zuerst mir und dann Jack einen Blick zu. »Passt gut auf sie auf«, sagt er mit einer leisen Drohung in der Stimme.

Jack nimmt die Herausforderung an. »Das haben wir vor«, erwidert er.

»Hast du einen Dachschaden?«, frage ich, entsetzt über seine Bemerkung. Doch Matt klopft mir nur auf die Schulter und geht weg.

Ich werfe Logan einen Blick zu und bringe nochmals mein Entsetzen zum Ausdruck. »Im Ernst: Hat er einen Dachschaden?«

»Nö, aber vielleicht wird ihm jetzt allmählich klar, dass du bald nicht mehr da sein wirst.« Logan zuckt die Schultern. »Lass uns mal zu unseren reizenden Barkeeperinnen rübergehen«, sagt er und durchbohrt die reizende Barkeeperin, mit der er befreundet ist, mit wütenden Blicken.

Als die Mädels uns kommen sehen, versteckt Alisa sich hinter Lori, um Logans Blick auszuweichen, während Lori ihre Titten zurechtschiebt und ihre Haare schüttelt.

»Hallo, Mädels, das sind Jack und Hunter. Sie spielen beide bei Devil's Lair. Hey Jungs, das sind Alisa und Lori, zwei meiner besten Freundinnen. Sie mixen einen tollen Margarita.«

Alisa stellt sich den beiden als Logans Freundin vor in der Hoffnung, ihren ungnädigen Freund wieder zu versöhnen. Lori schüttelt ihnen die Hände und setzt hinzu: »Die Arbeit an der Bar ist nur ein kleiner Nebenjob. Ich bin auch die Agentin der Cliffhangers.«

Oh Gott.

»Hi, Mädels, schön, euch kennenzulernen.« Jack verzaubert sie mit seinem umwerfenden Lächeln.

All meine Hoffnungen, Lori und Hunter miteinander zu verkuppeln, lösen sich schlagartig in Nichts auf. Bisher ist Hunter ihr noch nicht mal aufgefallen, weil sie ihren Blick keine Sekunde lang von Jack abwenden konnte. Ihr fallen fast die Augen aus dem Kopf.

Verdammt!

»Du bist wirklich der Hammer«, sagt Lori und wirft ihm einen verträumten Blick zu. »Du auch, Hunter«, setzt sie im Nachhinein noch hinzu.

Jack wirft mir einen amüsierten Seitenblick zu, bevor er antwortet. »Danke für die Blumen. Ihr Mädels seid auch nicht so übel.« Bei diesen Worten kichert Lori wie ein Schulmädchen und wirft ihre Haare nach hinten.

Um Himmels willen.

Ich habe genug von diesem Getue.

»Tja, dann ... Ich muss wieder an die Arbeit«, verkünde ich und wende mich zum Gehen, doch Jack hält mich am Ellbogen fest. »Warte.« Dann stößt er nervös hervor: »Äh ... Wir geben am Samstagabend eine Party bei uns zu Hause. Tja ... und ... Wir würden uns freuen, wenn ihr auch kommen könntet. Vielleicht bringt ihr auch die Jungs von der Band mit?« Komisch. Normalerweise ist Jack nicht nervös. Ihm ist eindeutig nicht wohl in seiner Haut. Aber warum lädt er uns dann überhaupt ein?

Obwohl Jack eigentlich *mich* angesprochen hat, nickt Lori mit dem Kopf wie ein Wackeldackel und antwortet für uns alle. »Das lassen wir uns natürlich nicht entgehen.«

Was als Nächstes passiert, kann ich nur noch fassungslos mit ansehen, als beobachtete ich einen Autounfall in Zeitlupentempo. Lori schmachtet Jack mit großen »Lori steht total auf dich«-Kuhaugen an. Jack schenkt Lori sein GU-Lächeln. Lori fächelt sich mit der Hand Luft zu und zwinkert ihm zu. Jack lacht wieder. Lori klimpert mit den Wimpern.

Igitt. Mir ist schon ganz schlecht von dieser Balzerei.

Moment mal. Vielleicht hat er erst in letzter Minute beschlossen, uns zu dieser Party einzuladen, nachdem er Lori gesehen hatte? Und dass er mich auch mit eingeladen hat, war womöglich nur ein Vorwand? Verdammt noch mal … *DAMIT* hatte ich nicht gerechnet.

»Wir müssen wieder auf die Bühne, Lei«, sagt Logan mit einem scharfen Unterton in der Stimme. Bevor er hinübergeht, lehnt er sich über die Theke und flüstert Alisa etwas ins Ohr. Sie reagiert wie ein kleines Kind, das ausgeschimpft wird, weil es ungezogen war. Das passt gar nicht zu Logan. Normalerweise neigt er nicht zu Eifersucht. Offenbar bringt Jack in den meisten Männern die negativsten Seiten zum Vorschein, während die meisten Frauen ihn lustvoll anzuschmachten scheinen.

»Ich muss jetzt los. Bis später«, entschuldige ich mich und folge Logan auf die Bühne, wo Evan, Matt und Joe schon auf uns warten.

Während des zweiten Teils unserer Show quäle ich mich weiterhin damit, das flirtende Duo zu beobachten. Hunter hat sich wieder an seinen Tisch gesetzt und schreibt eine SMS. Das kann man ihm wirklich nicht verdenken, denn die Mädels haben ihn wie Luft behandelt. Außerdem hat er nicht so auf Lori reagiert wie die meisten Männer, wenn sie ihr zum ersten Mal begegnen. Zumindest nicht so, wie Jack momentan reagiert …

Jack und Lori setzen ihr Gespräch an der Bar fort, als existiere außer ihnen beiden niemand auf der Welt, und ich schmore auf der Bühne vor mich hin, obwohl es dafür eigentlich gar keinen logischen Grund gibt.

Matt schaut immer wieder zu den beiden herüber. Ob ihn das wohl auch stört? Immerhin ist er es gewöhnt, der bestaussehende Junge in dieser Kneipe zu sein. Und vermutlich ist er jetzt umso eifersüchtiger, weil Lori ihre Anbetung schlagartig von ihm auf Mr. Lair übertragen zu haben scheint. Gehört das zu ihrem Plan, oder hat sie sich tatsächlich so schnell über Matt hinweggetröstet? Anscheinend hat sie genau an dem Tag, an dem Jack Lair zum ersten Mal diese Kneipe betrat, beschlossen, Matt Rizzo zu vergessen. Komischer Zufall. Fast tut Matt mir ein bisschen leid.

Dann setzt Jack sich wieder an seinen Tisch, unterhält sich kurz mit Hunter, und beide schauen lächelnd zu Lori hinüber. Das treibt mich zum Wahnsinn. Lori kommt mit zwei Gläsern Bier in der Hand an den Tisch der beiden und spielt jetzt die Rolle der Kellnerin.

Sie setzt sich neben Jack auf einen Stuhl, lehnt sich zu ihm hinüber und scheint ihm etwas ins Ohr zu flüstern.

Er lehnt sich ebenfalls zu ihr, flüstert zurück, und die beiden fangen an zu lachen.

Sie legt ihm die Hand auf den Arm.

Er grinst.

Sie steht wieder auf, beugt sich noch mal zu ihm herunter und sagt etwas.

Er nickt.

Sie schenkt den beiden ihr charmantestes Lächeln.

Sie winken ihr zu.

Lori schlendert wieder zurück an die Theke und sagt etwas zu Alisa.

Alisa antwortet.

Lori nickt begeistert.

Ich beobachte dieses Hin und Her von der Bühne aus und werde plötzlich zur Hyäne. Die eifersüchtigen Gedanken jagen sich nur so in meinem Kopf. Dabei kenne ich diesen Mann doch kaum – warum regt mich das nur so auf? Ich versuche, meine Gefühle zu analysieren und mir darüber klar zu werden, warum der Gedanke, dass Jack und Lori ein Paar werden könnten, mich so wahnsinnig macht.

Ich habe keine persönliche Beziehung zu Jack, und das soll auch so bleiben. Wir arbeiten zusammen. Er ist mein Chef, und damit hat sich's. Andererseits glaube ich nicht, dass ich es verkraften würde mitzuerleben, wie sich zwischen einer meiner besten Freundinnen und einem Mann, den ich eindeutig begehre, eine Romanze entspinnt. Es würde mir einfach zu wehtun mitanzusehen, wie die beiden sich ineinander verlieben.

Gegen Ende dieser langen, qualvollen Show habe ich Jack und Lori in Gedanken bereits miteinander verheiratet, und sie haben zweieinhalb Kinder, ein Häuschen auf dem Land, einen Hund und einen Minivan.

Wie jeden Abend springen die Jungs am Ende der Show förmlich von der Bühne und gehen schnurstracks an die Theke. Sie gönnen sich nach der Show immer eine Runde Tequila, aber ich trinke nie mit. Während sie nach rechts zur Theke abbiegen, gehe ich nach links in Richtung Hinterzimmer. Ich kämpfe gegen den Impuls an, mir meine Sachen zu holen und einfach durch die Hintertür zu verschwinden. Stattdessen setze ich ein fröhliches Gesicht auf und gehe – meine Jacke und meine Handtasche unter dem Arm – zurück in die Kneipe, um mich so schnell wie möglich zu verabschieden.

Wie erwartet trinken meine Jungs fröhlich ihren Feierabend-Tequila und laden Jack und Hunter zu ihrem heiligen Ritual ein. Auf dem Tablett stehen zwei einsame Schnapsgläser, eins davon soll vermutlich für mich sein. »Ich trinke keinen Schnaps«, wehre ich ab.

Lori verdreht die Augen. »Gott bewahre. Das ist meiner.« Sie nimmt sich den Tequila und reicht mir das zweite Gläschen, dessen Inhalt eine viel hellere Farbe hat als die anderen. »Das hier ist deins – Ginger Ale.« Matt, Lori und Joe lachen – wie immer auf meine Kosten. Sie hänseln mich jedes Mal gnadenlos damit, dass ich an unseren Showabenden keinen Alkohol trinke. Warum sollte das ausgerechnet heute Abend anders sein?

Es gibt nur einen Unterschied: Heute Abend bringe ich Lori um.

Evan kommt herüber und legt den Arm um meine Schulter. »Lasst Lei in Ruhe.«

Lori schenkt Evan ein honigsüßes Lächeln. »Willst du etwa zusammen mit Devil's Lair auf Tournee gehen, Ev – als Leilas Bodyguard?«

»Gar keine so schlechte Idee, Banzini. Hier wird's ziemlich langweilig sein, wenn Leila nicht mehr da ist. Wen wollt ihr denn dann in Zukunft veräppeln?«

Ich ignoriere Lori und Evan, wende meine Aufmerksamkeit Jack und Hunter zu und verdrehe die Augen. »Da seht ihr, was ich hier jeden Abend aushalten muss. Es war wirklich nett von euch, zu unserer Show zu kommen.« Dann wende ich mich wieder meinen lachenden Freunden zu und zeige ihnen den Mittelfinger. »Ich werde euch soooo vermissen.«

»Falls du kein Ginger Ale magst … Es gibt auch Apfelsaft«, provoziert Lori mich.

»Leck' mich, Banzini.«

»Mit Vergnügen, Marino. Bück dich.«

»Okay, Leute … Ich verschwinde.«

Evan küsst mich auf die Wange, während ich meinen hysterisch lachenden Freunden, denen es anscheinend einen diebischen Spaß macht, mich zu verarschen, den Rücken zukehre.

»Warte, Leila. Ich geb dir noch unsere Adresse«, ruft Jack und rennt mir hinterher.

»Ach ja … Okay.«

Ich speichere die Adresse, die er in mein Handy spricht. Wir stehen uns gegenüber, und ich fühle mich wieder von diesem unheimlichen Magnetfeld angezogen, das ihn zu umgeben scheint.

Danach herrscht peinliches Schweigen zwischen uns.

»Alles okay mit dir?«

»Ja, ich bin bloß müde.« Eine kleine Notlüge. Ich bin momentan einfach nicht in der Stimmung für Small Talk. Jack beobachtet mich ein paar Sekunden lang prüfend.

»Ähm … Okay, dann sehen wir uns also bei der Party, Leila?«

»Ja, bis dann. Tschüss, Jack.«

Jack kommt einen Schritt auf mich zu, sodass wir uns ganz nah gegenüberstehen. Mein Herz setzt einen Schlag aus, und dann noch einen. »Ich bin froh, dass wir heute gekommen sind. Deine Band ist wirklich gut. Dass du Talent hast, wusste ich ja schon; aber jetzt, wo ich dich mit deiner Band zusammen auf der Bühne gesehen habe, kommt es mir irgendwie so vor, als würden wir dich den Jungs wegschnappen.« Er sieht so aus, als wolle er noch etwas sagen, überlegt es sich dann aber doch anders.

Seine Nähe macht mich wahnsinnig.

Seine Worte verwirren mich.

Ich flüsterte ihm ein leises Dankeschön zu. Zu mehr bin ich nicht in der Lage.

»Also dann bis Sonntag.« Jack schaut mir direkt in die Augen, und ich stehe ganz im Bann seines Blicks. Bevor er geht, berührt er mich kurz an der Schulter. Atemlos schaue ich ihm nach und frage mich, ob er wohl hier warten wird, bis Loris Schicht vorbei ist.

Verdammt!

***

Was soll ich zu diesem blöden Ding anziehen? In der Hoffnung auf einen rettenden Geistesblitz starre ich in meinen Kleiderschrank. Allmählich wird es höchste Zeit, mich umzuziehen, wenn ich noch pünktlich zu der Party kommen will. Ich habe rumgetrödelt und drei Gläser Wein getrunken, was ein großer Fehler war, denn jetzt renne ich in leicht beschwipstem Zustand in meiner Wohnung rum, um mich für die Party fertig zu machen.

Evan und Lori müssen jeden Augenblick hier sein. Logan, Alisa, Joseph und Matt fahren getrennt von uns zu der Party. Ich wundere mich darüber, dass Matt überhaupt kommen will. Mein Bauchgefühl hatte mir eigentlich geraten, ihn wieder auszuladen; doch Evan hat mir versichert, dass Matt sich mustergültig benehmen wird. »Wir werden sehen«, hatte ich darauf skeptisch geantwortet.

Dann fängt meine Sprechanlage an zu summen, und ich kriege einen Megaschrecken.

»Ich brauche noch fünf Minuten«, rufe ich hinein und bin jetzt richtig in Panik. Jeans, T-Shirt, Mascara, Lippenstift, einen Spritzer Parfüm zwischen meine Brüste (keine Ahnung, warum – schließlich kommt ihnen heute Abend bestimmt keiner zu nahe)… Nach sieben Minuten bin ich fertig. Gar nicht so schlecht.

Ich hole einmal tief Luft und verlasse meine Wohnung.

Mich in Rekordzeit für die Party fertig zu machen hat mir einen richtigen Adrenalinstoß versetzt, sodass ich jetzt noch angetüdelter bin als vorher.

Auf dem Weg die Treppe hinunter überdenke ich meinen ursprünglichen Plan, Lori mit Hunter zu verkuppeln, noch einmal.

Vielleicht ist es ja doch noch nicht zu spät dafür?

Vielleicht fällt Lori heute Abend endlich auf, wie nett Hunter ist?

Und vielleicht entwickelt sie ja plötzlich eine heftige Allergie gegen Jack?

Evan und Lori sitzen im Auto und warten auf mich. Kaum habe ich mich auf den Rücksitz gequetscht, fängt Lori auch schon an zu reden wie ein Wasserfall.

»Was für eine Woche. Du bist ein Engel, Lei. Erst präsentierst du mir meinen Traumjob auf einem silbernen Tablett, und dann stellst du mich auch noch dem bestaussehenden Mann vor, den ich je gesehen habe. Und der lädt uns dann auch noch zu einer Party bei sich zu Hause ein. Das Leben ist wirklich schön.« Sie greift nach hinten und kneift mich vergnügt ins Knie.

Ich habe ein schlechtes Gewissen, weil ich so wütend auf sie war. Schließlich ist es nicht ihre Schuld, dass sie so unwiderstehlich auf Männer wirkt.

»Kannst du unterwegs bei einem Getränkemarkt anhalten, Evan? Ich möchte noch ein Mitbringsel für die Party kaufen.«

»Klar, Lei.«

Erschöpft lehne ich mich auf dem Rücksitz zurück. Das beruhigende Schaukeln des Autos macht mich plötzlich sehr müde.

Evan beobachtet mich im Rückspiegel. »Was ist denn los?«

»Gar nichts. Ich bin bloß ein bisschen beschwipst.«

»Beschwipst? *Du?* Wieso das denn?« Lori dreht sich um und wirft mir einen skeptischen Blick zu.

»Guck mich nicht so an. Ich bin halt ein bisschen nervös wegen heute Abend. Eigentlich wollte ich nur ein Gläschen Wein trinken, aber dann sind drei draus geworden.«

Evan und Lori werfen sich einen Blick zu; doch ich beschließe, ihn zu ignorieren. Schließlich sind die beiden nicht meine Eltern. Ich schließe die Augen und lasse meine Gedanken abschweifen. Plötzlich sehe ich Jacks Gesicht vor mir.

Diesmal dauert die Fahrt nach Brooklyn länger als sonst. Nach meinem kurzen Nickerchen und dem Zwischenstopp beim Getränkemarkt quälen wir uns durch den Verkehr in Manhattan. Über eine Stunde zu spät kommen wir bei Jack und Hunter an. Inzwischen bin ich zum Glück nicht mehr beschwipst. Den Geräuschen im vierten Stock nach zu urteilen ist die Party bereits in vollem Gang. Evan trägt die Kiste Bier nach oben, die er gemeinsam mit Lori gekauft hat, und ich bringe eine Flasche Tequila mit.

Scott macht auf und schaut ziemlich verwirrt drein, bis er mich hinter Evan und Lori entdeckt. »Hey, Leila. Schön, dass du kommen konntest.«

»Das hier sind Evan und Lori, Scott. Das ist Scott. Er spielt Gitarre bei Devil's Lair.«

Inzwischen hat uns auch Hunter entdeckt, der an der Tür steht. »Ihr habt es ja doch noch geschafft«, sagt er und kommt zu uns rüber. »Eure Freunde sind schon seit einer ganzen Weile da. Wir haben uns schon gewundert, wo ihr bleibt.« Er hält Händchen mit einer brünetten Schönheit, die hinter ihm steht und nur teilweise zu sehen ist. »Das ist Amanda«, stellt er sie uns vor.

Sie lächelt schüchtern und winkt uns zu.

Damit ist meine letzte Hoffnung, Lori mit Hunter zusammenzubringen, verpufft wie eine Rauchwolke.

»Ich bin Leila. Das sind Evan und Lori«, stelle ich vor, wende mich dann wieder Hunter zu und zucke die Schultern. »Tut mir leid, unterwegs war ziemlich viel Verkehr.«

Dann kommt Jack ins Zimmer, und ich bin sofort verwirrt. Als er uns sieht, kommt er herüber, um uns zu begrüßen. Er sieht aus wie ein Model. Mein Mund wird trocken. Lori neben mir fängt an zu stöhnen und leckt sich die Lippen, als wolle sie ihn zum Mittagessen vernaschen.

»Du hast es ja tatsächlich an einem Stück hierher geschafft, Leila«, neckt er mich.

»Ich bin nicht gefahren. Evan saß am Steuer«, entgegne ich abweisend. Evan wirft mir einen Blick zu.

»Dann haben wir das also dir zu verdanken, Evan«, meint Jack und boxt ihn in die Rippen.

»Anscheinend«, erwidert Evan mit säuerlichem Gesicht.

Jack umarmt erst Lori und dann mich. Oh Mann … Er riecht so gut. Und er fühlt sich noch viel besser an.

Während Jack und Evan über die Strecke diskutieren, die wir gefahren sind, lehnt Lori sich zu mir hinüber. »Er riecht so verdammt gut.«

Ich nicke mit einem schwachen Lächeln und frage mich, warum sie vor lauter Begeisterung noch keinen Ausschlag bekommen hat.

Gott verzeih mir.

Evan reicht Hunter die Kiste Bier, die er gekauft hat, und ich drücke Jack meine Flasche Tequila in die Hand. »Prima. Wir haben kaum noch Tequila. Danke, Leila. Komm, hol dir was zu trinken.«

Jack führt uns durch das kleine Apartment in die Küche. Außer meiner Band, den Mädchen und den Jungs von Devil's Lair ist auch Patti gekommen. Als sie mich sieht, winkt sie mir zu. Ich muss mich unbedingt noch bei ihr bedanken. Schließlich war es ihr Werk, dass ich jetzt zu Devil's Lair gehöre. Außerdem hängen auch noch die unheimliche Sally, Trey, ein paar hübsche Mädchen und einige andere Jungen, die ich nicht kenne, hier herum. Insgesamt drängeln sich ein paar Dutzend Leute in dem winzigen Apartment.

Auf der kleinen Küchentheke stehen Flaschen mit den verschiedensten alkoholischen Getränken.

Jack hilft uns bei der Auswahl unserer Drinks und nimmt sich ein Bier. Da ich keinen Weißwein sehe, entscheide ich mich für eine Diätcola mit Rum. Jack mixt mir einen ziemlich starken Drink. Beiläufig schnappe ich mir eine offene Dose Diätcola und schütte noch etwas Cola in mein Glas.

»Ich vertrage nicht viel Alkohol«, erkläre ich ihm schulterzuckend. »Normalerweise trinke ich nur billigen Weißwein.«

»Muss er unbedingt billig sein?«

»Ja, sonst finde ich ihn scheußlich.«

Jack lacht und streicht mir mit der Hand über den Rücken. Lori, die unser kleines Gespräch beobachtet hat, runzelt unwillkürlich die Stirn. Doch kurz darauf muss sie feststellen, dass ich ihr geringstes Problem bin: Während wir immer noch in der kleinen Küche herumstehen, tauchen wie aus dem Nichts heraus drei weitere Mädchen auf und umkreisen Jack wie Haie auf Robbenjagd. Lori steckt ihr Territorium ab, indem sie langsam herüberkommt und sich neben Jack stellt. Verdammt – sie zeigt sogar schon Revierverhalten! Ich schlendere aus der Küche und überlasse Jack seinen vier Schönheiten. Sollen sie den Kampf doch unter sich austragen.

Hunter steht eng umschlungen mit Amanda in einer Ecke, und die beiden flüstern sich etwas zu. Sie sind wirklich ein hübsches Paar: Hunter mit seiner blonden Irokesenfrisur und dem süßen Lächeln und Amanda mit ihren exotisch wirkenden langen Locken und warmen braunen Augen. Eigentlich passt er gar nicht zu Lori. Er ist viel zu lieb. Trey dürfte eher ihr Typ sein.

Moment mal … Das wäre doch eine Idee!

In der Hoffnung, mit meinem neuen Plan nicht zu spät zu kommen, schaue ich zu Lori hinüber, die immer noch wie angewurzelt neben Jack steht. Allerdings sind die anderen drei Mädchen inzwischen auch ein Stückchen näher an ihn herangerückt. Eine von ihnen durchbohrt Lori jedes Mal, wenn sie den Mund aufmacht, mit wütenden Blicken. Jack und Lori flirten unverhohlen miteinander, doch erstaunlicherweise verhält Jack sich dabei völlig passiv. Obwohl Lori jede Gelegenheit nutzt, um ihn anzufassen, bleibt er auf Distanz.

Wenigstens ein kleiner Hoffnungsschimmer.

Ich schaue mich nach Trey um und entdecke ihn in der gegenüberliegenden Ecke des Zimmers. Er beobachtet Lori und kann kaum die Augen von ihr abwenden. Warum ist mir diese Idee nicht schon viel eher gekommen? Trey ist genau ihr Typ: Er sieht aus wie ein finsterer Rocker, und bestimmt wird sie sich bis über beide Ohren in ihn verlieben, wenn sie ihm nur fünf Minuten lang ihre Aufmerksamkeit schenkt. Ich habe seit dem Tag, an dem wir uns kennenlernten, nicht mehr als zwei Worte mit Trey gewechselt, lasse mich dadurch aber nicht von meinem Plan abbringen.

Lässig gehe ich zu ihm hinüber, und er wendet sich mir höflich zu. »Na, wie gefällt's dir auf unserer Party, Leila?«

»Gut«, antworte ich lahm. Ich habe keine Ahnung, was ich mit diesem Mann reden soll. Wir stehen schweigend nebeneinander, und schon nach fünf Sekunden fange ich an, mich unwohl zu fühlen. Zum Glück fällt mir auf, dass Treys Blicke wieder auf Lori geheftet sind, und ich nutze die Gelegenheit. »Kennst du meine Freundin Lori schon?«

»Nein. Stell uns vor.« Das klingt eher wie ein Befehl als eine Bitte.

»Klar. Warte hier.« Ich gehe wieder in die Küche hinüber, wo Lori, Jack und seine drei Verehrerinnen Schnäpse in sich hineinkippen. Lori steht bei jeder Party immer sofort im Mittelpunkt, ohne etwas dafür tun zu müssen. Diese Frau lässt sich wirklich durch nichts einschüchtern. Es bringt sie nicht im Geringsten aus der Fassung, dass die anderen drei Mädchen mit ihr um Jacks Aufmerksamkeit wetteifern. So was ist ihr scheißegal.

Und sie sieht wirklich scharf aus mit ihrem schlichten roten Trägerkleidchen, den hohen Absätzen und dem kastanienbraunen Haar, das ihr bis zur Mitte des Rückens herabhängt. Lachend hält sie sich an Jacks Schulter fest und kippt noch einen Schnaps herunter. Sie ist eindeutig mehr als beschwipst. Ich muss unbedingt sofort eingreifen.

Ich lehne mich zu ihr hinüber und flüsterte ihr ins Ohr: »Ich möchte dir jemanden vorstellen.«

»Ach komm, trink doch auch einen Schnaps, Lei. Du kannst einen gebrauchen!« Mit belustigtem Blick hält Jack mir das Schnapsglas hin, das noch vor ein paar Sekunden seine eigenen Lippen berührt hat. Verdammt, ist das scharf.

»Ginger Ale haben wir leider nicht«, setzt er grinsend hinzu.

»Sehr witzig.« Mit einer schnellen, fließenden Bewegung nehme ich ihm das Schnapsglas aus der Hand, kippe den Inhalt in einem Zug herunter und gebe ihm das Glas zurück.

Puh, das brennt. Ich verabscheue Tequila. Wie kann man dieses Zeug nur so mühelos in sich hineinschütten?

Jack lacht über meinen Gesichtsausdruck. Als das Brennen aufhört, spüre ich, wie sich langsam ein warmes Gefühl in meiner Magengrube ausbreitet. Das fühlt sich gut an.

»Noch einen?«, fragt er, während er mir unverwandt in die Augen schaut. In Wirklichkeit will ich etwas ganz anderes: nach seinem Gesicht greifen und ihm meine Zunge in den Hals stecken. Ich muss wirklich unbedingt Sex haben, bevor ich anfange, mit ihm zusammenzuarbeiten, sonst werde ich womöglich wegen sexueller Belästigung verklagt.

»Nein, einer reicht. Ich muss dir Lori für eine Minute entführen. Wir kommen gleich wieder.«

Ich packe Lori am Arm und ziehe sie quer durchs Wohnzimmer. Sie protestiert so lange, bis wir direkt vor Trey zum Stehen kommen. Ihr Blick verschwimmt für eine Sekunde, dann breitet sich langsam ein Lächeln auf ihrem Gesicht aus.

»Lori, das ist Trey Taylor, der Bassgitarrist von Devil's Lair. Das hier ist meine Freundin Lori Banzini.« Die beiden schütteln sich die Hand, und dann passiert es: Sie checken sich gegenseitig ab, und Trey lächelt sogar.

Gewonnen!

Nachdem die beiden mich ein paar Minuten lang völlig ignoriert haben, entschuldige ich mich, schaue mich in dem Apartment um und überlege, wer von den Gästen wohl das geringste Übel für mich wäre. Alisa, Logan, Hunter, Amanda, Scott und Patti sitzen auf der Couch und unterhalten sich miteinander wie alte Freunde. Wahrscheinlich hat sich das so ergeben, weil sie die einzigen Paare auf dieser Party sind.

Joseph, Matt, die unheimliche Sally und ein paar Jungs sitzen am Tisch und spielen irgendein Trinkspiel. Joseph wirkt entspannt und scheint sich gut zu amüsieren. Sogar Matt lächelt.

Neben Evan steht eine hübsche Blondine, die über jeden seiner Sätze lacht. Als er meinen Blick auf sich spürt, dreht er sich um und lächelt mir zu.

Die Einzigen, die ich nirgends sehe, sind Jack und die Blondine, die Lori vorhin mit Blicken durchbohrt hat. Da ich mich irgendwie unwohl fühle, schlendere ich zu der provisorischen Theke hinüber, um mir noch einen Drink zu holen. Anscheinend bin ich hier die Einzige, die noch nicht beschwipst ist.

Während ich mir wieder einen Drink aus Rum und Diätcola mixe, spüre ich jemandes Atem an meinem Ohr.

»Gefällt's dir?«

Erschrocken fahre ich herum und verschütte dabei – ungeschickt, wie ich bin – die Hälfte meines Drinks. »Habe ich dich erschreckt?«, fragt Jack mit einem leisen Lachen.

»Ja«, antworte ich wahrheitsgemäß. Er hat mich tatsächlich erschreckt – und tut es noch immer.

Er greift nach einer Rolle Papiertücher und bückt sich, um die Pfütze vom Boden wegzuputzen.

»Tut mir wirklich leid.«

»Sei nicht albern. Das macht doch nichts.« Er richtet sich wieder auf und schnappt sich eine halbvolle Flasche Tequila. »Darf ich dir etwas zeigen?«

Ganz in seinem Bann, nicke ich mechanisch. Ich zweifle nicht daran, dass ich ihm überallhin folgen würde – selbst in die Hölle. Jack führt mich in den Flur und dann eine kleine Treppe hinauf. Als er im Begriff ist, die Tür aufzumachen, dreht er sich zu mir um, und mir fällt auf, dass sein Blick ein bisschen verschwommen ist.

Scheiße. Ist er etwa betrunken?

Das könnte ein Riesenfehler sein. Betrunkener Jack und geile Leila … Oh weh.

Er öffnet die Tür, und vor mir liegt eine wunderschöne Dachterrasse. Der Anblick verschlägt mir den Atem. Jack lächelt über meine Reaktion. Außen herum hängen lauter kleine Weihnachtslämpchen. Auf der Terrasse stehen ein paar Plastiktische und Stühle. An einer überdachten Stelle an der Wand lehnt ein billiges Kunstledersofa.

»Wow, Jack, das ist ja unglaublich. Wenn ich hier wohnen würde, säße ich ständig hier oben.«

»Ich bin oft hier. Ich komme gern hier rauf, um Gitarre zu spielen. Das inspiriert mich. Viele meiner Songs sind hier oben entstanden.«

»Warum findet die Party denn dann nicht hier statt?«

»Schschsch… Das ist mein Geheimnis. Ich weiß nicht mal, ob wir überhaupt hier raufdürfen. Niemand in dem Haus weiß etwas von dieser Dachterrasse oder benutzt sie, also habe ich sie zu meinem Eigentum erklärt.« Mit schalkhaftem Lächeln zeigt er auf das Sofa. »Willst du dich ein bisschen hinsetzen?«

Er begleitet mich zu der Couch und setzt sich dicht neben mich. Seine Nähe bringt mich so durcheinander, dass jeder Nerv in meinem Körper zu vibrieren scheint. Wir sitzen nebeneinander und genießen die kühle Nachtluft und den atemberaubenden Ausblick.

»Deine Show hat mir wirklich gefallen. Deine Band ist sehr begabt.«

»Danke. Es ist schön, das von jemandem zu hören, der nicht in Hoboken wohnt. Manchmal vergessen wir, dass es da draußen außer unserer kleinen Stadt noch eine ganze Welt gibt.«

»Das kann ich gut verstehen. Uns ging es früher genauso. Wir haben immer wieder in denselben Kneipen gespielt und dieselben Gesichter gesehen. Da wird man mit der Zeit ganz schön bequem und selbstzufrieden.«

»Na ja, für euch ist die Sache ja fantastisch gelaufen.«

»Für uns«, korrigiert er mich.

»Nein, für euch. Ich hatte doch nichts mit eurem Erfolg zu tun.«

»Wirst du aber in Zukunft. Wenn wir auf Tournee gehen und unsere Fans deine Stimme hören, bist du auch ein Teil unserer Erfolgsstory.«

Schweigend denke ich über seine Worte nach. Bin ich wirklich bereit dafür?

»Was ist eigentlich mit Matt los?« Seine Frage reißt mich aus meiner Träumerei.

»Heikles Thema?«

Also will Jack mit mir über Matt reden? Wieso denn das?

Ich lehne meinen Kopf an die Sofalehne und schaue zum Nachthimmel empor.

»Was mit Matt los ist? Hmmm … Das klingt wie eine Fangfrage.«

»Er scheint wütend auf die ganze Welt zu sein.« Jack hat ihn erst vor fünf Minuten kennengelernt und anscheinend trotzdem schon genau durchschaut.

»Tja, das könnte man so sagen. Zumindest manchmal. Aber er kann auch sehr charmant sein. Ich weiß auch nicht, was mit ihm los ist. Er ist genau das Gegenteil von seinem Bruder Logan.«

»Nachdem ich die beiden kennengelernt habe, kann ich mir kaum vorstellen, dass sie überhaupt miteinander verwandt sind.«

»Das ist tatsächlich schwer vorstellbar.« Ich vermeide Jacks Blick und starre weiter in den sternenübersäten Nachthimmel. Ich verstehe nicht, warum er so auf dem Thema Matt herumreitet.

»Aber zwischen euch beiden scheint die Chemie zu stimmen.« Seine indiskrete Bemerkung befriedigt meine Neugier nicht. Ich verstehe nicht, warum ihn das so interessiert. Außerdem stimmt es nicht mal.

»Zumindest hat es von meinem Platz aus so gewirkt.« Jack nimmt schnell einen Schluck von seinem Tequila und lehnt sich auf dem Sofa zurück. Jetzt vermeidet *er meinen* Blick.

Wenn der wüsste, dass ich vorhin nur so getan habe, weil ich die ganze Zeit Sexfantasien über ihn hatte …

Geduldig wartet Jack auf meine Antwort. Ich möchte ihn gern wissen lassen, dass ich mich nicht zu Matt hingezogen fühle und nie wieder mit ihm zusammen sein möchte; also beschließe ich, ihm die Wahrheit zu gestehen.

»Matt und ich sind mal miteinander gegangen. Zweimal, um genau zu sein. Während unserer Highschoolzeit waren wir ein knappes Jahr lang zusammen. Beim zweiten Mal – ein paar Jahre später – hat es noch kürzer gedauert.«

»Also stimmt die Chemie zwischen euch doch irgendwie.«

»Das ist keine Chemie, höchstens Geschichte.«

»Warum habt ihr denn zweimal miteinander Schluss gemacht?«, fragt er nach einem zweiten Schluck Tequila.

»Du bist aber neugierig.«

Er zuckt die Achseln, beobachtet mich weiterhin ungeniert und wartet auf eine Antwort.

Er will also alles ganz genau wissen? Na gut, dann erzähle ich ihm eben alles ganz genau. Ich rutsche ein Stück zur Seite, um ihm ins Gesicht sehen zu können, und er tut das Gleiche, sodass unsere Knie sich fast berühren. »Das erste Mal waren wir an der Highschool zusammen. Ich glaube, damals bin ich einfach über ihn hinausgewachsen. Er war irgendwie festgefahren. Ein paar Jahre später sind wir noch mal miteinander gegangen. Ich dachte, er sei inzwischen reifer geworden, und habe es noch mal mit ihm versucht. Doch dann hat er mich betrogen. Danach war die Sache für mich zu Ende. Untreue ist für mich ein absolutes Tabu.«

Bei dem Gespräch über Matt und seine Seitensprünge steigt meine Unsicherheit in puncto Beziehungen wieder in mir auf. Plötzlich rede ich wie ein Wasserfall. »Irgendwie hat er mich wahrscheinlich für weitere Beziehungen verdorben. Mangelndes Vertrauen ist ein wichtiger Grund, warum ich auch heute – nach fast vier Jahren – immer noch Single bin.«

Jack mustert mich ruhig und nimmt diese Information in sich auf. »Meine Exfreundin hat mich auch betrogen.« Das ist alles. Weitere Erklärungen gibt er nicht ab. Ich habe ihm gerade mein Herz ausgeschüttet, und von ihm erfahre ich nicht mehr als diesen einen Satz! Jack lehnt sich zurück und betrachtet den Nachthimmel. Für ihn scheint dieses Thema damit erledigt zu sein.

»Wann?«

Er antwortet erst nach ein paar Sekunden. Die bedeutungsschwangere Pause ist ein eindeutiges Zeichen dafür, dass auch er verletzt worden ist. »Das ist schon lange her. In gewisser Hinsicht hat sie mich auch verdorben«, sagt er, und an seinem schroffen Ton höre ich, dass sein Groll noch nicht verflogen ist. Wie kann man einen Mann wie Jack betrügen, zum Teufel noch mal? Was für eine dumme Kuh.

»Dann haben wir ja einiges miteinander gemeinsam.«

»Tja, selber schuld, wenn sie uns betrogen haben.« Jack erinnert sich an die Flasche in seiner Hand und nimmt noch einen großen Schluck Tequila. Dann wendet er sich mir zu, sodass unsere Knie sich berühren. Er macht keinen Versuch, sie wegzuziehen.

»Na, dann Prost – darauf, dass wir unsere treulosen Expartner zum Teufel gejagt haben.« Er neigt sich zu mir herüber und reicht mir die Tequilaflasche.

Stöhnend schüttle ich den Kopf. »Igitt … Ich hasse Tequila.«

»Na komm schon, nur einen Schluck. Du musst mit mir darauf anstoßen. Es bringt Unglück, wenn man das nicht tut.«

»Na gut. Darauf, dass wir unsere Expartner zum Teufel gejagt haben.« Ich nehme einen kleinen Schluck aus der Flasche und ziehe eine

Grimasse. Dann werfe ich Jack einen verstohlenen Blick zu und sehe, dass er sich das Lachen nur mit Mühe verkneifen kann.

»Was ist denn?«

»Du bist so süß.«

Mein Herz fängt wie verrückt an zu hämmern. Jack flirtet nur. Inzwischen kenne ich ihn gut genug, um zu wissen, dass das bei ihm ein Automatismus ist. Trotzdem setzt er mein Inneres in Flammen.

Plötzlich lehnt Jack sich näher zu mir herüber und schiebt mir eine Haarsträhne hinters Ohr. Unwillkürlich neige ich den Kopf und genieße die warme Berührung, als er mein Ohrläppchen streichelt. Wieder gerate ich in seinen Bann und kann meinen Blick nicht von diesen umwerfenden Augen losreißen, die mich jetzt voller Leidenschaft anblicken. Ich habe mich noch nie so zu jemandem hingezogen gefühlt wie zu ihm.

Seine Augen bleiben an meinen Lippen hängen. »Und du bist auch so schön.«

Bei diesen Worten verschlägt es mir den Atem. Langsam schließt er die Augen, lehnt sich zu mir, fährt mit der Hand in mein Haar und zieht mich an sich, bis sein Mund sanft meine Lippen berührt. Sein Atem riecht nach Tequila, und seine Lippen sind warm und fest. Erstaunen, Entsetzen, Begehren … Alle möglichen Gefühle fahren in meinem Kopf Karussell, während ich seinen Kuss erwidere. Er dauert nur drei Sekunden. Das scheint nicht sehr lang zu sein; aber diese drei Sekunden reichen aus, um mir klarzumachen, dass ich nicht aufhören möchte. Jetzt, wo ich seinen Geschmack auf meinen Lippen gespürt habe, werde ich ihn nie wieder vergessen. Allerdings sagt mein Unterbewusstsein mir nach diesen drei Sekunden auch, dass das eine sehr, sehr schlechte Idee ist.

Unwillkürlich schnappe ich nach Luft. Meine Lippen kribbeln immer noch von seinem Kuss. Ich versuche, mich seiner Umarmung zu entziehen, doch er hält mich fest. Seine Augen sind noch immer geschlossen, unsere Gesichter nur ein paar Zentimeter voneinander entfernt. Mein leidenschaftlicher Wunsch, diese Distanz zu überbrücken, ist stärker als die Argumente meines logischen, rationalen Verstandes.

Dann kehrt Jack mit einem Schlag auf den Boden der Realität zurück. »Scheiße. Tut mir leid, Leila. Ich hab ziemlich viel getrunken.« Er zieht sich von mir zurück, doch seine Hand liegt immer noch an meinem Hinterkopf, und er hat die Finger krampfhaft in meinem Haar vergraben.

In diesem Augenblick wünsche ich mir nichts sehnlicher, als ihn weiterzuküssen; und wenn ich ein bisschen mehr Alkohol getrunken hätte, könnte ich jetzt wahrscheinlich gar nicht mehr aufhören. Das schaffe ich nur, weil ich einen klaren Kopf habe: Ich sehe meine berufliche Zukunft gefährlich nah am Abgrund schweben. Nur das gibt mir die Kraft, noch ein Stückchen weiter zurückzuweichen. Mit einer steifen Bewegung umfasse ich sein Handgelenk und ziehe seine Hand aus meinem Haar. »Ich glaube, ich sollte jetzt lieber gehen.«

Er fasst nach meiner Hand, bevor ich sie wegziehen kann, und zwingt mich, ihm ins Gesicht zu sehen. »Tut mir wirklich leid.« Seine Entschuldigung ist ehrlich gemeint, und ich glaube ihm. Der einzige Mensch, dem ich momentan nicht über den Weg traue, bin ich.

»Ich weiß.«

Er lässt meine Hand los, doch seine Augen halten mich unerbittlich in ihrem Bann und drängen mich dazu, ihm zu verzeihen.

Ich gehe zur Tür, drehe mich noch ein letztes Mal um und sehe Jack zusammengesunken auf der Couch sitzen, den Kopf in die Hände gestützt. Am liebsten würde ich sofort wieder zurückgehen, um ihn zu trösten; aber das wäre genauso verantwortungslos, wie wenn ich ihn weiter geküsst hätte. Denn im Augenblick würde jede Berührung mich meine Selbstbeherrschung vergessen lassen.

Schnell kehre ich zu der Party zurück, die immer noch in vollem Gang ist. Als ich auf leisen Sohlen wieder die Wohnung betrete, kommt es mir so vor, als hänge über meinem Kopf ein großes, blinkendes Schild, auf dem steht: ICH HABE GERADE JACK GEKÜSST!

Doch zum Glück scheint das niemandem aufzufallen. Lori und Trey sitzen dicht nebeneinander in einer Ecke und sind in ein Gespräch vertieft. Bei den anderen hat sich während meiner Abwesenheit auch nicht viel verändert. Die drei Paare sitzen immer noch auf der Couch und unterhalten sich miteinander. Evan macht inzwischen bei Matts und Joes Trinkspielen mit. Ich beschließe, zum Sofa hinüberzugehen und mich neben Alisa zu setzen, woraufhin die Gespräche der Pärchen vorübergehend abbrechen. Ich lächle mechanisch und tue so, würde ich zuhören.

Doch in Wirklichkeit schwelge ich in der Erinnerung an seine weichen, warmen Lippen auf meinem Mund. Wo das wohl hingeführt hätte, wenn ich ihm nicht Einhalt geboten hätte? Unsere Zusammenarbeit hat noch nicht einmal angefangen, und schon hatten wir beinahe eine rote Linie überschritten. Ich bin so in Gedanken versunken, dass ich gar nicht merke, dass Patti mich beim Namen ruft. Ich werde erst darauf aufmerksam, als Alisa nicht mit dem Ellbogen anstößt.

»Wie bitte?«, frage ich verwirrt.

»Ich hab dich gefragt, ob es dir auf unserer Party gefallen hat. Ist dir schlecht? Du siehst irgendwie krank aus.«

»Mir geht es gut«, lüge ich. »Ich vertrage bloß keinen Tequila. Ach, übrigens: Ich habe mich noch gar nicht dafür bedankt, dass du mich zu diesem Vorsingtermin eingeladen hast, Patti«, setze ich hinzu, um das Thema zu wechseln.

Die attraktive Blondine, die auf Scotts Schoß sitzt, lächelt mich herzlich an. »Nichts zu danken, Leila. Diesen Job hast du ausschließlich dir selbst zu verdanken. Ich habe dir nur die Tür dazu geöffnet. Ich wusste von Anfang an, dass du genau die richtige Sängerin für diese Jungs bist.« Sie drückt Scott einen unschuldigen Kuss auf die Lippen. Dann setzen die drei Pärchen auf dem Sofa ihr Gespräch fort, und ich verfalle wieder in einen Zustand der Betäubung.

Ich muss ziemlich lange weggetreten gewesen sein, denn als ich mich in dem Zimmer umsehe, stelle ich fest, dass die Menge sich inzwischen sehr gelichtet hat. Trey und Lori sind weg, und fast alle anderen Mädchen auch. Aber das liegt vielleicht daran, dass Jack immer noch oben auf der Dachterrasse sitzt …

Evan kommt zu mir herüber und legt mir die Hände auf die Schultern. »Sollen wir gehen? Du wirkst ziemlich angeschlagen.«

»Wie spät ist es denn?«

»Schon fast zwei. Wenn du gehen willst – von mir aus gerne.«

»Klar. Soll ich fahren? Ich bin nüchtern.«

»Nein, danke. Ich habe nur ein Bier getrunken.«

»Okay. Ich schau mal nach Lori.« Ist sie mit Trey auf die Dachterrasse verschwunden, oder haben sie sich in eines der beiden Schlafzimmer zurückgezogen? Ich bin hin- und hergerissen. Schließlich möchte ich nicht indiskret sein und an eine Tür klopfen, hinter der Lori und Trey sich womöglich lustvoll im Bett herumwälzen. Aber ich habe auch keine Lust, wieder auf die Dachterrasse zu gehen und Jack zu begegnen.

Trotzdem sollte ich nicht einfach so verschwinden, sondern mich von ihm verabschieden. Schließlich war das alles nicht nur seine Schuld. Auch wenn er bei dem Kuss die Initiative ergriffen hat – ich habe schließlich drei Sekunden lang bereitwillig mitgemacht. Also steige ich die Treppe zur Dachterrasse hoch und öffne langsam die Tür.

Da oben ist es sehr ruhig – *zu* ruhig. Jack sitzt noch immer auf der Couch, inzwischen flankiert von einer Blondine und einer Brünetten. Ich brauche ein paar Sekunden, um mir darüber klar zu werden, was ich da sehe. Die Blonde knabbert an seinem linken Ohr, die Brünette an seinem rechten. Er hat die Augen geschlossen und wendet seinen Kopf der Brünetten zu. Die beiden fangen an, miteinander herumzuknutschen, und ich starre sie wie gebannt an. Die zwei Mädchen sehen aus wie lebensgroße Barbiepuppen, mit langen Beinen und riesigen Brüsten.

Die Blonde lässt ihre Lippen zu seiner Brust herabwandern und schiebt ihre Hand in seinen Hosenbund. Jack wendet sich von der Brünetten ab und betrachtet die Blonde mit verschleiertem Blick. Anscheinend spürt er meine Gegenwart, denn plötzlich hebt er den Kopf und schaut mir in die Augen. Ich stehe wie zur Salzsäule erstarrt da.

Jack schaut mich ein paar Sekunden lang unverwandt an und blinzelt verwirrt. Dann schiebt er die beiden Mädchen abrupt von sich weg und steht auf.

Die Brünette schaut zu ihm hoch und verzieht ihre Lippen zu einem Schmollmund. »Wo willst du denn hin, Baby?« Unbeholfen steht Jack zwischen den zwei Barbiepuppen mit den unechten Brüsten – das T-Shirt hochgezogen, sodass seine eindrucksvollen Bauchmuskeln zu sehen sind, die Jeans so weit aufgeknöpft, dass ich seine schwarzen Calvin-Klein-Boxershorts darunter erkenne. Ich vergesse, dass er gerade dabei war, mit zwei Mädels gleichzeitig rumzumachen, und meine Augen verschlingen begierig jeden Zentimeter seines gestählten Körpers.

»Was ist denn los?«, fragt eine der Barbiepuppen und reißt mich mit ihren Worten aus meiner Trance. Die beiden schauen mich an, als würden sie mich am liebsten umbringen. Ich habe sie eindeutig bei ihrer Privatparty gestört. Jack geht langsam ein paar Schritte vorwärts, und ich weiche instinktiv zurück.

Was soll *das* denn? Will er etwa, dass ich mitmache?

»Wir gehen«, stoße ich hervor, bevor er etwas sagen kann.

»Leila … Warte!«

Wie ein geölter Blitz renne ich die Treppe hinunter. Evan hat Lori, die überglücklich aussieht, inzwischen gefunden. »Wo warst du denn?«, fragt er.

»Ähm… Ich habe Jack nur Bescheid gesagt, dass wir jetzt gehen. Ich bin so weit.« Hastig greife ich nach meiner Tasche und winke allen, die zu mir herüberschauen, zum Abschied zu. Dann stürze ich so schnell aus der Wohnung, die Treppe hinunter und zu Evans Auto, dass ich eine ganze Minute früher da bin als die beiden.

»Was ist denn mit *dir* los?«, fragt Evan atemlos und macht mir die Tür auf. »So habe ich dich noch nie erlebt.«

»D…du sieh's aus, als hätt'st du 'n Geist geseh'n«, nuschelt Lori. Sie ist sternhagelvoll. Hoffentlich schaffen wir es bis Hoboken, ohne dass sie uns ins Auto kotzt. Das wäre genau das Highlight, das noch fehlt, um diesen Abend für mich zu einem unvergesslichen Erlebnis zu machen. »Traaaayyyy is sooo scharf!«, strahlt sie. »Und soooooo lieb.«

Lieb? Trey?

»Danke, dass du uns vorge…st…st… – dass du uns zusammengebracht hast. Jack war … Zeitverschwennnung.«

»Warum?«, frage ich.

»Der hat immer bloß zu dir rübergeguckt.« Nach diesen Worten wird Lori ohnmächtig. Evan scheint seinen eigenen Gedanken nachzuhängen. Fast frage ich mich, ob ich mir das, was Lori gerade gesagt hat, nur eingebildet habe. Die hat doch keine Ahnung, wovon sie redet. Immerhin war er gerade dabei, es mit zwei Mädchen gleichzeitig zu treiben.

Scheiße … Ein flotter Dreier? Wie oft Mr. Lair so was wohl schon gemacht hat? Hat er mich deshalb die ganze Zeit angestarrt und angebaggert? Ist er ein männliches Flittchen?

Und ich dachte, er sitzt immer noch oben auf der Dachterrasse und grübelt darüber nach, was zwischen uns beiden passiert ist, so, wie ich es ein Stockwerk tiefer getan habe. Stattdessen vergnügt er sich da oben mit zwei Mädels.

Evan wirft mir einen Blick zu. »Was ist denn los mit dir?«

Er ist wirklich mein bester Kumpel, aber *das* kann ich jetzt beim besten Willen nicht mit ihm besprechen.

»Nichts. Warum?«

»Du benimmst dich ziemlich komisch.« Er wartet ein paar Sekunden. »Was ist los?«, fragt er dann noch mal.

»Können wir morgen darüber reden?«

»Na gut«, seufzt er und starrt auf die Straße.

Er wäre nicht glücklich, wenn ich ihm jetzt alles gestehen würde. Ich muss ein paar meiner Informationen für mich behalten, denn wenn Evan alle erotischen Details des heutigen Abends erfährt, gibt er Jack garantiert einen Tritt in den Hintern.

Kapitel 12
Jack

Was zum Teufel ist gerade eben passiert?

Im Grunde habe ich versucht, mein neues Bandmitglied zu verführen, und kurze Zeit später hat sie mich dabei ertappt, wie ich mit zwei Frauen gleichzeitig rummachte.

Genialer Schachzug, Jack Lair!

Und dabei hatte ich eigentlich gar nicht vor, Leila zu küssen. Es klingt ziemlich abgedroschen, die Schuld dem Tequila zuzuschieben, zumal ich zu diesem Zeitpunkt doch noch gar nicht so betrunken war. Trotzdem hat der Alkohol in mir die Sehnsucht geweckt, ihre Lippen zu schmecken. Und als ich ihr dann auch noch in die wunderschönen Augen sah, war es vollends um mich geschehen.

Ihre Lippen waren genauso weich, wie ich sie mir vorgestellt hatte. Ich hätte sie die ganze Nacht lang küssen können, wenn sie es mir erlaubt hätte. Das ist übrigens auch so eine Frage, die mich nicht loslässt: Was wäre wohl passiert, wenn sie mir nicht Einhalt geboten hätte? Wie weit wäre ich gegangen? Dieser Gedanke jagt mir wirklich Angst ein. Ich glaube nicht, dass ich aufgehört hätte, wenn sie mich nicht weggeschoben hätte.

Als sie dann wegrannte, wusste ich, dass ich ihr hinterherlaufen musste; aber ich war zu feige dazu. Also blieb ich sitzen, trank weiter und muss wohl eingeschlafen sein. Plötzlich spürte ich, wie jemand mich küsste.

Zuerst dachte ich, Leila sei zurückgekommen. Ich erwiderte den Kuss, schlug die Augen auf und sah Michelle, die mich mit zärtlichen Berührungen weckte, während ihre Freundin Jan kichernd danebensaß. Diese beiden Mädchen legen es wirklich darauf an, Männer scharf zu machen.

Ich sagte so etwas Ähnliches wie: »Tut mir leid, Mädels, aber ich bin zu betrunken, um mich zu bewegen.«

Doch leider interpretierten die beiden das als grünes Licht. Jan kicherte wieder und sagte: »Brauchst du auch nicht, Baby. Das machen wir gern für dich.«

Unbeholfen richtete ich mich auf und wollte weggehen, doch die beiden hielten mich auf dem Sofa fest. Erst knutschten sie miteinander rum und dann mit mir. Sie fingen an, mich zu befummeln; und trotz des Tequilas reagierte mein Körper sofort darauf. Das war nicht das erste Mal, dass ich es mit den beiden getrieben habe; aber ich habe sie schon seit einer ganzen Weile nicht mehr gesehen. Was für eine Scheiße … Wir hätten unser Wiedersehen nicht zu einem ungünstigeren Zeitpunkt feiern können. Ich gab nach, ließ die beiden mit mir machen, was sie wollten, und hatte keine Ahnung, dass wir beobachtet wurden.

Beim Anblick von Leila, die nur zwei Meter von mir entfernt stand und mich entsetzt anstarrte, wurde ich sofort wieder nüchtern. Ich schob die beiden Mädchen weg; doch Leila warf mir trotzdem einen angewiderten Blick zu, bevor sie wegrannte. Wäre sie zehn Minuten später gekommen, hätte sie wahrscheinlich etwas noch viel Schlimmeres zu sehen bekommen.

»Das war's, Mädels.« Zuerst lachten die beiden nur; doch dann begriffen sie, dass ich es ernst meinte. Ich bat sie zu gehen, und sie stürmten wütend von der Dachterrasse, wobei sie mich lautstark beschimpften. Was soll's.

SCHEISSE!

Das hätte Leila nicht sehen sollen. Wie zum Teufel soll ich das wieder in Ordnung bringen?

Während ich immer noch wie festgeklebt auf dem Plastiksofa sitze, kommt mir ein schrecklicher Gedanke. Womöglich machen die beiden Mädchen Leila jetzt die Hölle heiß, weil sie ihnen den Spaß verdorben hat? In panischer Angst kehre ich in die Wohnung zurück, um mich zu vergewissern, ob sie auch wirklich weg sind. Inzwischen ist es ruhiger geworden, die meisten Gäste sind schon gegangen. Michelle und Jan sind nirgends mehr zu sehen, und auch Leila und ihre Freunde scheinen verschwunden zu sein.

Hunter und Amanda sitzen zusammen mit Scott und Patti auf der Couch. In der Küche stehen noch ein paar letzte Gäste rum und lassen sich volllaufen. Hunter wirft mir einen Blick zu und sieht sofort, was mit mir los ist.

»Schlaf erst mal deinen Rausch aus, Mann«, sagt er und gibt mir damit grünes Licht, zu verschwinden. Das hätte ich sowieso getan; aber mit seiner Zustimmung fällt es mir leichter, mich in mein Zimmer zu verziehen und ihn mit den Gästen alleinzulassen.

»Sorg dafür, dass mich niemand stört.«

Ein paar von den Mädchen versuchen vergeblich, meine Aufmerksamkeit zu wecken. Ich nehme den Tequila mit, verschwinde in mein Zimmer und schließe hinter mir ab. Dann versuche ich, Leila anzurufen, erreiche aber nur ihre Sprachbox.

»Hallo, Leila, hier ist Jack. Es tut mir so leid. Bitte ruf mich morgen zurück. Ich will mit dir reden.«

Dann kippe ich weiter Tequila in mich hinein, bis die Flasche leer ist, kotze mir anschließend die Seele aus dem Leib und breche halb ohnmächtig auf meinem Bett zusammen.

Gefühlte Minuten später wache ich auf, weil laut an meine Tür gehämmert wird. Es fühlt sich so an, als würde jemand mit einem Vorschlaghammer auf meinen Kopf einschlagen. Ich stolpere aus dem Bett, um den Störenfried windelweich zu prügeln.

»WAS IST DENN LOS?«, schreie ich Hunter an und gehe wütend auf ihn zu, woraufhin er instinktiv einen Schritt zurückweicht.

Er wirft kapitulierend die Arme hoch und sagt: »Verdammt noch mal, Jack, ich dachte, du bist tot. Ich hab wie verrückt an deine Tür geklopft und dich auf deinem Handy angerufen, aber du hast keinen Ton von dir gegeben. Ich dachte schon, du hast dir auf dem Klo den Kopf angeschlagen und bist an deinem eigenen Erbrochenen erstickt.«

Ich bekomme ein schlechtes Gewissen, weil ich ihn angeschrien habe. »Tut mir leid, dass du dir Sorgen um mich gemacht hast, Hunt. Das wollte ich nicht.« Ich kann es nicht verkraften, wenn Hunter jetzt auch noch wütend auf mich ist.

»Ich bin heilfroh, dass du noch lebst. Nach deinem Aussehen gestern Abend war meine Befürchtung gar nicht so weit hergeholt.«

»Wahrscheinlich nicht. Bitte erinnere mich daran, nie wieder Tequila zu trinken. Mein Kopf fühlt sich an wie aus Zement.« Ich schleiche in die Küche und stelle mit einem Seitenblick fest, in was für einem katastrophalen Zustand unsere Wohnung sich befindet.

»Was für ein Chaos. Ruf irgendjemanden an, der hier sauber macht. Ich tue es ganz bestimmt nicht.«

»Von mir aus. Wie viel hast du gestern Nacht getrunken?«

»Und untersteh dich, heute wieder in der Küche rumzuknallen, sonst BRINGE ICH DICH UM!«

Ich werfe die Kaffeemaschine an und höre, wie er »Herrgott noch mal« vor sich hin murmelt, während er leise die Schranktüren öffnet, um sich sein Frühstück zuzubereiten.

»Was wolltest du wissen?«

»Wie viel Tequila hast du gestern Nacht getrunken?«

»Keine Ahnung. Eine halbe Flasche? Ich hab den Überblick verloren.«

»Du verdammter Idiot. Kein Wunder, dass du mich nicht klopfen gehört hast. Bedrückt dich irgendwas? Ich erinnere mich noch an deine letzte Tequila-Orgie. Das war, nachdem du deinen Eltern gesagt hattest, dass du dein Studium hinschmeißen willst.«

»Mir geht zurzeit ziemlich viel im Kopf rum.« Ich gieße mir meine erste Tasse Kaffee ein und fühle mich nach zwei Schlucken schon ein bisschen besser.

Hunter steht an der Spüle, beobachtet mich mit arroganter Miene und isst lautstark seine Fruit Loops.

»*Musst* du so laut kauen?« Ich starre ihn wütend an, schnappe mir meinen Kaffee und stürme aufs Dach, um seinen herablassenden Blick nicht noch länger ertragen zu müssen.

»Ruf Jen an und sag ihr, dass wir erst heute Nachmittag kommen. Ich brauch frische Luft.«

»Was du brauchst, ist ein Tritt in den Hintern«, murmelt Hunter. Ich tue so, als hätte ich seine Bemerkung nicht gehört, und schließe die Tür hinter mir.

Hunter hat völlig recht.

Normalerweise bekomme ich immer sofort einen klaren Kopf, wenn ich auf meiner Dachterrasse sitze. Doch jetzt ist die Atmosphäre hier oben vergiftet: voller Erinnerungen, die ich am liebsten so schnell wie möglich wieder vergessen würde – vor allem den Ausdruck auf ihrem Gesicht.

Und dabei hatten wir uns doch so gut miteinander verstanden. Ich habe unser gemeinsames Mittagessen sehr genossen. Je öfter ich mit ihr zusammen bin, umso mehr vermisse ich sie. Ich kann mir beim besten Willen nicht vorstellen, was sie jetzt denkt oder empfindet.

Ach, Scheiße. Vermutlich fragt sie sich: Worauf habe ich mich da bloß eingelassen?

Ich hole mein Handy raus und wundere mich nicht darüber, dass sie noch nicht auf meine Nachricht geantwortet hat. Das bestätigt mich in meinem Verdacht.

Solche Gedanken sind völlig neu für mich. Normalerweise kümmert es mich einen Scheißdreck, was andere Leute von mir halten.

All diese sinnlosen Affären – was zum Teufel habe ich mir nur dabei gedacht? Weil die Initiative immer von den Mädchen ausging, die ich gevögelt habe, habe ich mir eingeredet, es sei nichts Schlimmes dabei. Doch jetzt habe ich einen unangenehmen Geschmack im Mund, und ich glaube nicht, dass der nur von meinem Kater kommt.

Ich muss das unbedingt wieder in Ordnung bringen. Leider kenne ich Leila nicht gut genug, um einfach bei ihr zu Hause aufzukreuzen und mit ihr zu reden. Ein Anruf wäre wahrscheinlich angemessener. Reflexartig tippe ich auf das Kontakt-Icon meines Smartphones, sitze da und starre ihren Namen an; doch dann kriege ich Schiss und schalte das Handy wieder aus.

Ich brauche jetzt erst mal Zeit, ein bisschen Mumm in den Knochen und einen ordentlichen Tritt in den Hintern.

Kapitel 13

Leila

Die letzten Wochen sind wie im Flug vergangen. In zwei Tagen findet unsere erste Probe statt. Der dicke Packen juristischer Dokumente auf meinem Toilettentisch ist der einzige Beweis dafür, dass ich jetzt zu Devil's Lair gehöre. Ist es normal, dass ich bisher noch kaum etwas von meiner neuen Band gehört habe? Vor ungefähr einer Woche hat Jennifer sich wegen ein paar Papieren, die ich noch unterschreiben muss, bei mir gemeldet. Sie versprach, mir die Unterlagen zu mailen, damit ich nicht extra deshalb in die Stadt kommen muss.

Und gestern hat ein Mann namens Dylan Kressel Kontakt mit mir aufgenommen. Er stellte sich als Tourmanager vor und möchte mich gern persönlich kennenlernen. Wir haben beschlossen, uns zum Mittagessen im Studio zu treffen. Ich wollte Dylan schon fragen, ob die Bandmitglieder auch zu dem Essen kommen; aber eigentlich will ich das gar nicht so genau wissen. Falls Jack da sein sollte, ist es besser, wenn ich mir vorher keine allzu großen Gedanken über unser Wiedersehen mache.

Außer Jennifer und Dylan hat sich nur noch Hunter bei mir gemeldet, und zwar mit einer kurzen SMS: *Hallo, wie geht's? Alles okay?* Das fand ich sehr nett von ihm. Und einmal hatte ich auch eine Nachricht von Jack auf meiner Sprachbox. Ich war ziemlich sprachlos, als ich am

Morgen nach der Party seine Nummer auf meinem Handy entdeckte. Er hatte mich kurz nach unserem Aufbruch angerufen, um mir mitzuteilen, dass er mit mir reden wolle; ich solle doch bitte zurückrufen. Damals wollte ich auf gar keinen Fall mit ihm sprechen, doch das war kindisch von mir. Schließlich kann ich ihm nicht dauernd aus dem Weg gehen.

Also rief ich ihn ein paar Tage später zurück. Er schien froh darüber zu sein, dass ich mich bei ihm meldete. In den ersten Minuten unseres Gesprächs machte er einfach nur ein bisschen Small Talk, und mir war klar, dass er um den heißen Brei herumredete. Er fragte, wie es mir gehe und ob ich irgendwas mit ihm besprechen wolle. Dann entschuldigte er sich noch mal für den Kuss und dafür, was ich an jenem Abend mit angesehen hatte. Ich akzeptierte seine Entschuldigung und sagte, er solle sich deswegen keine Gedanken machen. Scherzhaft erklärte ich den Tequila zur Wurzel allen Übels. Verlegen beendeten wir unser Telefonat und haben seitdem nicht wieder miteinander gesprochen.

Natürlich weiß ich, dass er bei dem Kuss betrunken war – und genau das lässt mir keine Ruhe: Hätte er mich auch dann geküsst, wenn er nüchtern gewesen wäre? Darüber grüble ich die ganze Zeit nach.

Mein logischer Verstand sagt mir: »Das ist eine sehr komplizierte Situation. In Zukunft wirst du mit ihm – und auch mit den drei anderen Bandmitgliedern – zusammenleben müssen. Du darfst dich nicht auf eine Beziehung mit Jack Lair einlassen.« Ich hasse meinen logischen Verstand. Natürlich weiß ich, dass er recht hat – aber ich hasse ihn trotzdem.

Der leidenschaftliche Teil meiner Persönlichkeit dagegen sagt: »Scheiß auf die Logik. Seit du Jack Lair das erste Mal gesehen hast, denkst du die ganze Zeit an ihn. Also tu es einfach.«

Bevor ich mich auf diese Sache eingelassen habe, war mein Leben so einfach und bequem. Fast bereue ich es, zu diesem Vorsingtermin gegangen zu sein. Inzwischen bin ich nur noch ein Nervenbündel. Seit ein paar Wochen schlafe ich kaum noch; und ich habe auch abgenommen, weil ich keinen Appetit mehr habe.

Evan ist es aufgefallen, und ich versuchte, ihm einzureden, dass es an dem Stress wegen meiner bevorstehenden Tournee liege.

»Unsinn, Lei. Du warst doch schon komisch drauf, als er neulich in unsere Kneipe kam. Und als du von seiner Party wegranntest, hast du dich noch komischer benommen. Warum erzählst du mir nicht, was los ist?«

»Ich glaube, ich habe mich ein bisschen in Jack verknallt. Als wir oben auf der Dachterrasse saßen und uns unterhielten, haben wir uns zwischendurch einmal geküsst.« Mehr wollte ich ihm nicht verraten. Das war das erste Mal seit dem Beginn unserer Freundschaft, dass ich ihm nicht alles anvertraute. Doch obwohl er nur einen Teil der Wahrheit kannte, hat er mir den Asch aufgerissen. Schließlich sei das mein großer Traum, und er werde nicht zulassen, dass ich das alles wegen einer bloßen Schwärmerei aufs Spiel setze. Ich solle mit meinem Gehirn denken und nicht mit meinen Genitalien.

Evan hat keine Ahnung, was mich in Wirklichkeit beschäftigt. Er weiß nicht, dass ich mich so sehr zu diesem Mann hingezogen fühle, dass ich gar keinen klaren Gedanken mehr fassen kann. Und das, obwohl ich gesehen habe, wie er mit zwei Mädchen gleichzeitig rumknutschte. Was ist nur los mit mir? Wie kann ich meinem besten Freund das erklären?

Auch meinem Dad ist schon aufgefallen, wie gestresst ich bin; doch im Gegensatz zu Evan hat er mir meine Ausrede sofort abgenommen. Er kann das sehr gut verstehen, weil meine bevorstehende Tournee ihn auch ziemlich durcheinanderbringt. Seit ich den Vertrag unterschrieben habe, will er dauernd an meinem Leben teilhaben. Er ist sogar ein paarmal pro Woche in unserer Kneipe aufgekreuzt und wollte während der Pausen mit uns zusammensitzen. Und unser Sonntagsbrunch dauert inzwischen ganze vier Stunden. Natürlich könnte ich ihn bitten, mir ein bisschen mehr Freiraum zu lassen, aber das will ich nicht. Schließlich ist das seine Art, unsere bevorstehende Trennung zu verarbeiten, und daran will ich ihn nicht hindern.

Außer Dad und Evan ist meine niedergedrückte Stimmung bisher noch niemandem aufgefallen. Lori hat sich mit Feuereifer auf ihren neuen Job gestürzt. Wenn sie nicht gerade Drinks mixt, verbringt sie jede wache Minute mit Aktivitäten für ihre Band. Sie hat sogar schon Visitenkarten drucken lassen.

Außerdem hat sie ein paar Kandidatinnen als Ersatz für mich gefunden, die demnächst zum Vorsingen kommen sollen; und meine Jungs haben ihr deshalb überhaupt nicht die Hölle heiß gemacht. Sie wissen genau, dass Lori sich von ihnen nie so auf dem Kopf rumtanzen lassen würde wie ich. Sie wollten zwar, dass ich bei dem Vorsingtermin dabei bin, doch das habe ich kategorisch abgelehnt. Ich will sie weder in ihrer Entscheidung beeinflussen noch miterleben, wie sie mich ersetzen. Natürlich weiß ich, dass das notwendig ist, aber ich muss ja schließlich nicht unbedingt dabei sein.

Abgesehen davon, dass meine Nervosität meine Därme in Aufruhr bringt, habe ich in den letzten Wochen ein ganz normales Leben geführt. Unsere Shows gingen weiter wie immer, und in unserer Freizeit haben wir viel miteinander unternommen. Am Volkstrauertag sind wir sogar wie üblich für ein Wochenende nach Atlantic City gefahren. Sal schließt seine Kneipe jedes Jahr an diesem Feiertag (aber auch am 4. Juli und am Tag der Arbeit), um angeln zu gehen. Machen wir uns nichts vor: Das tut er bloß, weil Hoboken während dieser Feiertage sowieso eine Geisterstadt ist. Die Kneipe an diesen Tagen zu öffnen würde ihn mehr kosten, als es ihm einbringt. Ansonsten hat er nur noch an Weihnachten geschlossen.

Wir fahren am Volkstrauertag also immer an die Küste und gönnen uns einen Miniurlaub, in dem wir trinken, essen, ins Spielkasino gehen und am Strand liegen. Eine herrliche Tradition!

In diesem Jahr war es allerdings nicht ganz so lustig wie sonst, weil mein baldiger Abschied von der Band wie eine dunkle Wolke über uns schwebte. Wir hatten zwar viel Spaß, aber ich fühlte mich trotzdem einsam und verunsichert.

Als ich nach unserem Wochenende wieder zu Hause angekommen bin und gerade meinen Koffer auspacke, klingelt das Telefon. Ich überlege, ob ich rangehen soll, weil ich die Nummer nicht kenne. Doch dann fällt mir ein, dass es ja jemand vom Studio sein könnte.

»Hallo, Leila?«, begrüßt mich eine sanfte Stimme am Telefon.

»Ja?« Wer kann das sein?

»Hi, ich bin Lizzy … Elizabeth Lair … Jacks Schwester.« Keine Ahnung, warum sie mich anruft. Mir ist ein bisschen unwohl zumute. Hoffentlich gibt es keine schlechten Nachrichten!

»Hi, Lizzy, wie geht's? Alles okay?«, frage ich sie.

»Ja. Ich hoffe, es macht dir nichts aus, dass ich dich anrufe. Hunter hat mir deine Nummer gegeben. Ich plane eine Geburtstagsparty für meinen Bruder. Er wird am zehnten Juni neunundzwanzig Jahre alt. Es soll so eine Mischung aus *›Bald-dreißig‹- und-›Viel-Glück-auf-deiner-Tournee‹*-Feier sein. Ich würde mich freuen, wenn du auch kommst.«

Jack hat am zehnten Juni Geburtstag? Meiner ist am neunten. Ich kann kaum glauben, dass wir beide Zwillinge und nur einen Tag auseinander sind. Doch das behalte ich für mich, weil ich weder Lizzy noch sonst jemandem Gelegenheit geben will, mich auf dieser Party in Verlegenheit zu bringen.

Irgendwie fühle ich mich geehrt, weil sie sich die Mühe gemacht hat, meine Nummer rauszufinden und mir von der Party zu erzählen. Natürlich werde ich bis dahin zu Devil's Lair gehören, trotzdem hätte sie mich nicht einzuladen brauchen. Schließlich kennt sie mich ja gar nicht. Aber vielleicht hat Hunter sie gebeten, mich einzuladen – oder womöglich weiß irgendjemand, dass ich auch um diese Zeit Geburtstag habe? Bei dem Gedanken wird mir ganz schlecht.

»Das hört sich fantastisch an, Lizzy. Ich würde gern kommen.«

»Freut mich. Die Party findet am kommenden Samstagabend im *Granite* statt. Ich freue mich sehr darauf, dich kennenzulernen. Jack schwärmt in den höchsten Tönen von dir.«

Tatsächlich?

»Ich freu mich auch darauf, dich kennenzulernen.«

»Ach ja, und wenn du möchtest, kannst du gern noch einen Freund oder eine Freundin mitbringen. Das mit der Party soll eine Überraschung sein, also sag Jack bitte nichts davon.«

Ich rede sowieso nur mit Jack, wenn es unbedingt sein muss. »Kein Problem. Ich schweige wie ein Grab.«

»Prima. Tschüss, Leila.«

»Tschüss.«

Wie Jack seinen Geburtstag wohl feiern wird? Vielleicht mit einem flotten Vierer?

Igitt … Warum habe ich diese Einladung bloß angenommen?

Ich werde Evan mitnehmen.

***

Am Samstag ist es im Studio sehr ruhig. Nicht mal Sally ist da. Der Junge an der Rezeption ist höchstens sechzehn Jahre alt und in sein iPhone vertieft. Bestimmt der Sohn oder Enkel eines Mitglieds der Studioleitung, der sich hier nebenbei ein bisschen Taschengeld verdient.

»Hi, ich bin Leila. Ich habe einen Gesprächstermin mit Dylan Kressel.«

Er blickt auf, errötet und lässt ungeschickt sein iPhone auf den Boden fallen.

»Oh, tut mir leid. Ich wollte Ihnen keinen Schrecken einjagen.«

»Äh … kein Problem.«

Er sieht sehr niedlich aus – wie ein Rockstar-Azubi. Seinem schwarzen T-Shirt, den Lederarmbändern und dem falschen Irokesenschnitt nach zu urteilen hat er die vielen Rocksänger, die durch diese heiligen Hallen wandeln, genau beobachtet und sich Notizen gemacht.

»Ich bin Ian. Ähm … Ian Phillips. Dylan wartet schon auf Sie. Er ist … äh … im Besprechungszimmer.«

Bingo. Das muss der Sohn von Bobby Phillips, dem Besitzer des Studios, sein.

»Äh … kommen Sie, ich zeig es Ihnen.« Als er mein knappes T-Shirt und meine engen Jeans sieht, quellen ihm fast die Augen aus dem Kopf. Anscheinend hat er nicht viel Erfahrung mit Mädchen.

»Nicht nötig, Ian. Ich kenne den Weg.« Ich lächle ihn freundlich an.

Wieder macht Ian große Augen und lässt zum zweiten Mal sein iPhone fallen. Er vermeidet den Blickkontakt mit mir und bückt sich danach. Der arme Junge ist wirklich ein Nervenbündel. Ich beschließe, ihn vom Haken zu lassen.

»Tschüss, Ian. War schön, Sie kennenzulernen.« Ich winke ihm zu und wende mich ab, um den Korridor entlangzugehen.

»Tschüss, Leila. Hat mich auch gefreut, Sie kennenzulernen!«, ruft er mir noch nach.

Ich glaube, ich habe einen neuen Verehrer.

Da ich nicht auf meinen Weg achte, stoße ich frontal mit einem Männerkörper zusammen. Er greift nach meinem Arm, damit ich nicht nach hinten stolpere und auf dem Boden lande.

»Sie sind Leila, nehme ich an?«

»Äh … ja, ich bin Leila. Tut mir leid.« Nervös trete ich einen Schritt zurück und zwinge ihn damit, mich loszulassen.

»Ich bin Dylan … Dylan Kressel. Freut mich, Sie kennenzulernen. Bitte kommen Sie rein.« Mit einem Wink fordert er mich auf, ihm ins Besprechungszimmer zu folgen. Dylan ist ein Mann von geradezu klassischer Schönheit: durchschnittlich groß (ungefähr eins achtundsiebzig), mit leuchtend blauen Augen, hellbraunem Haar und ordentlichem Seitenscheitel. Doch das Netteste an ihm ist sein Lächeln. Es lässt sein ganzes Gesicht erstrahlen.

Mit seinem blauen Sakko, dem weißen Hemd, der khakifarbenen Hose und den Halbschuhen sieht er aus, als sei er einer Anzeige für eine Eliteuniversität entstiegen. Er passt gar nicht in die Rock'n'Roll-Welt, in der er arbeitet. Ob er sich wohl absichtlich so kleidet, weil er weiß, dass er nicht mit Rockstars konkurrieren kann?

Auf dem Tisch im Besprechungszimmer stehen ein vom Caterer geliefertes Mittagessen, Getränke und ein Teller mit Keksen. Sieht so aus, als hätte er viel zu viel Essen für zwei Personen bestellt.

Au weia.

»Mögen Sie Wraps?«, fragt er und bietet mir einen Stuhl an. »Ich habe Jennifer und die Band eingeladen, um halb eins dazuzukommen. Ich wollte Sie vorher noch ein bisschen kennenlernen und mit Ihnen plaudern. Hoffentlich ist Ihnen das recht.«

Bei diesen Worten schießt ein Adrenalinschub durch meine Adern. *Er* kommt also auch!

Ich setze mich hin. »Klar. Das ist sehr nett von Ihnen.«

»Gern geschehen.« Dylan lässt den Stuhl neben mir leer und setzt sich mir gegenüber. »Erzählen Sie mir ein bisschen über sich, Leila«, fordert er mich auf und lehnt sich zurück.

Meine Beine, die unter dem Tisch unkontrollierbar zittern, sind das einzige Anzeichen meiner Nervosität, während ich auf das Erscheinen von Mr. Rockgott warte.

»Also, ich komme aus New Jersey und singe in einer Kneipe in Hoboken.«

»Sind Sie bereit für das Abenteuer, das jetzt auf Sie zukommt?«

»Ich denke schon. Ich warte schon fast mein ganzes Leben lang darauf. Ob ich damit Erfolg haben werde oder nicht, ist eine andere Frage.«

»Ich habe den Mitschnitt von Ihrem Vorsingtermin gehört, Leila. Sie sind sehr begabt. Ihnen steht ganz bestimmt eine erfolgreiche Karriere bevor.«

»Danke. Nett von Ihnen, das zu sagen.«

»Mit Nettigkeit hat das gar nichts zu tun.«

»Ich hoffe, meine Nervosität macht mir keinen Strich durch die Rechnung.«

»Sie brauchen sich nur um Ihre Auftritte zu kümmern. Alles andere überlassen Sie ruhig mir. Ich gehe mit Ihnen und der Band auf Tournee. Meine Aufgabe ist es, darauf zu achten, dass Sie auf Ihre Auftritte vorbereitet sind. Wenn Sie irgendetwas brauchen, kommen Sie einfach zu mir. Ich habe eine sehr tüchtige Assistentin, Cathy. Sie ist meine rechte Hand. Cathy reist zwar nicht mit, steht aber ständig mit uns in Verbindung. Wenn ich Ihnen mal nicht helfen kann, kann Cathy es ganz bestimmt.«

Ein Gefühl der Erleichterung überkommt mich. Cathy könnte genau die weibliche Vertrauensperson sein, die ich auf dieser Tournee brauche – als Ergänzung zu Dylan. Schon nach ein paar Minuten fühle ich mich in seiner Gesellschaft ruhig und entspannt. Das habe ich bisher noch bei niemandem erlebt, der irgendetwas mit Devil's Lair zu tun hat.

»Klingt so, als könnte Cathy meine beste Freundin werden.«

»Ganz bestimmt. Vermutlich gibt es Dinge, um die Sie mich nicht so gern bitten würden. In solchen Fällen ist Cathy Ihre Ansprechpartnerin.«

Ich finde Dylan sehr sympathisch. Er wirkt freundlich, aufgeschlossen und unkompliziert, sodass mir schon ein kleines bisschen wohler zumute ist.

»Fahren Sie im selben Bus mit wie die Band?«, frage ich zögernd.

»Nein. Wir würden uns gegenseitig umbringen. Ich fürchte, ich bin ein bisschen paranoid. Wahrscheinlich würde ich schon fünf Minuten nach Beginn der Tournee alle rumliegenden Kleidungsstücke aus dem Busfenster werfen, und die Jungs würden mich hinterherschmeißen«, lacht er, und ich stimme unwillkürlich mit ein.

»Ich glaube, ich bin auch ein bisschen paranoid. Wahrscheinlich muss ich einfach lernen wegzuschauen, wenn die Jungs unordentlich sind?«

»Wenn es Ihnen zu viel wird, können Sie gern mit mir und den Roadies im anderen Bus mitfahren. Aber dann müssten wir Sie schon verstecken, denn die Jungs wären wahrscheinlich nicht begeistert davon. Macht es Ihnen etwas aus, im oberen Bett zu schlafen?«

»Klingt gemütlich«, erwidere ich trocken, und er lacht wieder.

»Ich schlafe zusammen mit Will Sutter, dem Equipmentmanager, unseren Fahrern und fünf Roadies – die Sie noch kennenlernen werden, sobald es losgeht – im zweiten Bus.« Er runzelt die Stirn und zieht sein Handy aus der Tasche.

Dann schüttelt er den Kopf und steht auf. »Entschuldigen Sie mich bitte einen Augenblick, Leila?«

»Kein Problem.«

»Ich bin gleich wieder da. Brauchen Sie irgendetwas?«

»Nein, danke.« Er nickt mir zu und verlässt das Zimmer.

Mein Gespräch mit Dylan in den letzten Minuten hat mir geholfen zu vergessen, dass Jack kommt. Leider fällt es mir jetzt wieder ein.

Aber wir werden ja nicht allein miteinander sein, außer ihm kommen auch noch viele andere Leute. Das schaffe ich schon. Das schaffe ich schon. Das schaffe ich schon.

Nach einer knappen Minute ist Dylan wieder da und hat Jennifer im Schlepptau. »Hallo, Leila, wie geht's?« begrüßt sie mich mit scheißfreundlichem Lächeln.

»Hi, Jennifer. Danke, mir geht's gut, und dir?«, erwidere ich mit dem gleichen heuchlerischen Lächeln.

»Hervorragend. Ich freu mich schon so auf unsere Tournee.« Mit einem Blick auf das Mittagessen setzt sie hinzu: »Leckere Wraps.«

»Man tut, was man kann«, sagt Dylan mit verkrampftem Lächeln. Er steht zwischen Jennifer und mir und wirkt ziemlich nervös und angespannt. Vermutlich sind Mr. Kressel und Mrs. Baxter nicht gerade die besten Freunde? Dadurch wird Dylan mir gleich noch viel sympathischer.

»Hi, Dyl.« Jack kommt hereingeschlendert. Als er mich hinter Dylan sitzen sieht, bleibt er wie angewurzelt stehen. »Oh, hallo, Leila. Ich wusste nicht, dass du schon da bist.«

Mein Herz klopft zum Zerspringen, und ich kann kaum noch atmen. *Das schaffe ich schon.* Wer's glaubt, wird selig.

»Ich habe Leila gebeten, schon etwas früher zu kommen, damit wir uns ein bisschen miteinander unterhalten können«, erklärt Dylan und streckt Jack die Hand entgegen. Jack ist einen guten Kopf größer als Dylan, sodass er mir über seine Schulter hinweg in die Augen schauen kann. Doch diesmal vermisse ich die glühende Leidenschaft in Jacks Blick. Stattdessen sehe ich nur Reue und Scham.

»Schön, dich wiederzusehen, Leila.«

Da ich meiner Stimme nicht traue, lächle ich ihn nur stumm an.

Dylan lässt sich auf dem Stuhl neben mir nieder. Jack beißt die Zähne zusammen, geht um den Tisch herum und setzt sich direkt mir gegenüber. Die Spannung zwischen uns ist deutlich spürbar und bleibt auch Dylan nicht verborgen. »Sind deine anderen Bandmitglieder unterwegs verloren gegangen, oder hast du sie endlich rausgeschmissen?«, fragt er, um die Atmosphäre ein bisschen aufzulockern.

»Du weißt genau, dass sie trotzdem kommen würden, egal, ob ich sie rausschmeiße oder nicht«, erwidert Jack mit gereizter Stimme und lässt mich dabei nicht aus den Augen. Jennifer setzt sich neben ihn und rutscht ziemlich nah an ihn heran.

»Hunger?«, fragt Dylan, wendet sich mir zu und legt mir eine Hand auf den Arm.

Ich reiße mich von Jacks Anblick los und sehe Dylan an. »Oh ja. Das sieht wirklich sehr lecker aus.«

Er reicht mir einen Teller. »Du brauchst nicht auf die anderen zu warten«, sagt er. »Das hier ist meine Party. Greif zu!«

Die Art, wie Jack und Jennifer unser Gespräch schweigend beobachten, macht mich nervös. Als endlich auch der Rest der Band eintrudelt, wird die Atmosphäre etwas ungezwungener. Hunter kommt als Erster rein. Er wirft einen Blick auf das Tablett, das auf dem Tisch steht, und haut Dylan auf die Schulter. »Wer zum Teufel hat Wraps bestellt?«, fragt er. »Das ist doch bloß was für Weicheier.«

»Ich wollte den Damen eine Freude machen.« Dylan nickt zu mir hinüber.

»Ich mag Wraps«, lobt Scott das Essen, nimmt sich einen Wrap ohne Teller und winkt mir mit seiner freien Hand zu.

»Das dachte ich mir«, erwidert Hunter trocken.

Nach einem kurzen Hallo stürzen sich auch Hunter und Trey auf das Tablett mit den Wraps – obwohl so etwas angeblich nur Weicheier essen. Dylan kabbelt sich freundschaftlich mit ihnen, als seien sie schon seit Jahren die besten Kumpel. Er weiß, wie man richtig mit ihnen umgeht, und traut sich sogar, Trey zu hänseln. Offensichtlich hat er zu den anderen Jungs in der Band ein sehr viel entspannteres Verhältnis als zu Jack.

Dann gibt Dylan uns beiläufig ein paar Informationen zu der Tournee, wobei es vor allem um Gepäckbestimmungen und um die Reisebusse geht. Alle beteiligen sich lebhaft an dem Gespräch – außer Jack. Der trinkt schweigend seine Cola und macht nur den Mund auf, wenn er gefragt wird – und selbst dann gibt er bloß einsilbige Antworten. Falls Jen oder den Jungs sein merkwürdiges Verhalten auffällt, verlieren sie zumindest kein Wort darüber, sondern ignorieren ihn mehr oder weniger.

Ich war bisher noch nicht oft mit Jack zusammen, und natürlich habe ich Verständnis dafür, wenn jemand mal schlecht gelaunt ist; aber sein jetziges Verhalten geht weit über eine normale üble Laune hinaus. Trotzdem fällt es mir schwer, ihn zu ignorieren, denn schon seine bloße Gegenwart bringt mich aus dem Konzept, auch wenn er noch so miesepetrig dreinschaut. Außerdem sieht dieser schlecht gelaunte Jack ungeheuer sexy aus!

Während wir unser Mittagessen beenden, zieht Dylan ein paar Unterlagen aus seiner Aktentasche. »Tut mir leid, ausgerechnet jetzt vom Geschäft anfangen zu müssen, aber das ist der Grund, warum ich Sie heute hierhergebeten habe, Leila. Im Grunde genommen ist das hier der gleiche Vertrag, den das Studio auch mit den Jungs von der Band abgeschlossen hat. Darin steht, welche Dienstleistungen ich während der Tournee erbringen werde und welche Aufgaben das Studio zu erfüllen hat.« Er schiebt mir den Stapel Papiere zu und drückt mir einen Stift in die Hand.

Ich überfliege die Seiten und unterschreibe überall da, wo er seine niedlichen kleinen Post-it-Zettelchen hingeklebt hat. Dann schiebe ich den Stapel wieder zurück. »Das ging ja schnell«, sagt er. »Ist Ihnen bewusst, dass Sie mir gerade Ihren gesamten weltlichen Besitz übereignet haben?«

Ich kneife die Augen zusammen. »Tja, dann wünsche ich Ihnen viel Spaß mit Bessie.«

»Bessie?«, fragt er lächelnd.

»Meinem 2004 Honda Accord. Die Beifahrertür klemmt ein bisschen, aber wenn man ein paarmal dran rubbelt, geht sie wie von selbst auf.« Dylan quellen fast die Augen aus dem Kopf, und die Jungs fangen an zu feixen. Mir wird klar, dass meine Antwort ziemlich doppeldeutig war, und ich stimme in Dylans schallendes Gelächter ein. Als ich endlich wieder Luft bekomme, stelle ich fest, dass alle Blicke auf uns gerichtet sind.

Dylan räuspert sich verlegen. »Okay, ich glaube, jetzt sind wir mit allem durch«, sagt er dann. »Oder will sonst noch jemand etwas besprechen?«

»Ja.« Jack meldet sich zum ersten Mal seit Beginn dieser Besprechung freiwillig zu Wort. »Da wir gerade von Bessie reden … Ich möchte, dass ein Fahrdienst für Leila eingerichtet wird. An manchen Tagen werden wir sicherlich bis spät in die Nacht hinein arbeiten, und ich finde, um ihrer Sicherheit willen sollte sie hinterher nach Hause gebracht werden.«

»Kein Problem, Jack. Ich kann selber fahren. Ich brauch keinen Fahrdienst.« Wofür zum Teufel hält er sich? Für meinen Vater?

Jennifer starrt Jack an, als habe er den Verstand verloren.

Doch Dylan nickt bedächtig mit dem Kopf. »Das ist ein berechtigter Einwand. Auf jeden Fall kann ich Leila an den Abenden, an denen es spät wird, einen Fahrdienst anbieten. Außerdem kann sie ihr Auto auf einem Parkplatz abstellen, für den das Studio die Kosten übernimmt.«

»Danke«, sagen Jack und ich gleichzeitig, während ich ihn wütend anstarre.

»Ich lasse morgen eine Ausfertigung des Vertrags für Ihre Unterlagen an Sie mailen, Leila. Falls Sie noch Fragen haben sollten, melden Sie sich ruhig bei mir.«

»Danke, Dylan. Mach ich.«

Da meldet Trey sich zu Wort. »Sind wir jetzt fertig?«

»Ja, alles okay. Ihr könnt wieder abhauen«, sagt Dylan.

Trey steht auf. »Grüß Lori von mir«, bittet er mich, bevor er geht.

Lori? Das ist ja interessant …

Hunter und Scott winken mir im Hinausgehen zu. Jack und Jennifer rühren sich nicht vom Fleck.

»Also, dann sehen wir uns wohl am Montag.«

Jennifer steht auf. »Punkt neun Uhr, Leila. Wir haben vor den Proben noch eine Menge zu tun.« Sie schaut mich an, als sei ich schwer von Begriff.

»Kein Problem, ich werde pünktlich da sein«, sage ich und werfe Jack noch einen kurzen Blick zu, bevor ich gehe. »Tschüss, Jack.«

»Tschüss.«

Er bleibt sitzen. Dylan starrt ihn ein paar Sekunden lang an und wendet sich dann mir zu. »Ich begleite Sie nach draußen.«

Aha. So läuft das also jetzt zwischen Jack und mir? Ein schmerzhaftes Gefühl breitet sich in meiner Herzgegend aus. Warum ist er nur so böse auf mich? Vielleicht, weil ich ihm neulich sein kleines Vergnügen verdorben habe.

Die Proben am Montag werden sehr unangenehm sein, wenn ich nicht irgendetwas tue, um die Spannung zwischen uns abzubauen. Vielleicht sollte ich die Klügere sein, die nachgibt, und ihn später mal anrufen.

In der Empfangshalle wendet Dylan sich mir zu.

»Ist mit Jack und Ihnen alles in Ordnung?« Dass zwischen uns beiden heute eine gewisse Spannung herrschte, hätte selbst ein Blinder mit dem Krückstock erkennen können, trotzdem wundert es mich ein bisschen, dass Dylan das zur Sprache bringt, obwohl er mich doch kaum kennt.

»Ja, klar, alles okay. Warum?«, frage ich, schaue ihm dabei aber nicht in die Augen. Wenn er Menschen so gut durchschauen kann, wie ich vermute, weiß er bestimmt auch, dass ich gerade eben nicht die Wahrheit gesagt habe.

»Zwischen Ihnen beiden schien eine etwas gespannte Atmosphäre zu herrschen. Wenn ich etwas tun kann, um die Wogen zu glätten, sagen Sie es mir ruhig. Zumindest könnte ich mit ihm reden.« Sein Hilfsangebot rührt mich.

»Vielen Dank, Dylan. Ich komme schon klar.« Das ist eine Sache zwischen Jack und mir.

»Womit kommt sie klar?«, fragt Jack, der gerade zu uns herübergeschlendert kommt. Seufzend wende ich mich ihm zu. Wie viel er wohl mitgehört hat?

»Mit dem Stress wegen der bevorstehenden Tournee«, antwortet Dylan ohne zu zögern und zwinkert mir zu.

Jack steht direkt neben uns an der Eingangstür und macht keine Anstalten zu gehen. Vermutlich merkt er, dass Dylan einen Haufen Scheiße redet.

Dylan wirft ihm einen gleichgültigen Blick zu und wendet sich dann wieder an mich. »Also, Leila, denken Sie daran: Sie können mich jederzeit anrufen. Es war mir ein Vergnügen. Ich freue mich schon darauf, Sie näher kennenzulernen.« Er streckt die Hand aus, und als ich sie ergreife, legt er seine andere Hand über meine. Dann wendet er sich wieder in Richtung Korridor, ohne ein Wort mit Jack zu wechseln.

»Offensichtlich seid ihr schon die besten Freunde?«, fragt Jack, und sein Gesicht verdüstert sich. Ist er *deshalb* so stinksauer?

Ich ignoriere seine Bemerkung und werfe ihm einen desinteressierten Blick zu, bevor ich mich zum Gehen wende.

»Warte. Kann ich dich zu deinem Auto begleiten? Ich würde gern mit dir reden.«

Jetzt will er plötzlich reden?

»Es gibt nichts zu besprechen.«

»Bitte …«

Ich stoße einen tiefen Seufzer aus und wende mich zur Tür.

»Tschüss, Leila«, ruft Ian mir hinterher, als ich das Studio verlasse.

»Tschüss, Ian.« Ich winke ihm lächelnd zu.

Jack wirft erst Ian und dann mir einen Blick zu. »Du bist erst seit gefühlten fünf Minuten hier und hast schon zwei Verehrer?« Er versucht, belustigt zu klingen, aber es gelingt ihm nicht so recht.

Was hat er denn für ein Problem?

Schweigend gehen wir zu dem Platz, wo ich mein Auto geparkt habe. Ich grüble darüber nach, was wohl mit ihm los ist.

»Kann ich mich für ein paar Minuten zu dir ins Auto setzen?«, fragt er.

Statt einer Antwort schließe ich auf, und er setzt sich hinein. Kaum habe ich meine Autotür geschlossen, murmelt er auch schon: »Es tut mir so leid.«

Er starrt vor sich hin und wirkt völlig verstört. »Leila, ich … es tut mir so leid.« Endlich schaut er mich an.

»Jack … ich … Warum bist du böse auf mich?«

»Ich bin doch gar nicht böse auf dich«, sagt er verwirrt. »Nur auf mich selber. Tut mir leid, dass ich nicht richtig mit meinen Gefühlen umgehen kann.«

»Oh … ich … das macht nichts«, stoße ich unbeholfen hervor. Ich habe keine Ahnung, was ich sagen soll. Als ich ihn mir so ansehe, weiß ich eigentlich auch gar nicht mehr, warum ich überhaupt wütend auf ihn war. Mein Zorn löst sich in Nichts auf. Am liebsten würde ich die Hand nach ihm ausstrecken und ihn trösten.

Warum habe ich mich eigentlich so über ihn geärgert? Er hat sich ja schon vor ein paar Wochen bei mir entschuldigt, aber damals war ich offensichtlich noch nicht bereit, ihm zu verzeihen. Und nach seinem heutigen Benehmen mir gegenüber vermutete ich, dass er böse auf mich war.

Plötzlich wird mir klar, was mich so durcheinandergebracht hat: nicht die bevorstehende Tournee oder der Kuss, ja nicht einmal die Tatsache, dass Jack sich bei dieser Party wie ein männliches Flittchen benommen hat, sondern die wochenlange Funkstille zwischen uns beiden – dass er gar nichts mehr von sich hören ließ.

»Ist schon okay, Jack.«

»Es ärgert mich, dass wir so einen schlechten Start hatten. Können wir nicht noch mal von vorne anfangen?«, fragt er in flehentlichem Ton.

»Das wäre schön.«

Er lächelt und fasst nach meiner Hand. »Ich weiß, dass du heute Abend arbeiten musst, aber darf ich dich morgen zum Abendessen ausführen? Als eine Art Friedensangebot?«

Wir müssen diese gespannte Atmosphäre, die zwischen uns herrscht, überwinden und besser miteinander auskommen. Außerdem bin ich gern mit ihm zusammen. Ich sehne mich danach. Ich würde alles tun, worum dieser Mann mich bittet, weil … Na ja, eben einfach so.

»Warum kommst du nicht zu mir nach Hause?«, platze ich spontan heraus. »Wir könnten uns was zu essen holen, aber ich kann auch kochen. Und dann können wir uns in Ruhe unterhalten und uns ein bisschen besser kennenlernen.«

Auch ja? Wirklich nur »in Ruhe unterhalten«?

Er schaut mich mit hochgezogenen Augenbrauen an. »Ja? Bist du sicher, dass du das willst?«

»Ja, das fände ich sehr schön.«

»Ich auch«, lächelt er.

»Wenn du willst, kannst du Hunter mitbringen«, füge ich im Nachhinein noch hinzu. Habe ich das gesagt, damit ihm bei diesem Treffen in meinen eigenen vier Wänden wohler zumute ist – oder um mich selber zu beruhigen?

***

Jack kommt allein. Hunter hatte leider schon etwas anderes vor, erklärt er. Wie er mit unserem Abendessen – Pizza, einem Sechserpack Bier und einer Tüte billigem Weißwein – in meiner Wohnungstür steht, sieht er absolut umwerfend aus.

»Das mit dem billigen Wein hast du dir also gemerkt.«

»Tja, zuerst wollte ich eine Flasche kaufen, aber dann dachte ich mir, dass eine Tüte dich wahrscheinlich mehr beeindruckt.«

Ich lache, mache die Tür weit auf und nehme ihm den Wein ab.

Irgendwie scheint er ein bisschen nervös zu sein, als er beobachtet, wie ich die Pizza auf zwei Teller verteile und uns etwas zu trinken einschenke. Wir setzen uns an meinen Tisch, essen und machen ein bisschen Small Talk.

Erst als er bei seinem vierten Schokoladenkeks angelangt ist, frage ich ihn schüchtern: »Alles okay mit dir?«

Er blickt überrascht auf. »Ja, warum?«

»Du machst heute so einen ruhigen Eindruck.«

Er lächelt mich sanft an und zuckt die Achseln. »Ich möchte einfach, dass zwischen uns wieder alles in Ordnung ist«, gibt er zu.

Ich greife über den Tisch weg, lege meine Hand auf seine … und sofort wird mir klar, dass das keine gute Idee ist.

Jack senkt den Blick und dreht seine Hand um, sodass unsere Handflächen sich berühren. Dann fährt er mit dem Daumen langsam über den Ehering meiner Mutter an meiner rechten Hand. Bei seiner Berührung fliegen Funken durch meinen ganzen Körper, und mein logischer Verstand fordert mich lautstark dazu auf, sofort meine Hand wegzuziehen.

Aber ich kann es einfach nicht.

Jack spielt weiter mit dem Ring an meinem Finger. »Das sieht aus wie ein Ehering«, sagt er und verblüfft mich wieder mal mit seiner Offenheit.

»Er ist von meiner Mutter.«

Jack schaut mir forschend ins Gesicht. »Tut mir leid. Ich wollte nicht …«

»Mach dir deshalb keine Gedanken«, falle ich ihm ins Wort und lächle, um ihm seine Befangenheit zu nehmen. Jack drückt mir liebevoll die Hand.

»Lass uns ein bisschen relaxen.« Er zieht mich an der Hand zum Sofa hinüber. Ich setze mich neben ihn und achte dabei darauf, einen ausreichend großen Sicherheitsabstand zwischen seinem und meinem Körper einzuhalten. Schließlich habe ich ihn nicht hierher eingeladen, um die Situation zu verschlimmern oder noch komplizierter zu machen … Zumindest glaube ich das. Doch nun, da er hier ist, überkommt mich ein unerträgliches Verlangen danach, ihn zu berühren. Ich ziehe die Beine unter meinen Körper, verschränke die Hände in meinem Schoß und spinne mich gewissermaßen in einen Kokon ein, um jeder absichtlichen oder unabsichtlichen Berührung vorzubeugen.

Jack scheint die Rüstung, hinter der ich mich versteckt habe, nicht zu bemerken. Er macht es sich auf dem Sofa gemütlich und tippt auf der Fernbedienung meines Fernsehers rum, bis ein Baseballspiel der Mets seine Aufmerksamkeit fesselt. Nebenbei bemerkt: Mein Dad wird nicht gerade begeistert sein, wenn er erfährt, dass Jack ein Mets-Fan ist.

»Heute spielen die Yankees gegen Boston, und das ist *mein* Fernseher.« Ich strecke die Hand aus und warte darauf, dass er mir die Fernbedienung überlässt.

»Wie wär's mit einem Kompromiss? Bei der nächsten Runde schalten wir um und schauen uns deine Penner aus der Bronx an. Was hast du denn?«, setzt er mit einem Seitenblick auf mich hinzu. »Die sind doch Scheiße.«

»Hier spricht ein echter Mets-Fan.« Ich verschränke die Arme vor der Brust und tue so, als sei ich beleidigt – bis sein Gesichtsausdruck mich zum Lachen bringt.

»Und ein Yankee-Hasser.« Er lehnt sich zu mir herüber und gibt mir einen unschuldigen Kuss auf die Wange. Seine Lippen hinterlassen ein prickelndes Gefühl auf meiner Haut.

Während des Spiels vertiefen wir uns in ein zwangloses Gespräch. Jack erzählt mir von seiner Kindheit: Er war kein Sportfan, sondern ging lieber in den Gesangverein oder wirkte bei Schulmusicals mit, statt Football zu spielen. Außerdem war er intelligent. Er gibt zu, dass er ein viel besserer Schüler gewesen wäre, wenn seine Lehrer ihm öfter mal einen Tritt in den Hintern gegeben hätten. Aber da er so beliebt war, fanden alle seine schlechten schulischen Leistungen cool.

Ich erzähle ihm von all den Schwierigkeiten, in die Evan und ich früher geraten sind, und den vielen Freundinnen, die er meinetwegen verloren hat. Jack fragt mich, was für ein Mensch mein Dad ist, und erzählt mir von seinen Eltern. Er spricht auch von Lizzy: wie toll sie aussieht und – was noch viel wichtiger ist – wie intelligent sie ist. Dann unterhalten wir uns darüber, wie gut Lori und Trey sich auf Anhieb verstanden haben. Jack sagt, er habe sich schon darüber gewundert, dass Trey mir Grüße an sie aufgetragen habe. Natürlich habe Trey ihm kein Sterbenswörtchen davon verraten, aber er könne sich die beiden gut zusammen vorstellen; sie sei genau sein Typ. Ich lache und gebe zu, dass ich den gleichen Eindruck habe.

Dann kommt er wieder auf Matt zu sprechen. Ich tue so, als lasse mich das alles völlig kalt; doch Matt hat mir wehgetan, und ich habe mir fest vorgenommen, dass mir so was nie wieder passieren wird. Damals war ich heftig in ihn verliebt, deshalb gab ich ihm noch eine zweite Chance. Ich war überzeugt davon, dass er reifer geworden war und sich geändert hatte.

Jack erzähle ich allerdings nur, dass Matt ein Arschloch war und keine Ahnung von Beziehungen hatte. Komischerweise verteidigt er

Matt daraufhin sogar und erklärt, dass er selber auch nicht allzu viel über Beziehungen wisse. Vermutlich hat er recht. Und was weiß *ich* schon davon?

Ich gestehe ihm, dass ich vorhin beim Mittagessen nicht sonderlich begeistert von seinem Vorschlag mit dem Fahrdienst war. Dabei sei ich mir irgendwie hilflos vorgekommen. Zunächst reagiert Jack ein bisschen belustigt, doch dann lenkt er ein und verspricht, dass so etwas nicht wieder vorkommen wird. Daraufhin verzeihe ich ihm, dass er so was Idiotisches vorgeschlagen hat.

Ich frage ihn nach der Narbe an seiner Hand, und er erzählt mir, dass er als kleiner Junge mal vom Skateboard gefallen ist und sich an einer kaputten Flasche verletzt hat, die auf der Straße lag. Ich lache, und er zieht mich auf: »Freut mich, dass du meine Verletzung so lustig findest!« Daraufhin erkläre ich ihm, dass ich eigentlich ein viel aufregenderes Szenario im Kopf hatte: Ich hätte mir eher eine Schlägerei in einer Kneipe oder einen Wutanfall vorstellen können, bei dem er ein Fenster eingeschlagen habe. Jetzt muss *er* lachen.

Dann wird er plötzlich ernst. »Was war deine Mom für ein Mensch?«, fragt er.

»Sie war die beste Mutter, die es gibt.« Ich lehne mich auf dem Sofa zurück und schließe die Augen.

Tröstend legt er seine Hand auf mein Knie. »Ich wollte dich nicht aufregen.« Seine Berührung lässt mein Herz höher schlagen, und ich versteife mich ein wenig. Jack interpretiert meine Reaktion als Unbehagen, zieht schnell seine Hand weg und wendet seine Aufmerksamkeit wieder den Mets zu.

»Das regt mich nicht auf. Aber es fällt mir immer noch schwer, über sie zu sprechen. Ich vermisse sie jeden verdammten Tag. Sie wäre so stolz, wenn sie mich jetzt sehen könnte. Natürlich war sie auch früher schon stolz auf mich; aber das, was jetzt gerade in meinem Leben passiert, hätte sie besonders glücklich gemacht, weil ich mir damit meinen Traum erfülle.«

Er wendet sein Gesicht wieder mir zu und lächelt mich sanft an. »Wie sah sie denn aus?«

Ich erwidere sein Lächeln und stehe auf. »Komm, ich zeig sie dir.« Jack folgt mir durch den Flur in mein Zimmer und knipst das Licht an. Ein paar Sekunden lang beobachte ich ihn dabei, wie er sich neugierig in meinem Schlafzimmer umschaut.

»Hübsches Zimmer«, grinst er. »Sehr mädchenhaft.«

Da hat er recht. Es ist ein typisches Mädchenzimmer: Das Kopfende meines Betts ist aus weißem Gusseisen, bunte Blumenmuster zieren die Bettwäsche. Am Fenster hängen Spitzenvorhänge, und auf dem Nachttisch steht ein Princess-Telefon aus den Fünfzigerjahren. Ich habe versucht, dieses Schlafzimmer genauso einzurichten wie das Zimmer, das ich als kleines Mädchen hatte, weil es mich so sehr an meine Mom erinnert.

»Ich bin ja auch ein Mädchen.«

Jack lässt seine rauchgrauen Augen über meinen Körper wandern. »Allerdings.«

Verdammt! Wie kann er mich in unmittelbarer Nähe eines Betts so angucken! In einem aufregenden Paralleluniversum schubst Leila Marino Jack Lair jetzt auf die Matratze und macht mit ihm, was sie will – immer und immer wieder. Aber ich will mehr als nur heißen, schweißnassen Sex mit Jack. Ich möchte ihm auch auf andere Weise so nah wie möglich sein.

Und das alles hat ein einziger Blick in mein Schlafzimmer in mir ausgelöst? Schlagartig fällt mir wieder ein, warum wir hergekommen sind, und ich gehe zu einem gerahmten Foto meiner Mutter, das an der Wand hängt. Jack folgt mir, beugt sich vor und nimmt das Bild genau in Augenschein.

»Ihr seht aus wie Zwillingsschwestern.«

»Sie war wunderschön.«

»Das bist du auch.« Wir schauen uns an.

»Danke. Aber du hast meinen Dad noch nicht kennengelernt. Dem sehe ich auch ein bisschen ähnlich. Und den Charakter habe ich auch von ihm geerbt.«

Jack nickt schweigend und lässt mich nicht aus den Augen. Ich schaue wieder zum Foto meiner Mutter hinüber, um den Blickkontakt zwischen uns abzubrechen. »Mom war ein richtiger Freigeist. Wir hatten viel Spaß miteinander.«

»Ich hätte sie gern kennengelernt.«

»Das wäre schön gewesen. Sie hätte dich bestimmt gemocht. Ob du's glaubst oder nicht: Es hätte sie beeindruckt, dass du dein Studium hingeschmissen hast, um deinen Traum zu verwirklichen.«

»Wirklich?«

»Ja. Sie sagte immer: Man lebt nur einmal. Jeder Mensch sollte sein Leben so führen, dass er hinterher nichts bereut. Ich glaube, ihr war es als einziger Mutter auf der Welt scheißegal, was für Noten ich nach Hause brachte. Immer wenn ich eine Klassenarbeit verhauen hatte, ging sie mit mir in die Eisdiele.« Mit wehmütigem Lächeln erinnere ich mich an den Tag, an dem meine Mom das tat: Sie trocknete meine Tränen und tröstete mich, das sei doch gar nicht so schlimm.

Jack betrachtet zuerst das Foto meiner Mom und dann mich und macht ein so ernstes Gesicht, dass ich mich frage, was er wohl gerade denkt.

»Was ist?«

Lächelnd schüttelt er den Kopf. »Nichts. Ich bin richtig froh, dass wir das heute Abend gemacht haben.«

»Ich auch.«

»Aber jetzt sollte ich mich allmählich auf die Socken machen. Es ist schon spät. Dann also bis morgen?«

»Ja … *Punkt* neun Uhr!«

Da fängt Jack laut an zu lachen. »Du hast dich gerade genauso angehört wie Jen. Wirklich erstaunlich.«

»Eigentlich wollte ich das nicht laut sagen.«

»Du brauchst dich nicht zu entschuldigen. Das war wirklich Jennifer, wie sie leibt und lebt. Versprich mir, dass du Hunter das auch vorführst.«

»Was? Kommt gar nicht infrage. Schließlich ist sie eure Agentin.«

»*Unsere* Agentin.«

»Ein Grund mehr, mich nicht über sie lustig zu machen.« Jack folgt mir aus meinem Schlafzimmer zur Wohnungstür.

»Willst du die restlichen Schokokekse mitnehmen?«

»Verspottete mich nicht, du boshaftes Weib.«

Ich muss unwillkürlich lachen und interpretiere seine Antwort als ein Ja. Also packe ich den Rest der Kekse ein und drücke sie ihm in die Hand.

»Ich liebe dich.«

»Charmeur.« Ich schiebe ihn zur Tür, und er lacht beim Hinausgehen.

»Träum was Schönes, meine Süße.« Er beugt sich zu mir hinüber, küsst mich auf die Wange und lässt mich als zitterndes Etwas mit Pudding in den Knien zurück.

Oh je … Ich stecke ganz schön tief in der Scheiße.

Aber zum Glück ist es ja nur eine harmlose Schwärmerei, nicht wahr? Und weil ich meinem Körper schon so lange keine sexuelle Aktivität mehr gegönnt habe, schafft er es jetzt eben nicht, die Bremse anzuziehen. Bloß eine Schwärmerei, nichts weiter. Deshalb fühle ich mich so jung und wie benebelt im Kopf und komme mir total bescheuert vor. Das ist die einzige Erklärung für mein Benehmen, wenn Jack in der Nähe ist. Dann komme ich mir plötzlich vor wie ein frisch verliebter Teenager an der Highschool.

Nach seinem Besuch liege ich noch stundenlang wach und zermartere mir das Hirn darüber, wie ich diese Gefühle ignorieren soll. Doch als die ersten Sonnenstrahlen durch mein Fenster scheinen, ist mir immer noch keine Lösung eingefallen.

Kapitel 14
Jack

Als ich mit Hunters Wagen wieder in die Stadt zurückfahre, nehme ich keine der Straßen von Hoboken nach Brooklyn wahr. Völlig mechanisch steuere ich das Auto und trete je nach Bedarf aufs Gaspedal oder auf die Bremse. Die Handgriffe, die nötig sind, um ein Fahrzeug zu steuern, beherrsche ich im Schlaf. Dabei lasse ich den Abend in Gedanken noch mal an meinem inneren Auge vorbeiziehen.

Ich weiß selber nicht genau, warum mir so unwohl zumute ist und wo meine innere Unruhe herkommt. Schließlich habe ich mit Leila Frieden geschlossen und mich in ihrer Gesellschaft wirklich wohlgefühlt. Sie ist sympathisch und ungezwungen, und man kann wunderbar mit ihr reden. Außerdem ist sie sehr lieb und warmherzig – und nicht zu vergessen: Sie sieht fantastisch aus.

Mein Gedankenchaos macht mich so nervös, dass ich in ziemlich gereizter Stimmung bin, als ich unsere Wohnung betrete. Hunter und Amanda eng umschlungen auf der Couch liegen zu sehen bringt mich noch mehr auf die Palme.

»Na, wie ist es gelaufen?«

»Hi, Amanda.«

Sie schaut hoch und lächelt mich an. Ich kann mir vorstellen, warum Hunter sich so zu ihr hingezogen fühlt: Amanda ist nicht nur sehr hübsch, sondern gleichzeitig auch sehr schüchtern. Eigentlich ist sie die ideale Frau für ihn.

»Gut«, antworte ich auf seine Frage. »Ich glaube, wir sind einen ganzen Schritt weiter gekommen.« Ich gehe nicht näher auf das Thema ein, weil es sowieso nichts ändern würde. Wenn Hunter sich etwas in den Kopf gesetzt hat, ist er nicht davon abzubringen. Bevor ich wegfuhr, habe ich ihm den Grund für meinen Besuch bei Leila erklärt: Sie soll ihre Scheu vor mir verlieren, und wir wollen gute Freunde werden.

Aber das hat er mir nicht abgenommen und liegt mir ständig damit in den Ohren, Leila in Ruhe zu lassen. Ich habe ihm geschworen, dass ich keine Hintergedanken habe. Natürlich war das eine Lüge. Aber ich will ihr nicht einfach nur an die Wäsche, wie Hunter glaubt. Ich möchte auch mit ihr zusammen sein.

Auch? Was soll das heißen?

Die beiden fangen wieder an, mir auf die Nerven zu gehen, indem sie auf dem Sofa miteinander rumknutschen. »Ich lass euch mal lieber allein.«

Normalerweise würde ich mich jetzt sofort auf meine Dachterrasse verziehen; doch seit unserer Party habe ich mich kaum noch da oben aufgehalten, sondern mich meistens in meinem Zimmer eingeschlossen und bin auf und ab gelaufen wie ein Tiger im Käfig. Ich weiß auch nicht, was zum Teufel ich für ein Problem habe.

Trotz der Uhrzeit ist an Schlaf nicht zu denken. Mein Gefühl der Unruhe von vorhin steigert sich zu wütender Gereiztheit. Als ich mein Notebook aufklappe, um an ein paar Songs weiterzuarbeiten, überkommt mich plötzlich eine Erkenntnis: Ich bin eifersüchtig auf Hunter. Eigentlich würde *ich* jetzt gern mit Leila auf der Couch sitzen und jeden Zentimeter ihres Körpers küssen.

Scheiße … Scheiße … Scheiße!

Mein Notebook immer noch auf dem Schoß, schiebe ich den Gedanken an meine bisherigen Songs beiseite und fange an, einen neuen zu schreiben. Wie ein Besessener lasse ich die Gedanken, die mich verfolgen, in die Tastatur hineinfließen, bis meine Hände vom vielen Schreiben ganz verkrampft sind und mein Kopf vom vielen Nachdenken schmerzt. Ich spiele sogar ein paar Akkorde auf der Gitarre, um meinen Gefühlen Ausdruck zu verleihen.

Am Ende habe ich eine total emotionale Ballade geschrieben. Wahrscheinlich werde ich den Text nie jemandem vorlesen, weil er viel zu persönlich ist; aber ich musste diese Worte einfach loswerden.

Erstaunlicherweise bin ich selbst nach einer schlaflosen Nacht, in der mir nichts als Herz, Schmerz und anderer romantischer Scheiß im Kopf rumgegangen sind, immer noch total aufgedreht. Was zum Teufel soll das? Normalerweise schreibe ich keine romantischen Sachen.

Selbst unter der Dusche geht mir dieser blöde Song immer noch in einer Endlosschlaufe im Kopf herum; und als ich mir meine erste Tasse Kaffee koche, bin ich den Ohrwurm immer noch nicht losgeworden.

»Alles okay mit dir?« Hunter steht direkt vor mir – ohne Amanda. Ich war so in Gedanken versunken, dass ich ihn gar nicht kommen gehört habe.

Ich ignoriere seine Frage. »Ist Amanda weg?«, frage ich. Ich will dieses Thema jetzt nicht mit ihm besprechen. Ich weiß ja noch nicht mal, was »dieses Thema« überhaupt ist.

»Ja, sie ist gestern Abend schon gegangen«, antwortet er und holt seine geliebten Fruit Loops aus dem Küchenschrank. Dass Hunter so ein romantischer Trottel ist, lenkt mich ein bisschen von meinen eigenen Problemen ab. Ich sollte mal mit Scott darauf wetten, wie lange es wohl dauern wird, bis die beiden sich endlich die Seele aus dem Leib vögeln.

Als ich grinsend den Kopf über ihn schüttle, weiß Hunter sofort, woran ich denke. »Lass mich in Ruhe! Ich weiß schon, was ich tue.«

»Okay, okay. Ist ja schließlich *dein* Schwanz. Pass bloß auf, dass dir dein Dauerständer beim Trommeln nicht in die Quere kommt.« Bei dieser Vorstellung muss ich lachen.

»Verpiss dich«, sagt er ebenfalls lächelnd. Wahrscheinlich hatte er gerade genau das gleiche Bild vor Augen. Dann wird er plötzlich wieder ernst. »Was hast du denn da gestern die ganze Nacht auf deiner Gitarre rumgezupft?«

»Ich konnte nicht schlafen. Hab an einem Song gearbeitet.«

»Pass bloß auf, dass dir dein Dauerständer auf der Bühne nicht in die Quere kommt.«

Dieser Arsch. Anscheinend ahnt er, was mit mir los ist!

»Verpiss dich«, wiederhole ich seine eigenen Worte, zeige ihm den Stinkefinger, und er lacht sein nerviges Lachen.

***

Als wir im Studio ankommen, sitzt Leila schon auf einem Hocker. Es ist kurz vor neun, und sie sieht so aus, als sei sie schon seit einer ganzen Weile da. Sie tippt eine SMS in ihr Handy und bemerkt unser Eintreten kaum.

Sie sieht umwerfend aus mit ihrem Pferdeschwanz, den engen Levi's, Turnschuhen und einem knappen *Born to Run*-Konzert-T-Shirt, das ihre Kurven hervorragend zur Geltung bringt. Mir ist klar, dass sie diese Sachen absichtlich angezogen hat. Schon nachdem ich sie ein paar Sekunden lang angeschaut habe, bekomme ich Schmetterlinge im Bauch.

»Morgen.«

Als sie merkt, wie meine Blicke an ihrer Figur entlangwandern, strahlt sie mich an, und mir bleibt die Luft weg.

»Hi, Jungs. Ich hab Kaffee und Donuts mitgebracht.« Sie zeigt auf einen Tisch, wo sie ein richtiges kleines Frühstücksbüfett aufgebaut hat.

»Klasse«, sagt Hunter, geht schnurstracks auf die Schachtel mit den Donuts zu und schiebt sich einen in den Mund.

»Damke, Leiwa«, mampft er vor sich hin, und Krümel schießen aus seinem Mund direkt an meinen Kopf wie Revolverkugeln.

Ich starre ihn wütend an und schlage ihm mit der Faust auf den Arm.

»Autsch.«

Leila fängt laut an zu lachen. Was für ein wunderbares Geräusch.

»Er ist so ein Blödmann«, sage ich anklagend, während sie immer noch vor sich hin kichert.

»Danke für den Kaffee.« Ich gehe zu ihr rüber und schaue auf ihre Brust. »Hübsches Shirt.«

»Gefällt es dir? Ich kann dir auch eins besorgen, wenn du willst.« Sie zwinkert mir zu.

Eine zwinkernde Leila? Wer ist dieses Mädchen, und was hat sie mit der alten Leila gemacht? Ich kann mir gar nicht vorstellen, dass sie sich nach einem einzigen Kennenlernabend schon ungehemmt genug in meiner Gegenwart fühlt, um mir zuzuzwinkern. Sie hat gar keine Ähnlichkeit mehr mit dem Nervenbündel, das vor ein paar Wochen hier hereinspaziert ist.

Ich glaube, diese neue Leila gefällt mir.

Dann kommt Jennifer reingeschlendert, als gehöre ihr dieses Studio. Sofort setzt Leila sich ein bisschen gerader auf ihrem Hocker hin. Man merkt ihr deutlich an, wie einschüchternd Jen auf sie wirkt.

»Guten Morgen.« Sie lässt ihren Blick durch den Raum schweifen. »Seid ihr bereit, zu proben, bis euch der Arsch wehtut?« Sie sieht aus wie jemand, der im Begriff ist, über einen Laufsteg zu stolzieren, statt die nächsten zehn Stunden in einem miefigen Studio zu hocken.

Aus den Augenwinkeln sehe ich, wie Leila sie neidisch von Kopf bis Fuß betrachtet. Ich würde gern ein paar Takte mit ihr über dieses Thema reden und sie zur Vernunft bringen. Mit ihren Jeans und dem Bruce-Springsteen-T-Shirt passt Leila viel besser hierher als Jennifer. Außerdem sieht sie umwerfend aus.

Da klingelt Jennifers Handy. »Rührt euch nicht von der Stelle«, blafft sie uns an und geht hinaus, um den Anruf entgegenzunehmen. Kaum hat sie das Zimmer verlassen, entspannt Leila sich sichtlich.

»Hey – sie beißt nicht.«

Peinlich berührt blickt Leila auf und errötet. »Fällt das wirklich so auf?«, flüstert sie.

Ich lehne mich so nah zu ihr herüber, dass mein Mund fast ihr Ohr berührt. »Ja«, flüstere ich zurück.

Erschrocken weiten sich ihre Augen, und sie schnappt leise nach Luft, sodass ich lachen muss. »Was hast du denn für ein Problem mit ihr?«

»Sie ist unheimlich.«

»Sie ist harmlos.« Unwillkürlich streiche ich Leila über den Rücken, um sie zu beruhigen. Bei dieser Berührung versteift sie sich ein wenig. Vielleicht ist sie ja doch immer noch das gleiche Nervenbündel.

»Sie arbeitet auch für *dich*. Hör endlich auf, Angst vor ihr zu haben.«

»Ja, Chef«, sagt sie und salutiert.

Ich drohe ihr mit dem Finger. »Ich meine es ernst«, sage ich streng.

Leila schaut zu mir hoch, und ich bin wie gelähmt. Sie hat einen verführerischen Kussmund, ihre erschrocken aufgerissenen Augen wirken so unschuldig, und ihre Brust hebt und senkt sich bei jedem Atemzug verführerisch. Verdammt. Am liebsten würde ich sie jetzt küssen. Das Einzige, was mich davon abhält, ist meine Vorstellung davon, wie Leila und Hunter darauf reagieren würden.

Oh weh. Wir haben heute noch einen langen Tag vor uns.

Als Nächstes trudelt Scott ein. Er wirkt putzmunter. Ich weiß, dass er sich gestern Abend absichtlich nicht mit Patti getroffen hat, um an unserem ersten Probentag topfit zu sein. Er ist so ein Streber.

»Juhu! Wer hat die Donuts mitgebracht?« Er nimmt sich einen aus der Schachtel. Hunter zeigt auf Leila und schiebt sich noch einen Donut in den Mund.

»Danke, Leila«, sagt Scott und imitiert Hunters Gemampfe. »Ich habe einen Mordshunger.«

Trey kommt natürlich wieder mal zu spät. Während wir auf ihn warten, zieht Hunter einen großen Packen Papier und ein paar CDs aus seiner Sporttasche und reicht sie Leila. Diesmal besitzt er wenigstens Anstand genug, den Donut aus seinem Mund zu nehmen, bevor er mit ihr spricht.

»Ich habe die Lyrics und die Noten für alle unsere Songs ausgedruckt. Inzwischen haben wir uns überlegt, wie wir deinen Backgroundgesang und deine Keyboards am besten in die Songs einfügen. In den nächsten Tagen gehen wir alle Songs der Reihe nach durch und arbeiten sie um.«

Hunter drückt Leila die CDs in die Hand. »Das sind Aufnahmen von allen unseren Songs. Du kannst sie mit nach Hause nehmen und in deiner Freizeit anhören, um sie dir einzuprägen.«

Eins muss ich zugeben: Obwohl Hunter sich manchmal total kindisch benimmt, ist er ein fantastischer Manager. Er hat diese Idee vorher mit mir besprochen, und ich hielt sie für hervorragend.

Leila wirkt beeindruckt. »Danke, Hunter. Das ist prima. Nett von dir, dass du dir so viel Mühe gemacht hast.«

Dann kommt Jennifer wieder hereingerauscht und schaut sich im Studio um, als habe sie etwas verpasst. »Schick Trey mal eine SMS und frag ihn, wie lange er noch braucht«, befiehlt sie Hunter.

»Beruhige dich«, sagt Trey, der plötzlich im Eingang steht. »Ich bin doch schon da. Pünktlich auf die Minute.« Er steuert auf seine Ecke zu und ignoriert unsere irritierten Blicke. Trey ist fast eine halbe Stunde zu spät gekommen; doch da seine innere Uhr die Zeit nicht in Minuten, sondern in halben Stunden misst, ist er nach seinem Empfinden beinahe pünktlich.

»Natürlich, Mr. Taylor.« Die beiden lächeln sich sarkastisch an. Belustigt sehe ich, wie Leila diesen Wortwechsel mit weit aufgerissenen Augen verfolgt.

Jennifer wirft ihre Haare nach hinten und wendet sich Leila zu.

»Wie ich sehe, hat Hunter dich schon darüber informiert, was wir diese Woche vorhaben. Es ist wichtig, dass du das Repertoire von Devil's Lair möglichst schnell kennenlernst. Bitte hör dir ihre CDs so oft wie möglich an, um dich mit den Songs vertraut zu machen. Sobald du dich in deine Background- und Keyboardpassagen eingearbeitet hast, werden wir alle Songs zusammen mit deiner Backgroundstimme neu aufnehmen.«

Leila räuspert sich. »Die meisten Songs kenne ich schon ziemlich gut. Ich bin schon seit Jahren ein Fan von Devil's Lair. Wenn ihr wollt, können wir die Backgrounds innerhalb von ein paar Tagen aufnehmen. Und für die Keyboards brauche ich nur einen Probedurchlauf, dann klappt das schon.«

Das haut mich total um. Ich wusste gar nicht, dass Leila ein Fan von uns ist. Bei ihrem Vorsingtermin wirkte sie zwar schon so ein bisschen wie ein Groupie, das seine Lieblingsband anschwärmt; doch für einen richtigen Fan von Devil's Lair hätte ich sie nie gehalten. Hunter strahlt bei dem Geständnis. Er war von Anfang an Leilas größter Befürworter – außer mir natürlich. Jetzt wirkt er richtig stolz.

Jennifer, die auf einem Hocker in der Nähe der Glasscheibe sitzt, die uns von der Tonkabine trennt, macht dagegen einen eher skeptischen Eindruck. »Das ist eine gute Nachricht. Dann können wir unseren Terminplan ja problemlos einhalten. Vor September haben wir nämlich noch eine Menge zu tun. Wir werden so lange in diesem Studio arbeiten, bis wir deine Backgroundstimme in unsere Tracks einbauen können. Danach ziehen wir in Bobbys Studio in Greenwich Village um, das ist größer.« Sie wirft einen Blick auf ihre Armbanduhr. »Wo steckt Dylan denn?«

»Oh, dem ist was dazwischengekommen«, antwortet Leila. »Tut mir leid, dass ich vergessen habe, es euch zu sagen. Er hat mir vorhin eine SMS geschickt: Ich soll euch ausrichten, dass er erst ein bisschen später kommt.« Peinlich berührt schaut sie uns an.

Jennifer wirft Leila einen durchdringenden Blick zu. »Na gut, dann fangen wir schon mal ohne ihn an.«

Dylan hat Leila eine SMS geschickt?

Was?

Was für ein Schlitzohr … Damit hatte ich nicht gerechnet.

Kapitel 15

Leila

Unsere ersten Tage im Studio waren ebenso aufregend wie strapaziös und ließen mich an meiner Entscheidung zweifeln, gleichzeitig für Devil's Lair und die Cliffhangers zu arbeiten. Jeden Abend kroch ich hundemüde ins Bett; und dabei ist das Wochenende, an dem meine Auftritte im *Zone* enden, noch lange nicht in Sicht. Ich hoffe, dass die Cliffhangers bald Ersatz für mich finden.

Ich habe mir wirklich den Arsch aufgerissen, damit meine neue Band mich nicht für eine Faulenzerin hält. Natürlich bin ich das nicht, ganz im Gegenteil: Ich habe sogar sehr viel mehr gearbeitet als sie (mit Ausnahme von Jack). Sein Durchhaltevermögen ist wirklich erstaunlich.

Wir haben uns unser Mittag- und Abendessen liefern lassen, sodass wir das Studio praktisch nie zu verlassen brauchten.

Jack hat stets große Rücksicht auf meine Bedürfnisse genommen und mich – als einziges Mitglied seiner Band! – immer wieder gefragt, ob ich eine Pause brauche. Irgendwann waren die Jungs so sauer, dass sie ihn am liebsten umgebracht hätten.

Als kleine Revanche hat Hunter die anderen immer wieder dazu angestiftet, Jack auf die Palme zu bringen.

Am ersten Tag beschwerte er sich, er habe Hunger und müsse dringend eine Pause machen. Schließlich könne er nicht mit knurrendem

Magen am Schlagzeug sitzen. Natürlich ignorierte Jack seine Bitte. Daraufhin zog er am nächsten Tag mitten in einem Song eine große Schüssel Fruit Loops hinter seinem Drumset hervor und schlabberte das Zeug in sich hinein. Alle lachten, selbst Jack konnte sich nur mit Mühe ein Grinsen verkneifen.

Ich fand das furchtbar lustig und konnte gar nicht mehr aufhören zu lachen.

An einem anderen Tag hoben alle Bandmitglieder die Hand und baten um Erlaubnis, auf die Toilette zu gehen. Als Jack sie ignorierte, wandte Hunter sich hilfesuchend an mich: »Miss Marino, ich muss mal.«

Außerdem stiftete Hunter die Jungs in der Tonkabine dazu an, unsere Stimmen so zu verändern, dass wir wie Mickymäuse klangen, als wir uns die Playbacks anhörten. Trey hat sich vor Lachen beinahe in die Hose gemacht, als er das hörte.

Obwohl ich jeden Abend fix und fertig war, liebte ich meinen neuen Job. Noch nie habe ich so herzlich gelacht wie in diesen letzten Tagen im Studio. Meine alten Bandmitglieder waren zwar auch lustig; doch zu beobachten, wie diese Jungs sich miteinander kabbeln, ist fast wie eine Realityshow.

Aber außer dem Spaß und der Schufterei gab es auch viele Augenblicke, in denen ich die Zähne zusammenbeißen musste. Denn wenn ich Jack schon im Alltagsleben für sexy gehalten hatte, musste ich jetzt feststellen, dass er noch viel verführerischer aussieht, wenn er singt und Gitarre spielt.

Oh Gott. Im Studio ist dieser Mann das reinste Aphrodisiakum.

Sein hübsches Gesicht wirkt so ernst und gefühlvoll, wenn er sich auf seine Songtexte konzentriert, und ich finde es so sexy, wie seine Hände über die Saiten seiner Gitarre gleiten. Er sieht aus wie ein junger Gott, und ich kann ihn nur pausenlos anstarren. Immer wenn er einen meiner Blicke auffängt, lächelt er mich schüchtern an. Der Anblick von Jack Lair an seiner Gitarre wird mir sicherlich noch viele, viele erotische Träume bescheren.

Jack ist jedes Mal sichtlich stolz darauf, am Abend den Fahrdienst für mich zu bestellen. Und ich muss zugeben, dass es wirklich schön ist, gefahren zu werden – vor allem nach einem anstrengenden Tag im Studio. Im Nachhinein muss ich sagen, dass dieser Vorschlag mit dem Fahrdienst sehr lieb und rücksichtsvoll von ihm war. Als ich mich reumütig bei ihm dafür bedankte, hat der Scheißkerl mir doch tatsächlich zugezwinkert!

Alles in allem lief es mit unserer Arbeit wirklich gut – bis heute. Da wachte ich mit einer furchtbaren Erkältung auf, und meine Stimme war nur noch ein Krächzen. Aber ich wollte nicht daran schuld sein, dass wir hinter unserem Terminplan zurückbleiben. Jack und ich haben uns den ganzen Vormittag darüber gestritten und trotzdem nichts Rechtes zustande gebracht. Dieser Mann kann so was von stur sein.

Schließlich brach er die Proben vorzeitig ab, schickte mich nach Hause und befahl mir, mich auszuruhen. Da ich wusste, dass ich diesen Kampf nur verlieren konnte, befolgte ich seinen Vorschlag. Ich stellte mir den Wecker, um nicht zu lange zu schlafen; doch als er klingelte, war ich mürrisch und übellaunig. Das Nickerchen hatte gar nichts gebracht, jetzt ging es mir sogar noch schlechter. Lethargisch mache ich mich für unsere heutige Show im Zone fertig, als mein Handy klingelt.

»Hi, Jack.«

»Leila, du hörst dich scheiße an. Hast du getan, was ich dir gesagt habe?«

»Ja, Chef. Ich habe Suppe gegessen, geschlafen, heiß geduscht, und jetzt muss ich zur Arbeit gehen.«

»Wusste ich's doch. Du musst zu Hause bleiben und dich ausruhen, Leila. Ich bin sicher, deine Jungs haben Verständnis dafür.«

»Mir geht's gut. Ich fühle mich schon viel besser. Ich habe ein Erkältungsmittel genommen, und jetzt bin ich wieder fit.« Natürlich ist das eine glatte Lüge.

»Leila …«

»Heute Abend ist im *Zone* nicht viel los, Jack. Ich brauche bloß meine Keyboards zu spielen und …«

»… Ich rufe Evan an.«

Allmählich verliere ich die Geduld und stoße einen tiefen Seufzer aus. »Ich hab schon einen Dad, Jack. Noch einen brauche ich nicht. Das ist doch bloß eine blöde Erkältung. Bitte hör endlich auf.«

Danach herrscht so langes Schweigen am anderen Ende der Leitung, dass ich unwillkürlich nachfrage: »Bist du noch da?«

»Eine Erkältung, aus der leicht etwas Schlimmeres werden könnte. Ruf mich heute Abend noch an – egal, wie spät es ist. Wenn du es vergisst, komme ich nach Hoboken.« Mit diesen Worten hängt er ein, ohne auf Wiedersehen zu sagen.

Was zum Teufel sollte *das* denn?

Als ich im *Zone* ankomme, wirft Evan mir nur einen einzigen Blick zu und weiß sofort, was los ist. »Du siehst wirklich scheiße aus«, grinst er.

»Danke für das Kompliment.« Offensichtlich hat Mr. Lair ihn angerufen. »Sehr liebenswürdig von dir.«

Evan bestätigt meinen Verdacht. »Lass den Scheiß. Dein Freund hat angerufen. Fahr wieder nach Hause.«

»Wie bitte? Er ist nicht mein Freund.«

»Egal.«

»Du Arsch.« Was für eine schlagfertige, intelligente Antwort, Leila.

Lori kommt auf mich zu und knallt mir ihre Hand an die Stirn.

»Aua.«

»Du fühlst dich ganz heiß an.«

»Danke für deine Fürsorge. Du nervst.«

»Sei nicht albern. Geh nach Hause.«

Meine Freunde nörgeln so lange an mir rum, bis ich mir wie ein fünfjähriges Kind vorkomme. Matt weigert sich, zusammen mit mir ins Mikrofon zu singen. Joe ist an diesem Wochenende auf eine Party eingeladen, und wenn er sich meinetwegen erkältet und nicht hingehen kann, bringt er mich um. Logan und Alisa nehmen sich die Frechheit heraus, Sal zu sagen, dass ich krank bin und wieder nach Hause fahren muss. Sal ruft meinen Dad an, der mir daraufhin eine SMS nach der anderen schickt.

Das ist ja zum Verrücktwerden!

»Na gut, ich fahre heim – aber nur, weil ihr mir auf den Geist geht.«

Kaum bin ich wieder in meiner Wohnung, schicke ich Jack eine SMS.

Bin wieder zu Hause … Sie haben mich rausgeschmissen … Geh jetzt ins Bett.

Seine Antwort kommt zwei Sekunden später.

Alles klar … Bin gleich bei dir … Was für eine Suppe hättest du gerne?

Bleib, wo du bist! Wir können nicht riskieren, dass du auch noch krank wirst … Mir geht's gut … Ich schließ' jetzt ab und hau mich aufs Ohr.

Grrr… Du bist so was von stur … Na gut … Ruf mich morgen an.

Hast du etwa gerade geknurrt?

Grrr.

***

Meine Erkältung hat sich zu einer Atemwegsinfektion entwickelt. Nichts hasse ich mehr, als wenn sich herausstellt, dass ich unrecht gehabt habe. Evan und Dad sind gekommen, um nach mir zu sehen. Jack brüstet sich damit, dass er es ja von Anfang an gewusst hat, ruft dauernd an und schreibt mir eine SMS nach der anderen. Allmählich nervt mich das; andererseits finde ich es aber auch irgendwie scharf, wie liebevoll er mich umsorgt. Eigentlich ist das blöd, denn mein Dad und meine Freunde kümmern sich schon genügend um mich. Aber Jacks männlich-theatralische Art, »die Sache in die Hand zu nehmen«, törnt mich irgendwie an.

Schon wieder summt mein Handy und zeigt mir SMS Nummer siebenhundertdrei an. Diesmal teilt er mir mit, dass er vor meiner Tür steht.

Mach auf.

Stöhnend schlurfe ich zur Tür, ohne sie zu öffnen. Jacks Anrufe und SMS waren ja noch ganz sexy; aber an meiner Tür aufzukreuzen, wenn ich wie ein Zombie aus *The Walking Dead* aussehe, finde ich alles andere als cool.

Ich habe mich in eine dicke Wolldecke gehüllt, und das Ober- und Unterteil meines Pyjamas passen nicht zusammen. Die ungewaschenen Haare trage ich zu einem struppigen Pferdeschwanz zusammengebunden. Ich habe dicke Tränensäcke unter den Augen, schon seit zwei Tagen nicht mehr geduscht und mir auch nicht die Beine rasiert.

»Geh weg. Ich seh scheiße aus.« Und das ist noch untertrieben. Ich möchte wirklich nicht, dass Jack mich so sieht.

»Nein … Mach auf.«

»Nein.«

»Leila …«

Ich würdige ihn keiner Antwort.

»Leila …«

Ich schweige ihn weiter an.

»Mach endlich die verdammte Tür auf!«

Schniefend öffne ich die Tür einen winzigen Spalt.

»Hey, Rudolph«, neckt er mich.

»Wie witzig. Ich hab dir doch gesagt, du sollst wegbleiben. Du steckst dich nur an.«

»Hast du vor, mit mir zu knutschen?«

Wie bitte?

»*Was?* Natürlich nicht …«

»Wie soll ich mich dann anstecken? Ich bin nur gekommen, um mich davon zu überzeugen, dass es dir auch wirklich besser geht.« Er drängt sich durch den Türspalt und trägt zwei Einkaufstüten in die Küche.

»Was ist denn das?«

»Suppe und Medikamente.« Er holt die Sachen der Reihe nach aus den Tüten und legt sie nebeneinander auf meine Küchenanrichte.

»Suppe und Medikamente für ein ganzes Dorf?«

»Das ist nicht lustig. Wir brauchen dich gesund zurück, damit du bald wieder singen kannst.«

»Also machst du dir nur Sorgen um euren Aufnahmeplan und nicht um meine Gesundheit?«

Jack bleibt wie angewurzelt stehen und wirft mir einen zutiefst gekränkten Blick zu. »Glaubst du das wirklich?«

»Ach was. War doch bloß Spaß.«

»Im Moment ist mir unser Album scheißegal, Leila.«

»Ich weiß.«

Du meine Güte … Er reagiert immer gleich so empfindlich.

Ich habe ein schlechtes Gewissen, weil ich Jack gekränkt habe; also lasse ich ihn ein paar Stunden lang Krankenschwester spielen. Er füttert mich, flößt mir Medikamente ein und erzählt mir, was in meiner Abwesenheit im Studio so alles passiert ist. Er ist wirklich ein sehr guter (und vor allem gut aussehender) Krankenpfleger.

Die Suppe ist köstlich. Ich esse den ganzen Teller, ohne auch nur ein einziges Mal den Löffel abzusetzen. Als ich wieder hochschaue, runzelt er die Stirn.

»Was ist?«

»Wann hast du das letzte Mal was gegessen?«

»Zählt Paracetamol auch mit?«

»Ha, ha.«

»Ich weiß es nicht mehr. Die Suppe war wirklich gut. Wo hast du die gekauft?«

»Meine Mom hat sie gekocht.«

»Red keinen Scheiß.«

»Sie hat sie heute früh bei mir vorbeigebracht.«

»Bitte, bitte sag, dass du deine Mutter nicht gebeten hast, mir Suppe zu kochen, Jack.«

»Hab ich auch nicht. Auf die Idee ist sie von selber gekommen.«

»Oh Gott … Wie nett von ihr … Das ist mir so peinlich.«

»Warum denn? Meine Mom ist nun mal so. Gewöhn dich dran.«

Ich kann nicht glauben, dass Jack seiner Mutter von meiner Erkältung erzählt hat.

Ich kann nicht glauben, dass sie mir Suppe gekocht hat.

Und ich kann erst recht nicht glauben, dass er diese Suppe von Brooklyn bis nach Hoboken gefahren hat.

So eine Familie gibt's doch gar nicht. Gut aussehend … großzügig … fürsorglich … Das ist einfach zu schön, um wahr zu sein.

Bisher hatte ich mir einzureden versucht, dass meine Gefühle für Jack nur eine blöde Schwärmerei sind. Doch jetzt, wo Jack sich so liebevoll um mich kümmert, mich in meinem schlimmsten Zustand sieht und trotzdem vor Güte und Fürsorge überfließt, wird mir klar, dass ich mir etwas vorgemacht habe.

Es ist nicht bloß eine Schwärmerei.

Ich bin auf dem besten Weg, mich bis über beide Ohren in ihn zu verlieben, und weiß nicht, wie ich damit umgehen soll, denn aus uns beiden kann nichts werden. Ich weiß genau, was die Leute sagen würden: Seine Backgroundsängerin ist mit ihm ins Bett gestiegen, um ihren Traumjob zu bekommen. Dass ich diesen Job vorher schon hatte, spielt gar keine Rolle. Dieses kleine Detail würden die Leute ignorieren. Genauso gut könnte ich meine Karriere im Klo runterspülen.

Jack spürt mein Unbehagen.

»Alles okay mit dir?«

»Klar. Ich bin bloß müde.«

»Die Jungs vermissen dich schon«, sagt er, um das Thema zu wechseln. »Sie sagen, dass ich furchtbar unleidlich bin, wenn du nicht da bist.«

Ich lache über dieses Geständnis. »Und – stimmt das?«

»Kein Kommentar.«

»Sag ihnen, dass ich bald wiederkomme, um auf dich aufzupassen.«

»Gut. Ich vermisse dich übrigens auch«, sagt er und schaut mir tief in die Augen.

Wieder spüre ich dieses Kribbeln, das meinen ganzen Körper überläuft, wenn unsere Blicke sich treffen. Zum ersten Mal seit Tagen friere ich nicht bis auf die Knochen. Ganz im Gegenteil: Plötzlich ist mir ziemlich warm. Die untere Hälfte meines Körpers scheint wieder zum Leben zu erwachen, mein Herz fängt an zu hämmern, und ich habe schweißnasse Hände. Meinen Augen, meinem Herzen, meinem unteren Stockwerk – meinem ganzen Körper ist es egal, was passieren würde, wenn Jack und ich zusammenkämen. Ich will ihn ganz einfach. Meine Entschlossenheit ist auf dem besten Weg, sich in nichts aufzulösen.

Jack in meiner Wohnung zu haben, während diese Erkenntnis in mir aufsteigt, und das auch noch unter dem Einfluss diverser Erkältungsmedikamente ... Das ist schon eine ziemlich gefährliche Situation.

Trotzdem ist mein Gehirn immer noch zu logischem Denken fähig und gibt mir die richtigen Worte ein. »Du kannst jetzt gehen. Ich bin furchtbar müde«, lüge ich ihn an.

»Schmeißt du mich raus?«

Ich nicke und schließe die Augen, als hätten seine Erkältungsmittel mich müde gemacht. »Du bist ein sehr guter Krankenpfleger. Danke.«

Ich gebe mir Mühe, ruhig und gleichmäßig zu atmen, und tue so, als würden mir die Augen zufallen. Sorgsam legt Jack alles, was ich brauche, in meine Reichweite.

»Schlaf gut, meine Süße.« Als ich seine warmen Lippen auf meiner Stirn spüre, fällt es mir sehr schwer, so zu tun, als sei ich müde. Trotzdem spiele ich ihm weiter Theater vor.

Jack steckt die Decke um mich herum sorgfältig fest und prüft, ob ich auch wirklich bequem auf dem Sofa liege, bevor er sich auf leisen Sohlen davonschleicht. Bald darauf übermannt mich tatsächlich der Schlaf.

Am nächsten Morgen werde ich von strahlendem Sonnenschein geweckt. Erstaunlicherweise fühle ich mich schon viel besser, nachdem ich eine Nacht lang tief und fest geschlafen und von Jack geträumt habe. In meinem Traum waren wir verheiratet, und er hat unsere kranke Tochter gesund gepflegt. Das war so schön und kam mir so real vor … Ich fürchte, um mich ist es wirklich geschehen.

Träge räkle ich mich unter meiner Decke. Da summt mein Handy schon wieder. Als ich Jacks neueste SMS lese, muss ich grinsen.

Hallo, meine Süße … Hoffentlich geht's dir besser … Ruf mich an, wenn du wach bist.

Um mich ist es geschehen …

***

Als ich dann endlich wieder ins Studio kam, musste ich so tun, als berühre mich das alles überhaupt nicht. Glaubt mir: Es ist wirklich nicht leicht, ständig mit jemandem zusammen zu sein, den man liebt, und so zu tun, als sei er einem gleichgültig. Man muss sich bei jedem Wort und jeder Handlung eisern im Griff haben und aufpassen, dass einem die Gesichtszüge nicht zu einem dümmlichen Lächeln entgleisen. Das ist verdammt schwierig und auch ziemlich anstrengend.

Und nicht zuletzt musste ich auch noch die ständigen Hänseleien von meiner Band über mich ergehen lassen.

»Er mag dich viel lieber als mich. Mir könnte ein Hai den Arm abbeißen, und ich müsste mich trotzdem gleich wieder ans Schlagzeug setzen.«

»Schön, dass du wieder da bist, Leila. Während deiner Abwesenheit haben wir uns umgetauft. Wir heißen jetzt Leilas Lair.«

»Er war furchtbar gemein zu uns.«

»Er hat meine Fruit Loops in den Mülleimer geworfen.«

Ich bin von lauter Komödianten umgeben.

Als ich wieder ins *Zone* komme, muss ich der bitteren Realität ins Auge sehen, dass ich nicht unersetzlich bin. Lori versichert mir, dass die Cliffhangers auf dem besten Weg sind, eine neue Backgroundsängerin zu finden, sodass ich in Zukunft nicht mehr zwischen zwei Jobs hin und her pendeln muss. »Du bist fix und fertig. Deshalb bist du so krank geworden. Aber keine Sorge: Wir haben bestimmt bald einen Ersatz für dich.«

»Ich war doch bloß erkältet. Das passiert tagtäglich Millionen von Menschen. Mach doch nicht so ein Drama draus.«

»Pfft.«

»Sieht wirklich ungeheuer attraktiv aus, wenn du so eine Schnute ziehst, Lor.«

»Pfft. Trey will, dass ich zu Jacks Party komme.« Sie zieht die Augenbrauen hoch und grinst.

»*Wirklich?* Wie oft redet ihr denn miteinander?«

»Jeden Tag. Entweder wir telefonieren oder wir schicken uns SMS.«

»Seit wann? Und warum zum Teufel hast du mir nichts davon erzählt?«

»Du warst ziemlich beschäftigt. Außerdem wusste ich ja noch nicht genau, was daraus wird, also habe ich es lieber für mich behalten. Ach, Leila … Er ist so sexy und so lieb … Ich mag ihn wirklich. Ich kann es einfach nicht mehr länger verschweigen. Natürlich weiß ich, dass er bald wegfährt, aber das ist mir egal. Bis dahin genieße ich es einfach. Er ist wirklich ein fantastischer Liebhaber.«

»So genau will ich es gar nicht wissen.«

»Als ich es Alisa erzählt habe, hätte sie mich beinahe umgebracht. Du weißt doch, wie sehr sie es hasst, wenn ich Geheimnisse vor ihr habe.« Aber ihrem dümmlichen Grinsen nach zu urteilen ärgert Lori sich offenbar nicht allzu sehr über Alisa.

»Das freut mich wirklich für dich. Natürlich kannst du mit mir zu Jacks Party kommen. Ich habe auch Evan gefragt, ob er mitkommen will. Allerdings weiß ich nicht, ob ihr an dem Abend beide freibekommt.«

Sie springt auf und klatscht vor Freude in die Hände. »Juhu! Keine Sorge, das mit Sal und der Band kriege ich schon irgendwie hin. Und jetzt komm! Wir fahren nach Riverside und kaufen uns neue Klamotten. Keine Widerrede!«

Scheiße … Mit Lori nach Riverside einkaufen fahren? Das kann doch nicht gut gehen. Wir haben wirklich einen total unterschiedlichen Geschmack.

»Juhu!«, antworte ich sarkastisch.

***

Evan, Lori und ich haben beschlossen, zusammen mit dem Taxi zu Jacks Party zu fahren, die in einem Nobellokal namens Granite im Zentrum von Manhattan stattfindet. Schließlich wollen wir uns unbesorgt ein paar Drinks hinter die Binde gießen und jede Menge Spaß haben. Normalerweise betrinke ich mich so gut wie nie; doch diesmal habe ich wirklich das Bedürfnis, mich volllaufen zu lassen. Eigentlich hätte ich schon zu Hause einen Schnaps trinken sollen, um ein bisschen lockerer zu werden.

Lori hat meine Garderobe für heute Abend ausgesucht: ein rückenfreies schwarzes Minikleid. Dazu trage ich eine lange silberne Kette und zehenfreie silberne Pumps. Zu dem rückenfreien Kleid kann ich natürlich keinen BH anziehen. Eigentlich ist das kein Problem, weil ich keinen großen Busen habe; aber ohne BH komme ich mir irgendwie nackt vor – und sexy. Na ja … Wenn das das Schlimmste ist, was Lori für mich ausgeheckt hat, geht es ja noch. Ich habe das Kleid widerspruchslos gekauft.

Lori trägt ein sehr kurzes, smaragdgrünes Jerseykleid, das alles, was sexy an ihr ist, betont. Man sieht sofort, dass sie kein Höschen darunter anhat. Dazu trägt sie scharfe pinkfarbene Lacklederpumps. Niemand außer Lori würde sich solche Klamotten kaufen. Sie trägt ihr langes Haar offen, ist bühnenreif geschminkt und sieht wirklich toll aus.

Ihrer Meinung nach habe ich nicht genügend Augen-Make-up aufgelegt, aber ich gebe nicht nach. Von mir aus darf sie mich einkleiden, aber ich erlaube ihr nicht, auch noch mein Gesicht bunt anzumalen.

Auch Evan sieht mit seinen schwarzen Jeans und dem aus der Hose hängenden grauen Hemd todschick aus. Sein Haar ist auf attraktive Art zerzaust, und er riecht auch gut.

»Danke, dass du heute mitkommst.«

»Gern geschehen. Eigentlich freue ich mich sogar darauf.«

Lori springt auf ihren Sitz und fasst nach meinem Knie. »Ach, übrigens, Lei: Ich hab das Lokal inzwischen gegoogelt. Die haben eine Dachterrassenbar! Außerdem tritt dort jede Woche eine andere Band auf, und zu den Stammgästen gehören viele Musikproduzenten.«

»Davon hatte ich keine Ahnung. Ist ja fantastisch!«

»Und ob. Ich kann mir schon richtig vorstellen, wie die Cliffhangers die Gäste dort in Ekstase versetzen!« Sie schaut an mir vorbei und zwinkert Evan zu. »Mit diesem Argument haben wir die Jungs übrigens auch davon überzeugt, dass wir heute Abend unbedingt hierherkommen müssen.«

»Ich hatte mich schon gewundert, wie du das geschafft hast.«

Evan wirft mir einen Blick zu. »Ja, genau. Wir wollen heute Abend ein bisschen recherchieren – und uns so richtig volllaufen lassen. Das ist unser einziges Ziel.«

»Meins auch – bis auf die Sache mit dem Recherchieren.«

Lori schaut mich an, als sei mir plötzlich ein drittes Auge gewachsen. »*Du*?«

»Ja, ich.«

Evan drückt mir die Hand. »Das hast du dir verdient. Wir werden dafür sorgen, dass du dich ordentlich besäufst. Was für einen Geburtstagsschnaps wünschst du dir?«

Entsetzt entziehe ich ihm meine Hand. »Bitte verratet nicht, dass ich Geburtstag habe, Evan. Das soll hier niemand erfahren.«

Er wirft mir einen erstaunten Blick zu. »Na gut, okay«, verspricht er dann zögernd.

Lori prustet und kaschiert dieses Geräusch schnell mit einem Hüsteln. Das klingt gar nicht gut.

»Was habt ihr denn vor?«, frage ich allen Ernstes und wende meinen Kopf von einem zum anderen, um herauszufinden, was die beiden wohl ausgeheckt haben. »Bitte? Ihr wollt mich doch hoffentlich nicht in Verlegenheit bringen?«

»Wieso? Ich hab dich doch bloß gefragt, was für einen Schnaps du trinken willst. Du leidest wohl an Verfolgungswahn.«

»Ich trau euch beiden nicht. Ich hätte lieber allein herkommen sollen«, murmle ich in meinen nicht vorhandenen Bart hinein. Die beiden schauen links und rechts aus dem Fenster und tun so, als ignorierten sie mich.

Unser Taxi hält vor einem Haus, das wie ein Fabrikgebäude aussieht, mit einer kleinen Markise, auf der in schwungvollen Schriftzügen der Name *Granite* steht. Davor zieht sich eine lange Warteschlange um den ganzen Häuserblock herum.

Ich hasse die Klubszene. Ewig Schlange stehen in der Hoffnung, dass der Türsteher einen reinlässt, zwanzig Dollar für einen verwässerten Drink zahlen, sich die ganze Nacht den Arsch abschwitzen und dauernd von irgendwelchen schmierigen Typen angebaggert werden … *Igitt.*

Am Eingang stehen drei einschüchternde Muskelprotze, die ungeheuer gelangweilt aussehen. Einer davon hält ein Klemmbrett in der Hand und nimmt uns prüfend in Augenschein, als wir näher kommen. Nachdem wir ihm unsere Namen genannt haben, nimmt er wortlos das Seil weg, das den Eingang versperrt, und lässt uns rein. Er lehnt sich zu Lori hinüber und flüstert ihr etwas ins Ohr, woraufhin sie über das ganze Gesicht grinst. Ich kann nur ahnen, was er zu ihr gesagt hat. Als wir den Klub betreten, verwandelt sich die ordentliche Warteschlange in einen wütenden Mob. (Nur die Mistgabeln fehlen.) Alle brüllen uns an oder beschimpfen uns.

»Was für ein Spaß!«, sagt Lori und treibt die aufgebrachte Menge noch mehr zur Weißglut, indem sie ihr lächelnd zuwinkt.

»Lass uns reingehen, du Stänkerin. In diesen Schuhen überstehe ich keinen Ringkampf.«

»Spielverderberin«, beschimpft sie mich nur halb im Scherz. »Wart mal … Ich habe eine Idee.« Sie tritt einen Schritt zurück, sodass alle Leute sie im Eingang stehen sehen können, und schreit dann laut: »Cliffhangers.com!«

»Tolle Idee …«, lobt Evan.

Lori tippt sich lächelnd an die Schläfe. »Ich denke dauernd darüber nach, wie ich euch Jungs was Gutes tun kann.«

Ich muss zugeben, das war wirklich ein cleverer Schachzug.

Der Fahrstuhl öffnet sich, und vor uns liegt eine richtig coole Dachbar.

»Heilige Scheiße«, murmelt Evan vor sich hin.

Dieses Lokal ist wirklich atemberaubend.

Durch die gläsernen Markisen können wir den Nachthimmel bewundern. Auch die Wand gegenüber den Fahrstühlen ist aus Glas und bietet einen atemberaubenden Blick auf das Empire State Building und die dahinterliegenden Gebäude. Die linke Seite der Dachterrasse wird von einer Bühne eingenommen, auf der ein paar Instrumente stehen; an der rechten Seite erstreckt sich eine lange, moderne Glasbar. In der Mitte der Terrasse lädt eine große quadratische Fläche zum Tanzen ein, außen herum stehen kleine Tische und ein paar Heizkörper.

Kellnerinnen in kurzen schwarzen Shorts und dazu passenden ärmellosen T-Shirts tragen Tabletts mit Jell-O-Shots, Bier und bunten Cocktails vor sich her. In der Ecke steht ein riesiger Geburtstagskuchen mit dem Logo der Band neben einem eindrucksvollen Büfett mit verschiedenen Vorspeisen. Aus den Lautsprechern erklingt Musik von Devil's Lair. Ich erkenne meine eigene Stimme. Das müssen Tracks von den Proben sein. Mir kommt das alles total unwirklich vor.

Lizzy hat wirklich an alles gedacht.

»Bist *du* das?«, fragt Evan ungläubig, als er meine Stimme hört.

»Ja. Kaum zu glauben, was?«

»Du klingst fantastisch.«

»Darauf müssen wir trinken!« Lori winkt eine der Kellnerinnen mit den Jell-O-Shots zu sich heran und nimmt zwei Shots von ihrem Tablett. Evan schnappt sich auch zwei.

Lori streckt mir einen der Shots entgegen. »Los, runter damit!«

Kopfschüttelnd kippe ich den Drink hinunter. Kaum habe ich das Glas abgesetzt, reicht Evan mir ebenfalls einen seiner beiden Shots. Ich verdrehe die Augen und leere auch dieses Glas. Dann erinnere ich mich wieder an mein Ziel, mich heute Abend volllaufen zu lassen, und nehme Evan auch noch den zweiten Drink aus der Hand. Er starrt mich fassungslos an.

»Was hast du denn? Die sind sehr lecker.« *Und ganz schön stark.*

Lori trinkt ihr Glas ebenfalls in einem Zug aus und verschwindet ohne ein Wort des Abschieds, als sie Trey entdeckt. Evan und ich schauen ihr fassungslos nach.

»Sie hat uns gerade eiskalt stehen lassen.«

Evan lacht. »Sieht fast so aus.«

Inzwischen sind schon ziemlich viele Gäste da. Auch Jen ist gekommen und hat einen attraktiven Mann an ihrer Seite. Die unheimliche Sally schwatzt mit ein paar Mädchen, die wie Drillingsschwestern aussehen. Langhaarige Rockertypen mit Freundinnen, die Laufstegmodels sein könnten, stolzieren über die Dachterrasse.

Scott sieht uns zögernd am Eingang stehen, winkt uns zu, kommt herüber und schleift Patti mit. »Hallo.« Patti fällt mir sofort um den Hals. Sie ist ein sehr gefühlsbetonter Mensch, der immer sofort Körperkontakt sucht, doch komischerweise macht mir das bei ihr nichts aus.

»Wie kommt *er* denn her, Scott?«

»Hunter bringt ihn mit. Wir sind ziemlich oft hier. Jack glaubt, dass wir uns hier einfach nur auf ein paar Drinks treffen und dann noch in eine andere Bar weiterziehen. Er hat keine Ahnung.« In diesem Augenblick entdeckt uns ein wunderschönes Mädchen mit langem, goldbraunem Haar, das am anderen Ende der Dachterrasse steht, und kommt zu uns herüber. Mit ihrem cremefarbenen Kleid und den roten, hochhackigen Schuhen sieht sie wirklich umwerfend aus.

»Ist das deine reizende neue Backgroundsängerin, Scott?«, fragt sie und lächelt mich freundlich an.

Scott dreht sich zu der langhaarigen Schönheit um und nickt. »Lizzy, das sind Leila und ihr Freund Evan. Das hier ist Jacks Schwester Lizzy.«

Wow, die Frau ist wirklich eine Wucht. Man sieht sofort, dass sie Jacks Schwester ist – sie haben das gleiche Lächeln.

»Hallo. Schön, euch kennenzulernen.« Sie gibt zuerst mir und dann Evan die Hand.

Ich habe Evan in den vielen Jahren unserer Freundschaft schon vielen Mädchen den Hof machen sehen, aber noch nie erlebt, dass es ihm beim Anblick einer Frau die Sprache verschlug. Ihm läuft förmlich das Wasser im Mund zusammen. Der Ausdruck in seinen Augen kommt mir bekannt vor: Genau so sehe ich aus, wenn ich Jack anschaue.

»Das ist wirklich ein tolles Lokal, das du für Jacks Geburtstagsparty ausgesucht hast, Lizzy. Gute Idee!«

»Danke. Ich hoffe, ihm gefällt es auch – sonst bringe ich ihn um«, sagt sie mit strahlendem Lächeln. Oh Mann, die Gene sind wirklich ungerecht verteilt: Alle Mitglieder dieser Familie scheinen fantastisch auszusehen. Evan beobachtet Lizzy mit leicht verschleiertem Blick. Wahrscheinlich erlebt er gerade das gleiche Chaos in seinem unteren Stockwerk wie wir Mädchen, wenn wir Jack anschauen – nur leider können Männer das nicht so leicht verbergen. Hoffentlich bringt seine Begeisterung ihn nicht in eine peinliche Situation.

Dann wendet er sich wieder mir zu, aber sein Blick klebt immer noch an Lizzy. »Was möchtest du trinken?«

»Weißwein, bitte.«

Er reicht Lizzy seinen Arm. »Begleitest du mich an die Bar?«

Wirklich ein raffinierter Bursche, dieser Evan.

Mit schüchternem Lächeln nimmt Lizzy seinen Arm. Während die beiden Arm in Arm davongehen, bleibe ich bei Scott und Patti stehen. Schon der zweite Freund innerhalb einer halben Stunde, der mir die kalte Schulter zeigt!

Scott versucht, Small Talk zu machen, und erzählt mir ein bisschen davon, wie es auf einer Tournee zugeht. Dann stößt Dylan zu uns. Heute ist er ziemlich leger gekleidet und sieht in seinen Jeans und dem langärmeligen schwarzen Hemd sehr gut aus.

»Hallo, Scott und Patti. Hallo, Leila. Wie geht's dir?«

»Schon viel besser. Und dir?«

»Das freut mich. Mir geht es auch gut. Die Jungs haben mir gesagt, dass ihr inzwischen schon eine Menge geschafft habt – und wenn ich mir die Musik hier so anhöre, muss ich sagen: Das stimmt!«

»Danke. Wir haben tatsächlich viel geschafft. Bald können wir mit den Aufnahmen anfangen.«

»Ist ja fantastisch. Man kann es kaum glauben – aber Jack hat tatsächlich eine eiserne Arbeitsdisziplin.« Allerdings passt sein Tonfall nicht zu dem Kompliment, das er Jack gerade gemacht hat. Das missfällt mir sehr.

»Jack ist sehr professionell, wenn es um seine Musik geht«, antworte ich in abweisendem Ton.

Dylan nickt lächelnd. »Das stimmt, und er hat auch eine Menge Talent. Ich hol mir jetzt was zu trinken – darf ich dir auch etwas bringen?«

Vielleicht habe ich mir seinen säuerlichen Unterton nur eingebildet.

Ich bekomme ein schlechtes Gewissen, weil ich ihn so angefahren habe, obwohl er doch eigentlich ein ganz netter Kerl ist.

»Danke, mein Bekannter holt mir schon einen Drink. Aber ich komme mit.« Ich möchte nicht schon wieder allein stehen gelassen werden. Scott und Patti sind inzwischen zu einer anderen Gruppe hinübergeschlendert, und meine beiden Freunde haben mich anscheinend völlig vergessen. Dylan legt mir eine Hand ins Kreuz und führt mich zur Bar. Seine Berührung überrascht mich. Unbewusst schaue ich mich um, um festzustellen, ob uns jemand zuschaut. Am anderen Ende der Dachterrasse stehen Jennifer und ein gut aussehender Mann und unterhalten sich mit einer attraktiven älteren Dame, die mich mit Argusaugen beobachtet … Fantastisch.

Evan kommt mit Lizzy an seiner Seite auf mich zu und bringt mir meinen Wein. »Danke, Ev. Das ist Dylan, unser Tourmanager. Dylan, das ist Evan, mein bester Freund und früherer Bandkollege.«

»Nett, dich kennenzulernen«, sagt Evan und reicht Dylan die Hand.

»Gleichfalls. Hi, Liz.«

»Hi, Dylan.«

»Tut mir leid, dass wir euch Leila weggenommen haben, Evan, aber wir werden gut auf sie aufpassen« verspricht Dylan und lächelt mich dabei an.

»Ich nehme dich beim Wort.«

»Ich verspreche es hoch und heilig. Und ich sorge auch dafür, dass die Jungs keinen Quatsch machen.«

»Danke, sehr nett von dir. Natürlich mache ich mir Sorgen, wenn sie mit vier Rockstars zusammen unter einem Dach wohnt.«

»Das ist verständlich, aber es sind wirklich anständige Jungs, dafür verbürge ich mich. Stimmt's, Liz?«

»Ja, das sind sie. Du brauchst dir keine Sorgen zu machen. Sie werden Leila gut behandeln.«

Ich lasse meinen Blick von Evan zu Dylan und dann zu Lizzy wandern. Bei diesem Gespräch komme ich mir irgendwie unsichtbar vor. »Ach, übrigens … Ich bin auch noch da. Und ich höre jedes Wort mit.«

Dylan lacht. »Entschuldigt mich bitte. Ich hol mir was zu trinken.« Er kehrt uns den Rücken zu und lässt mich mit Evan und Lizzy allein.

»Ich fürchte, da drüben gibt es gerade eine Ernährungskrise, um die ich mich kümmern muss. Ich bin gleich wieder da«, entschuldigt sich Lizzy.

»Ich helfe dir.« Evan folgt ihr mit einem Grinsen im Gesicht. Ich kann mir schon ungefähr vorstellen, wie der Rest dieses Abends verlaufen wird – denn ich stehe schon wieder allein da.

Also gehe ich zu Dylan an die Bar und warte, während er seinen Drink bestellt. Jennifer und der gut aussehende Mann folgen uns auf dem Fuß.

»Hallo ihr beiden, seid ihr zusammen hergekommen?«, fragt sie. Ihre Stimme trieft vor Liebenswürdigkeit.

»Nein, Jennifer. Du brauchst also nicht gleich die Paparazzi zu rufen.« Es ist schön, zu erleben, wie Dylan Jennifer mit ihren eigenen Waffen schlägt.

»Immer mit der Ruhe, Dylan. Das war doch nur ein Spaß.« Nachdem sie bei dem Wortwechsel mit Dylan den Kürzeren gezogen hat, richtet sie ihr Augenmerk auf mich. »Du siehst sehr hübsch aus, Leila. Schön, dass es dir wieder besser geht. Das hier ist Malcolm Reynolds, mein Freund. Mal, das ist unsere neue Backgroundsängerin Leila Marino.«

Ich ergreife Malcolms Hand und habe das Gefühl, dass er mich mit seinem Blick von oben bis unten seziert. »Hallo, Leila. Jen hat mir schon viel von dir erzählt.«

Davon bin ich überzeugt.

Er hält meine Hand fest umklammert, und mir läuft es kalt den Rücken runter. Mit seinem schwarzen, lockigen Haar und den leuchtend blauen Augen sieht dieser Mann ungeheuer gut aus. Er strahlt mich an, doch seine Augen lächeln nicht mit, und irgendwie kommt es mir so vor, als hätte er etwas zu verbergen. Jennifer lehnt sich zu ihm hinüber und flüstert ihm etwas ins Ohr. Dann entschuldigen die beiden sich und wenden sich einem Rockertypen zu, der in der Nähe der Bühne steht.

»Sind die zwei nicht ein reizendes Paar?«, bemerkt Dylan lächelnd. Sein Kommentar überrascht mich so sehr, dass ich mich verschlucke und beinahe meinen Wein wieder ausgespuckt hätte. Da muss auch Dylan lachen.

»Malcolm arbeitet auch als Agent«, erklärt er mir. »Er vertritt Jared Press und Shelby Sanders.«

»Du willst mich wohl verarschen. Das sind doch die beiden angesagtesten Popsänger, die es zurzeit gibt. Wenn er mit *denen* zusammenarbeitet, muss er wirklich ein sehr guter Agent sein.«

Dylan grinst. »Malcolm ist eine falsche Schlange – aber er kann auch ein Schlangenbeschwörer sein. Er würde seinen Klienten zuliebe in den Everglades schwimmen gehen und mit einem Krokodillederanzug und Alligatorenlederschuhen wieder rauskommen. Doch eins muss man ihm lassen: Er macht seinen Job wirklich gut. Seine Klienten sind ihm treu ergeben.«

»Warum haben Agenten eigentlich so einen schlechten Ruf?«

»Vielleicht, weil sie ihn verdienen?« Ich muss unwillkürlich lachen. »Spaß beiseite: Jen ist eine hervorragende Agentin«, lächelt Dylan. »Ohne sie wären die Jungs von Devil's Lair nie so weit gekommen. Aber man braucht schon ein dickes Fell und viel Mumm in den Knochen, um in diesem Geschäft zu überleben. Alle Agenten, die ich bisher kennengelernt habe, waren knallhart.«

Allmählich wird mir klar, was es bedeutet, in diesem Beruf erfolgreich zu sein. Hoffentlich hat Lori auch wirklich das Zeug dazu. Ich deute mit dem Kopf auf die Gruppe, zu der unser Agentenpaar gerade herübergegangen ist. »Wer ist denn das?«, frage ich.

Dylan folgt meinem Blick. »MACE. Kennst du die?«

Diesmal spucke ich meinen Wein tatsächlich aus. Da es in der Bar ziemlich dunkel ist, konnte ich ihre Gesichter nicht so genau erkennen. Aber nun, da er es erwähnt hat … Ja, das sind sie tatsächlich!

»Oh Gott, MACE sind hier?«, kreische ich wie ein Groupie.

Er muss lachen, weil ich so außer mir bin. »Ja. Nach ihrer Tournee im letzten Jahr sind sie und Devil's Lair gute Freunde geworden. Wenn du willst, kann ich sie dir …«

»JA!«, unterbreche ich ihn mitten im Satz. Wieder lacht Dylan. »Komm mit.«

Doch ich bleibe stehen. »Kann ich auch meine Freunde mitbringen?«

»Klar. Geh und hol sie, ich warte hier auf dich.«

Ich gehe schnell zu Evan hinüber, der in ein Gespräch mit Lizzy vertieft ist. »Tut mir leid, dass ich euch unterbrechen muss. Möchtest du MACE kennenlernen?«, frage ich atemlos.

Er dreht sich um und entdeckt die Band. »Natürlich.« Er wirft Lizzy einen Blick zu. »Rühr dich nicht vom Fleck – ich bin gleich wieder da.« Sie lacht leise vor sich hin, als sie sieht, wie aufgeregt Evan bei dem Gedanken ist, seine Lieblingsband zu treffen.

Lori knutscht gerade mit Trey rum, als wir sie mit der frohen Botschaft überraschen.

»Was!?«

»Möchtest du MACE kennenlernen?«

»Scheiße, die sind auch hier? Natürlich will ich sie kennenlernen.« Lori lehnt sich zu Trey hinüber und flüstert ihm etwas ins Ohr, was ein breites Grinsen auf sein Gesicht zaubert. Ich wüsste nur zu gern, was sie zu ihm gesagt hat.

Dylan, der geduldig auf uns gewartet hat, führt uns zum anderen Ende der Dachterrasse, um uns eine unserer Lieblingsbands vorzustellen. Ich bin so aufgeregt bei dem Gedanken, sie kennenzulernen, dass es mir sogar egal ist, als Jennifer und ihr Agentenfreund uns anstarren, als hätten wir gerade eine Sicherheitsabsperrung überklettert.

Dann stellt Dylan uns vor. »Ricky, das hier ist Leila, unsere …«

»… neue Backgroundsängerin«, vollendet Ricky Storm seinen Satz.

Ich bin wie vor den Kopf gestoßen. Woher kennt Ricky Storm meinen Namen?

»Wir haben schon viel von dir gehört, Leila. Jack hat uns den Mitschnitt von deinem Vorsingtermin vorgespielt. Schade, dass er dich uns vor der Nase weggeschnappt hat.«

Heilige Scheiße …

»Ähm … Ich weiß wirklich nicht, was ich dazu sagen soll. Vielen Dank.«

»Nichts zu danken. Wir können euer erstes Konzert kaum noch erwarten.«

»Gut zu wissen. Jetzt habe ich erst recht Lampenfieber«, antworte ich und bemühe mich um einen humorvollen Tonfall, scheitere dabei aber kläglich. Meine Stimme klingt hoch und schrill, als sei mir erst in diesem Augenblick klar geworden, dass wir bei unserer Tournee viele Zuschauer haben werden. Jede Menge Leute werden zu unseren Konzerten kommen, vielleicht sogar Prominente! Bei diesem Gedanken brauche ich schnell noch einen Drink.

»Äh … Vielleicht klingt das ein bisschen abgedroschen, aber ich bin ein großer Fan von euch.«

»Klingt wirklich sehr abgedroschen«, lacht er. »Aber ich glaube es dir trotzdem.«

»Das sind Evan und Lori, der Drummer und die Agentin der Cliffhangers.«

Ricky stellt uns den Rest seiner Band vor, und Lori fängt sofort ein Gespräch mit MACE an, als kenne sie die Jungs schon seit Jahren. Nach einer Weile entschuldige ich mich und überlasse Lori die Fachsimpelei. Sie wirkt gar nicht eingeschüchtert, obwohl Jennifer und Malcolm danebenstehen. Ich werfe Evan einen »Sie ist wirklich das Beste, was euch passieren konnte«-Blick zu, und er nickt zustimmend.

Allmählich spüre ich die Auswirkungen der drei Schnäpse, der zwei Gläser Wein und meiner neuen Schuhe, die die reinsten Folterinstrumente sind. Ich frage mich, wie spät es wohl ist. Irgendwie kommt es mir so vor, als seien wir schon seit Stunden hier. Ich war die ganze Zeit mit Dylan zusammen, und je länger wir uns miteinander unterhalten, umso undeutlicher wird meine Aussprache. »Wie spät ist es denn, Dylan?«

Wie auf ein Stichwort hin gibt Lizzy uns endlich ein Zeichen, dass Jack unten ist.

»Jetzt kommt die große Überraschung!«, lächelt Dylan.

Alle gehen auf die Tanzfläche, wobei Lori, Trey, Evan, Dylan und ich die Nachhut bilden. Lizzy steht am Fahrstuhl und wartet auf Jack – natürlich zusammen mit Jennifer. Igitt, diese Frau geht mir wirklich auf die Nerven.

Dann öffnen sich die Fahrstuhltüren. Das ist das Signal, bei dem alle laut »Überraschung!« rufen.

Jack bleibt wie angewurzelt stehen. Er wirkt verwirrt und fassungslos. Dann lässt er seinen Blick über die Menschenmenge schweifen und schüttelt den Kopf. Seine Schwester stürzt auf ihn zu und umarmt ihn. Er erwidert ihre Umarmung und flüstert ihr etwas ins Ohr. Sie gibt ihm einen freundschaftlichen Klaps auf die Brust und schiebt ihn weiter in die Menge hinein.

Dann kommt Jennifer herbeigeeilt und belegt ihn mit Beschlag. Sie küsst ihn auf die Wange und winkt Malcolm herüber. Ich könnte schwören, dass Jack bei dieser Geste genervt die Augen verdreht.

Jack hört Malcolm höflich lächelnd zu, unterbricht ihn dann mitten im Satz und geht um die Schar der geladenen Gäste herum. Das bestärkt mich in meinem Verdacht, dass Jack nicht unbedingt ein Malcolm-Fan ist.

Dylan macht Small Talk mit Evan und Lori, aber ich höre nicht zu, sondern beobachte, wie Jack umarmt, geküsst und von Gast zu Gast weitergereicht wird. Jeder drückt ihm einen Schnaps in die Hand, und jedes Mal, wenn er einer hübschen Frau begegnet, grinst er über das ganze Gesicht und küsst sie auf die Wange. Allmählich schwirrt mir der Kopf.

Sind das lauter frühere Eroberungen von ihm?

Oder Exfreundinnen?

Oder etwa seine jetzigen Sexpartnerinnen?

Dann sieht er mich mit Dylan zusammenstehen. Sein Lächeln verblasst vorübergehend, als er geradewegs auf uns zukommt. Verdammt, er sieht so gut aus in diesen Jeans und dem T-Shirt.

»Hi«, sagt er leise und lässt seinen Blick an meiner Figur entlangwandern. Mein Herz macht einen Sprung.

»Herzlichen Glückwunsch zum Geburtstag, Jack.« Ich lehne mich zu ihm hinüber, um ihn kurz zu umarmen; doch er legt seine Hände um mein Kreuz und drückt mich fest an seinen harten, muskelgestählten Körper. Da stehe ich, eng an ihn gepresst, seine Hände auf meiner Haut und seinen Duft in meiner Nase, und bekomme am ganzen Körper eine Gänsehaut.

Er bemerkt es. »Ist dir kalt?«, flüstert er mir ins Ohr.

Kalt? Alle meine Nervenendigungen – von der Kopfhaut bis zu den Füßen – stehen in Flammen.

»Nein.«

Seine strahlenden Augen versenken sich in meine, und ich kann den Blick einfach nicht von ihm abwenden. Doch leider platzt ausgerechnet jetzt Dylan dazwischen. Unbeholfen entziehe ich mich Jacks Umarmung, trete einen Schritt zurück und stoße mit einem Tisch zusammen, der in der Nähe steht.

»Alles Gute zum Geburtstag, Kumpel«, sagt Dylan und klopft ihm auf die Schulter.

»Danke.« Jacks Körper lehnt immer noch ganz nah an meinem, und unsere Arme berühren sich. Ich werfe einen Blick in mein leeres Glas, und Dylan registriert es sofort.

»Darf ich dir noch ein Glas Weißwein bringen, Leila?«

»Ja, bitte.« Wenn ich weiterhin so viel trinke, sollte ich zwischendurch zur Abwechslung auch mal was essen.

Dylan geht zur Bar. Ich bin so erleichtert, endlich allein mit Jack zusammen zu sein. »Du siehst fantastisch aus, Leila.«

Ich fange an, unregelmäßig zu atmen. Aufgeregt hebt und senkt sich meine Brust, und ich habe Angst, dass er mir durch meinen BH-freien Busen direkt ins Herz hineinschauen kann.

»Danke. Du siehst auch sehr nett aus.« Ich weiß nicht, ob es am Wein, an der dunklen Bar oder dem Gefühl seiner Hände auf meinem

Rücken liegt, aber ich bin ziemlich erregt und fürchte, das diesmal nicht verbergen zu können. Offenbar hat die Kombination aus Alkohol und Hautkontakt einen Schalter in meinem Inneren umgelegt.

Aber wahrscheinlich mache ich mir damit nur etwas vor … Seine Gegenwart törnt mich doch immer an.

»Willst du uns nicht vorstellen, Jackson?«

»Jackson?«, murmle ich und blicke ihn fragend an. Jackson?

Das klingt *sooo* sexy.

»Halt die Klappe«, sagt er und grinst auf mich herab.

Ein ausgesprochen gut aussehender Mann tritt von hinten an Jack heran und legt ihm die Hand auf die Schulter. Er ist mit der attraktiven Frau zusammen, mit der Jennifer sich vorhin unterhalten hat. Jack dreht sich um und strahlt das Ehepaar an. Jetzt sehe ich, wo er und Lizzy das fantastische Aussehen herhaben. Die beiden sehen aus wie Supermodels.

»Natürlich. Mom, Dad, das ist Leila, unsere neue Backgroundsängerin.« Er tritt einen Schritt näher zu mir und legt mir wieder seine Hand ins Kreuz. Ich schnappe nach Luft, und er wirft mir einen raschen Blick zu, zieht seine Hand aber nicht weg. »Leila, das sind meine Eltern, Renata und Peter Lair.«

Seine Mom zieht mich sofort in eine herzliche Umarmung. »Wie geht es Ihnen, Leila, mein Schatz?«

»Schon viel besser. Sicherlich habe ich meine Genesung Ihrer absolut köstlichen Suppe zu verdanken, Mrs. Lair, herzlichen Dank dafür. Sie ahnen gar nicht, wie sehr ich mich darüber gefreut habe.«

»Bitte nennen Sie mich doch Renata. Das habe ich gern getan. Freut mich, dass es Ihnen wieder besser geht.«

Während unseres ganzen Gesprächs mit Jacks Eltern liegt seine Hand fest in meinem Kreuz. Ob ihm das wohl bewusst ist? Ich versuche, meine Atmung unter Kontrolle zu bringen, kann aber an nichts anderes denken als daran, wie seine Hand sich auf meinem Rücken anfühlt.

Während seine Eltern sich weiter mit mir unterhalten, wird mir klar, dass ich mich jetzt endlich zusammenreißen muss. Dylan kommt mit meinem Wein zurück und fängt ein Gespräch mit den Lairs an. Langsam zieht Jack seine Hand von meinem Rücken weg, bleibt aber ganz nah neben mir stehen. Es fällt mir schwer, mich auf das Gespräch zu konzentrieren.

Dann entdeckt Jack plötzlich ein Mädchen an der Bar und entschuldigt sich. Er geht zu der zierlichen Kellnerin rüber, beugt sich zu ihr hinunter und flüstert ihr etwas ins Ohr. Sie lächelt ihn an und flüstert zurück. Wie gebannt beobachte ich die beiden. Sie küsst ihn auf den *Mund* und umarmt ihn dann ganz fest. Während ihres Gesprächs schauen die beiden dauernd zu mir herüber und ertappen mich natürlich jedes Mal dabei, wie ich sie anstarre. Dann greift Jack nach ihrer Hand und zieht sie zu mir hinüber. Wer zum Teufel ist dieses Mädchen, und was bedeutet sie ihm?

Jacks Eltern entschuldigen sich und lassen mich allein mit Dylan zurück. Er merkt, dass meine Körperhaltung sich verändert hat. »Alles okay?«, fragt er.

»Ja.«

Jack zerrt die Kellnerin förmlich zu mir. »Leila, ich möchte dir eine sehr gute Freundin vorstellen. Das ist Trini. Trini, das ist unser neues Bandmitglied Leila.« Er betrachtet mich mit unübersehbarem Stolz.

Trini fasst nach meinen Armen und zieht mich an sich. »Freut mich, dich kennenzulernen, Leila. Jack hat mir erzählt, was für eine begabte Sängerin du bist. Ich kann es kaum erwarten, euer Konzert zu hören.« Jack schenkt mir sein breitestes GU-Lächeln. Vermutlich sind die beiden einfach nur gute Freunde? Wieso kann er nicht mit einem Mädchen befreundet sein? Evan ist schließlich auch mein bester Freund.

Es geht mir ein bisschen auf die Nerven zu erleben, wie vertraut Jack und Trini miteinander umgehen. Man sieht, dass die beiden sich sehr wohl miteinander fühlen. Sie sind eindeutig mehr als nur gute Freunde.

Trini ist sehr klein, und mit meinen hohen Absätzen überrage ich sie mindestens um Kopfeslänge. Mit ihrer Igelfrisur, den Tattoos und dem Piercing in der Nase sieht sie nicht unbedingt aus wie Jacks Typ. Oh je … Falls Trini *doch* sein Typ sein sollte, müsste ihm eigentlich auch die unheimliche Sally gefallen.

»Hi, Trini, schön, dich kennenzulernen.« Es ist schwer, dieses Mädchen nicht zu mögen. Im Gegensatz zur unheimlichen Sally ist Trini so fröhlich und temperamentvoll.

»Du siehst toll aus, Leila. Ich freu mich schon darauf, euch zusammen auftreten zu sehen.« Sie schaut zu Jack hoch und zwinkert ihm zu. Etwas steif bedanke ich mich bei ihr für das Kompliment. Sie wünscht mir viel Glück und entschuldigt sich, weil sie jetzt wieder an die Arbeit muss. »Viel Spaß.«

»Sie scheint sehr nett zu sein.«

Jack schaut mich ein paar Sekunden lang schweigend an. »Oh ja, das ist sie. Sie ist eine wunderbare Freundin.«

Davon bin ich überzeugt … Eine Freundin mit gewissen Vorzügen. Die eifersüchtige Leila erhebt wieder mal ihr hässliches Medusenhaupt. Inzwischen spielt meine Fantasie schon verrückt, und ich sehe Jack und Trini in allen möglichen Positionen vor mir, als Lizzy das Mikrofon auf die Bühne trägt und um Ruhe bittet.

»Hallo, liebe Gäste. Ich freue mich, dass Sie gekommen sind, um meinem Bruder zum Geburtstag zu gratulieren. Könnte ihm bitte jemand einen Drink bringen?« Sie strahlt Jack an, der kopfschüttelnd neben ihr steht.

»Außerdem feiern wir heute auch den Musikvertrag von Devil's Lair!« Lizzy fängt an zu klatschen, und alle stimmen mit ein. Dann hebt sie die Hand, um die Gäste wieder zur Ruhe zu bringen. »Ich denke, wenn wir sie ganz lieb darum bitten, werden sie heute Abend sogar ein oder zwei Songs für uns spielen.« Wieder brandet tosender Applaus auf. »Ich fürchte, Jungs, ihr müsst jetzt auf die Bühne gehen – oder euch mit einem wütenden Mob rumprügeln.«

Oh Scheiße.

Ich hatte nicht damit gerechnet, heute Abend auftreten zu müssen. Ich bekomme zwar nur selten Lampenfieber, aber ich kenne diese Leute doch gar nicht. Die Gäste, für die wir im *Zone* spielen, kenne ich zwar auch nicht, aber das ist etwas anderes. Und außerdem bin ich betrunken!

Lizzy lacht und bittet die Gäste mit einer Handbewegung um Ruhe. »Okay, okay, jetzt hört mir mal zu … Anscheinend gibt es heute Abend noch etwas zu feiern. Unsere reizende neue Sängerin Leila hatte am Tag vor Jack Geburtstag. Herzlichen Glückwunsch, Leila! Bitte bringt Leila auch etwas zu trinken!«

Alle Leute drehen sich nach mir um, und ich pinkle mir vor Schreck beinahe in die Hose. Ich hätte vorher auf die Toilette gehen sollen. Eine der Kellnerinnen bahnt sich einen Weg zu mir und hält mir ihr Tablett hin. Ich nehme mir einen Schnaps und kippe ihn runter.

Dann fällt mein Blick auf Evan und Lori, die in einer Ecke stehen, miteinander flüstern und sich halb tot lachen. Am liebsten würde ich sie erdolchen. Jack umarmt mich spontan. »Warum hast du mir nicht gesagt, dass du einen Tag vor mir Geburtstag hast?«

Ich zucke die Schultern. »Ich habe erst durch Lizzys Anruf von deinem Geburtstag erfahren. Schließlich konnte ich euch doch nicht die Überraschung ruinieren, oder?« Am Ende dieses Satzes nuschle ich ein bisschen, und er schaut mich belustigt an.

»Alles okay?«, fragt er und lehnt sich zu mir hinüber.

»Nein«, antworte ich mit einem breiten Lächeln. »Ich bin ziemlich angesäuselt und wurde gerade eben dazu aufgefordert, vor diesen vielen Gästen zu singen. Ich überlege mir gerade, wie weit ich wohl kommen würde, wenn ich mit diesen hochhackigen Schuhen davonlaufe.«

Er grinst. »Wenn du hinfällst, fang ich dich auf.«

Dann stößt Dylan wieder zu uns und zieht mich von Jack weg. Erst jetzt wird mir bewusst, wie lange ich in seinen Armen war. »Alles Gute zum Geburtstag, Leila.« Während er mich umarmt, sehe ich, wie Jack uns mit einem gezwungenen Lächeln beobachtet. Ich entziehe mich Dylans Armen und trete wie zufällig wieder einen Schritt näher zu Jack hinüber. Daran ist sicher diese verdammte magnetische Anziehungskraft schuld, die er auf mich ausübt.

Dann ergreift Lizzy wieder das Wort. »Wir singen später ein ›Happy Birthday‹ für dich, Leila. Okay, bekommen wir jetzt ein paar Songs von euch zu hören, Jungs, oder müssen wir erst gewalttätig werden?«

Tray, Hunter und Scott treten auf die Bühne, umarmen Lizzy und stellen sich in Positur. Jack fasst nach meiner Hand und will mich ebenfalls zur Bühne ziehen, doch ich bleibe wie angewurzelt stehen und wehre mich gegen seinen Griff.

»Was ist denn los?«, fragt er, als er meinen Widerstand spürt, und zerrt an meinem Arm.

»Das war kein Scherz. Ich bin wirklich betrunken. Und ich muss die Backgroundmelodien doch erst noch lernen«, zische ich ihm in panischer Angst zu und schüttle den Kopf. »Außerdem muss ich pinkeln!«

Jack bleibt stehen und lacht laut. Dann kommt er näher, bis wir uns von Angesicht zu Angesicht gegenüberstehen. »Tut mir wirklich leid, dass du pinkeln musst, aber das hat Zeit bis später«, sagt er. Ich verliere mich in den Tiefen seiner Augen und werde erstaunlicherweise sofort ruhiger. »Du schaffst das schon. Außerdem bin ich auch betrunken.« Er lächelt auf mich herab und zieht mich damit noch mehr in seinen Bann. Im Augenblick würde ich alles für diesen Mann tun.

Ich kippe den Rest meines Weins hinunter. Jack stellt das Glas auf den Tisch und zieht mich zur Bühne. Dass ich dabei einmal stolpere, fällt ihm gar nicht auf.

Als wir endlich oben stehen, kündigt er die Songs an: »Zuerst singen wir ›Committed‹ zusammen mit Leila; dann ›Nothing to Gain‹ und zum Schluss ›You Broke Me‹. So, wie wir es geübt haben«, setzt er mit einem Seitenblick auf mich hinzu.

Ich nicke und hole tief Luft. Ist ihm eigentlich bewusst, dass er immer noch meine Hand hält? Es gibt nur ein Mikrofon, also müssen Jack und ich es uns teilen. Das schaffe ich schon. Es ist eine gute Übung für mich.

Alle fangen an zu klatschen, und Jack lacht. »Hallo, Leute. Danke, dass ihr gekommen seid – obwohl Lizzy euch wahrscheinlich gar keine andere Wahl gelassen hat.« Er wirft seiner Schwester einen strafenden Blick zu, aber sie zuckt nur die Schultern und prostet ihm zu. Evan steht direkt neben ihr. Daneben steht Lori und zwinkert mir zu.

Oh Gott.

»Okay, ihr wolltet es nicht anders. Willkommen beim ersten inoffiziellen Konzert von Devil's Lair! Das hier ist unser neues Mitglied Leila Marino. Übrigens: Alles Gute zum Geburtstag, Leila. Sie ist ein bisschen nervös, also zeigt ihr bitte, wie lieb ihr sie habt!« Ich ringe mir ein schwaches Lächeln ab und werfe Jack einen wütenden Seitenblick zu.

Aber er lacht mich nur an und gibt Hunter ein Zeichen. Die Jungs stimmen den Song »Committed« an, und als Jack mir den Einsatz gibt, fange ich an zu singen. Jack und ich stehen nur ein paar Zentimeter voneinander getrennt, und er zwinkert mir beruhigend zu, während ich singe. Ich stehe ganz nah neben ihm und habe das Gefühl, als würde er nur für mich singen. Ich glaube, daran könnte ich mich gewöhnen … Sehr bald werde ich das jeden Abend genießen können! Auf diesen Teil der Tournee freue ich mich ganz besonders. Die Gäste applaudieren begeistert, und Adrenalin schießt durch meine Adern.

Als wir unseren dritten und letzten Song singen, bin ich überhaupt nicht mehr nervös. Zusammen mit den anderen Gästen jubeln und pfeifen meine Freunde mir zu. Das ist wirklich ein gutes Gefühl.

Jack strahlt vor Freude über die Begeisterung des Publikums. Als wir fertig sind, legt er den Arm um mich. »Du warst unglaublich. Jetzt kannst du pinkeln gehen.«

Ich nicke ihm kurz zu, laufe die Bühnentreppe hinunter und werde sofort von Evan und Laurie umlagert.

»Das war fantastisch, Lei.«

»Du warst supergeil!«

Ich nicke. »Danke, aber ich muss jetzt wirklich PINKELN gehen!«, rufe ich ein bisschen zu laut. Als ich auf die Toilette stürme, höre ich Evan, Laurie, Jack und ein paar Gäste lachen.

Das war wirklich das Schönste, was ich bisher erlebt habe. Es war ganz anders als im *Zone* – viel besser. Zwar jagt es mir ein schlechtes Gewissen ein, dass ich so empfinde; aber es stimmt. Ich kann dieses Gefühl nur einer einzigen Tatsache zuschreiben: Ich liebe es, mit Jack zusammen zu singen.

Als ich wieder aus der Toilette komme, gehe ich statt nach rechts aus Versehen nach links und entdecke einen kleinen Balkon mit herrlichem Blick über die Stadt. Wow, warum ist denn hier niemand? Es ist kühler als auf der Dachterrasse, und die Luft riecht angenehm frisch. Die Aussicht ist fantastisch.

Ich stelle mich auf den Balkon und greife nach dem Geländer. Als ich hinunterschaue, wird mir von der Mischung aus Betrunkenheit und Höhenangst ein bisschen schwindelig. Dann höre ich Schritte und drehe mich rasch um, um zu sehen, wer mich in meiner Einsamkeit stört. Jack kommt auf mich zugeschlendert und hält zwei weitere Jell-O-Shots in der Hand.

»Da bist du ja. Ich dachte schon, du bist weggelaufen.« Er stellt sich neben mich auf den Balkon. Seine Augen sind ein bisschen verschleiert, so wie damals auf seiner Party – nur mit einem Unterschied: Diesmal geht es mir genauso.

»Alles Gute zum Geburtstag, Leila«, lächelt er und reicht mir einen der beiden Drinks.

»Ich glaube, das ist Nummer sechs.« Kichernd kippe ich den Drink hinunter. Er beobachtet mich dabei, und als ich mir langsam über die Lippen lecke, nehmen seine Augen einen erregten Ausdruck an.

Jack trinkt ebenfalls seinen Jell-O-Shot und richtet seinen Blick dann unverwandt auf mich. Zwischen uns beginnen die Funken zu fliegen.

»Das war wirklich super«, sage ich in dem Versuch, ihn abzulenken. »Ich kann immer noch nicht glauben, wie viel Spaß mir das gemacht hat.«

»Mir auch.« Jack stellt unsere Gläser aufs Fenstersims und tritt einen Schritt näher, bis wir uns beinahe berühren. »Du warst wirklich fantastisch. Ich wusste doch, dass du das kannst.« Er streicht mir über die Wange und pustet mir die Haare aus dem Gesicht. Ich bekomme weiche Knie und wünsche mir sehnlich, dass er noch einen Schritt weiter geht.

»Alles Gute zum Geburtstag, Jack.«

Jack lehnt sich zu mir hinüber, und seine Lippen schweben vor meinem Mund, bis ich spüre, wie sein warmer Atem sich mit meinem vermischt.

»Danke. Dir auch alles Gute, Leila.«

Ich recke ihm mein Gesicht entgegen, und er beugt sich zu mir herab, bis unsere Lippen sich berühren. Seine Lippen sind weich, und er beginnt, mich ganz langsam und sinnlich zu küssen. Genau so, wie ein Kuss sein sollte. Er knabbert an meinen Lippen und ich an seinen, bis ich es nicht mehr aushalte.

Ich fasse nach seinem Hemd und ziehe ihn ganz nah an mich heran. Meine Lippen teilen sich, und seine Zunge gleitet in meinen Mund. Er stöhnt und drängt sich an mich, bis unsere Körper sich von oben bis unten berühren. Ich verschränke meine Hände in seinem Nacken, und seine Hände gleiten zu meinem Kreuz hinunter und drücken meinen Unterleib an seinen.

Oh. Gott.

Was für ein wunderbares Gefühl. Ich will gar nicht mehr aufhören.

Jack schiebt sein Knie zwischen meine Beine, und ich wühle mit den Händen in seinem Haar und drücke ihn noch fester an mich. Diesen Mann zu küssen macht wirklich süchtig. Wahrscheinlich könnte er mich allein dadurch zum Höhepunkt bringen.

Meine Erregung ist schon fast peinlich. Es ist, als hätte mich noch nie zuvor ein Mann geküsst. Er legt seine Hände um meine Taille und schiebt sie dann weiter nach oben, bis sie meine Brüste berühren. Ich fange an zu keuchen, weil sein Kuss mir den Atem raubt, und weiche ein paar Zentimeter zurück, um nach Luft zu schnappen. Jack schaut mich unverwandt an, während er mit den Daumen langsam über meine Brustwarzen fährt.

Stöhnend werfe ich den Kopf in den Nacken und recke ihm meine Brüste entgegen. Ich spüre seine Erektion an meinem Oberschenkel, drücke mein Bein noch fester daran – und jetzt fängt er an zu stöhnen.

Er vergräbt seine Hände in meinem Haar, hält meinen Kopf fest und knabbert an meinem Kiefer entlang bis nach oben zu meinem Ohrläppchen. Das Ganze ist wie ein Out-of-body-Erlebnis für mich.

Dann wandern seine Lippen weiter zu meinem Nacken, und er leckt und saugt daran, bis ich all die vielen Empfindungen, die auf mich einstürmen, kaum noch ertragen kann. Ich habe das Gefühl, gleich zu explodieren. Gierig küssen wir uns wieder und hören die Stimmen, die immer näher kommen, gar nicht.

Dann räuspert sich eine Frau, und eine Stimme, die mir sehr bekannt vorkommt, holt mich in die Realität zurück. »Lei?«

Jack schließt die Augen und bleibt regungslos stehen. »Scheiße«, murmelt er leise.

Langsam dreht er sich um, ohne mich loszulassen. Evan und Lizzy stehen verlegen am Eingang zum Balkon.

Jack kommt wieder zur Besinnung und tritt einen Schritt zurück.

»Da ist wohl ein Geburtstagskuss außer Kontrolle geraten«, sagt er entschuldigend und wirft mir noch einen kurzen Blick zu, bevor er weggeht und mich allein auf dem Balkon stehen lässt. Mein ganzer Körper pulsiert vor Erregung, und es ist mir furchtbar peinlich, beim Knutschen mit Jack erwischt worden zu sein.

Evan legt den Kopf schief und schaut mich besorgt an. »Alles okay mit dir?« Lizzy versteckt sich hinter seinem Rücken und scheint ebenfalls besorgt zu sein.

»Ja, alles okay. Ich habe nur ein bisschen zu viel getrunken. Ich … Ich geh jetzt wieder rein.«

Mit diesen Worten lasse ich die beiden allein auf dem Balkon zurück. Wahrscheinlich zerbrechen sie sich jetzt den Kopf darüber, was sie soeben gesehen haben.

Heilige Scheiße … Wie konnte das nur passieren?

Er wollte mich genauso sehr wie ich ihn.

Und trotzdem hat er mich – immer noch unter dem überwältigenden Eindruck seines Kusses – allein hier stehen und Evan und Lizzy gegenübertreten lassen. Wenn ich nicht auf Lori und Evan Rücksicht nehmen müsste, würde ich jetzt schnurstracks mit dem Fahrstuhl nach unten fahren und mir ein Taxi rufen.

Stattdessen verstecke ich mich erst mal eine Zeit lang in der Damentoilette und versuche, mein Gesicht in Ordnung zu bringen und meine Nerven zu beruhigen. Dann schleiche ich mich wieder zurück auf die Party und gehe dabei absichtlich außen rum, um Jack nicht zu begegnen. Ich muss ihm unbedingt so lange aus dem Weg gehen, bis Evan und Lori zum Aufbruch bereit sind. Das dürfte mir nicht allzu schwerfallen; schließlich ist er ja gerade abgehauen und hat mich wie eine Idiotin allein auf dem Balkon stehen lassen.

Dylan entdeckt mich an der Bar, als ich mir gerade eine Diätcola bestelle.

»Du warst großartig, Leila. Es sah so aus, als würdest du schon seit Jahren zusammen mit den Jungs auftreten.«

»Danke. Ich hoffe, man hat mir nicht angesehen, was für Angst ich hatte.«

»Überhaupt nicht. Du hast ganz locker und entspannt gewirkt.«

»Ich bin auch ziemlich betrunken. Vielleicht hat das geholfen.«

»Und jetzt sollte dich die Cola wieder wach machen?«, fragt er und zeigt auf mein Glas.

»Hoffentlich.«

In diesem Moment kommt Malcolm mit einem Glas in der Hand zu uns herübergeschlendert. »Sie haben wirklich eine fantastische Stimme, Miss Marino.«

»Danke. Ich war ziemlich nervös.«

Er schaut in sein bernsteinfarbenes Getränk und wirbelt es im Glas herum. »So klingen Sie also, wenn Sie nervös sind? Dann würde ich Sie gerne mal in entspanntem Zustand hören.«

Wie witzig.

Er fasst in seine Gesäßtasche, zieht sein Portemonnaie heraus und drückt mir eine Visitenkarte in die Hand.

»Ich würde mich gern mal mit Ihnen zusammensetzen. Ich könnte eine Menge für Sie und Ihre Karriere tun. Vielleicht sollten wir darüber reden.«

Ist das sein Ernst? Er entspricht wirklich genau dem Klischee des schmierigen Agenten – da fehlen nur noch der protzige Ring am kleinen Finger, die goldene Kette um den Hals und das bis zum Bauchnabel aufgeknöpfte Polyesterhemd. Eigentlich ist dieser Typ ziemlich gefährlich, denn hinter seinem gut geschnittenen Gesicht vermutet man gar nicht so viel Schäbigkeit.

Da ich nicht unhöflich sein will, nehme ich seine Karte. »Ich werde es im Hinterkopf behalten, Malcolm. Aber vorläufig möchte ich meine neue Karriere bei Devil's Lair erst noch ein bisschen genießen.«

»Wie Sie möchten. Aber Sie sollten vorne und in der Mitte stehen und nicht im Hintergrund.« Er nimmt meine Hand, drückt einen Kuss darauf und schaut mir dabei intensiv in die Augen. Dann geht er wieder zu seiner besseren Hälfte zurück und küsst sie unschuldig auf die Wange.

»Was war *das* denn?«, wende ich mich fassungslos an Dylan.

»Anscheinend wollte die Schlange dich gerade mit einem Apfel verführen.«

Ich schiebe seine Karte in meine Tasche. »Da habe ich aber Glück gehabt«, sage ich trocken.

Der einzige Vorteil dieser Aktion besteht darin, dass Malcolm mich mit seinem unmoralischen Angebot ein paar Minuten lang von Jacks Kuss abgelenkt hat. Ich versuche, Jack für den Rest des Abends aus dem Weg zu gehen. Selbst als wir gemeinsam den Geburtstagskuchen essen – ein Ritual, dem ich mich natürlich nicht entziehen kann –, achte ich darauf, dass Lizzy die ganze Zeit zwischen uns steht.

Als die Party sich dem Ende zuneigt und die Menschenmenge sich allmählich lichtet, fällt es mir leichter zu verfolgen, wo Jack sich gerade befindet. Als mein Blick auf ihn fällt und unsere Blicke sich treffen, berühre ich mit den Fingern unwillkürlich meine Lippen, die immer noch wund von seinem Kuss sind.

Dann verliere ich das Gleichgewicht und stolpere nach rechts. Dylan sieht, dass ich mich kaum noch gerade auf den Beinen halten kann. »Soll ich dir ein Taxi rufen?«, fragt er.

Ich kneife die Augen zusammen und nicke. »Ich muss nur noch Evan und Lori suchen. Wir sind zusammen hergekommen.« Dylan schaut sich in der Bar um und entdeckt die beiden, die sich gerade mit Jack unterhalten. Er nimmt meine Hand und führt mich zu ihnen. Wieder begegnen sich unsere Blicke, und Jack haucht mir ein lautloses »Tut mir leid« zu.

Es ist nicht seine Schuld. Ich war schließlich auch an unserem kleinen Rendezvous beteiligt.

Aber dass er danach wie ein Feigling von der Bildfläche verschwunden ist, das kann ich ihm nicht so ohne Weiteres verzeihen.

»Sollen wir gehen?«, lächelt Evan.

»Ja.« Jack richtet seinen Blick auf unsere ineinander verschränkten Finger. Sofort lasse ich Dylans Hand los. »Lori ist schon vor einer ganzen Weile verschwunden. Sie ist mit Trey mitgegangen. Ich soll dir ausrichten, dass sie sich morgen bei dir meldet.«

»Wie schön für die beiden.« Evan wendet sich an Lizzy. »Begleitest du mich nach draußen?«

»Klar.«

»Ich warte draußen auf dich, Ev.« Er nickt nur, ohne mich eines Blickes zu würdigen.

»Kann ich noch kurz mit Leila sprechen, Dylan?«, fragt Jack und schaut mich dabei an.

Dylan wirft mir einen Blick zu. »Natürlich«, sagt er dann zögernd. »Wir sehen uns doch sicher bald, Leila?«

Ich nicke, und er zieht mich in seine Arme. Dylan scheint sich sehr wohl in meiner Nähe zu fühlen, obwohl wir uns doch erst seit Kurzem kennen. Komisch – jedes Mal, wenn er mich berührt, habe ich das Gefühl, Jack zu betrügen; und mit seinem Gesichtsausdruck gibt Jack mir auch noch das Gefühl, als sei das tatsächlich so.

Auf dem Weg zum Fahrstuhl wendet Jack sich mir zu und will etwas sagen, verstummt aber dann wieder. Als der Fahrstuhl kommt, hält er mir die Tür auf und lässt mich zuerst hineingehen. Als die Tür sich wieder schließt, sehe ich, wie Dylan uns von der anderen Seite der Dachterrasse aus beobachtet.

Jack fasst nach meinen Armen. »Ich hab schon wieder Scheiße gebaut«, sagt er. »Tut mir leid, Leila.«

»Das war auch mein Fehler, Jack. Wir haben beide die Beherrschung verloren.«

»Ich meine nicht den Kuss. Es tut mir leid, dass ich dich da oben stehen gelassen habe. Ich habe plötzlich Panik bekommen. Am liebsten hätte ich dich noch ewig weitergeküsst, aber das ist falsch. Ich will dich nicht verletzen – deine Freundschaft bedeutet mir zu viel. Und trotzdem verletze ich dich andauernd.«

Freundschaft.

Dann ist der Fahrstuhl unten angelangt, und die Türen öffnen sich. Ich wende mich Jack zu. »Deine Freundschaft bedeutet mir auch sehr viel«, sage ich. Etwas anderes fällt mir beim besten Willen nicht ein. Ich küsse ihn auf die Wange, drehe ihm den Rücken zu und lasse ihn allein im Fahrstuhl stehen.

Da haben wir es … Für ihn bin ich nur eine gute Freundin.

Evan steht vor der Tür und hat schon ein Taxi für uns angehalten. Lizzy ist nicht mehr da; doch seinem Lächeln sehe ich an, dass die beiden sich sehr liebevoll voneinander verabschiedet haben.

»Bist du so weit?«, fragt er und hält mir die Taxitür auf.

Ich nicke, setze mich hinein und drehe mein Gesicht zum Fenster. Evan fasst nach meiner Hand und hält sie so lange fest, bis ich mich ihm zuwende. »Alles in Ordnung?«

»Ja. Ich bin nur ziemlich betrunken. Was du da oben gesehen hast, waren zwei Besoffene, die außer Rand und Band geraten sind.«

Evan sagt nichts, sondern schaut mich nur prüfend an, bis ich den Blick abwende. »Du erzählst es mir doch, wenn dich irgendwas bedrückt, ja, Leila?«, fragt er und hält dabei immer noch meine Hand.

Aber ich kann ihm doch unmöglich erzählen, dass ich mich in Jack verliebt habe. »Ja, Evan, das verspreche ich dir. Lizzy scheint ein tolles Mädchen zu sein«, setze ich hinzu, um das Thema zu wechseln.

»Sie ist fantastisch, Lei.«

Dann fängt Even an, mir von ihr vorzuschwärmen, und ich schalte ab. Immer wieder höre ich in Gedanken Jacks Worte – vor allem das wichtigste: Freundschaft.

Eigentlich wusste ich ja, dass wir nichts anderes sein können als gute Freunde. Warum tut es mir dann so weh, diese Worte aus seinem Mund zu hören?

Kapitel 16

Jack

Verdammt! Warum mache ich immer wieder alles falsch? Ich kann meine Finger einfach nicht von diesem Mädchen lassen. In den letzten Wochen ist ja eigentlich alles ganz gut gelaufen. Wir haben uns ein bisschen näher kennengelernt und sind gut miteinander ausgekommen. Es hat mir Freude gemacht, mich um sie zu kümmern, als sie krank war. Aber dann musste ich sie wieder küssen. Verdammte Scheiße … Und dabei ist »Küssen« noch untertrieben. Im Grunde genommen habe ich sie sexuell belästigt – und ich hätte tagelang so weitermachen können. Ein Vorspiel ohne anschließenden Sex – für mich war das eine richtige Qual, und jetzt bekomme ich den Gedanken an ihre Lippen, ihre weiche Haut, ihren Duft und ihre aufgerichteten Brustwarzen nicht mehr aus dem Kopf!

Wenn sie nackt gewesen wäre, hätte mich das Ganze auch nicht mehr antörnen können. Doch selbst wenn sie einen Schneeanzug angehabt hätte – diese Frau ist einfach fantastisch. Ihr Auftritt auf der Bühne, ihr Aussehen und mein Verlangen nach ihr … All das hat eine so unwiderstehliche Sehnsucht danach in mir geweckt, sie zu küssen, dass mich nicht mal ein Panzerwagen davon abgehalten hätte.

Ich werde eine große Rocksängerin aus ihr machen. Das weiß ich. Sie ist das Beste, was Devil's Lair passieren konnte. Und wie das Publikum heute Abend auf sie reagiert hat … Das war der absolute Wahnsinn. Es klang fantastisch, wie wir zusammen gesungen haben. Auf der Bühne ist Leila so etwas wie mein zweites Ich. Die Chemie zwischen uns stimmt perfekt. Die Leute konnten gar nicht genug davon bekommen. Wenn der heutige Abend ein Vorgeschmack darauf war, wie gut wir uns gegenseitig ergänzen, wird diese Tournee der absolute Hammer.

Ich hatte schon seit Tagen keinen Sex mehr. Das ist das Problem. Ich bin einfach zu geil, und wenn ich dann auch noch etwas trinke, ist es um meine Selbstbeherrschung geschehen. Und dann hat sie heute Abend auch noch so scharf ausgesehen … Immer wenn ich sie anschaue, verschlägt es mir den Atem. Aber ich kann es mir nicht leisten, meiner Schwäche für sie nachzugeben. Wenigstens einmal in meinem Leben muss ich das Richtige tun. Und das Richtige ist, die Finger von Leila zu lassen und meine Band zu dem Erfolg zu führen, von dem ich weiß, dass wir ihn erreichen können. Deshalb habe ich mein Studium aufgegeben und meine Eltern enttäuscht. Deshalb bin ich hier.

Dann öffnet sich die Fahrstuhltür, und ich sehe, dass nur noch ein paar Gäste da sind. Meine Eltern sind schon vor einiger Zeit gegangen. Meine Schwester unterhält sich mit Hunter, der immer noch mit Amanda liiert ist. Scott und Patti tanzen langsam zu einer Musik, die offenbar nur in ihrer Fantasie existiert. Jennifer, Malcolm und Dylan sind in ein Gespräch vertieft, und Trini räumt gerade die letzten Gläser und Flaschen weg. Trini … Das ist genau das, was ich jetzt brauche.

Ich gehe ihr nach. »Trin.«

Sie dreht sich zu mir um und schenkt mir ein aufrichtiges Lächeln. »Hey, hast du dich heute Abend amüsiert? Du warst vorhin ziemlich betrunken. Bist du jetzt wieder nüchtern?«

Oh ja, ich war sternhagelvoll. Doch jetzt bin ich wieder ganz klar im Kopf.

»Ja, der Rausch ist weg. Es war ein toller Abend. Tut mir leid, dass du arbeiten musstest und die Party nicht genießen konntest.« Ich schiebe die Hände in meine Hosentaschen und weiß nicht, was ich als Nächstes tun soll. Normalerweise gehen wir sehr ungezwungen miteinander um – ich schiebe ihr eine Haarsträhne hinters Ohr oder streichle ihr über die Wange. Doch heute ist mir nicht nach Körperkontakt zumute. Eigentlich hatte ich das gedacht; doch plötzlich wird mir klar, dass mein Herz etwas anderes will als mein Verstand.

»Leila ist eine tolle Frau«, sagt sie lächelnd. Ich nicke zustimmend. »Möchtest du reden? Du kannst gern zu mir kommen, dann unterhalten wir uns. Ich bin eine gute Zuhörerin.« Trini kennt mich so gut. Vielleicht ist mir tatsächlich wohler zumute, wenn ich mit jemandem darüber spreche, was mich in letzter Zeit quält.

»Ja, ich muss wirklich jemandem mein Herz ausschütten. Du weißt immer genau, was ich brauche.«

»Ich räum nur noch hier auf, dann können wir gehen.«

Ich schlendere zu Lizzy und Hunter hinüber, die in der Nähe der Bühne stehen, und unterbreche sie bei ihrem Gespräch. »Ich mach mich allmählich auf den Weg.«

Lizzy hakt mich unter. »Und? Hat dir deine Geburtstagsparty gefallen, Jack?«

»Ja, Schwesterherz. Die Party war fantastisch. Damit hast du dich selber übertroffen.« Sie hat wirklich eine tolle Party für mich geschmissen. Ich war in bester Stimmung – nur das Ende war alles andere als schön.

»Freut mich. Das hast du wirklich verdient«, sagt sie und grinst plötzlich. »Evan ist sehr nett. Wie gut kennt ihr euch eigentlich?«

»Ich habe ihn erst ein paarmal getroffen, aber er scheint wirklich cool zu sein«, mischt Hunter sich ein. »Er und Leila verstehen sich sehr gut. Nicht so, wie du meinst«, setzt er rasch hinzu, als er sieht, wie Lizzy die Nase kraus zieht. »Wie Bruder und Schwester.«

»Gott sei Dank. Ich möchte keinen Ärger mit Leila bekommen.« Dann erinnert sie sich wieder daran, wobei sie uns beide vor einer knappen Stunde ertappt hat, und wirft mir einen vielsagenden Blick zu. Ich kenne meine Schwester: Wenn sie sagt, dass sie keinen Ärger mit Leila haben will, dann meint sie das auch so – egal, was sie vorhin mit angesehen hat. Anscheinend ist sie die Einzige in unserer Familie, die die moralischen Grundsätze geerbt hat. An mir sind diese Prinzipien offenbar spurlos vorübergegangen.

Dann kommt Trini zu uns herüber. »Sie haben gesagt, ich kann jetzt gehen. Bist du so weit?«

Hunter schüttelt mit einem wissenden Lächeln den Kopf. Blödmann. Ich werfe ihm meinen *Kümmere-dich-um-deine-eigenen-Angelegenheiten*-Blick zu.

»Du brauchst nicht auf mich zu warten«, sage ich zu ihm, küsse meine Schwester auf die Wange und folge Trini aus der Bar. Wahrscheinlich kann man Lizzy den verständnislosen Blick, den sie mir hinterherwirft, nicht mal übel nehmen.

Trini winkt den restlichen Gästen zum Abschied zu, während ich sie ignoriere. Mir ist nicht nach Verabschieden zumute.

***

»Na los, spuck's schon aus. Was ist passiert?« Trini sitzt neben mir auf ihrer Couch und trinkt ein Bier. Ich habe mich für Cola entschieden.

»Ich hab schon wieder Scheiße gebaut.«

Ich erzähle Trini von unserem Kuss auf meiner Dachterrasse und allem, was danach passiert ist: wie Leila mich beim Knutschen mit zwei Mädchen ertappt hat und ich ihr anschließend wochenlang aus dem Weg gegangen bin. Wie ich die Sache später wiedergutgemacht habe und wir einen wirklich schönen Abend in ihrer Wohnung verbrachten. Zum Schluss berichte ich von unserem Kuss heute Abend auf dem Balkon. Sie hört mir schweigend zu und unterbricht mich kein einziges Mal. Es ist wie eine Befreiung für mich, dass alles loszuwerden.

Nachdem ich ihr ausführlich erzählt habe, wie ich es geschafft habe, meine Beziehung zu Leila zu ruinieren, sagt sie mir endlich ihre Meinung dazu. »Es gehören immer zwei dazu, Jack. Sie hat dich heute Abend ja nicht direkt weggestoßen, oder?«

»Nein, hat sie nicht. Aber sie war betrunken – sehr betrunken. Ich glaube, wenn es möglich gewesen wäre, hätte sie sogar weitergemacht. Aber eigentlich bin ich daran schuld. Ich baggere sie immer wieder an. Ich weiß, dass ich alles kaputt gemacht hätte, wenn ich noch weiter gegangen wäre. Sie kennt mich nicht – sie weiß nicht, wozu ich fähig bin. Ich habe wirklich kein Talent für Beziehungen. Und genau deshalb habe ich immer wieder Angst, sie zu verletzen und abzuschrecken. Auch wenn es gar keine böse Absicht wäre – ich würde sie und die Jungs trotzdem enttäuschen. Das darf nicht passieren.«

Sie stellt ihr Bier ab und lehnt sich zu mir hinüber. »Du setzt dich selbst unter enormen Druck, Jack.«

So sehe ich das nicht. Ich würde die Sache mit Leila nur vermasseln. Ich kenne mich doch. Außerdem habe ich Trini nicht alles erzählt. Wie sehr ich mich zu Leila hingezogen fühle, weiß sie noch gar nicht.

»Ich habe dich noch nie so erlebt. Diese Sache macht dich völlig fertig.« Sie kniet sich vor mich hin und schaut mir in die Augen. »Liebst du sie?«

Bei dieser Frage setzt mein Herz einen Schlag aus. Trotzdem schüttle ich den Kopf – und widerspreche damit meinen Gefühlen.

Ich muss dauernd an sie denken.

Ich wäre am liebsten ständig mit ihr zusammen.

Ich könnte mir sogar vorstellen, mein Leben mit ihr zu verbringen.

Verdammte Scheiße … Ich liebe sie.

»Dann ist doch alles gar nicht so schlimm. Dann ist sie einfach nur eins von den vielen Mädchen, auf die du stehst – aber sie ist auch eine gute Freundin. Lass einfach die Finger von ihr. Wir wissen beide, dass du dir dein Vergnügen auch woanders holen kannst. Es hat keinen Sinn, wegen eines unbedeutenden Sexabenteuers eine Freundschaft kaputt zu machen.« Sie hält kurz inne. »Es sei denn, du liebst sie.«

Trini redet weiter auf mich ein, aber ich kann mich kaum noch auf ihre Worte konzentrieren. Gedankenverloren lehne ich mich auf dem Sofa zurück. Trini steht auf und gibt mir einen freundschaftlichen Klaps aufs Knie, bevor sie das Zimmer verlässt.

Natürlich hat sie recht. Ich muss die Finger von Leila lassen, sonst reite ich uns beide total in die Scheiße hinein. Es könnte katastrophale Folgen haben, wenn ich mich weiterhin an Leila heranmache. Aber das ist eigentlich egal, solange sie dabei nicht verletzt wird. Doch was auch immer passiert – kann ich meine Gefühle einfach ignorieren und mich mit bloßer Freundschaft zufriedengeben? Da bin ich mir nicht so sicher.

Außerdem weiß ich ja noch nicht einmal, ob sie genauso für mich empfindet. Und selbst wenn man sich ungeheuer zueinander hingezogen fühlt, bedeutet das noch lange nicht, dass mehr daraus werden muss. Was ist, wenn sie nicht so fühlt wie ich? Wenn sie gar nichts anderes will als Freundschaft?

Außerdem kann ich nach zwei Küssen ja wohl schlecht vor ihr auf die Knie sinken und ihr meine unsterbliche Liebe gestehen? Ja, das wäre eine tolle Idee. Damit könnte ich ihr beweisen, dass ich sie liebe – obwohl sie mich erst vor ein paar Wochen beim Vorspiel zu einem flotten Dreier ertappt hat.

Wirklich sehr überzeugend, Jack!

Ich stoße einen bedrückten Seufzer aus. Ich muss unbedingt herausfinden, ob ich sie liebe. Erst dann kann ich mir darüber klar werden, wie es weitergehen soll.

Kapitel 17

Leila

Inzwischen sind schon zwei Wochen seit Jacks Party vergangen, und ich habe beschlossen, ihn mir aus dem Kopf zu schlagen. Dieser Job ist zu wichtig für mich; ich kann ihn mir nicht versauen, nur weil ich mich in Jack verknallt habe. Schließlich hat er mir klipp und klar gesagt, dass er nur Freundschaft will und nicht mehr. Na gut … Dann sind wir eben Freunde.

Außerdem war er jedes Mal betrunken, als er mich angebaggert hat. Wenn er nüchtern ist, benimmt er sich tatsächlich nur wie ein guter Freund. Natürlich kann ich mir auch weiterhin vormachen, dass er Gefühle für mich hat. Die hat er ganz bestimmt – aber eben keine romantischen. Wahrscheinlich ist er es gewöhnt, dass ihm die Frauen zu Füßen liegen, und hat mich auch in diese Kategorie eingeordnet. Bestimmt bin ich nur eine von seinen vielen Eroberungen; und da wir eine berufliche Beziehung zueinander haben, ist ihm klar geworden, dass es sich nicht lohnt, etwas mit mir anzufangen. Es hat ihn zu viel harte Arbeit gekostet, seine Band so weit zu bringen, wie sie jetzt ist. Das würde er garantiert nicht für ein bisschen Sex auf Spiel setzen.

Seit der Party sind wir wieder in unseren alten freundschaftlichen Umgangston zurückgefallen und reden ganz normal miteinander: Wir blödeln herum, und er neckt mich; und dann tue ich so, als sei ich wütend auf ihn. Das ist alles.

An diesem ersten Übungstag nach der Party hat Jack uns in der Mittagspause ein paar Pizzas bestellt. Während wir auf unser Essen warteten, kam plötzlich ein sehr gut aussehender Lieferant herein. »Hi, ich habe eine Pizza für Leila!«

Da wusste ich sofort, dass die Jungs etwas ausgeheckt hatten. Ich machte einen Satz zur Tür, doch Jack fasste mich um die Taille.

»Das hier ist Leila, und sie hatte Geburtstag«, antwortete er und schleppte mich zu einem Stuhl in der Mitte des Zimmers, obwohl ich mich mit Händen und Füßen gegen ihn wehrte.

Jennifer und die unheimliche Sally waren auch dabei und haben alles mitbekommen. Es sah aus, als seien sie alle in diesen unheimlich netten kleinen Scherz eingeweiht gewesen.

Der Lieferant stellte die Pizzas auf den Tisch, und dann erklang plötzlich Strippermusik. Der junge Mann zog Hemd und Hose aus, stellte sich in einer hautengen Badehose vor mir in Positur und wackelte mit den Hüften. Mir war das alles furchtbar peinlich.

Ich warf Jack einen wütenden Blick zu, doch der lachte nur über meine Verlegenheit. »Hier – bezahl ihn damit.« Er drückte mir ein Bündel Ein-Dollar-Scheine in die Hand und ließ mich allein in meiner Hölle der Peinlichkeit zurück.

An diesem Abend wollte Jack mich zum Essen ausführen, allerdings hatte ich schon etwas mit Freunden vor und lehnte seine Einladung daher mit einer Mischung aus Enttäuschung und Erleichterung ab. Ich bin mir nicht sicher, ob ich ein Abendessen allein mit Jack durchstehen würde.

Und am nächsten Tag revanchierte ich mich mit einem Streich bei ihm. Man merkte ihm an, wie nervös er war, weil er ahnte, dass ich ihm seine Bosheit mit dem Pizzalieferanten irgendwie heimzahlen würde – und ich sparte mir meine Überraschung ganz bis zum Schluss auf. Ich hatte keinem der Jungs von meiner Idee erzählt – nicht einmal Hunter.

Nur der unheimlichen Sally hatte ich meinen Plan anvertraut, und sie war Feuer und Flamme gewesen. Dadurch hat unsere Beziehung sich sehr verbessert.

Als bis zum Abend nichts passiert war, ging Jack davon aus, dass er mit einem blauen Auge davongekommen war. Wir wollten gerade Feierabend machen, als es an der Studiotür klopfte. Sofort wanderte sein Blick zu mir. Ich stand mit verschränkten Armen vor ihm.

»Jetzt bist du dran«, sagte ich und ging zur Tür. Herein kam ein muskulöser Motorradfahrertyp namens Axel, der einen Geburtstagskuchen hereintrug. Hinter ihm stand die unheimliche Sally mit einer Kamera.

Der Mann trug eine schwarze Lederjacke und schwarze Lederchaps, darunter hatte er nur einen winzigen G-String an. Jetzt war es an Jack, die Flucht zu ergreifen, doch auch er kam nicht weit: Hunter und Scott packten ihn und hielten ihn fest. Axel strippte vor Jack wie ein Profi und zog dabei zuerst seine Jacke und dann seine Chaps aus, während Sally mit ihrer Kamera ein Foto nach dem anderen schoss. Es war ein Riesenspaß und der Beginn meiner Freundschaft mit Sally. Jack drohte, es mir heimzuzahlen. Ich tat, als sei mir das egal, doch in Wirklichkeit habe ich eine panische Angst davor.

Als wir später alle zusammen in einem Restaurant zu Abend aßen, saß ich wie auf Kohlen. Jedes Mal, wenn jemand an unserem Tisch vorbeiging, zuckte ich zusammen, weil ich einen Schabernack befürchtete. Jack beobachtete mich und amüsierte sich im Stillen über meine Hysterie.

Inzwischen habe ich auch mit Dylan Freundschaft geschlossen, obwohl meine Beziehung zu ihm ganz anders ist als die zu Jack. Wir haben nach den Proben ein paarmal Kaffee miteinander getrunken, und einmal fuhr er mich abends heim, statt den Fahrdienst anzurufen. Unterwegs hat er mich sogar zum Essen eingeladen. Mit Dylan kann ich mich prima unterhalten. Ich fühle mich sehr wohl in seiner Gegenwart.

In den letzten Wochen haben wir uns ein bisschen näher kennengelernt, und es ist ein gutes Gefühl, mit jemandem reden zu können, der zu meiner neuen Welt gehört. Er hat mir erzählt, was mir auf der Tournee und während der Auftritte so alles bevorsteht. In manchen Städten werden wir im Hotel übernachten, um uns auszuruhen und – vor allem – unsere Wäsche waschen zu lassen. Das war eine große Erleichterung für mich, denn ich kann mir nicht vorstellen, mit unserem Tourneebus bei einem Waschsalon fortzufahren oder mich mit Rockstars darüber zu streiten, wer mit dem Wäschewaschen dran ist. Außerdem bin ich froh darüber, dass wir während unserer Tournee ein paar Pausen einlegen werden, bei denen ich in einem richtigen Bett schlafen kann. Dylan hat mir auch Cathys Telefonnummer gegeben und ein Treffen zwischen uns vereinbart. Sie kennenzulernen wird mir sicher eine große Hilfe sein.

Jack ist meine gute Beziehung zu Dylan auch schon aufgefallen. Eines Morgens, als wir allein im Studio waren und auf die anderen warteten, schien er gar nicht er selbst zu sein.

Als ich ihn darauf ansprach und fragte, ob mit ihm alles in Ordnung sei, antwortete er: »Du und Dylan, ihr versteht euch anscheinend immer besser.«

Seine Bemerkung überraschte mich. »Wir sind nur gute Freunde. So wie du und ich.«

Da huschte ein seltsamer Ausdruck über sein Gesicht, der jedoch im Handumdrehen wieder verschwunden war; und dann kamen die anderen Bandmitglieder rein und unterbrachen unser Gespräch. Doch ich musste den ganzen Tag – und auch noch bis in die Nacht hinein – daran denken. Macht es ihm etwas aus, dass ich mich mit Dylan angefreundet habe? Warum sollte ihn das interessieren? Diese kleine Bemerkung von ihm geht mir seitdem ständig im Kopf herum.

Abgesehen von meiner Vernarrtheit in Jack ist in den letzten Tagen alles hervorragend gelaufen. Lori hat sich seit Jacks Geburtstagsparty oft mit Trey getroffen. Einmal ist sie abends mit den Jungs von Devil's

Lair ausgegangen und hat mir von den Späßchen erzählt, mit denen sie sich gegenseitig aufziehen. Sie weiß nicht, was ich für Jack empfinde, also erzählte sie mir alle Geschichten über ihn, die sie an diesem Abend von seinen Freunden erfahren hat, brühwarm weiter. Leider hat Trey ihr auch von seinen Affären berichtet. Jack sei eindeutig kein Ein-Frauen-Mann, scherzte sie. Das müsste mich eigentlich in meiner Entscheidung bestärken, ihn zu vergessen – sollte man meinen.

Evan hat inzwischen mit Lizzy Kontakt aufgenommen. Ihr Terminplan ist zwar furchtbar voll, aber sie haben sich trotzdem vorgenommen, so bald wie möglich miteinander essen zu gehen. Ich freue mich so darüber, dass die beiden sich kennengelernt haben, und hoffe, dass sie einander näherkommen, während wir auf Tournee sind. Lizzy hat Evan anvertraut, Jack habe sich darüber gewundert, dass sie miteinander in Verbindung stehen, freue sich aber sehr darüber. Jack hält Evan für einen sympathischen jungen Mann. Ich fand es wirklich nett von ihm, das zu sagen.

Lori hat inzwischen eine Ersatzsängerin für mich gefunden. Sie heißt Nina Parker und hat schon die ganze letzte Woche über mit der Band geprobt. Nina ist eine zierliche Blondine, lebhaft, aufgeschlossen und sehr witzig – also genau das Gegenteil von mir. Das Einzige, was wir gemeinsam haben, ist die Tatsache, dass wir beide singen und Keyboards spielen können. Ich habe das Gefühl, dass Lori mit Nina eine gute Wahl getroffen hat. Schon innerhalb dieser kurzen Zeit hat sie meine Jungs für sich gewonnen. Sie kommt mühelos mit ihnen zurecht – sogar mit Matt. Nina hat einen Freund, der in New York wohnt und den die Jungs auch sehr gern mögen. Sie haben das Gefühl, dass Nina fast schon so weit ist, meine Stelle einzunehmen.

Also haben wir uns inzwischen auf einen Termin für meinen letzten Auftritt mit den Cliffhangers geeinigt. Jedes Mal, wenn ich daran denke, werde ich ganz melancholisch.

Lori hat meine Jungs zu einem Bandwettbewerb an der Küste am vierten Juli angemeldet. Das ist eine tolle Chance für sie, ein bisschen bekannter zu werden. Sie freuen sich schon wahnsinnig darauf. Trey hat Lori Tipps gegeben, worauf sie bei ihrer Tätigkeit für die Cliffhangers besonders achten sollte. Sie schwärmt uns ständig vor, was für eine große Hilfe er ihr ist.

Jack und Hunter haben beschlossen, in ihrer Wohnung eine Grillparty für die Bandmitglieder zu veranstalten. Jack erzählt schon zum zehnten Mal davon. Scott ist allerdings nicht besonders glücklich darüber, weil er Patti nicht mitbringen darf. Trey macht das nichts aus, weil Lori die Cliffhangers an diesem Tag sowieso zu ihrem Bandwettbewerb an die Küste begleitet. Hunters Freundin Amanda ist an diesem Tag auch verreist, deshalb hatte Scott das Gefühl, sie hätten Patti ausgeladen, um ihn zu bestrafen, weil ihre »Tussis« auch nicht bei dem Grillfest dabei sein können. Jack hat ihm gesagt, er solle sich damit abfinden und sich lieber Gedanken darüber machen, was er für uns kochen will. Ich musste über Scotts entsetzten Gesichtsausdruck lachen.

Hunter hat vorgeschlagen, auch Jennifer und Dylan zu der Grillparty einzuladen, doch Jack hat sofort den Kopf geschüttelt, mich mit Blicken durchbohrt und mindestens zum elften Mal gesagt: »Nur wir.« Wie immer hat mein Herz bei unserem Blickkontakt einen kleinen Sprung gemacht. Dieser Mann kann mir schon allein mit seinen Augen, einer Berührung oder ein paar Worten die Sprache verschlagen.

Selbst jetzt, meilenweit von ihm entfernt, kann ich ihn mir so genau vorstellen, als säße er direkt vor mir. Das laute Klirren von Geschirr holt mich in die Gegenwart zurück. Es ist Sonntag, und ich warte in unserem gewohnten Brunchlokal auf Dad. Normalerweise verspätet er sich nicht mal um ein paar Sekunden; und jetzt ist er schon zwanzig Minuten zu spät dran. Als er endlich reinkommt und mich an unserem Tisch sitzen sieht, mache ich mir beim Anblick seines bedrückten Gesichtsausdrucks Sorgen.

»Hallo, Schatz. Tut mir leid, dass ich so spät komme, aber ich musste Barb erst noch bei Evan absetzen.«

»Warum hast du mich denn nicht angerufen? Evan wohnt doch in der Nähe von Hoboken. Also hätten wir doch heute in der Nähe meiner Wohnung brunchen können.«

»Nein, mir gefällt dieses Restaurant. Mir macht es nichts aus, den weiten Weg wieder zurückzufahren.« Er schlägt die Speisekarte auf und schaut aufmerksam hinein. Das ist schon ziemlich komisch, weil er sowieso jede Woche das Gleiche bestellt.

»Warum musstest du Barb bei Evan absetzen?«

»Einfach so.« Er studiert weiter die Speisekarte, ohne aufzublicken. Mein Dad ist kein guter Lügner. Da stimmt garantiert irgendetwas nicht.

»Hast du am vierten Juli schon was vor?«

»Ähm … wahrscheinlich verbringe ich den Tag mit Barb.« Er scheint sich immer unwohler in seiner Haut zu fühlen.

»Was ist denn los mit Barb?«, frage ich besorgt. »Alles okay?«

»Ja. Sie wollte mit Evan über etwas reden«, antwortet er mechanisch.

»Was ist los, Dad?«

Als er die Speisekarte weglegt, jagen sich die Gedanken in meinem Kopf.

»Barb muss mit Evan über ihre Krankheit sprechen«, antwortet er nach kurzem Zögern.

»Was für eine Krankheit?«

Er atmet langsam aus. »Barb hat Brustkrebs, Leila. Sie hat es erst vor ein paar Wochen erfahren. Ich habe sie zu ihren Arztterminen begleitet. Zum Glück ist der Krebs noch nicht weit fortgeschritten – erst Stadium eins –, aber sie hat trotzdem Angst und braucht jetzt viel Unterstützung.«

Ich bin sprachlos. Natürlich mache ich mir Sorgen um Barb, aber auch um meinen Freund Evan. Jetzt wird er mich noch mehr brauchen als bisher – und ich fahre bald weg.

Dad fasst über den Tisch hinweg nach meiner Hand. »Es wird schon alles gut gehen, Leila. Sie hat einen sehr guten Chirurgen. Sie wird operiert, und anschließend bekommt sie Chemotherapie. Das schafft sie schon.« Ich sehe keinen Zweifel in seinen Augen, und das macht mir ein bisschen Mut.

»Ich mache mir Sorgen um sie und Evan. Seit wann weißt du es schon?«

Er zuckt die Schultern. »Seit ein paar Wochen. Sie wollte erst mal ihre Prognose erfahren und mit dem Chirurgen reden, bevor sie es Evan sagt. Das kann ich gut verstehen. Inzwischen stehen alle ihre Behandlungstermine fest. Das wird ihr helfen, ihn zu beruhigen.«

Ich habe ein furchtbar schlechtes Gewissen, weil ich in den letzten Wochen nur an mich selber gedacht habe, während mein Dad und die Mutter meines besten Freundes durch die Hölle gegangen sind.

Der Rest unseres Brunchs verläuft in bedrücktem Schweigen. Wir reden darüber, was ich in den nächsten Wochen alles erledigen muss. Dabei ist das im Vergleich zu dem, was ich gerade erfahren habe, plötzlich alles so unwichtig. Was spielt es schon für eine Rolle, ob ich meine Post während meiner Abwesenheit an seine Adresse weiterschicken lasse oder nicht?

Während Dad an der Kasse die Rechnung bezahlt, bekomme ich eine SMS von Evan.

Wo bist du?

Brunch mit Dad. Alles okay bei dir?

Bitte komm mit deinem Dad bei mir vorbei.

»Evan will, dass wir ihn zu Hause besuchen«, sage ich, als Dad wieder an unseren Tisch zurückkehrt.

Dad scheint nicht ganz wohl bei dem Gedanken zu sein. Wahrscheinlich hat er Angst vor dieser emotionsgeladenen Situation. Er kann nicht besonders gut mit Gefühlen umgehen.

Dann fahren wir zu Evan: Dad fährt voraus, und ich folge ihm mit meinem Auto. Kaum habe ich an der Tür geklingelt, drückt Evan auch schon auf den Türöffner.

Als wir hereinkommen, sitzt Barb auf einem Sessel und hat offensichtlich geweint. Auch Evan sieht ganz verzweifelt aus. Als mein Dad eintritt, stürzt er sich sofort auf ihn. »Wie lange weißt du schon davon, Anthony?«, fährt er ihn an.

»Beruhige dich doch, Evan«, sagt Barb und steht auf. »Das ist nicht seine Schuld.«

»Was ist denn los, Evan?«, frage ich.

Er wirft seiner Mutter einen wütenden Blick zu. »Erklär es ihr, Mom.«

Da muss wirklich etwas Schlimmes passiert sein, denn normalerweise benimmt Evan sich nicht so. Er ist der ausgeglichenste Mensch, den ich kenne. Als er sich in seinen Sessel setzt und zu Boden schaut, zittern mir plötzlich die Knie. Ich setze mich auf die Couch. Mein Dad folgt mir und nimmt meine Hand.

»Wir wollten euch beide nie verletzen, Leila«, sagt er zu Evan und mir.

»Du machst mir Angst, Dad.«

Evan sagt immer noch nichts und hält den Blick weiter gesenkt.

Es herrscht ein unerträgliches Schweigen im Raum.

»In unserer Kindheit waren dein Dad und ich sehr gut miteinander befreundet, Leila«, sagt Barb schließlich mit zitternder, gebrochener Stimme. »Wir sind auch mal eine Zeit lang miteinander gegangen, aber mit uns beiden hat es nicht funktioniert. Doch wir sind immer gute Freunde geblieben. Dann lernte Dad deine Mom kennen und hat sich furchtbar in sie verliebt. Und das ist auch kein Wunder, denn deine Mom war eine fantastische Frau. Sie war nicht nur wunderschön, sondern eine richtige Heilige. Dein Dad wusste sofort, dass sie die richtige Frau für ihn war.

Ich bin damals zur selben Zeit mit Doug gegangen. Deine Mom hat ihre Ausbildung an der Schwesternschule gemacht und war jünger als wir. Obwohl sie deinen Dad sehr geliebt hat, hatte sie trotzdem das Gefühl, sich auf ihre Karriere konzentrieren zu müssen, und die Sache mit deinem Vater ging ihr einfach zu schnell. Das machte ihr Angst; also hat sie die Beziehung zu ihm beendet in der Hoffnung, dass er sich eine andere Frau suchen würde.« Sie wirft meinem Dad einen Blick zu und schaut dann wieder mich an.

»Als deine Mutter mit deinem Dad Schluss machte, war er todunglücklich und auch sehr verletzt. Meine Beziehung mit Doug lief nicht besonders gut. Eines Tages kam dein Dad zu mir, und wir haben gemeinsam versucht, unsere Probleme zu vergessen. Am Ende waren wir beide furchtbar betrunken und haben einen großen Fehler gemacht.« Sie fängt an zu weinen. Dad steht auf, geht zu ihr hinüber, streichelt ihr den Rücken und versucht, sie zu trösten.

Barb lächelt Dad mit Tränen in den Augen an. Evan hat sich während dieser ganzen Zeit nicht vom Fleck gerührt.

»Ich habe niemandem davon erzählt – nicht mal deinem Dad. Schließlich war Marie seine Zukunft. Er konnte nicht ohne sie leben. Also erzählte ich Doug, dass ich ein Kind von ihm erwartete. Natürlich hat er einen Wutanfall bekommen. Wir passten einfach nicht zusammen. Ich erklärte ihm, dass ich ihn nicht dazu zwingen wolle, bei uns zu bleiben; lieber würde ich das Kind alleine großziehen. Aber er sagte, er wolle sich nicht vor seiner Verantwortung drücken. Es war ein Fehler von mir, so zu tun, als sei das Baby von ihm, aber ich hatte Angst, deinen Dad in eine peinliche Situation zu bringen, wenn ich zugab, dass Doug nicht der Vater war. Denn dann wäre Doug bestimmt darauf gekommen, dass das Kind von deinem Dad war. Schließlich wusste er, dass wir beide viel Zeit miteinander verbracht haben. So ein Schicksal hätten deine Eltern nicht verdient.«

Oh Gott … Evan ist mein Bruder?

Als Evan endlich den Blick hebt und mich ansieht, sind seine Augen feucht und blutunterlaufen. Er kommt herüber, setzt sich neben mich auf die Couch und hält meine Hand. Barb beobachtet uns und eröffnet uns das, was wir bereits wissen: »Evan ist dein Bruder.«

Das klingt für mich nicht weniger erschreckend, nur weil es laut ausgesprochen wird. Als Evan hört, wie ich nach Luft schnappe nun, drückt er mir beruhigend die Hand.

»Dein Dad hat nichts davon gewusst, Leila«, fuhr Barb fort. »Er ist dann wieder mit Marie zusammengekommen, und sie haben geheiratet. Nach der Hochzeit wurde deine Mom fast sofort schwanger, und dein Dad war überglücklich. Er hat sich immer um mich gekümmert, und deine Mom auch. Sie wussten beide, dass meine Ehe mit Doug auf wackligen Füßen stand. Ich hatte vor, ihn um die Scheidung zu bitten, weil unsere Ehe nur noch eine einzige Lüge war; und außerdem gab es – wie ihr ja jetzt wisst – auch noch eine andere Lüge, die mir das Leben zur Hölle machte. Dann wurde Evan krank, und Doug erfuhr die Wahrheit. Er hat uns ohne zu zögern verlassen, und mir wurde bald klar, dass das das Beste für uns alle war. Denn sonst hätte Doug deiner Mom die Wahrheit gesagt, nur um deinem Dad und mir wehzutun, und das konnte ich nicht riskieren. Doch nachdem Doug die Wahrheit erfahren hatte, musste ich sie auch deinem Dad sagen. Er musste mir schwören, es Marie nicht zu erzählen, denn ich wollte weder sie noch dich verletzen. Dein Dad war natürlich am Boden zerstört, als er es erfuhr. Er wollte Evan als seinen Sohn anerkennen, doch ich drohte ihm, von hier wegzuziehen und Evan mitzunehmen, falls er es deiner Mom sagte. Schließlich ging es Evan und mir gut. Ich konnte es nicht über mich bringen, deine Familie zu zerstören. Dein Dad hat sich immer darum gekümmert, dass wir alles hatten, was wir brauchten, und da Marie so ein großherziger Mensch war, hat sie das überhaupt nicht gestört.«

Barb verstummt, und ein paar Sekunden lang sieht es so aus, als könne sie nicht weitersprechen. Doch dann fährt sie fort.

»Manchmal frage ich mich, ob deine Mom nicht vielleicht doch die Wahrheit gewusst hat, obwohl wir ihr nie davon erzählt haben. Je älter Evan wurde, umso ähnlicher sah er deinem Vater. Aber sie war immer so gut zu uns. Manchmal hatte ich das Gefühl, sie würde Verständnis dafür haben und uns verzeihen, weil sie so ein liebevoller Mensch war – doch dieses Risiko konnte ich nicht eingehen.

Dann starb Marie, und du brauchtest deinen Dad noch dringender als je zuvor. Ich hatte das Gefühl, das Problem so gelöst zu haben, wie es für uns alle am besten war. Und je länger wir damit zögerten, dir die Wahrheit zu sagen, umso schwieriger wurde es natürlich. Wenn ich nicht krank geworden wäre, hätte ich dieses Geheimnis mit ins Grab genommen. Doch wenn mir irgendetwas passiert, muss Evan die Wahrheit wissen.«

Sie steht auf, geht zu ihm hinüber und kniet sich vor ihn hin, doch er würdigt sie keines Blickes.

»Evan, ich liebe dich. Alle Fehler, die ich begangen habe, sind nur deshalb geschehen, weil ich dich, Anthony und Leila schützen wollte. Ich hatte das Gefühl, das Richtige zu tun. Es tut mir leid.«

Ich bin hin- und hergerissen. Am liebsten würde ich diese Frau hassen, aber sie ist krank und sollte sich jetzt nicht mit dieser traurigen Geschichte belasten müssen. Außerdem hat sie wirklich geglaubt, das zu tun, was für uns alle am besten war.

»Das ist nicht allein Barbs Schuld«, sagt mein Dad zu Evan. »Ich hätte mehr um dich kämpfen müssen. Ich war feige und egoistisch. Da ich Marie nicht verlieren wollte, habe ich stattdessen dich geopfert. Und ich freute mich so sehr darüber, dass ihr beide – Leila und du – so gute Freunde geworden seid. Denn natürlich wollte ich auch weiterhin an deinem Leben teilhaben. Ich liebe dich, Evan – mehr, als du dir vorstellen kannst.«

Evan sitzt immer noch teilnahmslos auf der Couch.

»Wusstest du, dass Barb Evan das heute erzählen wollte?«, frage ich Dad.

Er schüttelt den Kopf. »Nein.«

»Das habe ich ganz allein entschieden. Ich hatte einfach das Gefühl, dass mein Sohn die Wahrheit erfahren muss.« Barb umfasst Evans andere Hand. »Ich weiß, dass das ein Schock für dich ist, Evan. Schließlich hast du all die Jahre glauben müssen, dass dein Vater dich verlassen hat. Dabei war in Wirklichkeit ich diejenige, die dich im Stich gelassen hat.«

Evan entzieht ihr seine Hand. »Ich brauche Zeit«, sagt er. »Ich kann jetzt mit keinem von euch beiden zusammen sein.«

Barb nickt schwach mit dem Kopf und fängt an zu weinen. Dann steht sie auf. »Ich liebe dich, Evan. Bitte vergiss das nie.« Sie greift nach ihrer Tasche und geht zur Tür.

»Bitte bleib bei ihm, Lei«, bittet mein Vater mich. »Wir lieben euch beide.«

Mit diesen Worten verlassen die beiden das Apartment und lassen mich völlig schockiert zurück.

»Soll ich gehen?«

»Nein. Bitte bleib hier. Ich brauche dich.« Er zieht mich in seine Arme und fängt an zu schluchzen.

Wie kann das Leben sich so blitzschnell verändern? Unsere Welt wurde soeben in ihren Grundfesten erschüttert. An einem einzigen Tag hat Evan erfahren, dass Anthony – mit dem er jahrelang mehr oder weniger Tür an Tür gewohnt hat – sein Vater ist und dass seine Mom an einer schweren Krankheit leidet. Wie kann das Leben so grausam sein – und das auch noch zu jemandem, der das gar nicht verdient?

Gefühlte Stunden später steht er plötzlich auf und fängt an, in seiner Wohnung auf und ab zu gehen. »Wie sollen wir bloß damit fertigwerden?«, fragt er mich in panischer Angst.

»Das weiß ich auch noch nicht so genau«, antworte ich wahrheitsgemäß.

»Ich kann das vorläufig noch niemandem erzählen. Ich muss erst mal selber damit klarkommen. Unsere Eltern haben ein gefährliches Spiel mit uns getrieben, Leila. Was wäre gewesen, wenn wir uns ineinander verliebt hätten? Wie konnten sie uns so etwas antun?«

Er ist richtig in Panik. Ich muss ihn beruhigen.

»Es braucht ja niemand zu erfahren, Evan. Ich habe dich, du hast mich, und wir beide werden schon damit zurechtkommen. Ich kann verstehen, dass du im Augenblick furchtbar entsetzt bist, aber deine Mom braucht dich.«

Doch meine Worte scheinen ihn nur noch mehr aufzuregen.

»Bitte, Evan … Du bist doch kein grausamer Mensch. Bitte versuch, Verständnis dafür zu haben, warum sie das getan hat.« Ich muss ihm helfen, die Beweggründe seiner Mutter zu verstehen.

Er sitzt zusammengesunken auf der Couch wie ein Häuflein Elend. »Ich weiß nicht, ob ich das kann, Lei. Plötzlich habe ich erfahren, dass ich gar nicht der Mensch bin, für den ich mich gehalten hatte. Mein ganzes Leben ist eine einzige Lüge.«

Er braucht Zeit.

»Tut mir leid. Ich bin so egoistisch. Dich betrifft das alles ja schließlich auch«, sagt er und wirft mir einen traurigen Blick zu.

»Gemeinsam werden wir schon darüber wegkommen.«

Er sieht so hilflos aus. Natürlich berührt mich diese Sache auch, aber ich muss das irgendwie auf die Reihe kriegen – für meinen Freund, meinen Bruder. Ich liebe ihn.

***

Ich habe bei Evan übernachtet und darauf geachtet, dass er etwas isst und schläft. Zuerst hat er sich dagegen gewehrt, mir aber dann doch erlaubt, mich um ihn zu kümmern. Am nächsten Morgen bin ich zeitig aufgewacht, und jetzt sitze ich bei einer Tasse Kaffee in seiner Küche. Aber ich kann mich nicht dazu überwinden, den Kaffee zu trinken. Mir ist richtig schlecht.

Evan kommt in die Küche geschlurft und sieht so aus, als hätte er überhaupt nicht geschlafen. »Du musst ins Studio, Lei. Bitte mach dir keine Sorgen um mich. Ich pack das schon.« Er kommt zu mir herüber und küsst mir die Hand.

»So siehst du aber nicht aus. Du siehst aus wie eine wandelnde Leiche.«

Er holt sich einen Kaffeebecher aus dem Küchenschrank. »Tja, selbst jemand wie ich kann nicht immer wie ein Frauenschwarm aussehen.« Als ich höre, dass er schon wieder zum Scherzen aufgelegt ist, geht es mir ein bisschen besser.

»Vorläufig will ich unseren Jungs noch nichts davon erzählen. Aber wenn du das Bedürfnis hast, mit jemandem darüber zu reden, verstehe ich das natürlich.«

»Der einzige Mensch, dem ich so etwas anvertrauen würde, weiß es bereits, Evan. Außer uns beiden geht das niemanden etwas an.«

Er kommt zu mir herüber und zieht mich in eine Umarmung, die ich von ganzem Herzen erwidere. Ich danke dem lieben Gott dafür, dass ich das Glück habe, mit Evan verwandt zu sein.

»In deinen Augen waren wir ja schon immer wie Bruder und Schwester. Jetzt haben wir den Beweis dafür, dass wir es tatsächlich sind«, lächle ich.

»Meine Schwester hat die Intelligenz und das gute Aussehen von ihren Eltern geerbt«, erwidert er. Ich umarme ihn noch fester, bis er mir befiehlt: »Und jetzt verschwinde endlich. Geh zur Arbeit.«

»Immer musst du mich rumkommandieren. Aber ich brauche dir nicht zu gehorchen. Schließlich bist du nicht mein Dad.«

Am Ende muss Evan mich mehr oder weniger aus seinem Apartment hinausschieben. Ich wehre mich nicht gegen den Rausschmiss; denn schließlich muss ich erst noch in meine eigene Wohnung fahren, duschen, mich anziehen und dann schnellstens ins Studio fahren. Außerdem muss ich Jack eine SMS schreiben, um ihm mitzuteilen, dass ich heute ein bisschen später komme.

Hallo Jack, tut mir leid … Komme etwas später … Bin schon unterwegs.

Er antwortet sofort: Kein Problem. Alles okay bei dir?

Ja … bis gleich.

Und dabei sehe ich in Wirklichkeit genauso beschissen aus wie Evan. Schließlich habe ich in dieser Nacht auch nicht viel geschlafen. Meine Augen sind immer noch rot und blutunterlaufen. Dagegen würde wahrscheinlich nicht einmal mehr Make-up helfen.

Während ich mich anziehe, klingelt mein Handy.

»Hallo?«

»Leila, ich liebe dich. Bitte sag mir, dass alles in Ordnung ist.«

»Ja, Dad. Mir geht es gut«, beruhige ich ihn. In unserer Angst und Empörung habe ich völlig vergessen, wie meinem Dad jetzt zumute sein muss. Immerhin hatte er noch bis vor Kurzem einen Sohn, den er nicht anerkennen konnte oder wollte. »Darf ich dich später anrufen?«

»Ja. Bitte melde dich, sobald du wieder zu Hause bist. Wir müssen darüber reden. Versprich es mir.«

»Ich verspreche es.«

»Soll ich Evan auch anrufen?«

»Nein, Dad. Er braucht noch ein bisschen Zeit. Bitte lass ihn in Ruhe.«

Kapitel 18

Jack

Zwei wichtige Dinge sind in den letzten Wochen passiert:

Erstens habe ich festgestellt, dass es so nicht weitergehen kann. Ich lebe nur noch für den Augenblick, in dem ich Leila im Studio sehe. Ich genieße jede Sekunde unseres Zusammenseins. Dann fahre ich nach Hause, schließe mich in meinem Zimmer ein und warte auf das nächste Wiedersehen.

Und damit bin ich auch schon beim zweiten Thema angelangt: Ich bin unglücklich.

In den letzten Wochen war ich dauernd schlecht gelaunt – außer wenn sie in meiner Nähe war. Ich zermartere mir das Gehirn nach einer Möglichkeit, mit ihr zusammen zu sein – scheiß auf die Konsequenzen. Seit meiner Geburtstagsparty war ich schon zigmal am Rande eines Nervenzusammenbruchs. Ich habe mich in einen romantischen Trottel verwandelt. Inzwischen bin ich schon genauso bescheuert wie Hunter. Der fragt mich übrigens immer wieder, was ich für ein Problem habe; und dann tische ich ihm irgendeine faule Ausrede auf, von der ich genau weiß, dass er sie mir nicht abkauft.

Hunter ist auch aufgefallen, dass Leila in letzter Zeit sehr emotional reagiert, und er gibt mir die Schuld daran. Das kann ich ihm nicht einmal übel nehmen, ich habe ihm einfach nur erklärt, dass sie zurzeit familiäre Probleme hat. Daraufhin hat er keine Fragen mehr gestellt. Ich mache mir Sorgen um Leila. Am liebsten würde ich Evan anrufen und ihn fragen, ob mit ihr alles in Ordnung ist. Wahrscheinlich hätte sie Hemmungen, mir etwas anzuvertrauen, was sie bedrückt, und daran kann ich nur mir selbst die Schuld geben. Schließlich bin ich der Idiot, der sie zweimal geküsst hat.

Heute findet unser Grillfest zur Feier des vierten Juli statt. Am liebsten würde ich die Jungs wieder ausladen und den Tag nur mit Leila verbringen. Ich würde gern mit ihr in der Stadt essen gehen, und dann würden wir zusammen an einen einsamen Strand fahren. Seit dem Abend in ihrer Wohnung, an dem wir uns näher kennengelernt haben, kann ich mir gut vorstellen, nicht einfach nur Sex mit ihr zu haben, sondern auch Dinge gemeinsam mit ihr zu unternehmen, so wie ein richtiges Paar. Am Anfang hatte ich mir immer nur heißen, überwältigenden Sex vorgestellt, wenn ich an Leila dachte. Inzwischen verfolgen mich ganz andere Vorstellungen, die mich noch verrückter machen als meine Sexträume. Sex kann ich verstehen. Von Beziehungen habe ich keine Ahnung.

Bisher habe ich das alles noch niemandem erzählt; aber es geht mir dauernd im Kopf herum, nagt an meinem Selbstvertrauen und an meiner Fähigkeit, mich so zu benehmen, wie man es von Jack Lair erwartet. Inzwischen hat Hunter meine Dachterrasse in Beschlag genommen, in letzter Zeit sitzt er oft mit Amanda da oben rum. Da sie sich ihr Zimmer mit einem anderen Mädchen teilt, kommt sie lieber zu uns; und nach Hunters Gesichtsausdruck zu urteilen, wenn Mandi bei ihm ist, sind die beiden mit ihrer Beziehung anscheinend endlich einen Schritt weitergekommen. Eigentlich sollte mich das für ihn freuen, aber stattdessen bringt es mich nur zur Weißglut: Er hat das Glück, mit jemandem zusammen zu sein, den er mag, und das auch offen zeigen zu dürfen, und ich nicht. Jedes Mal, wenn ich die beiden zusammen in unserer Wohnung sehe, würde ich am liebsten etwas kaputt schlagen.

Heute hat Amanda wieder mal bei uns übernachtet. Ich stehe an meinem gewohnten Platz in der Küche und trinke schon meine dritte Tasse Kaffee, als die beiden aus seinem Zimmer kommen. Amanda errötet sofort, als sie mich sieht.

»Hey, Jack. Du bist heute aber früh auf«, bemerkt Hunter, während er Amanda in die Küche zieht. Sie sieht aus, als würde sie am liebsten davonlaufen.

»Hi, Jack.«

»Hey, Amanda«, begrüße ich sie und setze mein süßestes Lächeln auf. »Habt ihr gestern Abend Spaß gehabt?«

Amanda senkt den Blick und errötet noch tiefer. Hunter dreht sich zu ihr um und umarmt sie. »Oh ja. Jede Menge Spaß.«

»Hunt.«

»Was ist?«, fragt er und küsst sie auf die Wange. *Igitt …* Von diesem Getue kann einem übel werden.

»Ihr zwei Turteltauben seid wirklich ekelhaft«, sage ich, drehe mich auf dem Absatz um und gehe in mein Zimmer. »Tschüss, Amanda.«

»Sei nicht böse auf ihn«, höre ich Hunter zu ihr sagen, als ich meine Tür zumache.

Mechanisch absolviere ich meine Hantelübungen, dusche, ziehe mich an, warte in meinem Zimmer, bis ich endlich die Tür gehen höre, und komme mir vor wie ein Gefangener in meiner eigenen Wohnung. Wahrscheinlich ist Amanda jetzt verschwunden, und ich kann endlich wieder rauskommen, ohne mich wie das fünfte Rad am Wagen zu fühlen.

Hunter steht immer noch in der Küche und ist damit beschäftigt, Sachen für unser Grillfest aus den Schränken zu holen. Als ich reinkomme, blickt er auf. »Was ist in letzter Zeit nur mit dir los?«, fragt er ohne Umschweife. Am liebsten würde ich ihm sagen, dass er sich verpissen soll.

»Nichts. Warum?«, versuche ich gleichgültig zu tun. Eigentlich möchte ich ihm nicht die Wahrheit sagen, aber auf die Dauer ist es sehr anstrengend, mich ständig zu verstellen.

»Du redest Scheiße, und das weißt du auch genau. Du hast schon seit Wochen kein Mädchen mehr hierhergebracht. Nicht mal mit Trini warst du zusammen. Was zum Teufel ist mit dir los?«

Hunter scheint stinksauer zu sein. Warum ist ihm mein Privatleben so wichtig?

»Was geht es dich an, ob ich Mädchen abschleppe oder nicht?«

»Weil das negative Auswirkungen auf unsere Band haben kann«, schnauzt er mich in arrogantem Ton an.

»Was hat mein Scheiß-Privatleben mit meiner Band zu tun?«

»Das kann ich dir genau sagen. Du hast schon seit Wochen keinen Song mehr geschrieben. Bei den Proben bist du völlig apathisch. Der frühere Jack hätte stundenlang mit uns darüber gestritten, ob ein Song in D-Dur oder Fis-Dur besser klingt. Der frühere Jack würde uns nicht erlauben, während des Probens eine Pinkelpause zu machen. Also frage ich dich noch mal: Was zum Teufel ist mit dir los?«

»Ich will nicht darüber reden.«

»Hör endlich mit dem Scheiß auf, Jack. Erzähl mir, was passiert ist.«

Wir starren uns gegenseitig wütend an, bis ich nachgebe. »Ich bin völlig am Arsch.«

»Was soll das heißen, du bist völlig am Arsch? Hast du irgendwas genommen?«

»Ach Quatsch, Hunter.« Ich gehe ins Wohnzimmer, lasse mich aufs Sofa fallen und überlege, wie viel ich Hunter anvertrauen soll. Er schaut mich erwartungsvoll an. Nachdem er ein paar Minuten gewartet hat, verliert er die Geduld.

»Verdammt noch mal, Jack … Was ist los?«

Ich zwicke mich in den Nasenrücken und kneife die Augen zu. »Ich glaube, ich habe mich verliebt«, murmle ich leise.

Da fängt Hunter an zu lachen – so laut, dass er sich beinahe in die Hose macht. Ich muss mich sehr beherrschen, um ihm nicht so einen heftigen Boxhieb zu versetzen, dass er durch die Wand fliegt.

»Leck mich am Arsch«, sage ich, stehe auf und steuere auf die Wohnungstür zu. Wenn ich ihm jetzt nicht aus dem Weg gehe, bringe ich ihn um.

»Warte. Du willst mich doch bloß verarschen, oder nicht?«, fragt er und versucht, mich aufzuhalten. Doch ich ignoriere seine Frage und knalle die Tür hinter mir zu.

Ich habe gerade mal drei Minuten lang auf meiner Dachterrasse gesessen, da taucht er auch schon auf. »Lass mich in Ruhe, verdammt noch mal«, belle ich ihn an. Ich will jetzt wirklich nichts mit ihm zu tun haben. Eigentlich möchte ich gar nicht hier sein. Vielleicht leihe ich mir Scotts Minibus aus und fahre für ein oder zwei Tage fort. Ich brauche unbedingt einen Tapetenwechsel.

Er zieht sich einen Stuhl heran und setzt sich mir gegenüber. »Dann war das also kein Scherz?«

Ich balle instinktiv die Fäuste, um sie ihm nicht ins Gesicht zu schlagen. »Nein, verdammt noch mal … Das war *kein* Scherz«, stoße ich zwischen zusammengebissenen Zähnen hervor.

»Willst du mich etwa schlagen?«, grinst Hunter, als er meine aggressive Körpersprache wahrnimmt.

»Halt die Klappe.«

Er lehnt sich auf seinem Stuhl zurück und kratzt sich am Hinterkopf. »Tut mir leid, Mann. Ich dachte wirklich, du willst mich veräppeln.« Er versucht, zerknirscht zu klingen, doch sein dreckiges Grinsen verrät ihn.

»Schön wär's.«

»Scheiße. Wie ist denn das passiert?«

»Keine Ahnung. Ich muss einfach dauernd an sie denken. Ich weiß nicht mal, ob es Liebe ist oder nicht. Woher soll ich das wissen?«

»Seit wann?«

»Seit ein paar Wochen? Ich glaube, es ist mir am Abend meiner Geburtstagsparty klar geworden.«

Er schaut verwirrt drein. Wahrscheinlich zerbricht er sich jetzt den

Kopf darüber, mit wem ich in dieser Nacht zusammen war. »Trini?«, fragt er ungläubig.

»Nein.«

»Kenne ich sie?«

»Ja.«

»Wer ist es?«

Ich kann es ihm einfach nicht sagen.

»WER?«, fährt er mich nach ein paar Minuten an.

»Leila.« Mein Herz klopft, als ich das zum ersten Mal offen zugebe.

Hunter schaut mich an, als sei ich verrückt geworden, versucht sich aber dann wieder zusammenzureißen. Er lehnt sich vor, stützt die Ellbogen auf seine Knie und starrt zu Boden. »Leila?«

»Ja«, nicke ich und nehme die gleiche Haltung ein wie er. Eine Zeit lang sitzen wir schweigend auf der Dachterrasse herum, bis Hunter endlich das Wort ergreift.

»Wart ihr miteinander im Bett?«

»Nein. Ich hab sie bloß zweimal geküsst. Das ist alles.«

»Und du hast dich in sie verliebt?« Seine Stimme klingt ungläubig.

»Ich weiß genau, wie absurd das klingt.«

»Verdammte Scheiße, Mann. Ich weiß gar nicht, was ich sagen soll.«

»Danke fürs Zuhören.« Ich lehne mich auf der Couch zurück und bin plötzlich sehr erschöpft. »Ich wäre dir dankbar, wenn du das für dich behalten würdest.«

»Ich sage es niemanden. Aber wie soll das gehen, Jack?«, fragt er – und erinnert mich damit an all die Probleme, über die ich mir in den letzten Wochen den Kopf zerbrochen habe.

Mir liegt schon eine Antwort auf der Zunge: »Ich werde es ihr sagen.«

»Bis jetzt habe ich es einfach ignoriert«, erkläre ich stattdessen.

Hunter lacht laut auf.

Fantastische Lösung.

»Komm schon Jack. Du willst es einfach ignorieren? Das scheint bisher ja großartig funktioniert zu haben«, seufzt er. »Du kannst unmöglich weiter so enthaltsam leben. Wann hast du zum letzten Mal gefickt?«

Da hat er recht. Sexuelle Enthaltsamkeit ist eindeutig nichts für mich. »Rachel.« Tatsächlich – diese Spinnerin war die letzte Frau, mit der ich geschlafen habe. Passt wirklich hervorragend.

»Warst du seitdem nicht mal mit Trini im Bett?«

»Nö.«

»Verdammt. Bist du sicher, dass er inzwischen nicht verschrumpelt und abgefallen ist?«

»Verpiss dich.«

Kapitel 19

Leila

Ich habe Jack fest versprochen, heute zu seinem Grillfest zu kommen. Bisher hatte ich mich immer mit irgendeiner faulen Ausrede darum gedrückt mitzugehen, wenn die Jungs nach dem Proben noch irgendwo hinwollten, aber Jack wollte das nie akzeptieren. Er hat sogar gedroht, notfalls nach Hoboken zu kommen und mich zu holen. Aber ich war einfach nicht in der richtigen Stimmung, um außerhalb des sicheren Rahmens unserer Arbeit das »Wir sind nur gute Freunde«-Spiel zu spielen.

Außerdem habe ich mir ziemliche Sorgen um Evan gemacht. Ich würde jede Verabredung sofort absagen, wenn Evan mich bräuchte. Das Problem ist nur, dass er mich *nicht* braucht. Das ist auch nur wieder so ein Vorwand, den ich mir ausgedacht habe. Heute ist er mit den Jungs zum ersten Bandwettbewerb der Cliffhangers an die Küste gefahren. Lori und Alisa sind auch dabei, und Nina übernimmt meinen Part als Sängerin. Mein früheres Leben ist ohne mich weitergegangen. Das ist auch gut so – die Jungs müssen weiterkommen, genau wie ich auch. Trotzdem tut es weh, plötzlich nicht mehr zu meinem alten Kreis zu gehören. Dieser Wettbewerb ist eine große Chance für sie. Ich wünschte, ich könnte dabei sein, nur um ihren Auftritt mitzuerleben. Aber ich gehöre nun mal nicht mehr zu den Cliffhangers, also bringt es auch nichts, wenn ich immer noch wie ein Anhängsel hinter ihnen herzockle.

Da sie mich bei ihrem Bandwettbewerb nicht brauchen, werde ich diesen Tag mit den Jungs von Devil's Lair verbringen. Das heißt, dass ich mich heute ohne die willkommene Abwechslung der Arbeit mit Jack und meinen Gefühlen für ihn auseinandersetzen muss. Aber das musste ja irgendwann mal passieren. Da wir schon in ein paar Wochen auf Tournee gehen und ich dann rund um die Uhr mit ihm in einem Bus zusammenleben werde, sollte ich mich beizeiten daran gewöhnen – und dafür gibt es keine bessere Gelegenheit als den Unabhängigkeitstag. Er ist ein ziemlich gutes Symbol für mein jetziges Leben.

Ich habe ein paar von meinen Schokokeksen gebacken und eine Kiste Bier geholt. Draußen ist es wirklich sehr heiß; und nachdem ich viel zu lange darüber nachgedacht hatte, was ich anziehen soll, habe ich mich schließlich für Shorts und ein Tanktop entschieden. Es soll nicht so aussehen, als hätte ich mir zu große Mühe mit meiner Garderobe gegeben, andererseits will ich aber auch nicht wie die allerletzte Schlampe daherkommen. Um ehrlich zu sein: Natürlich habe ich heute ein bisschen mehr Zeit für meine Frisur und mein Make-up investiert als sonst.

Jetzt bin ich unterwegs nach Brooklyn und denke mir: Wird schon schiefgehen.

Nachdem ich mich mit meinem ganzen Zeug die vier Stockwerke bis zu Hunters und Jacks Apartment hochgeschleppt habe, bin ich bereits schweißgebadet, und meine Frisur ist im Arsch. Hoffentlich haben die Jungs ihre Klimaanlage voll aufgedreht.

Hunter macht mir die Tür auf und schenkt mir ein breites Lächeln. »Hey, Leila. Ich hab dich vermisst«, sagt er und zieht mich in die – Gott sei Dank kühle – Wohnung.

»Wir haben uns doch gestern erst gesehen. Du bist genauso wie mein Freund Evan«, grinse ich – und erst im Nachhinein wird mir klar, was ich da gesagt habe. Aber Hunter scheint mein erschrockener Gesichtsausdruck nicht aufzufallen. Er nimmt mir das Bier und die Kekse ab.

»Sind das etwa selbst gebackene Schokoladenkekse?«

»Ja, warum?«

»Oh Gott. Ich habe nur ein einziges Mal in einen der Kekse reingebissen, die du Jack damals mitgegeben hattest. Erstens: Ich liebe dich.

Zweitens: Er hat mich halbtot geschlagen, nur weil ich einen winzig kleinen Bissen von diesen kostbaren Keksen genommen habe – und seitdem bin ich richtig süchtig danach.«

»Tja, zum Glück habe ich gleich die doppelte Portion gebacken. Nimm dir ruhig welche und versteck sie. Ich verrate dich nicht.«

Hunter nimmt das Tablett mit den Keksen mit in die Küche, wickelt ein paar davon in Folie ein, verschwindet damit in seinem Zimmer und lässt mich allein. Ich bin einem hysterischen Anfall nahe.

Trey sitzt auf dem Sofa und sieht fern. Von Scott oder Jack ist noch nichts zu sehen. »Hallo, Trey«, begrüße ich ihn.

»Hey«, sagt er einfach nur. Er ist kein Mann vieler Worte. Ich glaube Lori nicht, dass die beiden stundenlang miteinander reden. Sie muss wohl unter Wahnvorstellungen leiden.

Hunter kommt wieder aus seinem Zimmer und grinst verschwörerisch. Er beugt sich über mich und flüstert mir zu: »Ich schulde dir was.«

»Du schuldest mir fünfzig Dollar, oder ich fange an zu quieken wie ein Schwein«, witzelt Trey, ohne seinen Blick vom Fernseher zu nehmen.

»Das wäre mir jeden Penny wert.«

Kichernd folge ich Hunter in die Küche. »Wo sind Jack und Scott?«, frage ich.

Er wartet eine Sekunde, bevor er antwortet. »Äh … Jack und Scott sind auf der Dachterrasse und streiten sich wahrscheinlich gerade darüber, wie man einen Grill anmacht.« Ich grinse bei der Vorstellung, wie ein Rockstar einen Grill anzuzünden versucht.

Auf der Küchentheke stehen Teller mit Burgern, Hotdogs, verschiedenen Salaten, Chips und anderen Beilagen. Ich nicke anerkennend. »Ich bin beeindruckt. Ihr Jungs wisst wirklich, wie man eine Grillparty schmeißt.«

Hunter lächelt. »Das haben wir alles Scott zu verdanken. Er ist ein richtiger Feinschmecker. Außer ihm kümmert sich bei uns niemand einen Scheiß um … Pesto-Pasta-Salat?« Ich lache laut, als er auf die fantasievolle grüne Kreation zeigt und dabei den Namen wiederholt, den Scott ihm offensichtlich eingeschärft hat.

In diesem Augenblick kommt Scott mit einem langen Pfannenwender in der Hand herein. »Verpiss dich. Komischerweise beklagst du dich nie über mein Essen, wenn du es in dich hineinschaufelst. Bitte sag mir, dass du meinen Pesto-Pasta-Salat zu schätzen weißt, Leila«, fleht er mich an.

»Klar«, lächle ich zurück. »Der sieht sogar noch besser aus als meiner. Vielleicht frage ich dich hinterher nach dem Rezept.«

»Siehst du? Endlich jemand, der was von Essen versteht, du Blödmann«, sagt Scott zu Hunter.

»Sie ist ja auch ein Mädchen«, erwidert Hunter einfach.

»Hört auf, übers Essen rumzuquatschen wie Frauen. Ich sterbe vor Hunger«, schaltet Trey sich von der Couch aus in unser Gespräch ein.

»Dann beweg deinen Arsch nach oben und erklär Jack, wie man einen Grill anzündet, sonst lassen wir uns eine Pizza kommen«, erwidert Scott und bringt mich damit wieder zum Lachen. »Er ist so was von stur.« Diese Jungs brauchen wirklich eine Frau, die ihr Leben in die Hand nimmt.

»Ich geh schon«, erbiete ich mich.

»Ich komme mit«, sagt Hunter sofort.

Wir gehen beide nach oben. Sobald wir auf der Treppe sind, bleibt Hunter stehen und fasst mich am Arm. »Ich hatte bisher noch keine Gelegenheit, allein mit dir zu sprechen. Aber wenn du mal jemanden zum Reden brauchst: Ich bin ein guter Zuhörer. Das wollte ich dir nur sagen.«

»Du warst ziemlich … still in letzter Zeit«, setzt er hinzu, als er meinen fragenden Gesichtsausdruck sieht.

»Ist das so sehr aufgefallen?«

»Den anderen nicht, aber ich habe es gemerkt. Daraufhin habe ich Jack gefragt, was mit dir los ist. Der meinte, du hättest gerade persönliche Probleme. Ich wollte dir nur sagen, dass ich da bin, wenn du mich brauchst.«

Seine Anteilnahme rührt mich. Er ist wirklich ein lieber Kerl. »Das ist nett von dir, Hunter. Es bedeutet mir sehr viel.«

»Ich meine es wirklich ernst.«

Er zieht mich in eine herzliche, liebevolle Umarmung. »Und nun lass uns nachsehen, was da oben los ist, bevor Jack das ganze Haus in Brand steckt.«

Bei dieser Vorstellung muss ich lachen und folge ihm auf die Dachterrasse.

Kaum haben wir sie betreten, sind wir auch schon von einer dichten Rauchwolke umgeben, sodass wir Jack, der in einer Ecke steht, kaum erkennen können. Nur sein ununterbrochenes Husten weist uns den Weg. Hunter dreht sich mit hochgezogenen Augenbrauen zu mir um. »Wusste ich's doch«, sagt er.

Als wir auf den Grill zugehen und Jack mich kichern hört, dreht er sich zu uns um. Tränen laufen ihm übers Gesicht.

»Wo ist denn die Flamme?«

Jack wirkt ungehalten und verschwitzt. Sein Gesicht glüht, und man sieht ihm an, dass er Hunter am liebsten verdreschen würde. Doch als sein Blick auf mich fällt, breitet sich ein Lächeln auf seinem Gesicht aus. »Ich arbeite noch daran.«

»Wir würden gern noch vor dem Tag der Arbeit etwas zu essen bekommen«, sagt Hunter kopfschüttelnd. »Ich habe einen Profi mitgebracht.« Dann wendet er sich an mich: »Würdest du bitte unseren Grill anzünden, Leila?«

»Nur zu«, sagt Jack mit einer auffordernden Bewegung.

»Übt doch nicht solchen Druck auf mich aus.« Ich nehme Jack den Flüssiganzünder und die Streichhölzer aus der Hand. »Du hast zu viel Flüssiganzünder auf die Briketts gegossen.«

»Was sind Briketts?«

Ich schüttle den Kopf und kann mir das Lachen über Jacks Frage nicht verbeißen. »Habt ihr Zeitungspapier?«

Die beiden schauen mich an, als redete ich in einer Fremdsprache mit ihnen. »Ich hol welches«, keucht Hunter schließlich und marschiert zur Tür.

»Die Jungs haben einfach kein Vertrauen zu mir«, gibt Jack schulterzuckend zu.

»Tja, warum wohl?«

»Na gut, dann zündest *du* eben den Grill an. Wir können ihnen ja hinterher sagen, dass ich es gewesen bin.«

»Du willst die Lorbeeren dafür einheimsen, dass ich diesen Grill angemacht habe?«

Er nickt.

»Du weißt doch, dass dir das kein Mensch glauben würde.«

»Aber dir glauben sie ganz bestimmt«, kontert er mit einem verführerischen Augenzwinkern, bei dem die Schmetterlinge in meinem Bauch wieder zu flattern angefangen. »Ich zeige mich auch dafür erkenntlich.«

»Hmm … klingt verlockend.« In diesem Augenblick kommt Hunter mit Zeitungspapier, Hotdogs und Hamburgern nach oben. »Tja … die Chance hast du leider vertan.« Ich zucke die Achseln und tue so, als sei ich enttäuscht (was mich keine allzu große Mühe kostet).

»Ich bin untröstlich.« Jack durchbohrt mich wieder mal mit seinem intensiven Blick und setzt mein Inneres in Flammen. Wer braucht schon Flüssiganzünder, wenn Jack Lair in der Nähe ist?

In ehrfürchtigem Staunen beobachten die beiden, wie ich den Grill anzünde. »Habt ihr auch aufgepasst?«, frage ich anschließend.

Hunter schüttelt den Kopf. »Ich bin nicht für den Grill zuständig, sondern nur für das Bier.«

»Und du, Jack?«

»Ich auch nicht. Wir laden dich einfach immer zu uns ein, wenn wir grillen wollen.«

»Gute Idee«, grinste ich. »Aber sagt mir bitte einen Tag vorher Bescheid, damit ich alles stehen und liegen lassen kann, um euch zu Diensten zu sein.«

»Klingt *hervorragend.*«

Oh Gott. Dieser Mann bringt mich wirklich um.

»Geh aus dem Weg, ich habe zu tun.«

Irgendwie entwickelt sich das Ganze allmählich zu *meinem* Grillfest. Zumindest habe ich die ganze Arbeit damit. Während ich grille, beauftrage ich Hunter damit, die Getränke zu holen. Jack muss Teller und Besteck beschaffen, Scott die Beilagen nach oben tragen, und Trey muss den großen Tisch aus der Ecke in die Mitte der Dachterrasse schieben.

Im Nu sind die Hamburger und Hotdogs fertig gegrillt. »Jetzt gibst du aber an«, sagt Jack, als ich den letzten Burger mit elegantem Schwung auf die Servierplatte werfe.

»Vielleicht.« Als das Essen auf dem Tisch steht, sieht das Ganze endlich wie ein richtiges Grillfest aus, und Trey, Scott und Hunter fangen an zu klatschen. Als ich mich verbeuge, verneigt Jack neben mir sich ebenfalls. Scherzhaft schubste ich ihn beiseite.

»Du willst dich wohl mit fremden Federn schmücken.«

Er beugt sich zu mir hinunter. »Deine Federn sind wirklich reizend – vor allem die Schwanzfedern«, flüstert er mir zu. Mit diesen Worten geht er zum Tisch hinüber, um sich etwas zu essen zu holen, und lässt mich total verwirrt und mit zitternden Knien zurück.

Er flirtet nur. Er will mich gar nicht anmachen. Er ist eben einfach so. Ich muss endlich aufhören, mir etwas einzubilden und jede seiner Bemerkungen wörtlich zu nehmen.

Als ich endlich dazu komme, mir auch etwas zu essen zu holen, ist nur noch ein Platz frei: auf dem Sofa neben Jack. Ich setze mich so weit wie möglich entfernt von ihm hin. Keiner von uns spricht. Außer dem genussvollen Stöhnen, das aus den randvollen Mündern der Jungs dringt, ist kein Laut zu hören.

»Das schmeckt wirklich sehr lecker, Scott. Dein Pesto-Pasta-Salat ist ein Gedicht«, lobe ich ihn. »Patti hat Glück, so einen fantastischen Koch als Ehemann zu bekommen.«

Scott errötet und scheint wirklich verlegen zu sein. »Danke. Für diese Idioten ist alles, was ich für sie tue, selbstverständlich.« Seine Bandkollegen feixen nur über diese Bemerkung.

Während des Essens plaudern wir darüber, wie viel wir im Studio inzwischen schon geschafft haben, und unterhalten uns über die bevorstehende Tournee. Allmählich habe ich wirklich das Gefühl, dazuzugehören. Ich bin froh, dass ich die Einladung zu dem Grillfest angenommen habe.

Dann entschuldigt Jack sich und verlässt die Dachterrasse. Kurze Zeit später kommt er mit einer Flasche Weißwein wieder, die er kalt gestellt hatte.

»Hoffentlich hat er nicht mehr als sechs Dollar gekostet«, sage ich skeptisch. »Teure Weine schmecken scheußlich.«

»Nee – nur fünf fünfundneunzig. Er hat sogar einen Schraubverschluss.« Jack gießt einen Becher voll Weißwein und bringt ihn mir.

Er beobachtet mich gespannt, als ich einen Schluck davon nehme. »Mmh, der schmeckt wirklich köstlich – vor allem aus einem roten Plastikbecher. Sehr stilvoll.«

Zufrieden mit meiner Antwort setzt Jack sich wieder neben mich – diesmal aber so nah, dass unsere Oberschenkel sich fast berühren. Ich ertappe Hunter dabei, wie er uns beobachtet, doch als unsere Blicke sich treffen, schaut er schnell weg.

»Trey, räum das Geschirr ab«, befiehlt Jack, als wir fertig gegessen haben.

Trey wirft ihm einen *Verpiss dich*-Blick zu, und Jack schaut mir mit seinem breiten Grübchen-Grinsen tief in die Augen – wobei mein unteres Stockwerk natürlich prompt wieder in Aufruhr gerät. Und der Wein macht das Ganze auch nicht besser.

Nachdem wir aufgeräumt haben, kehren wir wieder in das angenehm kühle Apartment zurück. Es tut wirklich gut, in einem klimatisierten Raum zu sein, nachdem wir uns auf der heißen Dachterrasse fast den Arsch abgeschwitzt haben. Trey, Hunter und Scott lassen sich sofort aufs Sofa plumpsen, schalten den Fernseher ein und schauen sich ein Baseballspiel an. Jack holt zwei Sessel für uns beide.

Das machen die Jungs von Devil's Lair also in ihrer Freizeit? Wie witzig. Wenn ihre kreischenden Fans sie nur so sehen könnten. Noch lustiger könnte diese Szene höchstens noch werden, wenn Trey seine Hand in seinen Hosenbund schieben und Scott laut rülpsen würde.

»Was ist denn so witzig?«, fragt Jack, als er mein Grinsen bemerkt.

»Ihr seid mir die richtigen Partylöwen.« Als die Jungs das hören, horchen sie sofort auf.

Oh-oh.

»Sind wir Ihnen etwa zu langweilig, Miss Marino?«, hänselt Jack mich. »Was sollen wir denn tun? Strip-Poker spielen?«

»Nein, nein. Baseball ist schon okay«, sage ich mit einer einladenden Geste zum Fernseher. »Schaut ruhig weiter.«

Plötzlich fängt Trey an zu lachen. Wir schauen ihn alle verständnislos an, doch dann lacht Jack auch los.

»Oh nein. Halt bloß deine verdammte Klappe«, droht Hunter, und Scott wird knallrot im Gesicht.

Doch die beiden lachen immer weiter, bis ich es nicht mehr aushalten kann. »Was ist denn los? Habe ich irgendwas Komisches gesagt?«

Jack schüttelt den Kopf und wirft seinem Mitbewohner einen Blick zu.

»Untersteh dich«, warnt Hunter.

»Ach komm schon, Hunt, so schlimm war es doch gar nicht.«

Bei diesen Worten verschluckt Trey sich an seinem Bier.

Ohne Vorwarnung steht Hunter auf und verschwindet – leise etwas vor sich hin murmelnd – in der Küche. Jack fasst das als Signal dafür auf, mir zu erklären, was die beiden anderen so lustig finden. Doch er muss so laut lachen, dass er kein Wort herausbringt.

»Ich sterbe vor Neugier«, sage ich und warte geduldig darauf, dass er mir die Geschichte endlich erzählt.

»Okay … Okay.« Er wischt sich die Tränen aus den Augen. »Als wir mit MACE auf Tournee waren … Ich glaube, es war in Detroit?« Er wirft Trey einen fragenden Blick zu. Ich habe Trey noch nie so oft lächeln, geschweige denn lachen gesehen.

»Also, wir waren in Detroit, und in einem Hotel in der Nähe der Konzerthalle fand eine After-Show-Party statt. An der Bar haben wir ein paar Mädchen kennengelernt, die geschäftlich in der Stadt zu tun hatten. Nach ein paar Drinks luden sie uns in ihr Zimmer ein.« Als er mein peinlich berührtes Gesicht sieht, schüttelt er den Kopf. »So war es nicht. Sie haben uns zum Strip-Poker überredet.«

»Ihr seid solche Idioten«, murmelt Hunter in der Küche.

»Komm schon, Hunter. Hast du wirklich geglaubt, dass wir ihr diese Geschichte nicht eines Tages erzählen würden?«

Jack wirft Trey einen Blick zu. Als dieser zustimmend nickt, fährt er fort: »Tja, wir haben haushoch gegen die Mädels verloren – außer Trey. Zum Schluss hatten wir kein einziges Kleidungsstück mehr an. Zum Glück hatten sie Erbarmen mit uns und haben uns wenigstens unsere Unterwäsche gelassen.«

»Oh *Gott*«, kann ich bei dieser Vorstellung nur sagen.

Trey bricht wieder in wieherndes Gelächter aus, und Jack nickt. »Und dann haben sie uns rausgeschmissen. Ich hatte nur noch meine Unterhose an. Trey hat einen Schuh verloren. Scott …« Er bekommt wieder einen Lachanfall und kann nicht weiterreden. Inzwischen hat Scott genug von dem Herumgealbere und steht auf, um Hunter in der Küche Gesellschaft zu leisten.

Mittlerweile hat Jack sich wieder gefasst. »Scott hatte Spongebob-Boxershorts an!«, platzt er heraus.

»Das war die einzige saubere Unterhose, die ich noch hatte«, jammert Scott, immer noch knallrot im Gesicht. »Außerdem mag ich Spongebob-Hosen.«

Dieses Geständnis gibt mir den Rest. Inzwischen lache ich so laut, dass ich mir beinahe in die Hose mache.

Jack holt tief Luft und wischt sich die Augen. »Warte … Es wird noch besser«, erzählt er dann weiter. »Leider hatte Hunter an diesem Abend beschlossen, keine Unterwäsche zu tragen.«

»Oh nein …« Ich werfe Hunter, der diesen Abend offensichtlich gerade noch einmal in seiner Erinnerung durchlebt, einen mitleidigen Blick zu. Ihm ist das Ganze furchtbar peinlich. »Armer Hunter.«

»Wir mussten durch die Lobby gehen, und in dem Hotel fand gerade eine Hochzeit statt.«

Bei diesen Worten flippt Trey total aus. Sein ganzer Körper beginnt vor Lachen unkontrolliert zu zittern.

»Und was noch schlimmer war: Die Jungs von MACE hingen immer noch an der Bar rum. Wir haben Hunter in unserem ganzen Leben noch nie so schnell rennen sehen.«

Hunter steht in der Küche und verwünscht die Jungs lauthals, doch Jack ignoriert ihn und erzählt weiter. »Jemand hat ein Foto von ihm geschossen, wie er mit nacktem Hintern durch die Lobby rannte – und zig Abzüge davon machen lassen! Am nächsten Tag war unser ganzer Tourneebus damit beklebt. Und ich muss schon sagen: Sein Hintern sah *sehr* blass aus.«

Trey fällt fast von der Couch, ich halte mir den Bauch, und Jack liegt auf dem Boden und schüttelt sich vor Lachen. Selbst Scott stimmt mit ein – bis Hunter ihn gegen den Arm boxt.

Er versucht, wütend auszusehen, aber es gelingt ihm nicht so ganz. »Macht euch nur über mich lustig«, schimpft er. »Trey hatte schließlich noch alle seine Sachen an, und du hast ausgesehen wie ein verdammtes Calvin-Klein-Unterhosenmodell.«

Wow! Auch das kann ich mir lebhaft vorstellen, und dabei wird mir ganz heiß.

»Ohne meine Calvins gehe ich nie aus dem Haus.«

»Tut mir leid, Hunter. Das muss ein traumatisches Erlebnis für dich gewesen sein.« Ich versuche, mich wieder zu beruhigen, aber es gelingt mir nicht, obwohl ich mir heftig auf die Lippe beiße.

Hunter schaut mich an und schüttelt den Kopf. »Hast du eine Ahnung. Es war eiskalt, und unser Bus war weit weg.«

Als Jack vorschlägt, Spenden für eine Bräunungscreme für Hunters Hintern zu sammeln, und Trey anfängt, den Spongebob-Song zu singen, muss ich noch mehr lachen. Erst nach einer Viertelstunde haben wir uns wieder einigermaßen beruhigt.

Die Jungs erzählen mir an diesem Abend noch mehr Geschichten – aber keine ist so lustig wie die von dem Strip-Poker.

Nach einer Weile beschließen sie, sich über den Rest von Scotts Pesto-Pasta-Salat und die restlichen Schokokekse herzumachen; und dann ist es höchste Zeit, auf die Dachterrasse zu gehen und uns das Feuerwerk anzusehen. Jack steht so nah bei mir, dass ich die Wärme seiner Haut spüre. Hin und wieder blickt er auf mein emporgerecktes Gesicht herab und lächelt. Ich amüsiere mich wirklich blendend und bin enttäuscht, als ich sehe, dass es schon nach zehn ist.

Als das letzte in leuchtenden Technicolor-Farben erstrahlende Feuerwerk am Himmel explodiert ist, beschließe ich – verantwortungsbewusst, wie ich bin –, dass es höchste Zeit ist, diesen Abend zu beenden. »Ich sollte allmählich gehen.«

Jack nickt ernst. »Tut mir leid, dass du jetzt noch den ganzen Weg bis nach Hoboken fahren musst. Wahrscheinlich hätte ich dir vorher Bescheid sagen sollen, dass du dir eine kleine Reisetasche packen sollst. Warum bleibst du nicht einfach hier und fährst erst morgen heim?«

Bei dem Gedanken, allein mit Jack hier zu übernachten, setzt mein Herz einen Schlag aus. »Nein, nein, das geht schon. Vielen Dank, Jungs, ich habe mich wirklich sehr amüsiert.« Trey und Scott winken mir zu, und Hunter kommt herüber und nimmt mich in den Arm.

»Tut mir leid, dass ich über dich gelacht habe«, entschuldige ich mich.

Er schüttelt abwehrend den Kopf. »Daran bin ich gewöhnt. Fahr vorsichtig. Bis morgen. Und was ich dir vorhin gesagt habe, war ernst gemeint.«

»Ich weiß. Danke.«

»Ich begleite dich noch nach draußen«, sagt Jack.

Als wir an meinem Auto stehen, hält er mir die Tür auf. »Eure Party hat mir wirklich sehr gefallen. Danke, dass ihr mich eingeladen habt.«

»Das ist doch selbstverständlich. Du gehörst doch jetzt zu uns.« Sein Gesichtsausdruck wird ernst. »Lass mich dich nach Hause fahren. Ich nehme mir ein Taxi zurück.«

»Mach dich doch nicht lächerlich, Jack.«

»Aber es ist schon spät.«

»Und?«

»Leila.«

Jetzt kommt wieder der besitzergreifende, dominante Jack zum Vorschein – genau wie damals, als ich krank war. Nichts wäre mir lieber, als wenn er mich nach Hause fahren und die ganze Nacht bei mir bleiben würde. Doch mein Verstand gewinnt sehr schnell die Oberhand und erinnert mich daran, dass es heute keine behaarten Beine, keine nicht zusammenpassenden Pyjamateile und auch keinen Erkältungsmittel-Betäubungszustand gibt, der ihn von mir fernhalten könnte. Heute Nacht dürfte er nicht in die Nähe meines Schlafzimmers kommen. Ich bin immer noch ganz angetörnt von dem heutigen Abend und den Schmetterlingen, die Jack in meinem Bauch zum Flattern gebracht hat.

»Ich ruf dich an, sobald ich zu Hause bin. Versprochen.«

»Kannst du auch wirklich fahren? Bist du nicht zu müde?«

»Ach wo. Ich bin hellwach.«

»Na gut. Aber vergiss nicht, mich anzurufen, sonst komme ich nach Hoboken.«

Ich nicke und lächle über seine Drohung. »Mach ich. Versprochen.« Er beugt sich zu mir hinunter und küsst mich sanft auf die Wange. Seine Lippen hinterlassen ein prickelndes Gefühl auf meiner Haut.

Schnell steige ich ins Auto, um ein bisschen Abstand zwischen mich und Jacks Lippen zu bringen. In einem Wirbelsturm der Gefühle fahre ich nach Hause. Ich bin froh darüber, mich endlich wie ein richtiges

Mitglied von Devil's Lair zu fühlen, und ich freue mich auch auf die Tournee, die in ein paar Wochen beginnt. Doch es macht mir Angst, dass meine Gefühle für Jack in den letzten Wochen überhaupt nicht nachgelassen haben.

Überhaupt. Nicht.

***

Ich kann es gar nicht mehr erwarten, mit Evan zu sprechen. Die Cliffhangers sind jetzt schon seit ein paar Tagen von ihrem Bandwettbewerb zurück, und bisher habe ich nur kurz mit ihnen telefoniert und ein paar SMS bekommen, aus denen hervorging, dass alles fantastisch gelaufen ist. Aber ich möchte gern mehr erfahren. Außerdem bin ich auch noch aus anderen Gründen froh über diesen Wettbewerb: Er hat Evan wenigstens ein kleines bisschen von dem Chaos in seinem Privatleben abgelenkt.

Leider hatten wir in letzter Zeit beide so viel zu tun, dass wir gar nicht dazu gekommen sind, uns zu treffen. Heute ist Sonntag, und überraschenderweise hat Evan beschlossen, mit Dad und mir zusammen zum Brunch zu gehen. Ich bin schon ganz nervös. Ich glaube zwar nicht, dass Evan irgendeine Bosheit plant; aber ich liebe diese beiden Männer sehr, und es tut mir weh, dass sie zurzeit nicht auf gutem Fuß miteinander stehen.

Seit jenem verhängnisvollen Tag habe ich ein paarmal mit Dad gesprochen. Er hat mir erzählt, dass er schon öfters drauf und dran war, Evan die Wahrheit zu sagen – vor allem nach dem Tod meiner Mutter. Doch er hatte Angst, dass Barb ihre Drohung wahr machen und mit Evan wegziehen würde, und das hätte Evan und meiner Mom nur unnötig wehgetan. Dad hat viele Jahre gebraucht, um wieder eine freundschaftliche Beziehung zu Barb aufzubauen. Anfangs nahm er ihr ihren Entschluss übel, mit der Zeit hat er aber dann doch Verständnis dafür aufgebracht.

Als Evan und ich uns miteinander anfreundeten, hatte Dad das Gefühl, das sei ein Fingerzeig Gottes. Und als wir uns dann immer besser verstanden, hat Dad sogar ein ernstes Gespräch mit Barb über dieses Thema geführt. Ich bin nicht sicher, ob Evan sich über diese Information sonderlich freuen wird. Daher habe ich Dad geraten, sie vorläufig für sich zu behalten.

Dann reißt die Türglocke mich aus meinen Gedanken.

Evan kommt rein. Es wirkt glücklich und unbeschwert. »Hallo, Schwesterchen. Ich hab dich vermisst.« Seit einiger Zeit nennt er mich »Schwesterchen« – ein Zeichen, dass er sich allmählich an die neue Situation gewöhnt.

»Hallo. Du siehst gut aus. Alles okay?«

»Ja. Mir geht's prima.«

Ich fasse nach seiner Hand. »Erzähl mir alles«, fordere ich ihn auf, nachdem wir uns nebeneinander aufs Sofa fallen lassen haben.

»Es war wirklich fantastisch, Lei.« Dann berichtet er mir in allen Einzelheiten von dem Bandwettbewerb und dem Publikum. Lori hat ihre Arbeit wirklich hervorragend gemacht und dafür gesorgt, dass ein paar DJs von lokalen Radiosendern auf sie aufmerksam wurden. Außerdem hat sie ein paar CDs von den Cliffhangers vervielfältigen lassen und an Musikproduzenten verteilt. Und was das Allerbeste ist: Sie sind auf Platz drei gekommen! (Insgesamt haben zehn Bands an dem Wettbewerb teilgenommen.) Der dritte Platz – und das gleich beim ersten Mal! Ich bin so stolz auf sie.

Doch Evan deutet meine Tränen falsch. »Hey, ich wollte dich nicht aufregen, Leila. Wir haben dich furchtbar vermisst. Es wäre viel schöner gewesen, wenn du auch mitgekommen wärst.«

»Ich bin doch gar nicht traurig. Ganz im Gegenteil: Ich bin stolz auf euch. Nichts geschieht ohne Grund, Evan. Wenn ich den Job bei DL nicht bekommen hätte, wärt ihr nie bei diesem Bandwettbewerb gelandet.«

»DL?«, fragt er, und ich zucke die Schultern. »Du hast recht. Du bist immer so schlau.«

»Ich weiß.«

»Und auch so bescheiden.«

»Ich komme nur ungern auf das Thema zu sprechen – aber bist du durch diesen Wettbewerb ein bisschen auf andere Gedanken gekommen?«

»Ja und nein. Ich habe viel nachgedacht. Die Sache ist nun mal so, wie sie ist. Letzten Endes habe ich dadurch mehr gewonnen als verloren.«

»Gut, dass du das so siehst. Ich bin wirklich stolz auf dich.«

»Sei lieber nicht zu stolz. Ich bin trotzdem noch nicht bereit, Barb zu verzeihen.«

»Aber sie braucht dich, Evan.«

»Ich weiß, und ich werde auch für sie da sein. Aber es tut mir trotzdem immer noch weh, wenn ich an ihre Lügen denke.« Er fährt sich mit der Hand durchs Haar. »Eigentlich sollte ich nicht mal Evan Miller heißen. Diesen Evan Miller hat es doch in Wirklichkeit nie gegeben.«

Er hat recht.

Es gibt so vieles, was es ihm schwer macht, Barb sofort zu verzeihen. Er muss auf seine Weise mit dieser Sache fertigwerden.

In melancholischer Stimmung brechen wir zu unserem Brunch mit Dad auf. Während wir im Restaurant sitzen und auf ihn warten, zappelt Evan nervös herum. Ich sage nicht viel, sondern überlasse ihn seinen Gedanken. Er spielt mit seinem Besteck und schaut zwischendurch immer wieder zur Tür.

Endlich kommt Dad herein. Seit unserem letzten Treffen scheint er um Jahre gealtert zu sein. Mir tut das alles so leid. Bestimmt ist es auch für ihn nicht einfach.

Dad küsst mich auf den Kopf und klopft Evan auf die Schulter.

Evan redet nicht lange um den heißen Brei herum, sondern kommt sofort zur Sache. »Ich bin zwar noch nicht bereit, euch zu verzeihen, aber allmählich kann ich eure Beweggründe verstehen.« Er macht eine kurze Pause. Mein Dad nickt einfach nur.

»Ich habe auch schon mit Mom darüber gesprochen. Ich habe ihr gesagt, dass ich während ihrer Behandlungen und ihrer Reha für sie da sein werde. Schließlich liebe ich sie. Und ich bin euch dankbar dafür, dass ihr euch auch um sie kümmert. Was unsere Beziehung zueinander betrifft, so hoffe ich, dass sie irgendwann wieder genauso sein wird wie vorher. Ich habe dich geliebt wie einen Vater, und das tue ich, glaube ich, immer noch; aber ich kann nicht einfach so weitermachen, als sei nichts geschehen. Jedenfalls jetzt noch nicht.«

Wieder nickt Dad, und Tränen steigen ihm in die Augen. Er wirft mir einen herzzerreißenden Blick zu. »Das einzige Gute an diesem ganzen Schlamassel ist die Tatsache, dass ich Lei als Schwester bekommen habe«, setzt Evan, der diesen Blick ebenfalls aufgefangen hat, hinzu.

Daraufhin laufen mir endlich die Tränen übers Gesicht, die ich schon den ganzen Vormittag über in den Augen hatte. Ich weiß, dass Evan mit der Zeit schon mit dieser Geschichte klarkommen wird, weil er ein großartiger Mensch ist. Ich hoffe, er kann wieder das gleiche liebevolle Vertrauensverhältnis zu Dad aufbauen wie vorher. Diese Zeit müssen wir ihm einfach lassen.

***

Die letzten Tage sind so blitzschnell vergangen, als säße ich in einer Zeitmaschine. Heute Abend findet mein letzter offizieller Auftritt mit den Cliffhangers statt. Es wird höchste Zeit, dass dieses Kapitel in meinem Leben zu Ende geht, denn der Abschied macht mir das Herz schwer. Ich werde meine Jungs, die Bar und die Mädchen furchtbar vermissen. Andererseits ändert sich das Leben nicht nur für mich, sondern auch für meine früheren Bandkollegen. Wir werden alle reifer, und das Leben geht weiter.

An diesem Abend gebe ich mir besonders viel Mühe mit meiner Frisur, meinem Make-up und meiner Garderobe. Sogar während der Fahrt zum *Zone* schwelge ich in Erinnerungen an all die vielen Male, die ich diese Strecke schon gefahren bin und dabei gegen das Lampenfieber ankämpfen musste, das mich vor meinen Auftritten jedes Mal überkommt. Ich werde diese bittersüßen Erinnerungen mit auf die Tournee nehmen und immer, wenn ich meine alten Freunde vermisse, daran denken.

Der Parkplatz des *Zone* ist fast voll, es sind nur noch ein paar Plätze frei. Ich weiß, dass heute Abend viele Leute kommen werden, aber es ist noch ziemlich früh. Alle unsere Stammgäste wissen, dass das meine letzte Show ist, und viele haben versprochen, sich von mir zu verabschieden. Aber warum sind sie *jetzt schon* da?

Ich wundere mich auch darüber, dass Ace nicht an seinem gewohnten Platz steht. Als ich auf die Tür zugehe, fällt mir auf, dass es in der Kneipe ungewöhnlich ruhig ist. Erst als ich die Tür öffne, kommt mir ein Gedanke, warum das so sein könnte … Aber da ist es schon zu spät, um die Flucht zu ergreifen.

»ÜBERRASCHUNG!«

Die Kneipe ist brechend voll, und sämtliche Gäste schauen zur Tür. Alle Blicke sind auf mich gerichtet.

Wer auch immer das ausgeheckt hat, wird es mir büßen.

Dann werde ich von einem Gast zum anderen weitergereicht, was mir natürlich furchtbar peinlich ist. Einige dieser Leute kenne ich, andere nicht, und ein paar von den Männern umarmen mich ein bisschen zu fest. Jetzt kann ich mir vorstellen, wie Jack bei seiner Geburtstagsparty zumute war. Für mich wurde bisher noch nie so eine Party veranstaltet, und erst vor Kurzem – am Abend von Jacks Feier – habe ich gedacht, dass ich auf so etwas auch liebend gern verzichten könnte. Eine nette, ruhige Abschiedsfeier wäre mir viel lieber – und nach der Show vielleicht noch ein oder zwei Drinks mit meinen besten Freunden. Aber offensichtlich haben sie etwas anderes mit mir vor. Und natürlich meinen sie es gut, also muss ich in den sauren Apfel beißen.

Über der Bühne hängt ein großes Spruchband mit der Aufschrift: *Hier hat LEILA MARINO früher gesungen.*

Ich schüttle den Kopf, runzle die Stirn und gehe zu meinen Freunden hinüber, die an der Bar auf mich warten: Jack, Trey, Hunter und Amanda, Scott und Patti und meine früheren Bandkollegen. Sogar die Mädchen, Ace, Kelly und Nina sind gekommen. Ich bin völlig sprachlos.

Da tritt Evan einen Schritt vor und umarmt mich. »Du bedeutest uns so viel, Lei. Deshalb wollten wir eine richtige Abschiedsparty für dich veranstalten.«

Lori erscheint mit einem Tablett voller Schnapsgläser und verteilt sie. »Prost, Lei-Lei.«

Ich werfe einen misstrauischen Blick auf das mit bernsteinfarbener Flüssigkeit gefüllte Glas. »Ist das etwa Tequila?«

Lori nickt. »Heute gibt es kein Ginger Ale. Nur mit Tequila kann man sich so richtig schön besaufen.« Sie nimmt sich ein Glas. »Auf Leila! Wir werden dich furchtbar vermissen, und wir lieben dich alle.« Dann wirft sie meinen neuen Bandkollegen einen strengen Blick zu. »Passt bloß gut auf sie auf, sonst esse ich eure Schwänze zum Mittagessen und eure Eier als Beilage.«

Sie schenkt den Jungs ein zuckersüßes Lächeln und kippt mit einer einzigen fließenden Bewegung ihren Schnaps hinunter. Ein paar Gäste lachen, doch die Jungs von Devil's Lair können sich nur ein gequältes Lächeln abringen. Und sie sind zu Recht nervös, denn Lori meint es ernst.

Anscheinend hat Trey ihre Bemerkung angetörnt, denn er geht zu ihr hinüber und knutscht ihr das Gesicht ab. »Igitt … Nehmt euch ein Zimmer«, sage ich.

»Du bist doch bloß eifersüchtig«, sagt Lori im Vorübergehen. Seltsamerweise hat sie damit den Nagel auf den Kopf getroffen. Ich suche mit den Augen nach Jack und kippe zaghaft meinen Schnaps hinunter. Als ich mein typisches Tequila-Gesicht ziehe, lacht Jack laut über mich und leert dann sein eigenes Glas.

»Scheiße. Ich hasse dieses Zeug. Kannst du denn nicht irgendwas in unsere Schnäpse reintun, damit sie ein bisschen süßer schmecken, Lor?«

Sie schüttelt den Kopf und reicht mir ein zweites Glas.

»Willst du mich umbringen? Ich muss doch heute noch auftreten.«

»Runter damit!«, bellt sie mich an, und ich gehorche. Ich bin noch nicht mal fünf Minuten hier und habe schon einen Schwips. Das wird eine lange Nacht.

Dann taucht mein Dad auf. Er ist völlig nüchtern und sieht aus, als hätte er gerade seinen besten Freund verloren. Verloren steht er in einer Ecke herum, als könne er sich auf diese Weise der Illusion hingeben, dass wir etwas ganz anderes feiern als meinen Abschied.

Ich muss ihn irgendwie aus seiner trostlosen Stimmung herausreißen. »Lächeln, Dad!«, rufe ich ihm zu.

»Wieso? Meine Tochter verlässt mich für ein Jahr.«

»Es ist kein ganzes Jahr.«

»Aber es kommt mir so vor. Mein Sohn redet kaum noch mit mir, und die Yankees sind drei Spiele hinter den Sox. Das Leben ist scheiße.«

Dazu fällt mir nicht viel ein. »Vielleicht solltest du dir eine andere Lieblingsmannschaft suchen?«

Er hebt missbilligend eine Augenbraue. »Bist du betrunken?«, fragt er.

»Noch nicht. Aber es dauert nicht mehr lange«, gebe ich kichernd zu. »Komm, ich stell dir meine neue Band vor.« Sein resigniertes Seufzen zwingt mich dazu, ihn zur Ordnung zu rufen. »Hör auf zu schmollen und versuch, ein bisschen nett zu sein.«

Er erlaubt mir, ihn zu meinen Bandkollegen hinüberzuschleifen, und seinem skeptischen Gesichtsausdruck sehe ich an, was jetzt gleich kommen wird. Tatsächlich fängt Dad sofort an, sich lang und breit darüber auszulassen, welche Erwartungen die Jungs seiner Meinung nach während der Tournee erfüllen müssen, damit auch wirklich gut für mich gesorgt ist. Sie sehen so aus, als würden sie am liebsten davonlaufen. Feige gehe ich zur Bar hinüber, um mir Dads Gardinenpredigt nicht anhören zu müssen.

Doch dann bekomme ich mit, wie Jack die Sache in die Hand nimmt und meinen Vater ins Gespräch zieht. Schon innerhalb von ein paar Minuten schmollt Dad nicht mehr, sondern unterhält sich lächelnd mit ihm. Dieser Jack Lair mit seinem unwiderstehlichen Charme! Ich hoffe, dass Dad ihn wirklich mag und nicht nur so tut. Ich weiß auch nicht, warum, doch plötzlich ist es mir wichtig, dass die beiden gut miteinander auskommen. Außerdem hoffe ich, dass Dad Jack nicht gleich ins Kreuzfeuer nimmt oder ihm womöglich ein Messer an die Kehle hält. Auch wenn die beiden sich anlächeln, muss das noch lange nicht bedeuten, dass sie sich wirklich sympathisch sind. Als ich zu den beiden hinübergehen will, um nach dem Rechten zu sehen, stellt Matt sich neben mich an die Bar und boxt mich freundschaftlich gegen die Schulter. »Hey.«

»Hey«, gebe ich zurück.

»Ich bin echt stolz auf dich. Auch wenn ich es nicht sage oder zeige … Aber ich bin's trotzdem. Das wollte ich dir nur sagen.«

Fassungslos drehe ich mich zu ihm um. »Bist du betrunken?«

»Nein … *Noch* nicht. Ich wünsche dir viel Glück, Leila, aber das brauchst du gar nicht. Aus dir wird sowieso ein großer Star. Schreib bloß nichts Gemeines über mich, wenn du deine erste Autobiografie veröffentlichst.«

»Na gut, ich behalte es für mich – aber das kostet dich was.« Er umarmt mich und küsst mich auf die Wange. Dabei fällt mein Blick auf Jack, der uns gespannt beobachtet.

Ich winde mich aus seiner Umarmung heraus. »Was ist denn los?«

Er streicht mir langsam über die Wange. »Mir ist nur klar geworden, was ich verloren habe.«

Dann geht Matt an die Bar und spricht mit Lori. Sie zeigt ihm den Stinkefinger, und er … *lacht?* Anscheinend ist heute ein Planet aus seiner Umlaufbahn geraten, oder der Weltuntergang steht kurz bevor.

Während ich noch versuche, mir einen Reim auf Matts ungewöhnliches Verhalten zu machen, kommt Jack zu mir herübergeschlendert. »Hi«, begrüßt er mich.

»Hi. War mein Dad nett zu dir? Er ist zurzeit ein bisschen deprimiert.«

»Ja, sehr nett. Dass ich ein Mets-Fan bin, fand er allerdings nicht so gut«, lacht Jack. »Und du? Wie geht's dir?«

»Ich habe einen Schwips.« Ausgerechnet in diesem Augenblick kommt Lori mit einem weiteren Schnaps zu mir herüber.

»Oh nein«, wehre ich ab und trete einen Schritt zurück. »Bleib bloß weg.«

»Nur noch einer. Aller guten Dinge sind drei«, sagt sie mit einem zuckersüßen Lächeln und hält mir das Glas hin.

Jack fängt an zu lachen, kaschiert das aber schnell mit einem Hüsteln, als er mein Gesicht sieht. Ich gebe ihm einen Schubs. »Du bist mir wirklich keine große Hilfe«, schmolle ich.

Mit einem tiefen Seufzer trinke ich noch ein Glas von dieser grauenhaften Medizin, die Lori mir immer wieder aufzwingt, und ziehe daraufhin gleich wieder mein angeekeltes Gesicht.

»Mach doch nicht so ein Drama daraus«, schnaubt Lori. »Das ist bloß Tequila – keine Batteriesäure.«

»Mach, dass du wegkommst.«

Allmählich vertrage ich den Tequila tatsächlich ein bisschen besser – wahrscheinlich, weil er die Geschmacksknospen betäubt. Aber das darf ich Lori nicht sagen, sonst bringt sie mir gleich noch einen.

Der dritte Tequila steigt mir sofort zu Kopf. Wie soll ich nach drei Schnäpsen noch gerade auf der Bühne stehen? Hoffentlich setze ich mich da oben nicht auf den Hintern. Das wäre wirklich eine gelungene Abschiedsvorstellung.

Bei dieser Vorstellung muss ich lachen. »Soll ich dir was von deinem Drink abnehmen?«, fragt Jack.

»Ich setze mich da oben ganz bestimmt auf den Hintern«, sage ich in düsterer Vorahnung. Ich habe völlig vergessen, dass er neben mir steht.

Jack schiebt sich noch ein Stückchen näher an mich heran. »Keine Sorge, ich rette dich – aber nur, wenn du mich auch rettest.« Bei der

Berührung seiner Lippen an meinem Ohr überläuft mich eine Gänsehaut. Langsam drehe ich den Kopf und schaue ihm in die Augen. Unwillkürlich richte ich meinen Blick auf seine Lippen, was mich wiederum dazu bringt, die Zunge herauszustrecken und meine eigenen Lippen zu lecken. Als er meine Reaktion sieht, lächelt er und setzt mich damit völlig außer Gefecht. Unbewusst trete ich einen Schritt zurück, da ich in seiner Nähe keinen klaren Gedanken fassen kann.

»Warum tust du mir das an?«, frage ich mit heiserer Stimme. Der Tequila hat mir alle meine Hemmungen genommen, sonst würde ich das nicht so offen zugeben.

»Was denn? Dich zu retten?«, fragt er mit einem wissenden Lächeln. Sofort heftet mein Blick sich wieder auf seine Lippen.

»Weißt du was? Du bist wie ein Vampir. Du betörst mich.«

»Gut zu wissen … Das merke ich mir für später.«

»Ich … Ich muss jetz' … Äh … Ich muss jetz' … singen geh'n«, stammle ich töricht vor mich hin und stolpere über meine eigenen Worte.

Er blickt mich ernst und unverwandt an. Irgendwie finde ich das scharf. Dann lehnt er sich zu mir herüber und berührt mit den Lippen wieder mein Ohr. »Ich warte hier auf dich, bist du fertig bist.«

Heilige Scheiße.

Ich weiß nicht mehr genau, wie ich es bis ins Hinterzimmer geschafft habe, ohne mir das Genick zu brechen. Immer wenn ich Alkohol trinke, gerate ich in Schwierigkeiten mit Jack. Was für ein Spiel treibt er mit mir? Dieser Scheißkerl weiß genau, was für eine Wirkung er auf mich hat. Macht es ihm Spaß, zu sehen, wie ich mich seinetwegen zur Vollidiotin mache?

Als er mich das erste Mal geküsst hat, war er betrunken. Beim zweiten Mal waren wir beide betrunken. Aber heute ist er vollkommen nüchtern … Warum zieht er dann so eine verdammte Scheiße mit mir ab? Ich bin immer noch klar genug im Kopf, um zu wissen, das Jack damals auf dem Balkon nicht nur mit mir geflirtet hat. Das war eindeutig eine Aufforderung.

Als ich meine Tasche in meinem Schließfach verstaue und krampfhaft versuche, wieder zur Ruhe zu kommen, betritt Sal das Hinterzimmer.

»Alles okay, mein Schatz?« Ich frage mich, ob ihm wohl mein knallrotes Gesicht, mein heftiges Atmen oder das Klopfen meines Herzens verraten hat, dass etwas mit mir nicht stimmt.

»Ja, mir geht's gut. Lori versucht, mich betrunken zu machen.«

»Dieses Mädchen hat nur Unsinn im Sinn.« Nach einer kurzen Pause fügt er hinzu: »Ach, übrigens … Ich hatte noch gar keine Gelegenheit, dir zu gratulieren, Leila. Ich bin so stolz auf dich, und du sollst wissen, dass es in meinem Lokal immer einen Platz für dich gibt, wenn du ihn brauchst. Obwohl ich natürlich weiß, dass du nie zurückkommen wirst.«

»Es sei denn, ich scheitere kläglich und bitte dich auf Knien, mir meinen alten Job zurückzugeben.«

»Dazu wird es nicht kommen. Diese Spelunke gehört für dich der Vergangenheit an. Du bist auf einem guten Weg, meine Süße.« Er legt seine Arme um mich und setzt hinzu: »Es war mir eine Ehre, den Beginn deiner Karriere miterleben zu dürfen.« Dann lehnt er sich zurück, schaut mir ins Gesicht und sieht, dass ich den Tränen nahe bin. »Nicht weinen. Ich will dich nicht traurig machen, sondern dir nur sagen, was ich empfinde. Und mach dir keine Sorgen um deinen alten Herrn. Den halte ich schon auf Trab«, sagt Sal und umarmt mich noch einmal. »Er wird gar keine Zeit haben, dich zu vermissen.« Natürlich wissen wir beide, dass das nicht stimmt; aber zumindest ist es schön zu hören, dass es so viele Leute gibt, die sich um Dad kümmern werden. Wenn er meine Jungs, Sal und Barb um sich hat, wird er schon zurechtkommen.

»Ich werde dich auch vermissen, Sal. Du bist so etwas wie ein Lieblingsonkel für mich.«

»Gut, dass du dich endlich rauswagst und dein Ding machst.« Er wischt mir die Tränen aus dem Gesicht, dreht sich um und geht wortlos hinaus. Ich weiß, dass das seine Art ist, mir Auf Wiedersehen zu sagen; wahrscheinlich wird er sich vor meiner Abreise nicht noch einmal von mir verabschieden. Sal ist kein Mann vieler Worte.

Als ich dann endlich im Begriff bin, auf die Bühne zu gehen, kommt Lori gerade mit einem Margarita in der Hand auf mich zu.

»Warum weinst du denn?«

»Sal hat sich von mir verabschiedet.«

»Oh. Hier.« Sie hält mir den Margarita hin.

»Auf gar keinen Fall.«

»Komm, entspann dich. Da ist auch Tequila drin, also bleibst du wenigstens bei der gleichen Sorte Alkohol. Außerdem sind meine Margaritas ein Gedicht. Nimm doch noch einen Drink als Absacker.«

»Ich werde mich da oben auf der Bühne unsterblich blamieren, Lor.«

»Na und? Nach dem heutigen Abend siehst du diese Leute doch nie wieder. Außerdem hast du dich schon so oft vor uns blamiert, da kommt es auf einmal mehr oder weniger auch nicht mehr an.«

»Du bist wirklich eine Nervensäge.« Ich nehme einen kleinen Schluck und kippe den Drink dann mit einem Zug hinunter.

Lori stößt ein hämisches Lachen aus. »Siehst du? So schlecht scheint es dir doch gar nicht zu schmecken.« Sie nimmt mir das Glas ab, küsst mich auf die Wange und ist innerhalb von fünf Sekunden wieder hinter der Theke verschwunden. Dieses Mädchen erledigt alles in einem Affentempo.

Als ich meinen Arsch endlich auf die Bühne bewege, merke ich, dass ich sternhagelvoll bin.

Aber unsere Show ist trotzdem fantastisch … Natürlich ist das eine Lüge. Es ist die schlechteste Show, die wir je hingelegt haben. Wir machen immer wieder Fehler und müssen lachen, aber irgendwie ist es trotzdem herrlich. Zwischendurch schaffe ich es irgendwie noch, zwei von Loris tödlichen Margaritas in mich reinzukippen. Das Komische daran ist, dass ich mich hinterher gar nicht mehr daran erinnern kann, wie sie über meine Lippen gekommen sind. Als letzten Song singen die Jungs »Jersey Girl«, und alle Gäste stimmen mit ein. In diesem Moment kommt es mir ganz gelegen, dass ich so viel Alkohol getrunken habe, denn einer nüchternen Leila wäre das furchtbar peinlich. Doch stattdessen weine, lache und singe ich mit den anderen mit. Es ist genau der richtige Abschluss für unsere Show.

Hinterher brauche ich eine Ewigkeit, um von der Bühne zur Theke zu kommen. Alle paar Schritte werde ich von irgendeinem Stammgast angehalten, der sich von mir verabschieden oder mir Glück wünschen will. Einige bitten mich um ein Autogramm, und ein paar der jüngeren Männer werden sogar handgreiflich. Da taucht plötzlich wie aus heiterem Himmel Jack an meiner Seite auf und begleitet mich zur Bar. »Verdammte Idioten«, murmelt er vor sich hin. Dieser besitzergreifende Jack törnt mich ungeheuer an.

Als ich wieder an der Theke stehe, brauche ich unbedingt noch einen Drink. »Einen Margarita bitte, Lor!«

»Ich glaube, du hast genug getrunken, Babe.«

Babe?

Oh Gott. Dass Jack mich Babe nennt, törnt mich noch mehr an.

Ich stelle mich auf die Zehenspitzen, lege meine Lippen an sein Ohr und flüsterte ihm zu: »Zwei Dinge. Erstens finde ich es furchtbar scharf, wenn du mich Babe nennst. Und zweitens brauche ich unbedingt noch einen Drink.« Meine verführerische Geste wäre vielleicht sogar ganz wirkungsvoll gewesen, wenn ich dabei nicht gestolpert und ihm in die Arme gefallen wäre.

»Mein Held.« Ich blicke ihm schmachtend in die Augen und sende offenkundige *Küss mich*-Signale aus.

»Du machst mich wahnsinnig«, murmelt Jack. Bevor ich die Frage *Warum?* aussprechen kann, hat er mich schon auf einen leeren Barhocker gehievt.

»Setz dich hin.«

»Bist du herrschsüchtig, Jackson.« Sein echter Name bringt mich zum Lachen, und ich beschließe, noch ein paarmal zu testen, wie er aus meinem Mund klingt: »Jackson. Jacksonnnnnn.«

»Nur meine Mom nennt mich so.«

»Und ich.«

»Und du.«

»Wie …« Wow, er riecht so gut. Er presst seinen Körper gegen meinen Rücken. Moment mal … Spüre ich da nicht etwas Hartes an meinem Hintern?

»Ja?«, fragt er nach ein paar Sekunden.

»Hä?«

»Du wolltest mich gerade etwas fragen.«

»Oh … Ähm … Ich hab's wieder vergessen.« Ich nehme einen großen Schluck von meinem Margarita. »Der hier war der leckerste, Lori!«

Sie hebt zustimmend den Daumen. »Hör auf zu schreien!«

»Hab ich geschrien? Warte, jetzt fällt es mir wieder ein. Wie lautet dein zweiter Vorname?«

»Henry«, antwortet Jack lachend.

»Jackson Henry. Jackson Henry. Jackson Henry Lair.«

Er legt seine Lippen an mein Ohr. »Okay. Und jetzt halt die Klappe.«

Scheiße. Ich könnte es direkt hier mit ihm treiben … Jetzt. Hier auf der Theke.

Bei diesem Gedanken lehne ich meinen Kopf nach hinten und drücke ihm einen dicken, feuchten Kuss auf den Hals. »Und dass du mir dauernd ins Ohr flüsterst, macht mich auch scharf!«

Vermutlich habe ich das ein bisschen zu laut gesagt, denn Evan, Lori und mein Dad starren zu uns herüber. Verdammte Scheiße. Ich ignoriere sie und beschließe, Jacks Nähe noch ein bisschen mehr zu genießen. Also lehne ich mich noch weiter zurück und drücke meinen Körper fest an ihn. Er stöhnt so leise, dass nur ich es hören kann – und sofort geht das Chaos in meinem Unterleib wieder los. Wenn die Welt so perfekt wäre, wie ich sie mir wünsche, säße ich jetzt andersherum und würde hemmungslos mit Jack rumknutschen. Aber auch wenn ich betrunken bin – so schamlos bin ich nun doch wieder nicht. Stattdessen greife ich nach hinten und lege meine Hände auf die Hinterseite seiner Oberschenkel.

»Scheiße … Du machst mich wahnsinnig.« Jack schiebt seine Finger in meine und legt unsere ineinander verschränkten Hände in sein Kreuz. Ein brillanter Schachzug, das muss man ihm lassen – denn jetzt komme ich nicht mehr an meinen Margarita ran.

»Lass mich los.«

»Nein.«

Ich schaue zu ihm hoch und ziehe einen Schmollmund. »Du hasst mich.«

Er lehnt sich zu mir hinunter. »Ich hasse dich definitiv nicht«, flüstert er mir ins Ohr. Dann nimmt er mein Ohrläppchen zwischen seine Lippen, zieht sanft daran und setzten meinen Körper mit dieser Berührung wieder in Flammen.

»Scheiße.«

»Hey, Sie haben ein ganz schön freches Mundwerk, Madame.«

Inzwischen bin ich furchtbar geil. Aber es ist nicht dieses kribbelige, heiße Gefühl, das ich sonst immer habe, wenn ich erregt bin. Es ist eher eine Art von *Verdammt,-ich-halte-es-nicht-mehr-aus,-selbst-die-Berührung-meiner-eigenen-Unterhose-macht-mich-verrückt*-Geilheit. Zugegebenermaßen ist das hauptsächlich meine Schuld. Jack hat meine Hände inzwischen wieder losgelassen, aber ich weiß trotzdem nicht, was ich damit anfangen soll. Am liebsten würde ich seinen harten Körper wieder berühren, um die Spannung in meinem Körper zu lösen. Und ich weiß genau, dass er auch erregt ist. Schließlich spüre ich immer noch seine Erektion an meinem Hintern. Ich könnte jetzt aufs Klo gehen und …

»Ich muss nach Hause«, murmle ich vor mich hin.

»Alles okay mit dir?«

»Häh?«

Als ich zu ihm hochschaue, frage ich mich, wieso er über mich lacht.

Kapitel 20
Jack

Nach Leilas unüberhörbarem Geständnis, dass ich sie scharf mache, wissen alle Leute im Umkreis von drei Metern, wie besoffen sie ist. Vor allem ihr Dad ist alarmiert und fängt an, Taxis zu bestellen. Wütend wählt er eine Nummer und brummt dabei irgendwas vor sich hin. Das meiste davon kann ich nicht verstehen.

»Ihr fahrt auf keinen Fall selber nach Hause, Jungs«, knurrt er die Wand an, der er gegenübersitzt.

Meine Freunde versichern ihm, dass sie noch Auto fahren können. Nachdem er sie kurz in Augenschein genommen hat, gibt er ihnen grünes Licht. Ein paar Sekunden lang hatte ich gedacht, sie müssten nun der Reihe nach bei ihm antanzen und dabei mit ausgestreckten Fingern ihre Nase berühren.

»Ich bin selber hierher gefahren!«, schreit Leila, gefolgt von einem lauten Rülpser. Ich versuche, ein Lachen zu unterdrücken, was mir so große Mühe bereitet, dass meine Brust vor Anstrengung zittert. Darüber muss Leila kichern.

Evan sitzt abwechselnd ruhig und nachdenklich da und fängt dann wieder hysterisch an zu lachen. Auch Leilas Gekicher wächst sich allmählich zu einem lauten Lachanfall aus, bei dem ihr ganzer Körper unkontrolliert zittert. Ihre Hände umklammern meine Arme, die ich immer noch um sie gelegt habe. Das ist besser als jede Fernsehshow. Es kommt selten vor, dass ich der einzig Nüchterne bin, und es ist sehr unterhaltsam, die betrunkene Leila mit ihren Freunden zu beobachten.

Da verliert Leila das Gleichgewicht. Ich fasse sie fester um die Taille, sonst würde sie vom Barhocker fallen. Evan wird plötzlich wieder ernst und murmelt nachdenklich vor sich hin: »Ich konnte ihr doch nicht sagen, dass sie mit dem Taxi kommen soll. Dann wäre es doch keine Überraschung mehr gewesen.«

Über seinen Gesichtsausdruck muss ich wieder laut lachen. Selbst Leilas Dad kann sich ein Lächeln nicht verkneifen. Er kehrt uns den Rücken zu und telefoniert weiter mit dem Taxiunternehmen.

»Ich fahre sie nach Hause, Mr. Marino. Ich bin topfit.«

Daraufhin wendet er sich mir zu und mustert mich prüfend, um festzustellen, in was für einem Zustand ich bin. Ich kann ihm seine Gedanken förmlich am Gesicht ablesen. Er wird auf gar keinen Fall zulassen, dass ich Leila heimfahre, nachdem ich sie den ganzen Abend über ständig berührt habe.

»Hm … Ich glaube, es ist besser, wenn sie sich ein Taxi nimmt.«

»Kein Taxi. Jack fährt mich heim«, beharrt Leila mit finsterem Blick, woraufhin Evan schon wieder vor Lachen ausrastet.

Gequält lässt ihr Dad seinen Blick zwischen seiner Tochter und mir hin und her wandern. Nach ein paar Sekunden gibt er sich geschlagen. »Na gut, dann soll Jack dich nach Hause fahren. Aber ich komme nach, sobald ich mich um die Jungs hier gekümmert habe.«

Hunter kommt zu uns herübergeschlendert. »Was machst du da, Jack?«

Ich ignoriere ihn, schlinge einen Arm um Leilas Taille, helfe ihr vom Barhocker und führe sie zur Tür.

»Ich liiiieebe euch, Jungsss«, lallt sie und winkt ihren Freunden zu. Die meisten rufen »Auf Wiedersehen« – außer Evan, der sich vor Lachen immer noch den Bauch hält.

»Komm, jetzt machen wir Party«, necke ich sie, als wir rausgehen.

Leila lehnt sich mit ihrem ganzen Gewicht gegen mich und murmelt zusammenhangloses Zeug vor sich hin. »Lustig … So gut … Könnte ihn auffressen.« Dann schnuppert sie plötzlich an meiner Brust.

»Hast du etwa gerade an mir geschnuppert?«

Sie macht große Augen und bewegt den Kopf von einer Seite zur anderen. »Nö. Neeeeiiiin.«

Sie bringt mich zum Lachen. Ich liebe dieses Mädchen.

»Du machst mich wahnsinnig.«

»Warum s-s-s-agst d-du das immer wieder?«

»Weil es stimmt«, grinse ich.

»Ich l-l-l-iiieeeebe d-dein GU-L-lächeln.«

»Mein *was*?«

»Häh?«

Oh weh … Ich fürchte, dieses Gespräch bringt uns nicht weiter.

Ich führe sie zu ihrem Auto, verfrachte sie auf den Beifahrersitz und versuche, sie anzuschnallen, was gar nicht so einfach ist.

Während ich ihren Sitzgurt schließe, dreht sie sich zu mir um. »Jack … Küssss m-m-mich«, befiehlt sie. Sie verkrallt ihre Hände in mein T-Shirt und reibt ihre Nase an meinem Hals.

»Nicht hier, Baby.« Kaum habe ich mich aus ihrem Griff befreit, fängt sie auch schon an zu schnarchen. Sie ist total hinüber.

Ich freue mich, dass ihr der Abend gefallen hat. Sie ist unheimlich süß, wenn sie betrunken ist. Aber wer weiß, was passieren wird, wenn ich sie aufwecke? Hoffentlich kotzt sie mich nicht voll.

Ein paar Minuten später sind wir schon bei ihr zu Hause angekommen. Vor dem Haus, in dem sie wohnt, gibt es keine Parkplätze, also muss ich ein paarmal im Kreis herumfahren, bis ich schließlich einen Platz finde, der zwei Häuserblöcke entfernt liegt. Ich steige aus und öffne die Beifahrertür. Selbst davon wacht sie nicht auf.

Mit einem tiefen Seufzer ziehe ich sie aus dem Auto und versuche, sie aufrecht hinzustellen, doch sie sackt sofort wieder in sich zusammen. Ich spüre, wie ihre weichen Brüste sich an mich drücken. Sie hängt in meinen Armen wie ein nasser Sack und ist bestimmt nicht in der Lage, zwei Häuserblöcke weit zu laufen. Also tue ich das einzig Sinnvolle: Ich bücke mich und werfe sie mir über die Schulter. Sie reagiert immer noch nicht. Morgen wird es ihr ganz schön beschissen gehen. Es gibt nichts Ekligeres als einen Tequila-Kater.

Ihre Tasche an meinem Arm schlenkernd, trage ich sie durch die menschenleeren Straßen von Hoboken nach Hause. Zum Glück sieht niemand, wie sie über meiner Schulter hängt. Es sieht aus, als entführte ich ein unter Drogen stehendes Mädchen. Außerdem ist ihr Rock hochgerutscht und entblößt ihre Oberschenkel und einen Teil ihres Hinterns.

Unsere kleine Vorstellung heute Abend scheint einigen Leuten aufgefallen zu sein. Ihr Dad hat auf jeden Fall Lunte gerochen. Ihre Freunde waren alle genauso betrunken wie sie, also haben sie wahrscheinlich nichts gemerkt. Doch diejenigen, die nüchtern waren (zum Beispiel Lori, Alisa und Hunter), haben garantiert jeden ihrer – und meiner – Annäherungsversuche mitbekommen.

Eigentlich ist mir das scheißegal – mich würde es auch nicht stören, wenn sie eine Annonce darüber in die Zeitung setzten. Nur um Leila mache ich mir Sorgen. Sie wird nicht gerade begeistert sein, wenn sie hört, wie sie mich heute Abend angebaggert hat und wie ich auf ihre Avancen reagiert habe – und das auch noch vor so vielen Zeugen.

Als ich sie die Treppe hochtrage, fängt sie wieder an, zusammenhangloses Zeug vor sich hin zu murmeln. Ich stelle sie ab und suche in der Tasche nach ihrem Schlüsselbund. Da kommt sie allmählich zu sich.

»Wo sind wir?«, nuschelt sie.

»Bei dir zu Hause«, antworte ich und versuche, sie aufrecht zu halten, damit ich ihre verdammte Tür aufschließen kann. Endlich gelingt es mir, und ich knipse das Licht an.

»Übernachtest du hier?«, fragt sie mit verführerischer Stimme und befreit sich aus meinem Griff. Obwohl sie dabei ein bisschen ins Stolpern gerät, schafft sie es, sich das T-Shirt über den Kopf zu ziehen.

Oh Gott …

Wie in Zeitlupe greift sie nach hinten und zieht den Reißverschluss ihres Rocks runter, sodass er zu Boden fällt. Ach du meine Güte, was hat sie denn darunter an? Sie ist praktisch nackt – bis auf einen pinkfarbenen Spitzen-BH, dazu passende Shorts und hochhackige Schuhe.

Mein Schwanz erwacht sofort zum Leben und drängt sich gegen meine Jeans. *Oh Scheiße.*

Ihre Hände gleiten auf ihren Rücken, und an ihrem Gesichtsausdruck erkenne ich, dass sie ihren BH zu öffnen versucht.

»Scheiße … Leila, hör auf«, befehle ich und gehe einen Schritt auf sie zu. Als ich mich hinunterbeuge, um ihre Kleider aufzuheben, fasst sie nach meinem Gesicht und schiebt mir ihre Zunge in den Mund.

Verdammt noch mal … Diese Frau bringt mich wirklich zum Wahnsinn!

»Hey, ich w-w-ill dich noch mal k-k-küssssen«, bettelt sie, als ich zurückweiche. »Du sch-schmeckst sssooooo gut, Jack.«

Oh Gott …

Ich halte ihren Kopf fest, warte, bis sie mich anschaut, und zwinge sie, sich auf meine Worte zu konzentrieren. »Jetzt wollen wir dich erst mal ins Bett bringen.«

Daraufhin setzt sie sich tatsächlich in Richtung Schlafzimmer in Bewegung. Mein Schwanz zuckt beim Anblick ihres Hinterns, als sie in ihrer durchsichtigen Unterhose den Korridor entlangwankt.

Ich reiße mich zusammen und folge ihr. Das Ganze ist wirklich eine Tortur für mich. Es ist noch schlimmer als damals auf meiner Geburtstagsparty, als ich sie geküsst und mich dann unter Aufbietung all meiner Willenskraft dazu gezwungen habe wegzugehen. Kaum habe ich das Licht in ihrem Schlafzimmer angeknipst, versucht sie wieder, ihren BH zu öffnen. Ich muss es nur schaffen, sie ins Bett zu bringen … dann dämmert sie bestimmt gleich weg.

Hektisch ziehe ich eine Schublade nach der anderen auf und suche nach irgendetwas, womit ich ihre Blöße bedecken kann, um ihren fast nackten, ungeheuer scharfen Körper nicht mehr ansehen zu müssen. In dem Augenblick, in dem ihr BH auf den Boden fällt, finde ich ein überdimensionales Sweatshirt, hole es aus dem Schrank – und stehe wie vor den Kopf geschlagen da, als ich Leila oben ohne sehe.

Ich kann meinen Blick nicht von ihr abwenden. Sie hat mich in den letzten Monaten schon in vielen meiner Sexträume verfolgt, aber in natura sieht sie noch viel atemberaubender aus. Ihre Brüste, ihr flacher Bauch, ihre sanft geschwungenen Hüften, ihre Beine ... Alles an ihr ist perfekt. Und das Beste von allem ist, dass ihre durchsichtige Unterhose den Blick auf ihre glatt rasierte Muschi freigibt. Verdammt ... Schon wieder etwas, was mich total antörnt.

Diese Frau ist wirklich eine Augenweide.

Das halte ich nicht mehr länger aus.

»Jack.« Sie schaut mich an, als plane sie schon wieder einen neuen Angriff auf mich. »Ich liebe dich. Ich will dich, und ich weiß, dass du mich auch willst.« Sie wirft einen schmachtenden Blick auf die offenkundige Beule in meiner Hose, lächelt verschmitzt und schwankt dabei hin und her. Natürlich ist sie zu betrunken, um zu wissen, was sie sagt. Trotzdem haben ihre Worte eine erstaunliche Auswirkung auf meinen Schwanz.

»Ja, Babe, ich will dich – aber nicht so.«

»Ich liebe es, wenn du mich Babe nennst.« Sie kommt wieder einen Schritt näher und greift nach meinem T-Shirt.

Scheiße.

Ich ziehe ihr schnell das Sweatshirt über, bugsiere ihre Arme in die Ärmel hinein, schlage die Steppdecke zurück, hebe sie aufs Bett und decke sie wieder zu – alles in Rekordzeit.

Als ich mich zum Gehen wende, setzt sie sich in ihrem Bett auf. »Wo willst du denn hin?«

»Ich bin gleich wieder da«, antworte ich, mache das Licht aus und gehe ins Wohnzimmer. Wenn ich richtig kalkuliert habe, dürfte sie in knapp sechzig Sekunden völlig weg sein.

Hoffentlich.

Da klingelt ihr Handy. Ich springe auf und nehme es vom Wohnzimmertisch.

»Hallo?«, melde ich mich leise.

»Jack? Hier spricht Anthony Marino. Ist mit Leila alles in Ordnung?«

»Ja, Sir. Ich hab sie gerade ins Bett gebracht. Sie ist total hinüber.«

»Und ich habe gerade alle Jungs in Taxis verfrachtet. Ich bin in ein paar Minuten da und bleibe dann über Nacht bei ihr.« Wahrscheinlich hat er kein Vertrauen zu mir – was ich ihm nicht verübeln kann.

»Nett von Ihnen, aber das brauchen Sie nicht. Ich bleibe heute Nacht da. Morgen früh fahre ich wieder weg. Ich verspreche Ihnen, gut auf sie aufzupassen«, flehe ich ihn an. Hoffentlich vertraut er mir.

Ein paar Sekunden lang herrscht Schweigen am anderen Ende der Leitung. »Okay«, sagt er dann. »Bitte richten Sie ihr aus, dass sie mich anrufen soll, sobald sie wach ist. Und … äh … danke, Jack.«

Ich warte ein paar Minuten, schleiche mich dann auf Zehenspitzen durch den Korridor und werfe einen Blick in ihr Schlafzimmer. Gott sei Dank schläft sie wie eine Tote. Als kleines Gutenachtgeschenk an mich schiebt sie plötzlich ihre Steppdecke weg und dreht sich auf den Bauch, sodass ihr umwerfender Hintern durch die Spitzenunterhose deutlich zu sehen ist. Das einzige Geräusch, das sie von sich gibt, ist leises Schnarchen.

Diese Frau ist wirklich eine Tortur.

Mir bleiben nur zwei Möglichkeiten – mir einen runterzuholen oder kalt zu duschen.

Doch wenn ich mir jetzt einen runterhole, handle ich mir womöglich blaue Hoden ein. Also bleibt nur die kalte Dusche. Mit einem tiefen Seufzer stelle ich mich unter den eiskalten Wasserstrahl, der meinen Ständer sofort zum Erschlaffen bringt.

Wirklich eine Tortur, diese Frau.

***

In dieser Nacht schlafe ich sehr unruhig und werde immer wieder wach. Die Geständnisse, die sie mir in ihrem betrunkenen Zustand gemacht hat, geistern mir immer noch im Kopf herum.

»Du machst mich scharf.«

»Ich liebe es, wenn du mich Babe nennst.«

»Küss mich, Jack.«

»Du betörst mich.«

»Ich will dich, und ich weiß, dass du mich auch willst.«

»Ich liebe dich.«

Es ist, als hätte ich den Schlüssel zu ihrem Tagebuch entdeckt und schamlos alle ihre Geheimnisse gelesen.

Als ich höre, wie sie auf die Toilette geht – oder genauer gesagt ihren Mageninhalt in die Toilettenschüssel entleert –, stehe ich vom Sofa auf, schlüpfe schnell in meine Jeans und gehe in die Küche. Ich überlege kurz, ob ich nach ihr sehen soll; aber ich bin sicher, dass sie im Augenblick lieber allein sein möchte. Als sie aus der Toilette kommt, habe ich schon die Kaffeemaschine angeworfen.

Langsam kommt Leila herein. Sie hat ein Trägerhemd und sehr kurze Shorts an. Ihr Haar ist auf verführerische Weise zerzaust. Abgesehen davon, dass sie ein bisschen grün im Gesicht ist, sieht man ihr den Kater überhaupt nicht an.

»Hi. Wie fühlst du dich?«

»Sscchhhh!«

»Tut mir leid.«

»Ist schon okay.« Sie zeigt auf ihre Toilette. »Wahrscheinlich hast du alles mit gehört. Jetzt geht es mir besser. Ich habe zwar immer noch Kopfschmerzen und einen trockenen Mund, aber ansonsten bin ich wieder okay, glaube ich.« Sie setzt sich an den Küchentisch. Während sie mit dem Saum ihres Trägerhemds herumspielt, wandert ihr Blick über meinen nackten Oberkörper.

»Hast du Aspirin?«

Wortlos zeigt sie auf ein Schränkchen in der Ecke der Küche und sieht zu, wie ich zwei Tabletten heraushole und dann eine Flasche Wasser und eine Diätcola aus ihrem Kühlschrank nehme. Ich öffne die Flaschen und reiche sie ihr.

»Trink und nimm diese Tabletten. Zuerst die Cola.«

Widerspruchslos befolgt sie meine Aufforderung. »Danke, dass du heute Nacht hier geblieben bist.«

»Gern geschehen.«

Ich gehe wieder in die Küche, öffne ihre Gefriertruhe und hole ein paar gefrorene Bagels heraus. Sie beobachtet mich mit fragend hochgezogenen Augenbrauen.

»Du musst etwas in den Magen bekommen«, erkläre ich ihr, schiebe einen Bagel in ihren Toaster und warte, bis er wieder herausspringt. Leila sitzt stumm da und hängt ihren Gedanken nach. Ich gieße mir eine Tasse Kaffee ein, streiche Butter auf ihren Bagel und bringe ihn ihr.

»Iss«, befehle ich.

»Ja, Sir.« Sie nimmt einen kleinen Biss von ihrem Bagel. »Hast du viel Erfahrung mit Tequila-Katern?«

»Das kann man wohl sagen. Hast du dich gestern Abend gut amüsiert?«

»Glaub schon. Leider weiß ich nicht mehr viel davon.« Dann verstummt sie wieder und beginnt, an ihrer Unterlippe zu kauen.

»Was ist denn los?«

»Jack … ähm … habe ich … äh … habe ich gestern Abend versucht, dich zu verführen?« Sie wirkt furchtbar verlegen.

»Ja«, antworte ich wahrheitsgemäß.

»Haben wir irgendwas gemacht?«, fragt sie mit schreckgeweiteten Augen.

Ich wünschte, ich könnte ihr sagen, dass ich große Lust dazu hatte – oder dass wir es wirklich getan haben und dass es atemberaubend war. »Nein, wir haben nur an der Theke gesessen und miteinander geflirtet«, sage ich stattdessen. Man hört meiner Stimme immer noch an, welche Folterqualen ich gestern Abend ausgestanden habe.

»An der Theke gesessen und geflirtet? Ach du Scheiße.« Sie sinkt in sich zusammen und stützt ihren Kopf in die Hände. Ich kann verstehen, warum ihr das am allermeisten zu schaffen macht. Leila ist ein sehr zurückhaltender Mensch, und ich kann nur ahnen, wie ihr jetzt zumute ist.

»Du schnarchst«, sage ich in der Hoffnung, sie aufzuheitern.

»Tu ich nicht«, verteidigt sie sich.

»Doch, tust du. Du schnarchst wie ein Holzfäller und fluchst wie ein Seemann. Du hast wirklich ein ziemlich loses Mundwerk.«

»Lügner.«

Lachend schaue ich zu, wie sie an ihrem Bagel knabbert. »Ich habe gestern Abend deine Dusche benutzt. Hoffentlich macht dir das nichts aus.«

»Natürlich nicht. Hoffentlich war meine Couch bequem genug für dich.«

»Ja. Sehr bequem sogar.«

»Meine Jungs lieben diese Couch. Sie belegen sie immer sofort mit Beschlag, wenn sie mich besuchen kommen.«

»Das kann ich ihnen nicht übel nehmen. Der Sessel ist wahrscheinlich eher dein Lieblingsplatz?«

Sie wirft mir über die Schulter einen Blick zu. »Ja, das ist der einzige Platz in meiner Wohnung, von dem aus man einen Blick hat.« Ich gehe zu ihrem Sessel hinüber und muss zugeben, dass die Aussicht wirklich herrlich ist.

»Wunderschön. Wahrscheinlich ist dieser Sessel für dich so was wie meine Dachterrasse?«

Sie versteht sofort, was ich damit meine, und nickt. »Ja. Wahrscheinlich.«

»Ach, das hätte ich beinahe vergessen: Du sollst deinen Dad anrufen.«

»Dad? Du hast mit meinem Dad gesprochen?«, fragt sie mit Panik in ihrer Stimme.

»Er hat gestern Abend angerufen. Vermutlich wollte er eher mich kontrollieren als dich.«

Sie schüttelt den Kopf und greift nach ihrem Telefon, ohne das Zimmer zu verlassen. Ich fühle mich geschmeichelt, weil es ihr offensichtlich nichts ausmacht, in meinem Beisein mit ihm zu telefonieren. Das Gespräch dauert nur ein paar Minuten. Zuerst fragt sie ihn, ob er auch bei Evan angerufen hat, und hört ihm kurz zu. Dann wirft sie einen Blick zu mir hinüber. »Ja, ist er«, antwortet sie und beendet das Gespräch mit einem *Ich dich auch, Dad.*

»Ja, ist er – *was*?«, frage ich sie. Ich sterbe fast vor Neugier; doch sie schaut mich nur verwirrt an. »Du hast gerade zu deinem Dad gesagt: *Ja, ist er.* Was bin ich?«

»Ein prima Kerl.«

Mein Herz setzt einen Schlag aus.

»Oh – und ich dachte schon, du hättest zugegeben, dass ich immer noch hier bin.«

»Oh. Na ja, er hat mich nicht gefragt – aber wenn, dann hätte ich ihn wahrscheinlich nicht angelogen«, gibt sie zu und schenkt mir ein strahlendes Lächeln, bei dem es mir den Atem verschlägt. Ich kann jetzt noch nicht gehen. Ich muss unbedingt noch ein bisschen bei ihr bleiben. Also setze ich mich zu ihr an den Tisch. »Was hast du heute vor?«, wage ich zu fragen.

»Nichts Besonderes. Am Samstag wasche ich immer meine Wäsche; und da ich nicht mehr bei den Cliffhangers arbeite, habe ich heute Abend frei.«

»Hast du Lust, mir zu zeigen, wie schön Hoboken ist?«

Sie lächelt über meine Frage. »Natürlich, gern. Magst du Cannoli? Wir haben die besten, die es gibt.«

»Ich liebe Cannoli.«

»Dann lass mir eine Viertelstunde Zeit, um mich fertig zu machen.«

»Warte.«

Sie bleibt stehen und schaut mich fragend an.

»Iss erst deinen Bagel.«

»Du bist so was von herrschsüchtig.«

»Manchmal schon.«

Sie grinst mich an und schlingt schnell ihren Bagel hinunter, bevor sie wieder in ihrem Schlafzimmer verschwindet. Zweieinhalb Sekunden lang frage ich mich, ob das wirklich eine gute Idee ist, doch dann sage ich mir: Scheißegal.

Nachdem ich mich in ihrem Badezimmer frisch gemacht habe, schicke ich Hunter eine kurze SMS, um ihm mitzuteilen, dass ich den heutigen Tag mit Leila verbringe.

Natürlich antwortet er sofort.

Jack … Was tust du da?

Wie gesagt: Ich verbringe den Tag mit Leila.

Muss das wirklich sein?

Tschüss, Hunter

Es tut mir schon wieder leid, dass ich ihm mein Geheimnis verraten habe. Seine SMS erinnert mich an meine Bedenken im Hinblick auf Leila, und mein Verstand rät mir, auf diese warnende innere Stimme zu hören. Er hat recht. Ich sollte ihr sagen, dass ich nicht bleiben kann, und schnell wegfahren, bevor ich etwas tue, was ich hinterher garantiert wieder bereue.

Ich bin schon drauf und dran, diesen Entschluss in die Tat umzusetzen, als sie in einem pinkfarbenen Top und Shorts auftaucht, die ihre fantastischen, gebräunten Beine hervorragend zur Geltung bringen. Bei diesem Anblick kann ich keinen klaren Gedanken mehr fassen.

Kaum zu glauben, dass sie letzte Nacht sternhagelvoll war. Sie sieht so umwerfend aus, dass mein Schwanz meinem Gehirn befiehlt, auf die Logik zu scheißen.

»Du erholst dich aber schnell wieder. Ich sehe nach einer Tequila-Nacht immer wie eine Wasserleiche aus.«

»Ich doch auch.«

»Nein, du nicht, Leila. Du siehst atemberaubend aus.«

Bei diesen Worten röten sich ihre Wangen. Verlegen dreht sie sich um und greift nach ihrer Tasche. »Bist du so weit?«

Und dann zeigt Leila mir alle Ecken und Winkel von Hoboken. Es ist wirklich ein idyllisches Städtchen; ich kann verstehen, warum sie so gern hier wohnt. Wir sitzen stundenlang in einem Park am Ufer des Hudson und beobachten die vorbeifahrenden Schiffe. Wir lachen über die vielen Hundebesitzer, die hier spazieren gehen und mittlerweile genauso aussehen wie ihre vierbeinigen Freunde. Auf dem Rückweg zu ihrer Wohnung beschließen wir, eine Pizza und die berühmten Cannoli von Hoboken mitzunehmen.

Während ich den Tisch decke, holt sie Bier und billigen Wein für sich aus dem Kühlschrank. Es fühlt sich so normal an, mit ihr zusammen zu sein. Der Tag mit ihr war schön. Als wir zusammen am Fluss spazieren gingen, hätte ich am liebsten ihre Hand gehalten. Daran könnte ich mich gewöhnen. Ich bin gern mit ihr zusammen, und diese Erkenntnis jagt mir auch gar keine Angst mehr ein. Ich habe viel mehr Angst davor, von ihr getrennt zu sein.

Kapitel 21
Leila

»Wahrscheinlich sollte ich heute lieber nicht so viel trinken. Mein Körper muss sich doch erst wieder von dem Kater erholen.«

»Das zweitbeste Anti-Kater-Mittel – außer Aspirin und Cola – besteht darin, weiterzutrinken«, witzelt Jack und stößt mit seiner Bierdose an mein Glas.

»Guter Ratschlag.«

Ich fühle mich so wohl und entspannt in seiner Gegenwart. Er hat den Arm auf die Sofalehne gelegt und spielt träge mit meinem Pferdeschwanz.

Als wir vorhin auf der Parkbank saßen, habe ich ihn angefleht, mir zu sagen, wie ich mich gestern Abend an der Theke benommen habe. Als er daraufhin schilderte, wie hemmungslos ich mit ihm geflirtet habe, wurde ich blass.

Ich habe seine Oberschenkel angefasst!

Ich habe ihn am Hals geküsst!

Ich habe zugegeben, dass ich ihn scharf finde!

Seinem Gesichtsausdruck nach zu urteilen gibt es da noch ein paar Kleinigkeiten, die er mir bewusst verschweigt. Ich kann nur ahnen, worum es dabei geht.

Nie wieder Tequila!

Wenn ich Dad und Lori das nächste Mal sehe, muss ich bestimmt erst mal Schadensbegrenzung betreiben. Aber darüber kann ich mir morgen auch noch Gedanken machen. Evan war sternhagelvoll, also erinnert er sich wahrscheinlich nicht mehr an mein schamloses Benehmen.

Spielerisch zieht Jack an meinem Pferdeschwanz. »Wo sind meine Cannoli?«, fragt er.

»Ach ja! Höchste Zeit für die Cannoli.« Ich springe auf, renne zum Kühlschrank und hole die Schachtel heraus.

Er lacht über meinen Eifer.

»Mach dich auf etwas gefasst!«, warne ich ihn vor. »Diese Cannoli sind eine lebensverändernde Erfahrung.«

»Ich kann's kaum noch erwarten.«

Wir beißen beide gleichzeitig davon ab. »Mhmmm … wirklich köstlich«, sagt er, nachdem er seinen ersten Bissen runtergeschluckt hat.

Ich behalte meinen Bissen noch im Mund und genieße ihn mit geschlossenen Augen. »Mhmmm … lecker«, stöhne ich.

Als ich die Augen wieder aufschlage, sehe ich den erregten Ausdruck in seinem Gesicht, und mein Herz macht einen Sprung. Wortlos streckt er die Hand aus und wischt mir langsam mit dem Daumen über die Unterlippe. Bei dieser Berührung durchzuckt es meinen Körper wie ein elektrischer Schlag. Dann steckt Jack seinen Daumen in den Mund und saugt die Sahne ab, die er mir von der Lippe gewischt hat.

Im Zeitlupentempo fällt das Cannoli, das ich in der Hand gehalten hatte, mit einem dumpfen Knall in die Schachtel zurück.

Wir schauen uns unverwandt in die Augen. Der Blickkontakt scheint eine Ewigkeit zu dauern. »Köstlich«, sagt er dann.

Mit jeder Sekunde schlägt mein Herz lauter. Er nimmt die Schachtel von meinem Schoß, wirft sein Cannoli hinein und stellt die Schachtel auf den Tisch. Dann umfasst er mein Gesicht und zieht mich langsam näher zu sich heran, bis unsere Münder nur noch Zentimeter voneinander entfernt sind. Nach kurzem Zögern drückt er seine Lippen auf meine.

Unser Kuss beginnt ganz langsam und sanft. Als er seine Zunge über meine Oberlippe gleiten lässt, öffne ich den Mund weit. Er nimmt meine Einladung an, und seine Zunge dringt langsam tiefer in meinen Mund ein. Wir knutschen miteinander wie Teenager – und das ist das beste Rumgeknutsche, das ich bisher erlebt habe.

Schließlich weiche ich ein Stück von ihm zurück und schnappe nach Luft. »Ich muss erst wieder zu Atem kommen«, sage ich.

Widerstrebend lässt er meinen Kopf los und greift nach meinen Händen. »Wenn du willst, dass ich aufhöre, dann höre ich auf, Leila.«

»Wir wollten doch nur gute Freunde sein. Was ist daraus geworden?«

»Das reicht mir nicht.«

»Ich habe Angst, dass die Sache mit uns zu kompliziert werden könnte.«

»Keine Sorge. Ich lasse sie nicht kompliziert werden.«

Er zieht mich wieder in seine Arme und küsst mich auf den Kopf. »Bevor irgendwas passiert, möchte ich dir etwas sagen, Leila. Ich muss dauernd an dich denken. Seit meiner Geburtstagsparty dreht sich mein ganzes Leben nur noch um dich.«

Ich drehe mich in seinen Armen um, um sein Gesicht besser sehen zu können. Sein Geständnis bringt mich total durcheinander. »Sag so was nicht, Jack.«

»Warum nicht?«

»Weil ich es nicht verkraften könnte, wenn du es nicht so meinst.«

»Aber ich meine es so, Baby.«

Er beugt seinen Kopf zu mir herunter und küsst mich sanft auf den Mund. Nachdem ich mich wochenlang zusammengenommen und meine Gefühle für ihn verleugnet habe, steigen sie plötzlich mit Allmacht an die Oberfläche. Leidenschaftlich erwidere ich seinen Kuss, verkralle meine Finger in seinem Hemd und ziehe ihn näher zu mir heran.

Jack presst mich an seinen harten Körper und verwöhnt meinen Mund mit seinen Lippen. Er drückt mich aufs Sofa und schiebt seine Hand unter mein Trägerhemd. Langsam zieht er es nach oben und fährt mit dem Daumen an der Unterseite meines BHs entlang. Dann zieht er seine Hand wieder weg und beobachtet meine Reaktion.

»Ich will dich, Leila. Ich komme nicht mehr dagegen an.« Er hält inne und wartet auf meine Einwilligung. »Bitte. Ich will mit dir zusammen sein.«

»Das will ich auch, aber es ist kompliziert. Unsere berufliche Beziehung, die Tournee … Es ist alles viel zu kompliziert.«

»Zerbrich dir nicht den Kopf darüber.«

Als ich stumm bleibe, fängt er wieder an, mich zu küssen – zuerst ganz langsam und dann immer heftiger, bis wir uns vor Erregung auf der Couch winden.

Wieder bin ich diejenige, die den Kuss beendet. »Was tun wir da nur, Jack?«

Er steht auf, zieht mich hoch, schlingt seine Arme um mich und legt mir die Hände ins Kreuz.

»Wovor hast du Angst, Leila?«

»Davor, was von mir übrig bleibt, wenn diese Sache zu Ende geht.«

»Warum muss sie denn zu Ende gehen?«

Da hat er recht. Wer macht sich schon Gedanken über das Ende einer Beziehung, wenn er sie gerade erst beginnt? Das mit der guten Freundschaft funktioniert sowieso nicht mehr. Diese rote Linie habe ich in Gedanken schon vor Wochen überschritten. Ich wusste nur nicht, dass es ihm genauso ging.

Kurzum: Ich will ihn. Ich brauche ihn.

»Ich will mit dir zusammen sein, Leila. Empfindest du auch so für mich?«

Die Antwort, die ich ihm auf diese Frage gebe, wird mein ganzes Leben verändern. Aber ich kann meine Gefühle nicht länger verbergen. Ich kann ihm nichts mehr vorspielen. »Ja«, flüsterte ich und ziehe seinen Kopf zu mir herunter.

Im Nu hat er nach meiner Hand gefasst und führt mich ins Schlafzimmer.

Dann drückt er mich so heftig an seine Brust, als hätte er Angst davor, mich wieder loszulassen. Er streicht mir sanft über die Wange und küsst mich. Langsam zieht er mein Trägerhemd aus und fährt mit dem rechten Daumen über meinen BH und meine aufgerichtete Brustwarze. Wie kann eine so einfache Berührung so ein Chaos in meinem Körper anrichten? Ich halte es nicht mehr länger aus. Wenn wir jetzt nicht gleich miteinander schlafen, sterbe ich.

Ich schiebe sein Hemd hoch, ziehe den Reißverschluss seiner Jeans herunter und lasse meine Hand hineingleiten, um ihn zu spüren. Sein Penis ist erstaunlich groß, und ich streichle ihn von der Wurzel bis zur Spitze. Er fühlt sich hart wie Stahl an – und doch so seidenweich. Jack zieht meine Hand weg und geht ein paar Schritte zurück.

»Ich habe mir das in meinen Träumen zu oft vorgestellt. Ich will es ganz langsam angehen.«

Bei diesem Geständnis schlägt eine Woge des Begehrens über mir zusammen. Jack zieht sich langsam aus, bis er nackt vor mir steht, und lässt mich dabei nicht aus den Augen. Sein wunderschöner Körper nimmt mir den Atem. Die Muskeln an seiner Brust, seinen Armen und seinem Bauch treten deutlich hervor. Von seinem Nabel zieht sich eine dünne Linie dunkelbrauner Haare bis zu seinem erigierten Penis. Er sieht einfach atemberaubend aus.

Jack kommt näher und zieht mich schweigend aus. Als ich nackt bin, tritt er einen Schritt zurück, um meinen Körper zu bewundern. »Du bist so schön.«

Instinktiv gehe ich auf ihn zu und berühre seine Haut. Ich fühle mich magisch zu ihm hingezogen, als seien unsere Herzen durch eine Schnur miteinander verbunden. Auch er bewegt sich auf mich zu. Es sind zwar nur ein paar Schritte, doch uns kommt es so vor, als hätten wir Kilometer zurückgelegt.

Ich lege meine Hand auf seine Brust und spüre, wie sein Herz klopft.

Dann gebe ich meinem Bedürfnis nach, seinen ganzen Körper zu berühren, und streiche mit der Hand über seine Brust, seinen Bauch und seine Hüften. Als ich mit den Fingerspitzen an seiner Erektion entlangfahre, schließt er die Augen und stöhnt; und als ich nach seiner Hand fasse, um ihn zu meinem Bett zu führen, stammelt er meinen Namen.

»Ich habe von dir geträumt … dich zu küssen … dich zu schmecken«, sagt er, während seine Lippen an meinem Körper entlangwandern und ihn mit Küssen bedecken. Er nimmt eine meiner Brustwarzen zwischen seine Lippen und zieht sanft daran, während er mit den Fingern sanft über meine Klitoris fährt. Ich wölbe mich seiner Berührung entgegen, und meine Hüften bewegen sich im Rhythmus seiner Fingerspitzen. Meine Erregung steigert sich bis ins Unerträgliche.

Doch kurz bevor ich zum Orgasmus komme, zieht er seine Hand weg.

»Bitte, Jack.«

»Schschsch, Baby.« Er fasst nach meinen Fußknöcheln und drückt sie nach oben, sodass meine Beine angewinkelt und weit gespreizt vor ihm liegen. Dann fährt er mit dem Daumen ganz langsam an meinem Geschlecht entlang. Ein Schauder überläuft mich.

Sein Kopf verschwindet zwischen meinen Beinen, und er neckt mich mit seinen Lippen. Als er meine empfindlichste Stelle berührt, verliere ich die Beherrschung. Ich vergrabe die Hände in seinem seidigen Haar, und er quält mich erbarmungslos, fährt mit der Zunge durch meine Schamlippen und schiebt seinen Finger in meine Scheide.

»Bitte … Nicht aufhören.«

Jack erfüllt meinen Wunsch und weckt in mir Gefühle, die ich noch nie hatte. Er legt seinen Mund über meine Scham und bewegt seine Zunge immer schneller hin und her. Dann saugt er heftig an meinen Schamlippen und schiebt seine Finger in meiner Scheide gnadenlos auf und ab. Meine Beine fangen an zu zittern, und mein wochenlang angestautes Verlangen bricht sich in einem heftigen Orgasmus Bahn, der meinen ganzen Körper erschüttert.

So etwas habe ich schon lange nicht mehr empfunden. Ich ringe nach Atem und bin ganz benommen von der heftigen Erregung, die meinen Körper immer noch durchströmt.

»Du schmeckst noch besser, als ich dachte«, stellt er fest, als ich reglos unter ihm liege.

Er lässt seinen Mund nach oben zu meiner Brust wandern und zieht mit den Lippen an meiner Brustwarze; und ich spüre schon wieder ein Pochen und Ziehen zwischen den Beinen, als hätte ich nicht gerade eben erst einen atemberaubenden Orgasmus erlebt. Ich ziehe seinen Kopf zu mir hoch, bis unsere Blicke sich ineinander versenken.

»Ich brauche dich.«

»Du hast mich doch schon.« Als er sich hinunterbeugt, um mich zu küssen, sauge ich gierig an seiner Zunge. Er stöhnt laut auf. Doch plötzlich beendet er unseren Kuss. »Nicht bewegen.« Er steigt aus dem Bett, zieht sein Portemonnaie aus der Jeanstasche und holt ein Kondom heraus. Zu beobachten, wie er es über seinen erigierten Penis streift, ist das Aufregendste, was ich je gesehen habe.

Er legt sich auf mich, schiebt seine Penisspitze an meine Scheide und neckt mich damit. Ich habe das Gefühl, nur noch aus pulsierenden Nervenendigungen zu bestehen. Mein ganzer Körper verzehrt sich nach ihm.

Jack verschränkt seine Hände in meine und dringt langsam in mich ein, ohne unseren Blickkontakt abzubrechen. Wenn dieses Gefühl doch nie aufhören würde, denke ich, als ich spüre, wie er mich ganz ausfüllt.

»Du fühlst dich so gut an, Leila.« Seine Stimme klingt ganz rau vor Erregung.

Wir bewegen uns im Gleichklang miteinander, und ich schwebe im siebenten Sexhimmel. Ich umklammere seine Hüften mit den Beinen, denn er bewegt sich quälend langsam.

»Jack … schneller«, dränge ich und drücke ihn mit meinen Schenkeln noch tiefer in mich hinein.

Dann dreht er uns herum, sodass ich rittlings auf ihm sitze. Seine Hände liegen auf meinen Hüften und ziehen mich nach unten, damit ich seinen Penis noch tiefer in mich aufnehmen kann. Dieses Gefühl ist so intensiv, dass ich fast den Verstand verliere. Jack setzt sich auf, und ich schnappe nach Luft, als er seinen Penis gegen meinen G-Punkt drückt.

Er vergräbt seine Hände in meinem Haar und küsst mich heftig auf den Mund. Ich atme ihn ein, nehme ihn mit allen Körperöffnungen in mich auf. Immer schneller bewege ich mich auf ihm, bis ich kurz vor meinem zweiten Orgasmus stehe. Zitternd kommen wir gemeinsam zum Höhepunkt

»Davon habe ich geträumt«, gibt er zu, während ich seinen Körper fest umklammert halte.

Zu diesem Geständnis kann ich nur stumm nicken, denn der Sprache bin ich im Augenblick nicht mächtig.

Unsere Blicke versenken sich ineinander, während wir – immer noch miteinander vereint – Nase an Nase heftig atmend dasitzen. »Oh Gott, Leila«, sagt er und bedeckt mein Gesicht mit Küssen, während ich mich an ihn klammere.

Ich nicke einfach nur, denn sprechen kann ich immer noch nicht. Wenn er doch nur für immer und ewig in mir drinbleiben könnte! Jetzt, wo ich einmal erlebt habe, wie atemberaubend es ist, mit Jack zu schlafen, kann ich gar nicht mehr genug von ihm bekommen.

***

Danach liegen wir im Bett und halten uns in den Armen. Jack spielt mit meinem Haar und vergräbt stöhnend seine Nase darin. »Du riechst so gut.«

»Jack?«

»Hmm?« Ich kann mich einfach nicht dazu überwinden, ihn danach zu fragen. Als ihm mein verlegenes Schweigen auffällt, nimmt er meinen Kopf in seine Hände und dreht ihn so, dass ich ihm in die Augen schauen muss. »Was ist, Baby?«

»Äh … Hast du schon mal Sex ohne Kondom gehabt?«

Er hat Verständnis für meine Nervosität und lächelt mich liebevoll an. »Nein, noch nie. Du?«

»Ähm … Nein, ich auch noch nicht. Aber ich nehme die Pille.«

Er versteht mein schüchternes Angebot. »Ich habe Vertrauen zu dir, Leila. Danke, dass du mir das gesagt hast. Ich hasse Kondome.« Er küsst mich, und ich lege meinen Kopf wieder an seine Brust.

Er zeichnet mit dem Finger kreisförmige Muster auf meinen Rücken. »Jack?«, frage ich nach einiger Zeit wieder.

Er lacht leise. »Ja?«

»Werden die Jungs sich nicht wundern, wo du steckst?«

»Schade. Ich dachte schon, du wolltest mich bitten weiterzumachen«, murmelt er enttäuscht. »Hunter weiß, dass ich bei dir bin.«

»Was?« Ich setze mich kerzengerade hin und kann mein Entsetzen nicht verbergen.

»Beruhige dich. Hunter sagt es niemandem. Wir können ihm vertrauen.«

»Worin können wir ihm vertrauen?«, frage ich und gerate allmählich in Panik.

Er *setzt* sich im Bett auf und zuckt die Schultern. »Ich habe dir doch gesagt, dass ich viel über dich nachgedacht habe. In letzter Zeit stand ich völlig neben den Schuhen, und das ist Hunter aufgefallen. Er hat mich darauf angesprochen, und ich habe ihm erzählt, was los ist. Hunter meint, dass ich lieber die Finger von dir lassen soll, und damit hat er ja auch recht … Aber ich kann es einfach nicht. Er wird den anderen Jungs nichts davon sagen, wie ich …« Er unterbricht sich mitten im Satz. »Er wird uns nicht verraten.«

»Ich bin doch hoffentlich nicht nur ein Zeitvertreib für dich, Jack?«

»Nein. Ganz im Gegenteil. Ohne dich wüsste ich gar nicht mehr, was ich anfangen soll«, gesteht er und küsst mich wieder. »Weißt du noch, was du gestern Abend zu mir gesagt hast?«

»Nein, was denn?«

Er zögert einen Augenblick und reibt dann seine Nase an meiner. »Vergiss es.«

»Was habe ich denn gesagt, Jack?«

»Nichts.«

»Du bist gemein.«

»Ich weiß. Aber ich sage es dir trotzdem nicht.« Er küsst mich auf die Schulter und lässt seine Lippen zu meiner Brust wandern. »Bitte mich jetzt weiterzumachen«, sagt er.

Auf diese Weise gelingt es ihm sehr schnell, mich von meinen Gedanken abzulenken.

In dieser Nacht haben wir immer wieder Sex miteinander, bevor wir endlich in einen erschöpften Schlaf sinken. Jack ist so ein aufmerksamer Liebhaber. Noch nie im Leben hatte ich so guten Sex. Zwischendurch bin ich ein paarmal in seinen Armen aufgewacht und habe gespürt, wie er seinen Körper an meinen Rücken drückte. Es kommt mir immer noch wie ein Traum vor, ihn hier bei mir zu haben.

Natürlich will ich, dass das nie wieder aufhört. Und natürlich habe ich gleichzeitig das Gefühl, einen Riesenfehler zu machen.

Am nächsten Morgen wache ich zuerst auf und kann nicht anders, als sein wunderschönes Gesicht anzustarren. Er wirkt so friedlich. Ich könnte ihn stundenlang anschauen. Nach einer Weile schlüpfe ich aus dem Bett, ziehe mir sein Hemd über und gehe in die Küche, um Kaffee zu kochen.

Er will, dass wir uns weiterhin sehen, aber wie soll das funktionieren? Wenn Jennifer oder Dylan Wind davon bekommen oder wenn es mit uns beiden nicht klappt, könnte das in einer Katastrophe enden.

Während ich meinen Gedanken nachhänge, kommt Jack völlig nackt in die Küche. Ich erröte und zeige auf die Fenster. »Ich habe Nachbarn, Jack.«

»Na und? Ah, gut … Kaffee.« Er nimmt sich einen Kaffeebecher und bedient sich. »Ich bin nämlich ein Kaffeeoholic.«

Als er sieht, wie ich ihn anstarre, lacht er und zieht mich an sich. »Und – gefällt dir, was du siehst? Ich seh richtig scharf aus, stimmt's?«

Ich schüttle den Kopf. »Du bist so eingebildet.«

Er schiebt eine Hand unter sein Hemd, das ich jetzt trage, berührt meine Brust und legt die andere Hand auf meinen nackten Hintern. »Bin ich gar nicht«, flüstert er mir ins Ohr. »Ich freu mich nur darüber, dass du mich gern anschaust. Und …« – er macht eine kleine Pause, um mit der Zunge um meine Ohrmuschel zu fahren – »außerdem warst du diejenige, die gesagt hat, dass du mich scharf findest.«

»Wirklich?«

»Oh ja.« Wir fangen an, uns zu küssen, und wieder baut sich diese atemberaubende Spannung zwischen uns auf. Offenbar können wir uns nicht einmal einen Kuss geben, ohne uns sofort die Seele aus dem Leib vögeln zu wollen. Wie sollen wir das geheim halten? Ich entwinde mich seinen Armen, um mit ihm über meine Bedenken zu reden.

»Ehrlich gesagt: Ich weiß, dass das nicht leicht wird«, gibt er zu und küsst mich auf die Schulter. »Aber denk doch mal daran, wie schön es sein wird, wenn wir endlich zusammen sein können.« Er küsst mich am Hals. »In einer Schlafkoje im Tourneebus.« Er küsst mein Kinn. »Oder hinter der Bühne.« Er küsst mich auf die Wange. »Und erst recht im Hotelzimmer.« Endlich finden sich unsere Lippen zu einem langen, leidenschaftlichen Kuss.

Das hört sich wirklich gut an.

Jack schenkt mir ein strahlendes Lächeln.

»Oh Gott, ich liebe dein Lächeln«, gestehe ich und fahre mit der Fingerspitze über die Vertiefung seines Grübchens.

»Ach, da fällt es mir wieder ein: Als wir gestern Abend die Kneipe verließen, hast du gesagt, dass du mein GU-… irgendwas liebst. Was hast du damit gemeint?«

Oh Scheiße. Ich sollte wirklich die Finger vom Tequila lassen.

»Ähm … keine Ahnung.«

Ich versuche, ihm meine Hand zu entziehen, aber er hält sie fest. »*Wie* hast du mein Lächeln genannt?«

»Verdammt noch mal … Das wollte ich eigentlich nicht laut sagen«, gebe ich verlegen zu. »GU ist die Abkürzung, die ich für dein Lächeln verwende. ›Grübchen zeigen und mein unteres Stockwerk durcheinanderbringen.‹ Grübchen törnen mich unheimlich an«, setze ich schulterzuckend hinzu.

»Ist ja der Hammer. Wirkt mein Lächeln tatsächlich so auf dich?«

»Ja. Immer wenn ich deine Grübchen sehe, zieht sich in meinem Unterleib alles zusammen«, gebe ich peinlich berührt zu.

»Schade, dass ich das nicht vorher gewusst habe. Dann hätte ich dich noch viel öfter angelächelt.«

»Vielleicht wäre ich dann bei euch rausgeflogen.«

»Du wärst schon nicht rausgeflogen. Aber dann wäre ich deinen Reizen bestimmt noch viel eher erlegen.«

Wir müssen jetzt endlich das Thema wechseln, sonst stürze ich mich gleich wieder auf ihn. »Soll ich dich nach Hause fahren? Du trägst schon seit zwei Tagen dieselbe Kleidung.«

»Willst du damit sagen, dass ich stinke?« Er hat seine Arme immer noch um mich gelegt, beugt sich hinunter und reibt seine Nase an meinem Hals. »Außerdem hast du doch jetzt mein Hemd an – und es steht dir großartig.«

Dieser Mann macht mich noch wahnsinnig. »Nein, du riechst köstlich, und dein Hemd auch. Ich dachte nur, dass du jetzt vielleicht nach Hause gehen möchtest, um dich umzuziehen. Ich treffe mich jeden Sonntag zum Brunchen mit meinem Dad, aber ich kann den Termin auch absagen.«

Er schüttelt den Kopf. »Ich möchte nicht, dass du deinem Dad absagst.«

»Und was wirst du machen, während ich weg bin?«

»Ich warte einfach hier, bist du wieder zurückkommst. Das macht dir doch nichts aus, oder?«

»Es kann ein paar Stunden dauern. Wenn es dir nichts ausmacht, hier zu warten, fahre ich dich hinterher nach Hause.«

»Klingt gut. Ich gehe inzwischen unter die Dusche und bleibe dann nackt hier sitzen. Schließlich will ich nicht meine einzigen Klamotten dreckig machen.« Er lacht über meinen Gesichtsausdruck. »War nur ein Spaß.«

Spaß? Von wegen. Während dieses Gesprächs sitzt er nackt – und offensichtlich erregt – in meiner Küche, und ich kann jetzt schon keinen klaren Gedanken mehr fassen.

Ich reibe mich an ihm, und wir landen auf dem Küchenboden, um seinem sexuellen Notstand abzuhelfen.

***

»Er scheint wirklich nett zu sein. Er hat sogar ›Sir‹ zu mir gesagt«, erzählt Dad mir lächelnd zwischen zwei Bissen. Er hat mir jede Menge Fragen über Jack gestellt, und es war gar nicht immer so einfach, sie abzublocken und dabei nicht dauernd rot zu werden.

»Er ist auch nett, Dad.«

»Läuft zwischen euch was?«

Oh Scheiße …

»Ach wo. Wir flirten nur miteinander.«

»Aus meinem Blickwinkel sah es so aus, als ob dieser Junge total verliebt in dich ist. Er wollte den ganzen Abend niemanden in deine Nähe lassen.«

Bei diesem Eingeständnis meines Vaters fängt mein Herz an zu hämmern. Ich kann mich noch vage daran erinnern, wie ich an der Theke saß und Jack mich mit seinem Körper vor den anderen abschirmte. Wahrscheinlich hat Dad seine besitzergreifende Art einfach mit etwas anderem verwechselt. Wie auch immer … Ich bin noch nicht bereit, mit meinem Dad oder irgendjemand anderem über meine neue Beziehung zu Jack zu reden.

»Du spinnst. Ich kann es gar nicht mehr erwarten, dass du meine neue Band endlich auf der Bühne erlebst. Die Jungs sind wirklich gut«, versuche ich, das Gespräch in eine andere Richtung zu lenken, und das scheint auch tatsächlich zu funktionieren, denn jetzt beginnt er, sich lang und breit über unsere Tournee auszulassen. Er möchte mein erstes Konzert mit DL unbedingt miterleben, und ich verspreche, ihm Tickets zu besorgen. Dann kommt er auf Evan zu sprechen und erzählt, dass die beiden sich auf meiner Party gut miteinander unterhalten haben, bevor Evan angefangen hat, sich zuzusaufen. Barb hat inzwischen einen Termin für ihre Operation. Kaum ist er bei diesem Thema angelangt, wird er richtig gesprächig und kommt vom Hundertsten ins Tausendste.

Zum Abschied nehme ich meinen Dad fest in den Arm. Nur noch ein paar Brunch-Sonntage, dann bin ich schon auf Tournee … »Was wirst du nur mit deinen Sonntagvormittagen anfangen, wenn ich weg bin, Dad?«

»Eigentlich hatte ich gehofft, Evan dazu zu überreden, dass er mir Gesellschaft leistet.«

»Oh … Bitte dräng ihn nicht, Dad. Wenn er so weit ist, wird er ganz von allein auf dich zukommen.«

»Ich weiß. Das sagst du mir immer wieder.«

Ich gebe meinem Dad einen Abschiedskuss und fahre nach Hause. Dabei hänge ich meinen Gedanken nach und lasse jedes intime Detail der letzten Nacht noch mal an meinem inneren Auge vorüberziehen. Als ich einen Parkplatz für Bessie gefunden habe, bin ich schon wieder rattenscharf.

Als ich die Tür aufschließe, sitzt Jack in seiner Calvin-Klein-Unterhose auf meiner Couch und schaut sich ein Spiel mit den Mets an. An diesen Anblick könnte ich mich gewöhnen. Meine Fantasievorstellung von Jack in dieser sexy Unterhose, die ich nach der Grillparty abgespeichert hatte, ist nichts im Vergleich dazu, ihn so in natura zu sehen. Hunter hatte völlig recht – Jack wäre ein hervorragendes Calvin-Klein-Unterwäschemodel.

Ich lächle ihn an. »Du hast doch gesagt, das war nur ein Scherz?«

»Was? Ich bin doch nicht nackt.« Er steht sofort auf und zieht mich an sich. »Ich hab dich vermisst.« Er beugt sich zu mir hinunter und versenkt seine Zunge in meinem Mund. Sex scheint in Jacks Leben eine wichtige Rolle zu spielen, und er ist auch sehr zärtlich. An beides kann ich mich problemlos gewöhnen.

Keuchend schiebe ich ihn von mir weg. »Du bringst mich noch um.« Dieser Mann ist so verdammt sexy, dass ich es kaum aushalten kann.

»Den Ausspruch hast du von mir geklaut«, erwidert er. »Ich habe auf dich gewartet.« Er führt mich ins Badezimmer, zieht mich wortlos aus und dreht die Dusche auf. Sekunden später hat er schon seine Unterhose abgestreift, stellt sich unter die Dusche und streckt die Hand nach mir aus.

»Du bist ganz schön dreist«, necke ich ihn.

»Gewöhn dich dran.« Er fängt sofort an, mich zu küssen, zu streicheln und zu liebkosen. Eine Minute später stehe ich schon an der Wand, ein Bein über seine Schulter gelegt, und er vergräbt sein Gesicht zwischen meinen Beinen. Knapp fünf Minuten später befinde ich mich am Rande eines alles erschütternden Orgasmus.

Als mein Körper aufhört zu zucken, steht er vor mir und mustert mich mit verführerischem Blick.

Die feuchten Haare liegen glatt an seinem Kopf an, und seine Augen wirken noch grauer als sonst. Wassertropfen laufen an seinen hervortretenden Wangenknochen, seiner perfekt geformten Nase und dem kantigen Kinn herab.

Ich fahre mit den Händen an seiner Brust entlang und zeichne mit den Fingern die Haarlinie bis zu seiner Erektion nach. Während meine Hände über seinen Körper wandern, schaut Jack mir unverwandt in die Augen. Als meine Finger seine erigierten Penis berühren, weiten sich seine Augen.

Ich küsse seine Brust und streiche langsam an seinem Penisschaft entlang. Er vergräbt die Hände in meinem Haar, während ich mit meinen Lippen an seinem Körper herabwandere, bis ich vor ihm knie. Ich blicke in seine verschleierten Augen und lecke seinen Penis dann von der Wurzel bis zur Spitze. Jacks Stöhnen erschüttert meinen ganzen Körper, und dabei wird mir so heiß, als berühre er mich mit seinen Händen. Spielerisch fahre ich mit der Zunge um seine Eichel und lasse sie dann im Zeitlupentempo über seine Penisöffnung gleiten. Als ich ihn schließlich ganz in den Mund nehme, erbebt er.

Ich sauge kräftig an seiner Eichel, streichle dabei gleichzeitig am Penisschaft entlang und verliere mich ganz in dem, was ich da tue. Er bewegt seine Hüften im Rhythmus meiner Bewegungen auf und ab. Dann lässt er meine Haare los, lehnt sich nach vorn und stützt sich mit beiden Händen an der Wand ab. Seine Stirn ruht auf seinem linken Bizeps, seine Augen sind geschlossen, und er atmet flach. Das ist alles so sexy.

Es törnt mich ungeheuer an, ihn mit dem Mund zu verwöhnen. Mein ganzer Körper pulsiert. Der Genuss, den ich ihm schenke, erregt mich genauso wie ihn. Kurze Zeit später verkrampfen sich seine Muskeln, er verstummt, und ich spüre, wie seine warme Flüssigkeit meinen Rachen hinunterläuft. Dadurch komme ich selber zum Orgasmus.

Danach steht Jack regungslos und laut keuchend da und stützt sich immer noch mit den Händen an der Wand ab. Langsam schlägt er die Augen auf und betrachtet mich von oben bis unten. Es ist wunderbar, ihn in so aufgelöstem Zustand zu sehen. Ich verschränke meine Hände in seinem Nacken und dränge mich an ihn. Er beugt sich zu mir hinunter, um mich zu küssen, schlingt die Arme um mich und hält mich fest an seine Brust gepresst.

Dann fasst er plötzlich nach meinen Beinen und hebt mich hoch. Den Rücken an die kalten Badezimmerfliesen gelehnt, umklammere ich seine Hüften mit den Beinen.

Mit einem schnellen Stoß ist er in mir drin. Das ist genau das, was ich jetzt brauche. Ich verkralle mich in seinem Rücken und bohre meine Fersen in seinen Hintern. Jack hält meine Oberschenkel umfasst, wandert mit den Lippen an meinem Hals entlang, kommt mit einem lauten Ächzen zum Orgasmus und nimmt mich mit. Während ich meine Arme und Beine um ihn schlinge und laut seinen Namen rufe, stößt er noch ein letztes Mal zu und gibt dabei ein kehliges Stöhnen von sich.

Das war hart und intensiv ... Und verdammt gut.

Ich löse meine Beine wieder von ihm und lehne mich an ihn, denn sie zittern so sehr, dass ich kaum stehen kann.

Den einen Arm immer noch um meine Taille geschlungen, dreht Jack den Wasserhahn zu, greift nach einem Handtuch und wickelt mich darin ein, bevor er sich selber abtrocknet. Dann steigt er aus der Wanne und trägt mich ins Schlafzimmer.

Hinterher ziehe ich mich – heute schon zum zweiten Mal – an. Als ich mich umdrehe, sehe ich, wie er mich beobachtet. »Gefällt dir, was du siehst?«, frage ich, während ich meine Unterhose hochziehe.

»Sehr«, bestätigt er und versetzt mich mit seinem Blick schon wieder in Erregung. Aber ich muss ihn nach Hause fahren, sonst bleibt er für immer und ewig hier.

»Wir müssen aufhören.«

»Wer sagt das?«

»Wenn wir so weitermachen, bringst du mich noch um.«

»Tod durch Orgasmus?«, fragt er mit breitem Grinsen. »Dagegen habe ich nichts einzuwenden.«

***

Als Jack sieht, dass niemand zu Hause ist, fasst er nach meiner Hand und zieht mich in seine Wohnung. »Hunter ist anscheinend nicht da.« Er zieht sein Handy aus der Tasche und schickt seinem Freund eine SMS. »Möchtest du mein Zimmer sehen?« Er zuckt mit den Augenbrauen wie ein Verführer in einer Komödie, und ich verdrehe die Augen.

»Was ist?«

Ich entziehe mich seinem Griff, stemme die Hände in die Hüften und versuche, die Vernünftigere von uns beiden zu sein. »Wir haben doch erst vor einer knappe Stunde miteinander geschlafen. Du bist wirklich unersättlich.«

Doch eigentlich bin ich eine ziemliche Heuchlerin, denn in diesem Augenblick gibt es nichts, was ich lieber tun würde, als ihn zu Boden zu werfen und stundenlang zu reiten.

»Na und?«

»Wir haben völlig die Kontrolle verloren, Jack. Das ist nicht gut. Wir müssen es schaffen, zusammen zu sein, ohne immer gleich Schaum vor dem Mund zu kriegen.«

Als er antworten will, klingelt sein Handy. Stirnrunzelnd zieht er es aus der Tasche. »Sieht so aus, als wärst du für heute von mir erlöst. Hunter und Amanda sind auf der Dachterrasse.« Wieder fasst er nach meiner Hand, doch diesmal zieht er mich zur Wohnungstür.

Dann wird Hunter also jetzt gleich alles erfahren? So weit bin ich noch nicht. Mein Herz fängt wie verrückt an zu klopfen, während wir die Treppe zur Dachterrasse hinaufgehen.

»Jack!«

Jack bleibt abrupt auf der obersten Treppenstufe stehen und schaut mich an, als hätte ich den Verstand verloren.

»Ich möchte nicht, dass Hunter es jetzt schon erfährt.«

»Dann erzählen wir es ihm eben nicht«, sagt er mit einem prüfenden Blick auf mich.

Ich habe das Gefühl, ihm erklären zu müssen, wie mir zumute ist. »Ich möchte ihm nicht gern etwas vormachen, aber ich bin einfach noch nicht so weit. Tut mir leid.«

»Alles klar. Reg dich nicht auf.« Er hebt meine Hand an seine Lippen und drückt einen sanften Kuss darauf. »So.« Dann lässt er meine Hand wieder los, öffnet die Tür und steigt auf die Dachterrasse. Ich folge ihm.

Hunter und Amanda sitzen eng aneinandergekuschelt auf der Couch.

»Hey, was machst du denn hier?« Er wirft mir einen erstaunten Blick zu.

»Sie hat mich nach Hause gebracht«, antwortet Jack an meiner Stelle.

»Warum hast du seinen Arsch nicht einfach in ein Taxi verfrachtet, statt die weite Strecke bis nach Brooklyn zu fahren? Du bist viel zu nett zu ihm, Leila.«

Jack grinst mich an und sieht dabei wieder mal ungeheuer sexy aus. Ich ignoriere ihn und versuche, so unbefangen wie möglich zu tun. »Das war ich ihm schuldig. Schließlich hat er mich nach meiner gestrigen Nacht mit José Cuervo wieder gesund gepflegt.«

»Das glaube ich dir aufs Wort«, antwortet Hunter und grinst genauso breit wie Jack, der sich daraufhin vielsagend räuspert. Dieser Scheißkerl.

Ich werfe ihm einen bitterbösen Blick zu und wende mich ab, um mir einen Stuhl zu holen – aber vor allem, damit Hunter nicht sieht, wie rot ich geworden bin.

»Hi, Amanda«, begrüße ich seine Freundin, um das Thema zu wechseln, und ziehe mir einen Stuhl neben die Couch – in gebührender Entfernung von Jack. »Hoffentlich stören wir euch nicht.«

»Nein, wir haben nur ein bisschen relaxt. Gestern Abend ist es ziemlich spät geworden. Meine Zimmergenossin hat eine Party veranstaltet.«

Hunter drückt ihr einen unschuldigen Kuss auf die Wange. Die beiden sind so süß. »Und was habt *ihr* gemacht?«, fragt Hunter und wirft Jack einen misstrauischen Blick zu.

»Leila hat mir Hoboken gezeigt und mich davon überzeugt, wie schön ihre Heimatstadt ist. Und dann haben wir einfach nur rumgesessen und geredet und geredet.«

Hunter zieht die Augenbrauen hoch. »Geredet und geredet?« Ich sehe, wie Amanda ihn mahnend mit dem Ellbogen anstößt.

»Genau. Geredet und geredet. *Du* müsstest doch eigentlich wissen, wie das geht.« Es ist, als sprächen sie in einer Geheimsprache miteinander. Neugierig beobachte ich, wie Jack Hunter wütend anstarrt und Hunter ihm einen *Verpiss-dich*-Blick zurückschießt.

Ich ignoriere die beiden Idioten und wende mich wieder an Amanda. »Wo wohnst du denn, Amanda?«

»In SoHo. Schon seit ungefähr fünf Jahren.«

»Sie wohnt nur ein paar Häuserblöcke von unserem Studio entfernt«, schaltet Hunter sich in unser Gespräch ein.

»Schöne Gegend. Und wo arbeitest du?«

»Im Zentrum von Manhattan, also habe ich es nicht weit. Ich bin in der Werbebranche tätig. Ihr zwei solltet mich mal besuchen kommen. Gleich um die Ecke ist ein fantastisches Thai-Restaurant.«

Jack und ich antworten gleichzeitig.

»Gern.«

»Bringt Scott und Trey mit.«

Unsere Blicke treffen sich. Offenbar gelingt es uns nicht sehr gut, die Harmonie, die zwischen uns herrscht, zu verbergen.

Hunter ist unser Blickkontakt nicht verborgen geblieben. »Klar. Wenn Lori und Patti auch noch mitkommen, wird das ein richtiger Date-Abend.« Ich glaube, er ahnt was. »Hast du dich bei deiner Abschiedsshow gut amüsiert, Leila?«

Ich werfe Jack einen verstohlenen Blick zu. »Ja, war wirklich schön. Bestimmt habt ihr alle mitbekommen, wie ich mich an dem Abend blamiert habe.«

»Überhaupt nicht. Du bist süß, wenn du betrunken bist«, gesteht Jack mit einem Lächeln. Unwillkürlich lächle ich zurück – bis ich merke, dass Hunter uns mit Argusaugen beobachtet.

»Du bist ganz anders als sonst, wenn du betrunken bist«, neckt Hunter mich.

»Ja, das ist mir auch schon zu Ohren gekommen.«

Nachdem wir uns noch ein bisschen mit Hunter und Amanda unterhalten haben, erinnert sie ihn daran, dass sie losmüssen. Bei der Erkenntnis, dass ich bald mit Jack allein hier sein werde, stockt mir der Atem.

Hunter umarmt mich. »Bis morgen, Leila.« Amanda verabschiedet sich ebenfalls von mir, und die beiden gehen zur Tür. Kurz davor bleibt Hunter noch einmal stehen. »Und seid auch schön brav!«, mahnt er.

Sobald die beiden weg sind, werfe ich Jack einen Blick zu. Er grinst wie ein Idiot. »Geredet und geredet? Was Besseres ist dir nicht eingefallen?«, frage ich mit hochgezogenen Augenbrauen. »Was zum Teufel sollte *das* denn?«

»Ich habe nur Hunters eigene Worte zitiert«, lacht Jack. »An dem Abend, als er Amanda kennenlernte, sind die beiden hier raufgekommen, und sie hat bei uns übernachtet. Als ich ihn am nächsten Morgen fragte, wie es gelaufen sei, hat er mir erzählt, sie hätten einfach nur *geredet und geredet.*«

Er zuckt die Achseln, steht auf, zieht mich aus meinem Sessel, legt die Arme um mich und fängt an, an meinem Hals zu saugen.

»Bitte nicht, Jack. Vielleicht kommen sie ja noch mal zurück. Außerdem bin ich böse auf dich.« Doch gleichzeitig drehe ich meinen Kopf ein bisschen, damit er noch besser an mich herankommt. Ich bin so eine verdammte Heuchlerin.

»Was habe ich denn getan?«, fragt er zwischen zwei Küssen.

»Ähm … Könntest du bitte aufhören, mich abzuknutschen, damit ich wieder klar denken kann?« Er macht mich wahnsinnig.

Mit einem leisen Lachen tritt Jack einen Schritt zurück. »Na schön. Was regt dich denn so auf?«

»Glaubst du, er …«

»Na klar.« Er kommt wieder näher, bis ich ihn wegschiebe. Sein *Na-und*-Blick gibt mir den Rest.

»Jack … ich … er … ich … verdammt!« Ich trete zwei Schritte zurück, drehe ihm den Rücken zu und versuche es dann noch mal. »Das kann er doch gar nicht wissen!«

»Könntest du dich bitte wieder wie ein normaler Mensch benehmen?«

Ich gebe ein empörtes Schnauben von mir, aber mir fällt keine Antwort ein, denn er hat völlig recht: Ich stammle sinnloses Zeug vor mich hin und benehme mich wie eine Verrückte.

Jack nimmt meine Hand, zieht mich zur Couch hinüber und setzt mich auf seinen Schoß. »Ist doch egal, was Hunter sich zurechtfabuliert. Wenn er mich danach fragt, gebe ich es einfach nicht zu – es sei denn, du willst es. Vielleicht zerbricht er sich jetzt tatsächlich den Kopf darüber, ob wir was miteinander haben oder nicht«, setzt er hinzu und schüttelt zärtlich meinen Kopf hin und her. »Lass ihn doch. Wir lassen uns einfach nichts anmerken. Irgendwann wird er sich die Sache schon wieder aus dem Kopf schlagen.«

Er vergräbt seine Hände in meinem Haar und zieht mein Gesicht zu sich herunter. »In der Zwischenzeit sind wir einfach ganz brav – zumindest, wenn er in der Nähe ist. Bist du jetzt zufrieden?«

»Ja.«

»Na gut, dann halten wir unsere Beziehung vorläufig geheim. Aber sobald du deine Meinung änderst, sage ich es ihm sofort.«

Jack hätte wirklich einen wunderbaren Anwalt abgegeben: Nach seinen beruhigenden Worten habe ich meine Sorgen gleich wieder vergessen. Und ich kann mich auch gar nicht mehr daran erinnern, warum ich eigentlich böse auf ihn war, und fange an, mit ihm rumzuknutschen wie ein Teenager – ein unersättlicher Teenager, der gar nicht genug kriegen kann.

»Darf ich dir jetzt mein Zimmer zeigen?«

»Ja, bitte.« Am liebsten hätte ich es gleich hier auf der Couch mit ihm getrieben; aber es ist helllichter Tag, und vielleicht beobachtet uns jemand durchs Fenster.

Blitzschnell zieht Jack mich an der Hand die Treppe hinunter und in sein Zimmer. »Ta-da!« Kichernd gehe ich ihm nach, kann aber nichts sehen. Es ist sehr dunkel hier – bis er das Licht einschaltet.

»Hier ist es so finster, als sei es mitten in der Nacht. Sind deine Fensterscheiben schwarz angemalt?«

Jack zieht die Jalousien hoch. »Verdunklungsrollos. Ich hab's gern dunkel. Dein Zimmer ist viel zu sonnig.«

»Ich schenke dir eine Schlafmaske. Aus rosafarbenem Satin.«

»Wie witzig.«

Es ist ein typisches Männerzimmer. In einer Ecke lehnt seine Gitarre. Sein Toilettentisch ist mit Kleingeld, Zeitschriften und CDs übersät. Kleidungsstücke liegen zusammengeknüllt auf dem Boden, und seine Schuhe stehen offenbar immer noch da herum, wo er sie zuletzt abgestreift hat. Sein Bett ist nicht gemacht. In der Ecke steht eine Hantelbank. Daneben liegen zwei lose Hanteln.

»Du bist ein richtiger Chaot.«

»Als ich am Freitagabend hier wegging, habe ich eigentlich nicht damit gerechnet, Besuch zu bekommen.« Er beobachtet, wie ich in seinem Zimmer herumgehe und alles in Augenschein nehmen.

»Bist du nicht in einem Fitnessstudio?«

Ich gehe zu seiner Hantelbank hinüber, setze mich auf die Kante und stelle mir einen gewichthebenden Jack mit nacktem Oberkörper vor. Dieses innere Bild törnt mich ungeheuer an. Jack sieht mein Grinsen und durchschaut mich sofort.

»Ich hasse Fitnessstudios. Zu Hause kann ich wenigstens nackt trainieren.

»Lügner.«

»Natürlich nicht ganz nackt«, setzt er lachend hinzu. »Sonst würde ich mich womöglich verletzen.«

Ich schüttle den Kopf und grinse über seine Bemerkung. *Oh nein, ich will auch nicht, dass er sich verletzt.*

Dann gehe ich zu seiner Frisierkommode hinüber und nehme ein gerahmtes Foto von seinen Eltern und seiner Schwester in die Hand.

»Eigentlich könntet ihr alle Supermodels sein«, sage ich und starre das Foto ungläubig an. Es ist einfach nicht fair, dass alle Mitglieder dieser Familie so fantastisch aussehen.

Er tritt hinter mich, legt die Arme um meine Taille und sein Kinn auf meine Schulter. »Aussehen ist nicht alles. Sie sind auch gute Menschen. Meine Mom und meine Schwester sind die reinsten Heiligen. Sie sorgen dafür, dass ich die Bodenhaftung nicht verliere.« Nachdem ich das Foto zurückgestellt habe, dreht er mich in seinen Armen herum. Sein Blick verrät mir, dass er jetzt nicht mehr zu Small Talk aufgelegt ist.

In seinem dunklen, unaufgeräumten Zimmer verbringen Jack und ich viele Stunden damit, uns gegenseitig immer wieder neu zu entdecken. Als er mich hinterher in den Armen hält, fange ich an zu kichern.

»Was ist denn?«

»Mit so etwas hätte ich nie gerechnet. Ich kann immer noch nicht glauben, dass wir hier in deinem Schlafzimmer liegen. Noch vor zwei Tagen warst du mein Chef, für den ich furchtbar geschwärmt habe«, gebe ich zu.

»Tatsächlich?«, lächelt er.

»Komm schon. Ich habe mich doch schon bei unserem ersten Treffen wie eine Vollidiotin benommen – und hinterher wahrscheinlich auch. Das musst du doch gemerkt haben«, sage ich ungläubig.

Er lacht. »Du hast dich nicht wie eine Idiotin benommen, sondern eher wie ein Reh im Scheinwerferlicht«, gibt er zu. Ich ziehe die Nase kraus, und er drückt einen Kuss darauf.

»Was für eine *schmeichelhafte* Vorstellung.«

»Ich finde, du hast sehr süß ausgesehen.«

Lächelnd lege ich mich auf ihn, fahre mit der Hand durch sein Brusthaar und ziehe mit der Fingerspitze sein Tattoo nach. »Das sieht wirklich cool aus.«

Er schaut mir ins Gesicht. »Könnte ich dich dazu überreden, dir auch so eins stechen zu lassen? Nur ein ganz kleines?«

»Äh … nein.«

»Ach komm. So ein Mini-Tattoo würde wirklich sehr sexy aussehen – zum Beispiel hier?« Er zeigt auf eine Stelle über meiner linken Brust und beugt sich hinunter, um sie zu küssen. »Oder hier.« Er wandert mit dem Finger zu einem Punkt an der Innenseite meines linken Schenkels – ziemlich weit oben. »An dieser Stelle würde mein Namenszug wirklich scharf aussehen.« Er neigt sich herunter, küsst die Stelle und verweilt mit seinen Lippen ein bisschen länger darauf als an der anderen. Dann schiebt er seinen Kopf zwischen meine Beine. »Ja, genau … das ist meine Lieblingsstelle.« Er saugt die Haut an der Innenseite meines Schenkels in seinen Mund hinein, macht mir einen Knutschfleck, lässt seine Lippen dann zwischen meine Beine gleiten und neckt mich mit seiner Zunge.

»Du bist sehr überzeugend«, keuche ich, während er mich weiter mit seinen Liebkosungen quält.

Fast sofort komme ich zum Orgasmus. Dann fängt er wieder von vorn an und hört erst auf, als ich kraftlos unter ihm liege. Er wandert mit seinen Lippen zu meiner Brust, verweilt kurz dort, küsst mich dann wieder auf den Mund und dringt dabei langsam in mich ein. Ich reagiere sofort und wölbe ihm mein Becken entgegen, um ihn noch tiefer in mich aufzunehmen. Ich kann einfach nicht genug von ihm kriegen. Dieser Gedanke erschreckt mich.

Danach liegen wir mit ineinander verschränkten Armen und Beinen in seinem Bett, und ich stelle ihm eine Frage, die mir schon lange auf den Nägeln brennt. »Jack?«

»Ja, Babe?« Sofort vergesse ich, was ich sagen wollte. Jack hat mich zwar schon öfters Babe genannt, trotzdem stockt mir dabei immer noch der Atem. Zärtlich fahre ich ihm durchs Haar. Es fühlt sich so weich an. Jack lächelt und schmiegt seinen Kopf in meine Hand. Da fällt mir wieder ein, was ich ihn fragen wollte. Bei diesem Mann habe ich wirklich das Gefühl, unter ADHS zu leiden.

»Hast du eigentlich schon mal mit Trini geschlafen?«

Jack wendet den Kopf und sieht mir in die Augen. Sein Schweigen bestätigt mich in meinem Verdacht.

»Das habe ich mir gedacht.«

»Trin und ich haben eine sehr unkomplizierte Beziehung zueinander, Babe. Eigentlich sind wir nur gute Freunde.«

»Die miteinander ficken.«

»Ich mag Trini, aber ich liebe sie nicht. Und das weiß sie. Ihr geht es genauso.«

Als ich einen tiefen Seufzer ausstoße, runzelt er die Stirn. »Bist du entsetzt darüber?«

»Nein. Ja.«

Er beugt sich zu mir hinunter und küsst mich liebevoll. »Es gibt keinen Grund, entsetzt zu sein. Ich habe Trini erzählt, was ich für dich empfinde.« Tatsächlich? Bei diesem Eingeständnis geht es mir schon ein bisschen besser.

»Darf ich dich noch etwas fragen?«

»Alles.«

»Hast du schon mal mit Jennifer geschlafen?«

»Noch nie«, antwortet er ohne Zögern. Ich bin ungeheuer erleichtert, denn das würde mich mehr aufregen als alles andere. Er schaut mich fragend an. »Warum?«

»Ich war nur neugierig. Sie verhält sich dir gegenüber ziemlich besitzergreifend – und zwar nicht einfach nur wie eine Agentin. Ich wollte wissen, ob ihr schon mal was miteinander gehabt habt, denn sie hasst mich.«

Er streicht mir über die Wange. »Sie hasst dich nicht. Jennifer ist einfach nur gnadenlos, wenn sie ein Ziel vor Augen hat. Sie möchte, dass wir berühmt werden, und sorgt dafür, dass uns nichts davon abhält. Das darfst du nicht persönlich nehmen.« Er küsst mich. »Außerdem ist sie eigentlich nicht mein Typ«, setzt er dann hinzu.

»Du hast einen Typ?«, frage ich erstaunt.

»Ja, ich habe einen Typ. Warum?«

»Weil Mr. Sex auf zwei Beinen normalerweise mit allen möglichen Frauen rumflirtet: Brünetten, Blondinen, Rothaarigen – sogar Gothic-Tussis. Deshalb kann ich mir kaum vorstellen, dass du nur *einen einzigen* Typ hast.«

»Mr. Sex auf zwei Beinen? Ist das mein Spitzname?«, fragt er belustigt.

»Einer von vielen«, antworte ich und ignoriere seinen erstaunten Blick. Er zieht mich wieder aufs Bett und unterzieht mich einem quälenden Kreuzverhör, bei dem auch seine Lippen zum Einsatz kommen. Zuerst knabbert er an meinem Nacken. Wenn er das tut, würde ich sogar einen Mord gestehen – und ich glaube, das weiß er ganz genau.

»Was für Spitznamen habe ich noch?«

Ich ignoriere seine Frage und versuche, unser Gespräch wieder auf das vorherige Thema zu bringen. »Wie sieht dein Typ denn aus?« Ich muss unbedingt rausfinden, ob er Blondinen bevorzugt. Aber vielleicht will ich das auch gar nicht so genau wissen … Denn das könnte mir viel Kummer bereiten, und außerdem würde es ja doch nichts ändern.

»Ich habe dich zuerst gefragt. Wie lauten meine anderen Spitznamen?«

»Hmmm … mal sehen … ähm … Mr. Sex auf zwei Beinen … hmmm … Mr. Sexgott … hmmm … Mr. Augenweide … der Rockgott, bei dem die Mädels feuchte Höschen kriegen.« Darüber muss er lächeln.

Wieder attackiert er meinen Nacken mit seinen Lippen. »Noch was?« Dieser Mann macht mich noch wahnsinnig.

»Männliches Flittchen«, gestehe ich mit einem deutlich hörbaren Ausatmen.

Er hört auf, mich zu küssen, und blickt mich stumm an. »Männliches Flittchen?«

Oh-oh …

»Ja … ähm … diesen Titel habe ich dir in der Nacht verliehen, als ich dich mit den zwei Barbiepuppen mit den falschen Brüsten auf der Dachterrasse erwischt habe«, antworte ich in zaghaftem Ton. Der Ausdruck in seinen Augen verrät mir, dass dieser Spitzname ihn verletzt. Vermutlich ist das ein heikles Thema – nicht nur für mich, sondern auch für ihn.

Er zieht sich von mir zurück, legt sich auf den Rücken, verschränkt die Arme hinter dem Kopf und starrt stumm an die Decke.

»Hey, ich war damals wütend auf dich und extrem eifersüchtig.« Ich fasse nach seinem Kinn und drehe seinen Kopf in meine Richtung.

»Mit wie vielen Frauen hast du denn schon geschlafen?« Will ich das wirklich so genau wissen?

»Ich hab sie nicht gezählt.«

»Ist es wirklich so schlimm?«, frage ich lachend, aber Jack bleibt ernst. »Das spielt keine Rolle, Jack. Deine Vergangenheit interessiert mich nicht, okay?« Ich drücke ihm einen zärtlichen Kuss auf die Lippen, den er zuerst zögernd und dann leidenschaftlicher erwidert.

»Und wie viele waren es bei dir?«

»Drei, wenn ich dich mitrechne.«

Jack richtet sich entsetzt auf. »Drei? Hast du dein bisheriges Leben in einem Kloster verbracht?«

»Nein. Aber ich schlafe nur mit Männern, an denen mir wirklich etwas liegt. Außer dir gab es nur noch zwei andere.«

Jack sitzt stumm und gedankenverloren da und fährt sich mit der Hand durchs Haar. »Verdammt.«

»Du hast also einen Typ?«, wiederhole ich meine Frage und versuche, ihn wieder in die gleiche Stimmung zu versetzen wie vorher, bevor ich mit meiner großen Klappe alles verdorben habe.

»Ja«, wiederholt er und dreht sich auf die Seite, um mich anzusehen.

»Ist Lori dein Typ?«

»Lori?«

»Ja. Als ihr euch kennengelernt habt, war ich überzeugt davon, dass aus euch beiden was wird.«

»Was?« Ach, hätte ich doch nur den Mund gehalten.

»Standest du denn nicht auf Lori?«

»Überhaupt nicht. Ich war einfach nur nett zu ihr. Du hast mich schon an diesem Abend fasziniert. Dein Auftritt mit Matt, dich in deinem persönlichen Umfeld mit deinen Freunden zu beobachten … Ich konnte meinen Blick gar nicht mehr von dir abwenden. Hast du das denn nicht gemerkt?«

»Nein. Deine Gegenwart hat mich nervös gemacht. Deshalb habe ich an diesem Abend vieles gar nicht so richtig mitbekommen. Ich war überzeugt davon, dass du mit Lori geflirtet und uns nur zu deiner Party eingeladen hast, um etwas mit ihr anzufangen.«

Jack lehnt sich zu mir herüber und küsst mich sanft. »Da hast du dich aber getäuscht, Leila.«

»Bin *ich* dein Typ?«, frage ich nervös.

»Igitt, nein … ich finde dich abstoßend«, antwortet er mit ernstem Gesicht. Dann legt er mich auf den Rücken und nimmt meine Brustwarze zwischen die Lippen, um mir seinen Abscheu zu beweisen.

»Blödmann«, sage ich und gebe ihm einen Schubs, sodass er ebenfalls auf den Rücken fällt. Lachend zieht er mich mit sich, sodass ich auf ihm liege. Dann setzt er sich auf, damit ich auf ihm reiten kann.

»Du bist definitiv mein Typ«, sagt er ernst. »Ich bete dich an, Baby.« Er vergräbt seine Hände in meinem Haar, zieht mich näher zu sich heran und küsst mich liebevoll auf den Mund.

Oh Gott … Er *betet mich an*!

Bei dem einen Kuss bleibt es nicht. Wieder lieben wir uns – diesmal etwas schneller und heftiger.

Genau fünf Minuten später liegen wir beide keuchend und total erschöpft nebeneinander. Ich kann nicht genug von ihm kriegen. Am liebsten würde ich für immer in seinem Bett bleiben und dauernd atemberaubenden Sex mit ihm haben.

Ich stoße einen zufriedenen Seufzer aus. Er dreht sich auf die Seite und grinst mich lüstern an. Sofort findet seine Hand meine Brust. Mein Körper zieht seine Hände magisch an – genau wie umgekehrt.

Ich bin fix und fertig und kann kaum noch die Augen offen halten. Das Letzte, was ich höre, ist seine Stimme. Er singt einen Song, den ich nicht kenne.

Gefühlte paar Minuten später stoße ich mit einem warmen Männerkörper zusammen und richte mich verwirrt auf.

»Hallo. Du bist eingepennt.«

»Tatsächlich? Wie lange habe ich geschlafen?«

»Vielleicht dreißig Minuten?« Er lacht über meinen Gesichtsausdruck.

»Was ist denn daran so lustig?«

»Anscheinend habe ich dich bewusstlos gevögelt«, prahlt er. Da muss ich auch lachen.

»Sieht so aus, Rockstar. Ich weiß nur noch, dass du irgendwas gesungen hast. Was war denn das?«

»Bloß ein Song, an dem ich gerade arbeite.« Er zieht mich an sich und knabbert an meinem Ohrläppchen.

»Wie spät ist es denn schon? Was machen wir, wenn Hunter heimkommt?«, frage ich und gerate schon wieder in Panik.

Während unseres Sexmarathons hat das Handy in der Tasche seiner Jeans, die immer noch zusammengeknüllt auf dem Boden liegen, ein paarmal geklingelt, doch wir haben es ignoriert.

Jetzt fängt es wieder an zu klingeln. »Solltest du nicht lieber rangehen?«

»Nö«, sagt Jack und küsst mich auf die Schulter. Er sitzt hinter mir, die Arme um mich gelegt und unsere Beine ineinander verschränkt, und ich lehne meinen Rücken an seine Brust.

»Vielleicht machen deine Jungs sich Sorgen, Jack. Oder noch schlimmer: Womöglich ist es Jennifer.«

»Egal – das hat Zeit bis morgen. Wahrscheinlich geht es um das Fotoshooting am Dienstag.«

»Fotoshooting?«

»Ja. Am Dienstag müssen wir zu einem Fotoshooting für das Cover unseres Albums«, sagt er achselzuckend.

»Und wann wolltest du mir das sagen?«, frage ich mit hoher, leicht hysterischer Stimme.

»Ähm … jetzt?«

»Danke.«

Er schaut hoch. »Was ist denn?«, fragt er, als er meinen ängstlichen Gesichtsausdruck sieht.

»Warum muss ich unbedingt mit auf dem Cover drauf sein? Reicht es denn nicht, wenn ihr einfach nur den Namen eurer Band oder irgendwas anderes darauf druckt?«

»Du siehst atemberaubend aus – wie kann ich dir das nur begreiflich machen?« Als ich die Augen verdrehe, wird sein Tonfall barsch. »Du wirst das Schönste sein, was auf diesem verdammten Cover drauf ist!«

»Schrei mich nicht so an.«

Er dreht mich herum, sodass unsere Blicke sich treffen. »Tut mir leid, dass ich dich angeschrien habe. Aber ich meine es wirklich ernst.« Seine Lippen wandern von meinem Mund zu meinem Ohr und dann nach unten zu meiner nackten Brust. Er nimmt meine Brustwarze zwischen seine Lippen und fährt mit der Zunge über die Spitze. Das macht er anscheinend immer, wenn er wieder Sex haben will.

»Ähm … *Worüber* haben wir gerade geredet?«

Er lächelt nur und lässt seine Lippen jetzt an meinem Körper hinabwandern. Als er an meinem Bauch angelangt ist, fängt mein Magen laut an zu knurren. Er schaut hoch und zeigt mir sein verführerischstes GU-Lächeln.

»Klingt fast so, als müsste ich dich füttern?«

Eigentlich ist mir Essen im Augenblick scheißegal … Doch mein Magen scheint anderer Meinung zu sein, denn er knurrt schon wieder. Ich zucke die Schultern.

»Du bist so verdammt niedlich«, sagt er und küsst mich auf den Bauch. »So, jetzt gehen wir aus, und ich zeige dir, was Brooklyn so alles zu bieten hat.«

»Gut, lass uns ausgehen. Ich bin wirklich am Verhungern« gebe ich zu – doch in Wirklichkeit habe ich vor allem Angst, dass Hunter jede Sekunde reinkommen könnte.

***

Es ist mitten in der Nacht, und Jacks Geruch hängt immer noch in meiner Bettwäsche, sodass ich mich unruhig von einer Seite auf die andere drehe. Ich hätte ihn gern hier bei mir, aber er ist nicht da. Er ist jetzt wieder in seiner Wohnung in Brooklyn, und ich vermisse ihn schrecklich.

Nachdem wir endlich aus seinem Bett und seiner Wohnung gekommen waren, ging er mit mir in einem nahe gelegenen kleinen Restaurant essen. Wir sprachen darüber, wie schwierig das alles jetzt für uns sein würde, nachdem wir eine Beziehung miteinander begonnen hatten. Genauer gesagt: *Ich* sprach davon, und er beruhigte mich immer wieder, dass wir es schon schaffen würden. Ich gestand ihm, dass ich keine gute Schauspielerin bin. Schon bei dem Gedanken, den anderen etwas vorspielen zu müssen, bekomme ich ein flaues Gefühl im Magen.

Notfalls könnten wir es ihnen ja ehrlich sagen, hat er mir daraufhin erklärt. Und falls wir es doch geheim halten müssten, sei das auch kein Problem: Trey kümmere sich sowieso nur um sich selber, um den bräuchten wir uns also keine Sorgen zu machen. Scott sei viel zu schüchtern, um so ein Thema zur Sprache zu bringen; und Hunter denke sowieso, was er wolle, daran könne man nichts ändern.

Klingt eigentlich ganz logisch …

Aber Jennifer hat einen feinen Instinkt. Um sie mache ich mir am meisten Sorgen, und mit Dylan wird es auch nicht gerade einfach werden. Widerstrebend räumte Jack daraufhin ein, dass ich Dylan auch etwas vorspielen müsse. Ich hatte ihm noch gar nicht erzählt, dass Dylan und ich schon ein paarmal miteinander essen gegangen sind und dass ich das Gefühl habe, er könnte eventuell an mir interessiert sein. Ich weiß selber nicht, warum ich Jack das verschwiegen habe. Wahrscheinlich hatte ich Angst, dass er dann irgendwas Albernes tun würde – zum Beispiel Dylan offen zu zeigen, dass wir zusammengehören, nur um sein Revier abzustecken.

Als ich heimfuhr, musste ich Jack versprechen, ihn hinterher noch mal anzurufen. Wir sprachen sehr lange miteinander. Es tat gut, seine

Stimme zu hören (vor allem, weil er mir am Telefon erzählt hat, was er jetzt am liebsten alles mit mir anstellen würde), aber es war kein richtiger Ersatz. Gegen zwei Uhr hängten wir schließlich auf, nachdem wir beschlossen hatten, uns am nächsten Morgen im Studio zu treffen.

Eigentlich hätte ich schnell einschlafen müssen. Doch kaum scheint das Tageslicht durch meine Vorhänge, schiebe ich auch schon meine Steppdecke zurück und stehe frustriert auf. Es ist noch viel zu früh; aber ich kann einfach nicht mehr länger im Bett liegen bleiben und meinen Gedanken nachhängen, und schlafen kann ich auch nicht. Kein Wunder, wo mir doch so vieles im Kopf herumgeht. Die Hälfte der Zeit hat die Erinnerung an meine intimen Momente mit Jack mich wach gehalten, in der anderen Hälfte habe ich über Evan nachgedacht. Soll ich ihm von meiner Beziehung zu Jack erzählen oder nicht?

Normalerweise würde ich das sofort tun; doch leider war ich bisher auch nicht hundertprozentig ehrlich zu ihm, was meine Gefühle für Jack anbelangt. Außerdem käme es mir sehr egoistisch vor, ihn zusätzlich zu all der Scheiße, mit der er sich zurzeit herumschlagen muss, auch noch mit meinen Problemen zu belasten. Ich weiß, dass er sich diese Woche mit Lizzy treffen will, und hoffe, dass die beiden sich gut miteinander verstehen. Diese Frau wäre genau das, was er jetzt braucht.

Das einzig Gute an meiner Schlaflosigkeit ist, dass ich jetzt endlich dazu komme, meine Wäsche zu waschen und meine Wohnung zu putzen; denn an diesem Wochenende habe ich meine Hausarbeit sträflich vernachlässigt. Als ich schließlich ins Studio fahre, bin ich bereits erschöpft vom Schlafmangel und den ständigen Adrenalinstößen, die Jacks Gegenwart in mir auslöst.

Da wir in den ersten Wochen bei unseren Proben so gut vorwärtsgekommen sind, fangen wir jetzt von Mal zu Mal später an. An den meisten Tagen trudeln die Jungs erst gegen elf im Studio ein; und wenn Jennifer nicht da ist, kreuzen sie sogar erst am Nachmittag auf. Manchmal lässt Jack es ihnen durchgehen, doch normalerweise schimpft er dann immer mit ihnen. Irgendwann ist es mir auf die

Nerven gegangen, immer warten zu müssen, bis die drei Prinzen uns endlich mit ihrer Gegenwart beehren; also schickt Jack mir jetzt jeden Tag eine SMS und teilt mir mit, wann sie voraussichtlich auftauchen werden. In seiner heutigen SMS hat er mich gebeten, um neun zu kommen.

Als ich meinen Wagen in der Nähe des Studios parke, ist es kurz nach neun. Während ich zum Studio hinübergehe, erscheint eine neue SMS auf dem Display meines Handys.

Wo steckst du?

Ich komme gerade rein.

Gut.

Offensichtlich ist er schon da. Ich tippe den Kombinationscode ins Türschloss ein und sehe Licht im Korridor. Als ich die Tür hinter mir zusperre, spüre ich warme Lippen in meinem Nacken und muskulöse Arme, die sich um meine Taille legen.

»Du bist spät dran«, sagt er und führt mich ins Studio.

»Ist außer uns noch niemand da? Jennifer kommt sicher auch gleich«, sage ich, als er mich in den dunklen Raum zieht. Er knipst das Licht an, macht die Tür zu, schließt nach kurzem Überlegen ab und schaltet das Licht wieder aus.

»Sie trifft sich heute mit dem Fotografen, um über unsere Garderobe zu sprechen.«

»Fangen wir denn heute nicht um neun Uhr an?«

»Nein. *Ich* wollte, dass du um neun Uhr kommst.«

»Oh …«

Will er es etwa im Studio mit mir treiben? Daran werde ich bestimmt noch lange zurückdenken, und die Muskeln in meinem Unterleib werden sich dabei lustvoll zusammenziehen …

Jetzt wird das Studio nur noch von den beiden NOTAUSGANG-Zeichen über den Türen erhellt. Jack drängt mich in eine Ecke, in der man uns von der Tür aus nicht sehen kann – nur für den Fall, dass jemand reinkommt.

Dann fängt er an, an meinem Hals zu saugen, und schiebt seine Hände unter mein T-Shirt. »Ich kann gar nicht genug von deinem Geschmack bekommen«, murmelt er und verschließt mir mit seinen Lippen den Mund. Ich liebe es, Jack zu küssen, und könnte stundenlang mit ihm rumknutschen. Doch normalerweise erregen seine Küsse mich so sehr, dass ich noch keine Gelegenheit hatte, diese Theorie zu überprüfen. Auch jetzt fasse ich schon nach unserem ersten Kuss nach seinem Jeansknopf.

»Wie ich sehe, hast du mich auch vermisst.« Er knöpft meine Shorts auf und schiebt seine Hand in meine Unterhose.

Als seine Finger über meine Schamlippen streichen, vergesse ich schlagartig, was ich vorher getan habe. Meine Hand liegt immer noch am Reißverschluss seiner Jeans, aber ich kann keinen klaren Gedanken mehr fassen. Er umkreist mit dem Finger meine empfindlichste Stelle. Ich werfe den Kopf zurück, klammere mich an seinem Hemd fest und keuche vor Lust. Langsam schiebt er seine Finger in mich hinein, küsst mich dabei gleichzeitig und macht mit der Zunge die gleichen Bewegungen wie mit seinen Fingern. Ich stehe keuchend und mit offenem Mund da, die Hände immer noch in seinem Hemd verkrallt.

Dann komme ich zu einem heftigen Orgasmus und unterbreche unseren Kuss, um nach Luft zu schnappen. Langsam zieht er seine Hand aus meiner Hose und saugt an seinen Fingern. »Wie gesagt: Ich kann gar nicht genug von deinem Geschmack kriegen.« Bei diesem Geständnis fängt mein Körper sofort wieder an zu pulsieren, und ich vergesse, dass ich gerade erst einen alles erschütternden Orgasmus gehabt habe.

Dieser Mann bringt mich noch um.

Dann setze ich das fort, wobei er mich gerade unterbrochen hat: Ich ziehe den Reißverschluss seiner Jeans runter und umfasse seinen Penis fest mit der Hand, während er mir die Shorts abstreift. Er hebt mich auf einen Hocker, der in der Ecke steht, und dringt langsam in mich ein.

»Jack … schneller«, keuchte ich. Lächelnd gehorcht er, und schon nach kurzer Zeit erschüttert mich ein weiterer Orgasmus. Gleichzeitig kommt auch Jack zum Höhepunkt und vergräbt stöhnend sein Gesicht an meinem Hals.

»Scheiße … Scheiße! Du fühlst dich so gut an.« Seine Stimme klingt rau und kehlig. »Du bringst mich noch ins Grab.«

»Tod durch Orgasmus?«, keuche ich. »Dagegen habe ich nichts einzuwenden.«

Er lacht und küsst mich zärtlich. »Da hast du recht.«

Als die anderen Bandmitglieder dann nach und nach eintrudeln, sitzen Jack und ich am Tisch, trinken Kaffee und unterhalten uns. Nachdem die Jungs ihre üblichen morgendlichen Streitereien – jeden Tag über ein anderes Thema – beendet haben, fangen wir an, unsere letzten Songs für das Album aufzunehmen. Es wird ein anstrengender Tag, weil Jack uns für heute ein gnadenloses Arbeitspensum aufgebrummt hat. Bis zu unserer Tournee haben wir zwar noch viel Zeit, aber die Toningenieure müssen jeden Song abmischen und schneiden, und das wird einige Zeit dauern.

Jack benimmt sich inzwischen wieder völlig normal und neckt mich wie üblich. Ich ertappe Hunter zwar ein paarmal dabei, wie er uns beobachtet; doch außer ihm scheint niemand zu wissen oder zu ahnen, was wir heute hier angestellt haben.

Ich kann den ganzen Tag an nichts anderes denken als an unser kleines morgendliches Rendezvous im Tonstudio. Das wirkt sich sehr positiv auf meine musikalische Leistung aus: Unsere Duette und mein Backgroundgesang klingen sinnlicher als je zuvor. Als Jennifer sagt: »Das brauchen wir nicht noch mal aufzunehmen, Leila, es war genau richtig«, lächelt Jack wissend.

»Danke, Jennifer.«

»Denkt daran, morgen früh alle um Punkt neun im Fotostudio zu sein«, ermahnt Jennifer uns, bevor wir Feierabend machen. »Ich weiß, dass das für euch mitten in der Nacht ist, aber beißt einfach mal die Zähne zusammen … Vor allem du, Trey.«

Trey wirft Jennifer einen *Du-kannst-mich-mal*-Blick zu. Jack hatte mir zwar im Vertrauen gesagt, dass die Fotosession erst um zehn Uhr beginnt, aber ich musste Jennifer versprechen, den Jungs das nicht zu verraten

Als ich meine Sachen zusammenpacke, sagt Scott zu Jack: »Komm, wir gehen noch auf einen Sprung ins *Granite*. Trini fragt dauernd nach dir.« Ich werfe Jack einen verstohlenen Blick zu, und sein Körper versteift sich ein wenig.

»Ach, ich weiß nicht. Ich bin nicht in der richtigen Stimmung.« Er stopft seine Noten in seine Tasche.

»Oder triffst du dich heute mit der Brünetten von …«

»Du kennst sie nicht«, schneidet Jack ihm das Wort ab. »Wir sehen uns dann morgen beim Fotoshooting, Jungs«, setzt er mit einem Blick auf mich hinzu. »Seid bitte pünktlich.« Mit diesen Worten schlendert er aus dem Studio.

»Er ist so ein Arsch«, sagt Scott zu Hunter.

Hunter nickt, wirft mir einen Blick zu und ertappt mich dabei, wie ich mir auf die Lippen beiße. Schnell drehe ich mich um und greife nach meiner Tasche.

Ein paar Minuten später sage ich den Jungs Auf Wiedersehen, höre ihre Antwort aber kaum. Ich kann gar nicht schnell genug aus dem Studio herauskommen.

Hat Jack das etwa ernst gemeint? Ich bin ein bisschen geschockt von dem, was ich gerade gehört habe. Es tut mehr weh, als ich mir eingestehen möchte. Hat er heute Abend wirklich eine Verabredung? Was soll das? Ich verstehe, dass er sich vor den Jungs nichts anmerken lassen darf; schließlich war das ja meine Idee. Und er hat auch nie behauptet, dass wir jetzt fest miteinander gehen. Trotzdem werde ich nicht akzeptieren, dass er während seiner Beziehung mit mir wahllos herumschläft.

Ich atme tief durch, gehe zu meinem Parkplatz und zucke zusammen, als ich Jack an Bessies Fahrertür lehnen sehe. Damit hatte ich nicht gerechnet.

»Hey«, sage ich und gehe langsam auf ihn zu.

»Hey.« Er nimmt mir die Tasche ab.

»Was machst du denn hier?«

»Tja… Ich habe mir ein paar Sachen gepackt. Ich wusste zwar nicht, ob heute alles so läuft wie geplant. Aber da wir jetzt freihaben, würde ich gern heute Abend mit zu dir kommen.«

»Du bist ein guter Schauspieler. Ich war schon überzeugt davon, dass du was anderes vorhast.«

Er streicht mir das Haar von der Schulter und berührt zärtlich mein Ohrläppchen. »Du hättest doch wissen müssen, dass ich nur so getan habe.« Als er mich küsst, lasse ich meine Autoschlüssel fallen.

Lachend hebt er sie auf und sagt: »Ich fahre.«

Kapitel 22

Jack

»Mann, sind die köstlich«, lobe ich, nachdem ich eine dritte Portion Penne mit Wodkasauce in mich hineingeschaufelt habe.

»Ich koche zwar nicht oft, aber dieses Gericht kann ich im Schlaf zubereiten«, lächelt sie. »Ich hatte ja auch jede Menge Gelegenheit zum Üben, denn meine Jungs sind ganz verrückt danach. Wenn sie mich besuchen kommen, wollen sie immer nur diese Penne essen.«

»Schmeckt wirklich gut. Ich kriege keinen Bissen mehr runter«, seufze ich und schiebe meinen Teller weg. »Ich räume auf.«

Sie wirft mir einen misstrauischen Blick zu. »Was, *du* räumst auf? Dafür erwartest du doch sicher eine Gegenleistung?«

»Ich habe keine Ahnung, wovon du redest.« Ich trage unser Geschirr in die Küche. Leila folgt mir und beobachtet mich, als sei ich verrückt geworden.

»Was ist denn los?«

»Weißt du überhaupt, wie man mit Geschirrspülmittel umgeht, Rockstar?«, fragt sie und greift nach einem Handtuch.

»Klugscheißerin.« Ich bespritze sie mit Wasser. Kichernd versteckt sie sich hinter ihrem Handtuch, woraufhin ich der Versuchung nicht widerstehen kann, den Küchenschlauch auf sie zu richten und sie von oben bis unten nass zu spritzen. Leila flüchtet in eine Ecke und fängt laut an zu kreischen, während sie versucht, dem Wasserstrahl zu entkommen.

»Ich höre dich so gern lachen.« Ich mag es auch, wie sie den Blick senkt, wenn sie verlegen ist. Wie sie die Nase krauszieht, wenn ich etwas sage, was ihr missfällt. Oder wie sie im Schlaf vor sich hin murmelt. Sie hat im Traum schon öfter meinen Namen gesagt, und ich musste jedes Mal gegen den unwiderstehlichen Drang ankämpfen, sie zu wecken und mich auf sie zu stürzen.

Das würde ich jetzt auch am liebsten tun. Als ich sie vor mir in der Küche stehen sehe – in einem engen T-Shirt, das mir alles zeigt, was ich sehen möchte –, fängt es zwischen meinen Beinen schon wieder an zu kribbeln. Ich ziehe sie an ihrem nassen T-Shirt zu mir herüber und drücke ihren feuchten Körper an mich.

»Ich bin pitschpudelnass, Jack!«

»Nass mag ich dich am allerliebsten.«

Bei diesen Worten tritt ein begehrlicher Ausdruck in ihre Augen, und sie richtet ihre Blick auf meine Lippen; und im nächsten Moment stürzen wir uns auch schon aufeinander und reißen uns die Kleider vom Leib. Ich bekomme einfach nie genug von Leila. Sie wirkt wie eine Droge auf mich: Ich brauche sie nur zu berühren, und schon gerate ich völlig außer Kontrolle.

Ich hebe sie hoch, küsse sie leidenschaftlich und trage sie ins Schlafzimmer.

Kaum liegt sie neben mir, fahre ich auch schon mit dem Finger an ihrem Bein hoch und berühre ihre Klitoris. Sie erschauert. Langsam streichle und liebkose ich ihre Schamlippen mit meinen Fingern, nehme dabei gleichzeitig ihre Brustwarze in den Mund und fahre mit der Zunge darüber – mit den gleichen Bewegungen, mit denen ich sie unten mit meinen Fingern verwöhne. Ich spüre, wie ihre Erregung sich langsam aufbaut. Sie hält meine Hand fest an sich gepresst und bewegt ihre Hüften im Rhythmus meiner Finger.

»Nein … noch nicht«, sage ich und ziehe meine Hand weg.

»Bitte, Jack.«

Langsam lasse ich meine Lippen an ihrem Körper hinabwandern. Sie versucht, mich an den Schultern wieder hochzuziehen, doch ich schüttle den Kopf und rutsche noch weiter nach unten. »Ich will dich schmecken.« Schließlich gibt sie nach, lehnt sich zurück und gewährt mir freien Zugang zu allem, was mein Herz begehrt.

Ich beuge ihre Knie, spreize ihre Beine und drücke einen Kuss auf ihre Klitoris, der ihr ein lautes Keuchen entlockt. Sie ist so weich und so glatt. Ich fahre mit der Zunge über ihre Schamlippen – erst langsam und vorsichtig, dann immer heftiger – und genieße ihren köstlichen Geschmack, als sei es das erste Mal. Sie umklammert die Bettdecke mit ihren Fäusten.

»Oh Gott … Jack. Bitte, bitte«, fleht sie mich an, als ich meinen Kopf wieder wegziehe. Ich könnte sie stundenlang lecken. Aber mein Verlangen danach, in ihr drin zu sein, ist noch stärker, und ich will ihr dabei in die Augen sehen.

Leila gibt ein enttäuschtes Schnauben von sich, bei dem ich unwillkürlich lächeln muss. Langsam rutsche ich wieder nach oben und verschränke unsere Hände über ihrem Kopf ineinander. Dann dringe ich langsam in sie ein. Sie schließt die Augen, aber ich kann meinen Blick nicht von ihrem wunderschönen Gesicht abwenden.

»Augen auf«, befehle ich, während ich mich langsam in ihr auf und ab bewege. Sie fühlt sich wunderbar an. Als sie mich mit Armen und Beinen umklammert, muss ich mich sehr beherrschen, um nicht gleich zu kommen.

Als sie die Augen schließlich wieder öffnet, schimmern Tränen darin. Ihre Gefühle überwältigen mich. Meine Erregung steigert sich bis ins Unerträgliche, und ich weiß, dass ich mich nicht mehr lange beherrschen kann.

»Bitte komm, Leila. Ich halte es nicht mehr aus.« Sie schlingt ihre Beine um mich, damit ich noch tiefer in sie eindringen kann. Ich ziehe meinen Schwanz heraus und stoße so heftig in sie hinein, dass es ihr den Atem verschlägt. Dann schiebe ich meine Hand nach unten und beginne sie zu stimulieren.

Als Leila endlich unter mir explodiert, keucht sie meinen Namen. Das heftige Beben, das durch ihren Körper geht, bringt mich sofort zum Orgasmus. Sie kommt zur gleichen Zeit wie ich, und unser gemeinsamer Höhepunkt erschüttert uns in einer Welle nach der anderen, während sie sich immer noch an mich klammert.

Als mein Körper endlich zur Ruhe gekommen ist, wage ich nicht, meinen Blick von ihr abzuwenden oder mich auch nur zu rühren vor lauter Angst, dieses intensive Gefühl der Verbundenheit zu zerstören. Immer noch miteinander vereint, bleiben wir liegen, bis wir wieder ruhig atmen können. Dann ziehe ich Leila in meine Arme und halte sie fest, bis wir beide einschlafen.

Am nächsten Morgen wache ich als Erster auf. Es verschlägt mir den Atem, sie so friedlich schlafen zu sehen. Ihr langes braunes Haar umhüllt ihren nackten Oberkörper, nur eine zarte rosa Brustwarze schaut vorwitzig aus diesem Schleier hervor. Ich kann der Versuchung nicht widerstehen, langsam mit der Fingerspitze darüber zu streichen. Sofort richtet sie sich auf. Selbst im Schlaf reagiert Leila noch auf meine Berührungen – genau wie ich auf ihre. Sie bewegt sich ein bisschen und fährt sich mit der Zunge über ihre wunderschönen Lippen. Ich könnte ihr stundenlang beim Schlafen zuschauen. Doch jetzt sollte ich sie lieber wecken, denn wir müssen uns für das Fotoshooting fertig machen.

Ich fahre noch einmal mit der Fingerspitze über ihre Brustwarze. Wieder bewegt sie sich, wacht aber nicht auf. Erst als ich mit den Lippen an ihrer aufgerichteten Brustwarze ziehe, schlägt sie langsam die Augen auf.

»Mmm … Was für eine schöne Art, geweckt zu werden.«

»Gefällt dir das?«

»Mmm … Ja.«

»Wir müssen allmählich aufstehen, Schlafmütze. Es ist schon ziemlich spät.«

Sie rollt sich von mir weg. »Können wir nicht einfach hierbleiben und die Fotosession schwänzen? Bitte sag Ja. Du wirst es bestimmt nicht bereuen.«

»Netter Versuch.«

Sie legt sich auf mich und küsst mich verführerisch, woraufhin meine Erregung sich sofort wieder steigert. »Sie treiben ein schmutziges Spiel mit mir, Miss Marino.« Ich gebe ihr einen Klaps auf den Po und schiebe sie von meinem Schwanz weg, der sich aufzurichten beginnt. »Aber wir müssen jetzt wirklich unter die Dusche.«

»Ich will nicht.«

Ich gehe zu meinen Jeans, die immer noch zerknüllt am Boden liegen, und fische mein Handy heraus. »Aber wir müssen.«

Während ich mich durch die SMS scrolle, die in der Zwischenzeit gekommen sind, dreht Leila sich auf den Bauch, stützt ihren Kopf in die Hände und strampelt mit den Füßen in der Luft herum. Der Blick, mit dem sie mich verschlingt, grenzt fast schon an sexuelle Belästigung.

»Gefällt dir, was du siehst?«, frage ich und hebe anzüglich die Augenbrauen.

Sie nickt mit breitem Grinsen. »Oh ja«, gibt sie zu.

»Und ausgerechnet *du* wirfst mir vor, ich sei unersättlich.« Ich gehe zum Bett zurück, fasse sie an den Händen und ziehe sie hoch. »Zeit für eine Dusche.« Ohne Vorwarnung trage ich sie huckepack ins Badezimmer. Sie fängt an zu kreischen.

Ich setze sie kurz ab, um den Wasserhahn aufzudrehen, und helfe ihr dann in die Duschkabine. Als ich mich zu ihr unter die Dusche stelle, weiten ihre Augen sich vor Vorfreude.

»Ich dachte, wir sind spät dran.«

»Sind wir auch. Deshalb versuche ich, Zeit zu sparen, indem ich dich beim Duschen gleichzeitig beglücke. Raffinierte Idee, oder etwa nicht?«

»Brillant.«

Langsam drehe ich sie herum und drücke meinen Schwanz an ihr Kreuz. Dann fasse ich nach ihren Händen und stütze sie an der Duschkabinenwand ab. »Halt dich fest«, befehle ich und gleite langsam in sie hinein.

Unser Keuchen ist genauso laut wie das Plätschern des Wassers, das über unsere Körper rinnt. Ich drücke mein heftig pochendes Herz an ihren Rücken, und ihr Kopf liegt an meiner Brust. Als wir gemeinsam zum Höhepunkt kommen, weiß ich, dass das genau der Ort ist, an dem ich sein möchte … Für immer.

Als wir uns eine Viertelstunde später hastig anziehen und für die Fotosession fertig machen, fällt mir auf, dass wir in unseren morgendlichen Aktivitäten so gut aufeinander eingespielt sind, als seien wir schon seit Jahren zusammen. Komisch. Ich fühle mich so wohl in ihrer Gegenwart. Ich hätte nie gedacht, dass es mir einmal mit einer Frau so gehen würde; und ich hatte auch keine Sehnsucht danach. Doch nun, da ich das mit Leila erlebt habe, möchte ich nie wieder in mein altes Leben zurück. Der Gedanke an die vielen Frauen, mit denen ich geschlafen habe, ekelt mich an. Diesen Frauen war ich völlig gleichgültig, und sie mir auch. Außer Trini … Die ist immer für mich da, wenn ich Probleme habe. Ich sollte sie wieder mal anrufen. Seit meiner Geburtstagsparty haben wir nicht mehr miteinander gesprochen, sondern uns nur ein paar SMS geschickt. Sie wird sich freuen, wenn sie hört, wie glücklich ich jetzt bin.

Nachdem ich mich angezogen habe, schlinge ich meine Arme um Leila. Sie ist immer noch halb nackt.

»Kommt gar nicht infrage … raus hier!«, ruft sie und zeigt auf die Tür. »Wenn ich pünktlich fertig werden soll, musst du mich wenigstens fünf Minuten lang in Ruhe lassen.«

»Spielverderberin.«

Wie ein kleiner Junge, der wegen seines schlechten Benehmens getadelt wird, schleiche ich aus dem Badezimmer. Als mein Handy klingelt, bin ich völlig in Gedanken versunken. Ich sehe Hunters Namen auf dem Display. Wenn ich seinen Anruf ignoriere, gerät er womöglich in Panik und denkt, dass ich bei irgendeiner Tussi versumpft bin und den Fototermin verschlafen habe. Das nervt mich, denn ich habe ihm noch nie Grund dazu gegeben, mich zu kontrollieren oder zu überwachen. Er will wohl bloß mal wieder den Bandmanager rauskehren.

Doch dann beschließe ich, dass es sich nicht lohnt, mich über ihn zu ärgern, und gehe ans Telefon.

»Ja?«

»Ich wollte mich nur vergewissern, ob du noch lebst«, meldet Hunter sich. »Wo steckst du denn?«

»Bin schon unterwegs.« Ich weiß sehr wohl, dass er eigentlich nicht wissen will, *wo* ich stecke, sondern *bei wem*.

»Alles klar. Ich wollte nur sichergehen. Bis gleich.« Mit diesen Worten hängt Hunter ein.

»Wirklich nervig, dieser Kerl«, murmle ich vor mich hin.

»Wer denn?«, fragt Leila, die gerade ins Wohnzimmer kommt. Sie hat ein kurzes Kleid angezogen, das ihre gebräunten Beine hervorragend zur Geltung bringt, und sieht fantastisch aus.

»Du hast dich wirklich hübsch gemacht«, sage ich anerkennend. Sie strahlt und setzt sich neben mich auf die Couch.

»Danke. Wer ist nervig?«, wiederholt sie ihre Frage.

»Oh … Hunter. Er will mich kontrollieren, und das geht mir auf die Nerven.« Ich küsse sie auf die Wange. »Fertig?« Sie nickt, und wir verlassen ihre Wohnung.

***

Während unserer Fahrt in die Stadt sitzt Leila stumm neben mir – wahrscheinlich, weil dieses Fotoshooting sie nervös macht. Nach langem Schweigen ergreife ich ihre Hand und bitte sie, sich nicht aufzuregen.

»Ich rege mich doch gar nicht auf.«

»Du bist eine sehr schlechte Lügnerin«, sage ich und drücke ihre Hand.

Um fünf vor neun halte ich vor dem Gebäude, um Leila abzusetzen. »Ich suche noch einen Parkplatz. Du kannst schon mal vor mir reingehen, damit niemand merkt, dass wir zusammen hergekommen sind.«

Als sie gerade aussteigen will, sehe ich Dylan auf das Gebäude zugehen. Ich halte sie fest, und sie schaut mich fragend an.

»Dylan geht gerade rein.«

Leila schnappt erschrocken nach Luft und dreht ihm den Rücken zu. »Ach du Scheiße. Meinst du, er hat uns gesehen?«

Ich schüttle den Kopf und beobachte, wie Dylan das Gebäude betritt. »Nein. Aber beinahe. Jetzt geh schon. Wir sehen uns dann oben.«

Sie öffnet die Beifahrertür, und ich beobachte, wie sie ängstlich erst nach links und dann nach rechts schaut, bevor sie hastig auf den Eingang zustürmt. Wie ich das hasse … So sollte unsere Beziehung eigentlich nicht sein. Ich möchte mich stolz mit ihr zeigen können. Ich muss sie unbedingt davon überzeugen, zumindest unseren engsten Freundes- und Bekanntenkreis darüber zu informieren, dass wir zusammen sind. Es gibt keinen Grund, uns zu verstecken.

***

Das ist wirklich zum Kotzen! Man hat uns frisiert, geschminkt und gezwungen, ein Dutzend verschiedener Klamotten anzuprobieren, bis der Fotograf endlich zufrieden war. Wir sind alle salopp gekleidet – in T-Shirts und Jeans. Nach einer ermüdenden Auseinandersetzung hat der Fotograf Trey zum Glück dann doch erlaubt, seine Sonnenbrille aufzubehalten.

Pierre – der besagte Fotograf – ist ein sehr exzentrischer junger Mann. Er ist von einer kleinen Armee von Assistentinnen und Assistenten umgeben, die jedem Wink von ihm gehorchen. Je länger er in meinen Haaren rumfummelt, umso mehr juckt es mir in den Händen, ihm eine runterzuhauen.

»Die Tussi hat mich mit Lippenstift beschmiert. So eine Scheiße«, schimpft Hunter und wischt sich mit dem Handrücken über die Lippen. Inzwischen sitzen wir schon seit einer Ewigkeit in diesem Fotostudio und warten auf Leila, und das verdirbt uns allen die Laune.

»Aber es muss sein, sonst kommen eure Gesichter vor der Kamera nicht richtig zur Geltung«, erklärt Jennifer, die wieder mal im Zimmer auf und ab tigert und mir auf die Nerven geht.

»Könntest du dich bitte hinsetzen? Du machst mich noch wahnsinnig.«

Sie wirft mir einen finsteren Blick zu und lässt sich auf einen Sessel fallen.

Eigentlich will ich gar nicht so unhöflich sein, aber ich bin schlecht gelaunt, und es fällt mir schwer, das zu verbergen. Dieser Tag hat so schön angefangen – bis zu dem Augenblick, in dem Dylan uns beinahe gesehen hätte. Und als ich dann – immer noch in Gedanken darüber versunken, warum ich meine Beziehung zu Leila verheimlichen muss – nach einem Parkplatz suchte, klingelte auch noch mein Handy, und ich bin rangegangen, ohne vorher nachzusehen, wer dran war. Ein großer Fehler!

Jessa, meine Highschoolfreundin, rief an, um mir mitzuteilen, dass sie zu unserem ersten Konzert kommen und anschließend noch mit mir reden wolle. Ich lehnte ab, doch sie bestand darauf. Kaum hatten wir zwei Minuten miteinander telefoniert, hätte ich vor Wut schon die Wände hochgehen können. In letzter Zeit hat sie mich fast täglich anzurufen versucht und mir dauernd SMS geschickt, die ich allesamt ignoriert habe. Diese Frau macht mich noch verrückt. Ich bin sicher, dass sie irgendwas von mir will.

Ein Tumult in der Ecke des Studios holt mich in die Gegenwart zurück. Warum dauert das so lange? Wir sitzen jetzt schon seit fast einer Stunde hier rum. Allmählich reicht es uns.

Da öffnet sich endlich die Tür, und mir fällt die Kinnlade herunter.

Heilige Scheiße!

Leila bleibt in der Tür stehen und sieht ziemlich unglücklich aus. Alle starren sie an. Das ist ihr sichtlich unangenehm, und mir auch.

Langsam schlendere ich zu ihr herüber. »Was ist denn los?«, frage ich.

»Ich seh ja lächerlich aus«, beschwert sie sich.

Das stimmt natürlich nicht. Sie sieht verdammt scharf aus. Sie haben ihr ein rotes Lederschnürkorsett und knallenge Jeans angezogen, bei denen wirklich nichts der Fantasie überlassen bleibt. Dazu trägt sie aufreizende hochhackige Pumps. Ihre Haare sind gewellt, ihre Augen rauchgrau, und ihre roten Lippen sehen aus, als hätte sie gerade stundenlang mit jemandem rumgeknutscht.

Das törnt mich ungeheuer an.

»Du siehst umwerfend aus, Leila … Glaub mir.« Trotz meiner bewundernden Blicke scheint sie sich in Grund und Boden zu schämen.

Jetzt kommt auch noch Dylan herüber und gibt seinen Senf dazu. »Du siehst fantastisch aus, Leila.« Dabei streicht dieser Scheißkerl ihr tröstend über den Rücken. Als ich sehe, wie seine Hand über ihre Haut gleitet, beiße ich die Zähne zusammen. Mein Mädchen wirft mir einen Blick zu, geht einen Schritt zur Seite und entzieht sich seiner Berührung.

Hast du es jetzt endlich kapiert, du Arschloch?

Jennifer kommt zu uns und wirft Leila einen verständnislosen Blick zu. »Was gibt es denn für ein Problem?«

»Tut mir leid. Sie haben mir immer wieder etwas Neues angezogen und zig verschiedene Frisuren ausprobiert, bis sie endlich zufrieden waren.«

»Entspann dich, Jennifer. Jetzt kann's losgehen.«

Gott sei Dank verschwindet Jennifer sofort, um Pierre zu rufen. Der Fotograf dreht noch ein bisschen an der Beleuchtung rum, während meine Bandkollegen das Mädchen, in das ich verliebt bin, ungeniert anstarren. Das verbessert meine Laune auch nicht gerade. Ihre Jeans sind so eng, dass man ihre Arschfalte sieht. Instinktiv stelle ich mich zwischen Leila und die Blickrichtung der Jungs; doch Trey ist unverfroren genug, um mich herumzuschielen.

Pierre stellt uns vor dem Hintergrund in Positur und schießt Dutzende von Fotos. Als er eine kurze Pause macht, um die Beleuchtung zu ändern, werfe ich Leila rasch einen Blick zu. »Alles in Ordnung?«

»Erst wenn das hier endlich vorbei ist. Meine Titten sind schon ganz nass geschwitzt.«

Bei diesen Worten muss ich so laut lachen, dass uns alle anstarren. Leila wirft mir einen vernichtenden Blick zu. Ich zucke zerknirscht die Achseln und murmle eine Entschuldigung.

Für das letzte Foto muss ich mein Hemd ausziehen. Die anderen Jungs stehen rechts hinter mir, Leila schmiegt sich links an mich und flüstert mir etwas ins Ohr, und ich wende meinen Kopf mit verführerischem Blick zur Seite.

»Perfekt!«, schreit Pierre. »Das war's, Jungs.« Sofort stieben seine kleinen Helferlein in alle vier Himmelsrichtungen auseinander, und Leila entspannt sich sichtlich.

»Das hast du wunderbar gemacht«, flüsterte ich ihr ins Ohr. »Frag doch mal nach, ob du die Klamotten behalten darfst.«

Ohne Leilas Reaktion abzuwarten, gehe ich zu Jennifer und tue so, als hätte ich noch Fragen zu unserem Terminplan für diese Woche. Aus den Augenwinkeln beobachte ich, wie Dylan sich an Leila ranmacht. Dabei stellen sich sofort meine Nackenhaare auf. Die beiden stehen ein paar Minuten lang nebeneinander und unterhalten sich. Leila lächelt über irgendetwas, was er gesagt hat. Als er sich zu ihr herüberneigt und ihr etwas ins Ohr flüstert, wirft sie mir einen raschen Blick zu, lächelt schüchtern, dreht sich um und verlässt das Zimmer.

Jennifer lässt sich mit monotoner Stimme lang und breit über irgendein Thema aus. Erst als sie ankündigt, dass sie jetzt schnell zu ihrer nächsten Besprechung muss, wird mir klar, dass ich in den letzten fünf Minuten kein Wort von dem mitbekommen habe, was sie gesagt hat.

»Fährst du jetzt ins Studio?«, frage ich Hunter.

Er greift nach seiner Jacke. »Ja. Kommst du mit?«

»Nein. Ich fahre mit Leila mit, damit wir uns noch ein bisschen unterhalten können«, antworte ich unschuldig.

»Okay. Bis später.« Er klopft mir auf die Schulter und lässt mich sprachlos zurück. Nanu – diesmal keine Gardinenpredigt?

Sofort verlasse ich das Zimmer und suche nach Leila. Schließlich entdecke ich sie in einem kleinen Umkleideraum.

Sie sitzt vor dem Toilettentisch und starrt vor sich hin. Inzwischen hat sie sich wieder abgeschminkt, ihre Haare gebürstet und ihre richtigen Klamotten angezogen. Sie muss fluchtartig in dieser Kabine verschwunden sein und sich sofort ausgezogen haben. Auch wenn sie vorher noch so scharf ausgesehen hat – diese natürliche Version von Leila ist einfach wunderschön.

Ich bleibe im Türeingang stehen. »Darf ich reinkommen?«

»Klar.«

Ich schließe die Tür hinter mir, gehe zu ihr hinüber und lege ihr meine Hände auf die Schultern. Unsere Blicke treffen sich im Spiegel. »Na, haben deine Titten sich wieder abgekühlt?«

»Sei nicht so neugierig.« Sie schaut weg. »Das war schon ziemlich peinlich. Wahrscheinlich muss ich mich daran gewöhnen, dass mich jetzt alle Leute anstarren?«

»Bei deinem Aussehen schon.«

»Juhu! Ich kann's kaum erwarten«, sagt sie sarkastisch. Dann deutet sie mit dem Kopf auf eine Tasche, die neben ihr auf dem Stuhl liegt. »Sie haben gesagt, dass ich das Zeug behalten darf.«

»Wie schön. Dann habe *ich* jetzt einen Grund, juhu zu schreien.«

Da wird sie plötzlich ernst und runzelt die Stirn. »Dylan hat mich für morgen Abend zum Essen eingeladen.«

»Warum?«

»Vielleicht weil ihm unser letztes gemeinsames Abendessen gefallen hat? Er ist doch nur ein guter Freund, Jack«, beruhigt Leila mich, als sie meine geballten Fäuste sieht. »Es würde einen komischen Eindruck machen, wenn ich seine Einladung ablehne. Du hast doch selber gesagt, dass ich mich genauso benehmen soll wie immer. Die Leila von vor einer Woche hätte die Einladung angenommen.«

»Kannst du mir noch mal sagen, warum wir unsere Beziehung unbedingt geheim halten müssen?«

»Weil du möchtest, dass ich glücklich bin?«

Sie hat recht.

Scheiße.

»Ach ja … Das hatte ich ganz vergessen.« Ich ziehe sie an mich und küsse sie auf den Kopf. »Aber ihr trefft euch nur zum Abendessen, okay?« Sie nickt schweigend.

»Alles klar. Nur Abendessen … Sonst nichts« wiederhole ich zu meiner eigenen Beruhigung.

Kapitel 23

Leila

Seit unserem Fotoshooting haben sich die Ereignisse überstürzt. Wir haben uns für ein Albumcover entschieden, die Reihenfolge unserer Tracks festgelegt und die Songs geschnitten und abgemischt. In ein paar Tagen beginnt unsere Tournee, und ich bin schon ganz aufgeregt – ein richtiges Nervenbündel.

Jack und ich haben uns so viel Zeit wie möglich füreinander genommen. Leider war das gar nicht so einfach, weil wir sehr viel zu tun hatten. Er plädiert immer wieder dafür, wenigstens Hunter von unserer Beziehung zu erzählen, damit wir mehr Nächte miteinander verbringen können. Ein paarmal hätte ich beinahe nachgegeben, weil Jack mich so leidenschaftlich bedrängt hat; aber ich bin einfach noch nicht so weit. Ich weiß selbst nicht genau, was mich davon abhält, offen zu unserer Beziehung zu stehen.

Vielleicht habe ich Angst davor, deswegen verurteilt zu werden – vor allem von Hunter oder Evan. Bevor Jack mich kennenlernte, führte er ein sehr aktives Sexleben. Er hat mir zwar geschworen, dass er seitdem mit keiner anderen Frau mehr geschlafen hat, und das glaube ich ihm auch. Ich verstehe nur nicht, warum er zufrieden damit ist, ab und zu ein paar heimliche Augenblicke mit mir zu verleben, wo er doch früher fast jeden Tag mit irgendeinem anderen scharfen Mädchen zusammen war. Denn mehr als ein paar Augenblicke haben wir tatsächlich nie miteinander.

Ich versuche, mir einzureden, dass es dumm von mir ist, so zu denken; doch Jacks Vorgeschichte spricht leider nicht unbedingt für ihn. Was ist, wenn er sich eines Tages langweilt und sich eine andere Freundin sucht? Wenn unsere Beziehung allgemein bekannt wäre (oder wenn auch nur Hunter und die anderen Jungs Bescheid wüssten) und er sie dann beenden und wieder sein früheres unstetes Leben aufnehmen würde … Diese Demütigung wäre in der jetzigen Phase unserer Erfolgsstory einfach zu viel für mich.

Und wenn der Rest der Welt von unserer Beziehung erführe? Ich weiß, es ist albern – aber wenn ich im Internet auch nur einen einzigen negativen Kommentar darüber lesen müsste, dass ich den Job bei Devil's Lair nur bekommen habe, weil ich mit Jack ins Bett gegangen bin, wäre das für mich noch schlimmer. Natürlich stimmt das nicht, und das weiß ich auch – aber solche Kritiken könnten das Ende meiner Karriere sein, noch ehe sie überhaupt begonnen hat.

Ansonsten bin ich gern mit ihm zusammen. Ich genieße alles an unserer Beziehung: unsere gemütlichen Abendessen zu zweit, die Proben, den Sex … Nur leider vergehen die Stunden, die ich mit ihm verbringen darf, immer viel zu schnell.

Dylan und ich sind in den letzten Wochen ein paarmal miteinander essen gegangen, doch unsere Beziehung ist rein platonisch. Ich habe Jack geschworen, dass wir nur gute Freunde sind. Dass Dylan mehr will als bloße Freundschaft und auch schon Andeutungen in dieser Richtung hat fallen lassen, habe ich ihm natürlich nicht erzählt, denn das würde unsere Beziehung bestimmt nicht einfacher machen.

Doch egal, ob wir Freunde sind oder nicht – ich genieße Dylans Gesellschaft wirklich. Zwischen uns ist alles so einfach und unkompliziert. Wenn ich meine Situation mit Jack analysiere, frage ich mich manchmal, was wohl passiert wäre, wenn ich ihn nicht kennengelernt hätte. Wäre ich dann womöglich eine Beziehung mit Dylan eingegangen? Könnte ich mir vorstellen, mit jemandem wie ihm zusammen zu sein?

Jetzt, wo Jack in mein Leben getreten ist, kann ich diese Frage problemlos verneinen. Neben ihm kann kein Mann, den ich von jetzt an kennenlernen werde, bestehen. Solange Jack auf der Welt ist, werde ich immer eine Schwäche für ihn haben.

In den letzten Wochen habe ich viel Zeit mit meinem Dad verbracht und war auch öfter mit Evan zusammen. Hin und wieder leistet er uns sogar bei unserem Sonntagsbrunch Gesellschaft. Er und Dad haben zwar immer noch ein gespanntes Verhältnis zueinander, kommen inzwischen aber schon sehr viel besser miteinander zurecht. Ich hoffe, Evan wird sich bemühen, wieder eine engere Beziehung zu Dad aufzubauen, während ich weg bin.

Evan und Lizzy sehen sich inzwischen regelmäßig. Anscheinend ist mein bester Freund bereits bis über beide Ohren in sie verliebt. Natürlich habe ich Angst, dass sie ihm wehtun könnte. Ich habe Jack gefragt, ob Lizzy etwas über Evan gesagt hat. Anscheinend steht sie auch auf ihn, doch momentan hat ihre Karriere für sie absolute Priorität. Genau das hat Evan mir auch erzählt. Ich bin froh, dass sie so ehrlich zu ihm ist.

In den letzten Wochen haben die Cliffhangers fast jede Woche an einem Abend in irgendeiner Bar in New York gespielt. Lori verschafft ihnen Engagements für die Abende, an denen sie nicht im *Zone* auftreten müssen. Da sie es sich nicht mit Sal verscherzen will, würde sie nur dann darauf bestehen, dass er ihnen am Wochenende freigibt, wenn sich eine ganz besondere Chance für sie böte. Offenbar ist sie wirklich die ideale Agentin für meine Jungs.

Lori hat mir erzählt, dass sie und Trey »verdammt viel Spaß« miteinander haben. Im Augenblick hat sie kein Interesse an einer festen Beziehung. Irgendwie ist ihr das durch ihre Vernarrtheit in Matt klar geworden: Sie hat einfach zu viel Zeit damit vergeudet, ihm hinterherzulaufen. Lori möchte die Cliffhangers zu einer erfolgreichen Band machen und beweisen, dass es ihr ernst damit ist. Trey ist für sie nur ein netter Zeitvertreib, aber die Orgasmen, die sie mit ihm erlebt, sind – ebenfalls O-Ton Lori – »der absolute Wahnsinn«. Die beiden haben beschlossen, ihre Beziehung auf Eis zu legen, wenn wir auf Tournee gehen. Sie hält es für unklug, einem Rockstar nachzuschmachten, der kreuz und quer durch Amerika reist, während sie gleichzeitig fast rund um die Uhr mit ihrer neuen Karriere beschäftigt ist. Da bin ich ganz ihrer Meinung. Außerdem bin ich überzeugt davon, dass sie im Handumdrehen jemand anderen finden wird – vor allem jetzt, wo sie über Matt hinweggekommen ist. Und wenn Trey tatsächlich der Richtige für sie ist, werden die beiden nach unserer Tournee schon wieder zusammenkommen.

Dylans Assistentin Cathy ist wirklich ein Geschenk des Himmels für mich. Seit wir unsere Handynummern ausgetauscht haben, telefonieren wir oft miteinander. Ich finde es gut, eine eigene Ansprechpartnerin zu haben, während die Jungs sich mit ihren Anliegen an Dylan wenden müssen. Cathy hat uns alle um eine Liste von Dingen gebeten, die wir *unbedingt brauchen,* damit sie den Bus mit entsprechenden Vorräten auffüllen kann. Außerdem habe ich ihr eine Liste *ganz persönlicher* Gebrauchsgegenstände übermittelt, die ich benötige, und sie hat mir versprochen, alles zu beschaffen – ich solle mir keine Sorgen machen. Daraufhin habe ich ihr einen großen Blumenstrauß geschickt als kleines Dankeschön dafür, was sie in den letzten Wochen alles für mich getan hat. Sie meinte zwar, das sei doch nur eine Kleinigkeit gewesen, aber ich machte ihr klar, dass sie mir damit bereits sehr geholfen hat.

Gestern hat man uns die Tourneebusse gezeigt, um uns eine ungefähre Vorstellung von den Lebensbedingungen und dem Stauraum in so einem Bus zu vermitteln. Das war eine ziemlich beängstigende Erfahrung für mich. Wir waren noch keine zehn Minuten in dem Bus, da beschlich mich angesichts der vier riesigen, vierschrötigen Männer, mit denen ich dort zusammenleben werde, auch schon ein beklemmendes Gefühl.

Direkt hinter dem Fahrersitz befindet sich ein Wohnbereich mit einer U-förmigen Sitzecke, die vier Personen Platz bietet, einer großen Couch und einem Fernseher, der in der gegenüberliegenden Ecke an der Wand hängt. Die Küchenecke ist mit einer kleinen Spüle, Mikrowellenherd, Kaffeemaschine und vier Hängeschränken ausgestattet. Als ich einen der Schränke öffnete, stellte ich fest, dass er von oben bis unten mit Fruit-Loops-Packungen gefüllt war.

»Was wollt ihr denn mit den vielen Fruit Loops?«, fragte ich Jack, der in einer Ecke saß und mich bei meinem Erkundungsgang beobachtete.

»Der blöde Hunter hat die Essgewohnheiten eines Fünfjährigen«, erklärte Jack kopfschüttelnd. Daraufhin öffnete ich einen anderen Küchenschrank, fand darin nichts anderes als Pop Tarts und Blow Pops und musste laut lachen. Zum Glück entdeckte ich aber auch meine Brezeln, Joghurtbecher und Diätcoladosen im Kühlschrank. Das sind die einzigen drei Dinge, ohne die ich nicht leben kann. Auf der Küchentheke stand eine Einzelportions-Kaffeemaschine, und ein weiterer Hängeschrank war mit mindestens zehn Kaffeekapselpackungen vollgestopft.

»Glaubst du, das ist genug Kaffee, um dich wach zu halten?«

Jack zuckte die Achseln. »Für ungefähr eine Woche.«

Das Badezimmer erinnert an den Waschraum eines Flugzeugs, in der Ecke ist jedoch eine kleine Duschkabine untergebracht. Unter dem Waschbecken gibt es einen Schrank mit Schubfächern, auf denen unsere Namen stehen. Als ich die Fächer aufzog, wurde mir klar, dass meine Sorge, wo ich denn meine Tampons verstecken solle, gar nicht so weit hergeholt war. Bei dem Gedanken daran kriege ich jetzt schon Zustände.

Die Schlafkojen sind durch einen Vorhang vom Wohnbereich abgetrennt. Auf jeder Seite befinden sich zwei Betten mit eingebauten Nachtschränkchen, in denen wir unsere persönlichen Gegenstände aufbewahren können, einer flachen Schublade unterhalb der Matratze, einem kleinen Leselämpchen und einem ziemlich dünnen Vorhang zum Schutz der Privatsphäre. Am hinteren Ende des Busses liegt noch ein kleiner Schlafraum mit einem richtigen Bett und ein paar Spinden, die nicht größer sind als die Schließfächer in der Turnhalle einer Schule. Unsere übrigen Habseligkeiten müssen wir in unseren Koffern im Gepäckraum unter dem Bus aufbewahren.

Taktvoll boten die Jungs mir den Schlafraum an, weil ich das einzige Mädchen in ihrer Band bin, woraufhin Jack mir einen vielsagenden Blick zuwarf. Später erklärte er mir triumphierend, wir müssten die Jungs wohl doch in unsere Beziehung einweihen, denn natürlich werde er in meinem Bett schlafen.

Unsere Tournee beginnt in New York, und zwar schon in zwei Tagen.

Was die praktischen Vorbereitungen anbelangt, bin ich mehr oder weniger reisefertig. Meine Post wird mir nachgeschickt, ich habe einen Satz Schlüssel zu meiner Wohnung für Evan anfertigen lassen, und Bessie ist sicher in Dads Garage untergebracht. Außerdem habe ich inzwischen meine Schränke und Schubladen ausgemistet und alles rausgeworfen, was ich nicht mehr brauche.

Und gepackt habe ich auch schon, so gut es geht. Es ist schwierig, alles, was man auf einer längeren Reise gut gebrauchen könnte, in einem einzigen Koffer unterzubringen. Also habe ich den Koffer immer wieder umgepackt, Sachen rausgenommen und durch andere ersetzt – nur um meine Meinung gleich darauf wieder zu ändern. Und das unzählige Male. Das Einzige, was ich Jacks Meinung nach unbedingt mitnehmen muss, sind die Sachen, die ich damals bei unserem Fotoshooting getragen habe. Die soll ich zu unserem ersten Konzert anziehen. Bei diesem Gedanken ist mir zwar nicht sonderlich wohl, aber ich habe sie trotzdem eingepackt. Jack wird eine Menge Überzeugungskraft (oder Alkohol) brauchen, wenn er mich dazu bringen will, diese Klamotten auf der Bühne zu tragen. Die Jeans sind so eng, dass ich darin neulich bei unserer Fotosession kaum laufen konnte.

Innerlich bin ich allerdings noch nicht bereit für diese Tournee. Mit diesem Dilemma schlage ich mich schon herum, seit ich zu Devil's Lair gehöre, und ich weiß auch nicht, ob ich jemals bereit sein werde.

Wir haben alle eine Menge kostenlose Tickets für Freunde und Familienangehörige bekommen. Alle Jungs von den Cliffhangers werden unsere Konzerte besuchen, die Mädchen, mein Dad … Sogar Sal will kommen. Zu sagen, dass mich das nervös macht, wäre die Untertreibung des Jahrhunderts. Hoffentlich ist mir wohler zumute, wenn ich das erste Konzert überstanden habe.

Heute habe ich ein paar Stunden mit meinem Dad verbracht. Er hat mir etwas zum Mittagessen gekocht, und danach haben wir uns alte Familienfotos angesehen. Auf seine Bitte hin habe ich ihm unsere komplette Reiseroute aufgezeichnet und ihm Jacks, Jennifers und Dylans Handynummer gegeben – eigentlich die Nummern aller Leute, die auf dieser Tournee dabei sein werden. Unsere paar gemeinsamen Stunden sind viel zu schnell vergangen.

Als Dad mich an dem Restaurant absetzt, in dem ich mich gleich mit meinen Freunden treffen werde, überkommt uns beide ein großes Gefühl der Traurigkeit. Ich umarme ihn ganz fest und verspreche ihm, so oft wie möglich anzurufen oder SMS zu schicken. Ich werde ihn furchtbar vermissen, aber er wird schon irgendwie zurechtkommen.

»Sehen wir uns morgen Abend beim Konzert?«

Er runzelt die Stirn, und Tränen steigen ihm in die Augen. »Ja, Schatz. Und du wirst mich auf Anhieb erkennen: Ich bin derjenige in Abschnitt drei, Reihe zwei, der sich die Augen ausheult.«

»Dad …«

»Tut mir leid. Aber so ist es nun mal.« Er zuckt die Achseln und umarmt mich noch ein letztes Mal. »Ich liebe dich, Leila.«

»Ich dich auch.«

Das Herz wird mir ganz schwer, als ich sehe, wie er hastig verschwindet und mit quietschenden Reifen aus seinem Parkplatz rausfährt.

In melancholischer Stimmung betrete ich das Restaurant. Da ich als Erste da bin, bestelle ich ein paar Krüge Bier und eine Flasche billigen Hausweißwein. Ein paar Minuten später kommt Evan und setzt sich neben mich.

»Pass auf meine Handtasche auf, ich muss auf die Toilette.« Ich küsse ihn rasch auf die Wange und verschwinde. Als ich ein paar Minuten später zu unserem Tisch zurückkehre, gibt mein Handy einen vertrauten Klingelton von sich, und Evan grinst über beide Backen.

Ach du Scheiße.

Hastig greife ich nach dem Telefon. »Hallo?«

»Hey, Babe«, meldet Jack sich, und mir bleibt das Herz stehen. Es ist so verdammt sexy, wenn Jack mich Babe oder Baby nennt.

»Hi. Was gibt's?«, frage ich und bemühe mich, meine Stimme so unbefangen wie möglich klingen zu lassen, was unter Evans durchdringendem Blick gar nicht so einfach ist.

»Wie lange wird euer Essen dauern?«, fragt er.

»Keine Ahnung. Warum?«

»Ich komme auch dazu, ist das okay? Hunter ist heute Abend nicht da. Er möchte vor unserer Tournee noch möglichst viel Zeit mit Mandi verbringen.«

»In Ordnung. Ich schick dir eine SMS, sobald ich die Information habe.« Ich hoffe, dass er meine ausweichende Antwort richtig interpretiert. Zwei Sekunden lang herrscht Schweigen am anderen Ende der Leitung.

»Bist du nicht allein?«, fragt Jack dann.

»Nein«

»Alles klar. Dann schick mir einfach eine SMS, wenn ich zu dir rüberkommen soll. Gib mir ungefähr eine Stunde vorher Bescheid. Ach ja, Babe … Ich kann es gar nicht mehr erwarten, dich zu lecken.« Bevor ich etwas erwidern kann, hat er auch schon aufgehängt.

Heilige Scheiße …

Ich vermeide Evans Blick und schalte mein Handy auf stumm, denn ich möchte nicht, dass die anderen diesen Klingelton auch hören, falls Jack noch mal anrufen sollte. Ich gieße mir ein Glas Wein ein. Als ich den Kopf hebe, sehe ich, dass Evan mich anstarrt.

»Was ist denn?«, frage ich und versuche, so arglos wie möglich zu klingen.

»›Tie me down‹?«, fragt er.

Scheiße. Das ist mein Klingelton.

»Spuck's schon aus, Leila. Was ist los?«

»Nichts. Du weißt doch, dass ich schon immer ein bisschen für Jack geschwärmt habe. Deshalb habe ich seiner Nummer aus Spaß diesen Klingelton zugewiesen. Es war wirklich nur ein Spaß.«

Ich blättere die Speisekarte durch, als sei nichts gewesen, und ignoriere Evans fassungslosen Blick. Da kann er sich nicht mehr beherrschen. »Ich hoffe, du weißt, was du tust«, schimpft er. »Wenn du darüber reden möchtest, sagst du mir Bescheid, ja?« Er fasst nach meiner Hand und zieht sie von der Speisekarte weg. »Okay?«

Ich bin hin- und hergerissen. Eigentlich darf ich ihn jetzt nicht mit dieser Sache belasten. Außerdem mache ich mir Sorgen darüber, was Evan von dieser verzwickten Situation halten würde. Ich möchte nicht, dass er seine positive Meinung über mich ändert. Das mag dumm und oberflächlich sein, aber so ist es nun mal: Evan hat mich auf ein so hohes Podest erhoben, dass ich es einfach nicht fertigbringe, ihn zu enttäuschen. Was er darüber denkt, dass ich mit Jack zusammen bin, ist mir egal. Aber vielleicht ist er der Meinung, dass ich mich unter Wert verkaufe und meine Karriere gefährde. Darüber mache ich mir schon eher Sorgen.

Ich nicke. »Natürlich«, lüge ich.

Evan mustert mich weiterhin mit besorgtem Blick. Wahrscheinlich nimmt er mir mein Versprechen nicht ab. Kurz darauf trudeln unsere Freunde allmählich ein, was Evan glücklicherweise von diesem unangenehmen Thema ablenkt. Wir sind eine laute, fröhliche, etwas nervige Clique aus sieben Leuten. Als wir unsere Bestellungen aufgegeben haben und auf unser Essen warten, informiert Matt uns darüber, dass er gerade mit einem Mädchen namens Gina zusammen ist, das er irgendwo an einer Bar kennengelernt hat. Ist er *deshalb* in letzter Zeit so nett zu uns?

Unwillkürlich fällt mein Blick auf Lori, und ich mustere sie prüfend, um zu sehen, wie sie auf diese Neuigkeit reagiert. Tatsächlich runzelt sie kurz die Stirn, setzt aber dann sofort ein süßliches Lächeln auf. Als sie sieht, dass ich sie beobachte, wechselt sie schnell das Thema und spricht von dem letzten Lokal, in dem die Jungs aufgetreten sind. Sie ist also immer noch nicht über Matt hinweg.

Kurze Zeit später steht Logan auf und räuspert sich. Als er Alisa anstrahlt, springt sie auf und zeigt uns allen den Ring an ihrem Finger. »Wir haben uns gestern Abend verlobt!«

Lori und ich fangen vor Begeisterung an zu kreischen, während die Jungs Logan gratulieren. Die beiden sind die Ersten in unserer Gruppe, die sich zu diesem Schritt entschlossen haben. Die Hochzeit wird in einem Jahr stattfinden, und Lori und ich sollen Brautjungfern sein.

Dann ziehen die Jungs Evan mit seiner ominösen Freundin auf. Sie glauben nicht so recht daran, dass sie wirklich existiert, und er bittet Lori und mich, es zu bezeugen.

Joseph verkündet, dass er immer noch Single ist und vielleicht demnächst einer Datingwebseite beitreten wird. Ich lache so viel, dass mir am Ende des Abends die Wangen wehtun.

Dann verteile ich Tickets, Backstage-Pässe und Kopien von Devil's-Lair-CDs an meine Jungs. Auf jede CD habe ich von Hand eine persönliche Botschaft geschrieben. Das ist kein Egotrip, und es geht mir auch nicht darum, Autogramme zu geben. Diese Botschaften sind eher als eine Art Widmung gedacht; denn ohne meine Jungs wäre ich nicht da, wo ich jetzt stehe. Natürlich nutzen sie diese Gelegenheit, um mich gnadenlos aufzuziehen. Aber das hatte ich ja von vornherein gewusst.

»Wow, Leila, wenn die dich solche Klamotten anziehen lassen, läuft den Männern bestimmt das Wasser im Mund zusammen«, grinst Joe, und als er zu mir hochschaut, sehe ich einen ganz neuen, lüsternen

Ausdruck in seinen Augen. »Vielleicht sollten wir mal miteinander essen oder ins Kino gehen, wenn du wieder zurück bist.«

Ich schaue ihn schockiert an, bis er zu grinsen anfängt.

»Ach, halt die Klappe, du Idiot.«

»Du lässt dich aber leicht aufs Glatteis führen. Hast du etwa gedacht, ich meine das ernst?«

Sie ziehen mich weiter erbarmungslos auf, doch ich beschließe, noch ein bisschen mehr Wein zu trinken und ihre Hänseleien zu ignorieren. »Wenn ihr so weitermacht, kriegt ihr keine Tickets«, drohe ich.

»Willst du diese Sachen tatsächlich bei eurem ersten Konzert tragen? Dann brauche ich noch ein paar Tickets für die Jungs aus meinem Fitnessstudio.«

»Sehr witzig, Matt.«

Zum Glück bringt der Kellner in diesem Moment einen kleinen Kuchen an unseren Tisch, was meine Bandkollegen von diesem leidigen Thema ablenkt; doch gleich darauf bringen sie mich schon wieder in Verlegenheit, indem sie anfangen, laut *Layla* zu singen. Als ich diesen Song höre, ist es um meine Fassung geschehen. Ich liebe diese Jungs so sehr. Sie werden mir furchtbar fehlen.

Als unser gemeinsamer Abend sich dem Ende zuneigt, schreibe ich Jack schnell eine SMS, damit er Bescheid weiß. Auf dem Parkplatz verabschieden wir uns mit vielen Glückwünschen, Umarmungen und Küssen voneinander, ehe wir auseinandergehen.

Als Evan sieht, wie ich mir die Tränen aus dem Gesicht wische, lächelt er mich liebevoll an.

»Bist du so weit?«

»Ja.«

»Ich liebe dich, Leila«, sagt er auf der kurzen Fahrt zu meiner Wohnung. »Ich möchte nicht, dass du dir über irgendetwas Sorgen machst. Ich verspreche dir, mich um Dad und um meine Mom zu kümmern. Natürlich werde ich dich genau über alles auf dem Laufenden halten, was hier passiert, und wir telefonieren alle paar Tage miteinander, okay?«

Da kann ich die Schluchzer, die ich während des ganzen Abends mühsam unterdrückt habe, nicht mehr zurückhalten. Er hat meinen Vater Dad genannt!

»Warum heulst du denn?«

»Du hast ihn Dad genannt«, lächle ich unter Tränen.

»Tatsächlich? Hmmm ...«

Evan hält vor meinem Haus und wendet mir sein Gesicht zu. »Bitte sei vorsichtig.«

»Ganz bestimmt, das verspreche ich dir. Ich liebe dich, Ev.«

»Ich dich auch. Denk immer daran, wovon du dein Leben lang geträumt hast.« Er hebt vielsagend die Augenbrauen, und ich weiß genau, was er mir damit sagen will.

»Und falls du mich mal brauchen solltest ... Ich bin nur ein paar Flugstunden von dir entfernt«, setzt er lächelnd hinzu.

Dann lehnt er sich zu mir hinüber, umarmt mich ganz fest und küsst mich auf den Kopf. Als ich aussteige und meinen besten Freund allein im Auto zurücklasse, muss ich mir schon wieder die Tränen aus dem Gesicht wischen.

Ich bin immer noch ganz in Gedanken versunken, als eine vertraute Stimme mich begrüßt: »Hallo, meine Schöne.« Jack sitzt auf der Treppe neben meiner Wohnungstür – und sieht selbst umwerfend aus.

»Wie bist du hier reingekommen?«, frage ich und setze mich neben ihn. Als er mich küsst, durchzuckt es meinen Körper wie ein elektrischer Strom. Wir hatten schon seit einer ganzen Weile keine ganze Nacht mehr für uns allein. Ich bin außer mir vor Freude darüber, dass er hier ist.

»Oh, da gibt es schon Mittel und Wege.«

Wahrscheinlich hat er eine meiner Nachbarinnen bezirzt.

»Wie war das Abendessen?« Wieder lehnt Jack sich zu mir hinüber und küsst mich auf die Schulter. Obwohl es draußen fast dreißig Grad warm ist, verursachen seine Lippen auf meinem heißen Körper mir eine Gänsehaut.

»Schön, aber auch ein bisschen traurig«, antworte ich wahrheitsgemäß. »Matt hat eine Freundin, Logan und Alisa sind verlobt. Ich werde meine Jungs vermissen.«

»Wir kümmern uns schon um dich«, grinst er.

»*Du* ganz bestimmt.«

»Was ist denn das?«, fragt er und zeigt auf meine Styropor-Essensbox.

»Reste von unserem Abendessen. Hast du Hunger?«

»Oh ja, ich habe immer Appetit«, sagt er und zuckt vielsagend mit den Augenbrauen. Als mir der Doppelsinn seiner Worte aufgeht, kann ich mir ein Grinsen nicht verkneifen.

»Stimmt, das hattest du ja vorhin erwähnt.«

Er steht auf, fasst mich bei der Hand und zieht mich zu meiner Wohnung. »Dann ist es höchste Zeit, danach zu handeln,«, erwidert er, als ich die Tür aufschließe.

Kaum sind wir in der Wohnung, fängt er auch schon an, mich auszuziehen.

»Allmählich komme ich mir vor wie ein Sexobjekt«, seufze ich. Als er daraufhin sofort innehält, versiegt mein Lächeln. »Was ist denn los?«

»Stimmt das wirklich?«

»Ich mach doch nur Spaß, Jack.« Insgeheim habe ich zwar schon manchmal das Gefühl, dass uns beide nur der Sex verbindet, aber ich genieße seinen Körper genauso sehr wie er meinen – wenn nicht sogar noch mehr. Es wäre heuchlerisch von mir, das nicht zuzugeben.

Ich fasse nach seiner Hand und warte, bis er mich anschaut. »Ich bin froh, dass du hier bist.«

Nach einem suchenden Blick in meine Augen zieht Jack mich wortlos an sich. Ich merke, dass ihn irgendwas bedrückt.

»Alles okay?«

»Es ist nicht nur der Sex.«

»Ich weiß.«

Jack beugt sich zu mir hinunter und drückt mir einen zärtlichen Kuss auf die Lippen. »Lass mal sehen, was hast du denn mitgebracht?«

Er nimmt mir die Schachtel aus den Händen und geht in die Küche. Jetzt ist er wieder genauso sprunghaft wie eh und je.

Er wärmt die Reste auf und verschlingt sie im Stehen.

»Hungrig?«

Den Mund voller Nudeln, schaut er zu mir hoch. »Das ist nur der Aperitif«, sagt er. »Gleich gibt's was Besseres.« Bei dieser Antwort würde ich mich am liebsten sofort auf ihn stürzen. Normalerweise bin ich nicht diejenige, die beim Sex die Initiative ergreift, doch wenn er so etwas sagt, fängt mein unteres Stockwerk sofort Feuer. Außerdem habe ich ein schlechtes Gewissen, weil ich ihn gekränkt habe.

Ich gehe zu ihm, nehme ihm die Essensbox aus der Hand und küsse ihn leidenschaftlich. Aus seinem Mund schmecken die Pasta Primavera noch besser. Als er meinen Kuss erwidert, stöhne ich auf, und mein Körper fängt an zu pulsieren.

»Ich liebe die Geräusche, die du machst«, sagt er, nimmt mein Ohrläppchen zwischen die Lippen, zieht daran, und ich fange prompt an zu stöhnen. »Das hier zum Beispiel. Es klingt so verdammt sexy.«

Inzwischen kann ich es kaum noch aushalten. Ich greife nach seiner Hand und ziehe ihn ins Schlafzimmer. Sekunden später habe ich nur noch meinen BH und meine Unterhose an. Da ich heute nicht mit ihm gerechnet hatte, trage ich sehr einfache, zweckmäßige Unterwäsche, die ganz und gar nicht aufreizend wirkt. Jack fährt mit dem Finger über die kleine Satinschleife zwischen meinen Brüsten.

»Die gefällt mir«, sagt er, öffnet meinen BH und wirft ihn auf den Boden. Dann fährt er mit den Händen an meinem Rücken entlang, bis seine Hände bei meiner schlichten weißen Unterhose angelangt sind.

»Und die gefällt mir auch. Eine richtige Schulmädchenunterhose.« Langsam zieht er sie herunter. Seine Worte und Berührungen lassen mich erbeben. Dann kauert er sich hinter mich und zieht mir die Hose – ein Bein nach dem anderen – aus. Meine Erregung steigert sich fast bis ins Unerträgliche.

Jack wandert mit seinen Lippen über meine Beine, meinen Hintern und meinen Rücken, bis er schließlich hinter mir steht und sich an mich drückt. Ich greife nach hinten und umfasse seinen Penis, der immer härter wird, durch den Stoff seiner Jeans.

»Warum bin eigentlich nur ich nackt, und du nicht?«

»Weil es so mehr Spaß macht.« Jack fährt mit den Händen über meine Brüste, zieht an den Brustwarzen und rollt sie zwischen den Fingern. »Du bist so verdammt sexy«, flüstert er mir ins Ohr, als ich den Kopf zurückwerfe und eines dieser Geräusche von mir gebe, die er so sehr liebt.

Dann fängt er an, meinen nackten Hals zu küssen und zu lecken, und fährt mit den Händen langsam an meinen Körper hinunter, bis seine Finger zwischen meinen Beinen angelangt sind. Er streichelt und erkundet meine intimsten Stellen.

»Du machst mich verrückt, Jack«, keuche ich.

»Schön«, sagt er in selbstgefälligem Ton, fährt mit den Händen über meinen Hintern und anschließend wieder an meinem Kreuz hoch. Dann gibt er mir einen sanften Schubs, sodass ich nach vorne falle und auf den Händen lande.

Jack kniet sich hinter mich und fährt mit der Zunge über meinen nackten Hintern, bis er bei meiner Klitoris angelangt ist. Meine Hände umklammern die Daunendecke, während er mich mit seinen Lippen und seiner Zunge zum Wahnsinn treibt. Er zieht meine Klitoris in seinen Mund und saugt daran. Schon nach kurzer Zeit wird mein Körper von einem heftigen Orgasmus erschüttert.

Ich vergrabe mein Gesicht in der Decke, um meine Schreie zu ersticken, doch er macht weiter, bis das letzte Erzittern meines Körpers abgeebbt ist. Dann steht er auf, und ich höre, wie er den Reißverschluss seiner Jeans runterzieht. Ich kann mich immer noch nicht rühren. Mir ist klar, wie lächerlich ich mit meinem immer noch in die Luft gereckten Hintern aussehen muss, bin aber trotzdem zu keiner Bewegung fähig. Das kommt ihm offenbar gerade recht, denn er dringt von hinten in mich ein und fängt dabei laut an zu stöhnen.

»Oh Gott, Leila. Du fühlst dich so gut an«, sagt er, während er sich mit quälender Langsamkeit aus mir herauszieht und wieder in mich hineinstößt.

Jack ist immer noch angezogen, was der Derbheit unserer Position ein zusätzliches erotisches Element verleiht. Als mein Körper anfängt, auf seine Bewegungen zu reagieren, umfasst er mit den Händen meine Hüften, steigert sein Tempo allmählich und bringt uns beide langsam, aber sicher zur Raserei. Doch dann klingelt mein Telefon, und Jack hält schlagartig inne.

»Nicht aufhören … Ich hab doch einen Anrufbeantworter.« Ich drücke meinen Hintern gegen ihn, um ihn zum Weitermachen zu animieren. Langsam fängt er an, sich wieder zu bewegen, doch als Dylans Stimme aus dem Anrufbeantworter tönt, erstarrt er.

Oh Scheiße …

»Hey Lei, hier ist Dylan. Ich wollte dich schon den ganzen Tag anrufen. Tut mir leid wegen gestern Abend. Ich hatte gehofft, dass ich vorbeikommen kann, um mit dir darüber zu reden. Aber ich bereue nichts von dem, was passiert ist. Das wollte ich dir nur sagen. Bitte ruf mich an, wenn du wieder da bist. Tschüss.«

Jack kauert mucksmäuschenstill hinter mir, während Dylan seine Nachricht auf Band spricht.

Mist …

Dann zieht er sich wortlos aus mir zurück und setzt sich aufs Bett.

»Jack …«, sage ich und setze mich neben ihn.

Ohne ein Wort steht er auf, zieht seinen Reißverschluss hoch, verlässt mein Schlafzimmer und meine Wohnung und knallt die Tür hinter sich zu. Statt mit mir zu reden, stürmt er einfach davon.

Was zum Teufel soll das?

Ist das etwa ein Vorgeschmack darauf, wie Jack sich in Krisensituationen verhält? Wenn ihn irgendetwas aufregt, haut er einfach ab?

Darf ich denn nicht mal mehr mit einem guten Freund zu Abend essen? Dylan war auf einen Sprung bei mir vorbeigekommen, und ich hatte vergessen, Jack davon zu erzählen. Und ja: Vielleicht wollte er mit seiner Nachricht tatsächlich darauf anspielen, dass zwischen uns etwas passiert ist. Er hat mir nämlich einen Kuss gegeben. Aber warum geht Jack gleich vom Schlimmsten aus und gibt mir nicht mal eine Chance, ihm die Sache zu erklären?

Je länger ich dasitze, umso mehr rege ich mich auf. Als ich mich schließlich anziehe und aus meinem Schlafzimmer stürme, bin ich stinksauer.

Kapitel 24

Jack

Allmählich hasse ich diesen Kerl. Er soll Leila endlich in Ruhe lassen, verdammt noch mal!

Ist das der Grund, warum sie unsere Beziehung geheim halten wollte? Damit Dylan nichts davon erfährt? Gestern Abend hat sie mir gesagt, sie sei zu Hause und müsse ihren Koffer fertig packen. Von einem Treffen mit Dylan hat sie nichts erwähnt. Ich hatte zwar keine Zeit, sie zu besuchen, aber was wäre gewesen, wenn ich unangekündigt aufgetaucht wäre? Hätte ich die beiden dann womöglich in flagranti ertappt?

Verdammte Scheiße.

Natürlich glaube ich nicht, dass zwischen ihnen etwas passiert ist. Auch wenn ich Dylan nicht unbedingt über den Weg traue – zu Leila habe ich auf jeden Fall Vertrauen. Außerdem weiß er ja nicht, dass ich in dieses Mädchen verliebt bin. Vermutlich weiß sie das auch nicht so genau. Ich habe es ihr ja noch nie gesagt.

Hier draußen auf ihrer Treppe zu sitzen und darüber nachzugrübeln, was passiert ist, ist nicht unbedingt die intelligenteste Strategie. Als ich wieder die Stufen zu ihrem Apartment hochsteige, komme ich mir vor wie der letzte Vollidiot.

Ich klopfe an ihre Tür und warte darauf, dass sie mich wieder reinlässt. Doch da drin rührt sich nichts. Nach ein paar Sekunden klopfe ich noch mal. »Mach auf, Leila.«

»Geh weg.«

»Wenn du mich nicht reinlässt, bleibe ich die ganze Nacht hier. Bitte mach auf.« Wieder Schweigen. »Bitte, Leila?«

Endlich öffnet sie die Tür einen Spalt, bleibt aber davor stehen, sodass ich nicht reinkann.

»Es tut mir leid.«

»Was tut dir leid, Jack?«

»Vor allem, dass ich mich wie ein Idiot benommen habe?« Ihr Gesichtsausdruck verrät mir, dass das die falsche Antwort war.

Sie starrt mich wütend an und wartet auf eine bessere Entschuldigung. Ich mache einen zweiten Versuch. »Tut mir leid, dass ich vom Schlimmsten ausgegangen bin?«

»Ich habe dir doch gesagt, dass zwischen Dylan und mir nichts ist. Es kränkt mich, dass du kein Vertrauen zu mir hast.«

Ich komme gleich zum Kern der Sache. »Doch, ich habe Vertrauen zu dir. Aber Dylan will mehr, stimmt's?«

Sie zuckt stumm die Achseln.

Dachte ich's mir doch. Ihre Bestätigung bringt mich zur Weißglut.

Dieses *Arschloch*.

»Und du? Willst du auch mehr?« Meine Frage ist doppeldeutig. Will sie mehr mit *ihm* oder mit *mir*?

Leila antwortet nicht gleich, sondern blickt mich nur stumm an. »Er ist nur ein guter Freund, Jack«, sagt sie dann

»Darf ich dich noch etwas fragen?« Sie nickt. »Hat er dich schon mal geküsst?«

Sie holt tief Luft. »Gestern Abend«, flüstert sie. »Er ist bei mir vorbeigekommen und hat etwas zum Essen mitgebracht. Das wunderte mich, denn ich hatte gar nicht mit seinem Besuch gerechnet. Er ist auch nur eine Stunde geblieben, weil ich ihm sagte, dass ich viel zu tun hatte. Und als er ging, hat er mich geküsst.«

Wir schauen uns eine gefühlte Ewigkeit in die Augen. Ich kann meinen Unwillen nicht verbergen.

»Aber ich empfinde nichts für Dylan, Jack. Wirklich nicht.«

Jetzt erlaubt sie mir wenigstens, sie in den Arm zu nehmen.

»Danke, dass du mir das gesagt hast. Ich vertraue dir.«

Sie tritt einen Schritt zurück und schüttelt den Kopf. Ich habe keine Ahnung, was ihr im Kopf herumgeht. Als ich mich zu ihr hinunterbeuge, um sie zu küssen, versteift sie sich in meinen Armen. »Leila?«

»Du bist einfach weggerannt, Jack. Du hast mir gar keine Chance gegeben, dir die Sache zu erklären.«

»Ich hab mich wie ein Idiot benommen. Tut mir leid.«

Sie schaut mich lange an. Dann holt sie tief Luft. »Kannst du dir denn nicht vorstellen, dass es auch für mich schwer ist, dich mit einem Mädchen zu sehen und mich zu fragen, ob du sie schon aufs Kreuz gelegt hast, Jack? Oder ob du vielleicht Lust dazu hättest?«, fragt sie.

»Leila, ich war nicht mehr mit einer Frau zusammen, seit … Schon lange nicht mehr. Glaub mir.«

»Und wenn wir morgen auf Tournee gehen, wird es noch schwieriger. Ich muss mich auf mein neues Leben einstellen und auf meine Karriere konzentrieren – und du dich auf deine. Vielleicht sollten wir lieber Schluss machen.«

»Nein.« Scheiße, wie kommt sie denn auf *die* Idee?

»Jack …«

»Für mich ist das nicht nur eine kurzlebige Affäre, Leila. Dazu stecke ich schon viel zu tief drin. Ich kann meine Gefühle nicht einfach abschalten.«

Ich lasse sie los und setze mich auf die Couch. Es ist höchste Zeit, ihr klarzumachen, was sie mir bedeutet.

»Bitte komm her, Leila. Du musst mir jetzt genau zuhören.« Wahrscheinlich hört sie die Entschlossenheit in meiner Stimme, denn sie widerspricht mir nicht. Langsam kommt sie zu mir herüber und setzt sich neben mich auf die Couch, lässt aber absichtlich einige Zentimeter Abstand zwischen uns.

»Ich hatte schon Gefühle für dich, als du zum ersten Mal in unser Studio kamst, Leila.« Trotz ihres erstaunten Gesichtsausdrucks rede ich weiter. »Aber damals wusste ich das natürlich nicht. Meine Gefühle haben sich langsam entwickelt. Ich habe mich immer wieder gefragt, was du wohl gerade machst, oder mir dein bezauberndes Lachen vorgestellt. Ich hatte Sehnsucht danach, dir etwas zu erzählen, was ich lustig fand, nur um dich lachen zu sehen und zu hören. Und dann wurden meine Gefühle allmählich immer stärker.«

Ich schaue auf meine Hände herab. »Ich habe noch nie in meinem Leben so etwas empfunden. Daher wusste ich auch nicht, warum ich mich so komisch benahm. Statt vor lauter Vorfreude auf unser Album und unsere Tournee im siebenten Himmel zu schweben, war ich dauernd schlecht gelaunt – und zwar deshalb, weil ich mich immer mehr in dich verliebte und mein Unterbewusstsein mir sagte, dass wir nicht zusammen sein können. Diese Erkenntnis kam mir am Abend meiner Geburtstagsparty, und sie hat mich wie ein Schlag getroffen. Ich tat, was ich konnte, um meine Gefühle zu verbergen; denn ich hatte Angst davor, alles kaputt zu machen, wenn ich sie dir eingestehe. Ich dachte, dass du dann in Panik gerätst und die Flucht ergreifst. Seitdem ich diese Gefühle für dich entwickelt habe, konnte ich an keine andere Frau mehr denken.

Ich habe versucht, mich von dir fernzuhalten, Leila, aber es ging einfach nicht. Und meine Gefühle verleugnen zu müssen machte mich noch wütender. Unsere Küsse waren für mich eine Qual. Nach dem wunderschönen Tag, den wir nach deiner Abschiedsparty miteinander verlebt haben, brauchte ich dich wie die Luft zum Atmen. Und jetzt … Jetzt habe ich kein dringenderes Bedürfnis, als allen Menschen zu zeigen, dass wir zusammengehören. Aber du bist offensichtlich noch nicht so weit, und natürlich will ich dich nicht drängen oder unter Druck setzen. Trotzdem möchte ich, dass alle Leute wissen, wie sehr ich dich liebe.«

Schweigend und offensichtlich geschockt sitzt sie da.

»Warum hast du mir das denn nicht eher gesagt?«, fragt sie schließlich in ruhigem Ton.

»Ich kenne dich doch erst seit ein paar Wochen. Zuerst wollte ich einfach nur mit dir zusammen sein. Je mehr Zeit ich mit dir verbrachte, umso klarer wurde mir, dass bloße Freundschaft mir nicht genügte. Aber ich begriff nicht gleich, dass ich mich in dich verliebt hatte. Schließlich war ich noch nie zuvor verliebt gewesen und konnte nicht gut mit diesem Gefühl umgehen. Ich redete mir ein, dass ich unbedingt die Finger von dir lassen muss; aber wenn ich dich dann anschaute, konnte ich der Versuchung, dich zu küssen, doch nicht widerstehen. Als Nächstes redete ich mir ein, dass das ein Fehler gewesen war – und küsste dich im nächsten Moment schon wieder. Dann redete ich mir ein, dass wir lieber nur gute Freunde sein sollten; und am Ende kam ich dem Schluss, dass wir vielleicht doch irgendwie zusammenkommen könnten und dass ich dir sagen sollte, was ich für dich empfinde. Aber ich hatte Angst, dass du mir nicht glauben würdest. Ich konnte es ja selber kaum fassen. Und natürlich fürchtete ich auch, dass du vielleicht nicht das Gleiche für mich empfindest wie ich für dich. Ehrlich gesagt, weiß ich immer noch nicht genau, was für Gefühle du für mich hast. Dieses Gefühlschaos hat mich ganz krank gemacht. Bitte sprich mit mir, Baby«, flehe ich sie an, als sie immer noch schweigend dasitzt. Sie blickt auf und schaut mich so gedankenverloren an, als hätte sie völlig vergessen, dass ich neben ihr sitze. »Macht dir das Angst?«

»Nein … ja …« Sie wirkt so hilflos. Ein paar Tränen laufen ihr übers Gesicht, und in mir beginnen sich leise Zweifel zu regen. Vielleicht empfindet sie doch nicht so wie ich? »Deine Worte machen mir keine Angst. Ich frage mich nur, wie das funktionieren soll.«

»Warum?«

»Jack, ich habe mich gleich am ersten Tag in dich verliebt, als ich dich kennenlernte. Meine Gefühle haben sich nicht langsam entwickelt. Sie sind wie ein Güterzug mitten durch mein Herz gefahren.«

Ihre Augen sind immer noch feucht. Sie schaut mich unverwandt an und nickt dann langsam. »Abgesehen davon hatte ich mit einem ganz ähnlichen inneren Zwiespalt zu kämpfen wie du. Ich wollte unbedingt mit dir zusammen sein, wusste aber gleichzeitig, dass das sehr unklug wäre. Du bist wie eine Droge für mich. Ich komme einfach nicht von dir los.«

»Verdammt, Leila.« Ich ziehe sie an mich, und wir klammern uns aneinander, als wollten wir uns nie wieder loslassen. Als sie sich meiner Umarmung schließlich wieder entzieht, hat sie immer noch diesen hilflosen Ausdruck in den Augen.

»Du verschweigst mir doch irgendwas. Bitte sag es mir, Leila.«

»Ich habe furchtbare Angst davor, was die Leute denken werden, Jack.«

»Wen interessiert das schon?«, antworte ich wütend.

»Wahrscheinlich habe ich mich falsch ausgedrückt. Ich habe Angst davor, was für einen Eindruck es machen wird, wenn wir ein Paar sind.« Ich fahre ihr mit der Hand durchs Haar. Sicherlich steht mir meine Frustration deutlich im Gesicht geschrieben.

»Ich will es dir erklären. Schon seit meiner Kindheit wollte ich unbedingt Rocksängerin werden. Und das will ich immer noch. Damit meine ich nicht, dass mir das wichtiger ist als du; aber dieser Wunsch nach einer Karriere als Rockstar gehört einfach zu mir. Er ist ein Teil meiner Identität, und ich habe Angst vor der Reaktion der Öffentlichkeit, wenn wir unsere Beziehung publik machen. Vielleicht denken die Leute dann, dass ich diesen Job nur bekommen habe, weil ich deine Freundin bin.«

Von dieser Seite habe ich die Sache noch nie betrachtet. Schon ein einziger negativer Kommentar würde ausreichen, um die Gerüchteküche im Internet zum Brodeln zu bringen. Würde das ihrer Karriere schaden?

»Ich verstehe, was du meinst.« Wieder nehme ich ihre Hände in meine und ziehe sanft daran, bis sie mich anschaut. »Wir müssen ja auch nicht unbedingt die ganze Öffentlichkeit über unsere Beziehung informieren. Ich verstehe schon, wie angreifbar du in dieser Situation bist, aber ich glaube nicht, dass wir deshalb unsere Gefühle verleugnen müssen. Wir können trotzdem so leben, wie wir möchten.«

Leila sitzt stumm da und denkt über meine Worte nach.

»Ich würde nie zulassen, dass dich jemand verletzt, Babe. Alle Leute, die wir kennen, wissen, warum du diesen Job bekommen hast. Und sobald wir auf Tournee gehen, wird der Rest der Welt es auch erfahren. Es liegt doch auf der Hand, dass du Talent hast.«

Ich nehme ihr Gesicht in meine Hände und küsse sie liebevoll. »Wir haben so viel Zeit damit vergeudet, uns mit diesem Problem rumzuschlagen. Das will ich nicht mehr. Wir lieben uns, und das ist das Einzige, worauf es ankommt.«

Wieder küsse ich sie und erkläre ihr meine Liebe. Notfalls sage ich es ihr jeden Tag, damit sie es nie wieder vergisst.

»Ich liebe dich.«

Ein strahlendes Lächeln huscht über ihr Gesicht. Noch nie hat sie schöner ausgesehen als in diesem Moment – obwohl das fast unmöglich ist. Wie kann ein Gesicht von so vollendeter Schönheit *noch* vollendeter werden? Es ist die Liebe in ihren Augen, die sie so zum Strahlen bringt.

Diesen Ausdruck reiner Liebe und Freude auf ihrem Gesicht will ich nie wieder vergessen. Ich weiß, dass er sich sowieso unauslöschlich in mein Gedächtnis eingraben wird. Trotzdem wünsche ich mir einen greifbaren Beweis dafür, dass diese wunderbare Frau mich liebt.

Ich ziehe mein Handy raus und schieße ein paar Fotos von Leila.

»Was machst du denn da?«, fragt sie lachend.

»Ich möchte mir die Erinnerung daran bewahren, wie du in dem Moment ausgesehen hast, als wir uns gegenseitig unsere Liebe erklärt haben.«

Leila blinzelt verwirrt und sitzt ein paar Sekunden lang regungslos da. »Das ist das Süßeste, was ich je gehört habe.«

Ich küsse sie liebevoll und mache noch ein paar Fotos. Da läuft ihr eine Träne über die Wange. Ich wische sie mit dem Daumen weg und küsse Leila noch mal. »Warum weinst du denn?«

»Weil ich dich liebe.«

»Ich dich auch.«

Kapitel 25
Leila

Mein Herz fließt fast über vor lauter Liebe zu diesem Mann. Bei seinem Geständnis sackt mein Körper in sich zusammen und lehnt sich gegen ihn, als hätte ich plötzlich keine Knochen mehr. Jack ist genau der Mann meiner Träume: liebevoll, fürsorglich, witzig, romantisch, leidenschaftlich … Alle meine Wünsche und Bedürfnisse, vereinigt in einem perfekten Mann. Das ist fast schon zu schön, um wahr zu sein. Warum habe ich plötzlich so viel Glück?

Ich klammere mich an ihn und will ihn gar nicht mehr loslassen. Irgendwie befürchte ich, dass das alles nur ein Traum sein könnte. In dieser Umarmung entlädt sich die ganze innere Anspannung, die sich in uns angestaut hatte, weil wir einander so vieles verheimlicht haben. Wie dumm von uns.

Wieder neigt Jack sich zu mir herab und küsst mich, drängt seine Zungenspitze in meinen Mund, und ich lasse ihn gewähren. Als er sich nach diesem Kuss wieder von mir zurückzieht, bringt der plötzliche Zwischenraum zwischen unseren Gesichtern mich fast zum Weinen.

»Ich bin ganz überwältigt, Leila.« Langsam breitet sich ein Lächeln auf seinem Gesicht aus, und er sieht dabei so wunderschön aus, dass ich unwillkürlich den Atem anhalte. »Ich lasse dich nie wieder gehen.«

Fest drückt er seine Lippen auf meine und legt seine ganzen Gefühle in diesen Kuss.

Jetzt gibt es nur noch einen einzigen Gedanken, der mich quält. Aber dieser Mann hat mir schließlich gerade seine Liebe gestanden, wie kann ich ihm da mit meinen Bedenken im Hinblick auf seine Vergangenheit kommen? Andererseits kann ich sie ihm auch nicht einfach verschweigen, das wäre weder mir noch ihm gegen über fair. Ich muss ihm gestehen, wie große Sorgen ich mir darüber mache, dass er mich betrügen könnte. So etwas würde ich nicht noch einmal verkraften. Ich werde nicht zulassen, dass mich noch mal ein Mann in so eine Situation bringt.

Ich entziehe mich seinen Armen, schlucke und beschließe, mich an dieses heikle Thema heranzuwagen. »Können wir auch noch über etwas anderes reden, Jack?«

»Natürlich. Über alles, was du willst.«

Ich hole tief Luft und versuche, ihm zu erklären, was ich auf dem Herzen habe, doch irgendwie bringe ich es nicht über die Lippen. Ich weiß nicht, ob das an meiner Angst liegt oder ob ich einfach nur befürchte, dass meine Bedenken wahr werden können, wenn ich sie äußere.

Mit besorgtem Gesicht drückt er mir die Hände und fordert mich mit Blicken auf, weiterzusprechen.

»Du weißt doch, dass Matt mich betrogen hat, Jack. Aber du weißt noch nicht alles: Ich habe ihn damals in flagranti ertappt, und zwar mit einer unserer gemeinsamen Freundinnen von der Highschool.«

Inzwischen ahnt Jack wahrscheinlich schon, was jetzt gleich kommen wird. Er sitzt ruhig da und wartet darauf, dass ich weiterspreche.

Wieder sehe ich diese Situation so deutlich vor mir, als hätte ich das alles erst gestern erlebt. »Ich stand wie erstarrt da und konnte mich nicht rühren. Mir war ganz schlecht. Wie hatte Matt mich so bloßstellen können? Und dabei hatte ich ihn immer wieder in Schutz genommen, wenn meine Freunde mich davon zu überzeugen versuchten, dass er mich betrog. Ich hatte einfach die Augen vor der Wahrheit verschlossen.

Ich erzähle dir das, weil ich dich um etwas bitten möchte: Falls du irgendwelche Vorbehalte dagegen hast, mir treu zu sein, solltest du mir das jetzt sagen. Denn so einer Situation möchte ich mich nie wieder aussetzen. Natürlich brauchst du keinen Vertrag zu unterschreiben, in dem steht, dass du mir für immer und ewig treu bleiben wirst. So dumm bin ich nicht. Ich habe nur eine Bitte an dich: Wenn du das Gefühl hast, dass du mich betrügen wirst, dann beende diese Beziehung bitte vorher.«

Jack sitzt immer noch schweigend da und erwidert meinen Blick ernst. »Ich hatte bisher nur eine einzige Freundin, Leila, und zwar während meiner Highschoolzeit. Da war ich zwei Jahre lang mit einem Mädchen zusammen. Damals hielt ich es für Liebe; doch nun, da ich weiß, was Liebe wirklich ist, wird mir klar, wie weit wir von einer wahren Liebesbeziehung entfernt gewesen sind. Natürlich habe ich an ihr gehangen – vielleicht sogar zu sehr. Sie hat mich während unserer Beziehung mehrfach betrogen. Ich sie nicht. Ich bin treu.«

»Danke, dass du mir das gesagt hast.«

»Ich liebe dich. Ich wünsche mir nichts anderes, als mit dir zusammen zu sein und mich ganz auf unsere Beziehung einzulassen.«

Ich ziehe sein Gesicht zu mir herunter und küsse seine wunderschönen Lippen immer wieder.

Da steht Jack auf und streckt mir seine Hand entgegen. Als wir ins Schlafzimmer gehen, fühlt sich meine sehnsüchtige Erwartung ganz anders an als bei den anderen Malen, als wir miteinander geschlafen haben. Wahrscheinlich liegt das daran, dass wir uns diesmal wirklich lieben werden. Bisher war der Sex, den ich hatte, einfach nur Sex – auch mit Jack. Doch sobald man sich gegenseitig seine Liebe gesteht, ändert sich plötzlich alles: Jetzt ist der Geschlechtsakt nicht mehr das Wichtigste an der Beziehung. Ich wünsche mir eine intensivere Verbindung zu ihm als je zuvor.

Meine Nerven vibrieren. Ich spüre dieses Gefühl in jeder Zelle meines Körpers. »Du bist atemberaubend – nicht nur, wenn ich in dir drin bin, sondern auch sonst.«

Seine Stimme klingt ganz rau vor lauter unausgesprochenen Gefühlen. Sein Blick durchbohrt mich bis in die tiefsten Tiefen meiner Seele hinein.

Jack zieht mir das T-Shirt aus und richtet seinen Blick auf meine nackten Brüste. Dann nimmt er eine meiner aufgerichteten Brustwarzen zwischen seine Lippen. Meine Hände verkrallen sich in seinem Haar, und ich wölbe ihm meinen Oberkörper entgegen, damit er sie noch tiefer in den Mund nehmen kann. Ich werfe den Kopf zurück und sacke in mich zusammen, während er immer noch an meiner Brust knabbert und saugt, bis ich am Rande eines Orgasmus stehe.

Langsam knöpft er mir die Shorts auf, verhakt seine Finger in meinem Hosenbund und zieht sie dann ganz langsam herunter. Als ich meine Hand auf seine Schulter lege, hebt er meine Beine an und wirft meine Shorts auf den Boden. Als ich mich vorhin so hastig anzog, nachdem er wutentbrannt aus meiner Wohnung gestürmt war, habe ich nicht nur meinen BH, sondern auch meine Unterwäsche vergessen und stehe jetzt völlig nackt vor ihm.

Ich höre, wie Jack nach Atem ringt. Er tritt einen Schritt zurück, um mich besser sehen zu können.

»Dreh dich um«, befiehlt er mit heiserer und doch sanfter Stimme. Ich gehorche und kehre ihm den Rücken zu. Sofort schlingt er die Arme um mich und lässt seine Hände über meinen Bauch gleiten. Seine wunderschönen Lippen wandern zu meinem Ohr, und er küsst mich langsam vom Ohrläppchen bis zum Nacken. Als er seinen Mund in meinem Nacken vergräbt und aufreizend seine Zunge darüber gleiten lässt, stöhnte ich auf. Ich glaube nicht, dass ich das noch lange aushalte. Dann lässt Jack seine Hände über meinen Körper wandern und schiebt sie langsam zwischen meine Beine. Als er sich hinter mich kauert und seine Lippen in mein Kreuz drückt, bin ich wie elektrisiert. Ich spüre den Nachhall seiner Berührungen bis in meinen Unterleib hinein.

Immer noch hinter mir hockend, dreht er mich langsam um, bis sein Gesicht sich in etwa auf der Höhe meiner Schenkel befindet, und drückt mir einen Kuss auf den Bauch. Er sieht so wunderschön aus, wie er da vor mir kniet. Zärtlich fahre ich mit der Hand durch sein seidiges Haar und habe das Gefühl, dass mein Herz gleich explodiert von all den vielen Gefühlen, die er in mir weckt.

»Am liebsten würde ich stundenlang mit dir Sex haben, Leila«, sagt er und schaut lächelnd zu mir empor.

»Ich auch«, sage ich einfach und lächle zurück.

Da steht Jack auf, hebt mich hoch und legt mich mitten aufs Bett; und dann gehen seine Lippen an meinem Körper auf eine Entdeckungsreise, die meinen ganzen Körper zum Zittern und zum Erglühen bringt. Zuerst verweilt er bei meinen Brüsten, umfasst und streichelt sie, küsst und saugt daran und lässt sich dabei jede Menge Zeit. Allmählich steigert meine Erregung sich bis ins Unerträgliche.

»Bitte, Jack«, keuche ich und versuche, ihn wieder zu mir hochzuziehen.

»Noch nicht«, lächelt er.

Ich entspanne mich, liege mit ausgestreckten Armen und Beinen auf dem Bett und versuche, diese Tortur im Zeitlupentempo zu ertragen. Als Jack endlich meine empfindlichste Stelle erreicht hat, kann ich keinen klaren Gedanken mehr fassen. Erbarmungslos leckt und saugt er an meiner Klitoris. Sofort komme ich – immer und immer wieder, in einem nicht enden wollenden Orgasmus. Jack lässt mich auf der Welle meines Höhepunkts reiten und fängt dann wieder von vorn an, nimmt meine Klitoris zwischen die Lippen, während seine Hände auf den Innenseiten meiner Oberschenkel liegen und er mit den Daumen kreisende Bewegungen macht.

Dann lässt Jack langsam zwei Finger in mich hineingleiten und leckt mich dabei gleichzeitig mit ganz langsamen Zungenschlägen. Dieser Mann beherrscht es wirklich meisterhaft, eine Frau mit dem Mund zu verwöhnen. Ich spüre, wie meine Scheidenmuskulatur sich um seine Finger schließt. Schließlich zieht er sie wieder heraus, schiebt seine Zunge in mich hinein, und wieder reite ich auf einer nicht enden wollenden Welle der Ekstase.

Erst als die letzten Zuckungen meines Körpers abgeebbt sind, wandert er mit seinen Lippen langsam wieder nach oben.

»Oh Gott, Jack«, seufze ich, als er an meiner Brustwarze saugt. Dann lässt er seine Lippen zu meinem Nacken und schließlich zu meinem Mund gleiten. Ich ziehe ihn über mich, sodass unsere Körper auf gleicher Höhe liegen, und spüre, wie er sich fest an mich presst. Sein wichtigster Körperteil bohrt sich in meinen Oberschenkel.

Dann beginnt Jack, mich langsam und aufreizend zu küssen. Wir schauen uns dabei in die Augen. Als er seinen erigierten Penis an meine Scheidenöffnung schiebt und langsam in mich eindringt, schließen meine Augen sich sofort wieder angesichts der überwältigenden Gefühle, die er in mir auslöst.

»Mach die Augen auf und schau mich an«, befiehlt er.

Ich gehorche, obwohl es mir schwerfällt. Am liebsten würde ich die Augen fest zumachen und diese Gefühle, die da auf mich einstürmen, einfach genießen. Das Gefühl der Vertrautheit zwischen uns ist überwältigend. Wir haben das zwar inzwischen schon oft gemacht, doch diesmal ist es anders. Ich weiß, dass Jack das auch spürt.

Immer wieder bewegen wir uns im selben Rhythmus, bis ich spüre, wie meine Scheide sich zusammenzieht. Er küsst mich, bringt mich zum Orgasmus und kommt gleich danach zum Höhepunkt. Ich kann alle seine Gefühle an seinem Gesichtsausdruck und dem Blick seiner dunkelgrauen Augen ablesen.

»Ich liebe dich, Leila«, beteuert er, während unsere Körper immer noch miteinander vereint sind. Keiner von uns beiden möchte diese enge Verbindung abbrechen.

»Ich dich auch«, sage ich und verliere mich in seinen Augen.

***

»Können wir über etwas reden?«, fragt er, während er an seinem Kaffee nippt. Er hat bei mir übernachtet, und wir müssen erst in ein paar Stunden wieder ins Studio.

»Klar.«

»Darf ich es den Jungs jetzt sagen?« Er beobachtet mich genau und wartet auf meine Reaktion.

Ich gehe in die Küche, um mir einen zweiten Becher Kaffee einzuschenken. »Bedeutet es dir denn so viel, dass sie es erfahren?«

Jack steht ebenfalls auf, nimmt mir den Becher aus der Hand und stellt ihn auf die Küchentheke. »Ja. Denn dann könnte ich dich endlich so lieben, wie ich will.«

Tja, wenn er es so ausdrückt …

»Wir werden auf dieser Tournee Tag und Nacht zusammen sein, Leila. Ich verstehe ja, warum du nicht willst, dass alle Welt von unserer Beziehung erfährt. Aber meinen Jungs das verheimlichen zu müssen wäre für mich eine Qual. Ich will deine Hand halten, dich küssen und lieben dürfen, ohne etwas vor ihnen verbergen zu müssen.«

Er ist so romantisch – und so liebevoll. Wie kann ich ihm einen Wunsch abschlagen, der ihm so wichtig ist? »Okay«, willige ich ein.

»Okay?«

»Ja.«

Da nimmt Jack mich ohne Vorwarnung in die Arme und drückt mich an seine Brust.

»Vorsicht, ich kriege keine Luft mehr.«

»Oh … tut mir leid.« Er lockert seinen Griff, aber nur ein bisschen. »Du kannst dir gar nicht vorstellen, wie glücklich mich das macht, Leila.«

»Oh doch, das weiß ich genau«, widerspreche ich ihm und fahre mit dem Finger leicht über seinen schon wieder erregten Penis.

Verlegen zuckt er die Achseln. »Der führt nun mal sein eigenes Leben.«

Während dieses Vormittags liebt Jack mich immer wieder – in der Küche, unter der Dusche und in meinem Bett.

»Wenn wir so weitermachen, werde ich heute Abend auf die Bühne hinken«, necke ich ihn, während wir uns anziehen.

»Das sieht bestimmt ungeheuer sexy aus«, sagt er und tritt von hinten an mich heran, um mich in den Nacken zu küssen. Langsam gleitet seine Zunge zu meinem Ohr hinüber.

»Jetzt müssen wir wirklich los, Jack. Wir haben keine Zeit mehr. Unser Taxi wird jeden Augenblick da sein.«

Seufzend lässt er mich los. »Na schön. Aber musst du unbedingt so eine Spielverderberin sein?«

Ich gehe ins Badezimmer. »Ich mache es heute Abend nach dem Konzert wieder gut«, rufe ich ihm zu. »Dann falle ich vor dir auf die Knie.«

Sofort kommt er zu mir herüber, und seine Augen glühen vor Verlangen. »Verdammt. Sag so was nicht.« Er küsst mich so heftig, als wolle er eine physische Spur in meinem Gedächtnis hinterlassen, bis ich keuche und nach Luft schnappe.

»Du treibst wirklich ein gefährliches Spiel mit mir«, schnaube ich, während er wieder weggeht und bei dem Gedanken daran, in was für einem Zustand er mich zurückgelassen hat, leise vor sich hin lacht.

Jack hilft mir, meine Wohnung zu verschließen und meinen Koffer runterzutragen – immerhin sind es drei Stockwerke, und es gibt keinen Fahrstuhl. Während der Taxifahrt in die Stadt bin ich ein richtiges Nervenbündel: überglücklich und aufgedreht. Ich habe das Gefühl, Bäume ausreißen zu können, und kann gar nicht mehr still sitzen: Ständig klopfe ich mit dem Fuß auf den Boden oder wackle mit den Beinen herum. Jack hält während der ganzen Fahrt lächelnd meine Hand. Anscheinend amüsiert er sich köstlich über meine Nervosität.

Als wir endlich bei der Konzerthalle angelangt sind, hält die Limousine am Hintereingang. Der Taxifahrer lässt mich zuerst aussteigen. »Ich drehe noch eine Runde um den Häuserblock, dann komme ich nach«, sagt Jack. Bevor ich aussteige, küsst er mich. »Ich liebe dich.«

»Ich dich auch.«

Am Eingang zu der Konzerthalle fragt ein Sicherheitsbediensteter mich nach meinem Pass. Ich war noch nie in meinem Leben hinter einer Bühne. Es ist ein aufregendes Gefühl zu wissen, das schon einige große Stars durch diese heiligen Hallen gewandelt sind.

Ein hübsches Mädchen mit Klemmbrett und Kopfhörer begrüßt mich und stellt sich als Stephanie – unsere Eventmanagerin – vor. Sie führt mich durch den Korridor in ein großes Zimmer, wo die Jungs schon auf mich warten.

Dylan sieht mich als Erster, kommt zu mir und nimmt mir meine Taschen ab. »Na, bist du schon aufgeregt?«

»Oh ja, Aufregung steht auch auf der Liste der Gefühle, die ich gerade habe – allerdings ziemlich weit unten«, sage ich mit einem selbstironischen Lächeln. »Tut mir leid, dass ich dich gestern Abend nicht mehr zurückgerufen habe, Dylan. Ich bin ziemlich spät heimgekommen.«

»Kein Problem. Ich wollte nur wissen, ob alles okay ist.«

»Ja, mir geht's gut. Lass uns die Sache einfach vergessen, okay?«

»Na gut.« Er zieht mich an sich. Ich schaue zum Eingang und stelle fest, dass Jack gerade rechtzeitig hereinkommt, um mich in Dylans Armen zu sehen. Er lächelt mir liebevoll zu, und mein Herzschlag gerät ins Stocken.

»Sehen wir uns vor deinem Auftritt noch?«, fragt Dylan.

»Klar.«

Dylan nickt und geht beim Verlassen des Zimmers an Jack vorbei.

Dann kommt Hunter und fasst mich um die Taille. »Es ist so weit, Leila. Endlich ist es so weit«, ruft er und wirbelt mich im Kreis herum.

Ich muss über seine Begeisterung lachen. »Stell sie wieder ab, sonst kriegt sie noch den Drehwurm und muss kotzen«, befiehlt Jack.

»Echt?«, fragt Hunter.

»Echt«, nicke ich lächelnd. »Mir kommt jetzt schon das Mittagessen hoch.«

Da stellt Hunter mich schnell wieder auf den Boden, und Jack muss lachen.

Kurz darauf kommt Jennifer in Begleitung eines stämmigen Mannes in mittleren Jahren hereingerauscht. Das ist Will Sutter, unser Equipment-Manager. Er hat fünf junge Burschen mitgebracht, die alle Devil's-Lair-T-Shirts tragen. Ob das wohl Fans sind?, frage ich mich, doch Will erklärt uns, das seien unsere Roadies, die uns auf unserer Tournee begleiten werden.

Er und seine Mitarbeiter sind dafür zuständig, die Bühne auf- und wieder abzubauen. Außerdem muss er dafür sorgen, dass unsere Siebensachen nach jedem Konzert wieder in den Bus gepackt werden. Ein schüchterner Rothaariger, der etwas weiter hinten steht, starrt mich an, während der Blonde rechts neben ihm Jack mit Blicken verschlingt. Jack und ich registrieren das gleichzeitig und können uns nur mit Mühe ein Lächeln verbeißen.

Dann kommt Stephanie und scheucht uns auf. Sie führt uns durch einen langen, dunklen Korridor in Richtung Bühne. Schreiend und johlend wie bei einer Fußballmeisterschaft springen die Jungs die Treppe zur Bühne hinauf. Jack folgt mir. Als er sieht, dass meine Beine mir den Dienst versagen, bleibt er stehen.

»Reg dich ab. Du weißt doch, dass noch gar niemand da ist.«

Sprachlos stoße ich ihn mit dem Ellbogen an, während ich das Bild des leeren Konzertsaals in mich aufnehme. Die Beleuchtung ist schon an, aber die Zuschauer sind noch nicht da. Endlose Reihen leerer Plätze erstrecken sich vor meinem Auge.

Stephanie stellt mir einen Mann namens Bruce – unseren Soundcheck-Manager – vor. Er erklärt uns, welche Songs wir proben sollen. Dann verlässt er die Bühne und zieht sich in die Tonkabine zurück.

Wir spielen vier Songs und unterbrechen zwischendurch immer wieder, damit er den Sound anders einstellen kann. Schließlich ruft Bruce uns über die PA-Anlage zu, dass alles okay ist. Meinem Empfinden nach hat das wirklich gut geklungen. Mit Jack zusammen zu singen erfüllt mich mit ungeheurer Euphorie. Man merkt sofort, dass zwischen uns beiden auf der Bühne die Chemie stimmt. Seinem Gesichtsausdruck sehe ich an, dass er genauso empfindet wie ich.

Nach dem Soundcheck werden wir wieder in den Warteraum gebracht, wo inzwischen ein Büfett mit Getränken und kalten Platten aufgestellt worden ist. Da ich kaum einen Bissen hinunterbringen kann, nehme ich mir nur ein trockenes Brötchen und eine Flasche Wasser, entschuldige mich und ziehe mich in den Umkleideraum zurück. Ich muss meine Nerven beruhigen. Sicherlich weiß Jack, wie nervös ich bin, denn er hält mich nicht zurück.

In aller Ruhe ziehe ich mich für das Konzert um und schminke mich. Ich habe beschlossen, Jack eine Freude zu machen und die Sachen anzuziehen, die ihm neulich bei unserem Fotoshooting so gut gefallen haben. Die sind zwar ziemlich freizügig, aber ich kann sowieso nicht noch nervöser werden, als ich ohnehin schon bin, also was soll's.

Als ich fast fertig angezogen bin, kündigt eine Stimme über die PA-Anlage an, dass unser Konzert in zehn Minuten beginnt.

Oh *Gott*.

Bei dieser Durchsage bricht mir sofort der kalte Schweiß aus.

Ich fange an, hektisch im Zimmer auf und ab zu laufen, und fächle mir dabei Luft zu, um mich abzukühlen. Da klopft es an meiner Tür.

»Herein.« Die Tür geht auf, und Jack betritt den Umkleideraum. Er sieht so gut aus in seinen dunklen Jeans und seinem engen schwarzen T-Shirt. Seine Haare sind perfekt gestylt. Ich vergesse meine Nervosität und starre ihn mit offenem Mund an. Er starrt zurück.

»Du hast das Zeug also tatsächlich angezogen.« Er schließt die Tür hinter sich und kommt zu mir.

»Das ist nur ein kleines Zugeständnis an dich, weil heute unser erster Konzertabend ist; aber gewöhn dich nicht daran. Ich habe dir ja gesagt, dass ich in diesem Korsett schwitze wie ein Schwein. Und das war kein Scherz.« Lachend zieht er mich an sich.

»Ich liebe dich so sehr«, sagt er und küsst mich auf den Kopf. Er riecht so gut, dass ich am liebsten die ganze Nacht in diesem Umkleideraum bleiben und in seinen Armen liegen würde.

Jack tritt einen Schritt zurück und mustert mich von oben bis unten. »Ich liebe dieses Ding«, sagt er und fährt mit dem Finger an der Verschnürung meines Korsetts entlang. Der Ausdruck in seinen Augen und seine Finger, die meine Haut zwischen den Schnüren berühren, lassen meinen Puls schneller schlagen.

»Ich bin nur gekommen, um dir alles Gute für unseren Auftritt zu wünschen. Du wirst deine Sache großartig machen. Denk einfach immer daran: Du kannst das.« Zärtlich streicht er mir über die Arme. »Außerdem wollte ich mir einen Glückskuss abholen«, setzt er hinzu und betrachtet mich immer noch von oben bis unten, rührt sich aber nicht von der Stelle.

Das könnte ein großer Fehler sein. Jack so kurz vor unserem Auftritt zu küssen ist so, wie wenn ein Alkoholiker sich nur einen winzig kleinen Schluck Wein gönnen würde. Immer wenn er mich küsst, will ich sofort das ganze Programm … Ach, scheiß drauf!

Ich neige ihm mein Gesicht entgegen, und er beugt sich zu mir hinunter. Wie immer beginnt unter Kuss ganz langsam. Zuerst knabbert Jack nur an meinen Lippen, doch schon kurze Zeit später knutschen wir wie wild miteinander herum.

»Du bringst mich noch um«, keuche ich, entziehe mich seinen Armen und wische ihm meinen Lippenstift vom Mund. Jack schließt die Augen und tritt einen Schritt zurück.

»Vielleicht war das doch keine so gute Idee.« Er fasst nach unten und schiebt den Schritt seiner Jeans zurecht. Sein Ständer ist klar und deutlich zu erkennen.

»So kannst du unmöglich rausgehen, Jack.«

Wieder kommt eine Durchsage: Jetzt sind es nur noch fünf Minuten bis zum Beginn unseres Konzerts. Jack holt tief Luft. »Echt nicht?«

Ich beiße mir auf die Lippen, um nicht lachen zu müssen, und sage das Erste, was mir einfällt: »Hunters blasser Hintern.«

Er schaut nach unten, und siehe da: Die Beule in seiner Hose schrumpft vor unseren Augen in sich zusammen.

»Tolle Idee. Danke.« Wieder kommt Jack auf mich zu, doch ich trete einen Schritt zurück.

»Oh nein … Jetzt wird nicht mehr geküsst.«

»Spielverderberin.« Jack setzt sich auf einen Stuhl, und ich fange wieder an, hektisch im Zimmer auf und ab zu gehen. Er wirkt so ruhig und gefasst, als habe er vor, eine Party zu besuchen, statt vor ein paar Tausend Zuschauern zu singen.

»Bist du denn gar nicht nervös?«

»Nö.«

Jetzt wird über die PA-Anlage durchgesagt, dass wir nur noch zwei Minuten Zeit haben.

»Komm, jetzt zeigen wir ihnen, was eine Harke ist.« Jack fasst mich bei der Hand und zieht mich hinter die Bühne, wo unsere Jungs schon alle versammelt sind und sich gegenseitig für das Konzert in Stimmung bringen.

Während wir auf unsere Ankündigung warten, kommt Dylan auf mich zu. »Viel Glück, Leila.«

Zum Glück ist es hinter der Bühne dunkel, sodass Dylan nicht sieht, dass Jack meine Hand hält. Trotzdem lasse ich Jacks Hand beim Klang seiner Stimme schnell los, woraufhin Jack mir einen stirnrunzelnden Blick zuwirft. Verlegen danke ich Dylan für seine guten Wünsche. Er umarmt mich kurz und schlendert dann wieder davon.

»Arschloch«, murmelt Jack und zuckt die Achseln, als ich ein leises, ungläubiges Schnauben von mir gebe.

Dann gibt Stephanie uns den Einsatz, und die Jungs laufen die Treppe hoch. Jack wartet auf mich und streckt mir seine Hand entgegen. Ich finde es schön, dass er mich nicht allein auf die Bühne gehen lässt.

Das Publikum applaudiert wie wild, und Jack lässt meine Hand genau in dem Augenblick los, als die Scheinwerfer angehen. Ich werfe einen Blick in den Zuschauerraum, sehe aber nur ein Meer von Gesichtern. Ich kann weder Dad noch meine Freunde erkennen, dazu ist das Scheinwerferlicht viel zu hell. Auf meinen Vorschlag hin wurden meine Keyboards ein bisschen weiter nach vorn gerückt, damit ich keinen so langen Weg zum Mikrofon habe. Jetzt wünschte ich mir, weiter hinten im Schatten verborgen zu stehen.

Jack greift nach dem Mikrofon. »Guten Abend, New York City!«, schreit er. Laute Jubelrufe branden ihm entgegen. Er dankt den Zuhörern für ihr Kommen und erklärt ihnen, was für eine Ehre es uns ist, unsere Tournee in so einer großartigen Stadt beginnen zu dürfen. Dann kündigt er unseren ersten Song – einen Lieblingssong der Fans von Devil's Lair – an, und das Publikum tobt. Es ist wirklich ein tolles Gefühl, so bejubelt zu werden. Jack wandert auf der Bühne umher und reißt unsere Zuhörer von der ersten Minute an mit. Er ist ein echtes Naturtalent.

Ohne Verschnaufpause stimmen wir unseren zweiten Song an. Vor dem dritten Song stellt Jack uns dem Publikum vor. Er beginnt mit Hunter, der diese Gelegenheit sofort zu einem Trommelsolo nutzt, woraufhin Jack ihn prompt als »Aufmerksamkeitshure« bezeichnet.

Dann erklärt Jack dem Publikum, sein nächstes Bandmitglied brauche wohl nicht extra vorgestellt zu werden. Bei diesen Worten nimmt Trey seine Sonnenbrille ab und nickt dem Publikum zu, das daraufhin ohrenbetäubend zu schreien anfängt. Ich bin mir ganz sicher, aus diesem Geschrei auch Loris Stimme herauszuhören.

Jack verdreht die Augen, bevor er sich Scott zuwendet und mit gespielter Erleichterung feststellt, er sei froh, dass dieser sich auf dem Weg von der Chorprobe hierher nicht verirrt habe. Scott zeigt ihm den Stinkefinger und stimmt ein Gitarrensolo an, woraufhin Trey sich mit einem Bass-Solo revanchiert.

»Verdammte Scheiße, ich bin heute wohl von Aufmerksamkeitshuren umgeben.« Das Publikum amüsiert sich sichtlich darüber, wie unsere Jungs sich gegenseitig aufziehen.

Dann kehrt Jack wieder auf die Mitte der Bühne zurück und steckt das Mikro in den Mikrofonständer. Er holt tief Luft und blickt sich verheißungsvoll um. Ich ahne schon, was jetzt gleich kommt, und würde ihn am liebsten umbringen. Immer wieder lässt er seinen Blick durchs Publikum schweifen, bis die Beifallsrufe lauter und lauter werden. Dann schüttelt er lachend den Kopf. »Sicher habt ihr schon gehört, dass unsere Band ein wunderschönes neues Mitglied bekommen hat«, sagt er schließlich.

Er hebt die Hand, um die Menge zum Schweigen zu bringen; doch die Fans applaudieren nur noch lauter. Mir zittern schon die Knie vor Nervosität.

»Wir dachten, dass es vielleicht eine gute Idee wäre, eine Backgroundsängerin zu engagieren.« Wieder applaudiert das Publikum, und wieder lacht Jack. »Allerdings hätten wir nie gedacht, dass diese Frau der Teufel in Menschengestalt ist und dass sie uns fix und fertig machen würde!« Er dreht sich zu mir um und grinst, als ich den Kopf schüttle.

»Also zeigt ihr, wie lieb ihr sie habt, sonst macht sie euch auch fix und fertig!«

Hoffentlich macht er bald Schluss mit dieser Vorstellungsrunde, damit wir endlich mit unserem Konzert weitermachen können, denke ich. Aber der Gedanke, dass all diese begeisterten Fans *meinetwegen* so laut schreien, ist schon ziemlich aufregend.

Obwohl der Applaus inzwischen schon sehr laut ist, stachelt Jack das Publikum immer noch weiter an: »Ich weiß nicht recht. Besonders überzeugend klingt das für mich nicht.« Da stimmen die Zuhörer ein ohrenbetäubendes Gejohle an. Jack lacht und schüttelt den Kopf.

»Sie hat uns unsere ganzen Fans geklaut!«, ruft er seinen Jungs zu. Wieder kreischt das Publikum. »Wow! Okay, okay. Darf ich Ihnen Miss Leila Marino vorstellen?«

Jack fordert mich mit einem Wink auf, nach vorne zu kommen, während das Publikum weiter tobt. Als ich näher trete, verbeugt dieser Idiot sich doch tatsächlich vor mir. Ich tätschle ihm den Kopf und winke den Zuhörern zu.

Er richtet sich wieder auf und legt die Hand auf sein Herz. »Habe ich es euch nicht gesagt? Sie ist durch und durch böse.« Als ich drohend die Hände in die Hüften stemme, setzt er lachend hinzu: »Seid ihr bereit, Leute?«

Er ergreift meine Hand und zieht mich zum Mikrofon. Auf einen kurzen Wink hin beginnt Hunter zu trommeln. Jack legt seine Hand auf meinen nackten Rücken und schaut mir in die Augen. Während der Duette singen wir ins selbe Mikrofon, und unsere Lippen berühren sich fast. Das finde ich ungeheuer aufregend.

Das Publikum ist außer Rand und Band. Wir haben die Fans mit unseren ersten Songs schon so angeheizt, dass jetzt praktisch nichts mehr schiefgehen kann. Sie singen die Lyrics unserer Songs mit, als seien sie alle Gäste einer großen Party. Ich sehe Jacks stolzen Gesichtsausdruck. Es muss schon faszinierend sein, einen Song zu schreiben, der so berühmt wird, dass Tausende von Menschen ihn auswendig kennen.

Von Pausen scheint Jack nichts zu halten. Er ist der Meinung, dass unsere Fans eine Menge Geld für dieses Konzert bezahlt haben und man sie deshalb auch nicht rumsitzen und warten lassen sollte, bis wir uns wieder ausgeruht haben; also spielen wir über zwei Stunden lang ohne Pause. Am Ende dieses Konzerts bin ich erschöpft, nass geschwitzt – und total berauscht von meinem neuen Job.

Nach der letzten Zugabe kommen alle Fans nach vorne, um Jack und mich kennenzulernen.

»Du warst echt fantastisch«, flüstert er mir ins Ohr und hält mich fest an sich gedrückt.

Als wir uns zum letzten Mal verbeugen, lächle ich ihn unwillkürlich an. Dann wird die Beleuchtung abgedimmt, und wir verlassen die Bühne. Die Fans rufen immer noch den Namen unserer Band. Sie wollen noch mehr hören.

Jack bleibt stehen. »Okay, noch eine Zugabe«, sagt er. Daraufhin rennen die Jungs wieder auf die Bühne, und Jack und ich folgen ihnen. Das Publikum kreischt.

»Habt ihr immer noch nicht genug?« Begeisterte Jubelrufe sind die Antwort. »Wie wäre es mit einem Song, der etwas ganz Besonderes für uns ist? Wir spielen ihn nicht sehr oft, aber für das Publikum in unserer Lieblingsstadt machen wir natürlich eine Ausnahme!«

»Diesen Song haben wir allerdings nicht selbst geschrieben«, setzt er hinzu, als das Publikum sich allmählich beruhigt. »Eine der Bands, die uns ganz besonders inspirieren, ist Aerosmith. Dieser Song heißt ›Dream on‹.«

Es rührt mich, dass er ausgerechnet diesen Song für seine Zugabe ausgewählt hat. Er weiß, dass meine Stimme darin besonders gut zur Geltung kommt. Unsere Blicke treffen sich, und ich nicke ihm zu und schenke ihm ein strahlendes Lächeln.

Diesmal klingt der Song noch viel besser als damals bei meinem Vorsingtermin. Es ist fast so, als hätte Aerosmith ihn für uns geschrieben. Jack überlässt mir die Führung und begnügt sich mit dem Backgroundgesang. Das Publikum singt mit, und die Stimmung ist so begeistert, dass Jack über das ganze Gesicht strahlt.

Zum Schluss verabschiedet Jack sich noch mal von unserem Publikum, und wir verbeugen uns ein letztes Mal. Ich fühle mich so, als hätte ich gerade einen Marathon hinter mir. Mein Adrenalinspiegel ist so hoch wie noch nie. Als ich die Treppe hinuntersteige, packt Jack mich und wirbelt mich herum, wie Hunter es vorher getan hat.

»Na, wie war das?«

Er drückt mich an sich, und ich lege ihm die Arme um den Hals. »Wunderbar. Es hat so viel Spaß gemacht!«

Noch nie war ich in so euphorischer Stimmung. Alle meine Bandkollegen umarmen mich. Dann kommt Stephanie und scheucht uns wieder in den Warteraum.

Kaum sind wir alle dort versammelt, zieht Jack mich an sich und gibt mir einen seiner atemberaubenden Küsse. Als ich ein Stück zurückweiche, um wieder zu Atem zu kommen, sehe ich zwei Augenpaare, die mich entgeistert anstarren, und Treys dreckiges Grinsen.

Jack fängt an zu lachen und zieht mich an seine Seite.

»Tja, Jungs, vielleicht ist jetzt der richtige Zeitpunkt, um euch zu sagen, dass Leila und ich uns ineinander verliebt haben.« Die Jungs schauen uns an, als hätten wir uns gerade nackt ausgezogen.

»Ich möchte mit ihr zusammen sein, und ich habe es satt, unsere Beziehung zu verheimlichen. Habt ihr ein Problem damit?«

Scott sieht ziemlich geschockt aus, Trey wirkt gelangweilt, und Hunter grinst höhnisch vor sich hin.

Trey ergreift als Erster das Wort. »Macht, was ihr wollt. Ist mir scheißegal.«

Scott wird knallrot und schüttelt den Kopf. Anscheinend traut er sich nicht, einen Kommentar dazu abzugeben.

Dann beginnt Hunter, auf langsame, entnervende Art in die Hände zu klatschen. »Das wurde aber auch Zeit, verdammt noch mal«, sagt er.

Jack lacht. »Na gut. Jetzt wisst ihr es alle. Aber ich möchte euch noch um etwas bitten. Wir wollen unsere Beziehung noch nicht publik machen, also behaltet das bitte für euch, ja?«

Alle drei nicken gleichzeitig mit dem Kopf. Dann kommt Jennifer herein. Wie zufällig lässt Jack mich los.

»Ihr habt das Publikum total umgehauen«, strahlt Jen und umarmt die Jungs. Wenn sie lächelt, sieht sie noch hübscher aus. Schade, dass sie das nicht öfter tut. Dann kommt Jennifer zu mir. »Du warst wirklich fantastisch heute Abend, Leila.«

Fassungslos bedanke ich mich bei ihr, und sie strahlt mich herzlich an. Das hat sie doch bestimmt nicht ernst gemeint. Sie zieht sicher nur eine Show ab.

Dann erscheint Malcolm mit zwei Cocktails, von denen er Jennifer einen in die Hand drückt. »Hallo, Leila. Schön, dich wiederzusehen.«

Jack wirft mir einen Blick zu und zieht die Augenbrauen hoch. »Malcolm und ich haben uns bei deiner Geburtstagsparty kennengelernt«, sage ich, denn ich habe das Gefühl, ihm eine Erklärung schuldig zu sein.

»Wie geht's dir, Jack?«

»Gut, Malcolm. Großartig.«

Malcolm schenkt ihm ein gönnerhaftes Lächeln und wendet seine Aufmerksamkeit dann wieder mir zu. »Haben Sie inzwischen schon mal darüber nachgedacht, worüber wir neulich gesprochen haben?«

Was soll das? Dieser Mann ist furchtbar aufdringlich, und mit aufdringlichen Menschen komme ich nun mal nicht gut klar.

»Danke, momentan habe ich kein Interesse.«

Jennifer hakt sich bei Malcolm ein und sieht so aus, als wolle sie ihr Revier verteidigen. Von mir aus kann sie sich beruhigen. Ich will nichts von ihrem Freund. Zum Glück erklärt er Jennifer und Jack jetzt, was er mit seiner Äußerung gemeint hat.

»Mensch, Malcolm. Sie gehört doch erst seit gefühlten fünf Minuten zu Devil's Lair, also halt dich ein bisschen zurück.« Jack scheint ziemlich sauer zu sein.

»Ich habe deiner begabten Backgroundsängerin ja auch bloß klargemacht, dass sie für eine Backgroundsängerin zu begabt ist.« Er zuckt die Achseln. »Sie ist noch nicht so weit. Aber ich habe Geduld. Ich kann warten. Sie haben meine Karte«, sagt er zu mir. »Und Sie wissen, wo Sie mich finden können. Ich kann Ihnen all Ihre Träume erfüllen.«

Jack murmelt einen Schimpfnamen vor sich hin, den Malcolm ignoriert. »Jen kennt ja meinen erbarmungslosen Konkurrenzgeist, nicht wahr, Baby?«

Jennifer scheint sich gar nicht darüber aufzuregen, dass ihr schäbiger Freund gerade versucht hat, ihr eine ihrer Klientinnen wegzunehmen. Wer weiß – vielleicht hat sie diesen Plan ja sogar ausgeheckt, um mich loszuwerden. Sie mochte mich von Anfang an nicht. »Ich weiß, Baby. Du würdest sogar deiner eigenen Mutter einen Klienten abspenstig machen. Ich bin dir nicht böse.«

Sie lächelt ihn strahlend an, und er beugt sich zu ihr herunter und küsst sie.

Dieses Getue ist mehr als lächerlich. Ich ignoriere die beiden. »Sollen wir was trinken gehen?«, wende ich mich an Jack.

»Ja!«

Er legt den Arm um meine Schultern. »Bis später, Jungs. Malcolm, lass die Finger von meinem neuen Bandmitglied, sonst bekommst du es mit mir zu tun.«

Er schenkt ihnen sein strahlendstes GU-Lächeln und bugsiert mich zur Bar.

»Eigentlich hat Malcolm recht«, sagt er dann.

»Jack, ich gehe nicht von euch weg. Ich weiß doch sowieso noch gar nicht so richtig, was ich tue. Das ist alles völlig neu für mich. Ich möchte wirklich mit euch auf Tournee gehen. Ich glaube an euch und bin sicher, dass ihr einen Riesenerfolg haben werdet. Daran will ich teilhaben.«

Er fährt mit dem Daumen über meine Wange. »Ich würde dich nie zurückhalten, wenn du wegmöchtest. Ich hatte nur gedacht, wir könnten dich noch eine Weile behalten. Aber ich würde dich nie daran hindern, eine Solokarriere zu starten.«

»Ich weiß.« Ich lehne mich zu ihm hinüber und setze hinzu: »Ich liebe dich.«

Er lächelt mich zärtlich an. »Ich dich auch. Und jetzt lass uns erst mal feiern.«

Inzwischen sind Essen und Getränke aufgetragen worden. Sofort scharen die Jungs sich um Jack und mich an der Bar. Hunter bestellt ein Tablett voller Schnäpse, und mir ist ein bisschen unwohl zumute, als ich sehe, dass es schon wieder Tequila ist. Jack lacht über mein entsetztes Gesicht und reicht mir eines der kleinen Gläschen. »Oder soll ich etwa einen Mädchendrink für dich bestellen?«

Er zwinkert mir zu und leert sein Glas in einem Zug.

»Ha ha.« Ich kippe meinen Drink ebenfalls blitzschnell hinunter. Allmählich gewöhne ich mich an dieses Zeug.

Jack hebt die Augenbrauen und lächelt listig. »Bei deinem letzten Tequila-Gelage hast du mir gesagt, dass du mich liebst«, flüstert er mir zu.

»Stimmt doch gar nicht.« Doch dann steigen vage Erinnerungen an diesen peinlichen Abend in mir auf. »Oh Gott.«

»Was ist denn? Ich fand das scharf.«

Dann drängen unsere Freunde in den Partyraum und beenden unser Gespräch. Mein Dad steht als Erster in der Tür.

»Lei!«

Er strahlt von einem Ohr zum anderen. Ich renne auf ihn zu, und als er mich mitten in der Luft auffängt, sehe ich, dass er geweint hat. Er umarmt mich so fest, dass ich kaum atmen kann. »Du warst fantastisch heute Abend. Ich bin so stolz auf dich.«

Dann nimmt Evan mich in den Arm. »Du warst großartig. Ihr habt den Konzertsaal zum Rocken gebracht!«

»Danke, Evan. Ich glaube, so einen Adrenalinrausch habe ich noch nie erlebt.«

»Das glaube ich dir. Diese Tournee bringt euch bestimmt bis ganz nach oben.«

Als Nächstes nehmen Lori und Alisa mich in Beschlag. »Das war wirklich spitze«, sagt Lori. »Du und Jack, ihr solltet wirklich mal miteinander in die Kiste steigen.«

Ich fange einen Blick von Evan auf und stoße ein nervöses Lachen aus. »Halt die Klappe.«

Je später der Abend, umso fröhlicher werden unsere Gäste. Hüfte an Hüfte schlendern Evan und Lizzy zu meinem Vater hinüber, und er stellt sie ihm vor. Als unsere Blicke sich treffen, zwinkert er mir zu. Ich bin froh darüber, dass es ihm allmählich wieder besser geht. Lorie und Trey küssen sich. Matt, Gina, Logan, Alisa und Joe mischen sich mit ihren Drinks unter die anderen Gäste. Matt stellt mir seine Gina vor – ein ganz liebes Mädchen. *Das* wird garantiert nicht lange gut gehen.

Jack bleibt fast den ganzen Abend über an meiner Seite. »Ich kriege jedes Mal fast einen Herzinfarkt, wenn ich dich in diesen Klamotten sehe«, sagt er plötzlich wie aus heiterem Himmel. Mir geht es auch nicht viel anders: Wenn wir jetzt allein in diesem Zimmer wären, hätte ich ihn schon längst ausgezogen. »Alles okay mit dir?«, fragt Jack und wirft mir einen hinterhältigen Blick zu. »Du bist plötzlich so rot im Gesicht.«

Ich murmle ihm ein leises *Scheißkerl* zu. Da kommen seine Eltern auf uns zu.

»Hallo.« Jack begrüßt die beiden mit einer herzlichen Umarmung. Sein Vater flüstert ihm etwas zu und klopft ihm auf die Schulter, seine Mutter nimmt sein Gesicht in ihre Hände und küsst ihn auf beide Wangen.

»Hör auf, Mom«, wehrt er ab und entzieht sich ihrer Umarmung. Das ist so süß. Rockstar oder nicht – er ist trotzdem immer noch Muttis kleiner Junge.

Jacks Dad umarmt mich herzlich. »Sie sind die ideale Ergänzung für diese Band, Leila.«

»Danke für das Kompliment. Das ist wirklich nett von Ihnen.«

Renata zieht mich beiseite und nimmt mich ebenfalls liebevoll in den Arm. »Ich kann es gar nicht mehr erwarten, Sie näher kennenzulernen, wenn diese Tournee wieder zu Ende ist, Leila. Sie kommen mich doch besuchen und bringen Evan mit?«

»Aber gern.« Sie lächelt und küsst mich auf die Wange. Jetzt weiß ich, wo Jack diese herzliche Art herhat. Es ist ein schönes Gefühl zu wissen, dass er aus einer so liebevollen Familie kommt.

»Jetzt hör endlich auf, an Leila rumzufummeln«, schimpft Jack, doch sie wirft ihm nur einen Blick zu und nimmt mich noch fester in den Arm.

Allmählich kommt unsere Party in Schwung. Es ist so schön, mit meinen Freunden zusammen zu sein und in Erinnerungen an unser Konzert zu schwelgen. Ich strahle über das ganze Gesicht – bis ich Jack sehe, der in der gegenüberliegenden Ecke steht und stirnrunzelnd auf sein Handy schaut. Hunter steht neben ihm, hält Amandas Hand und schüttelt den Kopf. Amanda wirkt ziemlich verlegen. Es sieht so aus, als würden die drei sich miteinander streiten. Ich frage mich, was da wohl los ist.

Doch dann ruft mein Dad mich zu sich und lenkt meine Aufmerksamkeit vorübergehend von Jack ab. Während ich zu ihm hinübergehe, mache ich mir immer noch Sorgen darüber, was wohl passiert sein mag. Da betritt eine fantastisch aussehende Brünette den Raum. Sie schaut sich um, und als sie Jack erblickt, geht sie langsam und verführerisch auf ihn zu. Diese Frau ist wirklich eine Wucht: groß, Hammerfigur, Haare wie ein langer schwarzer Seitenvorhang. Als Jack sie erblickt, verändert sich sein Gesichtsausdruck. Er geht ihr entgegen, packt sie am Arm und zerrt sie in den Korridor.

Wer zum Teufel ist diese Frau?

Seine Eltern wechseln ein paar Worte miteinander. Dann geht Lizzy zu ihnen hinüber, und sofort beginnt eine lebhafte Diskussion zwischen den dreien. Danach senkt sich ein peinliches Schweigen über den Raum. Ich setze ein gekünsteltes Lächeln auf und bemühe mich, das, was gerade passiert ist, zu ignorieren, doch es gelingt mir nicht.

Eigentlich müsste ich dringend mal auf die Toilette, aber Jack soll nicht denken, dass ich ihm nachgehe. Also beschließe ich, ein paar Minuten zu warten, bevor ich ebenfalls den Korridor entlanggehe und inständig hoffe, dabei weder Jack noch der Brünetten zu begegnen. Ich bin so in Gedanken versunken, dass ich kaum höre, wie Dylan meinen Namen ruft. Er kommt mit strahlendem Lächeln auf mich zu und ist eindeutig ein bisschen beschwipst.

»Was ist denn so lustig?«

»Ich warte schon den ganzen Abend darauf, dich allein anzutreffen – und jetzt erfüllt mein Wunsch sich ausgerechnet dann, wenn wir beide pinkeln müssen. Warte da hinten auf mich.« Mit diesen Worten geht er in die Herrentoilette, und ich frage mich besorgt, worüber er wohl mit mir sprechen will.

Als ich ein paar Minuten später wieder aus der Damentoilette komme, lehnt Dylan schon an der Wand und wartet auf mich. Als ich zu ihm hinübergehe, dreht er seinen Körper so, dass ich mit dem Rücken zur Wand stehe. Diese Bewegung irritiert mich. Ich bin momentan wirklich nicht in der richtigen Stimmung für Dylan.

»Ich möchte wieder reingehen, Dylan.«

Wortlos beugt er sich über mich und küsst mich. Sein Kuss fühlt sich weich und süß an, und ich habe sofort ein schlechtes Gewissen.

Ich bin so verwirrt und irritiert, dass ich ein paar Sekunden brauche, um mir darüber klarzuwerden, was Dylan da tut. Dann schiebe ich ihn von mir weg. »Ich dachte, ich hätte dir klipp und klar gesagt, dass ich keine Gefühle für dich habe, Dylan.«

Er tritt einen Schritt zurück und nickt zerknirscht. »Tut mir leid. Das hätte ich nicht tun sollen. Aber ich war so stolz auf dich und … Ich weiß auch nicht, irgendwie habe ich mich von meinen Gefühlen hinreißen lassen.«

»Ich weiß unsere Freundschaft sehr zu schätzen und fände es schade, wenn sie auseinandergehen würde, aber …«

»Du brauchst nicht weiterzusprechen«, schneidet er mir das Wort ab. »Das war wirklich dumm von mir, Leila. Tut mir leid«, setzt er achselzuckend hinzu, lächelt mich an und wirft mir einen sehnsüchtigen Blick zu.

»Ich muss wieder da rein.« Er nickt und fordert mich mit einer Handbewegung auf, vor ihm in den Partyraum zu gehen. Kaum sind wir drin, steuert er sofort auf die Bar zu.

Ungefähr eine Viertelstunde später kommt Jack endlich wieder – allein. Als ich seinen Gesichtsausdruck sehe, krampft sich mein Herz zusammen. Wo mag er nur gewesen sein? Ob er uns wohl gesehen hat? Er geht zu Hunter hinüber und beginnt, wieder genauso aufgeregt auf ihn einzureden wie vorhin.

Fragend hefte ich meinen Blick auf sein Gesicht, aber er schaut nicht zu mir herüber.

Plötzlich habe ich keinen Spaß mehr an dieser Party. Es muss irgendetwas passiert sein, was ihm Kummer macht. Der Schmerz steht ihm ins Gesicht geschrieben. Endlich treffen sich unsere Blicke, und er kommt auf mich zu. Ich gehe ihm entgegen.

»Ist alles in Ordnung?«, frage ich zögernd. Am liebsten würde ich ihn fragen, wer dieses Mädchen war, warum sie hierhergekommen ist und was sie von ihm wollte. Aber das muss er mir schon von selbst sagen. Er muss es *wollen*. Ich muss mich darauf verlassen können, dass er seine Probleme mit mir bespricht.

»Jetzt ja.« Er rückt ein bisschen näher zu mir herüber, bis unsere Arme sich berühren. Sofort fing meine Haut an zu kribbeln. »Und was ist mit dir und Dylan? Ist da auch alles in Ordnung?«, fragt er und wirft mir einen besorgten Blick zu. Er muss uns im Korridor gesehen haben. Ist er etwa deshalb so traurig?

»Er hat mich wieder geküsst. Ich habe ihm gesagt, was Sache ist.«

Sofort schaut Jack zu Dylan hinüber, der am anderen Ende des Zimmers steht, und sein Körper verkrampft sich. Sein Blick wird eiskalt, und er ballt unwillkürlich die Fäuste. Erst als er mich anschaut, tritt wieder ein sanfter Ausdruck in seine Augen.

»Soll ich ihm einen Tritt in den Hintern geben?«

»Bitte nicht. Ich möchte nicht, dass du die heutige Nacht im Gefängnis verbringst. Ich habe nämlich noch was mit dir vor.«

»Ich liebe dich«, flüstert er so leise, dass nur ich es hören kann.

»Ich weiß.« Ich drücke ihm die Hand und gehe weg. Es enttäuscht mich, dass er sich mir nicht anvertraut hat. Vielleicht braucht er noch ein bisschen mehr Zeit dafür. Während der Partyrummel allmählich abebbt, quäle ich mich mit allen möglichen Theorien und Spekulationen.

Dann kommen Dad und meine Freunde auf mich zu, um sich von mir zu verabschieden, was mich vorübergehend ablenkt. Ich bin schon ganz erschöpft von den vielen Verabschiedungen. Das muss jetzt ein Ende haben. Also umarme ich alle meine Lieben und sage ihnen Auf Wiedersehen. Dann ist es endlich vorbei mit den Tränen.

Mein Dad trägt den Abschied erstaunlich gefasst. »Okay, meine Kleine … bis bald«, sagt er, umarmt mich, küsst mich auf den Kopf und geht hinaus. Evan und ich werfen uns einen erstaunten Blick zu.

»Bis nächste Woche«, sagt Evan zu Lizzy und gibt ihr einen Kuss. Auch Lori und Trey verabschieden sich vor ihrer Trennung noch einmal ausgiebig voneinander. Hunter und Amanda sitzen flüsternd in einer Ecke. Scott hält eine schluchzende Patti im Arm. Jack umarmt seine Eltern. Die Fröhlichkeit, mit der wir noch vor Kurzem hier gefeiert hatten, ist völlig verflogen.

In der allgemeinen Aufbruchsstimmung kommt auch Dylan zu uns hinüber und sagt, dass er sich in Boston mit uns treffen wird. Er erinnert mich daran, ihn oder Cathy anzurufen, falls ich irgendetwas brauche.

Dann streicht er mir mit der Hand über den Arm. »Und falls du deine Meinung ändern solltest …«

Ich rücke ein Stück von ihm ab. »Tut mir leid, Dylan.«

Er nickt, geht zu Jack und spricht kurz mit ihm, woraufhin Jack die Zähne zusammenbeißt. Bevor er den Raum verlässt, wirft Dylan mir noch einen letzten Blick zu.

Auf dem Weg zum Tourneebus ist Jack sehr ruhig. Die Jungs machen es sich sofort in dem Bus bequem und beginnen, in Erinnerungen an die Höhepunkte ihres Konzerts zu schwelgen. Ohne Erklärung nimmt Jack meine Hand und geht mit mir nach hinten zu den Schlafkojen.

»Ich zieh mir nur schnell diesen Sauna-Anzug aus und geh unter die Dusche. In ein paar Minuten bin ich wieder da.«

»Okay … Komm dann zu mir.«

Als ich mich fürs Bett fertig mache, sitzt mir der Schreck von vorhin immer noch in den Knochen. Irgendetwas stimmt hier nicht. Als ich ein paar Minuten später wiederkomme, liegt Jack in seiner Schlafkoje und starrt ins Leere. Das bestätigt mich in meiner Befürchtung.

»Hey«, sage ich.

»Hey, Baby. Wie hat dir unsere Party gefallen?«

»Gut. Ist alles okay?«, frage ich.

Er zuckt die Achseln. »Eigentlich nicht.« Ich gehe zu seiner Schlafkoje und blicke zu ihm hoch.

»Du warst fantastisch heute Nacht, Jack«, sage ich.

Er lehnt sich zu mir und streichelt mein Gesicht. »Du auch.«

Dann setzt er sich auf und greift nach meinen Händen. »Können wir etwas miteinander besprechen?«

Ich bekomme einen bitterem Geschmack im Mund, und mir wird ganz schlecht vor lauter Angst. Jack springt auf, fasst nach meiner Hand und führt mich in mein Schlafzimmer. Sobald wir drin sind, versperrt er die Tür.

»Ich muss dir etwas sagen, Leila.« Bei diesen Worten bekomme ich ganz weiche Knie und lasse mich schwer auf die Kante meines Betts fallen.

»Hat es etwas mit diesem Mädchen zu tun?«

»Ja. Sie ist meine Exfreundin«, sagt er und schaut mir dabei prüfend ins Gesicht.

Damit hatte ich nicht gerechnet.

»Oh«, sage ich. Etwas Besseres fällt mir nicht ein.

Ich versuche, die düsteren Gedanken abzuschütteln, die bei seinen Worten in mir aufsteigen, und mir einzureden, dass er mich liebt und mir so etwas nie antun würde.

»Wir müssen miteinander reden, Babe.«

Wahrscheinlich wird er mir jetzt gleich etwas sagen, was mir das Herz bricht. Vor lauter Panik wird mir ganz kalt. Ich fange an zu zittern.

Kapitel 26

Jack

Noch vor ein paar Stunden war meine Welt in Ordnung. Einen besseren Start in unsere Tournee hätte ich mir gar nicht vorstellen können: Wir traten in unserer Heimatstadt auf, das Publikum war begeistert, Leila hat den Fans richtig Feuer unter dem Hintern gemacht, und sogar die After-Show-Party war ein Riesenerfolg – eine ideale Gelegenheit, noch mal so richtig mit unseren Freunden und Angehörigen zu feiern, bevor wir auf Tournee gehen.

Und dann kam *sie*.

Schon als ich ihre SMS bekam, hätte ich am liebsten irgendetwas zerschlagen. Sie lässt mir einfach keine Ruhe. Als sie mir damals schrieb, sie wolle mich nach unserem Konzert sehen, habe ich das nicht ernst genommen. Aber diese Frau schreckt wirklich vor nichts zurück.

Warum musste sie ausgerechnet *jetzt* auftauchen? Wahrscheinlich, weil sie unseren Erfolg wittert. Als ich noch ein Niemand war, hatte sie kein Problem damit, mit mir ins Bett zu gehen und mich dann wieder links liegen zu lassen. Aber nun, da wir auf dem besten Weg sind, berühmt zu werden, möchte sie auch ein Stück von dem Kuchen abhaben.

Doch ihre Neuigkeit hat mich bis ins Mark erschüttert.

Als ich sie reinkommen sah, zerrte ich sie so schnell in einen leeren Umkleideraum, dass ihre Füße kaum den Boden berührten.

»Was zum Teufel willst du denn hier, Jess?«, fragte ich und schaute sie drohend an.

»Ich freue mich auch, dich wiederzusehen, Jackson«, antwortete sie mit zuckersüßem Lächeln.

»Lass den Scheiß. Wie bist du hier reingekommen?« Sie riss ihren Arm los und wich ein paar Schritte vor mir zurück.

»Ich kenne einen der Bühnenarbeiter.« Sie schlenderte in dem Umkleideraum umher und tat so, als interessiere sie sich für die Einrichtung. »Du fehlst mir. Warum gehst du mir aus dem Weg?«

Das konnte ja wohl nicht ihr Ernst sein. »Ich denke, bei unserem letzten *Fehltritt* habe ich mich klar genug ausgedrückt: Mit uns beiden ist Schluss. Endgültig. Warum bist du trotzdem hergekommen?«

»Aus mehreren Gründen. Erstens liebe ich dich immer noch.« Bei diesen Worten kam sie näher und legte ihre Hände auf meine Brust.

Ich ergriff ihre Hände, und sie grinste siegessicher.

»Liebe?«, fauchte ich und spuckte ihr das Wort beinahe ins Gesicht. »Du leidest wohl unter Wahnvorstellungen. Hältst du das, was zwischen uns beiden passiert ist, wirklich für Liebe?«

Für ein paar Sekunden verschwand das Lächeln aus ihrem Gesicht, doch sie gewann ihr Selbstvertrauen rasch wieder. »Natürlich liebe ich dich. Und du liebst mich auch.«

Heftig schob ich sie von mir weg. »Inzwischen weiß ich, dass unsere Beziehung nicht das Geringste mit Liebe zu tun hatte.« Ich drehte ihr den Rücken zu und wollte hinausgehen.

»So, so, *inzwischen* weißt du das? Liebst du denn *inzwischen* jemand anderen, Jackson Lair?«

Bei diesen Worten blieb ich wie angewurzelt stehen, drehte mich aber nicht um und antwortete auch nicht.

»Oh Gott. Jack Lair *hält* sich für verliebt.«

Ich ballte die Fäuste.

»Es ist diese Frau, stimmt's? Diese neue Sängerin, die du engagiert hast. Ich hab sofort gesehen, dass du ihr an die Wäsche willst. Oder warst du schon mit ihr im Bett? Sie zieht dich wohl an deinem Schwanz in der Gegend rum. Und *das* verwechselst du mit Liebe?« Sie lachte. »Hat sie vielleicht mit dir gevögelt, um in deine kostbare Band reinzukommen?«

»Verschwinde von hier, sonst lass ich dich rausschmeißen.« Ich starrte ihr drohend ins Gesicht.

Sie wich einen Schritt zurück, nahm sich sofort wieder zusammen, lehnte sich zu mir hinüber und gab mir rasch einen Kuss, bevor ich meinen Kopf wegziehen konnte. »Da habe ich wohl ins Schwarze getroffen.« Sie ignorierte meine Wut, ging zur Couch hinüber und setzte sich seelenruhig hin. »Aber ich bin auch noch aus einem anderen Grund gekommen – nämlich um dich zu warnen.«

»Warnen? Warum?«, fragte ich mit zusammengebissenen Zähnen.

»Ich habe dir SMS geschrieben und versucht, dich anzurufen, aber leider hast du mich ignoriert; und ich wollte dich unbedingt noch darauf hinweisen, bevor du auf Tournee gehst. Deshalb bin ich hier. Denn egal was du denkst – du bist mir immer noch wichtig.«

Allmählich war ich mit meiner Geduld am Ende. »Sag einfach, was du zu sagen hast, und dann verschwinde, Jessa.« Inzwischen zitterte ich am ganzen Körper. Ich würde zwar niemals eine Frau schlagen, aber ich wollte sie endlich loswerden. So wütend war ich schon seit meiner Highschoolzeit nicht mehr gewesen. Ironischerweise war Jessa auch damals schon der Grund für meinen Zorn gewesen.

»Ich hab zufällig Danny getroffen.«

»Danny? Danny Sorenson? Na und?«

»Er war ziemlich sauer und wollte, dass ich dir etwas ausrichte. Er meint, dass du ihm damals seine Karriere kaputt gemacht hast, und darüber ist er immer noch nicht hinweg. Dieser Mann hat mir richtig Angst gemacht, Jack. Er scheint furchtbar wütend zu sein. Was er gesagt hat, war eindeutig eine Drohung.«

Was zum Teufel sollte ich mit dieser Information anfangen? Danny Sorenson war der Bassgitarrist, den wir vor ein paar Jahren engagiert und gleich darauf wieder gefeuert hatten. Jessas Worte gaben mir einen

Stich. Danny ist ein heruntergekommener Junkee, und ich bin überzeugt davon, dass er eine Gefahr für uns darstellen könnte. Er ist eine zwielichtige Gestalt. Wahrscheinlich glaubt er, dass wir ihm etwas schuldig sind – vor allem jetzt, wo wir auf dem besten Weg sind, berühmt zu werden. Wir Jungs könnten uns schon gegen ihn wehren, aber wenn dieser Verrückte Leila etwas antut, bringe ich ihn eigenhändig um.

»Also gut, du hast mich gewarnt. Und jetzt verschwinde endlich.«

Jessa kam auf mich zu, ergriff eine meiner immer noch geballten Fäuste und öffnete sie. »Auch wenn du mir nicht glaubst, Jack: Ich möchte nicht, dass dir etwas zustößt.«

Ich zog meine Hand weg. »Danke. War's das?«

»Nein, noch etwas.« Sie ging wortlos im Zimmer auf und ab. »Ich bin schwanger«, sagte sie schließlich emotionslos.

Als ich das hörte, war mir zumute, als hätte ich ein Glas voller Eiswürfel verschluckt.

Das kann doch gar nicht sein, dachte ich. Das *darf* nicht sein.

»Na und?«, fragte ich arrogant, nachdem ich mich von meinem ersten Schrecken erholt hatte.

»Vielleicht ist das Kind von dir.«

»Und das soll ich dir glauben?«, fragte ich mit einem verächtlichen Schnauben.

»Es stimmt. Ich bin jetzt ungefähr im dreieinhalbten Monat. Rechne mal nach. Eigentlich wollte ich es dir schon eher sagen, aber du hast ja nicht auf meine SMS geantwortet und auch nicht zurückgerufen. Deshalb bin ich jetzt hier.« Am liebsten hätte ich ihr das süffisante Grinsen aus dem Gesicht gewischt.

»Es kann nicht von mir sein. Wir haben ein Kondom benutzt.«

»Beim zweiten Mal nicht.«

In dieser Nacht war ich zwar betrunken, aber es kann einfach nicht sein, dass ich kein Kondom benutzt habe. »Du lügst.«

»Oh nein, Jack. Du hast mich während eines Streits genommen, als ich mit dem Rücken zur Wand stand. Ich lüge nicht.«

Daran konnte ich mich noch vage erinnern. Trotz der Hiobsbotschaft, die sie mir gerade überbracht hatte, musste ich paradoxerweise an Leila denken. Also habe ich sie angelogen, als ich sagte, dass ich immer ein Kondom benutze.

»Dafür verlange ich einen Beweis.«

»Ich lasse einen Vaterschaftstest machen – obwohl es unnötig ist. Du bist der Vater.«

»Dann beweis es mir.«

»Es gibt einiges, worüber du dir Gedanken machen musst. Du solltest die Sache mit Danny ernst nehmen. Ich melde mich bei dir, sobald ich das Ergebnis des Vaterschaftstests habe.« Mit diesen Worten schlenderte sie zur Tür hinaus.

Wie konnte mein Leben sich innerhalb Minuten von etwas Fantastischem in eine einzige Katastrophe verwandeln?

Ich könnte es nicht ertragen, Leila wegen dieser Sache zu verlieren. Unsere Beziehung hat doch gerade erst begonnen.

Es wird mir nichts anderes übrig bleiben, als es ihr zu sagen.

Ich schaffte es gerade noch bis aufs Klo und entleerte meinen Mageninhalt in die Toilettenschüssel.

Als ich wieder in den Partyraum ging, um den Alkohol, den ich gerade erbrochen hatte, durch neuen zu ersetzen, sah ich Leila und Dylan ganz nah beieinanderstehen.

Sie redete mit ihm, und ihre Hände lagen auf seiner Brust. Da ging ich wieder ins Umkleidezimmer zurück, packte einen Stuhl und schleuderte ihn an die Wand.

Ich hatte nicht die geringste Lust, wieder zu der Party zurückzukehren und so zu tun, als sei meine verdammte Welt nicht gerade in tausend Stücke zersprungen.

***

Leila weiß Bescheid. Als ich versuchte, mich wieder unter die Gäste zu mischen, und so tat, als amüsierte ich mich, konnte ich nur eines denken: Mein Mädchen weiß, dass irgendetwas Schlimmes passiert ist.

Unsere Blicke treffen sich. In meinen Augen steht das schlechte Gewissen geschrieben – die traurige Gewissheit, dass ich ihr gleich etwas Furchtbares mitteilen muss. Sie wirft mir einen verwirrten Blick zu, der mir verrät, dass sie unbedingt wissen möchte, was gerade zwischen Jessa und mir vorgefallen ist.

Und als Dylan auf seinem Weg nach draußen dann auch noch bei mir stehen bleibt, um mich darauf hinzuweisen, dass Leila kein Mädchen zum Rumvögeln ist, ist die Kacke endgültig am Dampfen.

Warum zum Teufel sagt er mir so was?

Nachdem er gegangen ist, suche ich sofort Leilas Blick, und sie formt mit ihren Lippen die Worte: »Ich liebe dich.« So erinnert mich das Universum daran, dass ich diese Frau nicht verdient habe.

Ein paar Minuten nachdem alle unsere Gäste gegangen sind, ist es Zeit, in unseren Tourneebus zu steigen. Hand in Hand gehen Leila und ich zu dem Bus hinüber. Zwischen uns herrscht bedrücktes Schweigen. Sie hat mich immer noch nicht um eine Erklärung gebeten. Ich muss ihr heute Abend unbedingt die Wahrheit sagen. Ich kann nicht auf diese Reise gehen, ohne ihr alles gestanden zu haben.

Als ich in meiner Schlafkoje hocke und warte, bis sie sich umgezogen hat, rekapituliere ich in Gedanken noch mal mein Gespräch mit Jessa und frage mich, wie ich den Mut aufbringen soll, Leila das zu erzählen.

»Hey«, sagt sie und reißt mich aus meinen Gedanken.

»Hey, Baby. Wie hat dir unsere Party gefallen?«

»Gut. Ist alles okay?«, fragt sie.

»Eigentlich nicht.«

»Du warst fantastisch heute Nacht, Jack.«

Ich streichle ihr Gesicht und schicke ein stummes Stoßgebet zum Himmel, dass sie mir verzeihen möge. Ich kann es nicht ertragen, sie zu verlieren. Ich kann einfach nicht … »Du auch.«

Ich setze mich auf und greife nach ihren Händen. »Können wir etwas miteinander besprechen?«

Sie nickt zaghaft, und ich führe sie ins Schlafzimmer.

Sobald wir drin sind, versperre ich die Tür.

»Ich muss dir etwas sagen, Leila.« Sie lässt sich schwer aufs Bett fallen und weicht meinem Blick aus.

»Hat es etwas mit diesem Mädchen zu tun?«

»Ja. Sie ist meine Exfreundin.«

»Oh.«

»Wir müssen miteinander reden, Babe.«

Sie wird blass und streckt die Arme aus, als müsse sie sich an ihrem Bett festhalten, um nicht zusammenzubrechen.

»Du machst mir Angst, Jack.«

Ich komme mir vor wie eine Eieruhr: Der Sand in der Uhr ist die Zeit, die wir miteinander verbringen dürfen, und es sind nur noch ein paar Körner davon übrig. Ich habe das unwiderstehliche Bedürfnis, sie zu berühren. Vorsichtig setze ich mich auf das Bett neben ihr und fasse nach ihrer Hand. Leila hebt unsere Hände an ihre Lippen und küsst zärtlich meine Finger.

»Sie ist gekommen, um mich vor unserem früheren Bassgitarristen zu warnen, der sauer ist, weil wir ihn vor Jahren aus unserer Band rausgeschmissen haben. Sie hielt es für notwendig, mir zu sagen, dass er uns das immer noch übel nimmt. Dieser Mann ist unzurechnungsfähig. Ich glaube, wir sollten ihre Warnung nicht auf die leichte Schulter nehmen.«

»Ist er etwa hinter dir her, Jack?«

»Ich weiß es nicht. Eigentlich mache ich mir mehr Sorgen um dich. Ich bin froh, dass wir unsere Beziehung noch nicht publik gemacht haben. Ich möchte nicht, dass er auf dich aufmerksam wird.«

Als ich sehe, wie erleichtert Leila ist, bekomme ich einen bitteren Geschmack im Mund. Wahrscheinlich glaubt sie, dass das alles ist; und dabei habe ich ihr etwas noch viel Schlimmeres zu sagen.

»Außerdem hat Jessa mir erzählt, dass sie schwanger ist, Babe.«

Wie erwartet, entzieht Leila mir daraufhin ihre Hand. »Was?«

»Vielleicht ist das Kind gar nicht von mir. Ich habe vor ein paar Monaten noch mal mit ihr geschlafen. Das war ein Riesenfehler. Ich habe ihr gesagt, dass sie mir meine Vaterschaft beweisen muss.«

Sofort laufen ihr Tränen übers Gesicht.

»Es tut mir so leid, Baby. Aber für mich ändert das nichts an unserer Beziehung … Gar nichts. Ich liebe dich mehr als alles auf der Welt, und ich … Ich könnte es einfach nicht ertragen, dich zu verlieren.« Ich fasse wieder nach ihrer Hand und flehe sie an, bei mir zu bleiben. »Bitte, Babe … bitte lass mich nicht im Stich.« Ich versuche, sie an mich zu ziehen, doch sie weicht vor mir zurück. Mein Herz fühlt sich an, als würde es mit einem Stahlrohr durchbohrt.

»Das tue ich ja gar nicht … Jack … Aber bitte fass mich nicht an. Bitte lass mich in Ruhe … Ich muss jetzt allein sein.«

Schweren Herzens nicke ich und stehe auf, ignoriere ihre Bitte aber trotzdem und gehe ein paar Schritte auf sie zu. Ich wische ihr die Tränen aus dem Gesicht und drücke einen sanften Kuss auf ihre Lippen. »Bitte versprich mir, dass du mich nicht aussperrst. Wir müssen darüber reden.«

Sie nickt nur stumm und weicht meiner Berührung aus. Ich verlasse das Zimmer und schließe die Tür, um ihr die Privatsphäre zu ermöglichen, um die sie mich gebeten hat. Stunden später sitze ich auf ihrer Bettkante und sehe zu, wie sie sich im Schlaf hin- und herwälzt, bis das Tageslicht durch die Jalousie zu sickern beginnt. Dann schließe ich leise die Tür und kehre in meine Schlafkoje zurück.

***

Ich war die ganze Nacht wach und habe all meine Fehler, die zu diesem Desaster geführt haben, bitter bereut. Ich höre die Jungs im vorderen Teil des Busses plaudern und in Erinnerungen an gestern Abend schwelgen, kann mich aber nicht dazu überwinden, meine Schlafkoje zu verlassen. Ich versuche, Leilas Stimme aus dem Geplauder herauszuhören, aber sie scheint nicht vorne bei den Jungs zu sein.

»Aha, endlich taucht er aus der Versenkung auf«, ruft Hunter, als er mich sieht.

Ich ignoriere ihn und klopfe an Leilas Tür. Zögernd öffnet sie und schaut mich dabei kaum an. Man sieht ihr an, dass sie geweint hat. Es zerreißt mir das Herz, dass ich ihr solchen Kummer mache. Ich könnte es nicht ertragen, sie zu verlieren. Lieber würde ich auf alles andere verzichten.

»Darf ich reinkommen?«

Sie tritt beiseite und macht die Tür auf. Müde lasse ich mich aufs Bett fallen, denn ich weiß, dass mir bei diesem Gespräch hundeelend zumute sein wird.

»Ich wünschte, ich könnte das alles ungeschehen machen, Leila. Es war ein Riesenfehler, und jetzt muss ausgerechnet der Mensch, den ich am meisten liebe, darunter leiden. Es tut mir so leid.«

Ohne Vorwarnung wirft sie sich in meine Arme und setzt sich auf meinen Schoß.

»Ich liebe dich, Jack.«

Ich klammere mich an sie wie ein Ertrinkender. Ich habe Angst, dass sie ihre Meinung ändern könnte, wenn ich sie loslasse.

»Ich stehe auf jeden Fall zu dir, egal, was bei dem Vaterschaftstest rauskommt.« Sie entzieht sich meiner Umarmung. »Ich will dich nicht anlügen, Jack: Diese Sache tut mir mehr weh als alles andere, was ich bisher erlebt habe, aber das liegt daran, dass ich dich so sehr liebe. Ich möchte nicht, dass du mir etwas verschweigst. Egal, was es ist – ich muss es wissen. Auch wenn es noch so schlimm ist. Diesen Albtraum müssen wir gemeinsam durchstehen. Ich werde dich dabei genauso brauchen wie du mich.«

»Das verspreche ich dir, egal, was passiert.« Ich ziehe sie noch fester an mich. »So etwas wie dich habe ich nicht verdient, Leila.«

Bisher wusste ich gar nicht, was für ein Glück ich habe. Ich würde Himmel und Erde in Bewegung setzen, um Leila glücklich zu machen. Ich würde alles tun, damit sie in Sicherheit ist. *Alles*.

Ich liebe sie.

Danksagungen

Dieses Buch zu schreiben war für mich ein surreales Erlebnis. Ich lese leidenschaftlich gern Liebesromane. Sie geben mir die Möglichkeit, dem Stress und der täglichen Mühsal meines geschäftigen Lebens wenigstens ab und zu für ein paar Stunden zu entfliehen.

Außerdem bin ich eine hoffnungslose Romantikerin, aber gleichzeitig auch eine Realistin. Ich war von allen Büchern begeistert, die ich bisher gelesen habe; doch bei vielen habe ich mir hinterher trotzdem gedacht: »So etwas wäre im wirklichen Leben nie passiert.«

Also fing ich an, mir eine Liebesgeschichte auszudenken, die sich tatsächlich so abgespielt haben könnte. Ich schmückte sie mit allen Elementen aus, die mich an Liebesromanen besonders begeistern – insbesondere mit attraktiven Rockstars. Vor allem aber wollte ich überzeugende, realistische Charaktere schaffen, in die man sich verlieben kann.

So begann die Back-up-Geschichte in meinem Kopf Gestalt anzunehmen. Als ich dann anfing, sie aufzuschreiben, konnte ich gar nicht mehr aufhören. Ich war wie besessen von meinem Buch und arbeitete in jeder freien Minute daran. Von da an spielten Wäschewaschen, Kochen und andere Haushaltspflichten in meinem Leben nur noch eine untergeordnete Rolle. Hiermit entschuldige ich mich bei meiner Familie dafür, dass ich sie so sträflich vernachlässigt habe. Es war keine böse Absicht.

Es gibt so viele Menschen, denen ich dafür danken möchte, dass sie mir dabei geholfen haben, meinen Traum zu verwirklichen.

Zunächst einmal bedanke ich mich bei meinem wunderbaren Mann, der in den letzten sechsundzwanzig Jahren mein bester Freund gewesen ist. Aber ich danke auch meinen Söhnen, die mich ermutigt und angespornt haben, nachdem sie »durch Zufall« von meinem neuen

Projekt erfahren und gemerkt hatten, wie begeistert ich davon war. Ich liebe diese drei Männer, die in meinem Leben die Hauptrolle spielen, mehr als das Leben selbst.

Außerdem danke ich meiner Familie, die mir bei diesem schöpferischen Prozess eine große Hilfe gewesen ist, ohne es zu wissen. Und ich möchte mich auch bei all meinen Freunden bedanken. Ihr seid die Allerbesten! Ihr habt mich auf eine Art und Weise berührt, die ich gar nicht richtig in Worte fassen kann. Ihr wisst, wie viel ihr mir bedeutet. Ich liebe euch alle. Ein ganz herzliches Dankeschön auch an die Freundin, die mir beim Lesen von Liebesromanen Gesellschaft geleistet und mich bei meiner Arbeit an diesem Buch beraten hat. Deine Meinung und deine Ratschläge waren für mich stets eine wertvolle Hilfe.

Außerdem danke ich den vielen Musikern, die mich bei meiner Arbeit inspiriert haben. Bruce Springsteen beeinflusst mich schon seit meinem zwölften Lebensjahr, und die Musik und die Lyrics von My Darkest Days, Linkin Park, Every Avenue, Journey, Pat Benatar und Led Zeppelin haben mir über zwei Jahrzehnte lang jeden Tag meine lange Fahrt zur Arbeit versüßt.

Und natürlich möchte ich auch meinen Leserinnen und Lesern ganz herzlich danken. Wenn ihr am Ende dieses Romans das Gefühl hattet, Jack, Leila und alle anderen Helden dieses Romans persönlich zu kennen – wenn ihr euch genauso in sie verliebt habt wie ich und ihre Geschichte euch gefallen hat, dann habe ich mein Ziel als Autorin erreicht. Ich hoffe, ihr werdet Jack & Leila auch weiterhin auf ihrer Reise begleiten.

Und natürlich würde ich mich auch über eine Rezension von euch freuen!

Umarmungen und Küsse
von
A. M.

www.ammadden.com

A. M. Madden folgen

Unterstütze bitte alle Indie-Autoren und hinterlasse eine Rezension dort, wo du das Buch gekauft hast. Indie-Autoren hängen von Kritiken und Buchempfehlungen ab, um möglichen Lesern dabei zu helfen, sich die Zeit zu nehmen und ihre Geschichte zu lesen. Diese Indie-Autorin wüsste es sehr zu schätzen.
Xo
A. M. Madden

Du kannst A. M. Madden kontaktieren auf:
www.ammadden.com

Facebook:
A. M. https://www.facebook.com/authorammadden
Jack Lair https://www.facebook.com/jackhlair

Twitter:
https://twitter.com/ammadenn1

Instagram:
http://ow.ly/TmQGz

Playlist zur Back-up-Serie

Der Song »Reason I Am« wurde extra für die Back-up-Serie geschrieben. Lyrics: A. M. Madden, Musik: Mike Martone, Vocals: Tyler Cohen, Gitarre: Randy Newberry, Toningenieur: Dennis Arcano. Der Song steht auf ReverbNation und iTunes zum Download bereit. Kauf-Links finden Sie auf meiner Webseite *www.ammadden.com*.

Die unten aufgeführten Titel gehören zu meinen Lieblingssongs, die ich während meiner Arbeit an der Back-up-Serie dauernd hörte und die mich ganz besonders inspiriert haben. Sicherlich wird es niemanden wundern, dass ich ein großer Musikfan bin: Schließlich habe ich ein Buch über eine Rockband geschrieben. Vor allem liebe ich klassische Musik und moderne Rockmusik. Diese Songs haben mir geholfen, den richtigen Ton für dieses Buch zu finden und in die richtige Stimmung für die jeweiligen Szenen zu kommen. Die Band Every Avenue nimmt einen ganz besonderen Platz in meinem Herzen ein. Wenn es Devil's Lair wirklich gäbe, würde die Band so klingen. Ich bekomme nie genug davon, Every Avenue zu hören, und das ist meiner Meinung nach ein Zeichen wahrer Meisterschaft.

Folge A.M. Madden auf Spotify. Dort findest du die Playlist zur Back-up-Serie.

»Dream On« – Aerosmith
»Promises in the Dark« – Pat Benatar
»Tie Me Down« – Every Avenue
»Only Place I Call Home« – Every Avenue
»I Can't Not Love You« – Every Avenue
»Come Undone« – My Darkest Days
»Shadow of the Day« – Linkin Park
»A Story To Tell Your Friends« – Every Avenue
»The Reason« – Hoobastank
»New Divide« – Linkin Park
»Touch Me« – The Doors
»Rhiannon« – Fleetwood Mac
»Tell Me I'm a Wreck« – Every Avenue
»Brown Eyed Girl« – Van Morrison
»Jersey Girl« – Bruce Springsteen
»Layla« – Eric Clapton
»Fall Apart« – Every Avenue
»Mindset« – Every Avenue
»Faithfully« – Journey
»The Night Owls« – Little River Band
»Can't Help Falling in Love« – Elvis

Auch als **E-Book** erhältlich

352 Seiten
9,99 € (D) | 10,30 € (A)
ISBN 978-3-95761-133-8

J.L. Drake

Entführt und verführt

Teil 1 der Broken-Triologie

Ein schrecklicher Fall erschüttert New Yorks High Society: Savannah, die 27-jährige Tochter des Bürgermeisters wird von einer Kidnapper-Gang entführt und in Gefangenschaft gehalten. Dort verliert sie zunehmend jedes Zeitgefühl und steht kurz davor, sich endgültig selbst aufzugeben. Doch dann naht unerwartet Rettung: Der Shadow Group, einer Spezialeinheit der US Army rund um den smarten Anführer Cole, gelingt es, die junge Frau aus den Fängen ihrer Entführer zu befreien. Doch Savannahs anfängliche Erleichterung schlägt schnell in erneute Beklemmung um. Aus Sicherheitsgründen darf sie keinen Kontakt zur Außenwelt aufnehmen und steht vor einer schweren Entscheidung: Soll sie sich den Regeln der Shadow Group fügen und unter deren Schutz bleiben? Oder von dort fliehen und somit riskieren, erneut in die Hände ihrer Kidnapper zu geraten? Savannah ist verzweifelt. Wem kann sie noch vertrauen?

LAGO